〔明〕冯梦龙 〔明〕凌濛初 著
竹马书坊 校注

三言二拍 精选集

民主与建设出版社
·北京·

© 民主与建设出版社，2023

图书在版编目（CIP）数据

三言二拍精选集 /（明）冯梦龙,（明）凌濛初著；竹马书坊校注 . -- 北京：民主与建设出版社，2023.11
ISBN 978-7-5139-4376-5

Ⅰ.①三… Ⅱ.①冯… ②凌… ③竹… Ⅲ.①话本小说—小说集—中国—明代 Ⅳ.① I242.3

中国国家版本馆 CIP 数据核字（2023）第 186645 号

三言二拍精选集

SANYAN ERPAI JINGXUAN JI

著　　者	〔明〕冯梦龙　〔明〕凌濛初
校　　注	竹马书坊
责任编辑	唐　睿
封面设计	言　成
出版发行	民主与建设出版社有限责任公司
电　　话	（010）59417747　59419778
社　　址	北京市海淀区西三环中路 10 号望海楼 E 座 7 层
邮　　编	100142
印　　刷	天宇万达印刷有限公司
版　　次	2023 年 11 月第 1 版
印　　次	2023 年 12 月第 1 次印刷
开　　本	880mm×1230mm　1/32
印　　张	17
字　　数	384 千字
书　　号	ISBN 978-7-5139-4376-5
定　　价	88.00 元

注：如有印、装质量问题，请与出版社联系。

蒋兴哥重会珍珠衫

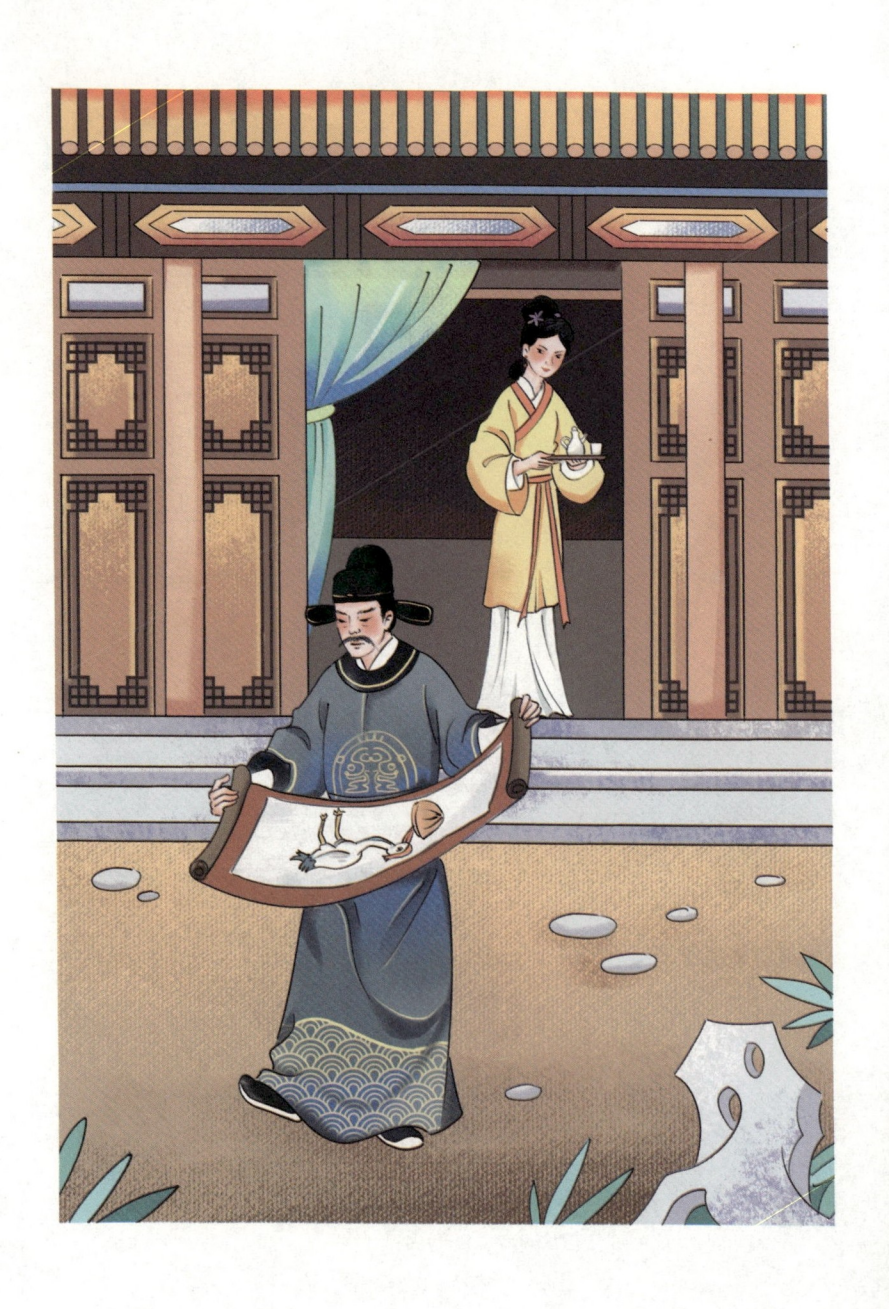

滕大尹鬼断家私

金玉奴棒打薄情郎

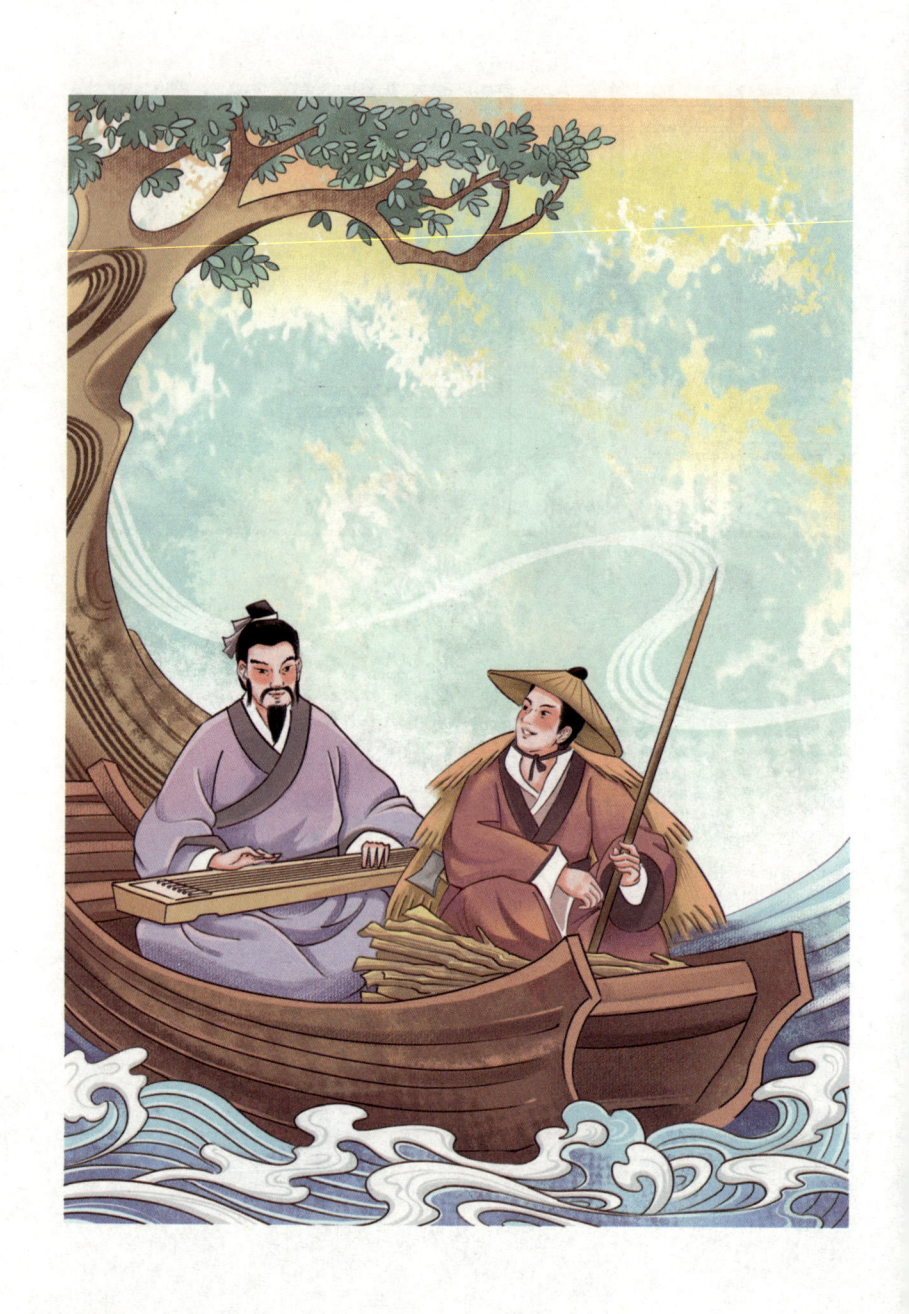

俞伯牙摔琴谢知音

王安石三难苏学士

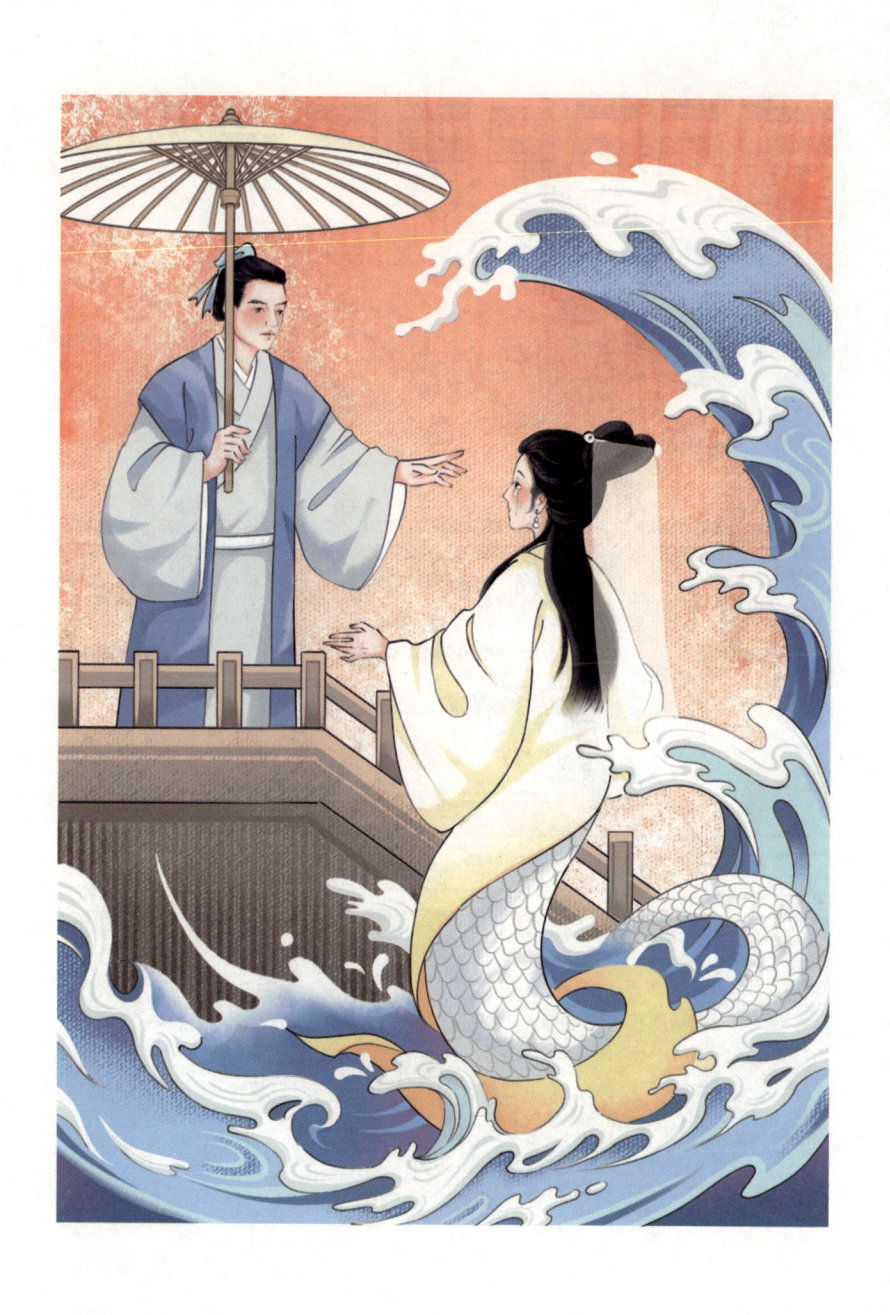

白娘子永镇雷峰塔

宿香亭张浩遇莺莺

杜十娘怒沉百宝箱

卖油郎独占花魁

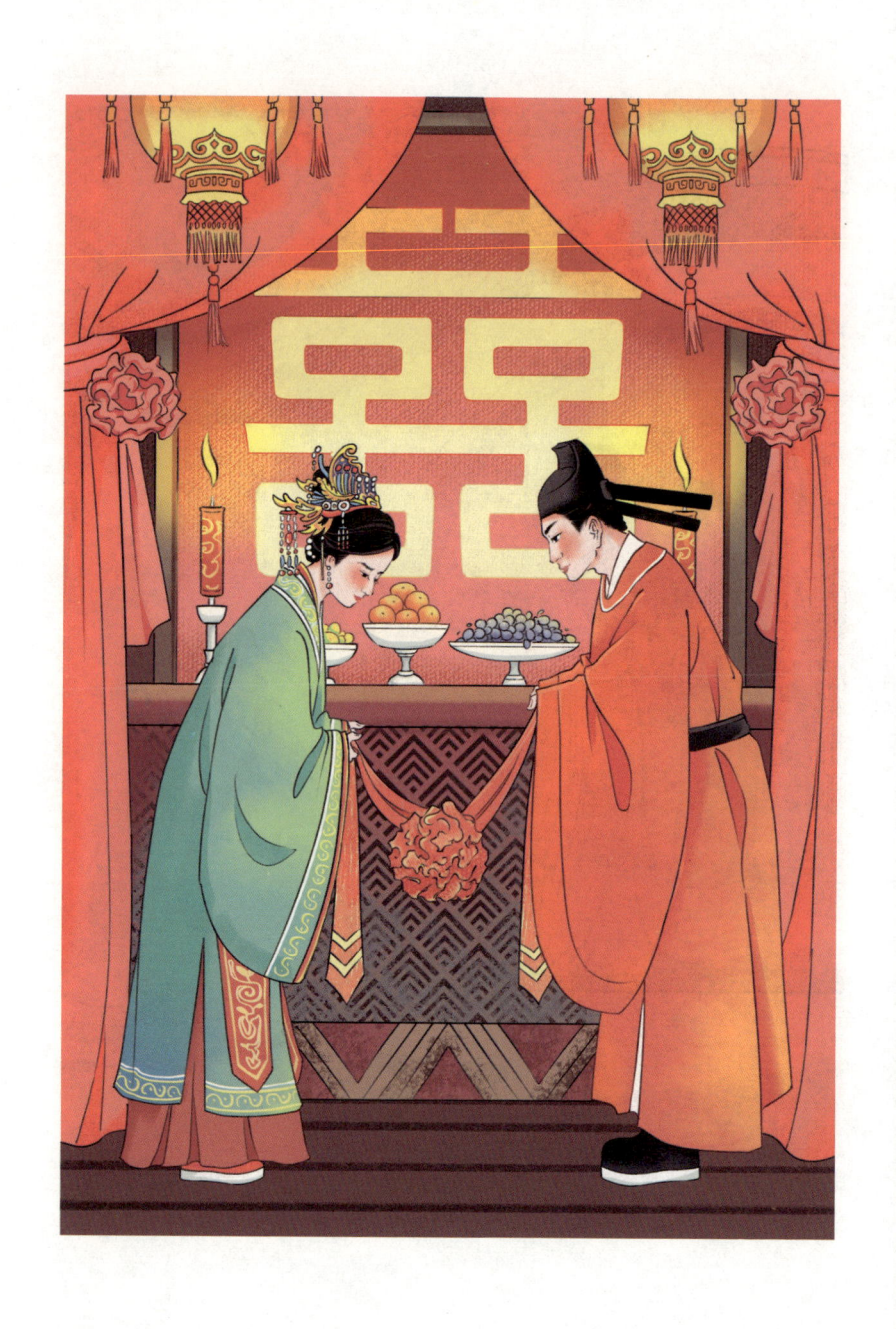

乔太守乱点鸳鸯谱

编辑说明

"三言二拍"是我国明代小说家冯梦龙、凌濛初所撰的五本著名话本、拟话本小说集——《喻世明言》、《警世通言》、《醒世恒言》、《初刻拍案惊奇》和《二刻拍案惊奇》的合称。

其中,"三言"总收小说一百二十篇,每本书四十卷,每卷一篇。这是冯梦龙从大量家藏古今通俗小说中"抽其可以嘉惠里耳者"精选出来的。"二拍"则共有八十卷(篇),与"三言"作者冯梦龙侧重收录宋、元、明已有话本不同,"二拍"则是拟话本的专集,作者凌濛初侧重在撰写。总而言之,"三言二拍"是中国文学史上里程碑式的著作,它标志着中国短篇白话小说的民族风格和特点已经形成。

此次,《三言二拍精选集》从"三言二拍"五部作品中精选、编注了近三十篇古代白话小说,以飨读者。其中,"三言"的底本选用了上海古籍出版社影印的明代天许斋、兼善堂、叶敬池刊本;"二拍"的底本则选用了上海古籍出版社影印的明代尚友堂刊本,并参考了包括人民文学出版社、北京十月文艺出版社、中华书局、浙江人民出版社、高等教育出版社在内出版的版本编辑而成,为了保留原作精髓,本次编辑,严格遵从原文,部分字词及用法依循了旧作,力求在保留原文原貌的基础上,更方便当今读者的阅读。此外,编者根据内容附上了多幅精美插画,再现其文字之美。

导 读

所谓"三言二拍",是几部白话短篇小说集的合称。这几部白话短篇小说集就是冯梦龙的《喻世明言》《警世通言》《醒世恒言》,以及凌濛初的《初刻拍案惊奇》和《二刻拍案惊奇》。

白话短篇小说并非明代才有。实际上,早在宋元时期,这种文学样式就已经存在了,不过还不是非常流行。到了明代中叶以后,随着城市经济的繁荣,市民阶层的壮大,对通俗文学作品的社会需求猛增,白话短篇小说的创作才进入了特别活跃的时期。许多白话短篇小说的单篇作品以及作品集如雨后春笋般出现,而且销量很好。凌濛初在《初刻拍案惊奇》中谈到这些白话短篇小说的时候,用了"无翼飞,不胫走""而且纸为之贵"来形容,足见其繁荣的程度。

但是,直到"三言二拍"出现之前,这一领域还没有出现什么像样的作品,用凌濛初的话说就是好多作者都是些"初学拈笔,便思污蔑世界"的人,写下的东西要么荒诞不足信,要么秽亵不忍闻,总之是格调不高,艺术上也很粗糙。一些宋元旧篇倒还有可观之处,但文字也很简陋,离精品显然还有很大的差距。

而这就是机会。道理很简单:销量很好,说明市场上对白话短篇小说的需求很大;质量很差,这就说明其间还大有可为的余地。只要抓住时机,推出质量上乘的作品,成功就不在话下。

I

冯梦龙正是这样一个善于抓住时机的人。冯梦龙，字犹龙，别号龙子犹、顾曲散人等，苏州人，出身于一个"世代书香人家"。他风流倜傥，才气纵横，虽然在科举之路上走得很不顺利，一生最高的功名也就是个秀才，但对于通俗文艺却有着非同一般的敏感和领悟。面对劣质白话短篇小说行销天下的局面，他敏锐地察觉，这正是自己施展身手的绝佳机会。于是，他便把自己手边的宋元白话短篇旧作，以及一些有意思的传奇小说、文言笔记、戏曲、历史故事搜集起来进行了整理和加工；兴之所至，自己也写上几篇，这样就得到120篇作品。把这些作品汇成三集，每集40篇，分别以《喻世明言》《警世通言》《醒世恒言》为题，在天启年间陆续出版，这就是"三言"的由来了。

"三言"问世之后，获得了极大的成功。它不仅"行世颇捷"，并且还产生了大量的模仿之作，而这就引起了其他书商的眼热。抱着在通俗小说市场上分一杯羹的想法，他们找到了另外一个在通俗文学领域的活跃人物——凌濛初。

凌濛初（1580—1644），浙江吴兴人，他和冯梦龙一样，也是一个很有才情但是在功名之路上走得不太顺利的人。关于《初刻拍案惊奇》的创作缘由，作者在"序言"中说，是书商看到"三言"的出版大获成功，于是找到凌濛初，希望凌濛初也效法冯梦龙，推出几部作品，以此来分得通俗小说市场上的部分利润。凌濛初答应了书商的请求。但是，当凌濛初着手这项工作，开始搜集资料的时候，才发现冯梦龙实在是太厉害了，他对于宋元旧作，几乎是做了地毯式的搜索，凡是优秀之作，几乎在"三言"里都被搜罗殆尽，即使有剩下的，也都是些芜杂零落的东西，基本没有什么可利用的价值了。在这样一种情况下，凌濛初只好自己另起炉灶，选取古今传闻中那些虽然短小而可以令人耳目一新的话题，经过自己一番敷衍，终于演绎成了四十篇故事。写好之后，朋友们近水楼台，先睹为快，每看一篇，便拍案称奇。朋友们的反应给了凌濛初灵感，于是《拍案惊奇》的书名就这样诞生了。《初刻拍案惊奇》原来就叫《拍案惊奇》，后来因为《二刻拍案惊奇》的问世，为了表示区别，才改作《初刻拍案惊奇》。

《初刻拍案惊奇》的出版，和"三言"一样获得了极大的成功。书商们眼看有利可图，于是找到凌濛初，要求再次合作。于是就有了《二刻拍案惊奇》的问世。《二刻拍案惊奇》和《初刻拍案惊奇》的情况基本相同，但也有一些差别，比如写鬼神之事的篇章要稍微多一些，而且中间第二十三篇是重复《初刻拍案惊奇》的旧作，再就是最后一篇是杂剧而不是小说。种种迹象都表明，凌濛初在创作《二刻拍案惊奇》的时候，已经面临着题材枯竭或者是江郎才尽的情况，难以为继了。于是"二拍"之后，凌濛初也就适可而止，没有再接二连三地"拍"下去，所以"二拍"也就是终拍了。

"三言二拍"既不是白话短篇小说的开山之作，也不是收官之作，却是风光无限的巅峰之作。在它们问世之时，就是出版界的一件盛事；在它们问世之后，又成为众多的作者和出版商效法的对象，各种续作、仿作如雨后春笋，层出不穷。但正像一句经典的广告词所说的，"永远被模仿，从未被超越"，再多的模仿之作，也只是增加了金字塔塔基的厚重，而无法撼动其作为顶尖之作的高度。

那么，"三言二拍"究竟是怎样的一组作品？为什么它能够引起一代又一代读者的兴趣与关注？

原因无非有二。这两个原因，其实也是所有优秀之作所以优秀的共同原因，就是它写得既有意义，又有意思。

所谓"有意义"，就是它有很高的历史价值，能够让我们从中读出许多值得玩味的文化信息。"三言二拍"以其宏大的篇幅，为我们展现了一幅市井生活的长卷，反映了当时广阔的社会生活。文学作品要比较全面地反映一个时代的社会生活，无非有两种方式。一种方式是以独立的鸿篇巨制，构建一个完整而宏大的世界，中国的文学作品在这个方面做得最成功的是两部号称"封建时代百科全书"的作品,即《金瓶梅》和《红楼梦》;另一种方式就是用单篇作品来表现时代生活的某一个片段,连缀起来,则社会生活的全貌也就基本呈现出来,在这方面,做得最成功的就是"三言二拍"了。通过它们的描述,我们可以对那一时代的生活,特别是市民的生活和精神状态,有一个全面而真切的了解。要特别说明的一点是,"三言二拍"的选材,并不局限于明代,里面也有许多前代的故事。但这不过是所谓"旧瓶装新酒",作品所反映的,其实是明代的社会生活与文化观念。就如同我们今天拍摄的古装剧,反映的其实都是当代人的历史和社会观念——选择什么样的历史人物来进行演绎本身就是时代观念的一种反映,更不要说演绎的观念、方法和所使用的媒介了。

所谓"有意思",就是它很有趣,很动人,具有很高的艺术价值,能够激发读者强烈的阅读兴趣。从题材内容上来说,"三言"与"二拍"多数写的是日常题材和平凡的故事,但作者能把平凡的故事写得摇曳多姿,这就需要非凡的技巧。我们可以非常轻易地举出"三言二拍"在艺术方面的过人之处,比如情节的曲折动人、结构的奇妙工巧、人物的个性分明、心理刻画的细致入微、叙述视角的富于变化等。艺术技巧的过人之处,也是"三言二拍"能够在众多的白话短篇小说中脱颖而出的一个重要原因。

不过,尽管"三言二拍"堪称白话短篇小说领域的巅峰之作,但对于普通读者,特别是青年朋友来说,要对其进行整体阅读,却也是既困难,也无必要的一件事情。说困难,是因为"三言二拍"共二百篇作品,三百余万字,卷帙浩繁,阅读量实在太大;说不必要,是因为这二百篇作品,也并非篇篇都是精品,如果不是专业的研究者,选读其中最为脍炙人口的名篇,领略其最为迷人的风采,也就足够了。

正是本着这样的想法,我们优中选优,精选了"三言二拍"中的若干佳作,呈现在各位读者面前。这几十篇作品,在数量上具备一定的规模,在题材上涵括了"三言二拍"的基本内容，在艺术上代表了"三言二拍"的最高水准，是时间宝贵而又希望领略"三言二拍"风采的现代读者的最佳选择。

河北大学文学院教授、硕士生导师

《百家讲坛》主讲人

《三言二拍看明朝》作者

韩田鹿

2022.8.24

目录

喻世明言

- **002** 作者自叙
- **004** 蒋兴哥重会珍珠衫
- **036** 羊角哀舍命全交
- **042** 裴晋公义还原配
- **051** 滕大尹鬼断家私
- **069** 张舜美灯宵得丽女
- **080** 金玉奴棒打薄情郎
- **091** 月明和尚度柳翠
- **104** 简帖僧巧骗皇甫妻
- **117** 宋四公大闹禁魂张
- **139** 沈小霞相会出师表

警世通言

- 168 ⋯⋯ 作者自叙
- 169 ⋯⋯ 俞伯牙摔琴谢知音
- 179 ⋯⋯ 王安石三难苏学士
- 191 ⋯⋯ 崔待诏生死冤家
- 204 ⋯⋯ 玉堂春落难逢夫
- 238 ⋯⋯ 白娘子永镇雷峰塔
- 263 ⋯⋯ 宿香亭张浩遇莺莺
- 272 ⋯⋯ 杜十娘怒沉百宝箱

醒世恒言

- 288 ⋯⋯ 作者自叙
- 290 ⋯⋯ 卖油郎独占花魁
- 325 ⋯⋯ 乔太守乱点鸳鸯谱
- 346 ⋯⋯ 闹樊楼多情周胜仙
- 358 ⋯⋯ 十五贯戏言成巧祸
- 372 ⋯⋯ 一文钱小隙造奇冤

初刻拍案惊奇

400 ……… 作者自叙

401 ……… 转运汉遇巧洞庭红　波斯胡指破鼍龙壳

420 ……… 刘东山夸技顺城门　十八兄奇踪村酒肆

430 ……… 卫朝奉狠心盘贵产　陈秀才巧计赚原房

443 ……… 钱多处白丁横带　运退时刺史当艄

二刻拍案惊奇

458 ……… 作者自叙

460 ……… 小引

461 ……… 同窗友认假作真　女秀才移花接木

486 ……… 田舍翁时时经理　牧童儿夜夜尊荣

499 ……… 两错认莫大姐私奔　再成交杨二郎正本

III

喻世明言

〔明〕冯梦龙 著

作者自叙

史统散而小说兴,始乎周季,盛于唐,而浸淫至于宋,韩非、列御寇诸人,小说之祖也。《吴越春秋》等书,虽出炎汉,然秦火之后,著述犹希。迨开元以降、而文人之笔横矣。若通俗演义,不知何昉?按南宋供奉局,有说话人,如今说书之流,其文必通俗,其作者莫可考。

泥马倦勤,以太上享天下之养,仁寿清暇,喜阅话本,命内珰日进一帙,当意,则以金钱厚酬。于是内珰辈广求先代奇迹及闾里新闻,倩人敷演进御,以怡天颜。然一览辄置,卒多浮沉内庭,其传布民间者,什不一二耳。然如《玩江楼》《双鱼坠记》等类,又皆鄙俚浅薄,齿牙弗馨焉。暨施、罗两公,鼓吹胡元,而《三国志》《水浒》《平妖》诸传,遂成巨观。要以韫玉违时,销熔岁月,非龙见之日所暇也。

皇明文治既郁,靡流不波,即演义一斑,往往有远过宋人者。而或以为恨乏唐人风致,谬矣。食桃者不费杏,绨縠毳①锦,惟时所适,以唐说律宋,将有以汉说律唐,以春秋战国说律汉,不至于尽扫羲圣之一画不止!可若何?大抵唐人选言,入于文心;宋人通俗,谐于里耳。天下之文心少而里耳多,则小说之资于选言者少,而资于通俗者多。

试今说话人当场描写,可喜可愕,可悲可涕,可歌可舞;再欲捉刀,再欲下拜,再欲决脰②,再欲捐金。怯者勇,淫者贞,薄者敦,顽钝者汗下。虽小诵《孝经》《论语》,其感人未必如是之捷且深也。噫!不通俗而

---

① 绨縠毳:绨,音 chī,意为细葛布;縠,音 hú,意为有褶皱的纱;毳,音 cuì,意为毛发。
② 脰:音 dòu,意为脖子、颈。

能之乎？茂苑野史氏，家藏古今通俗小说甚富，因贾人之请，抽其可以嘉惠里耳者，凡四十种，畀^①为一刻。余顾而乐之，因索笔而弁^②其首。

绿天馆主人题

---

① 畀：音 bì，意为给……以重任。
② 弁：音 biàn，意为放在前面，为其加冠。

蒋兴哥重会珍珠衫[1]

　　仕至千钟非贵，年过七十常稀。浮名身后有谁知？万事空花游戏。休逞少年狂荡，莫贪花酒便宜。脱离烦恼是和非，随分安闲得意。

　　这首词名为《西江月》[2]，是劝人安分守己，随缘作乐，莫为酒、色、财、气四字，损却精神，亏了行止。求快活时非快活，得便宜处失便宜。说起那四字中，总到不得那"色"字利害。眼是情媒，心为欲种。起手时，牵肠挂肚；过后去，丧魄销魂。假如墙花路柳，偶然适兴，无损于事；若是生心设计，败俗伤风，只图自己一时欢乐，却不顾他人的百年恩义，假如你有娇妻爱妾，别人调戏上了，你心下如何？古人有四句道得好：

　　　　人心或可昧，天道不差移。
　　　　我不淫人妇，人不淫我妻。

　　看官，则今日听我说《珍珠衫》这套词话[3]，可见果报不爽，好教少年子弟做个榜样。

　　话中单表一人，姓蒋，名德，小字兴哥，乃湖广襄阳府枣阳县人氏。

---

[1] 珍珠衫：结合多种古籍记载，可推断出是一种可内穿又可外穿的半透明"敛服"。而在本文中的描述，则更像是男子夏日贴身穿着的内衣，清凉透骨。——后文如无特殊说明，皆为编者所注。

[2] 《西江月》：起初为唐教坊曲，后演化为词牌名，又名《步虚词》《江月令》。

[3] 词话：一般认为起于元，流行于明代，明代把夹有词曲的章回小说叫作词话。

父亲叫作蒋世泽，从小走熟广东，做客买卖。因为丧了妻房罗氏，止遗下这兴哥，年方九岁，别无男女。这蒋世泽割舍不下，又绝不得广东的衣食道路①，千思百计，无可奈何，只得带那九岁的孩子同行作伴，就教他学些乖巧。这孩子虽则年小，生得眉清目秀，齿白唇红；行步端庄，言辞敏捷。聪明赛过读书家，伶俐不输长大汉。人人唤作粉孩儿，个个羡他无价宝。蒋世泽怕人妒忌，一路上不说是嫡亲儿子，只说是内侄罗小官人。原来罗家也是走广东的，蒋家只走得一代，罗家到走过三代了。那边客店牙行②，都与罗家世代相识，如自己亲眷一般。这蒋世泽做客，起头也还是丈人罗公领他走起的。因罗家近来屡次遭了屈官司，家道消乏，好几年不曾走动。这些客店牙行见了蒋世泽，那一遍不动问罗家消息，好生牵挂。今番见蒋世泽带个孩子到来，问知是罗家小官人，且是生得十分清秀，应对聪明，想着他祖父三辈交情，如今又是第四辈了，那一个不欢喜！

闲话休题。却说蒋兴哥跟随父亲做客，走了几遍，学得伶俐乖巧，生意行中，百般都会，父亲也喜不自胜。何期到一十七岁上，父亲一病身亡。且喜刚在家中，还不做客途之鬼，兴哥哭了一场，免不得揩干泪眼，整理大事。殡殓之外，做些功德超度，自不必说。七七四十九日内，内外宗亲，都来吊孝。本县有个王公，正是兴哥的新岳丈，也来上门祭奠，少不得蒋门亲戚陪侍叙话。中间说起兴哥少年老成，这般大事，亏他独力支持，因话随话间，就有人撺掇道："王老亲翁，如今令爱也长成了，何不乘凶完配，教他夫妇作伴，也好过日。"王公未肯应承，当日相别去了。众亲戚等安葬事毕，又去撺掇兴哥。兴哥初时也不肯，却被撺掇了几番，自想孤身无伴，只得应允。央原媒人往王家去说，王公只是推辞，说道："我家也要

---

① 道路：此处专指生意、买卖。
② 牙行：一般指在买卖当中充当中间人，或替货主和顾客当揽客的商号。

备些薄薄妆奁，一时如何来得？况且孝未期年①，于礼有碍，便要成亲，且待小祥②之后再议。"媒人回话，兴哥见他说得正理，也不相强。

光阴如箭，不觉周年已到。兴哥祭过了父亲灵位，换去粗麻衣服，再央媒人王家去说，方才依允。不隔几日，六礼完备，娶了新妇进门。有《西江月》为证：

> 孝幕翻成红幕，色衣换去麻衣。画楼结彩烛光辉，合卺③花筵齐备。那美妆奁富盛，难求丽色娇妻。今宵云雨足欢娱，来日人称恭喜。

说这新妇是王公最幼之女，小名唤做三大儿；因他是七月七日生的，又唤做三巧儿。王公先前嫁过的两个女儿，都是出色标致的。枣阳县中，人人称羡，造出四句口号④，道是：

> 天下妇人多，王家美色寡。
> 有人娶着他，胜似为驸马。

常言道："做买卖不着，只一时；讨老婆不着，是一世。"若干官宦大户人家，单拣门户相当，或是贪他嫁资丰厚，不分皂白，定了亲事。后来娶下一房奇丑的媳妇，十亲九眷面前，出来相见，做公婆的好没意思。又且丈夫心下不喜，未免私房走野⑤。偏是丑妇极会管老公，若是一般见识

---

① 期年：即一周年。
② 小祥：指人死去以后一周年的祭祀典礼。
③ 合卺：指新婚夫妇喝交杯酒。卺，音 jǐn。
④ 口号：指一种诗体的名称。
⑤ 走野：此处指搞不正当的男女关系。

的，便要反目；若使顾惜体面，让他一两遍，他就做大起来。有此数般不妙，所以蒋世泽闻知王公惯生得好女儿，从小便送过财礼，定下他幼女与儿子为婚。今日娶过门来，果然娇姿艳质，说起来，比他两个姐儿加倍标致。正是：

吴宫西子①不如，楚国南威②难赛。
若比水月观音，一样烧香礼拜。

蒋兴哥人才本自齐整，又娶得这房美色的浑家③，分明是一对玉人，良工琢就，男欢女爱，比别个夫妻更胜十分。三朝之后，依先换了些浅色衣服，只推制中④，不与外事，专在楼上与浑家成双捉对，朝暮取乐，真个行坐不离，梦魂作伴。自古苦日难熬，欢时易过，暑往寒来，早已孝服完满，起灵除孝，不在话下。

兴哥一日间想起父亲存日广东生理，如今担阁⑤三年有余了，那边还放下许多客帐，不曾取得。夜间与浑家商议，欲要去走一遭。浑家初时也答应道该去，后来说到许多路程，恩爱夫妻，何忍分离？不觉两泪交流。兴哥也自割舍不得，两下凄惨一场，又丢开了。如此已非一次。

光阴荏苒，不觉又捱过了二年。那时兴哥决意要行，瞒过了浑家，在外面暗暗收拾行李。拣了个上吉的日期，五日前方对浑家说知，道："常言'坐吃山空'，我夫妻两口，也要成家立业，终不然抛了这行衣食道路？如

---

① 西子：此处指越国美女西施，后被范蠡进献给吴王。
② 南威：即南之威，春秋时晋国的美女。《战国策·魏策》记载："晋文公得南之威，三日不听朝，遂推南之威而远之，曰：'后世必有以色亡其国者。'"
③ 浑家：指妻子。
④ 制中：居丧叫作制。制中，就是在丧中。
⑤ 担阁：即如今的"耽搁"。

今这二月天气不寒不暖,不上路更待何时?"浑家料是留他不住了,只得问道:"丈夫此去几时可回?"兴哥道:"我这番出外,甚不得已,好歹一年便回,宁可第二遍多去几时罢了。"浑家指着楼前一棵椿树道:"明年此树发芽,便盼着官人回也。"说罢,泪下如雨。兴哥把衣袖替他揩拭,不觉自己眼泪也挂下来。两下里怨离惜别,分外恩情,一言难尽。

到第五日,夫妇两个啼啼哭哭,说了一夜的话,索性不睡了。五更时分,兴哥便起身收拾,将祖遗下的珍珠细软,都交付与浑家收管。自己只带得本钱银两、帐目底本及随身衣服、铺陈之类,又有预备下送礼的人事①,都装叠得停当。原有两房家人,只带一个后生些的去,留一个老成的在家,听浑家使唤,买办日用。两个婆娘,专管厨下。又有两个丫头,一个叫晴云,一个叫暖雪,专在楼中伏侍,不许远离。分付②停当了,对浑家说道:"娘子耐心度日。地方轻薄子弟不少,你又生得美貌,莫在门前窥瞰③,招风揽火。"浑家道:"官人放心,早去早回。"两下掩泪而别。正是:

> 世上万般哀苦事,无非死别与生离。

兴哥上路,心中只想着浑家,整日的不偢不保④。不一日,到了广东地方,下了客店。这伙旧时相识,都来会面,兴哥送了些人事。排家⑤的治酒接风,一连半月二十日,不得空闲。兴哥在家时,原是淘虚了的身子,一路受些劳碌,到此未免饮食不节,得了个疟疾。一夏不好,秋间转成水痢。每日请医切脉,服药调治,直延到秋尽,方得安痊。把买卖都担阁了,

---

① 人事:指礼物。
② 分付:即如今的"吩咐"。
③ 窥瞰:窥看。瞰,音 kàn。
④ 不偢不保:一切事情都不注意。偢,音 chǒu;保,音 cǎi。
⑤ 排家:挨家挨户。

008　三言二拍精选集

眼见得一年回去不成。正是：

只为蝇头微利，抛却鸳被良缘。

兴哥虽然想家，到得日久，索性把念头放慢了。

不题兴哥做客之事。且说这里浑家王三巧儿，自从那日丈夫分付了，果然数月之内，目不窥户，足不下楼。光阴似箭，不觉残年将尽，家家户户，闹轰轰的暖火盆①，放爆竹，吃合家欢耍子。三巧儿触景伤情，思想丈夫，这一夜好生凄楚！正合古人的四句诗，道是：

腊尽愁难尽，春归人未归。朝来嗔寂寞，不肯试新衣。

明日正月初一日，是个岁朝。晴云、暖雪两个丫头，一力劝主母②在前楼去看看街坊景象。原来蒋家住宅前后通连的两带楼房，第一带临着大街，第二带方做卧室，三巧儿闲常只在第二带中坐卧。这一日被丫头们撺掇不过，只得从边厢里走过前楼，分付推开窗子，把帘儿放下，三口儿在帘内观看。这日街坊上好不闹杂！三巧儿道："多少东行西走的人，偏没个卖卦先生在内！若有时，唤他来卜问官人消息也好。"晴云道："今日是岁朝，人人要闲耍的，那个出来卖卦？"暖雪叫道："娘！限在我两个身上，五日内包唤一个来占卦便了。"

到初四日早饭过后，暖雪下楼小解，忽听得街上当当的敲响。响的这件东西，唤做"报君知③"，是瞎子卖卦的行头。暖雪等不及解完，慌忙检

---

① 暖火盆：除夕时，人们在庭院中架起松柏树枝，点火焚烧，又叫烧松盆。
② 主母：婢妾、仆役对女主人之称。
③ 报君知：算命占卦的盲人手里所拿的圆铜片，用小锤碰击，让人知。

了裤腰,跑出门外,叫住了瞎先生。拨转脚头,一口气跑上楼来,报知主母。三巧儿分付,唤在楼下坐启①内坐着,讨他课钱,通陈过了,走下楼梯,听他剖断。那瞎先生占成一卦,问是何用。那时厨下两个婆娘,听得热闹,也都跑将来了,替主母传语道:"这卦是问行人的。"瞎先生道:"可是妻问夫么?"婆娘道:"正是。"先生道:"青龙治世,财爻发动。若是妻问夫,行人在半途,金帛千箱有,风波一点无。青龙属木,木旺于春,立春前后,已动身了。月尽月初,必然回家,更兼十分财采。"三巧儿叫买办的,把三分银子打发他去,欢天喜地,上楼去了。真所谓"望梅止渴""画饼充饥"。大凡人不做指望,到也不在心上;一做指望,便痴心妄想,时刻难过。三巧儿只为信了卖卦先生之语,一心只想丈夫回来,从此时常走向前楼,在帘内东张西望。直到二月初旬,椿树抽芽,不见些儿动静。三巧儿思想丈夫临行之约,愈加心慌;一日几遍,向外探望。也是合当有事,遇着这个俊俏后生。正是:

有缘千里能相会,无缘对面不相逢。

这个俊俏后生是谁?原来不是本地,是徽州新安县人氏;姓陈,名商,小名叫做大喜哥,后来改口呼为大郎;年方二十四岁,且是生得一表人物,虽胜不得宋玉、潘安,也不在两人之下。这大郎也是父母双亡,凑了二三千金本钱,来走襄阳贩籴些米豆之类,每年常走一遍。他下处②自在城外,偶然这日进城来,要到大市街汪朝奉典铺中问个家信。那典铺正在蒋家对门,因此经过。你道怎生打扮?头上带一顶苏样的百柱鬃帽③,身

---

① 坐启:即便厅。
② 下处:此处指寓所。
③ 鬃帽:一种用棕、藤编织成的帽子。

上穿一件鱼肚白的湖纱道袍，又恰好与蒋兴哥平昔穿着相像。三巧儿远远瞧见，只道是他丈夫回了，揭开帘子，定睛而看。陈大郎抬头，望见楼上一个年少的美妇人，目不转睛的，只道心上欢喜了他，也对着楼上丢个眼色。谁知两个都错认了。三巧儿见不是丈夫，羞得两颊通红，忙忙把窗儿拽转，跑在后楼，靠着床沿上坐地，兀自心头突突的跳一个不住。谁知陈大郎的一片精魂，早被妇人眼光儿摄上去了。回到下处，心心念念的放他不下，肚里想着："家中妻子，虽是有些颜色①，怎比得妇人一半！欲待通个情款，争奈无门可入。若得谋他一宿，就消花这些本钱，也不枉为人在世。"叹了几口气，忽然想起大市街东巷，有个卖珠子的薛婆，曾与他做过交易。这婆子能言快语，况且日逐串街走巷，那一家不认得？须是与他商议，定有道理。这一夜番来覆去，勉强过了。次日起个清早，只推有事，讨些凉水梳洗，取了一百两银子，两大锭金子，急急的跑进城来。这叫作：

欲求生受用，须下死工夫。

陈大郎进城，一径来到大市街东巷，去敲那薛婆的门。薛婆蓬着头，正在天井里拣珠子，听得敲门，一头收过珠包，一头问道："是谁？"才听说出"徽州陈"三字，慌忙开门请进，道："老身未曾梳洗，不敢为礼了。大官人起得好早！有何贵干？"陈大郎道："特特②而来，若迟时，怕不相遇。"薛婆道："可是作成老身出脱些珍珠首饰么？"陈大郎道："珠子也要买，还有大买卖作成你。"薛婆道："老身除了这一行货，其余都不熟惯。"陈大郎道："这里可说得话么？"

薛婆便把大门关上，请他到小阁儿坐着，问道："大官人有何分付？"

---

① 颜色：姿色。
② 特特：即特意、特地。

大郎见四下无人，便向衣袖里摸出银子，解开布包，摊在卓①上，道："这一百两白银，干娘收过了，方才敢说。"婆子不知高低，那里肯受。大郎道："莫非嫌少？"慌忙又取出黄灿灿的两锭金子，也放在卓上，道："这十两金子，一并奉纳。若干娘再不收时，便是故意推调了。今日是我来寻你，非是你来求我。只为这桩大买卖，不是老娘成不得，所以特地相求。便说做不成时，这金银你只管受用。终不然我又来取讨，日后再没相会的时节了？我陈商不是恁般小样的人！"

　　看官，你说从来做牙婆的那个不贪钱钞？见了这般黄白之物，如何不动火？薛婆当时满脸堆下笑来，便道："大官人休得错怪，老身一生不曾要别人一厘一毫不明不白的钱财。今日既承大官人分付，老身权且留下；若是不能效劳，依旧奉纳。"说罢，将金锭放银包内，一齐包起，叫声："老身大胆了。"拿向卧房中藏过，忙趱出来，道："大官人，老身且不敢称谢，你且说甚么买卖，用着老身之处？"大郎道："急切要寻一件救命之宝，是处都无，只大市街上一家人家方有，特央干娘去借借。"婆子笑将起来，道："又是作怪！老身在这条巷住过二十多年，不曾闻大市街有甚救命之宝。大官人你说，有宝的还是谁家？"大郎道："敝乡里汪三朝奉典铺对门高楼子内是何人之宅？"婆子想了一回，道："这是本地蒋兴哥家里，他男子出外做客，一年多了，止有女眷在家。"大郎道："我这救命之宝，正要问他女眷借借。"便把椅儿掇近了婆子身边，向他诉出心腹，如此如此。婆子听罢，连忙摇首道："此事大难！蒋兴哥新娶这房娘子，不上四年，夫妻两个如鱼似水，寸步不离。如今没奈何出去了，这小娘子足不下楼，甚是贞节。因兴哥做人有些古怪，容易嗔嫌，老身辈从不曾上他的阶头。连这小娘子面长面短，老身还不认得，如何应承得此事？方才所赐，是老身薄福，受用不成了。"

---

①　卓：即桌。

陈大郎听说，慌忙双膝跪下，婆子去扯他时，被他两手拿住衣袖，紧紧按定在椅上，动掸不得。口里说："我陈商这条性命，都在干娘身上。你是必思量个妙计，作成我入马①，救我残生。事成之日，再有白金百两相酬；若是推阻，即今便是个死。"慌得婆子没理会处，连声应道："是，是！莫要折杀老身，大官人请起，老身有话讲。"陈大郎方才起身，拱手道："有何妙策，作速见教。"薛婆道："此事须从容图之，只要成就，莫论岁月。若是限时限日，老身决难奉命。"陈大郎道："若果然成就，便迟几日何妨。只是计将安出？"薛婆道："明日不可太早，不可太迟，早饭后，相约在汪三朝奉典铺中相会，大官人可多带银两，只说与老身做买卖，其间自有道理。若是老身这两只脚跨进得蒋家门时，便是大官人的造化，大官人便可急回下处；莫在他门首盘桓，被人识破，误了大事。讨得三分机会，老身自来回覆。"陈大郎道："谨依尊命。"唱了个肥喏，欣然开门而去。正是：

未曾灭项兴刘，先见筑坛拜将。

当日无话。到次日，陈大郎穿了一身齐整衣服，取上三四百两银子，放在个大皮匣内，唤小郎②背着，跟随到大市街汪家典铺来。瞧见对门楼窗紧闭，料是妇人不在，便与管典的拱了手，讨个木凳儿坐在门前，向东而望。不多时，只见薛婆抱着一个篾丝箱儿来了。陈大郎唤住，问道："箱内何物？"薛婆道："珠宝首饰，大官人可用么？"大郎道："我正要买。"薛婆进了典铺，与管典的相见了，叫声咋嗟，便把箱儿打开。内中有十来包珠子，又有几个小匣儿，都盛着新样簇花点翠的首饰，奇巧动人，光灿

---

① 入马：指和女人勾搭上。
② 小郎：此处指年轻的仆役。

夺目。陈大郎拣几吊极粗极白的珠子，和那些簪珥之类，做一堆儿放着，道："这些我都要了。"婆子便把眼儿瞅着，说道："大官人要用时尽用，只怕不肯出这样大价钱。"陈大郎已自会意，开了皮匣，把这些银两白华华的，摊做一台，高声的叫道："有这些银子，难道买你的货不起。"

此时邻舍闲汉已自走过七八个人，在铺前站着看了。婆子道："老身取笑，岂敢小觑大官人。这银两须要仔细，请收过了，只要还得价钱公道便好。"两下一边的讨价多，一边的还钱少，差得天高地远。那讨价的一口不移；这里陈大郎拿着东西，又不放手，又不增添，故意走出屋檐，件件的翻覆认看，言真道假、弹斤估两的在日光中炫耀，惹得一市人都来观看，不住声的有人喝采。婆子乱嚷道："买便买，不买便罢，只管担阁人则甚？"陈大郎道："怎么不买？"两个又论了一番价。正是：

只因酬价争钱口，惊动如花似玉人。

王三巧儿听得对门喧嚷，不觉移步前楼，推窗偷看。只见珠光闪烁，宝色辉煌，甚是可爱。又见婆子与客人争价不定，便分付丫鬟去唤那婆子，借他东西看看。晴云领命，走过街去，把薛婆衣袂一扯，道："我家娘请你。"婆子故意问道："是谁家？"晴云道："对门蒋家。"婆子把珍珠之类，劈手夺将过来，忙忙的包了，道："老身没有许多空闲与你歪缠！"陈大郎道："再添些卖了罢。"婆子道："不卖，不卖！像你这样价钱，老身卖去多时了。"一头说，一头放入箱儿里，依先关锁了，抱着便走。晴云道："我替你老人家拿罢。"婆子道："不消。"头也不回，径到对门去了。陈大郎心中暗喜，也收拾银两，别了管典的，自回下处。正是：

眼望捷旌旗，耳听好消息。

晴云引薛婆上楼,与三巧儿相见了。婆子看那妇人,心下想道:"真天人也,怪不得陈大郎心迷;若我做男子,也要浑了。"当下说道:"老身久闻大娘贤慧,但恨无缘拜识。"三巧儿问道:"你老人家尊姓?"婆子道:"老身姓薛,只在这里东巷住,与大娘也是个邻里。"三巧儿道:"你方才这些东西,如何不卖?"婆子笑道:"若不卖时,老身又拿出来怎的?只笑那下路客人,空自一表人才,不识货物。"说罢便去开了箱儿,取出几件簪珥,递与那妇人看,叫道:"大娘,你道这样首饰,便工钱也费多少!他们还得忒不像样,教老身在主人家面前,如何告得许多消乏?"又把几串珠子提将起来道:"这般头号的货,他们还做梦哩。"

三巧儿问了他讨价、还价,便道:"真个亏你些儿。"婆子道:"还是大家宝眷,见多识广,比男子汉眼力到胜十倍。"三巧儿唤丫鬟看茶。婆子道:"不扰茶了。老身有件要紧的事,欲往西街走走,遇着这个客人,缠了多时,正是:买卖不成,担误工程。这箱儿连锁放在这里,权烦大娘收拾,老身暂去,少停就来。"说罢便走。三巧儿叫晴云送他下楼,出门向西去了。

三巧儿心上爱了这几件东西,专等婆子到来酬价。一连五日不至。到第六日午后,忽然下一场大雨,雨声未绝,砰砰的敲门声响。三巧儿唤丫鬟开看,只见薛婆衣衫半湿,提个破伞进来,口儿道:"晴干不肯走,直待雨淋头。"把伞儿放在楼梯边,走上楼来万福[①]道:"大娘,前晚失信了。"三巧儿慌忙答礼道:"这几日在那里去了?"婆子道:"小女托赖,新添了个外孙,老身去看看,留住了几日,今早方回。半路上下起雨来,在一个相识人家借得把伞,又是破的,却不是晦气!"三巧儿道:"你老人家几个儿女?"婆子道:"只一个儿子,完婚过了。女儿到有四个,这是我第四个了,嫁与徽州朱八朝奉做偏房,就在这北门外开盐店的。"三巧儿道:"你

[①] 万福:古代妇女向人打招呼的行礼方式。

老人家女儿多，不把来当事了。本乡本土少什么一夫一妇的，怎舍得与异乡人做小？"婆子道："大娘不知，到是异乡人有情怀，虽则偏房，他大娘子只在家里，小女自在店中，呼奴使婢，一般受用。老身每遍去时，他当个尊长看待，更不怠慢。如今养了个儿子，愈加好了。"三巧儿道："也是你老人家造化，嫁得着。"说罢，恰好晴云讨茶上来，两个吃了。婆子道："今日雨天没事，老身大胆，敢求大娘的首饰一看，看些巧样儿在肚里也好。"三巧儿道："也只是平常生活，你老人家莫笑话。"就取一把钥匙，开了箱笼，陆续搬出许多钗、钿、缨络之类。

薛婆看了，夸美不尽，道："大娘有恁般珍异，把老身这几件东西，看不在眼了。"三巧儿道："好说，我正要与你老人家请个实价。"婆子道："娘子是识货的，何消老身费嘴。"三巧儿把东西检过，取出薛婆的篾丝箱儿来，放在卓上，将钥匙递与婆子道："你老人家开了，检看个明白。"婆子道："大娘忒精细了。"当下开了箱儿，把东西逐件搬出。三巧儿品评价钱，都不甚远。婆子并不争论，欢欢喜喜的道："恁地，便不枉了人。老身就少赚几贯钱，也是快活的。"三巧儿道："只是一件，目下凑不起价钱，只好现奉一半。等待我家官人回来，一并清楚，他也只在这几日回了。"婆子道："便迟几日，也不妨事。只是价钱上相让多了，银水要足纹的。"三巧儿道："这也小事。"便把心爱的几件首饰及珠子收起，唤晴云取杯见成酒来，与老人家坐坐。婆子道："造次如何好搅扰？"三巧儿道："时常清闲，难得你老人家到此作伴扳话。你老人家若不嫌怠慢，时常过来走走。"婆子道："多谢大娘错爱，老身家里当不过嘈杂，像宅上又忒清闲了。"三巧儿道："你家儿子做甚生意？"婆子道："也只是接些珠宝客人，每日的讨酒讨浆，刮的人不耐烦。老身亏杀各宅们走动，在家时少，还好。若只在六尺地上转，怕不燥死了人。"三巧儿道："我家与你相近，不耐烦时，就过来闲话。"婆子道："只不敢频频打搅。"三巧儿道："老人家说那里话。"

只见两个丫鬟轮番的走动,摆了两副杯箸,两碗腊鸡,两碗腊肉,两碗鲜鱼,连果碟素菜,共一十六个碗。婆子道:"如何盛设!"三巧儿道:"见成的,休怪怠慢。"说罢,斟酒递与婆子,婆子将杯回敬,两下对坐而饮。原来三巧儿酒量尽去得,那婆子又是酒壶酒瓮,吃起酒来,一发相投了,只恨会面之晚。那日直吃到傍晚,刚刚雨止,婆子作谢要回。三巧儿又取出大银钟来,劝了几钟。又陪他吃了晚饭。说道:"你老人家再宽坐一时,我将这一半价钱付你去。"婆子道:"天晚了,大娘请自在,不争这一夜儿,明日却来领罢。连这篾丝箱儿,老身也不拿去了,省得路上泥滑滑的不好走。"三巧儿道:"明日专专望你。"婆子作别下楼,取了破伞,出门去了。正是:

世间只有虔婆[①]嘴,哄动多多少少人。

却说陈大郎在下处呆等了几日,并无音信。见这日天雨,料是婆子在家,拖泥带水的进城来问个消息,又不相值。自家在酒肆中吃了三杯,用了些点心,又到薛婆门首打听,只是未回。看看天晚,却待转身,只见婆子一脸春色,脚略斜的走入巷来。陈大郎迎着他,作了揖,问道:"所言如何?"婆子摇手道:"尚早。如今方下种,还没有发芽哩。再隔五六年,开花结果,才到得你口。你莫在此探头探脑,老娘不是管闲事的。"陈大郎见他醉了,只得转去。

次日,婆子买了些时新果子、鲜鸡、鱼、肉之类,唤个厨子安排停当,装做两个盒子;又买一瓮上好的酽酒,央间壁小二挑了,来到蒋家门首。三巧儿这日不见婆子到来,正教晴云开门出来探望,恰好相遇。婆子教小二挑在楼下,先打发他去了。晴云已自报知主母。三巧儿把婆子当个

[①] 虔婆:此处指帮人牵线的鸨母。

贵客一般,直到楼梯口边迎他上去。婆子千恩万谢的福了一回,便道:"今日老身偶有一杯水酒,将来与大娘消遣。"三巧儿道:"到要你老人家赔钞,不当受了。"婆子央两个丫鬟搬将上来,摆做一卓子。三巧儿道:"你老人家忒迂阔了,恁般大弄起来。"婆子笑道:"小户人家,备不出甚么好东西,只当一茶奉献。"晴云便去取杯箸,暖雪便吹起水火炉来。霎时酒暖,婆子道:"今日是老身薄意,还请大娘转坐客位。"三巧儿道:"虽然相扰,在寒舍岂有此理?"两下谦让多时,薛婆只得坐了客席。

这是第三次相聚,更觉熟分了。饮酒中间,婆子问道:"官人出外好多时了还不回,亏他撇得大娘下。"三巧儿道:"便是,说过一年就转,不知怎地担阁了。"婆子道:"依老身说,放下了恁般如花似玉的娘子,便博个堆金积玉也不为罕。"婆子又道:"大凡走江湖的人,把客当家,把家当客。比如我第四个女婿朱八朝奉,有了小女,朝欢暮乐,那里想家?或三年四年,才回一遍。住上不一两个月,又来了。家中大娘子替他担孤受寡,那晓得他外边之事?"三巧儿道:"我家官人到不是这样人。"婆子道:"老身只当闲话讲,怎敢将天比地?"当日两个猜谜掷色,吃得酩酊而别。

第三日,同小二来取家火,就领这一半价钱。三巧儿又留他吃点心。从此以后,把那一半赊钱为由,只做问兴哥的消息,不时行走。这婆子俐齿伶牙,能言快语,又半痴不颠的,惯与丫鬟们打诨,所以上下都欢喜他。三巧儿一日不见他来,便觉寂寞,叫老家人认了薛婆家里,早晚常去请他,所以一发来得勤了。世间有四种人惹他不得,引起了头,再不好绝他。是那四种?游方僧道、乞丐、闲汉、牙婆。上三种人犹可,只有牙婆是穿房入户的,女眷们怕冷静时,十个九个到要扳他来往。今日薛婆本是个不善之人,一般甜言软语,三巧儿遂与他成了至交,时刻少他不得。正是:

画虎画皮难画骨,知人知面不知心。

陈大郎几遍讨个消息，薛婆只回言尚早。其时五月中旬，天渐炎热。婆子在三巧儿面前，偶说起家中蜗窄，又是朝西房子，夏月最不相宜，不比这楼上高敞风凉。三巧儿道："你老人家若撇得家下，到此过夜也好。"婆子道："好是好，只怕官人回来。"三巧儿道："他就回，料道不是半夜三更。"婆子道："大娘不嫌蒿恼，老身惯是捱相知的，只今晚就取铺陈过来，与大娘作伴，何如？"三巧儿道："铺陈尽有，也不须拿得。你老人家回覆家里一声，索性在此过了一夏家去不好？"婆子真个对家里儿子媳妇说了，只带个梳匣儿过来。三巧儿道："你老人家多事，难道我家油梳子也缺了，你又带来怎地？"婆子道："老身一生怕的是同汤洗脸，合具梳头。大娘怕没有精致的梳具，老身如何敢用？其他姐儿们的，老身也怕用得，还是自家带了便当。只是大娘分付在那一门房安歇？"三巧儿指着床前一个小小藤榻儿，道："我预先排下你的卧处了，我两个亲近些，夜间睡不着好讲些闲话。"说罢，检出一顶青纱帐来，教婆子自家挂了，又同吃了一会酒，方才歇息。两个丫鬟原在床前打铺相伴，因有了婆子，打发他在间壁房里去睡。从此为始，婆子日间出去串街做买卖，黑夜便到蒋家歇宿。时常携壶挈榼的殷勤热闹，不一而足。床榻是丁字样铺下的，虽隔着帐子，却像是一头同睡。夜间絮絮叨叨，你问我答，凡街坊秽亵之谈，无所不至。这婆子或时装醉诈风起来，到说起自家少年时偷汉的许多情事，去勾动那妇人的春心。害得那妇人娇滴滴一副嫩脸，红了又白，白了又红。婆子已知妇人心活，只是那话儿不好启齿。

　　光阴迅速，又到七月初七日了，正是三巧儿的生日。婆子清早备下两盒礼，与他做生。三巧儿称谢了，留他吃面，婆子道："老身今日有些穷忙，晚上来陪大娘，看牛郎织女做亲。"说罢自去了。下得阶头不几步，正遇着陈大郎。路上不好讲话，随到个僻静巷里。陈大郎攒着两眉，埋怨婆子道："干娘，你好慢心肠！春去夏来，如今又立过秋了。你今日也说尚早，明日也说尚早，却不知我度日如年。再延捱几日，他丈夫回来，此事便付东流,却不活活的害死我也!阴司去少不得与你索命。"婆子道:"你且莫喉急,老身正要相请,来得恰好。事成不成,只在今晚,须是依我而行。如此如此,这般这般。全要轻轻悄悄,莫带累人。"陈大郎点头道:"好计,好计!事成之后,定当厚报。"说罢,欣然而去。正是:

排成窃玉偷香阵,费尽携云握雨心。

却说薛婆约定陈大郎这晚成事。午后细雨微茫,到晚却没有星月,婆子黑暗里引着陈大郎埋伏在左近,自己却去敲门。晴云点个纸灯儿,开门出来。婆子故意把衣袖一摸,说道:"失落了一条临清汗巾儿。姐姐,劳你大家寻一寻。"哄得晴云便把灯向街上照去。这里婆子捉个空,招着陈大郎一溜溜进门来,先引他在楼梯背后空处伏着。婆子便叫道:"有了,不要寻了。"晴云道:"恰好火也没了,我再去点个来照你。"婆子道:"走熟的路,不消用火。"两个黑暗里关了门,摸上楼来。三巧儿问道:"你没了什么东西?"婆子袖里扯出个小帕儿来,道:"就是这个冤家,虽然不值甚钱,是一个北京客人送我的,却不道礼轻人意重。"三巧儿取笑道:"莫非是你老相交送的表记。"婆子笑道:"也差不多。"当夜两个耍笑饮酒。婆子道:"酒肴尽多,何不把些赏厨下男女?也教他闹轰轰,像个节夜。"三巧儿真个把四碗菜,两壶酒,分付丫鬟,拿下楼去。那两个婆娘,一个汉子,吃了一回,各去歇息不题。

再说婆子饮酒中间问道:"官人如何还不回家?"三巧儿道:"便是算来一年半了。"婆子道:"牛郎织女,也是一年一会,你比他到多隔了半年。常言道一品官,二品客。做客的那一处没有风花雪月?只苦了家中娘子。"三巧儿叹了口气,低头不语。婆子道:"是老身多嘴了。今夜牛女佳期,只该饮酒作乐,不该说伤情话儿。"说罢,便斟酒去劝那妇人。约莫半酣,婆子又把酒去劝两个丫鬟,说道:"这是牛郎织女的喜酒,劝你多吃几杯,后日嫁个恩爱的老公，寸步不离。"两个丫鬟被缠不过，勉强吃了，各不胜酒力，东倒西歪。三巧儿分付关了楼门，发放他先睡。他两个自在吃酒。

婆子一头吃，口里不住的说啰说皂道："大娘几岁上嫁的？"三巧儿道："十七岁。"婆子道："破得身迟，还不吃亏；我是十三岁上就破了身。"三巧儿道："嫁得恁般早？"婆子道："论起嫁，倒是十八岁了。不瞒大娘说，因是在间壁人家学针指，被他家小官人调诱，一时间贪他生得俊俏，就应承与他偷了。初时好不疼痛，两三遍后，就晓得快活。大娘你可也是这般么？"三巧儿只是笑。婆子又道："那话儿到是不晓得滋味的到好，尝过的便丢不下，心坎里时时发痒。日里还好，夜间好难过哩。"三巧儿道："想你在娘家时阅人多矣，亏你怎生充得黄花女儿嫁去？"婆子道："我的老娘也晓得些影像，生怕出丑，教我一个童女方，用石榴皮、生矾两味煎汤洗过，那东西就瘢紧了，我只做张做势的叫疼，就遮过了。"三巧儿道："你做女儿时，夜间也少不得独睡。"婆子道："还记得在娘家时节，哥哥出外，我与嫂嫂一头同睡，两下轮番在肚子上学男子汉的行事。"三巧儿道："两个女人做对，有甚好处？"婆子走过三巧儿那边，挨肩坐了，说道："大娘，你不知，只要大家知音，一般有趣，也撒得火。"

三巧儿举手把婆子肩胛上打一下，说道："我不信，你说谎。"婆子见他欲心已动，有心去挑拨他，又道："老身今年五十二岁了，夜间常痴性发作，打熬不过，亏得你少年老成。"三巧儿道："你老人家打熬不过，终不然还去打汉子？"婆子道："败花枯柳，如今那个要我了？不瞒大娘说，我也有个自取其乐，救急的法儿。"三巧儿道："你说谎，又是甚么法儿？"婆子道："少停到床上睡了，与你细讲。"说罢，只见一个飞蛾在灯上旋转，婆子便把扇来一扑，故意扑灭了灯，叫声："阿呀！老身自去点个灯来。"便去开楼门。陈大郎已自走上楼梯，伏在门边多时了。都是婆子预先设下的圈套。婆子道："忘带个取灯儿去了。"又走转来，便引着陈大郎到自己榻上伏着。婆子下楼去了一回，复上来道："夜深了，厨下火种都熄了，怎么处?"三巧儿道:"我点灯睡惯了,黑魆魆地,好不怕人。"婆子道:"老身伴你一床睡何如?"三巧儿正要问他救急的法儿,应道:"甚好。"婆子道:"大娘,你先上床,我关了门就来。"

三巧儿先脱了衣服,床上去了,叫道:"你老人家快睡罢。"婆子应道:"就来了。"却在榻上拖陈大郎上来,赤条条的扠在三巧儿床上去。三巧儿摸着身子,道:"你老人家许多年纪,身上恁般光滑!"那人并不回言,钻进被里,就捧着妇人做嘴。妇人还认是婆子,双手相抱。那人蓦地腾身而上,就干起事来。那妇人一则多了杯酒,醉眼朦胧;二则被婆子挑拨,春心飘荡,到此不暇致详,凭他轻薄。

一个是闺中怀春的少妇,一个是客邸慕色的才郎;一个打熬许久,如文君初遇相如①;一个盼望多时,如必正初谐陈女②。分明久旱逢甘雨,胜过他乡遇故知。

陈大郎是走过风月场的人,颠鸾倒凤,曲尽其趣,弄得妇人魂不附体。云雨毕后,三巧儿方问道:"你是谁?"陈大郎把楼下相逢,如此相慕,如此苦央薛婆用计,细细说了:"今番得遂平生,便死瞑目。"婆子走到床间,说道:"不是老身大胆,一来可怜大娘青春独宿,二来要救陈郎性命;你两个也是宿世姻缘,非干老身之事。"三巧儿道:"事已如此,万一我丈夫知觉,怎么好?"婆子道:"此事你知我知,只买定了晴云、暖雪两个丫头,不许他多嘴,再有谁人漏泄?在老身身上,管成你夜夜欢娱,一些事也没有。只是日后不要忘记了老身。"三巧儿到此,也顾不得许多了,

---

① 文君初遇相如:指卓文君和司马相如,中国历史上的一对伉俪。
② 必正初谐陈女:指潘必正与陈妙常。宋代河南人潘必正与女贞观女道士陈妙常恋爱,最后结成夫妇。

两个又狂荡起来，直到五更鼓绝，天色将明，两个兀自不舍。婆子催促陈大郎起身，送他出门去了。自此无夜不会，或是婆子同来，或是汉子自来。两个丫鬟被婆子把甜话儿偎他，又把利害话儿吓他；又教主母赏他几件衣服；汉子到时，不时把些零碎银子赏他们买果儿吃，骗得欢欢喜喜，已自做了一路。夜来明去，一出一入，都是两个丫鬟迎送，全无阻隔。真个是你贪我爱，如胶似漆，胜如夫妇一般。陈大郎有心要结识这妇人，不时的制办好衣服、好首饰送他，又替他还了欠下婆子的一半价钱，又将一百两银子谢了婆子。往来半年有余，这汉子约有千金之费。三巧儿也有三十多两银子东西，送那婆子。婆子只为图这些不义之财，所以肯做牵头。这都不在话下。

古人云：天下无不散的筵席。才过十五元宵夜，又是清明三月天。陈大郎思想蹉跎了多时生意，要得还乡。夜来与妇人说知，两下恩深义重，各不相舍。妇人到情愿收拾了些细软，跟随汉子逃走，去做长久夫妻。陈大郎道："使不得。我们相交始末，都在薛婆肚里。就是主人家吕公，见我每夜进城，难道没有些疑惑？况客船上人多，瞒得那个？两个丫鬟又带去不得。你丈夫回来，跟究出情由，怎肯干休？娘子权且耐心，到明年此时，我到此觅个僻静下处，悄悄通个信儿与你，那时两口儿同走，神鬼不觉，却不安稳？"妇人道："万一你明年不来，如何？"陈大郎就设起誓来。妇人道："既然你有真心，奴家也决不相负。你若到了家乡，倘有便人，托他捎个书信到薛婆处，也教奴家放意。"陈大郎道："我自用心，不消分付。"

又过了几日，陈大郎雇下船只，装载粮食完备，又来与妇人作别。这一夜倍加眷恋。两下说一会，哭一会，又狂荡一会，整整的一夜不曾合眼。到五更起身，妇人便去开箱，取出一件宝贝，叫做"珍珠衫"，递与陈大郎道："这件衫儿，是蒋门祖传之物，暑天若穿了他，清凉透骨。此去天道渐热，正用得着。奴家把与你做个记念，穿了此衫，就如奴家贴体一般。"陈大郎哭得出声不得，软做一堆。妇人就把衫儿亲手与汉子穿下，叫丫鬟开了门户，亲自送他出门，再三珍重而别。诗曰：

> 昔年含泪别夫郎，今日悲啼送所欢。
> 堪恨妇人多水性，招来野鸟胜文鸾。

话分两头。却说陈大郎有了这珍珠衫儿，每日贴体穿着，便夜间脱下，也放在被窝中同睡，寸步不离。一路遇了顺风，不两月行到苏州府枫桥地面。那枫桥是柴米牙行聚处，少不得投个主家脱货，不在话下。忽一日，赴个同乡人的酒席，席上遇个襄阳客人，生得风流标致。那人非别，正是蒋兴哥。原来兴哥在广东贩了些珍珠、玳瑁、苏木、沉香之类，搭伴起身。那伙同伴商量，都要到苏州发卖。兴哥久闻得"上说天堂，下说苏杭"，好个大马头所在，有心要去走一遍，做这一回买卖，方才回去。还是去年十月中到苏州的。因是隐姓为商，都称为罗小官人，所以陈大郎更不疑惑。他两个萍水相逢，年相若，貌相似，谭吐应对之间，彼此敬慕。即席间问了下处，互相拜望，两下遂成知己，不时会面。兴哥讨完了客帐，欲待起身，走到陈大郎寓所作别，大郎置酒相待，促膝谈心，甚是款洽。

此时五月下旬，天气炎热。两个解衣饮酒，陈大郎露出珍珠衫来。兴哥心中骇异，又不好认他的，只夸奖此衫之美。陈大郎恃了相知，便问道："贵县大市街有个蒋兴哥家，罗兄可认得否？"兴哥到也乖巧，回道："在下出外日多，里中虽晓得有这个人，并不相认，陈兄为何问他？"陈大郎道："不瞒兄长说，小弟与他有些瓜葛。"便把三巧儿相好之情，告诉了一遍。扯着衫儿看了，眼泪汪汪道："此衫是他所赠。兄长此去，小弟有封书信，奉烦一寄，明日侵早送到贵寓。"兴哥口里答应道："当得，当得。"心下沉吟："有这等异事！现在珍珠衫为证，不是个虚话了。"当下如针刺肚，推故不饮，急急起身别去。回到下处，想了又恼，恼了又想，恨不得学个缩地法儿，顷刻到家。连夜收拾，次早便上船要行。只见岸上一个人气吁吁的赶来，却是陈大郎。亲把书信一大包，递与兴哥，叮嘱千万寄去。气得兴哥面如土色，说不得，话不得，死不得，活不得。只等陈大郎去后，把书看时，面上写道："此书烦寄大市街东巷薛妈妈家。"兴哥性起，一手扯开，却是八尺多长一条桃红绉纱汗巾。又有个纸糊长匣儿，内有羊脂玉凤头簪一根。书上写道："微物二件，烦干娘转寄心爱娘子三巧儿亲收，聊表记念。相会之期，准在来春。珍重，珍重。"

兴哥大怒，把书扯得粉碎，撒在河中；提起玉簪在船板上一掼，折做两段，一念想起道："我好糊涂！何不留此做个证见也好。"便检起簪儿和汗巾，做一包收拾，催促开船。急急的赶到家乡，望见了自家门首，不觉堕下泪来。想起："当初夫妻何等恩爱，只为我贪着蝇头微利，撇他少年守寡，弄出这场丑来，如今悔之何及！"在路上性急，巴不得赶回。及至到了，心中又苦又恨，行一步，懒一步。进得自家门里，少不得忍住了气，勉强相见。兴哥并无言语，三巧儿自己心虚，觉得满脸惭愧，不敢殷勤上前扳话。兴哥搬完了行李，只说去看看丈人丈母，依旧到船上住了一晚。次早回家，向三巧儿说道："你的爹娘同时害病，势甚危笃。昨晚我只得住下，看了他一夜。他心中只牵挂着你，欲见一面。我已雇下轿子在门首，你可作速回去，我也随后就来。"三巧儿见丈夫一夜不回，心里正在疑虑，闻说爹娘有病，却认真了，如何不慌？慌忙把箱笼上匙钥递与丈夫，唤个婆娘跟了，上轿而去。兴哥叫住了婆娘，向袖中摸出一封书来，分付他送与王公："送过书，你便随轿回来。"

却说三巧儿回家，见爹娘双双无恙，吃了一惊。王公见女儿不接而回，也自骇然，在婆子手中接书，拆开看时，却是休书一纸。上写道：

立休书人蒋德，系襄阳府枣阳县人。从幼凭媒聘定王氏为妻。岂期过门之后，本妇多有过失，正合七出之条①。因念夫妻之情不忍明言，情愿退还本宗，听凭改嫁，并无异言，休书是实。
成化二年　月　日　手掌为记。

　　书中又包着一条桃红汗巾，一枝打折的羊脂玉凤头簪。王公看了大惊，叫过女儿问其缘故。三巧儿听说丈夫把他休了，一言不发，啼哭起来。王公气忿忿的一径跟到女婿家来，蒋兴哥连忙上前作揖。王公回礼，便问道："贤婿，我女儿是清清白白嫁到你家的，如今有何过失，你便把他休了？须还我个明白。"蒋兴哥道："小婿不好说得，但问令爱便知。"王公道："他只是啼哭，不肯开口，教我肚里好闷！小女从幼聪慧，料不到得犯了淫盗。若是小小过失，你可也看老汉薄面，恕了他罢。你两个是七八岁上定下的夫妻，完婚后并不曾争论一遍两遍，且是和顺。你如今做客才回，又不曾住过三朝五日，有什么破绽落在你眼里？你直如此狠毒，也被人笑话，说你无情无义。"蒋兴哥道："丈人在上，小婿也不敢多讲。家下有祖遗下珍珠衫一件，是令爱收藏，只问他如今在否。若在时，半字休题；若不在，只索休怪了。"

　　王公忙转身回家，问女儿道："你丈夫只问你讨什么珍珠衫，你端的拿与何人去了？"那妇人听得说着了他紧要的关目，羞得满脸通红，开不得口，一发号啕大哭起来，慌得王公没做理会处。王婆劝道："你不要只管啼哭，实实的说个真情与爹妈知道，也好与你分剖。"妇人那里肯说，悲悲咽咽，哭一个不住。王公只得把休书和汗巾、簪子，都付与王婆，教他慢慢的偎着女儿，问他个明白。

　　王公心中纳闷，走到邻家闲话去了。王婆见女儿哭得两眼赤肿，生

---

① 七出之条：即古代休妻的七个条件，即无子、淫佚、不事舅姑、口舌、盗窃、妒忌、恶疾。

怕苦坏了他，安慰了几句言语，走往厨房下去暖酒，要与女儿消愁。三巧儿在房中独坐，想着珍珠衫泄漏的缘故，好生难解！这汗巾簪子，又不知那里来的。沉吟了半晌，道："我晓得了。这折簪是镜破钗分之意；这条汗巾，分明教我悬梁自尽。他念夫妻之情，不忍明言，是要全我的廉耻。可怜四年恩爱，一旦决绝，是我做的不是，负了丈夫恩情。便活在人间，料没有个好日，不如缢死，到得干净。"说罢，又哭了一回，把个坐兀子填高，将汗巾兜在梁上，正欲自缢。也是寿数未绝，不曾关上房门。恰好王婆暖得一壶好酒走进房来，见女儿安排这事，急得他手忙脚乱，不放酒壶，便上前去拖拽。不期一脚踢番坐兀子，娘儿两个跌做一团，酒壶都泼翻了。王婆爬起来，扶起女儿，说道："你好短见！二十多岁的人，一朵花还没有开足，怎做这没下梢的事？莫说你丈夫还有回心转意的日子，便真个休了，恁般容貌，怕没人要你？少不得别选良姻，图个下半世受用。你且放心过日子去，休得愁闷。"王公回家，知道女儿寻死，也劝了他一番，又嘱付王婆用心提防。过了数日，三巧儿没奈何，也放下了念头。正是：

夫妻本是同林鸟，大限来时各自飞。

再说蒋兴哥把两条索子，将晴云、暖雪捆缚起来，拷问情由。那丫头初时抵赖，吃打不过，只得从头至尾，细细招将出来。已知都是薛婆勾引，不干他人之事。到明朝，兴哥领了一伙人，赶到薛婆家里，打得他雪片相似，只饶他拆了房子。薛婆情知自己不是，躲过一边，并没一人敢出头说话。兴哥见他如此，也出了这口气。回去唤个牙婆，将两个丫头都卖了。楼上细软箱笼，大小共十六只，写三十二条封皮，打叉封了，更不开动。这是甚意儿？只因兴哥夫妇，本是十二分相爱的。虽则一时休了，心中好生痛切。见物思人，何忍开看？

话分两头。却说南京有个吴杰进士,除授广东潮阳县知县,水路上任,打从襄阳经过。不曾带家小,有心要择一美妾。一路看了多少女子,并不中意。闻得枣阳县王公之女,大有颜色,一县闻名,出五十金财礼,央媒议亲。王公到也乐从,只怕前婿有言,亲到蒋家,与兴哥说知。兴哥并不阻当。临嫁之夜,兴哥顾了人夫,将楼上十六个箱笼,原封不动,连匙钥送到吴知县船上,交割与三巧儿,当个赔嫁。妇人心上到过意不去。傍人晓得这事,也有夸兴哥做人忠厚的,也有笑他痴骏的,还有骂他没志气的,正是人心不同。

闲话休题。再说陈大郎在苏州脱货完了,回到新安,一心只想着三巧儿。朝暮看了这件珍珠衫,长吁短叹。老婆平氏心知这衫儿来得跷蹊①,等丈夫睡着,悄悄的偷去,藏在天花板上。陈大郎早起要穿时,不见了衫儿,与老婆取讨。平氏那里肯认。急得陈大郎性发,倾箱倒箧的寻个遍,只是不见,便破口骂老婆起来。惹得老婆啼啼哭哭,与他争嚷,闹炒了两三日,陈大郎情怀撩乱,忙忙的收拾银两,带个小郎,再望襄阳旧路而进。将近枣阳,不期遇了一伙大盗,将本钱尽皆劫去,小郎也被他杀了。陈商眼快,走向船梢舵上伏着,幸免残生。思想还乡不得,且到旧寓住下,待会了三巧儿,与他借些东西,再图恢复。叹了一口气,只得离船上岸。走到枣阳城外主人吕公家,告诉其事,又道:"如今要央卖珠子的薛婆,与一个相识人家借些本钱营运。"吕公道:"大郎不知,那婆子为勾引蒋兴哥的浑家,做了些丑事。去年兴哥回来,问浑家讨什么'珍珠衫'。原来浑家赠与情人去了,无言回答。兴哥当时休了浑家回去,如今转嫁与南京吴进士做第二房夫人了。那婆子被蒋家打得个片瓦不留,婆子安身不牢,也搬在隔县②去了。"

---

① 跷蹊:即蹊跷,音 qiāo qī。
② 隔县:邻县。

陈大郎听得这话,好似一桶冷水没头淋下。这一惊非小,当夜发寒发热,害起病来。这病又是郁症,又是相思症,也带些怯症,又有些惊症,床上卧了两个多月,翻翻覆覆只是不愈,连累主人家小厮,伏侍得不耐烦。陈大郎心上不安,打熬起精神,写成家书一封,请主人来商议,要觅个便人捎信往家中,取些盘缠,就要个亲人来看觑同回。这几句正中了主人之意。恰好有个相识的承差,奉上司公文要往徽宁一路。水陆驿递,极是快的。吕公接了陈大郎书札,又替他应出五钱银子,送与承差,央他乘便寄去。果然的"自行由得我,官差急如火",不勾几日,到了新安县。问着陈商家里,送了家书,那承差飞马去了。正是:

只为千金书信,又成一段姻缘。

话说平氏拆开家信,果是丈夫笔迹,写道:

陈商再拜,贤妻平氏见字:别后襄阳遇盗,劫资杀仆。某受惊患病,见卧旧寓吕家,两月不愈。字到可央一的当亲人,多带盘缠,速来看视。伏枕草草。

平氏看了,半信半疑,想道:"前番回家,亏折了千金赀本。据这件珍珠衫,一定是邪路上来的。今番又推被盗,多讨盘缠,怕是假话。"又想道:"他要个的当亲人,速来看视,必然病势利害。这话是真,也未可知。如今央谁人去好?"左思右想,放心不下。与父亲平老朝奉商议。收拾起细软家私,带了陈旺夫妇,就请父亲作伴,顾个船只,亲往襄阳看丈夫去。到得京口,平老朝奉痰火病发,央人送回去了。平氏引着男女,上水前进。不一日,来到枣阳城外,问着了旧主人吕家。原来十日前,陈大郎已故了。吕公赔些钱钞,将就入殓。平氏哭倒在地,良久方醒,慌忙换了孝服,再三向吕公说，欲待开棺一见，另买副好棺材，重新殓过。吕公执意不肯，平氏没奈何，只得买木做个外棺包裹，请僧做法事超度，多焚冥资。吕公已自索了他二十两银子谢仪，随他闹炒，并不言语。

　　过了一月有余，平氏要选个好日子，扶柩而回。吕公见这妇人年少姿色，料是守寡不终，又且囊中有物，思想儿子吕二，还没有亲事，何不留住了他，完其好事，可不两便？吕公买酒请了陈旺，央他老婆委曲进言，许以厚谢。陈旺的老婆是个蠢货，那晓得什么委曲？不顾高低，一直的对主母说了。平氏大怒，把他骂了一顿，连打几个耳光子，连主人家也数落了几句。吕公一场没趣，敢怒而不敢言。正是：

羊肉馒头没的吃，空教惹得一身骚。

　　吕公便去撺掇陈旺逃走。陈旺也思量没甚好处了，与老婆商议，教他做脚，里应外合，把银两首饰，偷得罄尽，两口儿连夜走了。吕公明知其情，反埋怨平氏，道不该带这样歹人出来，幸而偷了自家主母的东西，若偷了别家的，可不连累人？又嫌这灵柩碍他生理，教他快些抬去；又道后生寡妇，在此住居不便，催促他起身。平氏被逼不过，只得别赁下一间房子住了，雇人把灵柩移来，安顿在内。这凄凉景象，自不必说。

　　间壁有个张七嫂，为人甚是活动。听得平氏啼哭，时常走来劝解。平氏又时常央他典卖几件衣服用度，极感其意。不勾几月，衣服都典尽了。从小学得一手好针线，思量要到个大户人家，教习女红度日，再作区处。正与张七嫂商量这话，张七嫂道："老身不好说得，这大户人家，不是你少年人走动的。死的没福自死了，活的还要做人，你后面日子正长哩。终不然做针线娘了得你下半世？况且名声不好，被人看得轻了。还有一件，这个灵柩如何处置，也是你身上一件大事。便出赁房钱，终久是不了之局。"平氏道："奴家也都虑到，只是无计可施了。"张七嫂道："老身到有一策，娘子莫怪我说。你千里离乡，一身孤寡，手中又无半钱，想要搬这灵柩回去，多是虚了。莫说你衣食不周，到底难守；便多守得几时，亦有何益？依老身愚见，莫若趁此青年美貌，寻个好对头，一夫一妇的随了他去。得些财礼，就买块土来葬了丈夫，你的终身又有所托，可不生死无憾？"

平氏见他说得近理，沉吟了一会，叹口气道："罢，罢，奴家卖身葬夫，傍人也笑我不得。"张七嫂道："娘子若定了主意时，老身现有个主儿在此，年纪与娘子相近，人物齐整，又是大富之家。"平氏道："他既是富家，怕不要二婚的。"张七嫂道："他也是续弦了，原对老身说：不拘头婚二婚，只要人才出众。似娘子这般丰姿，怕不中意？"原来张七嫂曾受蒋兴哥之托，央他访一头好亲。因是前妻三巧儿出色标致，所以如今只要访个美貌的。那平氏容貌，虽不及得三巧儿，论起手脚伶俐，胸中泾渭，又胜似他。张七嫂次日就进城，与蒋兴哥说了。兴哥闻得是下路人，愈加欢喜。这里平氏分文财礼不要，只要买块好地殡葬丈夫要紧。张七嫂往来回复了几次，两相依允。

话休烦絮。却说平氏送了丈夫灵柩入土，祭奠毕了，大哭一场，免不得起灵除孝。临期，蒋家送衣饰过来，又将他典下的衣服都赎回了。成亲之夜，一般大吹大擂，洞房花烛。正是：

规矩熟闲虽旧事，恩情美满胜新婚。

蒋兴哥见平氏举止端庄，甚相敬重。一日，从外而来，平氏正在打叠衣箱，内有珍珠衫一件。兴哥认得了，大惊问道："此衫从何而来？"平氏道："这衫儿来得跷蹊。"便把前夫如此张致，夫妻如此争嚷，如此赌气分别，述了一遍。又道："前日艰难时，几番欲把他典卖；只愁来历不明，怕惹出是非，不敢露人眼目。连奴家至今，不知这物事那里来的。"兴哥道：

"你前夫陈大郎名字,可叫做陈商?可是白净面皮,没有须,左手长指甲的么?"平氏道:"正是。"蒋兴哥把舌头一伸,合掌对天道:"如此说来,天理昭彰,好怕人也!"平氏问其缘故,蒋兴哥道:"这件珍珠衫,原是我家旧物。你丈夫奸骗了我的妻子,得此衫为表记。我在苏州相会,见了此衫,始知其情,回来把王氏休了。谁知你丈夫客死。我今续弦,但闻是徽州陈客之妻,谁知就是陈商!却不是一报还一报?"平氏听罢,毛骨悚然。从此恩情愈笃。这才是"蒋兴哥重会珍珠衫"的正话。诗曰:

> 天理昭昭不可欺,两妻交易孰便宜?
> 分明欠债偿他利,百岁姻缘暂换时。

再说蒋兴哥有了管家娘子,一年之后,又往广东做买卖。也是合当有事。一日到合浦县贩珠,价都讲定,主人家老儿只拣一粒绝大的偷过了,再不承认。兴哥不忿,一把扯他袖子要搜。何期去得势重,将老儿拖翻在地,跌下便不做声。忙去扶时,气已断了。儿女亲邻,哭的哭,叫的叫,一阵的簇拥将来,把兴哥捉住,不由分说,痛打一顿,关在空房里。连夜写了状词,只等天明,县主早堂,连人进状。县主准了,因这日有公事,分付把凶身锁押,次日候审。

你道这县主是谁?姓吴名杰,南畿进士,正是三巧儿的晚老公。初选原在潮阳,上司因见他清廉,调在这合浦县采珠的所在来做官。是夜,吴杰在灯下将准过的状词细阅。三巧儿正在傍边闲看,偶见宋福所告人命一词,凶身罗德,枣阳县客人,不是蒋兴哥是谁?想起旧日恩情,不觉痛酸,哭告丈夫道:"这罗德是贱妾的亲哥,出嗣在母舅罗家的。不期客边,犯此大辟。官人可看妾之面,救他一命还乡。"县主道:"且看临审如何。若人命果真,教我也难宽宥。"三巧儿两眼噙泪,跪下苦苦哀求。县主道:"你且莫忙,我自有道理。"明早出堂,三巧儿又扯住县主衣袖哭道:"若哥哥无救，贱妾亦当自尽，不能相见了。"

当日县主升堂，第一就问这起。只见宋福、宋寿弟兄两个，哭啼啼的与父亲执命，禀道："因争珠怀恨，登时打闷，仆地身死。望爷爷做主。"县主问众干证口词，也有说打倒的，也有说推跌的。蒋兴哥辨道："他父亲偷了小人的珠子，小人不忿，与他争论。他因年老脚蹉，自家跌死，不干小人之事。"县主问宋福道："你父亲几岁了？"宋福道："六十七岁了。"县主道："老年人容易昏绝，未必是打。"宋福、宋寿坚执是打死的。县主道："有伤无伤，须凭检验。既说打死，将尸发在漏泽园①去，俟晚堂听检。"

原来宋家也是个大户，有体面的，老儿曾当过里长，儿子怎肯把父亲在尸场剔骨？两个双双叩头道："父亲死状，众目共见，只求爷爷到小人家里相验，不愿发检。"县主道："若不见贴骨伤痕，凶身怎肯伏罪？没有尸格②，如何申得上司过？"弟兄两个只是求告。县主发怒道："你既不愿检，我也难问。"慌的他弟兄两个连连叩头道："但凭爷爷明断。"县主道："望七之人，死是本等。倘或不因打死，屈害了一个平人，反增死者罪过。就是你做儿子的，巴得父亲到许多年纪，又把个不得善终的恶名与他，心中何忍？但打死是假，推仆是真，若不重罚罗德，也难出你的气。我如今教他披麻戴孝，与亲儿一般行礼，一应殡殓之费，都要他支持。你可服么？"弟兄两个道："爷爷分付，小人敢不遵依。"兴哥见县主不用刑罚，断得干净，喜出望外。当下原、被告都叩头称谢。县主道："我也不写审单，着差人押出，待事完回话，把原词与你销讫便了。"正是：

---

① 漏泽园：一般指古代朝廷开辟的专门收埋无主尸体的官方公益场所。此处指验尸之所。
② 尸格：也叫验状。按明代制度，各府刊印检尸图式，发给州县，验尸时填具三份，一份与苦主，一份粘附在案卷上，一份申缴上司。

公堂造业真容易，要积阴功亦不难。

试看今朝吴大尹，解冤释罪两家欢。

　　却说三巧儿自丈夫出堂之后，如坐针毡，一闻得退衙，便迎住问个消息。县主道："我如此如此断了，看你之面，一板也不曾责他。"三巧儿千恩万谢，又道："妾与哥哥久别，渴思一会，问取爹娘消息。官人如何做个方便，使妾兄妹相见，此恩不小。"县主道："这也容易。"看官们，你道三巧儿被蒋兴哥休了，恩断义绝，如何恁地用情？他夫妇原是十分恩爱的，因三巧儿做下不是，兴哥不得已而休之，心中兀自不忍，所以改嫁之夜，把十六只箱笼，完完全全的赠他。只这一件，三巧儿的心肠，也不容不软了。今日他身处富贵，见兴哥落难，如何不救？这叫做知恩报恩。

　　再说蒋兴哥遵了县主所断，着实小心尽礼，更不惜费，宋家弟兄都没话了。丧葬事毕，差人押到县中回复。县主唤进私衙赐坐，说道："尊舅这场官司，若非令妹再三哀恳，下官几乎得罪了。"兴哥不解其故，回答不出。少停茶罢，县主请入内书房，教小夫人出来相见。你道这番意外相逢，不像个梦景么？他两个也不行礼，也不讲话，紧紧的你我相抱，放声大哭。就是哭爹哭娘，从没见这般哀惨，连县主在傍，好生不忍，便道："你两人且莫悲伤，我看你不像哥妹，快说真情，下官有处。"两个哭得半休不休的，那个肯说？却被县主盘问不过，三巧儿只得跪下，说道："贱妾罪当万死，此人乃妾之前夫也。"蒋兴哥料瞒不得，也跪下来，将从前恩爱，及休妻再嫁之事，一一诉知。说罢，两人又哭做一团，连吴知县也堕泪不止，道："你两人如此相恋，下官何忍拆开。幸然在此三年，不曾生育，即刻领去完聚。"两个插烛也似拜谢。县主即忙讨个小轿，送三巧儿出衙。又唤集人夫，把原来赔嫁的十六个箱笼抬去，都教兴哥收领。又差典吏一员，护送他夫妇出境。此乃吴知县之厚德。正是：

珠还合浦①重生采，剑合丰城②倍有神。
堪羡吴公存厚道，贪财好色竟何人！

此人向来艰子③，后行取④到吏部，在北京纳宠，连生三子，科第不绝，人都说阴德之报，这是后话。

再说蒋兴哥带了三巧儿回家，与平氏相见。论起初婚，王氏在前。只因休了一番，这平氏到是明媒正娶，又且平氏年长一岁，让平氏为正房，王氏反做偏房，两个姊妹相称。从此一夫二妇，团圆到老。有诗为证：

恩爱夫妻虽到头，妻还作妾亦堪羞。
殃祥果报无虚谬，咫尺青天莫远求。

---

① 珠还合浦：东汉时传说，合浦郡海中出珍珠，历来太守都贪得无厌，所以珍珠渐移到别处去了。后孟尝为太守，尽革前弊，珍珠又回来。
② 剑合丰城：晋代传说，张华望见丰城有剑气，乃以雷焕为丰城令，雷焕掘得双剑，一口送给张华，一口自佩。张华、雷焕死后，双剑入延平津复合，化为二龙。
③ 艰子：不生儿子。
④ 行取：按明代制度，州县官经地方高级官员保举，通过考选后补授科道或部属官职，称为行取。

羊角哀舍命全交

背手为云覆手雨,纷纷轻薄何须数?
君看管鲍贫时交,此道今人弃如土。

昔时,齐国有管仲,字夷吾;鲍叔,字宣子,两个自幼时以贫贱结交。后来鲍叔先在齐桓公门下信用显达,举荐管仲为首相,位在己上。两人同心辅政,始终如一。管仲曾有几句言语道:"吾尝三战三北,鲍叔不以我为怯,知我有老母也;吾尝三仕三见逐,鲍叔不以我为不肖,知我不遇时也;吾尝与鲍叔谈论,鲍叔不以我为愚,知时有利不利也;吾尝与鲍叔为贾,分利多,鲍叔不以我为贪,知我贫也。生我者父母,知我者鲍叔!"所以古今说知心结交,必曰"管鲍"。今日说两个朋友,偶然相见,结为兄弟,各舍其命,留名万古。

春秋时,楚元王崇儒重道,招贤纳士。天下之人闻其风而归者,不可胜计。西羌积石山,有一贤士,姓左,双名伯桃,幼亡父母,勉力攻书,养成济世之才,学就安民之业。年近四旬,因中国诸侯互相吞并,行仁政者少,恃强霸者多,未尝出仕。后闻得楚元王慕仁好义,遍求贤士,乃携书一囊,辞别乡中邻友,径奔楚国而来。迤逦来到雍地,时值隆冬,风雨交作。有一篇《西江月》词,单道冬天雨景:

习习悲风割面,蒙蒙细雨侵衣。催冰酿雪逞寒威,不比他时和气。山色不明常暗,日光偶露还微。天涯游子尽思归,路上行人应悔。

左伯桃冒雨荡风，行了一日，衣裳都沾湿了。看看天色昏黄，走向村间，欲觅一宵宿处。远远望见竹林之中，破窗透出灯光，径奔那个去处。见矮矮篱笆，围着一间草屋，乃推开篱障，轻叩柴门。中有一人，启户而出。左伯桃立在檐下，慌忙施礼曰："小生西羌人氏，姓左，双名伯桃。欲往楚国，不期中途遇雨，无觅旅邸之处。求借一宵，来早便行，未知尊意肯容否？"那人闻言，慌忙答礼，邀入屋内。伯桃视之，止有一榻，榻上堆积书卷，别无他物。伯桃已知亦是儒人，便欲下拜。那人云："且未可讲礼，容取火烘干衣服，却当会话。"当夜烧竹为火，伯桃烘衣。那人炊办酒食，以供伯桃，意甚勤厚。伯桃乃问姓名。其人曰："小生姓羊，双名角哀，幼亡父母，独居于此。平生酷爱读书，农业尽废。今幸遇贤士远来，但恨家寒，乏物为款，伏乞恕罪。"伯桃曰："阴雨之中，得蒙遮蔽，更兼一饮一食，感佩何忘！"当夜，二人抵足而眠，共话胸中学问，终夕不寐。

比及天晓，淋雨不止。角哀留伯桃在家，尽其所有相待，结为昆仲。伯桃年长角哀五岁，角哀拜伯桃为兄。一住三日，雨止道干。伯桃曰："贤弟有王佐之才，抱经纶之志，不图竹帛，甘老林泉，深为可惜。"角哀曰："非不欲仕，奈未得其便耳。"伯桃曰："今楚王虚心求士，贤弟既有此心，何不同往？"角哀曰："愿从兄长之命。"遂收拾些小路费粮米，弃其茅屋，二人同望南方而进。行不两日，又值阴雨，羁身旅店中，盘费罄尽，止有行粮一包，二人轮换负之，冒雨而走。其雨未止，风又大作，变为一天大雪，怎见得？你看：

风添雪冷，雪趁风威。纷纷柳絮狂飘，片片鹅毛乱舞。团空搅阵，不分南北西东；遮地漫天，变尽青黄赤黑。探梅诗客多清趣，路上行人欲断魂。

二人行过岐阳，道经梁山路，问及樵夫，皆说："从此去百余里，并无人烟,尽是荒山旷野,狼虎成群,只好休去。"伯桃与角哀曰:"贤弟心下如何?"角哀曰:"自古道死生有命。既然到此,只顾前进,休生退悔。"又行了一日,夜宿古墓中,衣服单薄,寒风透骨。

次日,雪越下得紧,山中仿佛盈尺。伯桃受冻不过,曰:"我思此去百余里,绝无人家;行粮不敷,衣单食缺。若一人独往,可到楚国;二人俱去,纵然不冻死,亦必饿死于途中,与草木同朽,何益之有?我将身上衣服脱与贤弟穿了,贤弟可独赍此粮,于途强挣而去。我委的行不动了,宁可死于此地。待贤弟见了楚王,必当重用,那时却来葬我未迟。"角哀曰:"焉有此理!我二人虽非一父母所生,义气过于骨肉。我安忍独去而求进身耶?"遂不许,扶伯桃而行。

行不十里,伯桃曰:"风雪越紧,如何去得?且于道傍寻个歇处。"见一株枯桑,颇可避雪,那桑下止容得一人,角哀遂扶伯桃入去坐下。伯桃命角哀敲石取火,爇些枯枝,以御寒气。比及角哀取了柴火到来,只见伯桃脱得赤条条地,浑身衣服,都做一堆放着。角哀大惊,曰:"吾兄何为如此?"伯桃曰:"吾寻思无计,贤弟勿自误了,速穿此衣服,负粮前去,我只在此守死。"角哀抱持大哭曰:"吾二人死生同处,安可分离?"伯桃曰:"若皆饿死,白骨谁埋?"角哀曰:"若如此,弟情愿解衣与兄穿了,兄可赍粮去,弟宁死于此。"伯桃曰:"我平生多病,贤弟少壮,比我甚强;更兼胸中之学,我所不及。若见楚君,必登显宦。我死何足道哉!弟勿久滞,可宜速往。"角哀曰:"今兄饿死桑中,弟独取功名,此大不义之人也,我不为之。"伯桃曰:"我自离积石山,至弟家中,一见如故。知弟胸次不凡,以此劝弟求进。不幸风雨所阻,此吾天命当尽。若使弟亦亡于此,乃吾之罪也。"言讫,欲跳前溪觅死。角哀抱住痛哭,将衣拥护,再扶至桑中,伯桃把衣服推开,角哀再欲上前劝解时,但见伯桃神色已变,四肢厥冷,口不能言,以手挥令去。角哀寻思:"我若久恋,亦冻死矣,死后谁葬吾兄?"乃于雪中再拜伯桃而哭曰:"不肖弟此去,望兄阴力相助。但得微名，必当厚葬。"伯桃点头半答，角哀取了衣粮，带泣而去。伯桃死于桑中。后人有诗赞云：

寒来雪三尺，人去途千里。
长途苦雪寒，何况囊无米？
并粮一人生，同行两人死。
两死诚何益？一生尚有恃。
贤哉左伯桃！陨命成人美。

角哀捱着寒冷，半饥半饱，来至楚国，于旅邸中歇定。次日入城，问人曰："楚君招贤，何由而进？"人曰："宫门外设一宾馆，令上大夫裴仲接纳天下之士。"角哀径投宾馆前来，正值上大夫下车。角哀乃向前而揖。裴仲见角哀衣虽蓝缕，器宇不凡，慌忙答礼，问曰："贤士何来？"角哀曰："小生姓羊，双名角哀，雍州人也。闻上国招贤，特来归投。"裴仲邀入宾馆，具酒食以进，宿于馆中。

次日，裴仲到馆中探望，将胸中疑义盘问角哀，试他学问如何。角哀百问百答，谈论如流。裴仲大喜！入奏元王，王即时召见，问富国强兵之道。角哀首陈十策，皆切当世之急务。元王大喜！设御宴以待之，拜为中大夫，赐黄金百两，彩段百匹。角哀再拜流涕，元王大惊而问曰："卿痛哭者何也？"角哀将左伯桃脱衣并粮之事，一一奏知。元王闻其言，为之感伤。诸大臣皆为痛惜。元王曰："卿欲如何？"角哀曰："臣乞告假，到彼处安葬伯桃已毕，却回来事大王。"元王遂赠已死伯桃为中大夫，厚赐葬资，仍差人跟随角哀车骑同去。

角哀辞了元王，径奔梁山地面，寻旧日枯桑之处。果见伯桃死尸尚在，颜貌如生前一般。角哀乃再拜而哭，呼左右唤集乡中父老，卜地于浦塘之原：前临大溪，后靠高崖，左右诸峰环抱，风水甚好。遂以香汤沐浴伯桃之尸，穿戴大夫衣冠。

置内棺外椁，安葬起坟，四围筑墙栽树。离坟三十步建享堂①，塑伯桃仪容。立华表，柱上建牌额，墙侧盖瓦屋，令人看守。造毕，设祭于享堂，哭泣甚切。乡老从人，无不下泪。祭罢，各自散去。

角哀是夜明灯燃烛而坐，感叹不已。忽然一阵阴风飒飒，烛灭复明。角哀视之，见一人于灯影中，或进或退，隐隐有哭声。角哀叱曰："何人也？辄敢黉夜而入！"其人不言。角哀起而视之，乃伯桃也。角哀大惊！问曰："兄阴灵不远，今来见弟，必有事故。"伯桃曰："感贤弟记忆，初登仕路，奏请葬吾，更赠重爵，并棺椁衣衾之美，凡事十全。但坟地与荆轲墓相连近，此人在世时，为刺秦王不中被戮，高渐离以其尸葬于此处。神极威猛，每夜伏剑来骂吾曰：'汝是冻死饿杀之人，安敢建坟居吾上肩，夺吾风水？若不迁移他处，吾发墓取尸，掷之野外！'有此危难，特告贤弟。望改葬于他处，以免此祸。"角哀再欲问之，风起忽然不见。角哀在享堂中，一梦惊觉，尽记其事。天明，再唤乡老，问："此处有坟相近否？"乡老曰："松阴中有荆轲墓，墓前有庙。"角哀曰："此人昔刺秦王，不中被杀，缘何有坟于此？"乡老曰："高渐离乃此间人，知荆轲被害，弃尸野处，乃盗其尸，葬于此地。每每显灵。土人建庙于此，四时享祭，以求福利。"

角哀闻其言，遂信梦中之事。引从者径奔荆轲庙，指其神而骂曰："汝乃燕邦一匹夫，受燕太子奉养，名姬重宝，尽汝受用。不思良策以副重托，入秦行事，丧身误国。却来此处惊惑乡民，而求祭祀！吾兄左伯桃，当代名儒，仁义廉洁之士，汝安敢逼之？再如此，吾当毁其庙，而发其冢，永绝汝之根本！"骂讫，却来伯桃墓前祝曰："如荆轲今夜再来，兄当报我。"归至享堂，是夜秉烛以待。果见伯桃哽咽而来，告曰："感贤弟如此，奈荆轲从人极多，皆土人所献。贤弟可束草为人，以彩为衣，手执器械，焚于墓前。吾得其助，使荆轲不能侵害。"言罢不见。

---

① 享堂：指供奉神位的祭堂。

角哀连夜使人束草为人，以彩为衣，各执刀枪器械，建数十于墓侧，以火焚之。祝曰："如其无事，亦望回报。"归至享堂，是夜闻风雨之声，如人战敌。角哀出户观之，见伯桃奔走而来，言曰："弟所焚之人，不得其用。荆轲又有高渐离相助，不久吾尸必出墓矣。望贤弟早与迁移他处殡葬，免受此祸。"角哀曰："此人安敢如此欺凌吾兄！弟当力助以战之。"伯桃曰："弟阳人也，我皆阴鬼；阳人虽有勇烈，尘世相隔，焉能战阴鬼也？虽刍草之人，但能助喊，不能退此强魂。"角哀曰："兄且去，弟来日自有区处。"

次日，角哀再到荆轲庙中大骂，打毁神像。方欲取火焚庙，只见乡老数人，再四哀求曰："此乃一村香火，若触犯之，恐贻祸于百姓。"须臾之间，土人聚集，都来求告。角哀拗他不过，只得罢了。回到享堂，修一道表章，上谢楚王，言："昔日伯桃并粮与臣，因此得活，以遇圣主。重蒙厚爵，平生足矣，容臣后世尽心图报。"词意甚切。表付从人，然后到伯桃墓侧，大哭一场。与从者曰："吾兄被荆轲强魂所逼，去往无门，吾所不忍。欲焚庙掘坟，又恐拂土人之意。宁死为泉下之鬼，力助吾兄，战此强魂。汝等可将吾尸葬于此墓之右，生死共处，以报吾兄并粮之义。回奏楚君，万乞听纳臣言，永保山河社稷。"言讫，掣取佩剑，自刎而死。从者急救不及，速具衣棺殡殓，埋于伯桃墓侧。

是夜二更，风雨大作，雷电交加，喊杀之声，闻数十里。清晓视之，荆轲墓上，震烈如发，白骨散于墓前。墓边松柏，和根拔起。庙中忽然起火，烧做白地。

乡老大惊，都往羊、左二墓前，焚香展拜。从者回楚国，将此事上奏元王。元王感其义重，差官往墓前建庙，加封为上大夫，敕赐庙额曰"忠义之祠"，就立碑以记其事。至今香火不断。荆轲之灵，自此绝矣。土人四时祭祀，所祷甚灵。有古诗云：

古来仁义包天地，只在人心方寸间。
二士庙前秋日净，英魂常伴月光寒。

裴晋公义还原配

  官居极品富千金,享用无多白发侵。
  惟有存仁并积善,千秋不朽在人心。

  当初,汉文帝朝中,有个宠臣,叫做邓通。出则随辇,寝则同榻,恩幸无比。其时有神相许负,相那邓通之面,"有纵理纹入口①,必当穷饿而死。"文帝闻之,怒曰:"富贵由我!谁人穷得邓通?"遂将蜀道铜山赐之,使得自铸钱。当时,邓氏之钱,布满天下,其富敌国。一日,文帝偶然生下个痈疽,脓血迸流,疼痛难忍。邓通跪而吮之,文帝觉得爽快,便问道:"天下至爱者,何人?"邓通答道:"莫如父子。"恰好皇太子入宫问疾,文帝也教他吮那痈疽。太子推辞道:"臣方食鲜脍,恐不宜近圣恙。"太子出宫去了。文帝叹道:"至爱莫如父子,尚且不肯为我吮疽;邓通爱我胜如吾子。"由是恩宠俱加。皇太子闻知此语,深恨邓通吮疽之事。后来文帝驾崩,太子即位,是为景帝。遂治邓通之罪,说他吮疽献媚,坏乱钱法。籍其家产,闭于空室之中,绝其饮食,邓通果然饿死。又汉景帝时,丞相周亚夫也有纵理纹在口。景帝忌他威名,寻他罪过,下之于廷尉狱中。亚夫怨恨,不食而死。

  这两个极富极贵,犯了饿死之相,果然不得善终。然虽如此,又有一说,道是面相不如心相。假如上等贵相之人,也有做下亏心事,损了阴德,反不得好结果。又有犯着恶相的,却因心地端正,肯积阴功,反祸为福。

---

① 纵理纹入口:旧时,相术家称呼人面部鼻端两旁之肌肤纵纹衔接口边的说法,被迷信认为是饿死之相。

此是人定胜天，非相法之不灵也。

如今说唐朝有个裴度，少年时，贫落未遇。有人相他纵理入口，法当饿死。后游香山寺中，于井亭栏干上拾得三条宝带。裴度自思："此乃他人遗失之物，我岂可损人利己，坏了心术？"乃坐而守之。少顷间，只见有个妇人啼哭而来，说道："老父陷狱，借得三条宝带，要去赎罪。偶到寺中盥手烧香，遗失在此。如有人拾取，可怜见还，全了老父之命。"裴度将三条宝带，即时交付与妇人，妇人拜谢而去。他日，又遇了那相士。相士大惊道："足下骨法全改，非复向日饿莩之相，得非有阴德乎？"裴度辞以没有。相士云："足下试自思之，必有拯溺救焚之事。"裴度乃言还带一节。相士云："此乃大阴功，他日富贵两全，可预贺也。"后来裴度果然进身及第，位至宰相，寿登耄耋。正是：

面相不如心相准，为人须是积阴功。
假饶方寸难移相，饿莩焉能享万钟？

说话的，你只道裴晋公是阴德上积来的富贵，谁知他富贵以后，阴德更多。则今听我说"义还原配"这节故事，却也十分难得。

话说唐宪宗皇帝元和十三年，裴度领兵削平了淮西反贼吴元济，还朝拜为首相，进爵晋国公。又有两处积久负固的藩镇，都惧怕裴度威名，上表献地赎罪：

恒冀节度使王承宗，愿献德、隶二州；淄青节度使李师道，愿献沂、密、海三州。

宪宗皇帝看见外寇渐平，天下无事，乃修龙德殿，浚龙首池，起承晖殿，大兴土木。又听山人柳泌，合长生之药。裴度屡次切谏，都不听。佞

喻世明言 043

臣皇甫镈判度支①，程异掌盐铁，专一刻剥百姓财物，名为羡余，以供无事之费。由是投了宪宗皇帝之意，两个佞臣并同平章事。裴度羞与同列，上表求退。宪宗皇帝不许，反说裴度好立朋党，渐有疑忌之心。裴度自念功名太盛，惟恐得罪，乃口不谈朝事，终日纵情酒色，以乐余年。四方郡牧，往往访觅歌儿舞女，献于相府，不一而足。论起裴晋公，那里要人来献？只是这班阿谀谄媚的，要博相国欢喜，自然重价购求；也有用强逼取的。鲜衣美饰，或假作家妓，或伪称侍儿，遣人殷殷勤勤的送来。裴晋公来者不拒，也只得纳了。

　　再说晋州万泉县，有一人姓唐，名璧，字国宝，曾举孝廉科，初任括州龙宗县尉，再任越州会稽丞。先在乡时，聘定同乡黄太学之女小娥为妻。因小娥尚在稚龄，待年未嫁。比及长成，唐璧两任游宦，都在南方，以此两下蹉跎，不曾婚配。那小娥年方二九，生得脸似堆花，体如琢玉；又且通于音律，凡箫管、琵琶之类，无所不工。晋州刺史奉承裴晋公，要在所属地方选取美貌歌姬一队进奉。已有了五人，还少一个出色掌班的。闻得黄小娥之名，又道太学之女，不可轻得，乃捐钱三十万，嘱托万泉县令求之。那县令又奉承刺史，遣人到黄太学家致意。黄太学回道："已经受聘，不敢从命。"县令再三强求，黄太学只是不允。

　　时值清明，黄太学举家扫墓，独留小娥在家。县令打听的实，乃亲到黄家，搜出小娥，用肩舆抬去。着两个稳婆相伴，立刻送到晋州刺史处交割。硬将三十万钱，撒在他家，以为身价。比及黄太学回来，晓得女儿被县令劫去，急往县中，已知送去州里，再到晋州，将情哀求刺史。刺史道："你女儿才色过人，一入相府，必然擅宠。岂不胜作他人箕帚乎？况已受我聘财六十万钱，何不赠与汝婿，别图配偶？"黄太学道："县主乘某扫墓，将钱委置，某未尝面受。况止三十万，今悉持在此。某只愿领女，不愿领

---

① 度支：古代官名，唐时设置度支郎中，属户部，掌管国家的财政。

钱也。"刺史拍案大怒道："你得财卖女，却又瞒过三十万，强来絮聒，是何道理？汝女已送至晋国公府中矣，汝自往相府取索，在此无益。"黄太学看见刺史发怒，出言图赖，再不敢开口，两眼含泪而出。在晋州守了数日，欲得女儿一见，寂然无信。叹了口气，只得回县去了。

却说刺史将千金置买异样服饰、宝珠璎珞，妆扮那六个人如天仙相似。全副乐器，整日在衙中操演。直待晋国公生日将近，遣人送去，以作贺礼。那刺史费了许多心机，破了许多钱钞，要博相国一个大欢喜。谁知相国府中，歌舞成行；各镇所献美女，也不计其数。这六个人，只凑得闹热，相国那里便看在眼里，留在心里？从来奉承，尽有折本的，都似此类。有诗为证：

割肉剜肤买上欢，千金不吝备吹弹。
相公见惯浑闲事，羞杀州官与县官！

话分两头。再说唐璧在会稽任满，该得升迁。想黄小娥今已长成，且回家毕姻，然后赴京未迟。当下收拾宦囊，望万泉县进发。到家次日，就去谒见岳丈黄太学。黄太学已知为着姻事，不等开口，便将女儿被夺情节，一五一十，备细的告诉了。唐璧听罢，呆了半晌，咬牙切齿恨道："大丈夫浮沉薄宦，至一妻之不能保，何以生为？"黄太学劝道："贤婿英年才望，自有好姻缘相凑，吾女儿自没福相从，遭此强暴，休得过伤怀抱，有误前程。"唐璧怒气不息，要到州官、县官处，与他争论。黄太学又劝道："人已去矣，争论何益？况干碍裴相国。方今一人之下，万人之上，倘失其欢心，恐于贤婿前程不便。"乃将县令所留三十万钱抬出，交付唐璧道："以此为图婚之费。当初宅上有碧玉玲珑为聘，在小女身边，不得奉还矣。贤婿须念前程为重，休为小挫以误大事。"唐璧两泪交流，答道："某年近三旬，又失此良偶，琴瑟之事，终身已矣。蜗名微利，误人之本，从此亦不复思进取也！"言讫，不觉大恸。黄太学也还痛起来。大家哭了一场方罢。唐璧那里肯收这钱去，径自空身回了。

次日，黄太学亲到唐璧家，再三解劝，撺掇他早往京师听调。"得了官职，然后徐议良姻。"唐璧初时不肯，被丈人一连数日强逼不过，思量："在家气闷，且到长安走遭，也好排遣。"勉强择吉，买舟起程。丈人将三十万钱暗地放在舟中，私下嘱付从人道："开船两日后，方可禀知主人，拿去京中，好做使用，讨个美缺。"唐璧见了这钱，又感伤了一场，分付苍头："此是黄家卖女之物，一文不可动用！"在路不一日，来到长安。雇人挑了行李，就装相国府中左近处，下个店房，早晚府前行走，好打探小娥信息。过了一夜，次早到吏部报名，送历任文簿，查验过了。回寓吃了饭，就到相府门前守候。一日最少也踅过十来遍。住了月余，那里通得半个字！这些官吏们一出一入，如马蚁相似，谁敢上前把这没头脑的事问他一声！正是：

　　侯门一入深如海，从此萧郎①是路人。

一日，吏部挂榜，唐璧授湖州录事参军。这湖州，又在南方，是熟游之地，唐璧也到欢喜。等有了告敕，收拾行李，雇唤船只出京。行到潼津地方，遇了一伙强人。自古道慢藏诲盗，只为这三十万钱，带来带去，露了小人眼目，惹起贪心，就结伙做出这事来。这伙强人从京城外，直跟至潼津，背地通同了船家，等待夜静，一齐下手。也是唐璧命不该绝，正在船头上登东，看见声势不好，急忙跳水，上岸逃命。只听得这伙强人乱了一回，连船都撑去。苍头的性命也不知死活。舟中一应行李，尽被劫去，光光剩个身子。正是：

---

① 萧郎：唐时，泛指成年男子，此处代指情郎。

屋漏更遭连夜雨，船迟又被打头风！

那三十万钱和行囊，还是小事。却有历任文簿和那告敕，是赴任的执照，也失去了，连官也做不成。唐璧那一时真个是控天无路，诉地无门。思量："我直恁时乖运蹇，一事无成！欲待回乡，有何面目？欲待再往京师，向吏部衙门投诉，奈身畔并无分文盘费，怎生是好？这里又无相识借贷，难道求乞不成？"欲待投河而死，又想："堂堂一躯，终不然如此结果？"坐在路傍，想了又哭，哭了又想，左算右算，无计可施，从半夜直哭到天明。喜得绝处逢生，遇着一个老者，携杖而来，问道："官人为何哀泣？"唐璧将赴任被劫之事，告诉了一遍。老者道："原来是一位大人，失敬了。舍下不远，请那①步则个。"老者引唐璧约行一里，到于家中，重复叙礼。老者道："老汉姓苏，儿子唤做苏凤华，见做湖州武源县尉，正是大人属下。大人往京，老汉愿少助资斧。"即忙备酒饭管待，取出新衣一套，与唐璧换了；捧出白金二十两，权充路费。唐璧再三称谢，别了苏老，独自一个上路，再往京师旧店中安下。店主人听说路上吃亏，好生凄惨。

唐璧到吏部门下，将情由哀禀。那吏部官道是告敕、文簿尽空，毫无巴鼻②，难辨真伪。一连求了五日，并不作准。身边银两，都在衙门使费去了。回到店中，只叫得苦，两泪汪汪的坐着纳闷。只见外面一人，约莫半老年纪，头带软翅纱帽，身穿紫裤衫，挺带③皂靴，好似押牙官模样，踱进店来。见了唐璧，作了揖，对面而坐，问道："足下何方人氏？到此贵干？"唐璧道："官人不问犹可，问我时，教我一时诉不尽心中苦情！"说未绝声，扑簌簌掉下泪来。紫衫人道："尊意有何不美？可细话之，或者可共商量也。"

---

① 那：即挪。

② 巴鼻：此处指依据。

③ 挺带：即皮带。

唐璧道："某姓唐，名璧，晋州万泉县人氏。近除湖州录事参军，不期行至潼津，忽遇盗劫，资斧一空。历任文簿和告敕都失了，难以之任。"紫衫人道："中途被劫，非关足下之事，何不以此情诉知吏部，重给告身，有何妨碍？"唐璧道："几次哀求，不蒙怜准，教我去住两难，无门恳告。"紫衫人道："当朝裴晋公，每怀恻隐，极肯周旋落难之人。足下何不去求见他？"

唐璧听说，愈加悲泣道："官人休题起'裴晋公'三字，使某心肠如割。"紫衫人大惊道："足下何故而出此言？"唐璧道："某幼年定下一房亲事，因屡任南方，未成婚配。却被知州和县尹用强夺去，凑成一班女乐，献与晋公，使某壮年无室。此事虽不由晋公，然晋公受人谄媚，以致府、县争先献纳，分明是他拆散我夫妻一般。我今日何忍复往见之？"紫衫人问道："足下所定之室，何姓何名？当初有何为聘？"唐璧道："姓黄，名小娥，聘物碧玉玲珑，见在彼处。"紫衫人道："某即晋公亲校，得出入内室，当为足下访之。"唐璧道："侯门一入，无复相见之期。但愿官人为我传一信息，使他知我心事，死亦瞑目。"紫衫人道："明日此时，定有好音奉报。"说罢，拱一拱手，踱出门去了。

唐璧转展思想，懊悔起来："那紫衫押牙，必是晋公亲信之人，遣他出外探事的。我方才不合议论了他几句，颇有怨望之词，倘或述与晋公知道，激怒了他，降祸不小！"心下好生不安，一夜不曾合眼。巴到天明，梳洗罢，便到裴府窥望。只听说令公给假在府，不出外堂；虽然如此，仍有许多文书来往，内外奔走不绝。只不见昨日这紫衫人。等了许久，回店去吃了些午饭，又来守候，绝无动静。看看天晚，眼见得紫衫人已是谬言失信了。嗟叹了数声，凄凄凉凉的回到店中。方欲点灯，忽见外面两个人，似令史妆扮，慌慌忙忙的走入店来，问道："那一位是唐璧参军？"唬得唐璧躲在一边，不敢答应。店主人走来问道："二位何人？"那两个人答曰："我等乃裴府中堂吏，奉令公之命，来请唐参军到府讲话。"店主人指道："这位就是。"唐璧只得出来相见了，说道："某与令公素未通谒，何缘见召？且身穿亵服，岂敢唐突！"堂吏道："令公立等，参军休得推阻。"两个左右腋扶着，飞也似跑进府来。到了堂上，教"参军少坐，容某等禀过令公，却来相请"。两个堂吏进去了。不多时，只听得飞奔出来，复道："令公给假在内，请进去相见。"一路转弯抹角，都点得灯烛辉煌，照耀如白日一般。两个堂吏前后引路，到一个小小厅事中，只见两行纱灯排列，令公角巾便服，拱立而待。唐璧慌忙拜伏在地，流汗浃背，不敢仰视。令公传命扶起道："私室相延，何劳过礼？"便教看坐。唐璧谦让了一回，坐于旁侧，偷眼看着令公，正是昨日店中所遇紫衫之人，愈加惶惧，捏着两把汗，低了眉头，鼻息也不敢出来。

原来裴令公闲时常在外面私行耍子，昨日偶到店中，遇了唐璧。回府去，就查"黄小娥"名字，唤来相见，果然十分颜色。令公问其来历，与唐璧说话相同；又讨他碧玉玲珑看时，只见他紧紧的带在臂上。令公甚是怜悯，问道："你丈夫在此，愿一见乎？"小娥流泪道："红颜薄命，自分永绝。见与不见，权在令公，贱妾安敢自专。"令公点头，教他且去。密地分付堂候官，备下资装千贯；又将空头告敕一道，填写唐璧名字，差人到吏部去，查他前任履历及新授湖州参军文凭，要得重新补给。件件完备，才请唐璧到府。唐璧满肚慌张，那知令公一团美意？当日令公开谈道："昨见所话，诚心恻然。老夫不能杜绝馈遗，以致足下久旷琴瑟之乐，老夫之罪也。"唐璧离席下拜道："鄙人身遭颠沛，心神颠倒。昨日语言冒犯，自知死罪，伏惟相公海涵！"令公请起道："今日颇吉，老夫权为主婚，便与足下完婚。薄有行资千贯奉助，聊表赎罪之意。成亲之后，便可于飞赴任。"

唐璧只是拜谢，也不敢再问赴任之事。只听得宅内一派乐声嘹亮，红灯数对，女乐一队前导，几个押班老嬷和养娘辈，簇拥出如花如玉的黄小娥来。唐璧慌欲躲避。老嬷道："请二位新人，就此见礼。"养娘铺下红毡，黄小娥和唐璧做一对儿立了，朝上拜了四拜，令公在傍答揖。早有肩舆在厅事外，伺候小娥登舆，一径抬到店房中去了。令公分付唐璧："速归逆旅，勿误良期。"唐璧跑回店中，只听得人言鼎沸。举眼看时，摆列得绢帛盈箱，金钱满箧。就是起初那两个堂吏看守着，专等唐璧到来，亲自交割。又有个小小篚儿，令公亲判封的。拆开看时，乃官诰在内，复除湖州司户参军。唐璧喜不自胜，当夜与黄小娥就在店中，权作洞房花烛。这一夜欢情，比着寻常毕姻的，更自得意。正是：

运去雷轰荐福碑[1]，时来风送滕王阁[2]。
今朝婚宦两称心，不似从前情绪恶。

唐璧此时有婚有宦，又有了千贯资装，分明是十八层地狱的苦鬼，直升至三十三天去了。若非裴令公仁心慷慨，怎肯周旋得人十分满足？

次日，唐璧又到裴府谒谢。令公预先分付门吏辞回："不劳再见。"唐璧回寓，重理冠带，再整行装。在京中买了几个童仆跟随，两口儿回到家乡，见了岳丈黄太学。好似枯木逢春，断弦再续，欢喜无限。过了几日，夫妇双双往湖州赴任。感激裴令公之恩，将沉香雕成小像，朝夕拜祷，愿其福寿绵延。后来裴令公寿过八旬，子孙蕃衍，人皆以为阴德所致。诗云：

无室无官苦莫论，周旋好事赖洪恩。
人能步步存阴德，福禄绵绵及子孙。

---

[1] 雷轰荐福碑：相传，范仲淹为饶州太守时，有一个书生来献诗，自称平生未尝得饱。当时风行欧阳询的字，欧阳询所写的荐福寺碑拓本，每本值一千铜钱。范仲淹想替他拓印一千本，纸墨皆已备好，但前一天晚上，碑却被雷击碎。宋元间常用此典故来比喻人穷困潦倒，运气不好。
[2] 风送滕王阁：滕王阁，在江西南昌城西江边上。唐代传说，"初唐四杰"之一的王勃偶到江西，适逢府帅开宴于滕王阁上。王勃船在马当，一阵风把他吹送到南昌，因此得以参与宴会，并写出了著名的《滕王阁序》。

滕大尹鬼断家私①

玉树庭前诸谢②,紫荆花下三田③。埙篪④和好弟兄贤,父母心中欢忭。多少争财竞产,同根苦自相煎。相持鹬蚌枉垂涎,落得渔人取便。

这首词名为《西江月》,是劝人家弟兄和睦的。且说如今三教经典,都是教人为善的。儒教有十三经、六经、五经,释教⑤有诸品《大藏金经》,道教有《南华冲虚经》及诸品藏经,盈箱满案,千言万语,看来都是赘疣。依我说,要做好人,只消个两字经,是"孝弟"两个字。那两字经中,又只消理会一个字,是个"孝"字。假如孝顺父母的,见父母所爱者,亦爱之;父母所敬者,亦敬之;何况兄弟行中,同气连枝,想到父母身上去,那有不和不睦之理?就是家私田产,总是父母挣来的,分什么尔我?较什么肥瘠?假如你生于穷汉之家,分文没得承受,少不得自家挽起眉

---

① 滕大尹:明代的某一任的香河县令,鬼断的正是香河县倪太守的家私案。倪太守即倪守谦,字益之,是明代永乐年间一位年老退职的太守。
② 诸谢:东晋名臣谢安有一次教训他的子侄们,因问为什么人家都要子弟们好。他的侄儿谢玄回答说:譬如芝兰玉树,人们都希望它能长在自己的阶庭中。
③ 三田:古代传说,汉时,田真、田庆、田广兄弟三人分家,堂前有一棵紫荆树,他们商量着也要劈分为三分。树忽然自己枯死。田氏三兄弟受到感动,决定不再分产,据说紫荆树又重复向荣。
④ 埙篪:音 xūn chí,都是乐器的名称,《诗经》中有"伯氏吹埙,仲氏吹篪"的话,所以常用以比喻兄弟和睦。
⑤ 释教:即佛教,释是指佛教的开创者乔达摩·悉达多,他一般被尊称为释迦牟尼。

毛[①],挣扎过活。见成有田有地,兀自争多嫌寡,动不动推说爹娘偏爱,分受不均。那爹娘在九泉之下,他心上必然不乐。此岂是孝子所为?所以古人说得好,道是:

难得者兄弟,易得者田地。

怎么是难得者兄弟?且说人生在世,至亲的莫如爹娘,爹娘养下我来时节,极早已是壮年了,况且爹娘怎守得我同去?也只好半世相处。再说至爱的莫如夫妇,白头相守,极是长久的了。然未做亲以前,你张我李,各门各户,也空着幼年一段。只有兄弟们,生于一家,从幼相随到老。有事共商,有难共救,真像手足一般,何等情谊!譬如良田美产,今日弃了,明日又可挣得来的;若失了个弟兄,分明割了一手,折了一足,乃终身缺陷。说到此地,岂不是难得者兄弟,易得者田地?若是为田地上,坏了手足亲情,到不如穷汉,赤光光没得承受,反为干净,省了许多是非口舌。

如今在下说一节国朝故事,乃是"滕县尹鬼断家私"。这节故事是劝人重义轻财,休忘了"孝弟"两字经。看官们或是有弟兄没兄弟,都不关在下之事,各人自去摸着心头,学好做人便了。正是:

善人听说心中刺,恶人听说耳边风。

话说国朝永乐年间,北直顺天府香河县,有个倪太守,双名守谦,字益之,家累千金,肥田美宅。夫人陈氏,单生一子,名曰善继,长大婚娶之后,陈夫人身故。倪太守罢官鳏居,虽然年老,只落得精神健旺。凡收租、放债之事,件件关心,不肯安闲享用。其年七十九岁,倪善继对老子

---

① 挽起眉毛:即皱眉头。

说道:"人生七十古来稀。父亲今年七十九,明年八十齐头了,何不把家事交卸与孩儿掌管,吃些见成茶饭①,岂不为美?"老子摇着头,说出几句道:

在一日,管一日。替你心,替你力,挣些利钱穿共吃。直待两脚壁立直,那时不关我事得。

每年十月间,倪太守亲往庄上收租,整月的住下。庄户人家,肥鸡美酒,尽他受用。那一年,又去住了几日。偶然一日,午后无事,绕庄闲步,观看野景。忽然见一个女子同着一个白发婆婆,向溪边石上捣衣。那女子虽然村妆打扮,颇有几分姿色:

发同漆黑,眼若波明。纤纤十指似栽葱,曲曲双眉如抹黛。随常布帛,俏身躯赛着绫罗;点景野花,美丰仪不须钗钿。五短身材偏有趣,二八年纪正当时。

倪太守老兴勃发,看得呆了。那女子捣衣已毕,随着老婆婆而走。那老儿留心观看,只见他走过数家,进一个小小白篱笆门内去了。倪太守连忙转身,唤管庄的来,对他说如此如此,教他访那女子跟脚,曾否许人,若是没有人家时,我要娶他为妾,未知他肯否?管庄的巴不得奉承家主,领命便走。

原来那女子姓梅,父亲也是个府学秀才。因幼年父母双亡,在外婆身边居住。年一十七岁,尚未许人。管庄的访得的实了,就与那老婆婆说:"我家老爷见你女孙儿生得齐整,意欲聘为偏房。虽说是做小,老奶奶去世已久,上面并无人拘管。嫁得成时,丰衣足食,自不须说;连你老人家

---

① 茶饭:指饭肴。宋元时人称菜肴为茶。

年常衣服、茶、米，都是我家照顾，临终还得个好断送①，只怕你老人家没福。"老婆婆听得花锦似一片说话，即时依允。也是姻缘前定，一说便成。管庄的回覆了倪太守，太守人喜！讲定财礼，讨皇历看个吉日，又恐儿子阻挡，就在庄上行聘，庄上做亲。成亲之夜，一老一少，端的好看！有《西江月》为证：

　　一个乌纱白发，一个绿鬓红妆。枯藤缠树嫩花香，好似奶公相傍。一个心中凄楚，一个暗地惊慌。只愁那话忒郎当，双手扶持不上。

当夜倪太守抖擞精神，勾消了姻缘簿上。真个是：

　　恩爱莫忘今夜好，风光不减少年时。

过了三朝，唤个轿子抬那梅氏回宅，与儿子、媳妇相见。阖宅男妇，都来磕头，称为"小奶奶"。倪太守把些布帛赏与众人，各各欢喜。只有那倪善继心中不美，面前虽不言语，背后夫妻两口儿议论道："这老人忒没正经！一把年纪，风灯之烛，做事也须料个前后。知道五年十年在世，却去干这样不了不当的事！讨这花枝般的女儿，自家也得精神对付他，终不然担误他在那里，有名无实。还有一件，多少人家老汉身边有了少妇，支持不过；那少妇熬不得，走了野路，出乖露丑，为家门之玷。还有一件，那少妇跟随老汉，分明似出外度荒年一般，等得年时成熟，他便去了。平时偷短偷长，做下私房，东三西四的寄开；又撒娇撒痴，要汉子制办衣饰与他；到得树倒鸟飞时节，他便颠作嫁人，一包儿收拾去受用。这是木中之

---

① 断送：此处指发送逝者。

蠹，米中之虫。人家有了这般人，最损元气的。"又说道："这女子娇模娇样，好像个妓女，全没有良家体段，看来是个做声分的头儿，擒老公的太岁。在咱爹身边，只该半妾半婢，叫声姨姐，后日还有个退步。可笑咱爹不明，就叫众人唤他做'小奶奶'，难道要咱们叫他娘不成？咱们只不作准他，莫要奉承透了，讨他做大起来，明日咱们颠到受他呕气。"夫妻二人，唧唧哝哝，说个不了。早有多嘴的，传话出来。倪太守知道了，虽然不乐，却也藏在肚里。幸得那梅氏秉性温良，事上接下，一团和气，众人也都相安。

过了两个月，梅氏得了身孕，瞒着众人，只有老公知道。一日三，三日九，捱到十月满足，生下一个小孩儿出来，举家大惊。这日正是九月九日，乳名取做重阳儿。到十一日，就是倪太守生日，这年恰好八十岁了。贺客盈门，倪太守开筵管待。一来为寿诞，二来小孩儿三朝，就当个汤饼之会①。众宾客道："老先生高年，又新添个小令郎，足见血气不衰，乃上寿之征也。"倪太守大喜！倪善继背后又说道："男子六十而精绝，况是八十岁了，那见枯树上生出花来？这孩子不知那里来的杂种，决不是咱爹嫡血，我断然不认他做兄弟。"老子又晓得了，也藏在肚里。

光阴似箭，不觉又是一年。重阳儿周岁，整备做晬盘②故事。里亲外眷，又来作贺。倪善继到走了出门，不来陪客。老子已知其意，也不去寻他回来，自己陪着诸亲，吃了一日酒。虽然口中不语，心内未免有些不足之意。自古道：子孝父心宽。那倪善继平日做人，又贪又狠。一心只怕小孩子长大起来，分了他一股家私，所以不肯认做兄弟。预先把恶话谣言，日后好摆布他母子。那倪太守是读书做官的人，这个关窍怎不明白？只恨

---

① 汤饼之会：古时，生孩子后三日宴客，叫汤饼会。
② 晬盘：民间风俗，小儿周岁时，用盘盛弓箭、纸笔、刀尺、珍宝等物，让他抓取，以试验他的性格，称为晬盘，也叫抓周。

自家老了，等不及重阳儿成人长大，日后少不得要在大儿子手里讨针线[①]；今日与他结不得冤家，只索忍耐。看了这点小孩子，好生痛他；又看了梅氏小小年纪，好生怜他。常时想一会，闷一会，恼一会，又懊悔一会。

再过四年，小孩子长成五岁。老子见他伶俐，又忒会顽耍，要送他馆中上学。取个学名，哥哥叫善继，他就叫善述。拣个好日，备了果酒，领他去拜师父。那师父就是倪太守请在家里教孙儿的，小叔侄两个同馆上学，两得其便。谁知倪善继与做爹的不是一条心肠。他见那孩子取名善述，与己排行，先自不像意了。又与他儿子同学读书，到要儿子叫他叔叔，从小叫惯了，后来就被他欺压；不如唤了儿子出来，另从个师父罢。当日将儿子唤出，只推有病，连日不到馆中。倪太守初时只道是真病。过了几日，只听得师父说："大令郎另聘了个先生，分做两个学堂，不知何意？"倪太守不听犹可，听了此言，不觉大怒，就要寻大儿子问其缘故。又想到："天生恁般逆种，与他说也没干，由他罢了！"含了一口闷气，回到房中，偶然脚慢，拌着门槛一跌，梅氏慌忙扶起，搀到醉翁床上坐下，已自不省人事。急请医生来看，医生说是中风。忙取姜汤灌醒，扶他上床。虽然心下清爽，却满身麻木，动掸不得。梅氏坐在床头，煎汤煎药，殷勤伏侍，连进几服，全无功效。医生切脉道："只好延捱日子，不能全愈了。"倪善继闻知，也来看觑了几遍。见老子病势沉重，料是不起，便呼幺喝六，打童骂仆，预先装出家主公的架子来。老子听得，愈加烦恼。梅氏只得啼哭，连小学生也不去上学，留在房中，相伴老子。

倪太守自知病笃，唤大儿子到面前，取出簿子一本，家中田地、屋宅及人头帐目总数，都在上面，分付道："善述年方五岁，衣服尚要人照管；梅氏又年少，也未必能管家。若分家私与他，也是枉然，如今尽数交付与你。倘或善述日后长大成人，你可看做爹的面上，替他娶房媳妇，分他小

[①] 讨针线：意为讨生活。

屋一所，良田五六十亩，勿令饥寒足矣。这段话，我都写绝在家私簿上，就当分家，把与你做个执照。梅氏若愿嫁人，听从其便；倘肯守着儿子度日，也莫强他。我死之后，你一一依我言语，这便是孝子，我在九泉，亦得瞑目。"倪善继把簿子揭开一看，果然开得细，写得明，满脸堆下笑来，连声应道："爹休忧虑，恁儿一一依爹分付便了。"抱了家私簿子，欣然而去。

梅氏见他走得远了，两眼垂泪，指着那孩子道："这个小冤家，难道不是你嫡血？你却和盘托出，都把与大儿子了，教我母子两口，异日把什么过活？"倪太守道："你有所不知，我看善继不是个良善之人，若将家私平分了，连这小孩子的性命也难保；不如都把与他，像了他意，再无妒忌。"梅氏又哭道："虽然如此，自古道子无嫡庶，忒杀厚薄不均，被人笑话。"倪太守道："我也顾他不得了。你年纪正小，趁我未死，将儿子嘱付善继。待我去世后，多则一年，小则半载，尽你心中，拣择个好头脑，自去图下半世受用，莫要在他们身边讨气吃。"

梅氏道："说那里话！奴家也是儒门之女，妇人从一而终；况又有了这小孩儿，怎割舍得抛他？好歹要守在这孩子身边的。"倪太守道："你果然肯守志终身么？莫非日久生悔？"梅氏就发起大誓来。倪太守道："你若立志果坚，莫愁母子没得过活。"便向枕边摸出一件东西来，交与梅氏。梅氏初时只道又是一个家私簿子，却原来是一尺阔、三尺长的一个小轴子。梅氏道："要这小轴儿何用？"倪太守道："这是我的行乐图，其中自有奥妙。你可悄地收藏，休露人目。直待孩子年长，善继不肯看顾他，你也只含藏于心。等得个贤明有司官来，你却将此轴去诉理，述我遗命，求他细细推详，自然有个处分，尽勾你母子二人受用。"梅氏收了轴子。话休絮烦，倪太守又延了数日，一夜痰厥，叫唤不醒，呜呼哀哉死了，享年八十四岁。正是：

三寸气在千般用,一日无常万事休。
早知九泉将不去,作家辛苦着何由!

且说倪善继得了家私簿,又讨了各仓各库匙钥,每日只去查点家财杂物,那有功夫走到父亲房里问安。直等呜呼之后,梅氏差丫鬟去报知凶信,夫妻两口方才跑来,也哭了几声"老爹爹"。没一个时辰,就转身去了,到委着梅氏守尸。幸得衣衾棺椁诸事都是预办下的,不要倪善继费心。殡殓成服后,梅氏和小孩子两口,守着孝堂,早暮啼哭,寸步不离。善继只是点名应客,全无哀痛之意,七中便择日安葬。回丧之夜,就把梅氏房中,倾箱倒箧;只怕父亲存下些私房银两在内。梅氏乖巧,恐怕收去了他的行乐图,把自己原嫁来的两只箱笼,到先开了,提出几件穿旧衣裳,教他夫妻两口检看。善继见他大意,到不来看了。夫妻两口儿乱了一回,自去了。梅氏思量苦切,放声大哭。那小孩子见亲娘如此,也哀哀哭个不住。恁般光景,任是泥人应堕泪,从教铁汉也酸心。

次早,倪善继又唤个做屋匠来看这房子,要行重新改造,与自家儿子做亲。将梅氏母子,搬到后园三间杂屋内栖身。只与他四脚小床一张和几件粗台粗凳,连好家火都没一件。原在房中伏侍有两个丫鬟,只拣大些的又唤去了,止留下十一二岁的小使女。每日是他厨下取饭,有菜没菜,都不照管。梅氏见不方便,索性讨些饭米,堆个土灶,自炊来吃。早晚做些针指,买些小菜,将就度日。小学生到附在邻家上学,束修都是梅氏自出。善继又屡次教妻子劝梅氏嫁人,又寻媒妪与他说亲,见梅氏誓死不从,只得罢了。因梅氏十分忍耐,凡事不言不语,所以善继虽然凶狠,也不将他母子放在心上。

光阴似箭,善述不觉长成一十四岁。原来梅氏平生谨慎,从前之事,在儿子面前一字也不题。只怕娃子家口滑,引出是非,无益有损。守得一十四岁时,他胸中渐渐泾渭分明,瞒他不得了。一日,向母亲讨件新绢衣穿,梅氏回他:"没钱买得。"善述道:"我爹做过太守,止生我弟兄两人。见今哥哥恁般富贵,我要一件衣服,就不能勾了,是怎地?既娘没钱时,我自与哥哥索讨。"说罢就走。

梅氏一把扯住道:"我儿,一件绢衣,直甚大事,也去开口求人。常言道:'惜福积福''小来穿线,大来穿绢'。若小时穿了绢,到大来线也没得穿了。再过两年,等你读书进步,做娘的情愿卖身来做衣服与你穿着。你那哥哥不是好惹的,缠他什么!"善述道:"娘说得是。"口虽答应,心下不以为然。想着:"我父亲万贯家私,少不得兄弟两个大家分受。我又不是随娘晚嫁、拖来的油瓶,怎么我哥哥全不看顾?娘又是恁般说,终不然一匹绢儿,没有我分,直待娘卖身来做与我穿着。这话好生奇怪!哥哥又不是吃人的虎,怕他怎的?"心生一计,瞒了母亲,径到大宅里去。寻见了哥哥,叫声:"作揖。"善继到吃了一惊,问他:"来做什么?"善述道:"我是个缙绅子弟,身上蓝缕,被人耻笑。特来寻哥哥,讨匹绢去做衣服穿。"善继道:"你要衣服穿,自与娘讨。"善述道:"老爹爹家私,是哥哥管,不是娘管。"

善继听说"家私"二字,题目来得大了,便红着脸问道:"这句话,是那个教你说的?你今日来讨衣服穿,还是来争家私?"善述道:"家私少不得有日分析,今日先要件衣服,装装体面。"善继道:"你这般野种,要什么体面!老爹爹纵有万贯家私,自有嫡子嫡孙,干你野种屁事!你今日是听了甚人撺掇,到此讨野火吃?莫要惹着我性子,教你母子二人无安身之处!"善述道:"一般是老爹爹所生,怎么我是野种?惹着你性子,便怎地?难道谋害了我娘儿两个,你就独占了家私不成?"善继大怒,骂道:"小畜生,敢挺撞我!"牵住他衣袖儿,捻起拳头,一连七八个栗暴[1],打得头皮都青肿了。善述挣脱了,一道烟走出,哀哀的哭到母亲面前来,

---

[1] 栗暴:用拳打小孩的头。

一五一十,备细述与母亲知道。梅氏抱怨道:"我教你莫去惹事,你不听教训,打得你好!"口里虽如此说,扯着青布衫,替他摩那头上肿处,不觉两泪交流。有诗为证:

> 少年孀妇拥遗孤,食薄衣单百事无。
> 只为家庭缺孝友,同枝一树判荣枯。

梅氏左思右量,恐怕善继藏怒,到遣使女进去致意,说小学生不晓世事,冲撞长兄,招个不是。善继兀自怒气不息。次日侵早,邀几个族人在家,取出父亲亲笔分关,请梅氏母子到来,公同看了,便道:"尊亲长在上,不是善继不肯养他母子,要捻他出去。只因善述昨日与我争取家私,发许多说话,诚恐日后长大,说话一发多了,今日分析他母子出外居住。东庄住房一所,田五十八亩,都是遵依老爹爹遗命,毫不敢自专,伏乞尊亲长作证。"这伙亲族,平昔晓得善继做人利害,又且父亲亲笔遗嘱,那个还肯多嘴,做闲冤家?都将好看的话儿来说。那奉承善继的说道:"千金难买亡人笔。照依分关,再没话了。"就是那可怜善述母子的,也只说道:"男子不吃分时饭,女子不著嫁时衣。多少白手成家的!如今有屋住,有田种,不算没根基了,只要自去挣持。得粥莫嫌薄,各人自有个命在。"梅氏料道:"在园屋居住,不是了日。"只得听凭分析,同孩儿谢了众亲长,拜别了祠堂,辞了善继夫妇;教人搬了几件旧家火和那原嫁来的两只箱笼,雇了牲口骑坐,来到东庄屋内。只见荒草满地,屋瓦稀疏,是多年不修整的。上漏下湿,怎生住得?将就打扫一两间,安顿床铺。唤庄户来问时,连这五十八亩田,都是最下不堪的:大熟之年,一半收成还不能勾;若荒年,只好赔粮。梅氏只叫得苦。到是小学生有智,对母亲道:"我弟兄两个,都是老爹爹亲生,为何分关上如此偏向?其中必有缘故。莫非不是老爹爹亲笔?自古道:家私不论尊卑。母亲何不告官申理?厚薄凭官府判断,到无怨心。"

梅氏被孩儿题起线索,便将十来年隐下衷情,都说出来道:"我儿休疑分关之语,这正是你父亲之笔。他道你年小,恐怕被做哥的暗算,所以把家私都判与他,以安其心。临终之日,只与我行乐图一轴,再三嘱付:'其中含藏哑谜,直待贤明有司在任,送他详审,包你母子两口有得过活,不致贫苦。'"善述道:"既有此事,何不早说!行乐图在那里?快取来与孩儿一看。"梅氏开了箱儿,取出一个布包来。解开包袱,里面又有一重油纸封裹着。拆了封,展开那一尺阔、三尺长的小轴儿,挂在椅上,母子一齐下拜。梅氏通陈道:"村庄香烛不便,乞恕亵慢。"善述拜罢,起来仔细看时,乃是一个坐像,乌纱白发,画得丰采如生。怀中抱着婴儿,一只手指着地下。揣摩了半晌,全然不解。只得依旧收卷包藏,心下好生烦闷。

过了数日,善述到前村要访个师父讲解。偶从关王庙前经过,只见一伙村人抬着猪羊大礼,祭赛关圣。善述立住脚头看时,又见一个过路的老者,挂了一根竹杖,也来闲看,问着众人道:"你们今日为甚赛神?"众人道:"我们遭了屈官司,幸赖官府明白,断明了这公事。向日许下神道愿心,今日特来拜偿。"老者道:"什么屈官司?怎生断的?"内中一人道:"本县向奉上司明文,十家为甲。小人是甲首,叫做成大。同甲中,有个赵裁,是第一手针线。常在人家做夜作,整几日不归家的。忽一日出去了,月余不归。老婆刘氏央人四下寻觅,并无踪迹。又过了数日,河内浮出一个尸首,头都打破的,地方报与官府。有人认出衣服,正是那赵裁。赵裁出门前一日,曾与小人酒后争句闲话,一时发怒,打到他家,毁了他几件家私,这是有的。谁知他老婆把这桩人命告了小人。前任漆知县,听信一面之词,将小人问成死罪;同甲不行举首,连累他们都有了罪名。小人无处伸冤,在狱三载。幸遇新任滕爷,他虽乡科出身,甚是明白。小人因他

喻世明言 061

热审①时节哭诉其冤,他也疑惑道:'酒后争嚷,不是大仇,怎的就谋他一命?'准了小人状词,出牌拘人覆审。滕爷一眼看着赵裁的老婆,千不说,万不说,开口便问他曾否再醮。刘氏道:'家贫难守,已嫁人了。'又问:'嫁的甚人?'刘氏道:'是班辈的裁缝,叫沈八汉。'滕爷当时飞拿沈八汉来问道:'你几时娶这妇人?'八汉道:'他丈夫死了一个多月,小人方才娶回。'滕爷道:'何人为媒?用何聘礼?'八汉道:'赵裁存日曾借用过小人七八两银子,小人闻得赵裁死信,走到他家探问,就便催取这银子。那刘氏没得抵偿,情愿将身许嫁小人,准折这银两,其实不曾央媒。'滕爷又问道:'你做手艺的人,那里来这七八两银子?'八汉道:'是陆续凑与他的。'滕爷把纸笔教他细开逐次借银数目。八汉开了出来,或米或银共十三次,凑成七两八钱之数。滕爷看罢,大喝道:'赵裁是你打死的,如何妄陷平人?'便用夹棍夹起,八汉还不肯认。滕爷道:'我说出情弊,教你心服:既然放本盘利,难道再没有第二个人托得,恰好都借与赵裁?必是平昔间与他妻子有奸,赵裁贪你东西,知情故纵。以后想做长久夫妻,便谋死了赵裁。却又教导那妇人告状,捺在成大身上。今日你开帐的字,与旧时状纸笔迹相同,这人命不是你是谁?'再教把妇人拶指,要他承招。刘氏听见滕爷言语,句句合拍,分明鬼谷先师一般,魂都惊散了,怎敢抵赖。拶子套上,便承认了。八汉只得也招了。原来八汉起初与刘氏密地相好,人都不知。后来往来勤了,赵裁怕人眼目,渐有隔绝之意。八汉私与刘氏商量,要谋死赵裁,与他做夫妻。刘氏不肯。八汉乘赵裁在人家做生活回来,哄他店上吃得烂醉;行到河边,将他推倒;用石块打破脑门,沉尸河底。只等事冷,便娶那妇人回去。后因尸骸浮起,被人认出,八汉闻得小

---

① 热审:明代制度,因夏月天气炎热,每年于小满后十余日,朝廷下令,命官府将在狱罪囚,审拟发落,称为热审,热审有重罪矜疑、轻罪减等、枷号疏放等事例。

人有争嚷之隙，却去唆那妇人告状。那妇人直待嫁后，方知丈夫是八汉谋死的；既做了夫妻，便不言语。却被滕爷审出真情，将他夫妻抵罪，释放小人宁家。多承列位亲邻斗出公分，替小人赛神。老翁，你道有这般冤事么？"老者道："恁般贤明官府，真个难遇！本县百姓有幸了。"

倪善述听在肚里，便回家学与母亲知道，如此如此，这般这般："有恁地好官府，不将行乐图去告诉，更待何时？"母子商议已定。打听了放告日期，梅氏起个黑早，领着十四岁的儿子，带了轴儿，来到县中叫喊。大尹见没有状词，只有一个小小轴儿，甚是奇怪，问其缘故。梅氏将倪善继平昔所为，及老子临终遗嘱，备细说了。滕知县收了轴子，教他且去，"待我进衙细看。"正是：

一幅画图藏哑谜，千金家事仗搜寻。
只因孽妇孤儿苦，费尽神明大尹心。

不题梅氏母子回家。且说滕大尹放告已毕，退归私衙，取那一尺阔、三尺长的小轴看，是倪太守行乐图：一手抱个婴孩，一手指着地下。推详了半日，想道："这个婴孩就是倪善述，不消说了；那一手指地，莫非要有司官念他地下之情，替他出力么？"又想道："他既有亲笔分关，官府也难做主了。他说轴中含哑谜，必然还有个道理。若我断不出此事，枉自聪明一世。"每日退堂，便将画图展玩，千思万想。如此数日，只是不解。

也是这事合当明白，自然生出机会来。一日午饭后，又去看那轴子。丫鬟送茶来吃，将一手去接茶瓯，偶然失挫，泼了些茶把轴子沾湿了。滕大尹放了茶瓯，走向阶前，双手扯开轴子，就日色晒干。忽然，日光中照见轴子里面有些字影，滕知县心疑，揭开看时，乃是一幅字纸，托在画上，正是倪太守遗笔。上面写道：

老夫官居五马，寿逾八旬。死在旦夕，亦无所恨。但孽子善述，方年周岁，急未成立。嫡善继素缺孝友，日后恐为所戕。新置大宅二所及一切田产，悉以授继。惟左偏旧小屋，可分与述。此屋虽小，室中左壁埋银五千，作五坛；右壁埋银五千，金一千，作六坛，可以准田园之额。后有贤明有司主断者，述儿奉酬白金三百两。八十一翁倪守谦亲笔。年，月，日，花押[①]。

原来这行乐图，是倪太守八十一岁上与小孩子做周岁时，预先做下的。古人云知子莫若父，信不虚也。滕大尹最有机变的人，看见开着许多金银，未免垂涎之意。眉头一皱，计上心来，差人："密拿倪善继来见我，自有话说。"

却说倪善继独罢家私，心满意足，日日在家中快乐。忽见县差奉着手批拘唤，时刻不容停留。善继推阻不得，只得相随到县。正直大尹升堂理事，差人禀道："倪善继已拿到了。"大尹唤到案前，问道："你就是倪太守的长子么？"善继应道："小人正是。"大尹道："你庶母梅氏有状告你，说你逐母逐弟，占产占房，此事真么？"倪善继道："庶弟善述，在小人身边，从幼抚养大的。近日他母子自要分居，小人并不曾逐他。其家财一节，都是父亲临终亲笔分析定的，小人并不敢有违。"大尹道："你父亲亲笔在那里？"善继道："见在家中，容小人取来呈览。"大尹道："他状词内告有家财万贯，非同小可；遗笔真伪，也未可知。念你是缙绅之后，且不难为你。明日可唤齐梅氏母子，我亲到你家查阅家私。若厚薄果然不均，自有公道，难以私情而论。"喝教皂快押出善继，就去拘集梅氏母子，明日一同听审。公差得了善继的东道，放他回家去讫，自往东庄拘人去了。

再说善继听见官府口气利害，好生惊恐。论起家私，其实全未分析，

[①] 花押：本是指书法或中国画上的签名，后凡签字画押，往往都通称为花押。

单单持着父亲分关执照，千钧之力，须要亲族见证方好。连夜将银两分送三党亲长，嘱托他次早都到家来。若官府问及遗笔一事，求他同声相助。这伙三党之亲，自从倪太守亡后，从不曾见善继一盘一盒，岁时也不曾酒杯相及。今日大块银子送来，正是闲时不烧香，急来抱佛脚，各各暗笑，落得受了买东西吃。明日见官，旁观动静，再作区处。时人有诗云：

休嫌庶母妄兴词，自是为兄意太私。
今日将银买三党，何如匹绢赠孤儿？

且说梅氏见县差拘唤，已知县主与他做主。过了一夜，次日侵早，母子二人，先到县中去见滕大尹。大尹道："怜你孤儿寡妇，自然该替你说法。但闻得善继执得有亡父亲笔分关，这怎么处？"梅氏道："分关虽写得有，却是保全孩子之计，非出亡夫本心。恩相只看家私簿上数目，自然明白。"大尹道："常言道清官难断家事。我如今管你母子一生衣食充足，你也休做十分大望。"梅氏谢道："若得免于饥寒足矣，岂望与善继同作富家郎乎？"滕大尹分付梅氏母子："先到善继家伺候。"

倪善继早已打扫厅堂，堂上设一把虎皮交椅，焚起一炉好香。一面催请亲族："早来守候。"梅氏和善述到来，见十亲九眷都在眼前，一一相见了，也不免说几句求情的话儿。善继虽然一肚子恼怒，此时也不好发泄。各各暗自打点见官的说话。等不多时，只听得远远喝道之声，料是县主来了。善继整顿衣帽迎接；亲族中，年长知事的，准备上前见官；其幼辈怕事的，都站在照壁背后张望，打探消耗。只见一对对执事两班排立，后面青罗伞下，盖着有才有智的滕大尹。到得倪家门首，执事跪下，么喝一声。梅氏和倪家兄弟，都一齐跪下来迎接。门子喝声："起去！"

轿夫停了五山屏风轿子，滕大尹不慌不忙，踱下轿来。将欲进门，忽然对着空中，连连打恭；口里应对，恰像有主人相迎的一般。众人都吃惊，看他做甚模样。只见滕大尹一路揖让，直到堂中，连作数揖，口中叙许多寒温的言语。先向朝南的虎皮交椅上打个恭，恰像有人看坐的一般；连忙转身，就拖一把交椅，朝北主位排下；又向空再三谦让，方才上坐。众人看他见神见鬼的模样，不敢上前，都两旁跕立呆看。只见滕大尹在上坐拱揖，开谈道："令夫人将家产事告到晚生手里，此事端的如何？"说罢，便作倾听之状。良久，乃摇首吐舌道："长公子太不良了。"静听一会，又自说道："教次公子何以存活？"停一会，又说道："右偏小屋，有何活计？"又连声道："领教，领教。"又停一时，说道："这项也交付次公子？晚生都领命了。"少停又拱揖道："晚生怎敢当此厚惠？"推逊了多时，又道："既承尊命恳切，晚生勉领，便给批照与次公子收执。"乃起身，又连作数揖，口称："晚生便去。"众人都看得呆了。

只见滕大尹立起身来，东看西看，问道："倪爷那里去了？"门子禀道："没见什么倪爷。"滕大尹道："有此怪事？"唤善继问道："方才令尊老先生，亲在门外相迎；与我对坐了，讲这半日说话，你们谅必都听见的。"善继道："小人不曾听见。"滕大尹道："方才长长的身儿，瘦瘦的脸儿，高颧骨，细眼睛，长眉大耳，朗朗的三牙须，银也似白的，纱帽皂靴，红袍金带，可是倪老先生模样？"唬得众人一身冷汗，都跪下道："正是他生前模样。"大尹道："如何忽然不见了？他说家中有两处大厅堂，又东边旧存下一所小屋，可是有的？"善继也不敢隐瞒，只得承认道："有的。"大尹道："且到东边小屋去一看，自有话说。"众人见大尹半日自言自语，说得活龙活现，分明是倪太守模样，都信道倪太守真个出现了，人人吐舌，个个惊心。谁知都是滕大尹的巧言。他是看了行乐图，照依小像说来，何曾有半句是真话！有诗为证：

圣贤自是空题目，惟有鬼神不敢触。
若非大尹假装词，逆子如何肯心服？

倪善继引路，众人随着大尹，来到东偏旧屋内。这旧屋是倪太守未得第时所居，自从造了大厅大堂，把旧屋空着，只做个仓厅，堆积些零碎米麦在内，留下一房家人。看见大尹前后走了一遍，到正屋中坐下，向善继道："你父亲果是有灵，家中事体，备细与我说了。教我主张，这所旧宅子与善述，你意下何如？"善继叩头道："但凭恩台明断。"大尹讨家私簿子细细看了，连声道："也好个大家事。"看到后面遗笔分关，大笑道："你家老先生自家写定的，方才却又在我面前，说善继许多不是，这个老先儿也是没主意的。"唤倪善继过来，"既然分关写定，这些田园帐目，一一给你，善述不许妄争。"

梅氏暗暗叫苦，方欲上前哀求，只见大尹又道："这旧屋判与善述，此屋中之所有，善继也不许妄争。"善继想道："这屋内破家破火，不直甚事，便堆下些米麦，一月前都粜得七八了，存不多儿，我也勾便宜了。"便连连答应道："恩台所断极明。"大尹道："你两人一言为定，各无翻悔。众人既是亲族，都来做个证见。方才倪老先生当面嘱付说：'此屋左壁下，埋银五千两，做五坛，当与次儿。'"善继不信，禀道："若果然有此，即使万金，亦是兄弟的，小人并不敢争执。"大尹道："你就争执时，我也不准。"便教手下讨锄头、铁锹等器，梅氏母子作眼①，率领民壮，往东壁下掘开墙基，果然埋下五个大坛。发起来时，坛中满满的，都是光银子②。把一坛银子上秤称时，算来该是六十二斤半，刚刚一千两足数。众人看见，无不惊讶。善继益发信真了："若非父亲阴灵出现，面诉县主，这个藏银，我们尚且不知，县主那里知道？"

只见滕大尹教把五坛银子一字儿摆在自家面前，又分付梅氏道："右壁还有五坛，亦是五千之数。更有一坛金子，方才倪老先生有命，送我作

---

① 作眼：作向导、引领。
② 光银子：也叫放光银子，就是白银。

酬谢之意，我不敢当，他再三相强，我只得领了。"梅氏同善述叩头说道："左壁五千，已出望外；若右壁更有，敢不依先人之命。"大尹道："我何以知之？据你家老先生是恁般说，想不是虚话。"再教人发掘西壁，果然六个大坛，五坛是银，一坛是金。善继看着许多黄白之物，眼里都放出火来，恨不得抢他一锭。只是有言在前，一字也不敢开口。滕大尹写个照帖，给与善继为照，就将这房家人，判与善述母子。梅氏同善述不胜之喜，一同叩头拜谢。善继满肚不乐，也只得磕几个头，勉强说句"多谢恩台主张"。

　　大尹判几条封皮，将一坛金子封了，放在自己轿前，抬回衙内，落得受用。众人都认道真个倪太守许下酬谢他的，反以为理之当然，那个敢道个"不"字。这正叫作鹬蚌相持，渔人得利。若是倪善继存心忠厚，兄弟和睦，肯将家私平等分析，这千两黄金，弟兄大家该五百两，怎到得滕大尹之手？白白里作成了别人。自己还讨得气闷，又加个不孝不弟之名，千算万计，何曾算计得他人，只算计得自家而已！

　　闲话休题。再说梅氏母子，次日又到县拜谢滕大尹。大尹已将行乐图取去遗笔，重新裱过，给还梅氏收领。梅氏母子方悟行乐图上，一手指地，乃指地下所藏之金银也。此时有了这十坛银子，一般置买田园，遂成富室。后来善述娶妻，连生三子，读书成名。倪氏门中，只有这一枝极盛。善继两个儿子，都好游荡，家业耗废。善继死后，两所大宅子，都卖与叔叔善述管业。里中凡晓得倪家之事本末的，无不以为天报云。诗曰：

　　　　　　从来天道有何私，堪笑倪郎心太痴。
　　　　　　忍以嫡兄欺庶母，却教死父算生儿。
　　　　　　轴中藏字非无意，壁下埋金属有司。
　　　　　　何似存些公道好，不生争竞不兴词。

张舜美灯宵^①得丽女

　　太平时节元宵夜，千里灯球^②映月轮。
　　多少王孙并士女，绮罗丛里尽怀春。

　　话说东京汴梁，宋天子徽宗放灯买市，十分富盛。且说在京一个贵官公子，姓张，名生，年方十八，生得十分聪俊，未娶妻室。因元宵到乾明寺^③看灯，忽于殿上拾得一红绡帕子，帕角系一个香囊。细看帕上，有诗一首云：

　　囊里真香心事封，鲛绡一幅泪流红。
　　殷勤聊作江妃佩^④，赠与多情置袖中。

　　诗尾后又有细字一行云："有情者，拾得此帕，不可相忘。请待来年

---

① 灯宵：指灯夜。出自宋代文学家孟元老所著的《东京梦华录》序："灯宵月夕，雪际花时。"宋代的上元节，也就是今天的元宵节，正月十五这一天，是宋代最大的法定节日，百姓倾城而出，通宵游览。其间还有烟火助兴，宫中、民间都放烟火，吸引游人仕女。更有社火游街、唱歌跳舞、耍杂技等文艺活动。元宵灯会的压轴花灯——鳌山灯，这个"鳌山"是用彩灯堆叠成的"山"，形状像传说中的巨鳌，故而得名。文人雅士则偏爱猜灯谜。
② 灯球：圆灯笼。
③ 乾明寺：北宋寺院名，在开封东城安业坊席箔巷西，后被金兵攻破汴京后纵火焚毁。
④ 江妃佩：江妃，江水的女神。古代传说，江妃二女游于江边，逢郑交甫，解佩相赠。郑交甫受佩而去，行数十步，佩与二女都不见。

正月十五夜,于相蓝[1]后门一会,车前有鸳鸯灯是也。"张生吟讽数次,叹赏久之。乃和其诗曰:

浓麝因知玉手封,轻绡料比杏腮红。
虽然未近来春约,已胜襄王魂梦中。

自此之后,张生以时挨日,以日挨月,以月挨年。倏忽间,乌飞电走,又换新正。将近元宵,思赴去年之约,乃于十四日晚,候于相蓝后门。果见车一辆,灯挂双鸳鸯,呵卫甚众。张生惊喜无措,无因问答,乃诵诗一首,或先或后,近车吟咏,云:

何人遗下一红绡,暗遣吟怀意气饶。
料想佳人初失去,几回纤手摸裙腰。

车中女子闻生吟讽,默念:"昔日遗香囊之事谐矣!"遂启帘窥生。见生容貌皎洁,仪度闲雅,愈觉动情。遂令侍女金花者,通达情款,生亦会意。须臾,香车远去,已失所在。

次夜,生复伺于旧处。俄有青盖旧车,迤逦而来,更无人从,车前挂双鸳鸯灯。生睹车中非昨夜相遇之女,乃一尼耳!车夫连称:"送师归院去。"生迟疑间,见尼转手而招生,生潜随之。至乾明寺,老尼迎门谓曰:"何归迟也?"尼入院,生随入小轩,轩中已张灯列宴。尼乃卸去道装,忽见绿鬓堆云,红裳映月。生女联坐,老尼侍傍。酒行之后,女曰:"愿见去年相约之媒。"生取香囊、红绡,付女视之。女方笑曰:"京都往来人众,

---

[1] 相蓝:即大相国寺,为北宋东京汴梁著名大寺,原名建国寺,唐睿宗时重建,更名为相国寺。到宋代,曾屡次扩建。金元之间,在战争中焚毁。

偏落君手，岂非天赐尔我姻缘耶？"生曰："当时得之，亦曾奉和。"因举其诗。女喜曰："真我夫也。"于是与生就枕，极尽欢娱。顷而鸡声四起，谓生曰："妾乃霍员外家第八房之妾。员外老病，经年不到妾房。妾每夜焚香祝天，愿遇一良人，成其夫妇。幸得见君子，足慰平生。妾今用计脱身，不可复入，此身已属之君，情愿生死相随。不然，将置妾于何地也？"生曰："我非木石，岂忍分离？但寻思无计。若事发相连，不若与你悬梁同死，双双做风流之鬼耳。"说罢，相抱悲泣。

老尼从外来，曰："你等要成夫妇，但恨无心耳，何必做没下梢事？"生女双双跪拜求计。老尼曰："汝能远涉江湖，变更姓名于千里之外，可得尽终世之情也。"女与生俯首受计。老尼遂取出黄白一包，付生曰："此乃小娘子平日所寄，今送还官人，以为路资。"生亦回家收拾细软，打做一包。是夜，拜别了老尼，双双出门，走到通津邸①中借宿。次早雇舟，自汴涉淮，直至苏州平江，创第而居。两情好合，谐老百年。正是：

意似鸳鸯飞比翼，情同鸾凤舞和鸣。

今日为甚说这段话？却有个波俏的女子，也因灯夜游玩，撞着个狂荡的小秀才，惹出一场奇奇怪怪的事来。未知久后成得夫妇也不，且听下回分解。正是：

灯初放夜人初会，梅正开时月正圆。

且道那女子遇着甚人？那人是越州人氏，姓张，双名舜美，年方弱

---

① 通津邸：通津，为宋东京城东汴河下流水门名。通津邸，即通津门的客店。从汴河东下，至泗州入淮河，为北宋时开封与东南交通的主要水道。

冠,是一个轻俊标致的秀士,风流未遇的才人。偶因乡试来杭,不能中选,遂淹留邸舍中半年有余。正逢着上元佳节,舜美不免关闭房门,游玩则个。况杭州是个热闹去处。怎见得杭州好景?柳耆卿①有首《望海潮》词,单道杭州好处。词云:

> 东南形胜,三吴都会,钱塘自古繁华!烟柳画桥,风帘翠幕,参差十万人家。云树绕堤沙。怒涛卷霜雪,天堑无涯。市列珠玑,户盈罗绮,竞奢华。　重湖叠巘清佳,有三秋桂子,十里荷花。弦管弄晴,菱歌泛夜,嬉嬉钓叟莲娃。千骑拥高牙,乘时听箫鼓,吟赏烟霞。异日图将好景,归去凤池②夸。

舜美观看之际,勃然兴发,遂口占《如梦令》一词以解怀,云:

> 明月娟娟筛柳,春色溶溶如酒。今夕试华灯,约伴六桥③行走。回首,回首,楼上玉人知否?

且诵且行之次,遥见灯影中,一个丫鬟,肩上斜挑一盏彩鸾灯,后面一女子,冉冉而来。那女子生得凤髻铺云,蛾眉扫月,生成媚态,出色娇姿。舜美一见了那女子,沉醉顿醒,竦然整冠,汤瓶样摇摆过来。为甚的

---

① 柳耆卿:即柳永,987—1053,北宋婉约派词人,祖籍河东(今属山西),后移居崇安(今属福建),初号三变,字景庄,后改名永,字耆卿。因排行七,又称柳七。
② 凤池:即凤凰池,禁苑中池沼。中书省曾设于禁苑,故中书省中机要位置均称为凤凰池。
③ 六桥:临安西湖苏堤上的六座桥,宋苏轼所建。六座桥的名称是:映波、锁澜、望山、压堤、东浦、跨虹。

做如此模样？元来调光①的人，只在初见之时，就便使个手段。凡萍水相逢，有几般讨探之法。做子弟的，听我把调光经表白几句：

> 雅容卖俏，鲜服夸豪。远觑近观，只在双眸传递；捱肩擦背，全凭健足跟随。我既有意，自当送情；他肯留心，必然答笑。点头须会，咳嗽便知。紧处不可放迟，闲中偏宜着闹。讪语时，口要紧；刮涎处，脸须皮。冷面撇清，还察其中真假；回头揽事，定知就里应承。说不尽百计讨探，凑成来十分机巧。假饶心似铁，弄得意如糖。

说那女子被舜美撩弄，禁持不住，眼也花了，心也乱了，腿也苏了，脚也麻了，痴呆了半响。四目相睃，面面有情。那女子走得紧，舜美也跟得紧；走得慢，也跟得慢；但不能交接一语。不觉又到众安桥②，桥上做卖做买，东来西去的，挨挤不过。过得众安桥，失却了女子所在，只得闷闷而回。开了房门，风儿又吹，灯儿又暗，枕儿又寒，被儿又冷，怎生睡得？心里丢不下那个女子，思量："再得与他一会也好。"你看世间有这等的痴心汉子，实是好笑。正是：

> 半窗花影模糊月，一段春愁着摸人。

舜美甫能勾捱到天明，起来梳裹了。三餐已毕，只见街市上人，又早收拾看灯。舜美身心按捺不下，急忙关闭房门，径往夜来相遇之处。立了一会，转了一会，寻了一会，靠了一会，呆了一会，只是等不见那女子来，

---

① 调光：即调情。后文的调光经，即调情的手段。
② 众安桥：南宋临安（今杭州）桥名，是临安城中热闹的地区。

遂调《如梦令》一词消遣，云：

燕赏良宵无寐，笑倚东风残醉。未审那人儿，今夕玩游何地？留意，留意，几度欲归还滞。

吟毕，又等了多时。正尔要回，忽见小鬟挑着彩鸾灯，同那女子从人丛中挨将出来。那女子瞥见舜美，笑容可掬，况舜美也约莫着有五六分上手。那女子径往盐桥①，进广福庙中拈香。礼拜已毕，转入后殿。舜美随于后。那女子偶尔回头，不觉失笑一声；舜美呆着老脸，陪笑起来。他两个挨挨擦擦，前前后后，不复顾忌。那女子回身捽袖中，遗下一个同心方胜儿。舜美会意，俯而拾之，方就灯下拆开一看，乃是一幅花笺纸。不看万事全休！只因看了，直教一个秀才害了一二年鬼病相思，险些送了一条性命。你道花笺上写的甚么文字？原来也是个《如梦令》，词云：

邂逅相逢如故，引起春心追慕。高挂彩鸾灯，正是儿家庭户。那步，那步，千万来宵垂顾。

词后复书云："女之敝居，十官子巷②中，朝南第八家。明日父母兄嫂赶江干舅家灯会，十七日方归，止妾与侍儿小英在家。敢邀仙郎惠然枉驾，少慰鄙怀。妾当焚香扫门，迎候翘望。妾刘素香拜柬。"舜美看了多时，喜出望外！那女子已去了，舜美步归邸舍，一夜无眠。

次早又是十五日。舜美捱至天晚，便至其外。不敢造次突入，乃成《如梦令》一词，来往歌云：

---

① 盐桥：即惠济桥，在临安东青门内大河上，宋时盐船停泊于此，所以俗称盐桥。
② 十官子巷：临安巷名，在城北众安桥南，御街之西。

漏滴铜壶声咽，风送金猊香烈。一见彩鸾灯，顿使狂心烦热。应说，应说，昨夜相逢时节。

女子听得歌声，掀帘而出，果是灯前相见可意人儿。遂迎迓到于房中，吹灭银灯，解衣就枕。他两个正是旷夫怨女相见，如饿虎逢羊，苍蝇见血，那有工夫问名叙礼？且做一班半点儿事。有《南乡子》一首，单题着交欢趣向。道是：

粉汗湿罗衫，为雨为云底事忙？两只脚儿肩上阁，难当！颦蹙春山入醉乡。忒杀太颠狂，口口声声叫我郎。舌送丁香娇欲滴，初尝。非蜜非糖滋味长。

两个讲欢已罢，舜美曰："仆乃途路之人，荷承垂盼，以凡遇仙。自思白面书生，愧无纤毫奉报。"素香抚舜美背曰："我因爱子胸中锦绣，非图你囊里金珠。"舜美称谢不已。素香忽然长叹，流泪而言曰："今日已过，明日父母回家，不能复相聚矣！如之奈何？"两个沉吟半晌，计上心来。素香曰："你我莫若私奔他所，免使两地永抱相思之苦，未知郎意何如？"舜美大喜曰："我有远族，见在镇江五条街，开个招商客店，可往依焉。"素香应允。

是夜，素香收拾了一包金珠，也妆做一个男儿打扮，与舜美携手迤逦而行。将及二鼓，方才行到北关门①下。你道因何三四里路，走了许多时光？只为那女子小小一双脚儿，只好在屧廊②缓步，芳径轻移，擎抬绣阁

---

① 北关门：临安城北余杭门，俗呼北关门。
② 屧廊：即响屧廊，春秋时代吴王宫中一条走廊的名称，廊中地面用梓木板铺成，行走有声，所以称为响屧廊。

之中,出没湘裙之下。脚又穿着一双大靴,教他跋长途,登远道,心中又慌,怎地的拖得动?且又城中人要出城,城外人要入城,两下不免撒手,前后随行。出得第二重门,被人一涌,各不相顾。那女子径出城门,从半塘横去了。舜美虑他是妇人,身体柔弱,挨挤不出去,还在城里,也不见得,急回身寻问把门军士。军士说道:"适间有个少年秀才,寻问同辈,回未半里多地。"

舜美自思:"一条路往钱塘门,一条路往师姑桥,一条路往褚家堂,三四条叉路,往那一条好?"踌躇半晌,只得依旧路赶去。至十官子巷,那女子家中,门已闭了,悄无人声。急急回至北关门,门又闭了。整整寻了一夜,巴到天明,挨门而出。至新马头,见一伙人围得紧紧的,看一只绣鞋儿。舜美认得是女子脱下之鞋,不敢开声。众人说:"不知何人家女孩儿,为何事来,溺水而死,遗鞋在此。"舜美听罢,惊得浑身冷汗。复到城中探信,满城人喧嚷,皆说十官子巷内刘家女儿,被人拐去,又说投水死了,随处做公的缉访。这舜美自因受了一昼夜辛苦,不曾吃些饭食;况又痛伤那女子死于非命,回至店中,一卧不起,寒热交作,病势沉重将危。正是:

相思相见知何日,多病多愁损少年。

且不说舜美卧病在床。却说刘素香自北关门失散了舜美,从二更直走到五更,方至新马头。自念:"舜美寻我不见,必然先往镇江一路去了。"遂暗暗地脱下一只绣花鞋在地。为甚的?他惟恐家中有人追赶,故托此相示,以绝父母之念。素香乘天未明,赁舟沿流而去。

数日之间,虽水火之事,亦自谨慎,梢人亦不知其为女人也。比至镇江,打发舟钱登岸,随路物色,访张舜美亲族。又忘其姓名、居止,问来问去,看看日落山腰,又无宿处。偶至江亭,少憩之次。此时乃是正月二十二日,况是月出较迟。是夜,夜色苍然,渔灯隐映,不能辨认咫尺。素香自思:"为他抛离乡井,父母兄弟又无消息,不若从浣纱女游于江中。"哭了多时,只恨那人不知妾之死所。不觉半夜光景,亭隙中射下月光来。遂移步凭栏,四顾澄江,渺茫千里。正是:

一江流水三更月,两岸青山六代都。

素香呜呜咽咽,自言自语,自悲自叹,不觉亭角暗中,走出一个尼师,向前问曰:"人耶?鬼耶?何自苦如此?"素香听罢,答曰:"荷承垂问,敢不实告?妾乃浙江人也,因随良人之任,前往新丰。却不思慢藏诲盗,梢子因瞰良人囊金、贱妾容貌,辄起不仁之心。良人、婢仆皆被杀害,独留妾一身。梢子欲淫污妾,妾誓死不从。次日梢子饮酒大醉,妾遂着先夫衣冠,脱身奔逃,偶然至此。"素香难以私奔相告,假托此一段说话。尼师闻之,愀然曰:"老身在施主家,渡江归迟,天遣到此亭中与娘子相遇,真是前缘。娘子肯从我否?"素香曰:"妾身回视家乡,千山万水;得蒙提挈,乃再生之赐。"尼师曰:"出家人以慈悲方便为本,此分内事,不必虑也。"素香拜谢。天明,随至大慈庵。屏去俗衣,束发簪冠,独处一室。诸品经咒,目过辄能成诵。且夕参礼神佛,拜告白衣大士,并持大士经文哀求再会。尼师见其贞顺,自谓得人。不在话下。

再说舜美在那店中,延医调治,日渐平复,不肯回乡,只在邸舍中温习经史。光阴荏苒,又逢着上元灯夕。舜美追思去年之事,仍往十官子巷中一看。可怜景物依然,只是少个人在目前,闷闷归房,因诵秦少游学士所作《生查子》,词云:

去年元夜时,花市灯如昼。

月在柳梢头,人约黄昏后。

今年元夜时，月与灯依旧。

不见去年人，泪湿春衫袖。

舜美无情无绪，洒泪而归。惭愧物是人非，怅然绝望，立誓终身不娶，以答素香之情。在杭州倏忽三年，又逢大比，舜美得中首选解元。赴鹿鸣宴①罢，驰书归报父母，亲友贺者填门。数日后，将带琴、剑、书籍，上京会试。一路风行露宿。舟次镇江江口，将欲渡江，忽狂风大作，移舟傍岸，少待风息。其风数日不止，只得停泊在彼。

且说刘素香在大慈庵中，荏苒首尾三载。是夜，忽梦白衣大士报云："尔夫明日来也。"恍然惊觉，汗流如雨。自思："平素未尝如此，真是奇怪！"不言与师知道。

舜美等了一日又是一日，心中好生不快，遂散步独行，沿江闲看。行至一松竹林中，中有小庵，题曰"大慈之庵"，清雅可爱。趋身入内，庵主出迎，拉至中堂供茶。也是天使其然，刘素香向窗棂中一看，唬得目睁口呆，宛如酒醒梦觉。尼师忽入换茶，素香乃具道其由。尼师出问曰："相公莫非越州张秀才乎？"舜美骇然曰："仆与吾师素昧平生，何缘垂识？"尼师又问曰："曾娶妻否？"舜美籔籔泪下，乃应曰："曾有妻刘氏素香，因三载前元宵夜观灯失去，未知存亡下落。今仆虽不才，得中解元，便到京得进士，终身亦誓不再娶也。"师遂呼女子出见。两个抱头恸哭多时，收泪而言曰："不意今生再得相见！"悲喜交集，拜谢老尼。乃沐浴更衣，诣大士前焚香百拜。次以白金百两，段绢二端，奉尼师为寿。两下相别，双双下舟。真个似缺月重圆，断弦再续，大喜不胜。

一路至京，连科进士，除授福建兴化府莆田县尹。谢恩回乡，路经镇江，二人复访大慈庵，赠尼师金一笏。回至杭州，径到十官子巷投帖拜望。

---

① 鹿鸣宴：乡试发榜，主考以下官员及录取的人举行宴会，称鹿鸣宴。

刘公看见车马临门，大红帖子上写着"小婿张舜美"，只道误投了。正待推辞，只见少年夫妇，都穿着朝廷命服，双双拜于庭下。父母兄嫂见之，大惊，悲喜交集。丈母道："因元宵失却我儿，闻知投水身死，我们苦得死而复生。不意今日再得相会，况得此佳婿，刘门之幸！"乃大排筵会，作贺数日，令小英随去。二人别了丈人、丈母，到家见了父母。舜美告知前事，令妻出拜公姑。张公、张母大喜过望，作宴庆贺。不数日，同妻别父母，上任去讫。久后，舜美官至天官侍郎[①]，子孙贵盛。有诗为证：

　　间别三年死复生，润州[②]城下念多情。
　　今宵然烛频频照，笑眼相看分外明。

---

① 天官侍郎：唐代曾改吏部为天官。天官侍郎，即吏部侍郎。
② 润州：宋润州后升为镇江府。即今江苏镇江市。

金玉奴棒打薄情郎

枝在墙东花在西，自从落地任风吹。

枝无花时还再发，花若离枝难上枝。

这四句，乃昔人所作《弃妇词》。言妇人之随夫，如花之附于枝。枝若无花，逢春再发；花若离枝，不可复合。劝世上妇人，事夫尽道，同甘同苦，从一而终；休得慕富嫌贫，两意三心，自贻后悔。

且说汉朝一个名臣，当初未遇时节，其妻有眼不识泰山，弃之而去；到后来，悔之无及。你说那名臣何方人氏？姓甚名谁？那名臣姓朱，名买臣，表字翁子，会稽郡人氏。家贫未遇，夫妻二口，住于陋巷蓬门。每日，买臣向山中砍柴，挑至市中，卖钱度日。性好读书，手不释卷，肩上虽挑却柴担，手里兀自擒着书本，朗诵咀嚼，且歌且行。市人听惯了，但闻读书之声，便知买臣挑柴担来了；可怜他是个儒生，都与他买。更兼买臣不争价钱，凭人估值，所以他的柴比别人容易出脱。一般也有轻薄少年及儿童之辈，见他又挑柴，又读书，三五成群，把他嘲笑戏侮，买臣全不为意。

一日，其妻出门汲水，见群儿随着买臣柴担，拍手共笑，深以为耻。买臣卖柴回来，其妻劝道：“你要读书，便休卖柴；要卖柴，便休读书。许大年纪，不痴不颠，却做出恁般行径，被儿童笑话，岂不羞死！”买臣答道：“我卖柴以救贫贱，读书以取富贵，各不相妨，由他笑话便了。”其妻笑道：“你若取得富贵时，不去卖柴了。自古及今，那见卖柴的人做了官？却说这没把鼻的话！”买臣道：“富贵贫贱，各有其时。有人算我八字，到五十岁上，必然发迹。常言海水不可斗量，你休料我。”其妻道：“那算命先生，见你痴颠模样，故意耍笑你，你休听信。到五十岁时，连柴担也挑不动，饿死是有分的，还想做官？除是阎罗王殿上，少个判官，等你去做！"买臣道："姜太公八十岁，尚在渭水钓鱼。遇了周文王，以后车载之，拜为尚父。本朝公孙弘丞相，五十九岁上还在东海牧豕。整整六十岁，方才际遇今上，拜将封侯。我五十岁上发迹，比甘罗①虽迟，比那两个还早，你须耐心等去。"其妻道："你休得攀今吊古。那钓鱼、牧豕的，胸中都有才学；你如今读这几句死书，便读到一百岁，只是这个嘴脸，有甚出息？晦气做了你老婆！你被儿童耻笑，连累我也没脸皮。你不听我言，抛却书本，我决不跟你终身。各人自去走路，休得两相担误了。"买臣道："我今年四十三岁了，再七年，便是五十。前长后短，你就等耐，也不多时。直恁薄情，舍我而去，后来须要懊悔！"其妻道："世上少甚挑柴担的汉子，懊悔甚么来？我若再守你七年，连我这骨头不知饿死于何地了。你倒放我出门，做个方便，活了我这条性命。"

买臣见其妻决意要去，留他不住，叹口气道："罢，罢！只愿你嫁得丈夫，强似朱买臣的便好。"其妻道："好歹强似一分儿。"说罢，拜了两拜，欣然出门而去，头也不回。买臣感慨不已，题诗四句于壁上云：

嫁犬逐犬，嫁鸡逐鸡；妻自弃我，我不弃妻。

买臣到五十岁时，值汉武帝下诏求贤。买臣到西京上书，待诏公车②。同邑人严助荐买臣之才。天子知买臣是会稽人，必知本土民情利弊，即拜为会稽太守，驰驿赴任。会稽长吏闻新太守将到，大发人夫，修治道路。买臣妻的后夫亦在役中，其妻蓬头跣足，随伴送饭。见太守前呼后拥而来，

---

① 甘罗：战国时秦国人，年十二岁，封为上卿。
② 待诏公车：公车，汉代官署名，掌管官车。凡应征的人，都由官府用车接引，居此署中，等待诏命。

从旁窥之,乃故夫朱买臣也。买臣在车中,一眼瞧见,还认得是故妻,遂使人招之,载于后车。到府第中,故妻羞惭无地,叩头谢罪。买臣教请他后夫相见。不多时,后夫唤到,拜伏于地,不敢仰视。买臣大笑,对其妻道:"似此人,未见得强似我朱买臣也。"其妻再三叩谢,自悔有眼无珠,愿降为婢妾,伏事终身。买臣命取水一桶,泼于阶下,向其妻说道:"若泼水可复收,则汝亦可复合。念你少年结发之情,判后园隙地,与汝夫妇耕种自食。"其妻随后夫走出府第,路人都指着说道:"此即新太守夫人也。"于是羞极无颜,到于后园,遂投河而死。有诗为证:

漂母尚知怜饿士,亲妻忍得弃贫儒!
早知覆水难收取,悔不当初任读书。

又有一诗,说欺贫重富,世情皆然,不止一买臣之妻也。诗曰:

尽看成败说高低,谁识蛟龙在污泥?
莫怪妇人无法眼,普天几个负羁妻[①]?

这个故事,是妻弃夫的。如今再说一个夫弃妻的,一般是欺贫重富,背义忘恩,后来徒落得个薄幸之名,被人讲论。

话说故宋绍兴年间,临安虽然是个建都之地,富庶之乡,其中乞丐

[①] 负羁妻:僖负羁,春秋时曹国大夫。晋公子重耳出奔,经曹国,僖负羁的妻子预知重耳将来必然回国得志,劝僖负羁结纳他。后来重耳立为国君,侵入曹国,僖负羁一族得以免死。

的，依然不少。那丐户中有个为头的，名曰"团头①"，管着众丐。众丐叫化得东西来时，团头要收他日头钱。若是雨雪时，没处叫化，团头却熬些稀粥，养活这伙丐户。破衣破袄，也是团头照管。所以这伙丐户，小心低气，服着团头，如奴一般，不敢触犯。那团头见成收些常例钱，一般在众丐户中放债盘利。若不嫖不赌，依然做起大家事来。他靠此为生，一时也不想改业。只是一件，团头的名儿不好。随你挣得有田有地，几代发迹，终是个叫化头儿，比不得平等百姓人家。出外没人恭敬，只好闭着门，自屋里做大。虽然如此，若数着"良贱"二字，只说娼、优、隶、卒，四般为贱流，到数不着那乞丐。看来乞丐只是没钱，身上却无疤瘢。假如春秋时伍子胥逃难，也曾吹箫于吴市中乞食；唐时郑元和②做歌郎③，唱莲花落，后来富贵发达，一床锦被遮盖：这都是叫化中出色的。可见此辈虽然被人轻贱，到不比娼、优、隶、卒。

闲话休题。如今且说杭州城中一个团头，姓金，名老大，祖上到他，做了七代团头了。挣得个完完全全的家事，住的有好房子，种的有好田园，穿的有好衣，吃的有好食，真个廒多积粟，囊有余钱，放债使婢，虽不是顶富，也是数得着的富家了。那金老大有志气，把这团头让与族人金癞子做了，自己见成受用，不与这伙丐户歪缠。然虽如此，里中口顺，还只叫他是团头家，其名不改。金老大年五十余，丧妻无子，止存一女，名唤玉奴。那玉奴生得十分美貌，怎见得？有诗为证：

---

① 团头：宋时各行业都有市肆，叫作团行。行有行老，团有团头，都是该行业的首领。有时虽无团行的职业，他们的头子，也往往称为行老或团头。此处叫乞丐头做团头，也是同样的情况。
② 郑元和：即唐白行简所著唐传奇《李娃传》中的郑生，未登第时，曾沦为挽歌郎和乞丐。具体可见《唐宋传奇集》。
③ 歌郎：即挽歌郎，替出丧的人家唱挽歌的人。

无瑕堪比玉，有态欲羞花。

只少宫妆扮，分明张丽华①。

金老大爱此女如同珍宝，从小教他读书识字，到十五六岁时，诗赋俱通，一写一作，信手而成。更兼女工精巧，亦能调筝弄管，事事伶俐。金老大倚着女儿才貌，立心要将他嫁个士人。论来就名门旧族中，急切要这一个女子，也是少的；可恨生于团头之家，没人相求。若是平常经纪人家，没前程的，金老大又不肯扳他了。因此高低不就，把女儿直捱到一十八岁，尚未许人。

偶然有个邻翁来说："太平桥②下有个书生，姓莫名稽，年二十岁，一表人才，读书饱学。只为父母双亡，家贫未娶。近日考中，补上太学生，情愿入赘人家。此人正与令爱相宜，何不招之为婿？"金老大道："就烦老翁作伐，何如？"邻翁领命，径到太平桥下，寻那莫秀才，对他说了："实不相瞒，祖宗曾做个团头的，如今久不做了。只贪他好个女儿，又且家道富足，秀才若不弃嫌，老汉即当玉成其事。"莫稽口虽不语，心下想道："我今衣食不周，无力婚娶，何不俯就他家，一举两得？也顾不得耻笑。"乃对邻翁说道："大伯所言虽妙，但我家贫乏聘，如何是好？"邻翁道："秀才但是允从，纸也不费一张，都在老汉身上。"邻翁回覆了金老大。择个吉日，金家到送一套新衣穿着，莫秀才过门成亲。莫稽见玉奴才貌，喜出望外，不费一钱，白白的得了个美妻；又且丰衣足食，事事称怀。就是朋友辈中，晓得莫稽贫苦，无不相谅，到也没人去笑他。

到了满月，金老大备下盛席，教女婿请他同学会友饮酒，荣耀自家门户。一连吃了六七日酒，何期恼了族人金癞子。那癞子也是一班正理，他

---

① 张丽华：南朝陈末代皇帝陈后主的妃子，容貌很美丽，隋灭陈后，被杀。

② 太平桥：在南宋临安东青门外。

道："你也是团头，我也是团头，只你多做了几代，挣得钱钞在手。论起祖宗一脉，彼此无二。侄女玉奴招婿，也该请我吃杯喜酒。如今请人做满月，开宴六七日，并无三寸长、一寸阔的请帖儿到我。你女婿做秀才，难道就做尚书、宰相？我就不是亲叔公？坐不起凳头？直恁不觑人在眼里！我且去薅恼他一场，教他大家没趣！"叫起五六十个丐户，一齐奔到金老大家里来。但见：

开花帽子，打结衫儿。旧席片对着破毡条，短竹根配着缺糙碗。叫爹叫娘叫财主，门前只见喧哗；弄蛇弄狗弄猢狲，口内各呈伎俩。敲板唱杨花，恶声聒耳；打砖搽粉脸，丑态逼人。一班泼鬼聚成群，便是钟馗收不得。

金老大听得闹吵，开门看时，那金癞子领着众丐户，一拥而入，嚷做一堂。癞子径奔席上，拣好酒好食只顾吃，口里叫道："快教侄婿夫妻来拜见叔公！"唬得众秀才站脚不住，都逃席去了；连莫稽也随着众朋友躲避。金老大无可奈何，只得再三央告道："今日是我女婿请客，不干我事！改日专治一杯，与你陪话。"又将许多钱钞分赏众丐户，又抬出两瓮好酒和些活鸡、活鹅之类，教众丐户送去癞子家，当个折席。直乱到黑夜，方才散去。玉奴在房中气得两泪交流。这一夜，莫稽在朋友家借宿，次早方回。金老大见了女婿，自觉出丑，满面含羞，莫稽心中未免也有三分不乐，只是大家不说出来。正是：

哑子尝黄柏，苦味自家知。

却说金玉奴只恨自己门风不好，要挣个出头，乃劝丈夫刻苦读书。凡古今书籍，不惜价钱，买来与丈夫看；又不吝供给之费，请人会文会讲；

又出资财，教丈夫结交延誉。莫稽由此才学日进，名誉日起。二十三岁发解，连科及第。这日，琼林宴罢，乌帽宫袍，马上迎归。将到丈人家里，只见街坊上一群小儿争先来看，指道："金团头家女婿做了官也。"莫稽在马上听得此言，又不好揽事，只得忍耐。见了丈人，虽然外面尽礼，却包着一肚气忿气，想道："早知有今日富贵，怕没王侯贵戚招赘成婚？却拜个团头做岳丈，可不是终身之玷！养出儿女来，还是团头的外孙，被人传作话柄。如今事已如此，妻又贤慧，不犯七出之条，不好决绝得。正是事不三思，终有后悔。"为此心中怏怏，只是不乐。玉奴几遍问而不答，正不知甚么意故。好笑那莫稽，只想着今日富贵，却忘了贫贱的时节，把老婆资助成名一段功劳，化为春水，这是他心术不端处。

不一日，莫稽谒选①，得授无为军②司户。丈人治酒送行，此时众丐户，料也不敢登门闹吵了。喜得临安到无为军，是一水之地。莫稽领了妻子，登舟起任。行了数日，到了采石江边，维舟北岸。其夜月明如昼，莫稽睡不能寐，穿衣而起，坐于船头玩月。四顾无人，又想起团头之事，闷闷不悦。忽然动一个恶念："除非此妇身死，另娶一人，方免得终身之耻。"心生一计，走进船舱，哄玉奴起来看月华。玉奴已睡了，莫稽再三逼他起身。玉奴难逆丈夫之意，只得披衣，走至马门口，舒头望月。被莫稽出其不意，牵出船头，推堕江中，悄悄唤起舟人，分付："快开船前去，重重有赏！不可迟慢。"舟子不知明白，慌忙撑篙荡桨，移舟于十里之外。住泊停当，方才说："适间奶奶因玩月堕水，捞救不及了。"却将三两银子，赏与舟人为酒钱。舟人会意，谁敢开口？船中虽跟得有几个蠢婢子，只道主母真个堕水，悲泣了一场，丢开了手。不在话下。有诗为证：

---

① 谒选：官吏到吏部去应选，称为谒选。
② 无为军：古地名。

> 只为团头号不香，忍因得意弃糟糠。
> 天缘结发终难解，赢得人呼薄幸郎。

你说事有凑巧！莫稽移船去后，刚刚有个淮西转运使许德厚，也是新上任的，泊舟于采石北岸，正是莫稽先前推妻坠水处。许德厚和夫人推窗看月，开怀饮酒，尚未曾睡。忽闻岸上啼哭，乃是妇人声音，其声哀怨，好生不忍。忙呼水手打看，果然是个单身妇人，坐于江岸。便教唤上船来，审其来历。原来此妇正是无为军司户之妻金玉奴。初坠水时，魂飞魄荡，已拚着必死。忽觉水中有物，托起两足，随波而行，近于江岸。玉奴挣扎上岸，举目看时，江水茫茫，已不见了司户之船，才悟道丈夫贵而忘贱，故意欲溺死故妻，别图良配。如今虽得了性命，无处依栖，转思苦楚，以此痛哭。见许公盘问，不免从头至尾，细说一遍。说罢，哭之不已。连许公夫妇都感伤堕泪，劝道："汝休得悲啼，肯为我义女，再作道理。"玉奴拜谢。许公分付夫人取干衣替他通身换了，安排他后舱独宿。教手下男女都称他小姐，又分付舟人，不许泄漏其事。不一日，到淮西上任。那无为军正是他所属地方，许公是莫司户的上司，未免随班参谒。许公见了莫司户，心中想道："可惜一表人才，干恁般薄幸之事。"

约过数月，许公对僚属说道："下官有一女，颇有才貌，年已及笄，欲择一佳婿赘之。诸君意中，有其人否？"众僚属都闻得莫司户青年丧偶，齐声荐他才品非凡，堪作东床之选。许公道："此子吾亦属意久矣，但少年登第，心高望厚，未必肯赘吾家。"众僚属道："彼出身寒门，得公收拔，如兼葭倚玉树，何幸如之，岂以入赘为嫌乎？"许公道："诸君既酌量可行，可与莫司户言之。但云出自诸君之意，以探其情，莫说下官，恐有妨碍。"众人领命，遂与莫稽说知此事，要替他做媒。莫稽正要攀高，况且联姻上司，求之不得，便欣然应道："此事全仗玉成，当效衔结之报。"众人道："当得，当得。"随即将言回复许公。许公道："虽承司户不弃，但下官夫妇，钟爱此女，娇养成性，所以不舍得出嫁。只怕司户少年气概，不相饶让；或致小有嫌隙，有伤下官夫妇之心。须是预先讲过，凡事容耐些，方敢赘入。"众人领命，又到司户处传话，司户无不依允。此时司户不比做秀才时节，一般用金花彩币为纳聘之仪，选了吉期，皮松骨痒，整备做转运使的女婿。

却说许公先教夫人与玉奴说："老相公怜你寡居，欲重赘一少年进士，你不可推阻。"

玉奴答道："奴家虽出寒门，颇知礼数。既与莫郎结发，从一而终。虽然莫郎嫌贫弃贱，忍心害理，奴家各尽其道，岂肯改嫁，以伤妇节？"言毕，泪如雨下。夫人察他志诚，乃实说道："老相公所说少年进士，就是莫郎。老相公恨其薄幸，务要你夫妻再合。只说有个亲生女儿，要招赘一婿，却教众僚属与莫郎议亲，莫郎欣然听命，只今晚入赘吾家。等他进房之时，须是如此如此，与你出这口呕气。"玉奴方才收泪，重匀粉面，再整新妆，打点结亲之事。到晚，莫司户冠带齐整，帽插金花，身披红锦，跨着雕鞍骏马，两班鼓乐前导，众僚属都来送亲。一路行来，谁不喝采！正是：

鼓乐喧阗白马来，风流佳婿实奇哉！
团头喜换高门眷，采石江边未足哀。

是夜，转运司铺毡结彩，大吹大擂，等候新女婿上门。莫司户到门下马，许公冠带出迎，众官僚都别去。莫司户直入私宅，新人用红帕覆首，两个养娘扶将出来。掌礼人在槛外喝礼，双双拜了天地，又拜了丈人、丈母，然后交拜。礼毕，送归洞房，做花烛筵席。莫司户此时心中，如登九霄云里，欢喜不可形容。仰着脸，昂然而入。才跨进房门，忽然两边门侧里，走出七八个老妪、丫鬟，一个个手执篱竹细棒，劈头劈脑打将下来，把纱帽都打脱了，肩背上棒如雨下，打得叫喊不迭，正没想一头处。莫司户被打，慌做一堆蹲倒，只得叫声："丈人，丈母，救命！"只听房中娇声宛转，分付道："休打杀薄情郎，且唤来相见。"众人方才住手。七八个老妪、丫鬟，扯耳朵，拽胳膊，好似六贼戏弥陀[①]一般，脚不点地，拥到新人面前。司户口中还说道："下官何罪？"开眼看时，画烛辉煌，照见上边端端正正坐着个新人，不是别人，正是故妻金玉奴。莫稽此时魂不附体，乱嚷道："有鬼！有鬼！"众人都笑起来。

只见许公自外而入，叫道："贤婿休疑，此乃吾采石江头所认之义女，非鬼也。"莫稽心头方才住了跳，慌忙跪下，拱手道："我莫稽知罪了，望大人包容之。"许公道："此事与下官无干，只吾女没说话就罢了。"玉奴唾其面，骂道："薄幸贼！你不记宋弘有言：贫贱之交不可忘，糟糠之妻不下堂。当初你空手赘入吾门，亏得我家资财，读书延誉，以致成名，侥幸今日。奴家亦望夫荣妻贵，何期你忘恩负本，就不念结发之情，恩将仇报，将奴推堕江心。幸然天天可怜，得遇恩爹提救，收为义女。倘然葬江鱼之腹，你别娶新人，于心何忍？今日有何颜面，再与你完聚？"说罢，放声而哭，千薄幸，万薄幸，骂不住口。莫稽满面羞惭，闭口无言，只顾磕头求恕。

许公见骂得勾了，方才把莫稽扶起，劝玉奴道："我儿息怒。如今贤婿悔罪，料然不敢轻慢你了。你两个虽然旧日夫妻，在我家只算新婚花烛。凡事看我之面，闲言闲语，一笔都勾罢。"又对莫稽说道："贤婿，你自家不是，休怪别人。今宵只索忍耐，我教你丈母来解劝。"说罢，出房去。少刻夫人来到，又调停了许多说话，两个方才和睦。

次日，许公设宴，管待新女婿，将前日所下金花彩币，依旧送还，道："一女不受二聘。贤婿前番在金家已费过了，今番下官不敢重叠收受。"

[①] 六贼戏弥陀：一种百戏的名称。佛经称色、声、香、味、触、法为六贼。

莫稽低头无语。许公又道："贤婿常恨令岳翁卑贱，以致夫妇失爱，几乎不终。今下官备员如何？只怕爵位不高，尚未满贤婿之意。"莫稽涨得面皮红紫，只是离席谢罪。有诗为证：

痴心指望缔高姻，谁料新人是旧人？
打骂一场羞满面，问他何取岳翁新？

自此莫稽与玉奴夫妇和好，比前加倍。许公共夫人待玉奴如真女，待莫稽如真婿；玉奴待许公夫妇，亦与真爹娘无异。连莫稽都感动了，迎接团头金老大在任所，奉养送终。后来许公夫妇之死，金玉奴皆制重服，以报其恩。莫氏与许氏，世世为通家兄弟，往来不绝。诗云：

宋弘守义[①]称高节，黄允休妻[②]骂薄情。
试看莫生婚再合，姻缘前定枉劳争。

[①] 宋弘守义：宋弘，东汉人，汉光武帝曾想把自己的姐姐嫁给他，宋弘说："贫贱之交不可忘，糟糠之妻不下堂。"因而拒绝了这门亲事。
[②] 黄允休妻：东汉袁隗替他的侄女择婿，看见黄允，说："如果能找到这样的女婿就满意了。"黄允知道了，便马上把自己的妻子休掉。

月明和尚度柳翠

万里新坟尽少年，修行莫待鬓毛斑。

前程黑暗路头险，十二时中自著研。

这四句诗，单道著禅和子①打坐参禅，得成正果，非同容易。有多少先作后修、先修后作的和尚。自家今日说这南渡宋高宗皇帝在位，绍兴年间，有个官人，姓柳，双名宣教，祖贯温州府永嘉县崇阳镇人氏。年方二十五岁，胸藏千古史，腹蕴五车书。自幼父母双亡，蚤年孤苦，宗族又无所依，只身笃学，赘于高判使家。后一举及第，御笔授得宁海军临安府府尹。恭人高氏，年方二十岁，生得聪明智慧，容貌端严，新赘柳府尹在家。未及一年，欲去上任。遂带一仆，名赛儿，一日辞别了丈人、丈母，前往临安府上任。饥餐渴饮，夜住晓行，不则一日，已到临安府接官亭。蚤有所属官吏师生，粮里耆老，住持僧道，行首人等，弓兵隶卒，轿马人夫，俱在彼处，迎接入城。到府中，搬移行李什物，安顿已完。

这柳府尹出厅到任，厅下一应人等，参拜已毕。柳府尹遂将参见人员花名手本，逐一点过不缺，止有城南水月寺竹林峰住持玉通禅师，乃四川人氏，点不到。府尹大怒道："此秃无礼！"遂问五山十刹禅师："何故此僧不来参接？拿来问罪！"当有各寺住持禀复相公："此僧乃古佛出世，在竹林峰修行已五十二年，不曾出来。每遇迎送，自有徒弟。望相公方便。"柳府尹虽依僧言不拿，心中不忿。各人自散。

当日府堂公宴，承应歌妓，年方二八，花容娇媚，唱韵悠扬。府尹听

---

① 禅和子：指和尚，也可称为参佛人。

罢，大喜。问妓者何名，答言："贱人姓吴，小字红莲，专一在上厅祇应。"当日酒筵将散，柳府尹唤吴红莲，低声分付："你明日用心去水月寺内，哄那玉通和尚云雨之事。如了事，就将所用之物，前来照证，我这里重赏，判你从良；如不了事，定当记罪。"红莲答言："领相公钧旨。"出府一路自思，如何是好？眉头一蹙，计上心来。回家将柳府尹之事，一一说与娘知，娘儿两个商议一夜。

至次日午时，天阴无雨，正是十二月冬尽天气。吴红莲一身重孝，手提羹饭，出清波门。走了数里，将及近寺，已是申牌时分，风雨大作。吴红莲到水月寺山门下，倚门而立。进寺，又无人出，直等到天晚。只见个老道人出来关山门，红莲向前道个万福。那道人回礼道："天色晚了，娘子请回，我要关山门。"红莲双眼泪下，拜那老道人："望公公可怜，妾在城住，夫死百日，家中无人，自将羹饭祭奠。哭了一回，不觉天晚雨下，关了城门，回家不得，只得投宿寺中。望公公慈悲，告知长老，容妾寺中过夜，明蚤入城，免虎伤命。"言罢，两泪交流，拜倒于山门地下，不肯走起。那老道人乃言："娘子请起，我与你裁处。"

红莲见他如此说，便立起来。那老道人关了山门，领著红莲到僧房侧首一间小屋，乃是老道人卧房，教红莲坐在房内。那老道人连忙走去长老禅房里法座下，禀覆长老道："山门下有个年少妇人，一身重孝，说道丈夫死了，今日到坟上做羹饭。风雨大作，关了城门，进城不得。要在寺中权歇，明蚤入城。特来禀知长老。"长老见说，乃言："此是方便之事。天色已晚，你可教他在你房中过夜，明日五更打发他去。"道人领了言语，来说与红莲知道。红莲又拜："谢公公救命之恩，生死不忘大德。"言罢，坐在老道人房中板凳上。那老道人自去收拾关门闭户已了，来房中土榻上和衣而睡。这老道人日间辛苦，一觉便睡着。

原来水月寺在桑菜园里，四边又无人家。寺里有两个小和尚，都去化缘。因此寺中冷静，无人走动。这红莲听得更鼓已是二更，心中想道："如何事了？"心乱如麻。遂乃轻移莲步，走至长老房边。那间禅房关着门，一派是大槅窗子，房中挂著一碗琉璃灯，明明亮亮。长老在禅椅之上打坐，也看见红莲在门外。红莲看着长老，遂乃低声叫道："长老慈悲为念，救度妾身则个。"长老道："你可去道人房中权宿，来蚤入城，不可在此搅扰我禅房。快去，快去！"红莲在窗外深深拜了十数拜道："长老，慈悲为本，方便为门。妾身衣服单薄，夜寒难熬，望长老开门，借与一两件衣服，遮盖身体。救得性命，自当拜谢。"道罢，哽哽咽咽哭将起来。这长老是个慈悲善人，心中思忖道："倘若寒禁，身死在我禅房门首，不当稳便。自古道：救人一命，胜造七级浮屠。"从禅床上走下来，开了槅子门，放红莲进去。长老取一领破旧禅衣把与他，自己依旧禅床上坐了。红莲走到禅床边深深拜了十数拜，哭哭啼啼道："肚疼死也。"这长老并不采他，自己瞑目而坐。怎当红莲哽咽悲哀，将身靠在长老身边，哀声叫疼叫痛，就睡倒在长老身上，或坐在身边，或立起，叫唤不止。

约莫也是三更，长老忍口不住，乃问红莲曰："小娘子，你如何只顾哭泣？那里疼痛？"红莲告长老道："妾丈夫在日，有此肚疼之病，我夫脱衣将妾搂于怀内，将热肚皮贴着妾冷肚皮，便不疼了。不想今夜疼起来，又值寒冷，妾死必矣。怎地得长老肯救妾命，将热肚皮贴在妾身上，便得痊可。若救得妾命，实乃再生之恩。"长老见他苦告不过，只得解开衲衣，抱那红莲在怀内。这红莲赚得长老肯时，便慌忙解了自的衣服，赤了下截身体，倒在怀内道："望长老一发去了小衣，将热肚皮贴一贴，救妾性命。"长老初时不肯，次后三回五次，被红莲用尖尖玉手，解了裙裤，一把撮那长老玉茎在手捻动，弄得硬了，将自己阴户相辏。此时不由长老禅心不动。这长老看了红莲如花似玉的身体，春心荡漾起来，两个就在禅床上两相欢洽。正是：

岂顾如来教法，难遵佛祖遗言。

但见：

一个色眼横斜，气喘声嘶，好似莺穿柳影；一个淫心荡漾，言娇语涩，浑如蝶戏花阴。和尚枕边，诉云情雨意；红莲枕上，说海誓山盟。玉通房内，番为快活道场；水月寺中，变作极乐世界。

长老搂着红莲问道："娘子高姓何名？那里居住？因何到此？"红莲曰："不敢隐讳。妾乃上厅行首，姓吴，小字红莲，在于城中南新桥居住。"长老此时被魔障缠害，心欢意喜，分付道："此事只可你知我知，不可泄于外人。"少刻，云收雨散。被红莲将口扯下白布衫袖一只，抹了长老精污，收入袖中，这长老困倦不知。长老虽然如此，心中疑惑，乃问红莲曰："姐姐此来，必有缘故，你可实说。"再三逼迫，要问明白。红莲被长老催逼不过，只得实说："临安府新任柳府尹，怪长老不出寺迎接，心中大恼，因此使妾来与长老成其云雨之事。"长老听罢大惊，悔之不及，道："我的魔障到了。吾被你赚骗，使我破了色戒，堕于地狱。"此时东方已白，长老教道人开了寺门。红莲别了长老，急急出寺回去了。

却说这玉通禅师教老道人烧汤："我要洗浴。"老道人自去厨下烧汤。长老磨墨捻笔，便写下八句《辞世颂》①，曰：

自入禅门无挂碍，五十二年心自在。
只因一点念头差，犯了如来淫色戒。
你使红莲破我戒，我欠红莲一宿债。
我身德行被你亏，你家门风还我坏。

---

①《辞世颂》：据说是佛教徒临死时所作的偈语。

写毕摺了,放在香炉足下压著。道人将汤入房中,伏侍长老洗浴罢,换了一身新禅衣,叫老道人分付道:"临安府柳府尹差人来请我时,你可将香炉下简帖把与来人,教他回覆,不可有误。"道罢,老道人自去殿上烧香扫地,不知玉通禅师已在禅椅上圆寂了。

话分两头。却说红莲回到家中,吃了蚤饭,换了色衣,将著布衫袖,径来临安府见柳府尹。府尹正坐厅,见了红莲,连忙退入书院中,唤红莲至面前问:"和尚事了得否?"红莲将夜来事,备细说了一遍,袖中取出衫袖,递与看了。柳府尹大喜!教人去堂中取小小墨漆盒儿一个,将白布衫袖子放在盒内,上面用封皮封了。捻起笔来,写一简子,乃诗四句。其诗云:

水月禅师号玉通,多时不下竹林峰。
可怜数点菩提水,倾入红莲两瓣中。

写罢,封了简子。差一个承局:"送与水月寺玉通和尚,要讨回字。不可迟误。"承局去了。柳府尹赏红莲钱五百贯,免他一年官唱。红莲拜谢,将了钱自回去了。不在话下。

却说承局赍着小盒儿并简子,来到水月寺中,只见老道人在殿上烧香。承局问:"长老在何处?"老道人遂领了承局,径到禅房中时,只见长老已在禅椅上圆寂去了。老道人言:"长老曾分付道:'若柳相公差人来请我,将香炉下简子去回覆。'"承局大惊道:"真是古佛,预先已知此事。"当下承局将了回简并小盒儿,再回府堂,呈上回简并原简,说长老圆寂一事。柳宣教打开回简一看,乃是八句《辞世颂》。看罢,吃了一惊道:"此和尚乃真僧也,是我坏了他德行。"懊悔不及。差人去叫匠人合一个龛子,将玉通和尚盛了，教南山净慈寺[1]长老法空禅师与玉通和尚下火。

却说法空径到柳府尹厅上，取覆相公，要问备细。柳府尹将红莲事情说了一遍。法空禅师道："可惜，可惜！此僧差了念头，堕落恶道矣。此事相公坏了他德行。贫僧去与他下火，指点教他归于正道，不堕畜生之中。"言罢，别了府尹，径到水月寺，分付抬龛子出寺后空地。法空长老手捻火把，打个圆相，口中道：

> 自到川中数十年，曾在毗卢顶上眠。欲透赵州关捩子，好姻缘做恶姻缘。桃红柳绿还依旧，石边流水冷溲溲。今朝指引菩提路，再休错意念红莲。恭惟圆寂玉通大和尚之觉灵曰：惟灵五十年来古拙，心中皎如明月，有时照耀当空，大地乾坤清白。可惜法名玉通，今朝作事不通；不去灵山参佛祖，却向红莲贪淫欲。本是色即是空，谁想空即是色！无福向狮子光中，享天上之逍遥；有分去驹儿隙内，受人间之劳碌。虽然路径不迷，争奈去之太速。大众莫要笑他，山僧指引不俗。咦！一点灵光透碧霄，兰堂画阁添澡浴。

法空长老道罢，掷下火把，焚龛将尽。当日，看的人不知其数，只见火焰之中，一道金光冲天而去了。法空长老与他拾骨入塔，各自散去。

却说柳宣教夫人高氏，于当夜得一梦，梦见一个和尚，面如满月，身材肥壮，走入卧房。夫人吃了一惊，一身香汗惊醒。自此，不觉身怀六甲。光阴似箭，看看十月满足，夫人临盆分娩，生下一个女儿。当时侍妾报与柳宣教："且喜夫人生得一个小姐。"三朝满月，取名唤做翠翠。百日周岁，

---

[1] 南山净慈寺：宋时临安的佛寺，相传为五代时钱俶建，初名慧日永明院，南宋绍兴九年，改称净慈报恩光孝寺。

做了多少筵席！正是：

窗外日光弹指过，席前花影座间移。

这柳翠翠长成八岁，柳宣教官满将及，收拾还乡。端的是：

世间好物不坚牢，彩云易散琉璃脆。①

柳宣教感天行时疫，病无旬日而故。这柳府尹做官，清如水，明似镜，不贪贿赂，囊箧淡薄。夫人具棺木盛贮，挂孝看经，将灵柩寄在柳州寺内。夫人与仆赛儿并女翠翠欲回温州去，路途遥远，又无亲族投奔；身边些小钱财，难供路费。乃于在城白马庙前，赁一间房屋，三口儿搬来住下。又无生理，一住八年，囊箧消疏，那仆人逃走。这柳翠翠长成，年纪一十六岁，生得十分容貌。这柳妈妈家中娘儿两个，日不料生，口食不敷，乃央间壁王妈妈，问人借钱。借得羊坝头杨孔目课钱，借了三千贯钱。过了半年，债主索取要紧，这柳妈妈被讨不过，出于无奈，只得央王妈妈做媒，情愿把女儿与杨孔目为妾，言过："我要他养老。"不数日，杨孔目入赘在柳妈妈家，说："我养你母子二人，丰衣足食，做个外宅。"

不觉过了两月，这杨孔目因蚤晚不便，又两边家火。忽一日回家，与妻商议，欲搬回家。其妻之父，告女婿停妻取妾，临安府差人捉柳妈妈并女儿一干人到官，要追原聘财礼。柳妈妈诉说贫乏无措，因此将柳翠翠官卖。却说有个工部邹主事，闻知柳翠翠丰姿貌美，聪明秀丽，去问本府讨

---

① 此两句化自唐代诗人白居易《简简吟》中的"大都好物不坚牢，彩云易散琉璃脆"，大意为这世间所有美好的事物都是不坚韧牢固的，就好像多彩的云朵容易飘散，五彩的琉璃容易破碎。

了。另买一间房子,在抱剑营街,搬那柳妈妈并女儿去住下,养做外宅。又讨个奶子并小厮,伏事走动。这柳翠翠改名柳翠。

原来南渡时,临安府最盛。只这通和坊这条街,金波桥下,有座花月楼;又东去为熙春楼、南瓦子;又南去为抱剑营、漆器墙、沙皮巷、融和坊;其西为太平坊、巾子巷、狮子巷,这几个去处都是瓦子。这柳翠是玉通和尚转世,天生聪明,识字知书,诗词歌赋,无所不通;女工针指,无有不会。这邹主事十日半月,来得一遭。千不合,万不合,住在抱剑营,是个行首窟里。这柳翠每日清闲自在,学不出好样儿。见邻妓家有孤老来往,他心中欢喜,也去门首卖俏,引惹子弟们来观看。眉来眼去,渐渐来家宿歇。柳妈妈说他不下,只得随女儿做了行首。多有豪门子弟爱慕他,饮酒作乐,殆无虚日。邹主事看见这般行径,好不雅相,索性与他个决绝,再不往来。这边柳翠落得无人管束,公然大做起来。只因柳宣教不行阴骘,折了女儿,此乃一报还一报,天理昭然。后人观此,不可不戒,有诗为证,诗曰:

用巧计时伤巧计,爱便宜处落便宜。
莫道自身侥幸免,子孙必定受人欺。

后来直使得一尊古佛,来度柳翠,归依正道,返本还原,成佛作祖。你道这尊古佛是谁?正是月明和尚。他从小出家,真个是五戒具足,一尘不染,在皋亭山显孝寺[①]住持。当先与玉通禅师,俱是法门契友。闻知玉通圆寂之事,呵呵大笑道:"阿婆立脚跟不牢,不免又去做媳妇也。"后来闻柳翠在抱剑营,色艺擅名,心知是玉通禅师转世,意甚怜之。一日,

---

① 皋亭山显孝寺:皋亭山,在临安东北。显孝寺,在皋亭山上,南宋高宗绍兴十九年建。

净慈寺法空长老到显孝寺来看月明和尚，坐谈之次，月明和尚谓法空曰："老通堕落风尘已久，恐积渐沉迷，遂失本性。可以相机度他出世，不可迟矣。"

原来柳翠虽堕娼流，却也有一种好处：从小好的是佛法。所得缠头金帛之资，尽情布施，毫不吝惜。况兼柳妈妈亲生之女，谁敢阻挡？在万松岭下，造石桥一座，名曰柳翠桥；凿一井于抱剑营中，名曰柳翠井。其他方便济人之事，不可尽说。又制下布衣一袭，每逢月朔月望，卸下铅华，穿着布素，闭门念佛；虽宾客如云，此日断不接见，以此为常。那月明和尚只为这节上，识透他根器不坏，所以立心要度他。正是：

"悭贪"二字能除却，终是西方路上人。

却说法空长老当日领了月明和尚言语，到次日，假以化缘为因，直到抱剑营柳行首门前，敲着木鱼，高声念道：

欲海轮回，沉迷万劫。眼底荣华，空花易灭。
一旦无常，四大消歇。及早回头，出家念佛。

这日正值柳翠西湖上游耍刚回，听得化缘和尚声口不俗，便教丫鬟唤入中堂，问道："师父，你有何本事，来此化缘？"法空长老道："贫僧没甚本事，只会说些因果。"柳翠问道："何为因果？"法空长老道："前为因，后为果；作者为因，受者为果。假如种瓜得瓜，种豆得豆，种是因，得是果；不因种下，怎得收成？好因得好果，恶因得恶果。所以说，要知前世因，今生受者是；要知后世因，今生作者是。"

柳翠见说得明白，心中欢喜，留他吃了斋饭。又问道："自来佛门广大，也有我辈风尘中人成佛作祖否？"法空长老道："当初观音大士，见尘世欲根深重，化为美色之女，投身妓馆，一般接客。凡王孙公子，见其容貌，无不倾倒。一与之交接，欲心顿淡。因彼有大法力故，自然能破除邪网。后来无疾而死，里人买棺埋葬。有胡僧见其冢墓，合掌作礼，口称：'善哉，善哉！'里人说道：'此乃娼妓之墓，师父错认了。'胡僧说道：'此非娼妓，乃观世音菩萨化身，来度世上淫欲之辈，归于正道。如若不信，破土观之，其形骸必有奇异。'里人果然不信，忙劂土破棺，见骨节联络，交锁不断，色如黄金，方始惊异。因就冢立庙，名为黄金锁子骨菩萨。这叫做清净莲花，污泥不染。小娘子今日混于风尘之中，也因前生种了欲根，所以今生堕落。若今日仍复执迷不悔，把倚门献笑认作本等生涯，将生生世世，浮沉欲海，永无超脱轮回之日矣。"

这席话，说得柳翠心中变喜为愁，翻热作冷，顿然起追前悔后之意。便道："奴家闻师父因果之说，心中如触。倘师父不弃贱流，情愿供养在寒家，朝夕听讲，不知允否？"法空长老道："贫僧道微德薄，不堪为师。此间皋亭山显孝寺，有个月明禅师，是活佛度世，能知人过去、未来之事。小娘子若坚心求道，贫僧当引拜月明禅师。小娘子听其讲解，必能洞了夙因，立地明心见性。"柳翠道："奴家素闻月明禅师之名，明日便当专访，有烦师父引进。"法空长老道："贫僧当得。明日侵晨在显孝寺前相候，小娘子休得失言。"柳翠舒出尖尖玉手，向乌云鬓边拔下一对赤金凤头钗，递与长老道："些须小物，权表微忱，乞师父笑纳。"法空长老道："贫僧虽则募化，一饱之外，别无所需，出家人要此首饰何用？"柳翠道："虽然师父用不着，留作山门修理之费，也见奴家一点诚心。"法空长老那里肯受，合掌辞谢而去。有诗为证：

> 追欢卖笑作生涯，抱剑营中第一家。
> 终是法缘前世在，立谈因果倍嗟呀。

再说柳翠自和尚去后，转展寻思，一夜不睡。次早起身，梳洗已毕，浑身上下换了一套新衣。只说要往天竺进香，妈妈谁敢阻当？教丫鬟唤个小轿，一径抬到皋亭山显孝寺来。那法空长老早在寺前相候，见柳翠下轿，引入山门，到大雄宝殿，拜了如来，便同到方丈，参谒月明和尚。正值和尚在禅床上打坐，柳翠一见，不觉拜倒在地，口称："弟子柳翠参谒。"月明和尚也不回礼，大喝道："你二十八年烟花债，还偿不勾，待要怎么？"吓得柳翠一身冷汗，心中恍惚，如有所悟。再要开言问时，月明和尚又大喝道："恩爱无多，冤仇有尽；只有佛性，常明不灭。你与柳府尹打了平火，该收拾自己本钱回去了。"说得柳翠肚里恍恍惚惚，连忙磕头道："闻知吾师大智慧、大光明，能知三生因果。弟子至愚无识，望吾师明言指示则个。"月明和尚又大喝道："你要识本来面目，可去水月寺中寻玉通禅师，与你证明。快走，快走！走迟时，老僧禅杖无情，打破你这粉骷髅。"这一回话，唤做"显孝寺堂头三喝"。正是：

欲知因果三生事，只在高僧棒喝中。

柳翠被月明师父连喝三遍，再不敢开言，慌忙起身，依先出了寺门，上了小轿，分付轿夫，径抬到水月寺中，要寻玉通禅师证明。

却说水月寺中行者，见一乘女轿远远而来，内中坐个妇人。看看抬入山门，急忙唤集火工道人，不容他下轿。柳翠问其缘故，行者道："当初被一个妇人，断送了我寺中老师父性命，至今师父们分付，不容妇人入寺。"柳翠又问道："甚么妇人？如何有恁样做作？"行者道："二十八年前，有个妇人，夜来寺中投宿，十分哀求，老师父发起慈心，容他过夜。原来这妇人不是良家，是个娼妓，叫做吴红莲，奉柳府尹钧旨，特地前来，哄诱俺老师父。当夜假装肚疼，要老师父替他偎贴，因而破其色戒。老师父惭愧，题了八句偈语，就圆寂去了。"柳翠又问道："你可记得他偈语么？"

行者道:"还记得。"遂将偈语八句,念了一遍。柳翠听得念到"我身德行被你亏,你家门风还我坏",心中豁然明白,恰像自家平日做下的一般。又问道:"那位老师父唤甚么法名?"行者道:"是玉通禅师。"柳翠点头会意,急唤轿夫抬回抱剑营家里,分付丫鬟:"烧起香汤,我要洗澡。"当时丫鬟伏侍,沐浴已毕。柳翠挽就乌云,取出布衣穿了,掩上房门。卓上见列著文房四宝,拂开素纸,题下偈语二首。偈云:

本因色戒翻招色,红裙生把缁衣革。
今朝脱得赤条条,柳叶莲花总无迹。

又云:

坏你门风我亦羞,冤冤相报甚时休?
今朝卸却恩仇担,廿八年前水月游。

后面又写道:"我去后,随身衣服入殓,送到皋亭山下,求月明师父,一把无情火烧却。"写毕,掷笔而逝。

丫鬟推门进去,不见声息,向前看时,见柳翠盘膝坐于椅上,叫呼不应,已坐化去了。慌忙报知柳妈妈,柳妈妈吃了一惊,呼儿叫肉,啼哭将来,乱了一回。念了二首偈词,看了后面写的遗嘱,细问丫鬟天竺进香之事,方晓得在显孝寺参师,及水月寺行者一段说话,分明是丈夫柳宣教不行好事,破坏了玉通禅师法体,以致玉通投胎柳家,败其门风。冤冤相报,理之自然。今日被月明和尚指点破了,他就脱然而去。他要送皋亭山下,不可违之;但遗言火厝,心中不忍。所遗衣饰尽多,可为造坟之费。当下买棺盛殓,果然只用随身衣服,不用锦绣金帛之用。

入殓已毕,合城公子王孙平昔往来之辈,都来探丧吊孝。闻知坐化之事，无不嗟叹。柳妈妈先遣人到显孝寺，报与月明和尚知道，就与他商量埋骨一事。月明和尚将皋亭山下隙地一块，助与柳妈妈，择日安葬。合城百姓，闻得柳翠死得奇异，都道活佛显化，尽来送葬。造坟已毕，月明和尚向坟合掌作礼，说偈四句。偈云：

二十八年花柳债，一朝脱卸无拘碍。
红莲柳翠总虚空，从此老通长自在。

至今皋亭山下，有个柳翠墓古迹。有诗为证：

柳宣教害人自害，通和尚因色堕色。
显孝寺三喝机锋，皋亭山青天白日。

简帖僧巧骗皇甫妻

白苎轻衫入嫩凉，春蚕食叶响长廊。禹门已准桃花浪，月殿先收桂子香。鹏北海①，凤朝阳②，又携书剑路茫茫。明知此日登云去，却笑人间举子忙。

长安京北有一座县，唤做咸阳县，离长安四十五里。一个官人，覆姓宇文，名绶，离了咸阳县，来长安赶试，一连三番试不遇。有个浑家王氏，见丈夫试不中归来，把覆姓为题，做一个词儿嘲笑丈夫，名唤做《望江南》词，道是：

公孙恨，端木笔俱收。枉念西门分手处，闻人寄信约深秋，拓拔泪交流。宇文弃，闷驾独孤舟。不望手勾龙虎榜③，慕容颜好一齐休，甘分守闾丘。

那王氏意不尽，看着丈夫，又做四句诗儿：

良人得意负奇才，何事年年被放回？
君面从今羞妾面，此番归后夜间来。

---

① 鹏北海：见《庄子·逍遥游》："北冥有鱼，其名为鲲……化为大鸟，其名为鹏……抟扶摇而上者九万里。"后人常用以比喻奋发有为、前程远大。
② 凤朝阳：见《诗经·大雅·卷阿》："凤凰鸣矣，于彼高冈；梧桐生矣，于彼朝阳。"
③ 龙虎榜：唐代陆贽主考，取录韩愈、欧阳詹等，都是一时的人才，所以当时号为"龙虎榜"。

宇文绶元从此发愤道："试不中，定是不回！"到得来年，一举成名了，只在长安住，不肯归去。浑家王氏见丈夫不归，理会得道："我曾作诗嘲他，可知道不归。"修一封书，叫当直王吉来："你与我将这书去，四十五里，把与官人。"书中前面略叙寒暄，后面做只词儿，名唤《南柯子》。词道：

鹊喜噪晨树，灯开半夜花。果然音信到天涯，报道玉郎登第出京华。旧恨消眉黛，新欢上脸霞。从前都是误疑他，将谓经年狂荡不归家。

这词后面，又写四句诗道：

长安此去无多地，郁郁葱葱佳气浮。
良人得意正年少，今夜醉眠何处楼？

宇文绶接得书，展开看，读了词，看罢诗，道："你前回做诗，教我从今归后夜间来；我今试遇了，却要我回！"就旅邸中取出文房四宝，做了只曲儿，唤做《踏莎行》：

足蹑云梯，手攀仙桂，姓名高挂登科记。马前喝道状元来，金鞍玉勒成行缀。宴罢归来，恣游花市，此时方显平生志。修书速报凤楼人，这回好个风流婿。

做毕这词，取张花笺，折叠成书，待要写了，付与浑家。正研墨，觉得手重，惹翻砚水滴儿打湿了纸。再把一张纸折叠了，写成一封家书，付与当直王吉，教分付家中孺人："我今在长安试遇了，到夜了归来。急去传与孺人,不到夜,我不归来。"王吉接得书,唱了喏,四十五里田地,直到家中。

话里且说宇文绶发了这封家书,当日天晚,客店中无甚的事,便去睡。方才朦胧睡着,梦见归去到咸阳县家中,见当直王吉在门前一壁脱下草鞋洗脚。宇文绶问道:"王吉,你早归了?"再四问他不应。宇文绶焦躁,抬起头来看时,见浑家王氏,把着蜡烛入去房里。宇文绶赶上来,叫:"孺人,我归了。"浑家不采他。又说一声,浑家又不采。宇文绶不知身是梦里,随浑家入房去。看这王氏放烛在卓上,取早间这一封书,头上取下金篦儿,一剔剔开封皮,看时,却是一幅白纸。浑家含笑,就烛下把起笔来,于白纸上写了四句:

碧纱窗下启缄封,一纸从头彻底空!
知汝欲归情意切,相思尽在不言中。

写毕,换个封皮,再来封了。那浑家把金篦儿去剔那烛烬,一剔剔在宇文绶脸上,吃了一惊,撒然睡觉,却在客店里床上睡,烛犹未灭。卓子上看时,果然错封了一幅白纸归去。取一幅纸,写这四句诗。到得明日早饭后,王吉把那封回书来,拆开看时,里面写着四句诗,便是夜来梦里见那浑家做的一般。当便安排行李,即时回家去。这便唤做"错封书",下来说的便是"错下书"。有个官人,夫妻两口儿正在家坐地,一个人送封简帖儿来与他浑家。只因这封简帖儿,变出一本跷蹊作怪的小说[①]来。正是:

尘随马足何年尽?事系人心早晚休。

[①] 小说:此处专指说话人所演讲的短篇故事。

有《鹧鸪》词一首,单道着佳人:

淡画眉儿斜插梳,不欢拈弄绣工夫。云窗雾阁深深处,静拂云笺学草书。多艳丽,更清姝,神仙标格世间无。当时只说梅花似,细看梅花却不如。

东京汴州开封府枣槊巷①里,有个官人,覆姓皇甫,单名松,本身是左班殿直②,年二十六岁。有个妻子杨氏,年二十四岁。一个十三岁的丫环,名唤迎儿。只这三口,别无亲戚。当时皇甫殿直官差去押衣袄上边,回来是年节了。这枣槊巷口一个小小的茶坊,开茶坊的唤做王二。当日茶市已罢,已是日中,只见一个官人入来。那官人生得:

浓眉毛,大眼睛,蹶鼻子,略绰口。头上裹一顶高样大桶子头巾,着一领大宽袖斜襟褶子;下面衬贴衣裳,甜鞋净袜。

入来茶坊里坐下。开茶坊的王二拿着茶盏进前,唱喏奉茶。那官人接茶吃罢,看着王二道:"少借这里等个人。"王二道:"不妨。"等多时,只见一个男女,名叫僧儿,托个盘儿,口中叫:"卖鹌鹑馉饳儿!"官人把手打招,叫:"买馉饳儿。"僧儿见叫,托盘儿入茶坊内,放在卓上。将条篾黄穿那馉饳儿,捏些盐放在官人面前,道:"官人,吃馉饳儿。"官人道:"我吃。先烦你一件事。"僧儿道:"不知要做什么?"那官人指着枣

---

① 枣槊巷:即枣冡子巷,在北宋东京内城西北角。巷中有单雄信(隋末唐初时期的猛将,隋末与徐世勣一起加入瓦岗义军。后偃师之战时,单雄信归降王世充,徐世勣投奔李唐。王世充被李世民击败后,徐世勣为单雄信求情失败,单雄信被斩首)墓,墓上有枣树,传说为单雄信枣槊发芽生长而成。

② 左班殿直:内侍官名。宋代有左、右班殿直,属内侍省,充当宫廷役使。

喻世明言 107

椠巷里第四家，问僧儿："认得这人家么？"僧儿道："认得，那里是皇甫殿直家里。殿直押衣袄上边，方才回家。"官人问道："他家有几口？"僧儿道："只是殿直，一个小娘子，一个小养娘。"官人道："你认得那小娘子也不？"僧儿道："小娘子寻常不出帘儿外面。有时叫僧儿买馉饳儿，常去，认得。问他做甚么？"官人去腰里取下版金线篋儿，抖下五十来钱，安在僧儿盘子里。僧儿见了，可煞喜欢，叉手不离方寸："告官人，有何使令？"官人道："我相烦你则个。"袖中取出一张白纸，包着一对落索环儿，两只短金钗子，一个简帖儿，付与僧儿，道："这三件物事，烦你送去适间问的小娘子。你见殿直，不要送与他。见小娘子时，你只道：'官人再三传语'将这三件物来与小娘子，万望笑留。'你便去，我只在这里等你回报。"

　　那僧儿接了三件物事，把盘子寄在王二茶坊柜上，僧儿托着三件物事，入枣巷来。到皇甫殿直门前，把青竹帘掀起，探一探。当时皇甫殿直正在前面交椅上坐地，只见卖馉饳儿的小厮掀起帘子，猖猖狂狂，探了一探，便走。皇甫殿直看着那厮，震威一喝，便是：

　　　　当阳桥上张飞勇，一喝曹公百万兵。

　　喝那厮一声，问道："做什么？"那厮不顾便走。皇甫殿直拽开脚，两步赶上，捽那厮回来，问道："甚意思？看我一看了便走。"那厮道："一个官人，教我把三件物事与小娘子，不教把与你。"殿直问道："什么物事？"那厮道："你莫问，不要把与你。"皇甫殿直捻得拳头没缝，去顶门上屑那厮一暴，道："好好的把出来教我看！"那厮吃了一暴，只得怀里取出一个纸裹儿，口里兀自道："教我把与小娘子，又不教把与你，你却打我则甚？"皇甫殿直劈手夺了纸包儿，打开看，里面一对落索环儿，一双短金钗，一个简帖儿。

　　皇甫殿直接得三件物事，拆开简帖，看时：

某惶恐再拜，上启小娘子妆前：即日孟春初时，恭惟懿处，起居万福。某外日荷蒙持杯之款，深切仰思，未尝少替。某偶以薄干，不及亲诣；聊有小词，名《诉衷情》，以代面禀，伏乞懿览。

词道是：

知伊夫婿上边回，懊恼碎情怀。落索环儿一对，简子与金钗。伊收取，莫疑猜，且开怀。自从别后，孤帏冷落，独守书斋。

皇甫殿直看了简帖儿，劈开眉下眼，咬碎口中牙，问僧儿道："谁教你把来？"僧儿用手指着巷口王二哥茶坊里道："有个粗眉毛、大眼睛、蹶鼻子、略绰口的官人，教我把来与小娘子，不教我把来与你。"皇甫殿直一只手揪住僧儿狗毛，出这枣槊巷，径奔王二哥茶坊前来。僧儿指着茶坊道："恰才在这里面打的床铺上坐地的官人，教我把来与小娘子，又不教把与你，你却打我！"皇甫殿直见茶坊没人，骂声："鬼话！"再揪僧儿回来，不由开茶坊的王二分说。

当时到家里，殿直把门来关上，揎来揎去，唬得僧儿战做一团。殿直从里面叫出二十四岁花枝也似浑家出来，道："你且看这件物事！"那小娘子又不知上件因依，去交椅上坐地。殿直把那简帖儿和两件物事度与浑家看。那妇人看着简帖儿上言语，也没理会处。殿直道："你见我三个月日押衣袄上边，不知和甚人在家中吃酒？"小娘子道："我和你从小夫妻，你去后，何曾有人和我吃酒？"殿直道："既没人，这三件物从那里来？"小娘子道："我怎知？"殿直左手指，右手举，一个漏风掌打将去。小娘子则叫得一声，掩着面哭将入去。皇甫殿直再叫将十三岁迎儿出来，去壁上取下

喻世明言 109

一把箭簳子竹来，放在地上，叫过迎儿来。看着迎儿，生得：

> 短胳膊，琵琶腿；劈得柴，打得水；会吃饭，能窝屎。

皇甫松去衣架上取下一条绦来，把妮子缚了两只手，掉过屋梁去，直下打一抽，吊将妮子起去。拿起箭簳子竹来，问那妮子道："我出去三个月，小娘子在家中和甚人吃酒？"妮子道："不曾有人。"皇甫殿直拿起箭簳子竹，去妮子腿下便摔，摔得妮子杀猪也似叫。又问又打，那妮子吃不得打，口中道出一句来："三个月殿直出去，小娘子夜夜和个人睡。"皇甫殿直道："好也！"放下妮子来，解了绦，道："你且来，我问你，是和兀谁睡？"那妮子揩着眼泪道："告殿直，实不敢相瞒，自从殿直出去后，小娘子夜夜和个人睡，不是别人，却是和迎儿睡。"皇甫殿直道："这妮子，却不弄我？"喝将过去。带一管锁，走出门去，拽上那门，把锁锁了。

走去转湾巷口，叫将四个人来，是本地方所由，如今叫做"连手"，又叫做"巡军"：张千、李万、董超、薛霸四人。来到门前，用钥匙开了锁，推开门，从里扯出卖馉饳的僧儿来，道："烦上名①收领这厮。"四人道："父母官使令，领台旨。"殿直道："未要去，还有人哩。"从里面叫出十三岁的迎儿和二十四岁花枝的浑家，道："和他都领去。"四人唱喏道："告父母官，小人怎敢收领孺人？"殿直发怒道："你们不敢领他？这件事干人命！"唬倒四个所由，只得领小娘子和迎儿并卖馉饳的僧儿三个同去，解到开封钱大尹②厅下。

皇甫殿直就厅下唱了大尹喏，把那简帖儿呈覆了。钱大尹看罢，即时

---

① 上名：宋代称巡军和公差为上名。
② 钱大尹：指钱明逸，字子飞，吴越王钱俶之孙，宋仁宗时，知开封府。

110 三言二拍精选集

教押下一个所属去处,叫将山前行①山定来。当时山定承了这件文字,叫僧儿问时,应道:"则是茶坊里见个粗眉毛、大眼睛、蹶鼻子、略绰口的官人,他把这封简子来与小娘子。打杀也只是恁地供招!"问这迎儿,迎儿道:"即不曾有人来同小娘子吃酒,亦不知付简帖儿来的是何人。打杀也只是恁地供招!"却待问小娘子,小娘子道:"自从少年夫妻,都无一个亲戚往来,只有夫妻二人,亦不知把简帖儿来的是何等人。"

山前行山定看着小娘子:"生得恁地瘦弱,怎禁得打勘?怎地讯问他?"从里面交拨将过来两个狱卒,押出一个罪人来。看这罪人时:

面长皱轮骨,胲生渗癞腮。
犹如行病鬼,到处降人灾。

这罪人原是个强盗头儿,绰号"静山大王"。小娘子见这罪人,把两只手掩着面,那里敢开眼?山前行喝着狱卒道:"还不与我施行!"狱卒把枷稍一纽,枷稍在上,罪人头向下,拿起把荆子来,打得杀猪也似叫。山前行问道:"你曾杀人也不曾?"静山大王应道:"曾杀人。"又问:"曾放火不曾?"应道:"曾放火。"教两个狱卒把静山大王押入牢里去。山前行回转头来,看着小娘子道:"你见静山大王,吃不得几杖子,杀人放火都认了。小娘子,你有事,只好供招了。你却如何吃得这般杖子?"小娘子簌地两行泪下,道:"告前行,到这里隐讳不得。觅幅纸和笔,只得与他供招。"小娘子供道:"自从少年夫妻,都无一个亲戚来往,即不知把简帖儿来的是甚色样人。如今看要侍儿吃甚罪名,皆出赐大尹笔下。"便恁么说,

---

① 前行:唐宋制度,尚书省六部,分为前行、中行、后行三等。兵部、吏部及左右司为前行,刑部、户部为中行,工部、礼部为后行。所以有前行郎中、中行郎中、后行郎中的官名。宋代吏员也分前后行,这里的前行,即指胥吏。

喻世明言 111

五回三次问他，供说得一同。

　　似此三日，山前行正在州衙门前立，倒断不下。猛抬头看时，却见皇甫殿直在面前相揖，问及这件事："如何三日理会这件事不下？莫是接了寄简帖的人钱物，故意不与决这件公事？"山前行听得，道："殿直，如今台意要如何？"皇甫松道："只是要休离了。"当日，山前行入州衙里，到晚衙，把这件文字呈了钱大尹。大尹叫将皇甫殿直来，当厅问道："捉贼见赃，捉奸见双。又无证见，如何断得他罪？"皇甫松告钱大尹："松如今不愿同妻子归去，情愿当官休了。"大尹台判："听从夫便。"殿直自归。僧儿、迎儿喝出，各自归去。

　　只有小娘子见丈夫又不要他，把他休了，哭出州衙门来，口中自道："丈夫不要我，又没一个亲戚投奔，教我那里安身？不若我自寻个死休。"至天汉州桥，看着金水银堤汴河①，恰待要跳将下去，则见后面一个人，把小娘子衣裳一捽捽住。回转头来看时，恰是一个婆婆。生得：

　　　　眉分两道雪，鬓挽一窝丝。眼昏一似秋水微浑，发白不若楚山云淡。

　　婆婆道："孩儿，你却没事寻死做甚么？你认得我也不？"小娘子道："不识婆婆。"婆婆道："我是你姑姑。自从你嫁了老公，我家寒，攀陪你不着，到今不来往。我前日听得你与丈夫官司，我日逐在这里伺候。今日听得道休离了，你要投水做甚么？"小娘子道："我上无片瓦，下无立锥，丈夫又不要我，又无亲戚投奔，不死更待何时？"婆婆道："如今且同你去姑姑家里，看后如何。"妇女自思量道："这婆子，知他是我姑姑也不是。我

---

① 汴河：河名，自西水门（宋东京外城西壁城门名）流入东京，横贯全城，经东水门（东京外城东南角城门名）出城，东去至泗州入淮。

如今没投奔处，且只得随他去了，却再理会。"即时随这姑姑家去。看时，家里莫甚么活计，却好一个房舍，也有粉青帐儿，有交椅、桌凳之类。在这姑姑家里过了两三日，当日方才吃罢饭，则听得外面一个官人高声大气叫道："婆子，你把我物事去卖了，如何不把钱来还？"那婆子听得叫，失张失志，出去迎接来叫的官人，请入来坐地。小娘子着眼看时，见入来的人：

粗眉毛，大眼睛，蹶鼻子，略绰口。头上裹一顶高样大桶子头巾，着一领大宽袖斜襟褶子；下面衬贴衣裳，甜鞋净袜。

小娘子见了，口喻心，心喻口，道："好似那僧儿说的寄简帖儿官人。"只见官人入来，便坐在凳子上，大惊小怪道："婆子，你把我三百贯钱物事去卖，今经一个月日，不把钱来还？"婆子道："物事自卖在人头，未得钱。支得时，即便付还官人。"官人道："寻常交关钱物东西，何尝捱许多日了？讨得时，千万送来。"官人说了自去。

婆子入来，看着小娘子，簌地两行泪下，道："却是怎好？"小娘子问道："有什么事？"婆子道："这官人原是蔡州通判，姓洪，如今不做官，却卖些珠翠头面。前日一件物事教我把去卖，吃人交加了，到如今没这钱还他，怪他焦躁不得。他前日央我一件事，我又不曾与他干得。"小娘子问道："却是甚么事？"婆子道："教我讨个细人，要生得好的。若得一个似小娘子模样去嫁与他，那官人必喜欢。小娘子，你如今在这里，老公又不要你，终不然罢了？不若听姑姑说合，你去嫁了这官人，你终身不致担误，挈带姑姑也有个倚靠，不知你意如何？"小娘子沉吟半晌，不得已，只得依允。婆子去回复了。不一日，这官人娶小娘子来家，成其夫妇。

逡巡过了一年，当年是正月初一日。皇甫殿直自从休了浑家，在家中无好况。正是：

时间风火性，烧了岁寒心。

　　自思量道："每年正月初一日，夫妻两个，双双地上本州大相国寺里烧香。我今年却独自一个，不知我浑家那里去了？"簌地两行泪下，闷闷不已。只得勉强着一领紫罗衫，手里把着银香盒，来到大相国寺里烧香。到寺中烧了香，恰待出寺门，只见一个官人领着一个妇女。看那官人时，粗眉毛，大眼睛，蹶鼻子，略绰口，领着的妇女，却便是他浑家。当时丈夫看着浑家，浑家又觑着丈夫，两个四目相视，只是不敢言语。那官人同妇女两个入大相国寺里去。

　　皇甫松在这山门头正沉吟间，见一个打香油钱的行者，正在那里打香油钱，看见这两人入去，口里道："你害得我苦，你这汉，如今却在这里！"大踏步赶入寺来。皇甫殿直见行者赶这两人，当时呼住行者道："五戒，你莫待要赶这两个人上去？"那行者道："便是。说不得我受这汉苦，到今日抬头不起，只是为他。"皇甫殿直道："你认得这个妇女么？"行者道："不识。"殿直道："便是我的浑家。"行者问："如何却随着他？"皇甫殿直把送简帖儿和休离的上件事，对行者说了一遍。行者道："却是怎地！"行者却问皇甫殿直："官人认得这个人么？"殿直道："不认得。"行者道："这汉原是州东墦台寺①里一个和尚，苦行便是墦台寺里行者。我这本师，却是墦台寺里监院，手头有百十钱，剃度这厮做小师②。一年已前时，这厮偷了本师二百两银器，逃走了，累我吃了好些拷打。如今赶出寺来，没讨饭吃处。罪过这大相国寺里知寺厮认，留苦行在此间打化香油钱。今日撞见这厮，却怎地休得！"方才说罢，只见这和尚将着他浑家，从寺廊下出来。行者牵衣拔步，却待去捽这厮，皇甫殿直扯住行者，闪那身已

---

① 墦台寺：又作繁台寺，在汴京陈州门内繁台上。
② 小师：僧侣受戒未满十夏，称为小师。

在山门一壁，道："且不要摔他，我和你尾这厮去，看那里着落，却与他官司。"两个后地尾将来。

话分两头。且说那妇人见了丈夫，眼泪汪汪，入去大相国寺里烧了香出来。这汉一路上却问这妇人道："小娘子，如何你见了丈夫便眼泪出？我不容易得你来。我当初从你门前过，见你在帘子下立地，见你生得好，有心在你处。今日得你做夫妻，也非通容易。"两个说来说去，恰到家中门前。入门去，那妇人问道："当初这个简帖儿，却是兀谁把来？"这汉道："好教你得知，便是我教卖馉饳的僧儿把来的。你丈夫中了我计，真个便把你休了。"妇人听得说，摔住那汉，叫声屈，不知高低。那汉见那妇人叫将起来，却慌了，就把两只手去克着他脖项，指望坏他性命。外面皇甫殿直和行者尾着他两人，来到门首，见他们入去，听得里面大惊小怪，抢将入去看时，见克着他浑家，阇阇性命。皇甫殿直和这行者两个，即时把这汉来捉了，解到开封府钱大尹厅下。这钱大尹是谁？

出则壮士携鞭，入则佳人捧臂。世世靴踪不断，子孙出入金门。他是两浙钱王子，吴越国王孙。

大尹升厅，把这件事解到厅下。皇甫殿直和这浑家把前面说过的话，对钱大尹历历从头说了一遍。钱大尹大怒，教左右索长枷把和尚枷了，当厅讯一百腿花，押下左司理院，教尽情根勘这件公事。勘正了，皇甫松责领浑家归去，再成夫妻；行者当厅给赏。和尚大情小节，一一都认了：不合设谋奸骗，后来又不合谋害这妇人性命。准杂犯断，合重杖处死。这婆子不合假妆姑姑，同谋不首，亦合编管邻州。当日推出这和尚来，一个书会先生[①]看见，就法场上做了一只曲儿，唤做《南乡子》：

[①] 书会先生：书会，是宋元之间的一种小说、词曲、隐语等作者和艺人的团体。书会先生，指书会中的成员。

喻世明言 115

怎见一僧人,犯滥铺摸①受典刑。案款已成招状了,遭刑,棒杀觅囚示万民。　沿路众人听,犹念高王观世音。护法喜神齐合掌,低声,果谓金刚不坏身?

---

① 犯滥铺摸:意为作奸犯科。

宋四公大闹禁魂张

钱如流水去还来，恤寡周贫莫吝财。

试览石家金谷地，于今荆棘昔楼台。

话说晋朝有一人，姓石，名崇[①]，字季伦。当时未发迹时，专一在大江中驾一小船，只用弓箭射鱼为生。忽一日，至三更，有人扣船言曰："季伦救吾则个！"石崇听得，随即推篷，探头看时，只见月色满天，照着水面，月光之下，水面上立着一个年老之人。石崇问老人："有何事故，夜间相恳？"老人又言："相救则个。"石崇当时就令老人上船，问："有何缘故？"老人答曰："吾非人也，吾乃上江老龙王。年老力衰，今被下江小龙欺我年老，与吾斗敌，累输与他，老拙无安身之地。又约我明日大战，战时，又要输与他。今特来求季伦，明日午时，弯弓在江面上。江中两个大鱼相战，前走者是我，后赶者乃是小龙。但望君借一臂之力，可将后赶大鱼，一箭坏了小龙性命，老拙自当厚报重恩。"石崇听罢，谨领其命。那老人相别而回，涌身一跳，入水而去。

石崇至明日午时，备下弓箭。果然将傍午时，只见大江水面上，有二大鱼追赶将来。石崇扣上弓箭，望着后面大鱼，飕地一箭，正中那大鱼腹上。但见满江红水，其大鱼死于江上。此时风浪俱息，并无他事。夜至三更，又见老人扣船来谢道："蒙君大恩，今得安迹。来日午时，你可将船泊

[①] 石崇：西晋时期的大臣、文学家、富豪，公元300年，赵王司马伦政变后，石崇不肯将宠妾绿珠献给司马伦党羽孙秀，遭到诛杀，夷灭三族。晋惠帝复位后，以九卿之礼安葬

于蒋山[1]脚下南岸第七株杨柳树下相候，当有重报。"言罢而去。

石崇明日依言，将船去蒋山脚下杨柳树边相候。只见水面上有鬼使三人出，把船推将去。不多时船回，满载金银珠玉等物。又见老人出水与石崇曰："如君再要珍珠宝贝，可将空船来此相候取物。"相别而去。

这石崇每每将船于柳树下等，便是一船珍宝，因致敌国之富。将宝玩买嘱权贵，累升至太尉之职，真是富贵两全！遂买一所大宅于城中，宅后造金谷园，园中亭台楼馆。用六斛大明珠，买得一妾，名曰绿珠。又置偏房姨奶侍婢，朝欢暮乐，极其富贵。结识朝臣国戚。宅中有十里锦帐，天上人间，无比奢华。

忽一日排筵，独请国舅王恺，这人姐姐是当朝皇后。石崇与王恺饮酒半酣，石崇唤绿珠出来劝酒，端的十分美貌。王恺一见绿珠，喜不自胜，便有奸淫之意。石崇相待宴罢，王恺谢了自回。心中思慕绿珠之色，不能勾得会。王恺常与石崇斗宝，王恺宝物不及石崇，因此阴怀毒心，要害石崇。每每受石崇厚待，无因为之。

忽一日，皇后宣王恺入内御宴。王恺见了姐姐，就流泪告言："城中有一财主富室，家财巨万，宝贝奇珍，言不可尽。每每请弟设宴斗宝，百不及他一二。姐姐可怜，与弟争口气，于内库内那借奇宝，赛他则个。"皇后见弟如此说，遂召掌内库的太监，内库中借他镇库之宝，乃是一株大珊瑚树，长三尺八寸。不曾启奏天子，令人扛抬往王恺之宅。王恺谢了姐姐，便回府用蜀锦做重罩罩了。

翌日，广设珍羞美馔，使人移在金谷园中，请石崇会宴，先令人扛抬珊瑚树去园上开空闲阁子里安了。王恺与石崇饮酒半酣，王恺道："我有一宝，可请一观，勿笑为幸。"石崇教去了锦袱，看着微笑，用杖一击，打为粉碎。王恺大惊，叫苦连天道："此是朝廷内库中镇库之宝，自你赛我不

---

[1] 蒋山：又名钟山，在建康（今南京）东。

过，心怀妒恨，将来打碎了，如何是好？"石崇大笑道："国舅休虑，此亦未为至宝。"石崇请王恺到后园中看珊瑚树，大小三十余株，有长至七八尺者。内一株，一般三尺八寸，遂取来赔王恺填库。更取一株长大的，送与王恺。王恺羞惭而退，自思："国中之宝，敌不得他过！"遂乃生计嫉妒。

一日，王恺朝于天子，奏道："城中有一富豪之家，姓石，名崇，官居太尉。家中敌国之富，奢华受用，虽我王不能及他快乐。若不早除，恐生不测。"天子准奏，口传圣旨，便差驾上人①去捉拿太尉石崇下狱，将石崇应有家资，皆没入官。

王恺心中只要图谋绿珠为妾，使兵围绕其宅，欲夺之。绿珠自思道："丈夫被他诬害性命，不知存亡。今日强要夺我，怎肯随他？虽死不受其辱！"言讫，遂于金谷园中坠楼而死，深可悯哉！王恺闻之大怒，将石崇戮于市曹。石崇临受刑时，叹曰："汝辈利吾家财耳。"刽子曰："你既知财多害己，何不早散之？"石崇无言可答，挺颈受刑。胡曾先生有诗曰：

一自佳人坠玉楼，晋家宫阙古今愁。

惟余金谷园中树，已向斜阳叹白头。

方才说石崇因富得祸，是夸财炫色，遇了王恺国舅这个对头。如今再说一个富家，安分守己，并不惹事生非；只为一点悭吝未除，便弄出非常大事，变做一段有笑声的小说。这富家姓甚名谁？听我道来：这富家姓张，名富，家住东京开封府，积祖开质库，有名唤做张员外。这员外有件毛病，要去那虱子背上抽筋，鹭鸶腿上割股，古佛脸上剥金，黑豆皮上刮漆，痰唾留着点灯，捋松将来炒菜。这个员外平日发下四条大愿：一愿衣裳不破，二愿吃食不消，三愿拾得物事，四愿夜梦鬼交。是个一文不使的

---

① 驾上人：皇帝的仪卫，有法驾、大驾、小驾；驾上人，指禁卫军士。

真苦人。他还地上拾得一文钱，把来磨做镜儿，捍做磬儿，掐做锯儿，叫声"我儿"，做个嘴儿，放入箧儿。人见他一文不使，起他一个异名，唤做"禁魂"张员外。

　　当日是日中前后，员外自入去里面，白汤泡冷饭吃点心。两个主管在门前数见钱。只见一个汉，浑身赤膊，一身锦片也似文字，下面熟白绢裩拽扎着；手把着个笊篱，觑着张员外家里，唱个大喏了教化，口里道："持绳把索，为客周全。"主管见员外不在门前，把两文撒在他笊篱里。张员外恰在水瓜心布帘后望见，走将出来道："好也，主管！你做甚么把两文撒与他？一日两文，千日便两贯。"大步向前，赶上捉笊篱的，打一夺，把他一笊篱钱都倾在钱堆里，却教众当直打他一顿。路行人看见，也不忿。那捉笊篱的哥哥吃打了，又不敢和他争，在门前指着了骂。只见一个人叫道："哥哥，你来，我与你说句话。"捉笊篱的回过头来，看那个人，却是狱家院子打扮一个老儿。两个唱了喏，老儿道："哥哥，这禁魂张员外，不近道理，不要共他争。我与你二两银子，你一文价卖生萝卜，也是经纪人。"捉笊篱的得了银子，唱喏自去。不在话下。

　　那老儿是郑州奉宁军人，姓宋，排行第四，人叫他做宋四公，是小番子闲汉。宋四公夜至三更前后，向金梁桥上，四文钱买两只焦酸馅，揣在怀里，走到禁魂张员外门前。路上没一个人行，月又黑。宋四公取出蹊跷作怪的动使，一挂挂在屋檐上，从上面打一盘盘在屋上，从天井里一跳跳将下去。两边是廊屋，去侧首见一碗灯。听着里面时，只听得有个妇女声道："你看三哥，恁么早晚，兀自未来。"宋四公道："我理会得了，这妇女必是约人在此私通。"看那妇女时，生得：

> 黑丝丝的发儿，白莹莹的额儿，翠弯弯的眉儿，溜度度的眼儿，正隆隆的鼻儿，红艳艳的腮儿，香喷喷的口儿，平坦坦的胸儿，白堆堆的奶儿，玉纤纤的手儿，细袅袅的腰儿，弓弯弯的脚儿。

那妇女被宋四公把两只衫袖掩了面,走将上来。妇女道:"三哥,做甚么遮了脸子唬我?"被宋四公向前一捽捽住腰里,取出刀来道:"悄悄地!高则声便杀了你!"那妇女颤做一团道:"告公公,饶奴性命。"宋四公道:"小娘子,我来这里做不是,我问你则个:他这里到土库有多少关闭?"妇女道:"公公,出得奴房十来步,有个陷马坑,两只恶狗。过了,便有五个防土库的,在那里吃酒赌钱,一家当一更,便是土库。入得那土库,一个纸人,手里托着个银球,底下做着关棙子;踏着关棙子,银球脱在地下,有条合溜,直滚到员外床前;惊觉,教人捉了你。"宋四公道:"却是恁地。小娘子,背后来的是你兀谁?"妇女不知是计,回过头去,被宋四公一刀,从肩头上劈将下去,见道血光倒了,那妇女被宋四公杀了。

宋四公再出房门来,行十来步,沿西手走过陷马坑,只听得两个狗子吠。宋四公怀中取出酸馅,着些个不按君臣[①]作怪的药入在里面,觑得近了,撒向狗子身边去。狗子闻得又香又软,做两口吃了,先摆番两个狗子。又行过去,只听得人喝么六六,约莫也有五六人在那里掷骰。宋四公怀中取出一个小罐儿,安些个作怪的药在中面,把块撒火石取些火烧着,喷鼻馨香。那五个人闻得道:"好香!员外日早晚兀自烧香。"只管闻来闻去,只见脚在下头在上,一个倒了,又一个倒。看见那五个男女,闻那香,一霎间都摆番了。宋四公走到五人面前,见有半摆儿吃剩的酒,也有果菜之类,被宋四公把来吃了。只见五个人眼睁睁地,只是则声不得。便走到土库门前,见一具胳膊来大三簧锁,锁着土库门。

宋四公怀里取个钥匙,名唤做"百事和合":不论大小粗细锁,都开得。把钥匙一斗,斗开了锁,走入土库里面去。入得门,一个纸人手里,

---

① 不按君臣:中医用药分主辅,有一君二臣三佐五使的说法。不按君臣,就是违反药理。

托着个银球。宋四公先拿了银球，把脚踏过许多关棙子，觅了他五万贯锁赃物，都是上等金珠，包裹做一处。怀中取出一管笔来，把津唾润教湿了，去壁上写着四句言语，道：

宋国逍遥汉，四海尽留名。
曾上太平鼎，到处有名声。

写了这四句言语在壁上，土库也不关，取条路出那张员外门前去。宋四公思量道："梁园①虽好，不是久恋之家。"连更彻夜，走归郑州去。

且说张员外家，到得明日天晓，五个男女苏醒，见土库门开着，药死两个狗子，杀死一个妇女，走去覆了员外。员外去使臣房里下了状。滕大尹差王七殿直王遵，看贼踪由。做公的看了壁上四句言语，数中一个老成的叫做周五郎周宣，说道："告观察，不是别人，是宋四。"观察道："如何见得？"周五郎周宣道："'宋国逍遥汉'，只做着上面个'宋'字；'四海尽留名'，只做着个'四'字；'曾上太平鼎'，只做着个'曾'字；'到处有名声'，只做着个'到'字。上面四字道：'宋四曾到。'"王殿直道："我久闻得做道路的有个宋四公，是郑州人氏，最高手段，今番一定是他了。"便教周五郎周宣，将带一行做公的去郑州干办宋四。

众人路上离不得饥餐渴饮，夜住晓行。到郑州，问了宋四公家里，门前开着一个小茶坊。众人入去吃茶，一个老子上灶点茶。众人道："一道请四公出来吃茶。"老子道："公公害些病，未起在，等老子入去传话。"老子走进去了。只听得宋四公里面叫起来道："我自头风发，教你买三文粥来，你兀自不肯。每日若干钱养你，讨不得替心替力，要你何用？"刮刮

---

① 梁园：本指梁孝王兔园，故址在汴京城东南三里余，宋代人也往往称汴京为梁园。梁园虽好，就是汴京虽好。

地把那点茶老子打了几下。只见点茶的老子，手把只粥碗出来道："众上下少坐，宋四公教我买粥，吃了便来。"众人等个意休不休，买粥的也不见回来，宋四公也竟不见出来。众人不奈烦，入去他房里看时，只见缚着一个老儿。众人只道宋四公，来收他。那老儿说道："老汉是宋公点茶的，恰才把碗去买粥的，正是宋四公。"众人见说，吃了一惊！叹口气道："真个是好手。我们看不仔细，却被他瞒过了。"只得出门去赶，那里赶得着？众做公的只得四散，分头各去挨查缉获。不在话下。

原来众人吃茶时，宋四公在里面听得是东京人声音，悄地打一望，又像个干办公事的模样，心上有些疑惑，故意叫骂埋怨，却把点茶老儿的儿子衣服，打换穿着，低着头，只做买粥，走将出来，因此众人不疑。

却说宋四公出得门来，自思量道："我如今却是去那里好？我有个师弟，是平江府人，姓赵，名正。曾得他信道，如今在谟县。我不如去投奔他家便罢。"宋四公便改换色服，妆做一个狱家院子打扮，把一把扇子遮着脸，假做瞎眼，一路上慢腾腾地，取路要来谟县。来到谟县前，见个小酒店，但见：

> 云拂烟笼锦旆扬，太平时节日舒长。
> 能添壮士英雄胆，会解佳人愁闷肠。
> 三尺晓垂杨柳岸，一竿斜刺杏花傍。
> 男儿未遂平生志，且乐高歌入醉乡。

宋四公觉得肚中饥馁，入那酒店去买些个酒吃。酒保安排将酒来，宋四公吃了三两杯酒，只见一个精精致致的后生，走入酒店来。看那人时，却是如何打扮？砖顶背系带头巾①，皂罗文武带背儿，下面宽口裤，侧面丝鞋。叫道："公公拜揖。"宋四公抬头看时，不是别人，便是他师弟赵正。宋四公人面前，不敢师父师弟厮叫，只道："官人少坐。"赵正和宋四公叙了间阔就坐，教酒保添只盏来筛酒。吃了一杯，赵正却低低地问道："师父，一向疏阔？"宋四公道："二哥，几时有道路也没？"赵正道："是道路却也自有，都只把来风花雪月使了。闻知师父入东京去，得拳道路。"宋四公道："也没甚么，只有得个四五万钱。"又问赵正道："二哥，你如今那里去？"赵正道："师父，我要上东京闲走一遭，一道赏玩则个，归平江府去做话说。"宋四公道："二哥，你去不得！"赵正道："我如何上东京不得？"宋四公道："有三件事，你去不得。第一，你是浙右人，不知东京事，行院少有认得你的，你去投奔阿谁？第二，东京百八十里罗城，唤做'卧牛城'。我们只是草寇，常言：'草入牛口，其命不久。'第三，是东京有五千个眼明手快做公的人，有三都捉事使臣。"赵正道："这三件事，都不妨！师父你只放心，赵正也不到得胡乱吃输。"宋四公道："二哥，你不信我口，要去东京时，我觅得禁魂张员外的一包儿细软，我将归客店里去，安在头边，枕着头，你觅得我的时，你便去上东京。"赵正道："师父，恁地时不妨。"

两个说罢，宋四公还了酒钱，将着赵正归客店里。店小二见宋四公将着一个官人归来，唱了喏。赵正同宋四公入房里走一遭，道了安置，赵正自去。当下天色晚，如何见得？

　　　　暮烟迷远岫，薄雾卷晴空。群星共皓月争光，远水与山光斗

---

① 砖顶背系带头巾：宋代一般平民所戴头巾，共有四带，二带下垂，二带反系脑后，所以称为背系带头巾。至于头巾的流行式样，则有圆顶、方顶、砖顶、琴顶等。砖顶头巾，顶似砖，作长方形。

碧。深林古寺，数声钟韵悠扬；曲岸小舟，几点渔灯明灭。枝上子规啼夜月，花间粉蝶宿芳丛。

宋四公见天色晚，自思量道："赵正这汉手高，我做他师父，若还真个吃他觅了这般细软，好吃人笑！不如早睡。"宋四公却待要睡，又怕吃赵正来后如何，且只把一包细软安放头边，就床上掩卧。只听得屋梁上知知兹兹地叫，宋四公道："作怪，未曾起更，老鼠便出来打闹人。"仰面向梁上看时，脱些个屋尘下来，宋四公打两个喷涕。少时，老鼠却不则声，只听得两个猫儿，乜凹乜凹地厮咬了叫，溜些尿下来，正滴在宋四公口里，好臊臭！宋四公渐觉困倦，一觉睡去。

到明日天晓起来，头边不见了细软包儿。正在那里没摆拨，只见店小二来说道："公公，昨夜同公公来的官人来相见。"宋四公出来看时，却是赵正。相揖罢，请他入房里去。关上房门，赵正从怀里取出一个包儿，纳还师父。宋四公道："二哥，我问你则个。壁落共门都不曾动，你却是从那里来，讨了我的包儿？"赵正道："实瞒不得师父，房里床面前一带黑油纸槛窗，把那学书纸糊着。吃我先在屋上，学一和老鼠，脱下来屋尘，便是我的作怪药，撒在你眼里鼻里，教你打几个喷涕；后面猫尿，便是我的尿。"宋四公道："畜生，你好没道理！"赵正道："是吃我盘到你房门前，揭起学书纸，把小锯儿锯将两条窗栅下来。我便挨身而入，到你床边，偷了包儿，再盘出窗外去。把窗栅再接住，把小钉儿钉着，再把学书纸糊了。怎地，便没踪迹。"宋四公道："好，好！你使得，也未是你会处。你还今夜再觅得我这包儿，我便道你会。"赵正道："不妨，容易的事。"赵正把包儿还了宋四公道："师父，我且归去，明日再会。"漾了手自去。

宋四公口里不说，肚里思量道："赵正手高似我，这番又吃他觅了包儿，越不好看，不如安排走休！"宋四公便叫将店小二来说道："店二哥，我如今要行。二百钱在这里，烦你买一百钱爊肉，多讨椒盐；买五十钱蒸饼。剩五十钱，与你买碗酒吃。"店小二谢了公公，便去谟县前买了爊肉和蒸饼。却待回来，离客店十来家，有个茶坊里，一个官人叫道："店二哥，那里去？"店二哥抬头看时，便是和宋四公相识的官人。店二哥道："告官人，公公要去，教男女买爊肉共蒸饼。"赵正道："且把来看。"打开荷叶看了一看，问道："这里几文钱肉？"店二哥道："一百钱肉。"赵正就怀里取出二百钱来道："哥哥，你留这爊肉蒸饼在这里。我与你二百钱，一道相烦，依这样与我买来，与哥哥五十钱买酒吃。"店二哥道："谢官人。"道了便去。不多时，便买回来。赵正道："甚劳烦哥哥，与公公再裹了那爊肉。见公公时，做我传语他，只教他今夜小心则个。"店二哥唱喏了，自去。到客店里，将肉和蒸饼递还宋四公。宋四公接了道："罪过哥哥。"店二哥道："早间来的那官人，教再三传语：今夜小心则个。"

宋四公安排行李，还了房钱，脊背上背着一包被卧，手里提着包裹，便是觅得禁魂张员外的细软，离了客店。行一里有余，取八角镇路上来。到渡头，看那渡船却在对岸，等不来，肚里又饥，坐在地上，放细软包儿在面前，解开爊肉裹儿，擘开一个蒸饼，把四五块肥底爊肉多蘸些椒盐，卷做一卷。嚼得两口，只见天在下，地在上，就那里倒了。宋四公只见一个丞局打扮的人，就面前把了细软包儿去。宋四公眼睁睁地见他把去，叫又不得，赶又不得，只得由他。那个丞局拿了包儿，先过渡去了。

宋四公多样时苏醒起来，思量道："那丞局是阿谁，捉我包儿去？店二哥与我买的爊肉里面有作怪物事！"宋四公忍气吞声走起来，唤渡船过来。过了渡，上了岸，思量："那里去寻那丞局好？"肚里又闷，又有些饥渴，只见个村酒店，但见：柴门半掩，破筛低垂。村中量酒，岂知有涤器相如？陋质蚕姑，难效彼当垆卓氏。壁间大字，村中学究醉时题；架上麻衣，好饮芒郎留下当。酸醨破瓮土床排，彩画醉仙尘土暗。宋四公且入酒店里去，买些酒消愁解闷则个。酒保唱了喏，排下酒来。一杯两盏，酒至三杯。宋四公正闷里吃酒，只见外面一个妇女入酒店来：

油头粉面，白齿朱唇。锦帕齐眉，罗裙掩地。鬓边斜插些花朵，脸上微堆着笑容。虽不比闺里佳人，也当得炉头少妇。

那个妇女入着酒店，与宋四公道个万福，拍手唱一只曲儿。宋四公仔细看时，有些个面熟，道这妇女是酒店擦桌儿的，请小娘子坐则个。妇女在宋四公根底坐定，教量酒添只盏儿来，吃了一盏酒。宋四公把那妇女抱一抱，撮一撮，拍拍惜惜，把手去摸那胸前道："小娘子，没有奶儿？"又去摸他阴门，只见累累垂垂一条阶。宋四公道："热闹，你是兀谁？"那个妆做妇女打扮，叉手不离方寸道："告公公，我不是擦卓儿顶老，我便是苏州平江府赵正。"宋四公道："打脊的检才！我是你师父，却教我摸你爷头！原来却才丞局便是你！"赵正道："可知便是赵正。"宋四公道："二哥，我那细软包儿，你却安在那里？"

赵正叫量酒道："把适来我寄在这里包儿还公公。"量酒取将包儿来，宋四公接了道："二哥，你怎地拿下我这包儿？"赵正道："我在客店隔几家茶坊里坐地，见店小二哥提一裹燠肉，我讨来看，便使转他也与我去买，被我安些汗药在里面裹了，依然教他把来与你。我妆做丞局，后面踏将你来。你吃摆番了，被我拿得包儿，到这里等你。"宋四公道："恁地你真个会不枉了上得东京去。"即时还了酒钱，两个同出酒店，去空野处除了花朵，溪水里洗了面，换一套男子衣裳着了，取一顶单青纱头巾裹了。宋四公道："你而今要上京去，我与你一封书，去见个人，也是我师弟。他家住汴河岸上，卖人肉馒头，姓侯，名兴，排行第二，便是侯二哥。"赵正道："谢师父。"到前面茶坊里，宋四公写了书，分付赵正，相别自去。宋四公自在谟县。

赵正当晚去客店里安歇，打开宋四公书来看时，那书上写道："师父信上贤弟二郎、二娘子：别后安乐否？今有姑苏贼人赵正，欲来京做买卖，我特地使他来投奔你。这汉与行院无情，一身线道，堪作你家行货使用。我吃他三次无礼，可千万剿除此人，免为我们行院后患。"赵正看罢了书，伸着舌头，缩不上。"别人便怕了，不敢去。我且看他如何对副我，我自别有道理。"再把那书折叠，一似原先封了。

明日天晓，离了客店，取八角镇；过八角镇，取板桥，到陈留县。沿那汴河行到日中前后，只见汴河岸上有个馒头店。门前一个妇女，玉井栏手巾勒着腰，叫道："客长，吃馒头点心去。"门前牌儿上写着："本行侯家，上等馒头点心。"赵正道："这里是侯兴家里了。"走将入去。妇女叫了万福，问道："客长用点心？"赵正道："少待则个。"就脊背上取将包裹下来。一包金银钗子，也有花头的，也有连二连三的，也有素的，都是沿路上觅得的。侯兴老婆看见了，动心起来，道："这客长，有二三百只钗子！我虽然卖人肉馒头，老公虽然做赞老子，到没许多物事。你看少间问我买馒头吃，我多使些汗火，许多钗子都是我的。"赵正道："嫂嫂，买五个馒头来。"侯兴老婆道："着！"檀个碟子，盛了五个馒头，就灶头合儿里多撮些物料在里面。赵正肚里道："这合儿里，便是作怪物事了。"赵正怀里取出一包药来，道："嫂嫂，觅些冷水吃药。"侯兴老婆将半碗水来，放在桌上。赵正道："我吃了药，却吃馒头。"赵正吃了药，将两只箸一拨，拨开馒头馅，看了一看，便道："嫂嫂，我爷说与我道：'莫去汴河岸上买馒头吃，那里都是人肉的。'嫂嫂你看，这一块有指甲，便是人的指头；这一块皮上许多短毛儿，须是人的不便处。"侯兴老婆道："官人休要！那得这话来？"

赵正吃了馒头，只听得妇女在灶前道："倒也！"指望摆番赵正，却又没些事。赵正道："嫂嫂，更添五个。"侯兴老婆道："想是恰才汗火少了，这番多把些药倾在里面。"赵正怀中又取包儿，吃些个药。侯兴老婆道："官人吃甚么药？"赵正道："平江府提刑散的药，名唤做'百病安丸'，妇女家八般头风，胎前产后，脾血气痛，都好服。"侯兴老婆道："就官人觅得一服吃也好。"赵正去怀里别擓换包儿来，撮百十丸与侯兴老婆吃了,就灶前攧番了。赵正道:"这婆娘要对副我,却到吃我摆番。别人漾了去,我却不走。"特骨地在那里解腰捉虱子。

不多时,见个人挑一担物事归。赵正道:"这个便是侯兴,且看他如何?"侯兴共赵正两个唱了喏。侯兴道:"客长吃点心也未?"赵正道:"吃了。"侯兴叫道:"嫂子,会钱也未?"寻来寻去,寻到灶前,只见浑家倒在地下,口边溜出痰涎,说话不真,喃喃地道:"我吃摆番了。"侯兴道:"我理会得了。这婆娘不认得江湖上相识,莫是吃那门前客长摆番了?"侯兴向赵正道:"法兄,山妻眼拙,不识法兄,切望恕罪。"赵正道:"尊兄高姓?"侯兴道:"这里便是侯兴。"赵正道:"这里便是姑苏赵正。"两个相揖了。侯兴自把解药与浑家吃了。赵正道:"二兄,师父宋四公有书上呈。"侯兴接着,拆开看时,书上写着许多言语,末稍道:"可剿除此人。"侯兴看罢,怒从心上起,恶向胆边生,道:"师父兀自三次无礼,今夜定是坏他性命!"向赵正道:"久闻清德,幸得相会!"即时置酒相待。晚饭过了,安排赵正在客房里睡,侯兴夫妇在门前做夜作。

赵正只闻得房里一阵臭气,寻来寻去,床底下一个大缸。探手打一摸,一颗人头;又打一摸,一只人手共人脚。赵正搬出后门头,都把索子缚了,挂在后门屋檐上。关了后门,再入房里。只听得妇女道:"二哥,好下手?"侯兴道:"二嫂,使未得!更等他落忽些个。"妇女道:"二哥,看他今日把出金银钗子,有二三百只。今夜对副他了,明日且把来做一头戴,教人唱采则个。"赵正听得,道:"好也!他两个要恁地对副我性命,不妨得。"侯兴一个儿子,十来岁,叫做伴哥,发脾寒,害在床上。赵正去他房里,抱那小的安在赵正床上,把被来盖了,先走出后门去。

不多时,侯兴浑家把着一碗灯,侯兴把一把劈柴大斧头,推开赵正房门,见被盖着个人在那里睡,和被和人,两下斧头,砍做三段。侯兴揭起被来看了一看,叫声:"苦也!二嫂,杀了的是我儿子伴哥!"两夫妻号天洒地哭起来。赵正在后门叫道:"你没事自杀了儿子作甚?赵正却在这里。"

侯兴听得焦燥，拿起劈柴斧赶那赵正。慌忙走出后门去，只见扑地撞着侯兴额头，看时却是人头、人脚、人手，挂在屋檐上，一似闹竿儿相似。侯兴教浑家都搬将入去，直上去赶。赵正见他来赶，前头是一派溪水，赵正是平江府人，会弄水，打一跳，跳在溪水里，后头侯兴也跳在水里来赶。赵正一分一蹬，顷刻之间，过了对岸。侯兴也会水，来得迟些个。赵正先走上岸，脱下衣裳挤教干。侯兴赶那赵正，从四更前后到五更二点时候，赶十一二里，直到顺天新郑门一个浴堂。赵正入那浴堂里洗面，一道烘衣裳。正洗面间，只见一个人把两只手去赵正两腿上打一掣，掣番赵正。

赵正见侯兴来掣他，把两秃膝桩番侯兴，倒在下面，只顾打。只见一个狱家院子打扮的老儿进前道："你门看我面放手罢。"赵正和侯兴抬头看时，不是别人，却是师父宋四公。一家唱个大喏，直下便拜。宋四公劝了，将他两个去汤店里吃盏汤。侯兴与师父说前面许多事，宋四公道："如今一切休论。则是赵二哥明朝入东京去，那金梁桥下，一个卖酸馅的，也是我们行院，姓王，名秀。这汉走得楼阁没赛，起个浑名，唤做'病猫儿'。他家在大相国寺后面院子里住。他那卖酸馅架儿上一个大金丝罐，是定州中山府窑变①了烧出来的，他惜似气命。你如何去拿得他？"赵正道："不妨。等城门开了，到日中前后，约师父只在侯兴处。"

赵正打扮做一个砖顶背系带头巾，皂罗文武带背儿，走到金梁桥下。见一抱架儿，上面一个大金丝罐，根底立着一个老儿：郓州单青纱现顶儿头巾，身上着一领篸杨柳子布衫，腰里玉井栏手巾抄着腰。赵正道："这个便是王秀了。"赵正走过金梁桥来，去米铺前撮几颗红米，又去菜担上摘些个叶子，和米和叶子安在口里，一处嚼教碎。再走到王秀架子边，漾下

---

① 定州中山府窑变：定州，宋徽宗政和三年升为中山府，宋时以产瓷著名，称为"定窑"（窑址在今河北曲阳县附近）。定窑是五大名窑之一。窑变，是烧瓷器时由于釉料中铜的还原焰所引起的一种偶然的变态，也有用铜药人工烧造的，瓷呈红色或紫色。

六文钱,买两个酸馅,特骨地脱一文在地下。王秀去拾那地上一文钱,被赵正吐那米和菜在头巾上,自把了酸馅去。却在金梁桥顶上立地,见个小的跳将来,赵正道:"小哥,与你五文钱。你看那卖酸馅王公头巾一堆虫蚁屎,你去说与他。不要道我说。"那小的真个去说道:"王公,你看头巾上。"王秀除下头巾来,只道是虫蚁屎,入去茶坊里揩抹了。走出来架子上看时,不见了那金丝罐。

原来赵正见王秀入茶坊去揩那头巾,等他眼慢,拿在袖子里便行,一径走往侯兴家去。宋四公和侯兴看了,吃一惊!赵正道:"我不要他的,送还他老婆休!"赵正去房里换了一顶搭飒头巾,底下旧麻鞋,着领旧布衫,手里把着金丝罐,直走去大相国寺后院子里。见王秀的老婆,唱个喏了,道:"公公教我归来,问婆婆取一领新布衫、汗衫、裤子、新鞋袜,有金丝罐在这里表照。"婆子不知是计,收了金丝罐,取出许多衣裳,分付赵正。赵正接得了,再走去见宋四公和侯兴道:"师父,我把金丝罐去他家换许多衣裳在这里。我们三个少间同去送还他,博个笑声。我且着了去闲走一回耍子。"

赵正便把王秀许多衣裳着了,再入城里。去桑家瓦①里,闲走一回,买酒买点心吃了,走出瓦子外面来。却待过金梁桥,只听得有人叫:"赵二官人!"赵正回过头来看时,却是师父宋四公和侯兴。三个同去金梁桥下,见王秀在那里卖酸馅,宋四公道:"王公拜茶。"王秀见了师父和侯二哥,看了赵正,问宋四公道:"这个客长是兀谁?"宋四公恰待说,被赵正拖起去,教宋四公:"未要说我姓名,只道我是你亲戚,我自别有道理。"王秀又问师父:"这个客长高姓?"宋四公道:"是我的亲戚,我将他来京师闲走。"王秀道:"如此。"即时寄了酸馅架儿在茶坊,四个同出顺天新郑门外,僻静酒店,去买些酒吃。入那酒店去,酒保筛酒来,一杯两盏,酒至

---

① 桑家瓦:北宋东京著名瓦舍,在封丘门内。

喻世明言 131

三巡。王秀道:"师父,我今朝呕气。方才挑那架子出来,一个人买酸馅,脱一钱在地下,我去拾那一钱,不知甚虫蚁屙在我头巾上。我入茶坊去揩头巾出来,不见了金丝罐。一日好闷!"宋四公道:"那人好大胆!在你跟前卖弄得,也算有本事了。你休要气闷,到明日闲暇时,大家和你查访这金丝罐。又没三件两件,好歹要讨个下落,不到得失脱。"赵正肚里,只是暗暗的笑。四个都吃得醉。日晚了,各自归。

且说王秀归家去,老婆问道:"大哥,你恰才教人把金丝罐归来?"王秀道:"不曾。"老婆取来道:"在这里,却把了几件衣裳去。"王秀没猜道是谁,猛然想道:"今日宋四公的亲戚,身上穿一套衣裳,好似我家的。"心上委决不下,肚里又闷,提一角酒,索性和婆子吃个醉,解衣卸带了睡。王秀道:"婆婆,我两个多时不曾做一处。"婆子道:"你许多年纪了,兀自鬼乱!"王秀道:"婆婆,你岂不闻:后生犹自可,老的急似火。"王秀早移过共头,在婆子头边,做一班半点儿事,兀自未了当。原来赵正见两个醉,掇开门,躲在床底下。听得两个鬼乱,把尿盆去房门上打一撩。王秀和婆子吃了一惊,鬼慌起来。看时,见个人从床底下趱将出来,手提一包儿。王秀就灯光下仔细认时,却是和宋四公、侯兴同吃酒的客长。王秀道:"你做甚么?"赵正道:"宋四公教还你包儿。"王公接了看时,却是许多衣裳。再问:"你是甚人?"赵正道:"小弟便是姑苏平江府赵正。"王秀道:"如此,久闻清名。"因此拜识。便留赵正睡了一夜。

次日,将着他闲走。王秀道:"你见白虎桥[①]下大宅子,便是钱大王[②]府,好一拳财!"赵正道:"我们晚些下手。"王秀道:"也好。"到三鼓前后,赵正打个地洞,去钱大王土库偷了三万贯钱正赃,一条暗花盘龙羊脂

[①] 白虎桥:在宋东京城西北隅金水河上。
[②] 钱大王:指吴越王钱俶。钱俶降宋纳土后,历封淮海国王、汉南国王、南阳国王、许王、邓王。

白玉带。王秀在外接应，共他归去家里去躲。明日，钱大王写封简子与滕大尹。大尹看了，大怒道："帝辇之下，有这般贼人！"即时差缉捕使臣马翰，限三日内，要捉钱府做不是的贼人。

马观察马翰得了台旨，分付众做公的落宿。自归到大相国寺前，只见一个人，背系带砖顶头巾，也着上一领紫衫，道："观察拜茶。"同入茶坊里，上灶点茶来。那着紫衫的人，怀里取出一裹松子胡桃仁，倾在两盏茶里。观察问道："尊官高姓？"那个人道："姓赵，名正，昨夜钱府做贼的便是小子。"马观察听得，脊背汗流，却待等众做公的过捉他。吃了盏茶，只见天在下，地在上，吃摆番了。赵正道："观察醉也。"扶住他，取出一件作怪动使剪子，剪下观察一半衫褾，安在袖里。还了茶钱，分付茶博士道："我去叫人来扶观察。"赵正自去。

两碗饭间，马观察肚里药过了，苏醒起来。看赵正不见了，马观察走归去。睡了一夜，明日天晓，随大尹朝殿。大尹骑着马，恰待入宣德门[①]去，只见一个人裹顶弯角帽子，着上一领皂衫，拦着马前唱个大喏，道："钱大王有劄付上呈。"滕大尹接了，那个人唱喏自去。大尹就马上看时，腰裹金鱼带不见挞尾。简上写道："姑苏贼人赵正，拜禀大尹尚书：所有钱府失物，系是正偷了。若是大尹要来寻赵正家里，远则十万八千，近则只在目前。"大尹看了越焦燥。朝殿回衙，即时升厅，引放民户词状。词状人抛箱[②]，大尹看到第十来纸状，有状子，上面也不依式论诉甚么事，去那状上只写一只《西江月》曲儿，道是：

是水归于大海，闲汉总入京都。三都捉事马司徒，衫褾难为

---

① 宣德门：即宣德楼，北宋汴京宫城正门。
② 抛箱：宋明间衙门，用箱子接纳状纸；告状的人把状纸投入箱中，称为抛箱，也叫擲箱。

喻世明言　133

作主。盗了亲王玉带，剪除大尹金鱼。要知闲汉姓名无？小月傍边足土。

大尹看罢，道："这个又是赵正，直恁地手高！"即唤马观察马翰来，问他捉贼消息。马翰道："小人因不认得贼人赵正，昨日当面挫过，这贼委的手高。小人访得他是郑州宋四公的师弟，若拿得宋四，便有了赵正。"

滕大尹猛然想道："那宋四因盗了张富家的土库，见告失状未获。"即唤王七殿直王遵，分付他协同马翰，访捉贼人宋四、赵正。王殿直王遵禀道："这贼人踪迹难定，求相公宽限时日。又须官给赏钱，出榜悬挂，那贪着赏钱的便来出首，这公事便容易了办。"滕大尹听了，立限一个月缉获。依他写下榜文："如有缉知真赃来报者，官给赏钱一千贯。"马翰和王遵领了榜文，径到钱大王府中，禀了钱大王，求他添上赏钱。钱大王也注了一千贯。两个又到禁魂张员外家来，也要他出赏。张员外见在失了五万贯财物，那里肯出赏钱？众人道："员外休得为小失大。捕得着时，好一主大赃追还你。府尹相公也替你出赏，钱大王也注了一千贯，你却不肯时，大尹知道，却不好看相。"张员外说不过了，另写个赏单，勉强写足了五百贯。马观察将去府前张挂，一面与王殿直约会，分路挨查。

那时府前看榜的人山人海。宋四公也看了榜，去寻赵正来商议。赵正道："可奈王遵、马翰，日前无怨，定要加添赏钱，缉获我们。又可奈张员外悭吝，别的都出一千贯，偏你只出五百贯，把我们看得恁贱！我们如何去蒿恼他一番，才出得气。"宋四公也怪前番王七殿直领人来拿他，又怪马观察当官禀出赵正是他徒弟。当下两人你商我量，定下一条计策，齐声道："妙哉！"赵正便将钱大王府中这条暗花盘龙羊脂白玉带递与宋四公，四公将禁魂张员外家金珠一包，就中检出几件有名的宝物，递与赵正。两下分别，各自去行事。

且说宋四公才转身，正遇着向日张员外门首提笊篱的哥哥，一把扯出顺天新郑门，直到侯兴家里歇脚。便道："我今日有用你之处。"那捉笊篱的便道："恩人有何差使？并不敢违。"宋四公道："作成你趁一千贯钱养家则个。"那捉笊篱的到吃一惊，叫道："罪过！小人没福消受。"宋四公道："你只依我，自有好处。"取出暗花盘龙羊脂白玉带，教侯兴扮作内官模样："把这条带去禁魂张员外解库里去解钱。这带是无价之宝，只要解他三百贯，却对他说：'三日便来取赎，若不赎时，再加绝二百贯。你且放在铺内，慢些子收藏则个。'"侯兴依计去了。

张员外是贪财之人，见了这带有些利息，不问来由，当去三百贯足钱。侯兴取钱回复宋四公。宋四公却教捉笊篱的，到钱大王门上揭榜出首。钱大王听说获得真赃，便唤捉笊篱的面审。捉笊篱的说道："小的去解库中当钱，正遇那主管将白玉带卖与北边一个客人，索价一千五百两。有人说是大王府里来的，故此小的出首。"钱大王差下百十名军校，教捉笊篱的做眼，飞也似跑到禁魂张员外家，不由分说，到解库中一搜，搜出了这条暗花盘龙羊脂白玉带。张员外走出来分辩时，这些个众军校，那里来管你三七二十一？一条索子扣头，和解库中两个主管，都拿来见钱大王。钱大王见了这条带，明是真赃，首人不虚。便写个钧帖，付与捉笊篱的，库上支一千贯赏钱。

钱大王打轿，亲往开封府拜滕大尹，将玉带及张富一干人送去拷问。大尹自己缉获不着，到是钱大王送来，好生惭愧！便骂道："你前日到本府告失状，开载许多金珠宝贝。我想你庶民之家，那得许多东西？却原来放线做贼！你实说，这玉带甚人偷来的？"张富道："小的祖遗财物，并非做贼窝赃。这条带是昨日申牌时分，一个内官拿来，解了三百贯钱去的。"大尹道："钱大王府里失了暗花盘龙羊脂白玉带，你岂不晓得？怎肯不审来历，当钱与他？如今这内官何在？明明是一派胡说！"喝教狱卒将张富和两个主管一齐用刑，都打得皮开肉绽，鲜血迸流。张富受苦不过，情愿责限三日，要出去挨获当带之人；三日获不着，甘心认罪。滕大尹心上也有些疑虑,只将两个主管监候,却差狱卒押着张富,准他立限三日回话。

张富眼泪汪汪,出了府门,到一个酒店里坐下,且请狱卒吃三杯。方才举盏,只见外面踱个老儿入来,问道:"那一个是张员外?"张富低着头,不敢答应。狱卒便问:"阁下是谁?要寻张员外则甚?"那老儿道:"老汉有个喜信要报他,特到他解库前,闻说有官事在府前,老汉跟寻至此。"张富方才起身道:"在下便是张富,不审有何喜信见报?请就此坐讲。"那老儿捱着张员外身边坐下,问道:"员外土库中失物,曾缉知下落否?"张员外道:"在下不知。"那老儿道:"老汉到晓得三分,特来相报员外。若不信时,老汉愿指引同去起赃。见了真正赃物,老汉方敢领赏。"张员外大喜道:"若起得这五万贯赃物,便赔偿钱大王,也还有余。拚些上下使用,身上也得干净。"便问道:"老丈既然的确,且说是何名姓?"那老儿向耳边低低说了几句,张员外大惊道:"怕没此事。"老儿道:"老汉情愿到府中出个首状,若起不出真赃,老汉自认罪。"张员外大喜道:"且屈老丈同在此吃三杯,等大尹晚堂,一同去禀。"当下四人饮酒半醉,恰好大尹升厅。

张员外买张纸,教老儿写了首状,四人一齐进府出首。滕大尹看了王保状词,却是说马观察、王殿直做贼,偷了张富家财。心中想道:"他两个积年捕贼,那有此事?"便问王保道:"你莫非挟仇陷害么?有什么证据?"王保老儿道:"小的在郑州经纪,见两个人把许多金珠在彼兑换。他说家里还藏得有,要换时再取来。小的认得他是本府差来缉事的,他如何有许多宝物?心下疑惑。今见张富失单,所开宝物相像,小的情愿跟同张富到彼搜寻。如若没有,甘当认罪。"滕大尹似信不信,便差李观察李顺,领着眼明手快的公人,一同王保、张富前去。

此时马观察马翰与王七殿直王遵,俱在各县挨缉两宗盗案未归。众人先到王殿直家,发声喊,径奔入来。王七殿直的老婆,抱着三岁的孩子,正在窗前吃枣糕,引着耍子。见众人罗唣,吃了一惊!正不知什么缘故。

恐怕吓坏了孩子，把袖褙掩了耳朵，把着进房。众人随着脚跟儿走，围住婆娘问道："张员外家赃物，藏在那里？"婆娘只光着眼，不知那里说起。众人见婆娘不言不语，一齐掀箱倾笼，搜寻了一回，虽有几件银钗饰和些衣服，并没赃证。李观察却待埋怨王保，只见王保低着头，向床底下钻去，在贴壁床脚下解下一包儿，笑嘻嘻的捧将出来。众人打开看时，却是八宝嵌花金杯一对，金镶玳瑁杯十只，北珠①念珠一串。张员外认得是土库中东西，还痛起来，放声大哭。连婆娘也不知这物事那里来的，慌做一堆，开了口合不得，垂了手抬不起。众人不由分说，将一条索子，扣了婆娘的颈。婆娘哭哭啼啼，将孩子寄在邻家，只得随着众人走路。

众人再到马观察家，混乱了一场。又是王保点点挪挪，在屋檐瓦楞内搜出珍珠一包、嵌宝金钏等物，张员外也都认得。两家妻小都带到府前，滕大尹兀自坐在厅上，专等回话。见众人蜂拥进来，阶下列着许多赃物，说是床脚上、瓦楞内搜出，见有张富识认是真。滕大尹大惊道："常闻得捉贼的就做贼，不想王遵、马翰真个做下这般勾当！"喝教将两家妻小监候，立限速拿正贼，所获赃物暂寄库；首人在外听候，待赃物明白，照额领赏。张富磕头禀道："小人是有碗饭吃的人家，钱大王府中玉带跟由，小人委实不知。今小的家中被盗赃物，既有的据，小人认了晦气，情愿将来赔偿钱府。望相公方便，释放小人和那两个主管，万代阴德。"滕大尹情知张富冤枉，许他召保在外。王保跟张员外到家，要了他五百贯赏钱去了。

原来王保就是王秀，浑名"病猫儿"，他走得楼阁没赛。宋四公定下计策，故意将禁魂张员外家土库中赃物，预教王秀潜地埋藏两家床头屋檐等处，却教他改名王保，出首起赃。官府那里知道！却说王遵、马翰正在各府缉获公事，闻得妻小吃了官司，急忙回来见滕大尹。

---

① 北珠：出在南海中的珍珠叫南珠，出在北海（明代地图中的北海为今天的鄂霍次克海）中的珍珠叫北珠；南珠带红色，北珠带青色。

滕大尹不由分说，用起刑法，打得希烂，要他招承张富赃物。二人那肯招认？大尹教监中放出两家的老婆来，都面面相觑，没处分辩。连大尹也委决不下，都发监候。次日又拘张富到官，劝他："且将己财赔了钱大王府中失物，待从容退赃还你。"张富被官府逼勒不过，只得承认了。归家思想，又恼又闷，又不舍得家财，在土库中自缢而死。可惜有名的禁魂张员外，只为"悭吝"二字，惹出大祸，连性命都丧了。那王七殿直王遵、马观察马翰，后来俱死于狱中。

这一班贼盗，公然在东京做歹事，饮美酒，宿名娼，没人奈何得他。那时节东京扰乱，家家户户，不得太平。直待包龙图相公做了府尹，这一班贼盗，方才惧怕，各散去讫，地方始得宁静。有诗为证，诗云：

只因贪吝惹非殃，引到东京盗贼狂。
亏杀龙图包大尹，始知好官自民安。

沈小霞相会出师表

　　闲向书斋阅古今，偶逢奇事感人心。忠臣翻受奸臣制，腌臜英雄泪满襟。休解绶，慢投簪，从来日月岂常阴。到头祸福终须应，天道还分负与淫。

　　话说国朝嘉靖年间，圣人在位，风调雨顺，国泰民安。只为用错了一个奸臣，浊乱了朝政，险些儿不得太平。那奸臣是谁？姓严，名嵩，号介溪，江西分宜人氏。以柔媚得幸，交通宦官，先意迎合，精勤斋醮，供奉青词，由此骤致贵显。为人外装曲谨，内实猜刻。逸害了大学士夏言①，自己代为首相，权尊势重，朝野侧目。儿子严世蕃，由官生②直做到工部侍郎。他为人更狠，但有些小人之才：博闻强记，能思善算。介溪公最听他的说话，凡疑难大事，必须与他商量，朝中有"大丞相""小丞相"之称。他父子济恶，招权纳贿，卖官鬻爵。官员求富贵者，以重赂献之，拜他门下做干儿子，即得超迁显位。由是不肖之人，奔走如市。科道③衙门，皆其心腹牙爪。但有与他作对的，立见奇祸：轻则杖谪，重则杀戮，好不利害！除非不要性命的，才敢开口说句公道话儿；若不是真正关龙逄④、比

---

① 夏言：字公谨，明代政治家、文学家。因支持收复河套，遭严嵩诬陷，被弃市处死，年六十七。明穆宗时复官，追谥文愍。夏言所作诗文宏整，又以词曲擅名，有《桂洲集》《南宫奏稿》传世。
② 官生：这里指在国子监学习的品官子弟。
③ 科道：明代六科给事中、十三道监察御史，统称为科道。
④ 关龙逄：夏朝时的官员，因夏桀（夏朝的最后一任君主）暴虐，关龙逄力谏，被桀杀死。

干，十二分忠君爱国的，宁可误了朝廷，岂敢得罪宰相？其时，有无名子感慨时事，将《神童诗》改成四句云：

少小休勤学，钱财可立身。
君看严宰相，必用有钱人。

又改四句，道是：

天子重权豪，开言惹祸苗。
万般皆下品，只有奉承高。

只为严嵩父子恃宠贪虐，罪恶如山，引出一个忠臣来，做出一段奇奇怪怪的事迹，留下一段轰轰烈烈的话柄，一时身死，万古名扬。正是：

家多孝子亲安乐，国有忠臣世泰平。

那人姓沈，名炼①，别号青霞，浙江绍兴人氏。其人有文经武纬之才，济世安民之志。从幼慕诸葛孔明之为人，孔明文集上有《前出师表》《后出师表》，沈炼平日爱诵之，手自抄录数百遍，室中到处粘壁。每逢酒后，便高声背诵，念到"鞠躬尽瘁，死而后已"，往往长叹数声，大哭而罢。以此为常，人都叫他是狂生。嘉靖戊戌年，中了进士，除授知县之职。他共做了三处知县，那三处？溧阳、茌平、清丰。这三任官做得好，真个是：

吏肃惟遵法，官清不爱钱。

---

① 沈炼：明朝官员、锦衣卫，因被严党诬为谋反而遭到杀害，两子同被害。

　　　　　　豪强皆敛手，百姓尽安眠。

　　因他生性忼直，不肯阿奉上官，左迁锦衣卫经历①。一到京师，看见严家赃秽狼藉，心中甚怒。忽一日值公宴，见严世蕃倨傲之状，已自九分不像意。饮至中间，只见严世蕃狂呼乱叫，旁若无人；索巨觥飞酒，饮不尽者罚之。这巨觥约容酒斗余，两坐客惧世蕃威势，没人敢不吃。只有一个马给事②，天性绝饮，世蕃固意将巨觥飞到他面前。马给事再三告免，世蕃不依。马给事略沾唇，面便发赤，眉头打结，愁苦不胜。世蕃自去下席，亲手揪了他的耳朵，将巨觥灌之。那给事出于无奈，闷着气，一连几口吸尽。不吃也罢，才吃下时，觉得天在下，地在上，墙壁都团团转动，头重脚轻，站立不住。世蕃拍手呵呵大笑。

　　沈炼一肚子不平之气，忽然揎袖而起，抢那只巨觥在手，斟得满满的，走到世蕃面前说道："马司谏承老先生赐酒，已沾醉不能为礼。下官代他酬老先生一杯。"世蕃愕然，方欲举手推辞，只见沈炼声色俱厉道："此杯别人吃得，你也吃得，别人怕着你，我沈炼不怕你！"也揪了世蕃的耳朵灌去，世蕃一饮而尽。沈炼掷杯于案，一般拍手呵呵大笑。唬得众官员面如土色，一个个低着头，不敢则声。世蕃假醉，先辞去了。沈炼也不送，坐在椅上叹道："咳！'汉贼不两立'！'汉贼不两立'！"一连念了七八句。这句书也是《出师表》上的说话，他把严家比着曹操父子。众人只怕世蕃听见，到替他捏两把汗。沈炼全不为意，又取酒连饮几杯，尽醉方散。睡到五更醒来，想道："严世蕃这厮，被我使气，逼他饮酒，他必然记恨，来暗算我。一不做，二不休，有心只是一怪，不如先下手为强。我想严嵩父

――――――――――

① 锦衣卫经历：锦衣卫，为明代的禁卫军，管侍卫、缉捕、刑狱等事。锦衣卫设有经历司，掌公文出纳。
② 给事：明代设吏、户、礼、兵、刑、工六科，各科置给事中，掌侍从规谏、拾遗补阙及稽察六部百司。

子之恶,神人怨怒,只因朝廷宠信甚固。我官卑职小,言而无益;欲待觑个机会,方才下手。如今等不及了,只当做张子房在博浪沙中椎击秦始皇,虽然击他不中,也好与众人做个榜样。"就枕头上思想疏稿,想到天明有了。起来焚香盥手,写就表章。表上备说严嵩父子招权纳贿,穷凶极恶,欺君误国十大罪,乞诛之以谢天下。圣旨下道:"沈炼谤讪大臣,沽名钓誉,着锦衣卫重打一百,发出口外为民。"

严世蕃差人分付锦衣卫官校,定要将沈炼打死。喜得堂上官是个有主意的人,那人姓陆,名炳,平时极敬重沈公的节气;况且又是属官,相处得好的。因此反加周全,好生打个出头棍儿①,不甚利害。户部注籍保安州为民。沈炼带着棒疮,即时收拾行李,带领妻子,雇着一辆车儿,出了国门,望保安进发。

原来沈公夫人徐氏,所生四个儿子。长子沈襄,本府廪膳秀才②,一向留家。次子沈衮、沈褒,随任读书。幼子沈褧,年方周岁。嫡亲五口儿上路,满朝文武,惧怕严家,没一个敢来送行。有诗为证:

一纸封章忤庙廊,萧然行李入遐荒。
相知不敢攀鞍送,恐触权奸惹祸殃。

一路上辛苦,自不必说,且喜到了保安州了。那保安州属宣府,是个边远地方,不比内地繁华。异乡风景,举目凄凉;况兼连日阴雨,天昏地黑,倍加惨戚。欲赁间民房居住,又无相识指引,不知何处安身是好。正在傍徨之际,只见一人打个小伞前来。看见路旁行李,又见沈炼

---

① 出头棍儿:行杖时,不以棒头而以棒的中间部分打着人身,叫作出头棍。棒头打人则重,棒中部打人则较轻。打出头棍,是行杖者徇情的一种手法。
② 廪膳秀才:府、州、县学生员,官给膳食者,叫作廪膳生员,俗称廪膳秀才。

一表非俗，立住了脚，相了一回，问道："官人尊姓？何处来的？"沈炼道："姓沈，从京师来。"那人道："小人闻得京中有个沈经历，上本要杀严嵩父子，莫非官人就是他么？"沈炼道："正是。"那人道："仰慕多时，幸得相会。此非说话之处，寒家离此不远，便请携宝眷同行，到寒家权下，再作区处。"

沈炼见他十分殷勤，只得从命。行不多路，便到了。看那人家，虽不是个大大宅院，却也精致。那人揖沈炼至于中堂，纳头便拜。沈炼慌忙答礼，问道："足下是谁？何故如此相爱？"那人道："小人姓贾，名石，是宣府卫一个舍人。哥哥是本卫千户，先年身故，无子，小人应袭。为严贼当权，袭职者都要重赂，小人不愿为官，托赖祖荫，有数亩薄田，务农度日。数日前闻阁下弹劾严氏，此乃天下忠臣义士也。又闻编管在此，小人渴欲一见，不意天遣相遇，三生有幸！"说罢又拜下去。沈公再三扶起，便教沈衮、沈褒与贾石相见。贾石教老婆迎接沈奶奶到内宅安置。交卸了行李，打发车夫等去了。分付庄客宰猪买酒，管待沈公一家。贾石道："这等雨天，料阁下也无处去，只好在寒家安歇了。请安心多饮几杯，以宽劳顿。"沈炼谢道："萍水相逢，便承款宿，何以当此？"贾石道："农庄粗粝，休嫌简慢。"当日宾主酬酢，无非说些感慨时事的说话。两边说得情投意合，只恨相见之晚。

过了一宿，次早，沈炼起身，向贾石说道："我要寻所房子，安顿老小，有烦舍人指引。"贾石道："要什么样的房子？"沈炼道："只像宅上这一所，十分足意了，租价但凭尊教。"贾石道："不妨事。"出去暂了一回，转来道："赁房尽有，只是龌龊低洼，急切难得中意的。阁下不若就在草舍权住几时，小人领着家小自到外家去住。等阁下还朝，小人回来，可不稳便？"沈炼道："虽承厚爱，岂敢占舍人之宅？此事决不可！"贾石道："小人虽是村农，颇识好歹。慕阁下忠义之士，想要执鞭坠镫，尚且不能；今日天幸降临，权让这几间草房与阁下作寓，也表得我小人一点敬贤之心。"

不须推逊。"话毕，慌忙分付庄客，推个车儿，牵个马儿，带个驴儿，一伙子将细软家私搬去；其余家常动使家火，都留与沈公日用。沈炼见他慨爽，甚不过意，愿与他结义为兄弟。贾石道："小人是一介村农，怎敢僭扳贵宦？"沈炼道："大丈夫意气相许，那有贵贱？"贾石小沈炼五岁，就拜沈炼为兄。沈炼教两个儿子拜贾石为义叔，贾石也唤妻子出来都相见了，做了一家儿亲戚。贾石陪过沈炼吃饭已毕，便引着妻子到外舅李家去讫。自此，沈炼只在贾石宅子内居住。时人有诗叹贾舍人借宅之事，诗曰：

倾盖相逢意气真，移家借宅表情亲。
世间多少亲和友，竟产争财愧死人！

却说保安州父老，闻知沈经历为上本参严阁老，贬斥到此，人人敬仰，都来拜望，争识其面。也有运柴运米相助的，也有携酒肴来请沈公吃的，又有遣子弟拜于门下听教的。沈炼每日间与地方人等，讲论忠孝大节及古来忠臣义士的故事。说到关心处，有时毛发倒竖，拍案大叫；有时悲歌长叹，涕泪交流。地方若老若小，无不耸听欢喜。或时唾骂严贼，地方人等齐声附和；其中若有不开口的，众人就骂他是不忠不义。一时高兴，以后率以为常。又闻得沈经历文武全材，都来合他去射箭。沈炼教把稻草扎成三个偶人，用布包裹，一写"唐奸相李林甫"，一写"宋奸相秦桧"，一写"明奸相严嵩"，把那三个偶人做个射鹄。假如要射李林甫的，便高声骂道："李贼看箭！"秦贼、严贼，都是如此。北方人性直，被沈经历唝得热闹了，全不虑及严家知道。自古道：若要不知，除非莫为。世间只有权势之家报新闻的极多，早有人将此事报知严嵩父子。严嵩父子深以为恨，商议要寻个事头杀却沈炼，方免其患。

适值宣大总督员缺，严阁老分付吏部，教把这缺与他门下干儿子杨顺做去。吏部依言，就将杨侍郎杨顺差往宣大总督。杨顺往严府拜辞，严世

蕃置酒送行。席间屏人而语,托他要查沈炼过失。杨顺领命,唯唯而去。正是:

> 合成毒药惟需酒,铸就钢刀待举手。
> 可怜忠义沈经历,还向偶人夸大口!

却说杨顺到任不多时,适遇大同鞑虏俺答引众入寇应州地方,连破了四十余堡,掳去男妇无算。杨顺不敢出兵救援,直待鞑虏去后,方才遣兵调将,为追袭之计。一般筛锣击鼓,扬旗放炮,都是鬼弄,那曾看见半个鞑子的影儿?杨顺情知失机惧罪,密谕将士:"搜获避兵的平民,将他剃头斩首,充做鞑虏首级,解往兵部报功。"那一时,不知杀死了多少无辜的百姓!沈炼闻知其事,心中大怒!写书一封,教中军官送与杨顺。中军官晓得沈经历是个揽祸的太岁,书中不知写甚么说话,那里肯与他送。沈炼就穿了青衣小帽,在军门伺候杨顺出来,亲自投递。杨顺接来看时,书中大略说道:一人功名事极小,百姓性命事极大。杀平民以冒功,于心何忍?况且遇鞑贼,止于掳掠;遇我兵,反加杀戮,是将帅之恶,更甚于鞑虏矣!书后又附诗一首,诗云:

> 杀生报主意何如?解道功成万骨枯。
> 试听沙场风雨夜,冤魂相唤觅头颅。

杨顺见书大怒,扯得粉碎。

却说沈炼又做了一篇祭文,率领门下子弟,备了祭礼,望空祭奠那些冤死之鬼。又作《塞下吟》云:

云中一片虏烽高，出塞将军已著劳。
不斩单于诛百姓，可怜冤血染霜刀。

又诗云：

本为求生来避虏，谁知避虏反戕生！
早知虏首将民假，悔不当时随虏行。

杨总督标下有个心腹指挥，姓罗，名铠，抄得此诗并祭文，密献于杨顺。杨顺看了，愈加怨恨，遂将第一首诗改窜数字，诗曰：

云中一片虏烽高，出塞将军枉著劳。
何似借他除佞贼，不须奏请上方刀。

写就密书，连改诗封固，就差罗铠送与严世蕃。书中说："沈炼怨恨相国父子，阴结死士剑客，要乘机报仇。前番鞑虏入寇，他吟诗四句，诗中有借虏除佞之语，意在不轨。"世蕃见书大惊！即请心腹御史路楷商议。路楷曰："不才若往按彼处，当为相国了当这件大事。"世蕃大喜！即分付都察院："便差路楷巡按宣大。"临行，世蕃治酒款别，说道："烦寄语杨公，同心协力，若能除却这心腹之患，当以侯伯世爵相酬，决不失信于二公也。"路楷领诺。不一日，奉了钦差敕命，来到宣府到任，与杨总督相见了。路楷遂将世蕃所托之语，一一对杨顺说知。杨顺道："学生为此事，朝思暮想，废寝忘餐。恨无良策，以置此人于死地。"路楷道："彼此留心。一来休负了严公父子的付托，二来自家富贵的机会，不可挫过。"杨顺道："说得是！倘有可下手处，彼此相报。"当日相别去了。杨顺思想路楷之言，一夜不睡。次早坐堂，只见中军官报道："今有蔚州卫拿获妖贼二名，解到辕门外，伏听钧旨。"杨顺道："唤进来。"解官磕了头，递上文书。杨顺拆开看了，呵呵大笑。这二名妖贼，叫做阎浩、杨胤夔，系妖人萧芹之党。

原来萧芹是白莲教的头儿，向来出入虏地，惯以烧香惑众，哄骗虏酋俺答，说自家有奇术，能咒人使人立死，喝城使城立颓。虏酋愚甚，被他哄动，尊为国师。其党数百人，自为一营。俺答几次入寇，都是萧芹等为之向导，中国屡受其害。先前史侍郎做总督时，遣通事重赂虏中头目脱脱，对他说道："天朝情愿与你通好，将俺家布粟换你家马，名为'马市'。两下息兵罢战，各享安乐，此是美事。只怕萧芹等在内作梗，和好不终。那萧芹原是中国一个无赖小人，全无术法，只是狡伪，哄诱你家抢掠地方，他于中取事。郎主若不信，可要萧芹试其术法。委的喝得城颓，咒得人死，那时合当重用；若咒人人不死，喝城城不颓，显是欺诳，何不缚送天朝？天朝感郎主之德，必有重赏。'马市'一成，岁岁享无穷之利，煞强如抢掠的勾当。"脱脱点头道："是。"对郎主俺答说了。俺答大喜！约会萧芹，要将千骑随之，从右卫而入，试其喝城之技。萧芹自知必败，改换服色，连夜脱身逃走，被居庸关守将盘诘，并其党乔源、张攀隆等拿住，解到史侍郎处。招称妖党甚众，山陕畿南，处处俱有，一向分头缉捕。

今日阎浩、杨胤夔亦是数内有名妖犯。杨总督看见获解到来，一者也算他上任一功，二者要借这个题目，牵害沈炼，如何不喜？当晚就请路御史来后堂商议，道："别个题目摆布沈炼不了，只有白莲教通虏一事，圣上所最怒。如今将妖贼阎浩、杨胤夔招中窜入沈炼名字，只说浩等平日师事沈炼，沈炼因失职怨望，教浩等煽妖作幻，勾虏谋逆。天幸今日被擒，乞赐天诛，以绝后患。先用密禀禀知严家，教他叮嘱刑部作速覆本。料这番沈炼之命，必无逃矣。"路楷拍手道："妙哉，妙哉！"两个当时就商量了本稿，约齐了同时发本。严嵩先见了本稿及禀帖，便教严世蕃传语刑部。那刑部尚书许论，是个罢软没用的老儿，听见严府分付，不敢怠慢，连忙覆本，一依杨、路二人之议。圣旨倒下：妖犯着本处巡按御史即时斩决。

喻世明言 147

杨顺荫一子锦衣卫千户；路楷纪功，升迁三级，俟京堂缺推用[①]。

话分两头。却说杨顺自发本之后，便差人密地里拿沈炼下于狱中。慌得徐夫人和沈衮、沈褒没做理会，急寻义叔贾石商议。贾石道："此必杨、路二贼为严家报仇之意。既然下狱，必然诬陷以重罪。两位公子及今逃窜远方，待等严家势败，方可出头。若住在此处，杨、路二贼，决不干休。"沈衮道："未曾看得父亲下落，如何好去？"贾石道："尊大人犯了对头，决无保全之理。公子以宗祀为重，岂可拘于小孝，自取灭绝之祸？可劝令堂老夫人，早为远害全身之计。尊大人处，贾某自当央人看觑，不烦悬念。"二沈便将贾石之言，对徐夫人说知。徐夫人道："你父亲无罪陷狱，何忍弃之而去？贾叔叔虽然相厚，终是个外人。我料杨、路二贼奉承严氏，亦不过与你爹爹作对，终不然累及妻子？你若畏罪而逃，父亲倘然身死，骸骨无收，万世骂你做不孝之子，何颜在世为人乎？"说罢，大哭不止。沈衮、沈褒齐声恸哭。贾石闻知徐夫人不允，叹惜而去。

过了数日，贾石打听的实，果然扭入白莲教之党，问成死罪。沈炼在狱中大骂不止。杨顺自知理亏，只恐临时处决，怕他在众人面前毒骂，不好看相，预先问狱官责取病状，将沈炼结果了性命。贾石将此话报与徐夫人知道，母子痛哭，自不必说。又亏贾石多有识熟人情，买出尸首，嘱付狱卒："若官府要枭示时，把个假的答应。"却瞒着沈衮兄弟，私下备棺盛殓，埋于隙地。事毕，方才向沈衮说道："尊大人遗体已得保全，直待事平之后，方好指点与你知道，今犹未可泄漏。"沈衮兄弟感谢不已。贾石又苦口劝他弟兄二人逃走，沈衮道："极知久占叔叔高居，心上不安。奈家母之意，欲待是非稍定，搬回灵柩，以此迟延不决。"贾石怒道："我贾某生平，为人谋而尽忠。今日之言，全是为你家门户，岂因久占住房，说发你们起身之理？既嫂嫂老夫人之意已定，我亦不敢相强。但我有一小事，即欲远出，有一年半载不回，你

[①] 推用：指推升。

母子自小心安住便了。"觑着壁上贴得有前、后《出师表》各一张，乃是沈炼亲笔楷书，贾石道："这两幅字可揭来送我，一路上做个纪念。他日相逢，以此为信。"沈衮就揭下二纸，双手折迭，递与贾石。贾石藏于袖中，流泪而别。原来贾石算定杨、路二贼设心不善，虽然杀了沈炼，未肯干休。自己与沈炼相厚，必然累及，所以预先逃走，在河南地方宗族家权时居住。不在话下。

却说路楷见刑部覆本，有了圣旨，便于狱中取出阎浩、杨胤夔斩讫；并要割沈炼之首，一同枭示。谁知沈炼真尸已被贾石买去了，官府也那里辨验得出？不在话下。

再说杨顺看见止于荫子，心中不满，便向路楷说道："当初严东楼①许我事成之日，以侯伯爵相酬。今日失言，不知何故？"路楷沉思半晌，答道："沈炼是严家紧对头，今止诛其身，不曾波及其子，斩草不除根，萌芽再发。相国不足我们之意，想在于此。"杨顺道："若如此，何难之有？如今复上个本，说沈炼虽诛，其子亦宜知情，还该坐罪，抄没家私。庶国法可伸，人心知惧。再访他同射草人的几个狂徒，并借屋与他住的，一齐拿来治罪。出了严家父子之气，那时却将前言取赏，看他有何推托？"路楷道："此计大妙！事不宜迟，乘他家属在此，一网而尽，岂不快哉！只怕他儿子知风逃避，却又费力。"杨顺道："高见甚明。"一面写表申奏朝廷，再写禀帖到严府知会，自述孝顺之意；一面预先行牌保安州知州，着用心看守犯属，勿容逃逸，只等旨意批下，便去行事。诗曰：

破巢完卵从来少，削草除根势或然。
可惜忠良遭屈死，又将家属媚当权。

---

① 严东楼：即严世蕃，号东楼。

再过数日，圣旨下了。州里奉着宪牌，差人来拿沈炼家属；并查平素往来诸人姓名，一一挨拿。只有贾石名字，先经出外，只得将在逃开报。此见贾石见几之明也。时人有诗赞云：

义气能如贾石稀，全身远避更知几。
任他罗网空中布，争奈仙禽天外飞。

却说杨顺见拿到沈衮、沈褒，亲自鞫问，要他招承通虏实迹。二沈高声叫屈，那里肯招？被杨总督严刑拷打，打得体无完肤。沈衮、沈褒熬炼不过，双双死于杖下。可怜少年公子，都入枉死城中。其同时拿到犯人，都坐个同谋之罪，累死者何止数十人！幼子沈襞尚在襁褓，免罪，随着母徐氏，另徙在云州极边，不许在保安居住。

路楷又与杨顺商议道："沈炼长子沈襄，是绍兴有名秀才；他时得地，必然衔恨于我辈。不若一并除之，永绝后患。亦要相国知我用心。"杨顺依言，便行文书到浙江，把做钦犯，严提沈襄来问罪。又分付心腹经历金绍，择取有才干的差人，赍文前去；嘱他中途伺便，便行谋害，就所在地方，讨个病状回缴。事成之日，差人重赏；金绍许他荐本超迁。金绍领了台旨，汲汲而回，着意的选两名积年干事的公差，无过是张千、李万。金绍唤他到私衙，赏了他酒饭，取出私财二十两相赠。张千、李万道："小人安敢无功受赐？"金绍道："这银两不是我送你的，是总督杨爷赏你的，教你赍文到绍兴去拿沈襄。一路不要放松他，须要如此如此，这般这般，回来还有重赏。若是怠慢，总督老爷衙门不是取笑的，你两个自去回话。"张千、李万道："莫说总督老爷钧旨，就是老爷分付，小人怎敢有违？"收了银两，谢了金经历，在本府领下公文，疾忙上路，往南进发。

却说沈襄号小霞，是绍兴府学廪膳秀才。他在家久闻得父亲以言事获罪，发出口外为民，甚是挂怀。欲亲到保安州一看，因家中无人主管，行止两难。忽一日，本府差人到来，不由分说，将沈襄锁缚，解到府堂。知府教把文书与沈襄看了备细，就将回文和犯人交付原差，嘱他一路小心。沈襄此时方知父亲及二弟，俱已死于非命；母亲又远徙极边，放声大哭。哭出府门，只见一家老小，都在那里搅做一团的啼哭。原来文书上有"奉旨抄没"的话，本府已差县尉封锁了家私，将人口尽皆逐出。沈小霞听说，真是苦上加苦，哭得咽喉无气。霎时间，亲戚都来与小霞话别。明知此去多凶少吉，少不得说几句劝解的言语。小霞的丈人孟春元取出一包银子，送与二位公差，求他路上看顾女婿。公差嫌少不受。孟氏娘子又添上金簪子一对，方才收了。沈小霞带着哭，分付孟氏道："我此去死多生少，你休为我忧念，只当我已死一般，在爷娘家过活。你是书礼之家，谅无再醮之事，我也放心得下。"指着小妻闻淑女，说道："只这女子，年纪幼小，又无处着落，合该教他改嫁。奈我三十无子，他却有两个半月的身孕，他日倘生得一男，也不绝了沈氏香烟。娘子，你看我平日夫妻面上，一发带他到丈家去住几时。等待十月满足，生下或男或女，那时凭你发遣他去便了。"

话声未绝，只见闻氏淑女说道："官人说那里话！你去数千里之外，没个亲人朝夕看觑，怎生放下？大娘自到孟家去，奴家情愿蓬首垢面，一路伏侍官人前行。一来官人免致寂寞，二来也替大娘分得些忧念。"沈小霞道："得个亲人做伴，我非不欲；但此去多分不幸，累你同死他乡，何益？"闻氏道："老爷在朝为官，官人一向在家，谁人不知？便诬陷老爷有些不是的勾当，家乡隔绝，岂是同谋？妾帮着官人到官申辩，决然罪不至死。就使官人下狱，还留贱妾在外，尚好照管。"孟氏也放丈夫不下，听得闻氏说得有理，极力撺掇丈夫带淑女同去。沈小霞平日素爱淑女有才有智，又见孟氏苦劝，只得依允。

当夜，众人齐到孟春元家，歇了一夜。次早，张千、李万催趱上路。闻氏换了一身布衣，将青布裹头，别了孟氏，背着行李，跟着沈小霞便走。

那时分别之苦，自不必说。一路行来，闻氏与沈小霞寸步不离；茶汤饭食，都亲自搬取。张千、李万初时还好言好语，过了扬子江，到徐州起早，料得家乡已远，就做出嘴脸来，呼么喝六，渐渐难为他夫妻两个来了。闻氏看在眼里，私对丈夫说道："看那两个泼差人，不怀好意。奴家女流之辈，不识路径，若前途有荒僻旷野的所在，须是用心提防。"沈小霞虽然点头，心中还只是半疑不信。

又行了几日，看见两个差人不住的交头接耳，私下商量说话；又见他包裹中有倭刀一口，其白如霜，忽然心动，害怕起来。对闻氏说道："你说这泼差人其心不善，我也觉得有七八分了。明日是济宁府界上，过了府去，便是大行山、梁山泺，一路荒野，都是响马出入之所。倘到彼处，他们行凶起来，你也救不得我，我也救不得你，如何是好？"闻氏道："既然如此，官人有何脱身之计，请自方便。留奴家在此，不怕那两个泼差人生吞了我！"沈小霞道："济宁府东门内，有个冯主事，丁忧在家。此人最有侠气，是我父亲极相厚的同年。我明日去投奔他，他必然相纳。只怕你妇人家，没志量打发这两个泼差人，累你受苦，于心何安？你若有力量支持他，我去也放胆；不然，与你同生同死，也是天命当然，死而无怨。"闻氏道："官人有路尽走，奴家自会摆布，不劳挂念。"这里夫妻暗地商量，那张千、李万辛苦了一日，吃了一肚酒，齁齁的熟睡，全然不觉。

次日，早起上路。沈小霞问张千道："前去济宁还有多少路？"张千道："只四十里，半日就到了。"沈小霞道："济宁东门内冯主事，是我年伯。他先前在京师时，借过我父亲二百两银子，有文契在此。他管过北新关[①]，正有银子在家。我若去取讨前欠，他见我是落难之人，必然慨付。取得这项银两，一路上盘缠也得宽裕，免致吃苦。"张千意思有些作难，李万随口应承了，向张千耳边说道："我看这沈公子是忠厚之人，况爱妾、行

[①] 北新关：在杭州北武林门外十里，其地商旅辐辏，明代设有关卡征税。

152　三言二拍精选集

李都在此处，料无他故。放他去走一遭，取得银两，都是你我二人的造化，有何不可？"张千道："虽然如此，到饭店安歇行李，我守住小娘子在店上，你紧跟着同去，万无一失。"

话休絮烦。看看已牌时分，早到济宁城外。拣个洁净店儿，安放了行李。沈小霞便道："你二位同我到东门走遭，转来吃饭未迟。"李万道："我同你去。或者他家留酒饭，也不见得。"闻氏故意对丈夫道："常言道：人面逐高低，世情看冷暖。冯主事虽然欠下老爷银两，见老爷死了，你又在难中，谁肯唾手交还？枉自讨个厌贱，不如吃了饭赶路为上。"沈小霞道："这里进城到东门不多路，好歹去走一遭，不折了什么便宜。"李万贪了这二百两银子，一力撺掇该去。沈小霞分付闻氏道："耐心坐坐，若转得快时，便是没想头了；他若好意留款，必然有些赍发，明日雇个轿儿抬你去。这几日在牲口上坐，看你好生不惯。"闻氏觑个空，向丈夫丢个眼色。又道："官人早回，休教奴久待则个。"李万笑道："去多少时，有许多说话，好不老气！"闻氏见丈夫去了，故意招李万转来，嘱付道："若冯家留饭，坐得久时，千万劳你催促一声。"李万答应道："不消分付。"比及李万下阶时，沈小霞已走了一段路了。李万托着大意，又且济宁是他惯走的熟路，东门冯主事家，他也认得，全不疑惑。走了几步，又里急起来，觑个毛坑上，自在方便了，慢慢的望东门而去。

却说沈小霞回头看时，不见了李万，做一口气急急的跑到冯主事家。也是小霞合当有救，正值冯主事独自在厅。两人京中旧时识熟，此时相见，吃了一惊！沈襄也不作揖，扯住冯主事衣袂道："借一步说话。"冯主事已会意，便引到书房里面。沈小霞放声大哭，冯主事道："年侄，有话快说，休得悲伤，误其大事。"沈小霞哭诉道："父亲被严贼屈陷，已不必说了；两个舍弟随任的，都被杨顺、路楷杀害；只有小侄在家，又行文本府，提去问罪。一家宗祀，眼见灭绝。又两个差人，心怀不善，只怕他受了杨、路二贼之嘱，到前途大行、梁山等处暗算了性命。寻思一计，脱身来投老年伯。老年伯若有计相庇，我亡父在天之灵，必然感激。若老年伯不能遮护小侄，便就此触阶而死，死在老年伯面前，强似死于奸贼之手。"冯主事道："贤侄，不妨。我家卧室之后，有一层复壁，尽可藏身，他人搜检不到之处。今送你在内权住数日，我自有道理。"沈襄拜谢道："老年伯便是重生父母。"冯主事亲执沈襄之手，引入卧房之后，揭开地板一块，有个地道。从此钻下，约走五六十步，便有亮光，有小小廊屋三间，四面皆楼墙围裹，果是人迹不到之处。每日茶饭，都是冯主事亲自送入。他家法极严，谁人敢泄漏半个字？正是：

深山堪隐豹，柳密可藏鸦。
不须愁汉吏，自有鲁朱家。

且说这一日，李万上了毛坑，望东门冯家而来。到于门首，问老门公道："主事老爷在家么？"老门公道："在家里。"又问道："有个穿白的官人，来见你老爷，曾相见否？"老门公道："正在书房里吃饭哩。"李万听说，一发放心。看看等到未牌，果然厅上走一个穿白的官人出来。李万急上前看时，不是沈襄。那官人径自出门去了。李万等得不耐烦，肚里又饥，不免问老门公道："你说老爷留饭的官人，如何只管坐了去，不见出来？"老门公道："方才出去的不是？"李万道："老爷书房中还有客没有？"老门公道："这到不知。"李万道："方才那穿白的是甚人？"老门公道："是老爷的小舅，常常来的。"李万道："老爷如今在那里？"老门公道："老爷每常饭后，定要睡一觉，此时正好睡哩。"

李万听得话不投机，心下早有二分慌了。便道："不瞒大伯说，在下是宣大总督老爷差来的。今有绍兴沈公子名唤沈襄，号沈小霞，系钦提人犯。小人提押到于贵府，他说与你老爷有同年叔侄之谊，要来拜望。在下同他到宅，他进宅去了，在下等候多时，不见出来，想必还在书房中。大伯，你还不知道？烦你去催促一声，教他快快出来，要赶路走。"老门公故意道："你说的是甚么说话？我一些不懂。"李万耐了气，又细细的说一遍。老门公当面的一啐，骂道："见鬼！何常有什么沈公子到来？老爷在丧中，一概不接外客。这门上是我的干纪，出入都是我通禀。你却说这等鬼话！你莫非是白日撞么？强装么公差名色，掏摸东西的。快快请退，休缠你爷的帐！"李万听说，愈加着急，便发作起来道："这沈襄是朝廷要紧的人犯，不是当耍的！请你老爷出来，我自有话说。"老门公道："老爷正瞌睡，没甚事，谁敢去禀！你这獠子，好不达时务！"说罢，洋洋的自去了。李万道："这个门上老儿好不知事，央他传一句话甚作难？想沈襄定然在内，我奉军门钧帖，不是私事，便闯进去怕怎的？"

　　李万一时粗莽，直撞入厅来，将照壁拍了又拍，大叫道："沈公子好走动了。"不见答应。一连叫唤了数声，只见里头走出一个年少的家童，出来问道："管门的在那里？放谁在厅上喧嚷？"李万正要叫住他说话，那家童在照壁后张了张儿，向西边走去了。李万道："莫非书房在那西边？我且自去看看，怕怎的！"从厅后转西走去，原来是一带长廊。

　　李万看见无人，只顾望前而行。只见屋宇深邃，门户错杂，颇有妇人走动。李万不敢纵步，依旧退回厅上，听得外面乱嚷，李万到门首看时，却是张千来寻李万不见，正和门公在那里斗口。张千一见了李万，不由分说，便骂道："好伙计！只贪图酒食，不干正事！巳牌时分进城，如今申牌将尽，还在此闲荡！不催趱犯人出城去，待怎么？"李万道："呸！那有什么酒食？连人也不见个影儿！"张千道："是你同他进城的。"李万道："我只登了个东，被蛮子上前了几步，跟他不上。一直赶到这里，门上说有个穿白的官人在书房中留饭，我说定是他了。等到如今不见出来，门上人又不肯通报，清水也讨不得一杯吃。老哥，烦你在此等候等候，替我到下处医了肚皮再来。"张千道："有你这样不干事的人！是甚么样犯人，却放他独自行走！就是书房中，少不得也随他进去。如今知他在里头不在里头？

喻世明言　155

还亏你放慢线儿讲话。这是你的干纪，不关我事！"说罢便走。李万赶上扯住道："人是在里头，料没处去。大家在此帮说句话儿，催他出来，也是个道理。你是吃饱的人，如何去得这等要紧？"张千道："他的小老婆在下处，方才虽然嘱付店主人看守，只是放心不下。这是沈襄穿鼻的索儿，有他在，不怕沈襄不来。"李万道："老哥说得是。"当下张千先去了。

李万忍着肚饥守到晚，并无消息。看看日没黄昏，李万腹中饿极了，看见间壁有个点心店儿，不免脱下布衫，抵当几文钱的火烧来吃。去不多时，只听得扛门声响；急跑来看，冯家大门已闭上了。李万道："我做了一世的公人，不曾受这般呕气。主事是多大的官儿！门上直恁作威作势？也有那沈公子好笑，老婆、行李都在下处，既然这里留宿，信也该寄一个出来。事已如此，只得在房檐下胡乱过一夜，天明等个知事的管家出来，与他说话。"此时十月天气，虽不甚冷，半夜里起一阵风，簌簌的下几点微雨，衣服都沾湿了，好生凄楚！捱到天明雨止，只见张千又来了，却是闻氏再三再四催逼他来的。

张千身边带了公文解批，和李万商议，只等开门，一拥而入，在厅上大惊小怪，高声发话。老门公拦阻不住，一时间家中大小都聚集来，七嘴八张，好不热闹！街上人听得宅里闹炒，也聚拢来，围住大门外闲看。惊动了那有仁有义、守孝在家的冯主事，从里面踱将出来。且说冯主事怎生模样：头带栀子花匾折孝头巾，身穿反折缝稀眼粗麻衫，腰系麻绳，足着草履。众家人听得咳嗽响，道一声："老爷来了。"都分立在两边。主事出厅问道："为甚事在此喧嚷？"张千、李万上前施礼道："冯爷在上，小的是奉宣大总督爷公文来的，到绍兴拿得钦犯沈襄，经由贵府。他说是冯爷的年侄，要来拜望，小的不敢阻挡，容他进见。自昨日上午到宅，至今不见出来，有误程限，管家们又不肯代禀。伏乞老爷天恩，快些打发上路。"

张千便在胸前取出解批和官文呈上。冯主事看了，问道："那沈襄可是沈经历沈炼的儿子么？"李万道："正是。"冯主事掩着两耳，把舌头一伸,说道:"你这班配军,好不知利害!那沈襄是朝廷钦犯,尚犹自可;他是严相国的仇人,那个敢容纳他在家?他昨日何曾到我家来?你却乱话。官府闻知,传说到严府去,我是当得起他怪的?你两个配军,自不小心,不知得了多少钱财,买放了要紧人犯,却来图赖我!"叫家童与他乱打那配军出去,把大门闭了,不要惹这闲是非,严府知道不是当耍!冯主事一头骂,一头走进宅去了。大小家人,奉了主人之命,推的推,扠的扠,霎时间被众人拥出大门之外。闭了门,兀自听得嘈嘈的乱骂。张千、李万面面相觑,开了口,合不得;伸了舌,缩不进。张千埋怨李万道:"昨日是你一力撺掇,教放他进城,如今你自去寻他。"李万道:"且不要埋怨,和你去问他老婆,或者晓得他的路数,再来抓寻便了。"张千道:"说得是,他是恩爱的夫妻。昨夜汉子不回,那婆娘暗地流泪,巴巴的独坐了两三个更次。他汉子的行藏,老婆岂有不知?"两个一头说话,飞奔出城,复到饭店中来。

却说闻氏在店房里听得差人声音,慌忙移步出来,问道:"我官人如何不来?"张千指李万道:"你只问他就是。"李万将昨日往毛厕出恭,走慢了一步,到冯主事家起先如此如此,以后这般这般,备细说了。张千道:"今早空肚皮进城,就吃了这一肚寡气。你丈夫想是真个不在他家了。必然还有个去处,难道不对小娘子说的?小娘子趁早说来,我们好去抓寻。"说犹未了,只见闻氏噙着眼泪,一双手扯住两个公人叫道:"好,好!还我丈夫来!"张千、李万道:"你丈夫自要去拜什么年伯,我们好意容他去走走,不知走向那里去了,连累我们在此着急,没处抓寻。你到问我要丈夫,难道我们藏过了他?说得好笑!"将衣袂掣开,气忿忿地对虎一般坐下。

闻氏到走在外面,拦住出路,双足顿地,放声大哭,叫起屈来。老店主听得,忙来解劝。闻氏道:"公公有所不知:我丈夫三十无子,娶奴为妾。奴家跟了他二年了,幸有三个多月身孕。我丈夫割舍不下,因此奴家千里相从,一路上寸步不离。昨日为盘缠缺少,要去见那年伯,是李牌头同去的。昨晚一夜不回,奴家已自疑心。今早他两个自回,一定将我丈夫谋害了。你老人家替我做主,还我丈夫便罢休!"老店主道:"小娘休得急性。那排长与你丈夫前日无怨,往日无仇,着甚来由要坏他性命?"闻氏哭声转哀道:"公公,你不知道。我丈夫是严阁老的仇人,他两个必定受了严府的嘱托来的,或是他要去严府请功。公公,你详情他千乡万里,带着奴家到此,岂有没半句说话,突然去了?就是他要走时,那同去的李牌头,怎肯放他?你要奉承严府,害了我丈夫不打紧,教奴家孤身妇女,看着何人?公公,这两个杀人的贼徒,烦公公带着奴家同他去官府处叫冤。"

张千、李万被这妇人一哭一诉,就要分析几句,没处插嘴。老店主听见闻氏说得有理,也不免有些疑心,到可怜那妇人起来,只得劝道:"小娘子说便是这般说,你丈夫未曾死也不见得,好歹再等候他一日。"闻氏道:"依公公等候一日不打紧,那两个杀人的凶身,乘机走脱了,这干系却是谁当?"张千道:"若果然谋害了你丈夫,要走脱时,我弟兄两个又到这里则甚?"闻氏道:"你欺负我妇人家没张智,又要指望奸骗我。好好的说,我丈夫的尸首在那里?少不得当官也要还我个明白。"老店官见妇人口嘴利害,再不敢言语。

店中闲看的,一时间聚了四五十人。闻说妇人如此苦切,人人恼恨那两个差人,都道:"小娘子要去叫冤,我们引你到兵备道去。"闻氏向着众人深深拜福,哭道:"多承列位路见不平,可怜我落难孤身,指引则个。这两个凶徒,相烦列位替奴家拿他同去,莫放他走了。"众人道:"不妨事,在我们身上。"张千、李万欲向众人分剖时,未说得一言半字,众人便道:"两个排长不消辨得,虚则虚,实则实;若是没有此情,随着小娘子到官,怕他则甚!"妇人一头哭,一头走。众人拥着张千、李万,搅做一阵的,都到兵备道前。道里尚未开门。

那一日,正是放告日期。闻氏束了一条白布裙,径抢进栅门,看见大门上架着那大鼓,鼓架上悬着个槌儿,闻氏抢槌在手,向鼓上乱挝,挝得那鼓振天的响。唬得中军官失了三魂,把门吏丧了长魄,一齐跑来,将绳缚住,喝道:"这妇人好大胆!"闻氏哭倒在地,口称:"泼天冤枉!"只见门内么喝之声,开了大门,王兵备坐堂,问:"击鼓者何人?"中军官将妇人带进。闻氏且哭且诉,将家门不幸遭变,一家父子三口死于非命,只剩得丈夫沈襄,昨日又被公差中途谋害,有枝有叶的细说了一遍。王兵备唤张千、李万上来,问其缘故。张千、李万说一句,妇人就剪一句;妇人说得句句有理,张千、李万抵搪不过。王兵备思想到:"那严府势大,私谋杀人之事,往往有之,此情难保其无。"便差中军官押了三人,发去本州勘审。

那知州姓贺,奉了这项公事,不敢怠慢。即时扣了店主人到来,听四人的口词。妇人一口咬定:二人谋害他丈夫。李万招称:"为出恭慢了一步,因而相失。"张千、店主人都据实说了一遍。知州委决不下,那妇人又十分哀切,像个真情;张千、李万又不肯招认。想了一回,将四人闭于空房,打轿去拜冯主事,看他口气若何。

冯主事见知州来拜,急忙迎接归厅。茶罢,贺知州提起沈襄之事,才说得"沈襄"二字,冯主事便掩着双耳道:"此乃严相公仇家,学生虽有年谊,平素实无交情。老公祖休得下问,恐严府知道,有累学生。"说罢,站起身来道:"老公祖既有公事,不敢留坐了。"贺知州一场没趣,只得作别。在轿上想道:"据冯公如此惧怕严府,沈襄必然不在他家。或者被公人所害也不见得;或者去投冯公,见拒不纳,别走个相识人家去了,亦未可知。"回到州中,又取出四人来。问闻氏道:"你丈夫除了冯主事,州中还认得有何人?"闻氏道:"此地并无相识。"知州道:"你丈夫是甚么时候去的?那张千、李万几时来回复你的说话?"闻氏道:"丈夫是昨日未吃午饭前就去的,却是李万同出店门,到申牌时分,张千假说催趱上路,也到城中去了,天晚方回来。张千兀自向小妇人说道:'我李家兄弟跟着你丈夫冯主事家歇了,明日我早去催他出城。'今早张千去了一个早晨,两人双双而回,单不见了丈夫，不是他谋害了是谁？若是我丈夫不在冯家，昨日李万就该追寻了，张千也该着忙，如何将好言语稳住小妇人？其情可知，一定张千、李万两个在路上预先约定，却教李万乘夜下手；今早张千进城，两个乘早将尸首埋藏停当，却来回复我小妇人。望青天爷爷明鉴！"贺知州道："说得是。"

张千、李万正要分辨，知州相公喝道："你做公差，所干何事？若非用计谋死，必然得财买放，有何理说？"喝教手下将那张、李重责三十，打得皮开肉绽，鲜血迸流。张千、李万只是不招。妇人在旁，只顾哀哀的痛哭。知州相公不忍，便讨夹棍将两个公差夹起。那公差其实不曾谋死，虽然负痛，怎生招得？一连上了两夹，只是不招。知州相公再要夹时，张、李受苦不过，再三哀求道："沈襄实未曾死，乞爷爷立个限期，差人押小的挨寻沈襄，还那闻氏便了。"知州也没有定见，只得勉从其言。闻氏且发尼姑庵住下；差四名民壮，锁押张千、李万二人，追寻沈襄，五日一比；店主释放宁家。将情由具申兵备道，道里依缴了。

张千、李万一条铁链锁着，四名民壮，轮番监押。带得几两盘缠，都被民壮搜去为酒食之费；一把倭刀，也当酒吃了。那临清去处又大，茫茫荡荡，来千去万，那里去寻沈公子？也不过一时脱身之法。闻氏在尼姑庵住下，刚到五日，准准的又到州里去啼哭，要生要死。州守相公没奈何，只苦得批较差人张千、李万。一连比了十数限，不知打了多少竹批，打得爬走不动。张千得病身死，单单剩得李万，只得到尼姑庵来拜求闻氏道："小的情极，不得不说了。其实奉差来时，有经历金绍，口传杨总督钧旨，教我中途害你丈夫，就所在地方，讨个结状回报。我等口虽应承，怎肯行此不仁之事？不知你丈夫何故，忽然逃走，与我们实实无涉。青天在上，若半字虚情，全家祸灭！如今官府五日一比，兄弟张千已自打死，小的又累死，也是冤枉！你丈夫的确未死，小娘子他日夫妻相逢有日。只求小娘子休去州里啼啼哭哭，宽小的比限，完全狗命，便是阴德。"闻氏道："据你说不曾谋害我丈夫，也难准信。既然如此说，奴家且不去禀官，容你从容查访。只是你们自家要上紧用心，休得怠慢。"李万喏喏连声而去。有诗为证：

白金廿两酿凶谋，谁料中途已失囚。
锁打禁持熬不得，尼庵苦向妇人求。

官府立限缉获沈襄，一来为他是总督衙门的紧犯，二来为妇人日日哀求，所以上紧严比。今日也是那李万不该命绝，恰好有个机会。

却说总督杨顺，御史路楷，两个日夜商量，奉承严府，指望旦夕封侯拜爵。谁知朝中有个兵科给事中吴时来，风闻杨顺横杀平民冒功之事，把他尽情劾奏一本，并劾路楷朋奸助恶。嘉靖爷正当设醮祝釐，见说杀害平民，大伤和气，龙颜大怒，着锦衣卫扭解来京问罪。严嵩见圣怒不测，一时不及救护，到底亏他于中调停，止于削爵为民。可笑杨顺、路楷杀人媚人，至此徒为人笑，有何益哉？

再说贺知州听得杨总督去任，已自把这公事看得冷了；又闻氏连次不来哭禀，两个差人又死了一个，只剩得李万，又苦苦哀求不已。贺知州分付打开铁链，与他个广捕文书，只教他用心缉访，明是放松之意。李万得了广捕文书，犹如捧了一道赦书，连连磕了几个头，出得府门，一道烟走了。身边又无盘缠，只得求乞而归。不在话下。

却说沈小霞在冯主事家复壁之中，住了数月，外边消息无有不知，都是冯主事打听将来，说与小霞知道。晓得闻氏在尼姑庵寄居，暗暗欢喜。过了年余，已知张千病死，李万逃了，这公事渐渐懒散。冯主事特地收拾内书房三间，安放沈襄在内读书，只不许出外，外人亦无有知者。冯主事三年孝满，为有沈公子在家，也不去起复做官。

光阴似箭，一住八年。值严嵩一品夫人欧阳氏卒，严世蕃不肯扶柩还乡,唆父亲上本留己侍养,却于丧中簇拥姬妾,日夜饮酒作乐。嘉靖爷天性至孝,访知其事,心中甚是不悦。时有方士蓝道行,善扶鸾之术。天子召见,教他请仙,问以辅臣贤否。蓝道行奏道:"臣所召乃是上界真仙,正直无阿。万一箕下判断有忤圣心,乞恕微臣之罪。"嘉靖爷道:"朕正愿闻。天心正论,与卿何涉?岂有罪卿之理?"蓝道行书符念咒,神箕自动,写出十六个字来。道是:

高山番草,父子阁老;日月无光,天地颠倒。

嘉靖爷爷看了,问蓝道行道:"卿可解之?"蓝道行奏道:"微臣愚昧未解。"嘉靖爷道:"朕知其说。'高山'者,'山'字连'高',乃是'嵩'字;'番草'者,'番'字'草'头,乃是'蕃'字。此指严嵩、严世蕃父子二人也。朕久闻其专权误国,今仙机示朕,朕当即为处分,卿不可泄于外人。"蓝道行叩头,口称:"不敢!"受赐而出。从此嘉靖爷渐渐疏了严嵩。

有御史邹应龙,看见机会可乘,遂劾奏:"严世蕃凭借父势,卖官鬻爵,许多恶迹,宜加显戮。其父严嵩溺爱恶子,植党蔽贤,宜亟赐休退,以清政本。"嘉靖爷见疏大喜!即升应龙为通政右参议。严世蕃下法司,拟成充军之罪;严嵩回籍。未几,又有江西巡按御史林润,复奏严世蕃不赴军伍,居家愈加暴横,强占民间田产,畜养奸人,私通倭虏,谋为不轨。得旨,三法司[①]提问,问官勘实覆奏。严世蕃即时处斩,抄没家财;严嵩发养济院终老。被害诸臣,尽行昭雪。

冯主事得此喜信,慌忙报与沈襄知道,放他出来,到尼姑庵访问那闻淑女。夫妇相见,抱头而哭。闻氏离家时,怀孕三月,今在庵中生下一孩

[①] 三法司:明朝时刑部、都察院、大理寺合称为三法司。

子，已十岁了。闻氏亲自教他念书，五经皆已成诵，沈襄欢喜无限！冯主事方上京补官，教沈襄同去讼理父冤，闻氏暂迎归本家园上居住。沈襄从其言。

到了北京，冯主事先去拜了通政司邹参议，将沈炼父子冤情说了，然后将沈襄讼冤本稿送与他看。邹应龙一力担当。次日，沈襄将奏本往通政司挂号投递。圣旨下：

沈炼忠而获罪，准复原官，仍进一级，以旌其直；妻子召还原籍；所没入财产，府县官照数给还；沈襄食廪年久，准贡，敕授知县之职。

沈襄复上疏谢恩，疏中奏道：

臣父炼向在保安，因目击宣大总督杨顺杀戮平民冒功，吟诗感叹。适值御史路楷阴受严世蕃之嘱，巡按宣大，与杨顺合谋，陷臣父于极刑，并杀臣弟二人，臣亦几于不免。冤尸未葬，危宗几绝，受祸之惨，莫如臣家！今严世蕃正法，而杨顺、路楷安然保首领于乡，使边廷万家之怨骨，衔恨无伸；臣家三命之冤魂，含悲莫控。恐非所以肃刑典而慰人心也。

圣旨准奏，复提杨顺、路楷到京，问成死罪，监刑部牢中待决。

沈襄来别冯主事，要亲到云州，迎接母亲和兄弟沈衮到京，依傍冯主事寓所相近居住；然后往保安州访求父亲骸骨，负归埋葬。冯主事道："老年嫂处，适才已打听个消息，在云州康健无恙。令弟沈衮，已在彼游庠了。下官当遣人迎之。尊公遗体要紧，贤侄速往访问，到此相会令堂可也。"

沈襄领命，径往保安。一连寻访两日，并无踪迹。第三日，因倦，借坐人家门首。有老者从内而出，延进草堂吃茶。见堂中挂一轴子，乃楷书诸葛孔明两次《出师表》也。表后但写年月，不着姓名。沈小霞看了又看，目不转睛。老者道："客官为何看之？"沈襄道："动问老丈，此字是何人所书？"老者道："此乃吾亡友沈青霞之笔也。"沈小霞道："为何留在老丈处？"老者道："老夫姓贾，名石，当初沈青霞编管此地，就在舍下作寓。老夫与他八拜之交，最相契厚。不料后遭奇祸，老夫惧怕连累，也往河南逃避。带得这二幅《出师表》，裱成一幅，时常展视，如见吾兄之面。杨总督去任后，老夫方敢还乡。嫂嫂徐夫人和幼子沈襄，徙居云州，老夫时常去看他。近日闻得严家势败，吾兄必当昭雪，已曾遣人去云州报信。恐沈小官人要来移取父亲灵柩，老夫将此轴悬挂在中堂，好教他认认父亲遗笔。"

沈小霞听罢，连忙拜倒在地，口称"恩叔"。贾石慌忙扶起道："足下果是何人？"沈小霞道："小侄沈襄，此轴乃亡父之笔也。"贾石道："闻得杨顺这厮，差人到贵府来提贤侄，要行一网打尽之计。老夫只道也遭其毒手，不知贤侄何以得全？"沈小霞将临清事情，备细说了一遍。贾石口称"难得"，便分付家童治饭款待。沈小霞问道："父亲灵柩，恩叔必知，乞烦指引一拜。"贾石道："你父亲屈死狱中，是老夫偷尸埋葬，一向不敢对人说知。今日贤侄来此，搬回故土，也不枉老夫一片用心。"说罢，刚欲出门，只见外面一位小官人骑马而来。贾石指道："遇巧！遇巧！恰好令弟来也。"那小官便是沈袠。下马相见，贾石指沈小霞道："此位乃大令兄，讳襄的便是。"此日弟兄方才识面，恍如梦中相会，抱头而哭。

贾石领路，三人同到沈青霞墓所。但见乱草迷离，土堆隐起。贾石引二沈拜了，二沈俱哭倒在地。贾石劝了一回道："正要商议大事，休得过伤。"二沈方才收泪。贾石道："二哥、三哥当时死于非命，也亏了狱卒毛公存仁义之心，可怜他无辜被害，将他尸藁葬于城西三里之外。毛公虽然已故，老夫亦知其处。若扶令先尊灵柩回去，一起带回，使他父子魂魄相依,二位意下何如?"二沈道:"恩叔所言,正合愚弟兄之意。"当日又同贾石到城西看了,不胜悲感。

次日,另备棺木,择吉破土,重新殡殓。三人面色如生,毫不朽败,此乃忠义之气所致也。二沈悲哭,自不必说。当时备下车仗,抬了三个灵柩,别了贾石起身。临别,沈襄对贾石道:"这一轴《出师表》,小侄欲问恩叔取去,供养祠堂,幸勿见拒。"贾石慨然许了,取下挂轴相赠。二沈就草堂拜谢,垂泪而别。沈襄先奉灵柩到张家湾①,觅船装载。沈襄复身又到北京,见了母亲徐夫人,回复了说话;拜谢了冯主事,起身。

此时,京中官员无不追念沈青霞忠义,怜小霞母子扶柩远归,也有送勘合②的,也有赠赙金的,也有馈赆仪的。沈小霞只受勘合一张,余俱不受。到了张家湾,另换了官座船③。驿递起人夫一百名牵缆,走得好不快。不一日,来到临清。沈襄分付座船:"暂泊河下。"单身入城,到冯主事家,投了主事平安书信,园上领了闻氏淑女并十岁儿子下船。先参了灵柩,后见了徐夫人。那徐氏见了孙儿如此长大,喜不可言。当初只道灭门绝户,如今依旧有子有孙;昔日冤家,皆恶死见报。天理昭然,可见做恶人的到底吃亏,做好人的到底便宜。

闲话休题。到了浙江绍兴府,孟春元领了女儿孟氏,在二十里外迎接。一家骨肉重逢,悲喜交集。将丧船停泊马头,府县官员都在吊孝。旧时家产,已自清查给还。二沈扶柩葬于祖茔,重守三年之制,无人不称大

---

① 张家湾:在通州(今北京通州)南十五里,明时为南北水陆交通要会,官船客船骈集于此,十分繁盛。
② 勘合:明代各衙门公文,都用半印勘合。凡在京五府、六部、都察院衙门,各置簿籍二扇,以空纸的一半拼合,按各地方编写字号,押印完毕;外号底簿发给各地衙门,内号底簿和勘合纸,由本衙门收贮。有事务发勘合,即填写号纸,发往各地方,比照砂墨字号相合,即将开去事件奉行完报。
③ 官座船:座船为官署所有的,叫官座船;征自民间的,叫民座船。

孝。抚按又替沈炼建造表忠祠堂，春秋祭祀。亲笔《出师表》一轴，至今供奉在祠堂之中。服满之日，沈襄到京受职，做了知县，为官清正，直升到黄堂知府。闻氏所生之子，少年登科，与叔叔沈襄同年进士，子孙世世书香不绝。

冯主事为救沈襄一事，京中重其义气，累官至吏部尚书。忽一日，梦见沈青霞来拜说道："上帝怜某忠直，已授北京城隍之职。屈年兄为南京城隍，明日午时上任。"冯主事觉来，甚以为疑。至日午，忽见轿马来迎，无疾而逝。二公俱已为神矣！有诗为证，诗曰：

生前忠义骨犹香，魂魄为神万古扬。
料得奸魂沉地狱，皇天果报自昭彰。

警世通言

〔明〕冯梦龙 著

作者自叙

野史尽真乎？曰：不必也。尽赝乎？曰：不必也。然则去其赝而存其真乎？曰：不必也。《六经》《语》《孟》，谭者纷如，归于令人为忠臣，为孝子，为贤牧，为良友，为义夫，为节妇，为树德之士，为积善之家，如是而已矣。经书著其理，史传述其事，其揆一也。理著而世不皆切磋之彦，事述而世不皆博雅之儒。于是乎村夫稚子、里妇估儿，以甲是乙非为喜怒，以前因后果为劝惩，以道听途说为学问，而通俗演义一种遂足以佐经书史传之穷。

而或者曰："村醪①市脯，不入宾筵，乌用是齐东娓娓者为？"呜呼！大人子虚，曲终奏雅，顾其旨何如耳？人不必有其事，事不必丽其人。其真者可以补金匮石室之遗，而赝者亦必有一番激扬劝诱、悲歌感慨之意。事真而理不赝，即事赝而理亦真，不害于风化，不谬于圣贤，不戾于诗书经史。若此者，其可废乎？里中儿代庖而创其指，不呼痛，或怪之，曰："吾顷从玄妙观听说《三国志》来，关云长刮骨疗毒，且谈笑自若，我何痛为？"夫能使里中儿顿有刮骨疗毒之勇，推此说孝而孝，说忠而忠，说节义而节义，触性性通，导情情出。视彼切磋之彦，貌而不情；博雅之儒，文而丧质。所得竟未知孰赝而孰真也。

陇西君，海内畸士，与余相遇于栖霞山房。倾盖莫逆，各叙旅况。因出其新刻数卷佐酒，且曰："尚未成书，子盍先为我命名？"余阅之，大抵如僧家因果说法度世之语，譬如村醪市脯，所济者众。遂名之曰《警世通言》而从臾其成。

时天启甲子腊月豫章无碍居士题

---

① 醪：音 láo，浊酒。

俞伯牙摔琴谢知音

浪说曾分鲍叔金，谁人辨得伯牙琴！
于今交道奸如鬼，湖海空悬一片心。

古来论交情至厚莫如管鲍①。管是管夷吾，鲍是鲍叔牙。他两个同为商贾，得利均分；时管夷吾多取其利，叔牙不以为贪，知其贫也。后来管夷吾被囚，叔牙脱之，荐为齐相。这样朋友，才是个真正相知。这相知有几样名色：恩德相结者，谓之知己；腹心相照者，谓之知心；声气相求者，谓之知音，总来叫做相知。今日听在下说一桩俞伯牙的故事。列位看官们，要听者，洗耳而听；不要听者，各随尊便。正是：

知音说与知音听，不是知音不与谈。

话说春秋战国时，有一名公，姓俞名瑞字伯牙，楚国郢都人氏，即今湖广荆州府之地也。那俞伯牙身虽楚人，官星却落于晋国，仕至上大夫之位。因奉晋主之命，来楚国修聘。伯牙讨这个差使，一来是个大才，不辱君命；二来就便省视乡里，一举两得。当时从陆路至于郢都，朝见了楚王，致了晋主之命。楚王设宴款待，十分相敬。那郢都乃是桑梓之地，少不得去看一看坟墓，会一会亲友。然虽如此，各事其主，君命在身，不敢迟留，

---

① 管鲍：管仲，名夷吾，字仲，颍上（今安徽省颍上县）人。鲍叔牙早年与管仲交好，人称"管鲍之交"。鲍叔牙支持公子小白回国即位，是为齐桓公。鲍叔牙知人善任，推荐挚友管仲为相。在鲍叔牙的协助下，管仲实行了治国之道，促进齐国迅速由弱变强。

公事已毕,拜辞楚王。楚王赠以黄金采缎,高车驷马。伯牙离楚一十二年,思想故国江山之胜,欲得恣情观览,要打从水路大宽转而回。乃假奏楚王道:"臣不幸有犬马之疾,不胜车马驰骤,乞假臣舟楫,以便医药。"楚王准奏,命水师拨大船二只,一正一副,正船单坐晋国来使,副船安顿仆从行李,都是兰桡画桨,锦帐高帆,甚是齐整。群臣直送到江头而别。只因览胜探奇,不顾山遥水远。伯牙是个风流才子,那江山之胜,正投其怀。张一片风帆,凌千层碧浪,看不尽遥山叠翠,远水澄清。

不一日,行至汉阳江口。时当八月十五日中秋之夜,偶然风狂浪涌,大雨如注,舟楫不能前进,泊于山崖之下。不多时,风恬浪静,雨止云开,现出一轮明月。那雨后之月,其光倍常。伯牙在船舱中,独坐无聊,命童子焚香炉内:"待我抚琴一操,以遣情怀。"童子焚香罢,捧琴囊置于案间。伯牙开囊取琴,调弦转轸,弹出一曲。曲犹未终,指下"刮剌"的一声响,琴弦断了一根。伯牙大惊,叫童子去问船头:"这住船所在是甚么去处?"船头答道:"偶因风雨,停泊于山脚之下,虽然有些草树,并无人家。"伯牙惊讶,想道:"是荒山了。若是城郭村庄,或有聪明好学之人,盗听吾琴,所以琴声忽变,有弦断之异。这荒山下,那得有听琴之人?哦,我知道了,想是有仇家差来刺客;不然,或是贼盗伺候更深,登舟劫我财物。"叫左右:"与我上崖搜检一番。不在柳阴深处,定在芦苇丛中!"左右领命,唤齐众人,正欲搭跳上崖,忽听岸上有人答应道:"舟中大人,不必见疑。小子并非奸盗之流,乃樵夫也。因打柴归晚,值骤雨狂风,雨具不能遮蔽,潜身岩畔。闻君雅操,少住听琴。"

伯牙大笑道:"山中打柴之人,也敢称'听琴'二字!此言未知真伪,我也不计较了。左右的,叫他去罢。"那人不去,在崖上高声说道:"大人出言谬矣!岂不闻'十室之邑,必有忠信。''门内有君子,门外君子至。'大人若欺负山野中没有听琴之人,这夜静更深,荒崖下也不该有抚琴之客了。"伯牙见他出言不俗,或者真是个听琴的亦未可知。止住左右不要罗唉，走近舱门，回嗔作喜的问道："崖上那位君子，既是听琴，站立多时，可知道我适才所弹何曲？"那人道："小子若不知，却也不来听琴了。方才大人所弹，乃孔仲尼叹颜回，谱入琴声。其词云：'可惜颜回命蚤亡，教人思想鬓如霜。只因陋巷箪瓢乐……'到这一句，就绝了琴弦，不曾抚出第四句来，小子也还记得：'留得贤名万古扬。'"伯牙闻言大喜道："先生果非俗士，隔崖窎远，难以问答。"命左右："掌跳，看扶手，请那位先生登舟细讲。"左右掌跳，此人上船，果然是个樵夫：

头戴箬笠，身披蓑衣，手持尖担，腰插板斧，脚踏芒鞋。

手下人那知言谈好歹，见是樵夫，下眼相看："咄！那樵夫下舱去，见我老爷叩头，问你甚么言语，小心答应，官尊着哩！"樵夫却是个有意思的，道："列位不须粗鲁，待我解衣相见。"除了斗笠，头上是青布包巾；脱了蓑衣，身上是蓝布衫儿；搭膊拴腰，露出布裈下截。那时不慌不忙，将蓑衣、斗笠、尖担、板斧，俱安放舱门之外，脱下芒鞋，跐去泥水，重复穿上，步入舱来。官舱内公座上灯烛辉煌，樵夫长揖而不跪，道："大人，施礼了。"俞伯牙是晋国大臣，眼界中那有两接的布衣，下来还礼，恐失了官体，既请下船，又不好叱他回去。伯牙没奈何，微微举手道："贤友免礼罢。"叫童子看坐的。童子取一张机坐儿置于下席。

伯牙全无客礼，把嘴向樵夫一努，道："你且坐了。"你我之称，怠慢可知。那樵夫亦不谦让，俨然坐下。伯牙见他不告而坐，微有嗔怪之意，因此不问姓名，亦不呼手下人看茶。默坐多时，怪而问之："适才崖上听琴的，就是你么？"樵夫答言："不敢。"伯牙道："我且问你，既来听琴，必知琴之出处。此琴何人所造？抚他有甚好处？"正问之时，船头来禀话："风色顺了，月明如昼，可以开船。"伯牙分付："且慢些！"樵夫道："承大人下问，小子若讲话絮烦，恐担误顺风行舟。"伯牙笑道："惟恐你不知

警世通言　171

琴理。若讲得有理，就不做官，亦非大事，何况行路之迟速乎！"

樵夫道："既如此，小子方敢借谈。此琴乃伏羲氏所斫，见五星之精，飞坠梧桐，凤皇来仪。凤乃百鸟之王，非竹实不食，非梧桐不栖，非醴泉不饮。伏羲氏知梧桐乃树中之良材，夺造化之精气，堪为雅乐，令人伐之。其树高三丈三尺，按三十三天之数，截为三段，分天、地、人三才。取上一段叩之，其声太清，以其过轻而废之；取下一段叩之，其声太浊，以其过重而废之；取中一段叩之，其声清浊相济，轻重相兼。送长流水中，浸七十二日，按七十二候之数。取起阴干，选良时吉日，用高手匠人刘子奇斫成乐器。此乃瑶池之乐，故名瑶琴。长三尺六寸一分，按周天三百六十一度；前阔八寸，按八节；后阔四寸，按四时；厚二寸，按两仪。有金童头、玉女腰、仙人背、龙池、凤沼、玉轸、金徽。那徽有十二，按十二月；又有一中徽，按闰月。先是五条弦在上，外按五行：金、木、水、火、土；内按五音：宫、商、角、徵、羽。尧舜时操五弦琴，歌'南风'诗，天下大治。后因周文王被囚于羑里，吊子伯邑考，添弦一根，清幽哀怨，谓之文弦。后武王伐纣，前歌后舞，添弦一根，激烈发扬，谓之武弦。先是宫、商、角、徵、羽五弦，后加二弦，称为文武七弦琴。此琴有六忌、七不弹、八绝。何为六忌？一忌大寒，二忌大暑，三忌大风，四忌大雨，五忌迅雷，六忌大雪。何为七不弹？闻丧者不弹，奏乐不弹，事冗不弹，不净身不弹，衣冠不整不弹，不焚香不弹，不遇知音者不弹。何为八绝？总之，清奇幽雅，悲壮悠长。此琴抚到尽美尽善之处，啸虎闻而不吼，哀猿听而不啼。乃雅乐之好处也。"

伯牙听见他对答如流，犹恐是记问之学，又想道："就是记问之学，也亏他了。我再试他一试。"此时已不似在先你我之称了，又问道："足下既知乐理，当时孔仲尼鼓琴于室中，颜回自外入，闻琴中有幽沉之声，疑有贪杀之意，怪而问之。仲尼曰：'吾适鼓琴，见猫方捕鼠，欲其得之，又恐其失之。此贪杀之意，遂露于丝桐。'始知圣门音乐之理，入于微妙。假如下官抚琴，心中有所思念，足下能闻而知之否？"樵夫道："《毛诗》①云：'他人有心，予忖度之。'大人试抚弄一过，小子任心猜度。若猜不着时，大人休得见罪。"

伯牙将断弦重整，沉思半晌，其意在于高山，抚琴一弄。樵夫赞道："美哉洋洋乎，大人之意，在高山也！"伯牙不答。又凝神一会，将琴再鼓，其意在于流水。樵夫又赞道："美哉汤汤乎，志在流水！"只两句，道着了伯牙的心事。伯牙大惊，推琴而起，与子期施宾主之礼，连呼："失敬！失敬！石中有美玉之藏，若以衣貌取人，岂不误了天下贤士！先生高名雅姓？"樵夫欠身而答："小子姓钟，名徽，贱字子期。"伯牙拱手道："是钟子期先生。"子期转问："大人高姓？荣任何所？"伯牙道："下官俞瑞，仕于晋朝，因修聘上国而来。"子期道："原来是伯牙大人。"伯牙推子期坐于客位，自己主席相陪，命童子点茶。茶罢，又命童子取酒共酌。伯牙道："借此攀话，休嫌简亵。"子期称："不敢。"

童子取过瑶琴，二人入席饮酒。伯牙开言又问："先生声口是楚人了，但不知尊居何处？"子期道："离此不远，地名马安山集贤村，便是荒居。"伯牙点头道："好个集贤村。"又问："道艺何为？"子期道："也就是打柴为生。"伯牙微笑道："子期先生，下官也不该僭言。似先生这等抱负，何不求取功名，立身于廊庙，垂名于竹帛；却乃赍志林泉，混迹樵牧，与草木同朽？窃为先生不取也。"子期道："实不相瞒，舍间上有年迈二亲，下无手足相辅，采樵度日，以尽父母之余年。虽位为三公之尊，不忍易我一日之养也。"伯牙道："如此大孝，一发难得。"二人杯酒酬酢了一会。子期宠辱无惊，伯牙愈加爱重。又问子期："青春多少？"子期道："虚度二十

---

① 《毛诗》：指战国末年时，赵国人毛亨和毛苌所辑和注的古文《诗》，也就是现在流行于世的《诗经》。《毛诗》每一篇下都有小序，以介绍本篇内容、意旨等。而全书第一篇《关雎》下，除有小序外，另有一篇总序，称为《诗大序》，是古代中国诗论的第一篇专著。

有七。"伯牙道:"下官年长一旬。子期若不见弃,结为兄弟相称,不负知音契友。"子期笑道:"大人差矣!大人乃上国名公,钟徽乃穷乡贱子,怎敢仰扳,有辱俯就。"伯牙道:"相识满天下,知心能几人?下官碌碌风尘,得与高贤结契,实乃生平之万幸。若以富贵贫贱为嫌,觑俞瑞为何等人乎?"遂命童子重添炉火,再爇名香,就船舱中与子期顶礼八拜。伯牙年长为兄,子期为弟,今后兄弟相称,生死不负。拜罢,复命取暖酒再酌。子期让伯牙上坐,伯牙从其言。换了杯箸,子期下席,兄弟相称,彼此谈心叙话。正是:

合意客来心不厌,知音人听话偏长。

谈论正浓,不觉月淡星稀,东方发白。船上水手都起身收拾篷索,整备开船。子期起身告辞,伯牙捧一杯酒递与子期,把子期之手,叹道:"贤弟,我与你相见何太迟,相别何太早!"子期闻言,不觉泪珠滴于杯中。子期一饮而尽,斟酒回敬伯牙。二人各有眷恋不舍之意。伯牙道:"愚兄余情不尽,意欲曲延贤弟同行数日,未知可否?"子期道:"小弟非不欲相从,怎奈二亲年老,'父母在,不远游。'"伯牙道:"既是二位尊人在堂,回去告过二亲,到晋阳来看愚兄一看,这就是'游必有方'了。"子期道:"小弟不敢轻诺而寡信,许了贤兄,就当践约。万一禀命于二亲,二亲不允,使仁兄悬望于数千里之外,小弟之罪更大矣。"伯牙道:"贤弟真所谓至诚君子。也罢,明年还是我来看贤弟。"子期道:"仁兄明岁何时到此?小弟好伺候尊驾。"伯牙屈指道:"昨夜是中秋节,今日天明,是八月十六日了。贤弟,我来仍在仲秋中五六日奉访。若过了中旬,迟到季秋月分,就是爽信,不为君子。"叫童子:"分付记室将钟贤弟所居地名及相会的日期,登写在日记簿上。"子期道:"既如此,小弟来年仲秋中五六日,准在江边侍立拱候,不敢有误。天色已明,小弟告辞了。"伯牙道:"贤弟且住。"命童子取黄金二笏，不用封帖，双手捧定道："贤弟，些须薄礼，权为二位尊人甘旨之费。斯文骨肉，勿得嫌轻。"子期不敢谦让，即时收下。再拜告别，含泪出舱，取尖担挑了蓑衣、斗笠，插板斧于腰间，掌跳搭扶手上崖。伯牙直送至船头，各各洒泪而别。

不题子期回家之事。再说俞伯牙点鼓开船，一路江山之胜，无心观览，心心念念，只想着知音之人。又行几日，舍舟登岸。经过之地，知是晋国上大夫，不敢轻慢，安排车马相送。直至晋阳，回复了晋主，不在话下。

光阴迅速，过了秋冬，不觉春去夏来。伯牙心怀子期，无日忘之。想着中秋节近，奏过晋主，给假还乡。晋主依允。伯牙收拾行装，仍打大宽转，从水路而行。下船之后，分付水手，但是湾泊所在，就来通报地名。事有偶然，刚刚八月十五夜，水手禀复，此去马安山不远。伯牙依稀还认得去年泊船相会子期之处，分付水手，将船湾泊，水底抛锚，崖边钉橛。其夜晴明，船舱内一线月光，射进朱帘。伯牙命童子将帘卷起，步出舱门，立于船头之上，仰观斗柄。水底天心，万顷茫然，照如白昼。思想去岁与知己相逢，雨止月明；今夜重来，又值良夜。他约定江边相候，如何全无踪影，莫非爽信？又等了一会，想道："我理会得了。江边来往船只颇多，我今日所驾的，不是去年之船了，吾弟急切如何认得？去岁我原为抚琴惊动知音，今夜仍将瑶琴抚弄一曲。吾弟闻之，必来相见。"命童子取琴桌安放船头，焚香设座。伯牙开囊，调弦转轸，才泛音律，商弦中有哀怨之声。伯牙停琴不操："呀！商弦哀声凄切，吾弟必遭忧在家。去岁曾言父母年高，若非父丧，必是母亡。他为人至孝，事有轻重，宁失信于我，不肯失礼于亲，所以不来也。来日天明，我亲上崖探望。"叫童子收拾琴桌，下舱就寝。

伯牙一夜不睡，真个巴明不明，盼晓不晓。看看月移帘影，日出山头，伯牙起来梳洗整衣，命童子携琴相随，又取黄金十镒带去："倘吾弟居丧，可为赙礼。"踹跳登崖，行于樵径，约莫十数里，出一谷口，伯牙站住。童子禀道："老爷为何不行？"伯牙道："山分南北，路列东西。从山谷出来，两头都是大路，都去得，知道那一路往集贤村去？等个识路之人，问明了他，方才可行。"伯牙就石上少憩，童儿退立于后。不多时，左手官路上有一老叟，髯垂玉线，发挽银丝，箬冠野服，左手举藤杖，右手携竹篮，徐步而来。伯牙起身整衣，向前施礼。那老者不慌不忙，将右手竹篮轻轻放下，双手举藤杖还礼，道："先生有何见教？"伯牙道："请问两头路，那一条路，往集贤村去的？"老者道："那两头路，就是两个集贤村。左手是上集贤村，右手是下集贤村，通衢三十里官道。先生从谷出来，正当其半，东去十五里，西去也是十五里。不知先生要往那一个集贤村？"伯牙默默无言，暗想道："吾弟是个聪明人，怎么说话这等糊涂！相会之日，你知道此间有两个集贤村，或上或下，就该说个明白了。"伯牙却才沉吟，那老者道："先生这等吟想，一定那说路的，不曾分上下，总说了个集贤村，教先生没处抓寻了。"伯牙道："便是。"老者道："两个集贤村中，有一二十家庄户，大抵都是隐遁避世之辈。老夫在这山里，多住了几年，正是：

土居三十载，无有不亲人。

这些庄户，不是舍亲，就是敝友。先生到集贤村必是访友，只说先生所访之友，姓甚名谁，老夫就知他住处了。"伯牙道："学生要往钟家庄去。"老者闻"钟家庄"三字，一双昏花眼内，扑簌簌掉下泪来，道："先生别家可去，若说钟家庄，不必去了。"伯牙惊问："却是为何？"老者道："先生到钟家庄，要访何人？"伯牙道："要访子期。"老者闻言，放声大哭道："子期钟徽，乃吾儿也。去年八月十五采樵归晚，遇晋国上大夫俞伯牙先生。讲论之间，意气相投。临行赠黄金二笏，吾儿买书攻读，老拙无才，不曾禁止。且则采樵负重，暮则诵读辛勤，心力耗废，染成怯疾，数月之间，已亡故了。"

伯牙闻言，五内崩裂，泪如涌泉，大叫一声，傍山崖跌倒，昏绝于地。钟公用手搀扶，回顾小童道："此位先生是谁？"小童低低附耳道："就是俞伯牙老爷。"钟公道："元来是吾儿好友。"扶起伯牙苏醒。伯牙坐于地下，口吐痰涎，双手捶胸，恸哭不已，道："贤弟呵，我昨夜泊舟，还说你爽信，岂知已为泉下之鬼！你有才无寿了！"钟公拭泪相劝。伯牙哭罢起来，重与钟公施礼。不敢呼老丈，称为老伯，以见通家兄弟之意。伯牙道："老伯，令郎还是停柩在家，还是出瘗郊外了？"钟公道："一言难尽！亡儿临终，老夫与拙荆坐于卧榻之前。亡儿遗语嘱付道：'修短由天，儿生前不能尽人子事亲之道，死后乞葬于马安山江边。与晋大夫俞伯牙有约，欲践前言耳。'老夫不负亡儿临终之言。适才先生来的小路之右，一丘新土，即吾儿钟徽之冢。今日是百日之忌，老夫提一陌纸钱，往坟前烧化，何期与先生相遇！"伯牙道："既如此，奉陪老伯，坟前一拜。"命小童代太公提了竹篮。

钟公策杖引路，伯牙随后，小童跟定，复进谷口。果见一丘新土，在于路左。伯牙整衣下拜："贤弟在世为人聪明，死后为神灵应。愚兄此一拜，诚永别矣！"拜罢，放声又哭。惊动山前山后、山左山右黎民百姓，不问行的住的，远的近的，闻得朝中大臣来祭钟子期，回绕坟前，争先观看。伯牙却不曾摆得祭礼，无以为情，命童子把瑶琴取出囊来，放于祭石台上，盘膝坐于坟前，挥泪两行，抚琴一操。那些看者，闻琴韵铿锵，鼓掌大笑而散。伯牙问："老伯，下官抚琴，吊令郎贤弟，悲不能已，众人为何而笑？"钟公道："乡野之人，不知音律，闻琴声以为取乐之具，故此长笑。"伯牙道："原来如此。老伯可知所奏何曲？"钟公道："老夫幼年也颇习。如今年迈，五官半废，模糊不懂久矣。"伯牙道："这就是下官随心应手一曲短歌，以吊令郎者，口诵于老伯听之。"钟公道："老夫愿闻。"伯牙诵云：

> 忆昔去年春，江边曾会君。今日重来访，不见知音人。但见一抔土，惨然伤我心！伤心伤心复伤心，不忍泪珠纷。来欢去何苦，江畔起愁云。子期子期兮，你我千金义，历尽天涯无足语，此曲终今不复弹，三尺瑶琴为君死！

伯牙于衣夹间取出解手刀，割断琴弦，双手举琴，向祭石台上，用力一摔，摔得玉轸抛残，金徽零乱。钟公大惊，问道："先生为何摔碎此琴？"伯牙道：

> 摔碎瑶琴凤尾寒，子期不在对谁弹！
> 春风满面皆朋友，欲觅知音难上难。

钟公道："原来如此，可怜！可怜！"伯牙道："老伯高居，端的在上集贤村，还是下集贤村？"钟公道："荒居在上集贤村第八家就是。先生如今又问他怎的？"伯牙道："下官伤感在心，不敢随老伯登堂了。随身带得有黄金二镒，一半代令郎甘旨之奉，一半买几亩祭田，为令郎春秋扫墓之费。待下官回本朝时，上表告归林下。那时却到上集贤村，迎接老伯与老伯母，同到寒家，以尽天年。吾即子期，子期即吾也，老伯勿以下官为外人相嫌。"说罢，命小童取出黄金，亲手递与钟公，哭拜于地。钟公答拜，盘桓半晌而别。后人有诗赞云：

> 势利交怀势利心，斯文谁复念知音？
> 伯牙不作钟期逝，千古令人说破琴。

王安石三难苏学士

海鳖曾欺井内蛙，大鹏张翅绕天涯。
强中更有强中手，莫向人前满自夸。

这四句诗，奉劝世人虚己下人，勿得自满。古人说得好，道是："满招损，谦受益。"俗谚又有四不可尽的话。那四不可尽？势不可使尽，福不可享尽，便宜不可占尽，聪明不可用尽。你看如今有势力的，不做好事，往往任性使气，损人害人，如毒蛇猛兽，人不敢近。他见别人惧怕，没奈他何，意气扬扬，自以为得计。却不知八月潮头，也有平下来的时节。危滩急浪中，趁着这刻儿顺风，扯了满篷，望前只顾使去，好不畅快。不思去时容易，转时甚难。当时夏桀、商纣，贵为天子，不免窜身于南巢，悬头于太白。那桀、纣有何罪过？也无非倚贵欺贱，恃强凌弱，总来不过是使势而已。假如桀、纣是个平民百姓，还造得许多恶业否？所以说势不可使尽。

怎么说福不可享尽？常言道：惜衣有衣，惜食有食。又道：人无寿夭，禄尽则亡。晋时石崇太尉，与皇亲王恺斗富，以酒沃釜，以蜡代薪；锦步障大至五十里；坑厕间皆用绫罗供帐，香气袭人；跟随家僮，都穿火浣布衫，一衫价值千金；买一妾，费珍珠十斛。后来死于赵王伦之手，身首异处。此乃享福太过之报。

怎么说便宜不可占尽？假如做买卖的错了分文入己，满脸堆笑。却不想小经纪[①]若折了分文，一家不得吃饱饭，我贪此些须小便宜，亦有何

[①] 经纪：有买卖、商贩之意。

益？昔人有占便宜诗云：

> 我被盖你被，你毡盖我毡。你若有钱我共使，我若无钱用你钱。上山时你扶我脚，下山时我靠你肩。我有子时做你婿，你有女时伴我眠。你依此誓时，我死在你后；我违此誓时，你死在我前。

若依得这诗时，人人都要如此，谁是呆子，肯束手相让？就是一时得利，暗中损福折寿，自己不知。所以佛家劝化世人，吃一分亏，受无量福。有诗为证：

> 得便宜处欣欣乐，不遂心时闷闷忧。
> 不讨便宜不折本，也无欢乐也无愁。

说话的，这三句都是了。则那聪明二字，求之不得，如何说聪明不可用尽？见不尽者，天下之事；读不尽者，天下之书；参不尽者，天下之理。宁可懵懂而聪明，不可聪明而懵懂。如今且说一个人，古来第一聪明的。他聪明了一世，懵懂在一时，留下花锦般一段话文，传与后生小子恃才夸己的看样。那第一聪明的是谁？

> 吟诗作赋般般会，打诨猜谜件件精。
> 不是仲尼重出世，定知颜子再投生。

话说宋神宗皇帝在位时，有一名儒，姓苏名轼，字子瞻，别号东坡，乃四川眉州眉山人氏。一举成名，官拜翰林学士。此人天资高妙，过目成诵，出口成章，有李太白之风流，胜曹子建之敏捷。在宰相荆公王安石先生门下，荆公甚重其才。东坡自恃聪明，颇多讥诮。荆公因作《字说》，一字解作一义，偶论东坡的坡字，从土从皮，谓坡乃土之皮。东坡笑道："如相公所言，滑字乃水之骨也。"一日，荆公又论及鲵字，从鱼从儿，合是鱼子；四马曰驷，天虫为蚕，古人制字，定非无义。东坡拱手进言："鸠字九鸟，可知有故？"荆公认以为真，欣然请教。东坡笑道："《毛诗》云：'鸣鸠在桑，其子七兮。'连娘带爷，共是九个。"荆公默然，恶其轻薄，左迁[①]为湖州刺史。正是：

是非只为多开口，烦恼皆因巧弄唇。

东坡在湖州做官，三年任满朝京，作寓于大相国寺内。想当时因得罪于荆公，自取其咎，常言道："未去朝天子，先来谒相公。"分付左右备脚色手本，骑马投王丞相府来。离府一箭之地，东坡下马步行而前。见府门首许多听事官吏，纷纷站立，东坡举手问道："列位，老太师在堂上否？"守门官上前答道："老爷昼寝未醒，且请门房少坐。"从人取交床在门房中，东坡坐下，将门半掩。不多时，相府中有一少年人，年方弱冠，戴缠骏大帽，穿青绢直摆[②]，攞手洋洋，出府下阶。众官吏皆躬身揖让，此人从东向西而去。东坡命从人去问相府中适才出来者何人，从人打听明白回复，是丞相老爷府中掌书房的，姓徐。东坡记得荆公书房中宠用的有个徐伦，三年前还未冠，今虽冠了，面貌依然。叫从人："既是徐掌家，与我赶上一步，快请他转来。"从人飞奔去了，赶上徐伦，不敢于背后呼唤，从傍边抢上前去，垂手侍立于街傍，道："小的是湖州府苏爷的长班。苏爷在门房中，请徐老爷相见，有句话说。"徐伦问："可是长胡子的苏爷？"从人道：

---

① 左迁：意为贬职。
② 直摆：意为道袍。

"正是。"

东坡是个风流才子，见人一团和气，平昔与徐伦相爱，时常写扇送他。徐伦听说是苏学士，微微而笑，转身便回。从人先到门房，回复徐掌家到了。徐伦进门房来见苏爷，意思要跪下去，东坡用手搀住。这徐伦立身相府，掌内书房，外府州县首领官员到京参谒丞相，知会徐伦，俱有礼物、单帖通名，今日见苏爷怎么就要下跪？因苏爷久在丞相门下往来，徐伦自小书房答应，职任烹茶，就如旧主人一般，一时大不起来。苏爷却全他的体面，用手搀住道："徐掌家，不要行此礼。"徐伦道："这门房中不是苏爷坐处，且请进府到东书房待茶。"

这东书房，便是王丞相的外书房了，凡门生知友往来，都到此处。徐伦引苏爷到东书房，看了坐，命童儿烹好茶伺候。"禀苏爷，小的奉老爷遣差往太医院取药，不得在此伏侍，怎么好？"东坡道："且请治事。"徐伦去后，东坡见四壁书橱关闭有锁，文几上只有笔砚，更无余物。东坡开砚匣，看了砚池，是一方绿色端砚，甚有神采，砚上余墨未干。方欲掩盖，忽见砚匣下露出些纸角儿。东坡扶起砚匣，乃是一方素笺，叠做两摺。取而观之，原来是两句未完的诗稿，认得荆公笔迹，题是《咏菊》。东坡笑道："士别三日，换眼相待。昔年我曾在京为官时，此老下笔数千言，不由思索。三年后也就不同了，正是江淹才尽，两句诗不曾终韵。"念了一遍，"呀，原来连这两句诗都是乱道。"这两句诗怎么样写？

西风昨夜过园林，吹落黄花满地金。

东坡为何说这两句诗是乱道？一年四季，风各有名：春天为和风，夏天为薰风，秋天为金风，冬天为朔风，和、薰、金、朔四样风配着四时。这诗首句说西风，西方属金，金风乃秋令也，那金风一起，梧叶飘黄，群芳零落。第二句说："吹落黄花满地金。"黄花即菊花。此花开于深秋，其性属火，敢与秋霜鏖战，最能耐久，随你老来焦干枯烂，并不落瓣。说个"吹落黄花满地金"，岂不是错误了？兴之所发，不能自已，举笔舐墨，依韵续诗二句：

> 秋花不比春花落，说与诗人仔细吟。

写便写了，东坡愧心复萌："倘此老出书房相待，见了此诗，当面抢白，不像晚辈体面。"欲待袖去以灭其迹，又恐荆公寻诗不见，带累徐伦。思算不妥，只得仍将诗稿折叠，压于砚匣之下，盖上砚匣，步出书房。到大门首，取脚色手本，付与守门官吏嘱付道："老太师出堂，通禀一声，说苏某在此伺候多时。因初到京中，文表不曾收拾，明日早朝赍过表章，再来谒见。"说罢，骑马回下处去了。

不多时，荆公出堂。守门官吏虽蒙苏爷嘱付，没有纸包相送，那个与他禀话，只将脚色手本和门簿缴纳。荆公也只当常规，未及观看，心下记着菊花诗二句未完韵。恰好徐伦从太医院取药回来，荆公唤徐伦送置东书房，荆公也随后入来。坐定，揭起砚匣，取出诗稿一看，问徐伦道："适才何人到此？"徐伦跪下，禀道："湖州府苏爷伺候老爷，曾到。"荆公看其字迹，也认得是苏学士之笔，口中不语，心下踌躇："苏轼这个小畜生，虽遭挫折，轻薄之性不改！不道自己学疏才浅，敢来讥讪老夫！明日早朝，奏过官里，将他削职为民。"又想道："且住，他也不晓得黄州菊花落瓣，也怪他不得。"叫徐伦取湖广缺官册籍来看，单看黄州府，余官俱在，只缺少个团练副使，荆公暗记在心，命徐伦将诗稿贴于书房柱上。

明日早朝，密奏天子，言苏轼才力不及，左迁黄州团练副使。天下官员到京上表章，升降勾除，各自安命。惟有东坡心中不服，心下明知荆公为改诗触犯，公报私仇，没奈何，也只得谢恩。朝房中才卸朝服，长班禀道："丞相爷出朝。"东坡露堂一恭。荆公肩舆中举手道："午后老夫有一饭。"东坡领命。回下处修书，打发湖州跟官人役，兼本衙管家，往旧任接取家眷黄州相会。

午牌过后，东坡素服角带，写下新任黄州团练副使脚色手本，乘马来见丞相领饭。门吏通报，荆公分付请进到大堂拜见。荆公待以师生之礼，手下点茶。荆公开言道："子瞻左迁黄州，乃圣上主意，老夫爱莫能助，子瞻莫错怪老夫否？"东坡道："晚学生自知才力不及，岂敢怨老太师！"荆公笑道："子瞻大才，岂有不及！只是到黄州为官，闲暇无事，还要读书博学。"东坡目穷万卷，才压千人，今日劝他读书博学，还读什么样书？口中称谢道："承老太师指教。"心下愈加不服。

荆公为人至俭，看不过四器，酒不过三杯，饭不过一箸。东坡告辞，荆公送下滴水檐前，携东坡手道："老夫幼年灯窗十载，染成一症，老年举发，太医院看是痰火之症，虽然服药，难以除根，必得阳羡茶，方可治。有荆溪进贡阳羡茶，圣上就赐与老夫。老夫问太医院官如何烹服，太医院官说须用瞿塘中峡水。瞿塘在蜀，老夫几欲差人往取，未得其便，兼恐所差之人未必用心。子瞻桑梓之邦，倘尊眷往来之便，将瞿塘中峡水，携一瓮寄与老夫，则老夫衰老之年，皆子瞻所延也。"东坡领命，回相国寺。次日辞朝出京，星夜奔黄州道上。

黄州合府官员知东坡天下有名才子，又是翰林谪官，出郭远迎。选良时吉日公堂上任。过月之后，家眷方到。东坡在黄州与蜀客陈季常为友，不过登山玩水，饮酒赋诗，军务民情，秋毫无涉。

光阴迅速，将及一载。时当重九之后，连日大风。一日风息，东坡兀坐书斋，忽想："定惠院长老曾送我黄菊数种，栽于后园，今日何不去赏玩一番？"足犹未动，恰好陈季常相访。东坡大喜，便拉陈慥同往后园看菊。到得菊花棚下，只见满地铺金，枝上全无一朵，唬得东坡目瞪口呆，半晌无语。陈慥问道："子瞻见菊花落瓣，缘何如此惊诧？"东坡道："季常有所不知。平常见此花只是焦干枯烂，并不落瓣。去岁在王荆公府中，见他

《咏菊》诗二句道：'西风昨夜过园林，吹落黄花满地金。'小弟只道此老错误了，续诗二句道：'秋花不比春花落，说与诗人仔细吟。'却不知黄州菊花果然落瓣！此老左迁小弟到黄州，原来使我看菊花也。"陈慥笑道："古人说得好：

广知世事休开口，纵会人前只点头。
假若连头俱不点，一生无恼亦无愁。"

东坡道："小弟初然被谪，只道荆公恨我摘其短处，公报私仇，谁知他到不错，我到错了。真知灼见者，尚且有误，何况其他！吾辈切记，不可轻易说人笑人，正所谓经一失长一智耳。"东坡命家人取酒，与陈季常就落花之下，席地而坐。正饮酒间，门上报道："本府马太爷拜访，将到。"东坡分付："辞了他罢。"是日，两人对酌闲谈，至晚而散。

次日，东坡写了名帖，答拜马太守，马公出堂迎接。彼时没有迎宾馆，就在后堂分宾而坐。茶罢，东坡因叙出去年相府错题了菊花诗，得罪荆公之事。马太守微笑道："学生初到此间，也不知黄州菊花落瓣。亲见一次，此时方信。可见老太师学问渊博，有包罗天地之抱负。学士大人一时忽略，陷于不知，何不到京中太师门下赔罪一番，必然回嗔作喜。"东坡道："学生也要去，恨无其由。"太守道："将来有一事方便，只是不敢轻劳。"东坡问何事。太守道："常规，冬至节必有贺表到京，例差地方官一员。学士大人若不嫌琐屑，假进表为由，到京也好。"东坡道："承堂尊大人用情，学生愿往。"太守道："这道表章，只得借重学士大笔。"东坡应允。别了马太守回衙，想起荆公嘱付要取瞿塘中峡水的话来。初时心中不服，连这取水一节，置之度外，如今却要替他出力做这件事，以赎妄言之罪。但此事不可轻托他人。现今夫人有恙，思想家乡，既承贤守公美意，不若告假亲送家眷还乡，取得瞿塘中峡水，庶为两便。

黄州至眉州，一水之地，路正从瞿塘三峡过。那三峡？西陵峡、巫峡、归峡。西陵峡为上峡，巫峡为中峡，归峡为下峡。那西陵峡又唤做瞿塘峡，在夔州府城之东，两崖对峙，中贯一江，滟滪堆当其口，乃三峡之门，所以总唤做瞿塘三峡。此三峡共长七百余里，两崖连山无阙，重峦叠嶂，隐天蔽日，风无南北，惟有上下。自黄州到眉州，总有四千余里之程，夔州适当其半。东坡心下计较："若送家眷直到眉州，往回将及万里，把贺冬表又担误了。我如今有个道理，叫做公私两尽。从陆路送家眷至夔州，却令家眷自回，我在夔州换船下峡，取了中峡之水，转回黄州，方往东京。可不是公私两尽？"算计已定，对夫人说知，收拾行李，辞别了马太守。衙门上悬一个告假的牌面，择了吉日，准备车马，唤集人夫，合家起程。一路无事，自不必说。

才过夷陵州，早是高唐县。驿卒报好音，夔州在前面。东坡到了夔州，与夫人分手，嘱付得力管家，一路小心伏侍夫人回去。东坡讨个江船，自夔州开发，顺流而下。原来这滟滪堆，是江口一块孤石，亭亭独立，夏即浸没，冬即露出。因水满石没之时，舟人取途不定，故又名犹豫堆。俗谚云：

犹豫大如象，瞿塘不可上；犹豫大如马，瞿塘不可下。

东坡在重阳后起身，此时尚在秋后冬前。又其年是闰八月，迟了一个月的节气，所以水势还大。上水时，舟行甚迟，下水时却甚快。东坡来时正怕迟慢，所以舍舟从陆。回时乘着水势，一泻千里，好不顺溜。东坡看见那峭壁千寻，沸波一线，想要做一篇《三峡赋》，结构不就。因连日鞍马困倦，凭几构思，不觉睡去，不曾分付得水手打水。及至醒来问时，已是下峡，过了中峡了。东坡分付："我要取中峡之水，快与我拨转船头。"水手禀道："老爷，三峡相连，水如瀑布，船如箭发。若回船便是逆水，日行数里，用力甚难。"东坡沉吟半晌，问："此地可以泊船，有居民否？"水手禀道："上二峡悬崖峭壁，船不能停。到归峡，山水之势渐平，崖上不多路，就有市井街道。"

东坡叫泊了船，分付苍头："你上崖去看有年长知事的居民，唤一个上来，不要声张惊动了他。"苍头领命，登崖不多时，带一个老人上船，口称居民叩头。东坡以美言抚慰："我是过往客官，与你居民没有统属，要问你一句话。那瞿塘三峡，那一峡的水好？"老者道："三峡相连，并无阻隔，上峡流于中峡，中峡流于下峡，昼夜不断。一般样水，难分好歹。"东坡暗想道："荆公胶柱鼓瑟。三峡相连，一般样水，何必定要中峡？"叫手下给官价与百姓买个干净磁瓮，自己立于船头，看水手将下峡水满满的汲一瓮，用柔皮纸封固，亲手金押，即刻开船，直至黄州。拜了马太守，夜间草成贺冬表，送去府中。马太守读了表文，深赞苏君大才。赍表官就金了苏轼名讳，择了吉日，与东坡饯行。

东坡赍了表文，带了一瓮蜀水，星夜来到东京，仍投大相国寺内。天色还早，命手下抬了水瓮，乘马到相府来见荆公。荆公正当闲坐，闻门上通报："黄州团练使苏爷求见。"荆公笑道："已经一载矣！"分付守门官："缓着些出去，引他东书房相见。"守门官领命。荆公先到书房，见柱上所贴诗稿，经年尘埃迷目，亲手于鹊尾瓶中，取拂尘将尘拂去，俨然如旧。荆公端坐于书房。却说守门官延捱了半响，方请苏爷。东坡听说东书房相见，想起改诗的去处，面上报然，勉强进府，到书房见了荆公下拜。荆公用手相扶道："不在大堂相见，惟思远路风霜，休得过礼。"命童儿看坐。东坡坐下，偷看诗稿，贴于对面。荆公用拂尘往左一指道："子瞻，可见光阴迅速，去岁作此诗，又经一载矣！"东坡起身拜伏于地，荆公用手扶住道："子瞻为何？"东坡道："晚学生甘罪了！"荆公道："你见了黄州菊花落瓣么？"东坡道："是。"荆公道："目中未见此一种，也怪不得子瞻。"东坡道："晚学生才疏识浅，全仗老太师海涵。"

茶罢，荆公问道："老夫烦足下带瞿塘中峡水，可有么？"东坡道："见携府外。"荆公命堂候官两员，将水瓮抬进书房，荆公亲以衣袖拂拭。纸封打开，命童儿茶灶中煨火，用银铫汲水烹之。先取白定碗一只，投阳羡茶一撮于内，候汤如蟹眼，急取起倾入，其茶色半晌方见。荆公问："此水何处取来？"东坡道："巫峡。"荆公道："是中峡了。"东坡道："正是。"荆公笑道："又来欺老夫了！此乃下峡之水，如何假名中峡？"东坡大惊，述土人之言"三峡相连，一般样水"，"晚学生误听了，实是取下峡之水。老太师何以辨之？"荆公道："读书人不可轻举妄动，须是细心察理。老夫若非亲到黄州，看过菊花，怎么诗中敢乱道黄花落瓣？这瞿塘水性，出于《水经补注》：上峡水性太急，下峡太缓，惟中峡缓急相半。太医院官乃明医，知老夫乃中脘变症，故用中峡水引经。此水烹阳羡茶，上峡味浓，下峡味淡，中峡浓淡之间。今见茶色半晌方见，故知是下峡。"东坡离席谢罪。

荆公道："何罪之有！皆因子瞻过于聪明，以致疏略如此。老夫今日偶然无事，幸子瞻光顾。一向相处，尚不知子瞻学问真正如何，老夫不自揣量，要考子瞻一考。"东坡欣然答道："晚学生请题。"荆公道："且住！老夫若遽然考你，只说老夫恃了一日之长。子瞻到先考老夫一考，然后老夫请教。"东坡鞠躬道："晚学生怎么敢？"荆公道："子瞻既不肯考老夫，老夫却不好僭妄。也罢，叫徐伦把书房中书橱尽数与我开了。左右二十四橱，书皆积满。但凭于左右橱内上中下三层，取书一册，不拘前后，念上文一句，老夫答下句不来，就算老夫无学。"东坡暗想道："这老甚迂阔，难道这些书都记在腹内？虽然如此，不好去考他。"答应道："这个晚学生不敢！"荆公道："咳！道不得个'恭敬不如从命'了！"

东坡使乖，只拣尘灰多处，料久不看，也忘记了，任意抽书一本，未见签题，揭开居中，随口念一句道："如意君安乐否？"荆公接口道："'窃已啖之矣。'可是？"东坡道："正是。"荆公取过书来，问道："这句书怎么讲？"东坡不曾看得书上详细，暗想："唐人讥则天后，曾称薛敖曹为如意君，或者差人问候，曾有此言。只是下文说'窃已啖之矣'，文理却接不上面来。"沉吟了一会，又想道："不要惹这老头儿，千虚不如一实。"答应道："晚学生不知。"荆公道："这也不是什么秘书，如何就不晓得？这是一桩小故事。汉末灵帝时，长沙郡武冈山后有一狐穴，深入数丈。内有九尾狐狸二头，日久年深，皆能变化，时常化作美妇人，遇着男子往来，诱入穴中行乐。小不如意，分而食之。后有一人姓刘名玺，善于采战之术，入山采药，被二妖所掳。夜晚求欢，刘玺用抽添火候工夫，枕席之间，二狐快乐，称为如意君。大狐出山打食，则小狐看守。小狐出山，则大狐亦如之。日就月将，并无忌惮，酒后，露其本形。刘玺有恐怖之心，精力衰倦。一日，大狐出山打食，小狐在穴，求其云雨，不果其欲。小狐大怒，生啖刘玺于腹内。大狐回穴，心记刘生，问道：'如意君安乐否？'小狐答道：'窃已啖之矣。'二狐相争追逐，满山喊叫。樵人窃听，遂得其详，记于《汉末全书》。子瞻想未涉猎？"东坡道："老太师学问渊深，非晚辈浅学可及！"

荆公微笑道："这也算考过老夫了。老夫还席，也要考子瞻一考，子瞻休得吝教！"东坡道："求老太师命题平易。"荆公道："考别件事，又道老夫作难。久闻子瞻善于作对，今年闰了个八月，正月立春，十二月又是立春，是个两头春。老夫就将此为题，出句求对，以观子瞻妙才。"命童儿取纸笔过来，荆公写出一对道："一岁二春双八月，人间两度春秋。"东坡虽是妙才，这对出得蹊跷，一时寻对不出，羞颜可掬，面皮通红了。荆公问道："子瞻从湖州至黄州，可从苏州润州经过么？"东坡道："此是便道。"荆公道："苏州金阊门外，至于虎丘，这一带路，叫做山塘，约有七里之遥，其半路名为半塘。润州古名铁瓮城，临于大江，有金山、银山、玉山，这叫做三山。俱有佛殿僧房，想子瞻都曾游览？"东坡答应道："是。"荆公道："老夫再将苏润二州，各出一对，求子瞻对之。苏州对云：

'七里山塘,行到半塘三里半。'润州对云:'铁瓮城西,金、玉、银山三宝地。'"东坡思想多时,不能成对,只得谢罪而出。荆公晓得东坡受了些腌臜,终惜其才,明日奏过神宗天子,复了他翰林学士之职。后人评这篇话道:以东坡天才,尚然三被荆公所屈,何况才不如东坡者!因作诗戒世云:

    项橐①曾为孔子师,荆公反把子瞻嗤。
    为人第一谦虚好,学问茫茫无尽期。

---

① 项橐:春秋时期莒国(今山东莒县)的一位神童,虽只有七岁,孔夫子依然把他当作老师一般请教,后世尊项橐为圣公。橐,音 tuó。

崔待诏生死冤家

山色晴岚景物佳,暖烘回雁起平沙。东郊渐觉花供眼,南陌依稀草吐芽。堤上柳,未藏鸦,寻芳趁步到山家。陇头几树红梅落,红杏枝头未着花。

这首《鹧鸪天》说孟春景致,原来又不如仲春词做得好:

每日青楼醉梦中,不知城外又春浓。杏花初落疏疏雨,杨柳轻摇淡淡风。浮画舫,跃青骢,小桥门外绿阴笼。行人不入神仙地,人在珠帘第几重?

这首词说仲春景致,原来又不如黄夫人做着季春词又好:

先自春光似酒浓,时听燕语透帘栊。小桥杨柳飘香絮,山寺绯桃散落红。莺渐老,蝶西东,春归难觅恨无穷。侵阶草色迷朝雨,满地梨花逐晓风。

这三首词,都不如王荆公看见花瓣儿片片风吹下地来,原来这春归去,是东风断送的。有诗道:

春日春风有时好,春日春风有时恶。
不得春风花不开,花开又被风吹落。

苏东坡道：不是东风断送春归去，是春雨断送春归去。有诗道：

> 雨前初见花间蕊，雨后全无叶底花。
> 蜂蝶纷纷过墙去，却疑春色在邻家。

秦少游道：也不干风事，也不干雨事，是柳絮飘将春色去。有诗道：

> 三月柳花轻复散，飘飏澹荡送春归。
> 此花本是无情物，一向东飞一向西。

邵尧夫道：也不干柳絮事，是蝴蝶采将春色去。有诗道：

> 花正开时当三月，蝴蝶飞来忙劫劫。
> 采将春色向天涯，行人路上添凄切。

曾两府①道：也不干蝴蝶事，是黄莺啼得春归去。有诗道：

> 花正开时艳正浓，春宵何事恼芳丛？
> 黄鹂啼得春归去，无限园林转首空。

朱希真②道：也不干黄莺事，是杜鹃啼得春归去。有诗道：

---

① 曾两府：宋代称中书省和枢密院为两府，中书省的长官实际是相职。这里所称当是曾公亮，宋仁宗（赵祯）时人。
② 朱希真：即为宋代词人朱敦儒。

> 杜鹃叫得春归去，吻边啼血尚犹存。
> 庭院日长空悄悄，教人生怕到黄昏！

苏小小[1]道：都不干这几件事，是燕子衔将春色去。有《蝶恋花》词为证：

> 妾本钱塘江上住，花开花落，不管流年度。燕子衔将春色去，纱窗几阵黄梅雨。斜插犀梳云半吐，檀板轻敲，唱彻《黄金缕》。歌罢彩云无觅处，梦回明月生南浦。

王岩叟[2]道：也不干风事，也不干雨事，也不干柳絮事，也不干蝴蝶事，也不干黄莺事，也不干杜鹃事，也不干燕子事。是九十日春光已过，春归去。曾有诗道：

> 怨风怨雨两俱非，风雨不来春亦归。
> 腮边红褪青梅小，口角黄消乳燕飞。
> 蜀魄[3]健啼花影去，吴蚕强食柘桑稀。
> 直恼春归无觅处，江湖辜负一蓑衣！

说话的，因甚说这春归词？绍兴年间，行在有个关西延州延安府人，

---

[1] 苏小小：南齐时杭州有名的妓女。这一首词，是托名司马才仲在梦里听见苏小小唱的。
[2] 王岩叟：宋哲宗（赵煦）时人，词人。
[3] 蜀魄：传说古代四川有一个皇帝，名叫杜宇，死后魂魄化为鸟，这鸟便名为杜鹃，又叫子规。这里的蜀魄便是杜鹃鸟的代词。

本身是三镇节度使、咸安郡王①，当时怕春归去，将带着许多钤眷游春。至晚回家，来到钱塘门里车桥前面，钤眷轿子过了，后面是郡王轿子到来。则听得桥下裱褙铺里一个人叫道："我儿出来看郡王！"当时郡王在轿里看见，叫帮窗虞候道："我从前要寻这个人，今日却在这里。只在你身上，明日要这个人入府中来。"当时虞候声诺，来寻这个看郡王的人，是甚色目人。正是：

尘随车马何年尽？情系人心早晚休。

只见车桥下一个人家，门前出着一面招牌，写着"璩家装裱古今书画"。铺里一个老儿，引着一个女儿，生得如何？

云鬟轻笼蝉翼，蛾眉淡拂春山，朱唇缀一颗樱桃，皓齿排两行碎玉。莲步半折小弓弓，莺啭一声娇滴滴。

便是出来看郡王轿子的人。虞候即时来他家对门一个茶坊里坐定，婆婆把茶点来。虞候道："启请婆婆，过对门裱褙铺里请璩大夫来说话。"婆婆便去请到来，两个相揖了就坐。璩待诏②问："府干有何见谕？"虞候道："无甚事，闲问则个。适来叫出来看郡王轿子的人是令爱么？"待诏道："正是拙女，止有三口。"虞候又问："小娘子贵庚？"待诏应道："一十八岁。"再问："小娘子如今要嫁人，却是趋奉官员？"待诏道："老拙家寒，那讨钱来嫁人？将来也只是献与官员府第。"虞候道："小娘子有

---

① 咸安郡王：这是南宋名将韩世忠的封爵，上面所叙籍贯官职都相符，所以这篇话本是拿当时民间所传韩世忠的事情做背景的，但没有明白指出他的名字。
② 待诏：对手艺人的借用尊称。

甚本事？"待诏说出女孩儿一件本事来，有词寄《眼儿媚》为证：

深闺小院日初长，娇女绮罗裳。不做东君造化，金针刺绣群芳。斜枝嫩叶包开蕊，唯只欠馨香。曾向园林深处，引教蝶乱蜂狂。

原来这女儿会绣作。虞候道："适来郡王在轿里，看见令爱身上系着一条绣裹肚。府中正要寻一个绣作的人，老丈何不献与郡王？"璩公归去，与婆婆说了。到明日写一纸献状，献来府中。郡王给与身价，因此取名秀秀养娘。

不则一日，朝廷赐下一领团花绣战袍，当时秀秀依样绣出一件来。郡王看了欢喜道："主上赐与我团花战袍，却寻甚么奇巧的物事献与官家？"去府库里寻出一块透明的羊脂美玉来，即时叫将门下碾玉待诏，问："这块玉堪做甚么？"内中一个道："好做一副劝杯。"郡王道："可惜恁般一块玉，如何将来只做得一副劝杯？"又一个道："这块玉上尖下圆，好做一个摩侯罗①儿。"郡王道："摩侯罗儿，只是七月七日乞巧使得，寻常间又无用处。"数中一个后生，年纪二十五岁，姓崔，名宁，趋事郡王数年，是升州建康府人。当时叉手向前，对着郡王道："告恩王，这块玉上尖下圆，甚是不好，只好碾一个南海观音。"郡王道："好，正合我意！"就叫崔宁下手。不过两个月，碾成了这个玉观音。郡王即时写表进上御前，龙颜大喜。崔宁就本府增添请给，遭遇郡王。

不则一日，时遇春天，崔待诏游春回来，入得钱塘门，在一个酒肆，与三四个相知方才吃得数杯，则听得街上闹吵吵，连忙推开楼窗看时，见乱烘烘道："井亭桥有遗漏！"吃不得这酒成，慌忙下酒楼看时，只见：

---

① 摩侯罗：又名魔合罗，是一种用泥做的小孩形状的玩偶，从西域传来的。

初如萤火,次若灯光,千条蜡烛焰难当,万座糁盆敌不住。六丁神推倒宝天炉,八力士放起焚山火①。骊山会②上,料应褒姒逞娇容;赤壁矶头,想是周郎施妙策。五通神牵住火葫芦,宋无忌③赶番赤骡子。又不曾泻烛浇油,直恁的烟飞火猛。

　　崔待诏望见了,急忙道:"在我本府前不远。"奔到府中看时,已搬挈得罄尽,静悄悄地无一个人。崔待诏既不见人,且循着左手廊下入去,火光照得如同白日。去那左廊下,一个妇女,摇摇摆摆,从府堂里出来,自言自语,与崔宁打个胸厮撞。崔宁认得是秀秀养娘,倒退两步,低身唱个喏。原来郡王当日,尝对崔宁许道:"待秀秀满日④,把来嫁与你。"这些众人,都撺掇道:"好对夫妻!"崔宁拜谢了,不则一番。崔宁是个单身,却也痴心;秀秀见恁地个后生,却也指望。当日有这遗漏,秀秀手中提着一帕子金珠富贵,从左廊下出来,撞见崔宁,便道:"崔大夫,我出来得迟了。府中养娘各自四散,管顾不得,你如今没奈何,只得将我去躲避则个。"当下崔宁和秀秀出府门,沿着河,走到石灰桥。秀秀道:"崔大夫,我脚疼了走不得。"崔宁指着前面道:"更行几步,那里便是崔宁住处,小娘子到家中歇脚,却也不妨。"到得家中坐定。秀秀道:"我肚里饥,崔大夫与我买些点心来吃。我受了些惊,得杯酒吃更好。"当时崔宁买将酒来,三杯两盏,正是:

　　　　三杯竹叶穿心过,两朵桃花上脸来。

----

① 焚山火:是指晋文公重耳为搜索介子推而焚山的典故。
② 骊山会:指西周幽王为了褒姒,在骊山烽火戏诸侯。
③ 宋无忌:道教传说中的火仙。
④ 满日:旧时对于男女奴婢,到达了一定的年龄,就为他们择配。这里说的满日,是指秀秀到了规定放出或准许嫁人的那一天。

196　三言二拍精选集

道不得个春为花博士，酒是色媒人。秀秀道："你记得当时在月台上赏月，把我许你，你兀自拜谢，你记得也不记得？"崔宁叉着手，只应得"喏"。秀秀道："当日众人都替你喝采：'好对夫妻！'你怎地到忘了？"崔宁又则应得"喏"。秀秀道："比似只管等待，何不今夜我和你先做夫妻？不知你意下何如？"崔宁道："岂敢。"秀秀道："你知道不敢，我叫将起来，教坏了你，你却如何将我到家中？我明日府里去说。"崔宁道："告小娘子，要和崔宁做夫妻不妨，只一件，这里住不得了，要好趁这个遗漏人乱时，今夜就走开去，方才使得。"秀秀道："我既和你做夫妻，凭你行。"当夜做了夫妻。四更已后，各带着随身金银物件出门。离不得饥餐渴饮，夜住晓行，迤逦来到衢州。崔宁道："这里是五路总头，是打那条路去好？不若取信州路上去，我是碾玉作，信州有几个相识，怕那里安得身。"即时取路到信州。

　　住了几日，崔宁道："信州常有客人到行在往来，若说道我等在此，郡王必然使人来追捉，不当稳便。不若离了信州，再往别处去。"两个又起身上路，径取潭州，不则一日，到了潭州。却是走得远了，就潭州市里讨间房屋，出面招牌，写着"行在崔待诏碾玉生活"。崔宁便对秀秀道："这里离行在有二千余里了，料得无事，你我安心，好做长久夫妻。"潭州也有几个寄居官员，见崔宁是行在待诏，日逐也有生活得做。崔宁密使人打探行在本府中事。有曾到都下的，得知府中当夜失火，不见了一个养娘，出赏钱寻了几日，不知下落。也不知道崔宁将他走了，见在潭州住。

　　时光似箭，日月如梭，也有一年之上。忽一日方早开门，见两个着皂衫的，一似虞候府干打扮，入来铺里坐地，问道："本官听得说有个行在崔待诏，教请过来做生活。"崔宁分付了家中，随这两个人到湘潭县路上来。便将崔宁到宅里相见官人，承揽了玉作生活，回路归家。正行间，只见一个汉子头上带个竹丝笠儿，穿着一领白段子两上领布衫，青白行缠扎着裤子口，着一双多耳麻鞋，挑着一个高肩担儿，正面来，把崔宁看了一看，

崔宁却不见这汉面貌,这个人却见崔宁,从后大踏步尾着崔宁来。正是:

谁家稚子鸣榔①板,惊起鸳鸯两处飞。

这汉子毕竟是何人?且听下回分解。

竹引牵牛花满街,疏篱茅舍月光筛。琉璃盏内茅柴酒②,白玉盘中簇豆梅。休懊恼,且开怀,平生赢得笑颜开。三千里地无知己,十万军中挂印来。

这只《鹧鸪天》词是关西秦州雄武军刘两府③所作。从顺昌大战之后,闲在家中,寄居湖南潭州湘潭县。他是个不爱财的名将,家道贫寒,时常到村店中吃酒。店中人不识刘两府,谨呼啰唣。刘两府道:"百万番人,只如等闲,如今却被他们诬罔!"做了这只《鹧鸪天》,流传直到都下。当时殿前太尉④是杨和王⑤,见了这词,好伤感:"原来刘两府直恁孤寒!"教提辖官差人送一项钱与这刘两府。

今日崔宁的东人郡王,听得说刘两府恁地孤寒,也差人送一项钱与他,却经由潭州路过。见崔宁从湘潭路上来,一路尾着崔宁到家,正见秀

---

① 鸣榔:捕鱼的一种方法,在船上踏木板作声,惊动鱼来入网,这板称为榔,又称响板。
② 茅柴酒:形容味道苦硬的酒,犹如说村酒。北宋韩驹有《茅柴酒诗》:"三年逐客卧江皋,自与田翁酌小槽。饮惯茅柴谙苦硬,不知如蜜有香醪。"
③ 刘两府:就是南宋抗金名将刘锜。顺昌之战,是他最著名的一战。
④ 殿前太尉:殿前是殿前司的简称,主管是都指挥使,也就等于是禁卫军司令部的司令官。宋制,太尉本来是三公的首位,后来改为武职官阶的最高一级。这里是说杨存中以太尉兼领殿前司的都指挥使。
⑤ 杨和王:南宋著名将领杨存中。

秀坐在柜身子里，便撞破他们道："崔大夫，多时不见，你却在这里。秀秀养娘他如何也在这里？郡王教我下书来潭州，今日遇着你们。原来秀秀养娘嫁了你，也好。"当时吓杀崔宁夫妻两个，被他看破。

那人是谁？却是郡王府中一个排军，从小伏侍郡王，见他朴实，差他送钱与刘两府。这人姓郭名立，叫做郭排军。当下夫妻请住郭排军，安排酒来请他，分付道："你到府中千万莫说与郡王知道！"郭排军道："郡王怎知得你两个在这里。我没事，却说甚么。"当下酬谢了出门，回到府中，参见郡王，纳了回书，看着郡王道："郭立前日下书回，打潭州过，却见两个人在那里住。"郡王问："是谁？"郭立道："见秀秀养娘并崔待诏两个，请郭立吃了酒食，教休来府中说知。"郡王听说便道："叵耐这两个做出这事来，却如何直走到那里？"郭立道："也不知他仔细，只见他在那里住地，依旧挂招牌做生活。"

郡王教干办去分付临安府，即时差一个缉捕使臣，带着做公的，备了盘缠，径来湖南潭州府，下了公文，同来寻崔宁和秀秀。却似皂雕追紫燕，猛虎啖羊羔，不两月，捉将两个来，解到府中。报与郡王得知，即时升厅。原来郡王杀番人时，左手使一口刀，叫做"小青"；右手使一口刀，叫做"大青"。这两口刀不知剁了多少番人。那两口刀，鞘内藏着，挂在壁上。郡王升厅，众人声喏，即将这两个人押来跪下。郡王好生焦躁，左手去壁牙上取下"小青"，右手一掣，掣刀在手，睁起杀番人的眼儿，咬得牙齿剥剥地响。当时吓杀夫人，在屏风背后道："郡王，这里是帝辇之下，不比边庭上面，若有罪过，只消解去临安府施行，如何胡乱凯得人？"郡王听说道："叵耐这两个畜生逃走，今日捉将来，我恼了，如何不凯？既然夫人来劝，且捉秀秀入府后花园去，把崔宁解去临安府断治。"

当下喝赐钱酒，赏犒捉事人。解这崔宁到临安府，一一从头供说："自从当夜遗漏，来到府中，都搬尽了。只见秀秀养娘从廊下出来，揪住崔宁道：'你如何安手在我怀中？若不依我口，教坏了你！'要共崔宁逃走。

警世通言 199

崔宁不得已,只得与他同走。只此是实。"临安府把文案呈上郡王,郡王是个刚直的人,便道:"既然恁地,宽了崔宁,且与从轻断治。崔宁不合在逃,罪杖发遣建康府居住。"当下差人押送。

方出北关门,到鹅项头,见一顶轿儿,两个人抬着,从后面叫:"崔待诏,且不得去!"崔宁认得像是秀秀的声音,赶将来又不知恁地,心下好生疑惑。伤弓之鸟,不敢揽事,且低着头只顾走。只见后面赶将上来,歇了轿子,一个妇人走出来,不是别人,便是秀秀,道:"崔待诏,你如今去建康府,我却如何?"崔宁道:"却是怎地好?"秀秀道:"自从解你去临安府断罪,把我捉入后花园,打了三十竹篦,遂便赶我出来。我知道你建康府去,赶将来同你去。"崔宁道:"恁地却好。"讨了船,直到建康府。押发人自回。若是押发人是个学舌的,就有一场是非出来。因晓得郡王性如烈火,惹着他不是轻放手的;他又不是王府中人,去管这闲事怎地?况且崔宁一路买酒买食,奉承得他好,回去时就隐恶而扬善了。

再说崔宁两口在建康居住,既是问断了,如今也不怕有人撞见,依旧开个碾玉作铺。浑家道:"我两口却在这里住得好,只是我家爹妈自从我和你逃去潭州,两个老的吃了些苦。当日捉我入府时,两个去寻死觅活,今日也好教人去行在取我爹妈来这里同住。"崔宁道:"最好。"便教人来行在取他丈人丈母,写了他地理脚色①与来人。到临安府寻见他住处,问他邻舍,指道:"这一家便是。"来人去门首看时,只见两扇门关着,一把锁锁着,一条竹竿封着。问邻舍:"他老夫妻那里去了?"邻舍道:"莫说!他有个花枝也似女儿,献在一个奢遮去处。这个女儿不受福德,却跟一个碾玉的待诏逃走了。前日从湖南潭州捉将回来,送在临安府吃官司,那女儿吃郡王捉进后花园里去。老夫妻见女儿捉去,就当下寻死觅活,至今不知下落,只恁地关着门在这里。"来人见说,再回建康府来,兀自未到家。

---

① 地理脚色:这里是居住地址和年纪面貌的意思。

且说崔宁正在家中坐，只见外面有人道："你寻崔待诏住处？这里便是。"崔宁叫出浑家来看时，不是别人，认得是璩公璩婆，都相见了，喜欢的做一处。那去取老儿的人，隔一日才到，说如此这般，寻不见，却空走了这遭，两个老的且自来到这里了。两个老人道："却生受你，我不知你们在建康住，教我寻来寻去，直到这里。"其时四口同住，不在话下。

且说朝廷官里，一日到偏殿看玩宝器，拿起这玉观音来看。这个观音身上，当时有一个玉铃儿，失手脱下。即时问近侍官员："却如何修理得？"官员将玉观音反覆看了，道："好个玉观音！怎地脱落了铃儿？"看到底下，下面碾着三字："崔宁造"。"恁地容易，既是有人造，只消得宣这个人来，教他修整。"敕下郡王府，宣取碾玉匠崔宁。郡王回奏："崔宁有罪，在建康府居住。"即时使人去建康，取得崔宁到行在歇泊了，当时宣崔宁见驾，将这玉观音教他领去，用心整理。崔宁谢了恩，寻一块一般的玉，碾一个铃儿接住了，御前交纳。破分请给养了崔宁，令只在行在居住。崔宁道："我今日遭际御前，争得气，再来清湖河下寻间屋儿开个碾玉铺，须不怕你们撞见！"

可煞事有斗巧，方才开得铺三两日，一个汉子从外面过来，就是那郭排军。见了崔待诏，便道："崔大夫恭喜了！你却在这里住？"抬起头来，看柜身里却立着崔待诏的浑家。郭排军吃了一惊，拽开脚步就走。浑家说与丈夫道："你与我叫住那排军！我相问则个。"正是：

平生不作皱眉事，世上应无切齿人。

崔待诏即时赶上扯住，只见郭排军把头只管侧来侧去，口里喃喃地道："作怪，作怪！"没奈何，只得与崔宁回来，到家中坐地。浑家与他相见了，便问："郭排军，前者我好意留你吃酒，你却归来说与郡王，坏了我两个的好事。今日遭际御前，却不怕你去说。"郭排军吃他相问得无言可答，只道得一声："得罪！"相别了，便来到府里，对着郡王道："有鬼！"郡王道："这汉则甚？"郭立道："告恩王，有鬼！"郡王问道："有甚鬼？"郭立道："方才打清湖河下过，见崔宁开个碾玉铺，却见柜身里一个妇女，便是秀秀养娘。"郡王焦躁道："又来胡说！秀秀被我打杀了，埋在后花园，你须也看见，如何又在那里？却不是取笑我？"郭立道："告恩王，怎敢取笑！方才叫住郭立，相问了一回。怕恩王不信，勒下军令状了去。"郡王道："真个在时，你勒军令状来！"那汉也是合苦，真个写一纸军令状来。郡王收了，叫两个当直的轿番，抬一顶轿子，教："取这妮子来。若真个在，把来凯取一刀；若不在，郭立，你须替他凯取一刀！"郭立同两个轿番来取秀秀。正是：

麦穗两岐，农人难辨。

郭立是关西人，朴直，却不知军令状如何胡乱勒得！三个一径来到崔宁家里，那秀秀兀自在柜身里坐地，见那郭排军来得恁地慌忙，却不知他勒了军令状来取你。郭排军道："小娘子，郡王钧旨，教来取你则个。"秀秀道："既如此，你们少等，待我梳洗了同去。"即时入去梳洗，换了衣服出来，上了轿，分付了丈夫。两个轿番便抬着，径到府前。郭立先入去，郡王正在厅上等待。郭立唱了喏，道："已取到秀秀养娘。"郡王道："着他入来！"郭立出来道："小娘子，郡王教你进来。"掀起帘子看一看，便是一桶水倾在身上，开着口，则合不得，就轿子里不见了秀秀养娘。问那两个轿番道："我不知，则他上轿，抬到这里，又不曾转动。"那汉叫将入来道："告恩王，恁地真个有鬼！"郡王道："却不叵耐！"教人："捉这汉，等我取过军令状来，如今凯了一刀。先去取下'小青'来。"那汉从来伏侍郡王，身上也有十数次官了，盖缘是粗人，只教他做排军。这汉慌了道："见有两个轿番见证，乞叫来问。"即时叫将轿番来道："见他上轿，抬到这里,却不见了。"说得一般,想必真个有鬼,只消得叫将崔宁来问。便使人叫崔宁来到府中。崔宁从头至尾说了一遍,郡王道:"恁地又不干崔宁事,且放他去。"崔宁拜辞去了。郡王焦躁,把郭立打了五十背花棒。

崔宁听得说浑家是鬼,到家中问丈人丈母。两个面面厮觑,走出门,看着清湖河里,扑通地都跳下水去了。当下叫救人,打捞,便不见了尸首。原来当时打杀秀秀时,两个老的听得说,便跳在河里,已自死了,这两个也是鬼。崔宁到家中,没情没绪,走进房中,只见浑家坐在床上。崔宁道:"告姐姐,饶我性命!"秀秀道:"我因为你,吃郡王打死了,埋在后花园里。却恨郭排军多口,今日已报了冤仇,郡王已将他打了五十背花棒。如今都知道我是鬼,容身不得了。"道罢起身,双手揪住崔宁,叫得一声,匹然倒地。邻舍都来看时,只见:

    两部脉尽总皆沉,一命已归黄壤下。

崔宁也被扯去,和父母四个,一块儿做鬼去了。后人评论得好:

    咸安王捺不下烈火性,郭排军禁不住闲磕牙。
    璩秀娘舍不得生眷属,崔待诏撇不脱鬼冤家。

玉堂春落难逢夫

> 公子初年柳陌游，玉堂一见便绸缪。
> 黄金数万皆消费，红粉双眸枉泪流。
> 财货拐，仆驹休，犯法洪同狱内囚。
> 按临骢马冤愆脱，百岁姻缘到白头。

话说正德年间，南京金陵城有一人，姓王，名琼，别号思竹；中乙丑科进士，累官至礼部尚书。因刘瑾擅权，劾了一本，圣旨发回原籍。不敢稽留，收拾轿马和家眷起身。王爷暗想：有几两俸银，都借在他人名下，一时取讨不及。况长子南京中书，次子时当大比，踌躇半晌，乃呼公子三官前来。那三官双名景隆，字顺卿，年方一十七岁；生得眉目清新，丰姿俊雅；读书一目十行，举笔即便成文，原是个风流才子。王爷爱惜胜如心头之气、掌上之珍。当下王爷唤至，分付道："我留你在此读书，叫王定讨帐，银子完日，作速回家，免得父母牵挂。我把这里帐目，都留与你。"叫王定过来："我留你与三叔在此读书讨帐，不许你引诱他胡行乱为。吾若知道，罪责非小。"王定叩头说："小人不敢。"

次日收拾起程，王定与公子送别，转到北京，另寻寓所安下。公子谨依父命，在寓读书。王定讨帐，不觉三月有余，三万银帐，都收完了。公子把底帐扣算，分厘不欠。分付王定，选日起身。公子说："王定，我们事体俱已完了，我与你到大街上各巷口闲耍片时，来日起身。"王定遂即锁了房门，分付主人家用心看着生口。房主说："放心，小人知道。"二人离了寓所，至大街观看皇都景致。但见：

人烟凑集，车马喧阗。人烟凑集，合四山五岳之音；车马喧阗，尽六部九卿之辈。做买做卖，总四方土产奇珍；闲荡闲游，靠万岁太平洪福。处处胡同铺锦绣，家家杯斝醉笙歌。

公子喜之不尽，忽然又见五七个宦家子弟，各拿琵琶、弦子，欢乐饮酒。公子道："王定，好热闹去处！"王定说："三叔，这等热闹，你还没到那热闹去处哩！"二人前至东华门，公子睁眼观看，好锦绣景致。只见门彩金凤，柱盘金龙。王定道："三叔，好么？"公子说："真个好所在！"又走前面去，问王定："这是那里？"王定说："这是紫金城。"公子往里一视，只见城内瑞气腾腾，红光闪闪。看了一会，果然富贵无过于帝王，叹息不已。离了东华门往前，又走多时，到一个所在，见门前站着几个女子，衣服整齐。公子便问："王定，此是何处？"王定道："此是酒店。"乃与王定进到酒楼上，公子坐下。看那楼上有五七席饮酒的，内中一席有两个女子，坐着同饮。公子看那女子，人物清楚，比门前站的更胜几分。公子正看中间，酒保将酒来，公子便问："此女是那里来的？"

酒保说："这是一秤金家丫头翠香、翠红。"三官道："生得清气。"酒保说："这等就说标致？他家里还有一个粉头，排行三姐，号玉堂春，有十二分颜色。鸨儿索价太高，还未梳栊①。"公子听说留心，叫王定还了酒钱，下楼去，说："王定，我与你春院胡同②走走。"王定道："三叔不可去，老爷知道怎了？"公子说："不妨，看一看就回。"乃走至本司院门首。果然是：

---

① 梳栊：古代娼妓第一次接客的专词。
② 春院胡同：泛指妓院集中的地方，也就是下文所说的本司院。在明代，凡是娼妓，称为乐籍，都属于教坊司管理，本司就是指教坊司。

花街柳巷，绣阁朱楼。家家品竹弹丝，处处调脂弄粉。黄金买笑，无非公子王孙；红袖邀欢，都是妖姿丽色。正疑香雾弥天霭，忽听歌声别院娇。总然道学也迷魂，任是真僧须破戒。

公子看得眼花撩乱，心内踌躇，不知那是一秤金的门。正思中间，有个卖瓜子的小伙叫做金哥走来，公子便问："那是一秤金的门？"金哥说："大叔莫不是要耍？我引你去。"王定便道："我家相公不嫖，莫错认了。"公子说："但求一见。"那金哥就报与老鸨知道，老鸨慌忙出来迎接，请进待茶。王定见老鸨留茶，心下慌张，说："三叔可回去罢！"老鸨听说，问道："这位何人？"公子说："是小价。"鸨子道："大哥，你也进来吃茶去，怎么这等小器！"公子道："休要听他。"跟着老鸨往里就走。王定道："三叔不要进去，俺老爷知道，可不干我事。"在后边自言自语，公子那里听他，竟到了里面坐下。老鸨叫丫头看茶。茶罢，老鸨便问："客官贵姓？"公子道："学生姓王，家父是礼部正堂。"

老鸨听说，拜道："不知贵公子，失瞻休罪。"公子道："不碍，休要计较。久闻令爱玉堂春大名，特来相访。"老鸨道："昨有一位客官，要梳栊小女，送一百两财礼，不曾许他。"公子道："一百两财礼小哉！学生不敢夸大话，除了当今皇上，往下也数家父。就是家祖，也做过侍郎。"老鸨听说，心中暗喜。便叫："翠红，请三姐出来见尊客！"翠红去不多时，回话道："三姐身子不健，辞了罢。"老鸨起身带笑说："小女从幼养娇了，直待老婢自去唤他。"王定在傍喉急，又说："他不出来就罢了，莫又去唤。"老鸨不听其言，走进房中，叫："三姐，我的儿，你时运到了！今有王尚书的公子特慕你而来。"玉堂春低头不语，慌得那鸨儿便叫："我儿，王公子好个标致人物，年纪不上十六七岁，囊中广有金银。你若打得上这个主儿，不但名声好听，也勾你一世受用。"玉姐听说，即时打扮，来见公子。临行，老鸨又说："我儿，用心奉承，不要怠慢他。"玉姐道："我知道了。"

公子看玉堂春果然生得好：

> 鬟挽乌云，眉弯新月；肌凝瑞雪，脸衬朝霞。袖中玉笋尖尖，裙下金莲窄窄。雅淡梳妆偏有韵，不施脂粉自多姿。便数尽满院名姝，总输他十分春色。

玉姐偷看公子，眉清目秀，面白唇红，身段风流，衣裳清楚，心中也是暗喜。当下玉姐拜了公子。老鸨就说："此非贵客坐处，请到书房小叙。"公子相让，进入书房，果然收拾得精致，明窗净几，古画古炉。公子却无心细看，一心只对着玉姐。鸨儿帮衬，教女儿捱着公子肩下坐了，分付丫环摆酒。王定听见摆酒，一发着忙，连声催促三叔回去。老鸨丢个眼色与丫头："请这大哥到房里吃酒。"翠香、翠红道："姐夫请进房里，我和你吃钟喜酒。"王定本不肯去，被翠红二人，拖拖拽拽扯进去坐了，甜言美语，劝了几杯酒。初时还是勉强，以后吃得热闹，连王定也忘怀了，索性放落了心，且偷快乐。

正饮酒中间，听得传语公子叫王定。王定忙到书房，只见杯盘罗列，本司自有答应乐人，奏动乐器，公子开怀乐饮。王定走近身边，公子附耳低言："你到下处取二百两银子，四匹尺头，再带散碎银二十两，到这里来。"王定道："三叔要这许多银子何用？"公子道："不要你闲管。"王定没奈何，只得来到下处，开了皮箱，取出五十两元宝四个，并尺头、碎银，再到本司院说："三叔，有了。"

公子看也不看，都教送与鸨儿，说："银两、尺头，权为令爱初会之礼。这二十两碎银，把做赏人杂用。"王定只道公子要讨那三姐回去，用许多银子；听说只当初会之礼，吓得舌头吐出三寸。却说鸨儿一见许多东西，就叫丫头转过一张空桌。王定将银子、尺头，放在桌上，鸨儿假意谦让了一回，叫玉姐："我儿，拜谢了公子。"又说："今日是王公子，明日就是王姐夫了。"叫丫头收了礼物进去："小女房中还备得有小酌，请公子开怀畅饮。"公子与玉姐肉手相搀，同至香房，只见围屏小桌，果品珍羞，俱已摆设完备。公子上坐，鸨儿自弹弦子，玉堂春清唱侑酒。弄得三官骨松筋痒，神荡魂迷。

王定见天色晚了，不见三官动身，连催了几次。丫头受鸨儿之命，不与他传。王定又不得进房，等了一个黄昏，翠红要留他宿歇，王定不肯，自回下处去了。公子直饮到二鼓方散。玉堂春殷勤伏侍公子上床，解衣就寝，真个男贪女爱，倒凤颠鸾，彻夜交情，不在话下。

天明，鸨儿叫厨下摆酒煮汤，自进香房，追红讨喜，叫一声："王姐夫，可喜！可喜！"丫头、小厮都来磕头。公子分付王定，每人赏银一两。翠香、翠红各赏衣服一套，折钗银三两。王定早晨本要来接公子回寓，见他撒漫使钱，有不然之色。公子暗想："在这奴才手里讨针线，好不爽利，索性将皮箱搬到院里，自家便当。"鸨儿见皮箱来了，愈加奉承。真个朝朝寒食，夜夜元宵，不觉住了一个多月。老鸨要生心科派，设一大席酒，搬戏演乐，专请三官、玉姐二人赴席。

鸨子举杯敬公子说："王姐夫，我女儿与你成了夫妇，地久天长，凡家中事务，望乞扶持。"那三官心里只怕鸨子心里不自在，看那银子犹如粪土，凭老鸨说谎，欠下许多债负，都替他还。又打若干首饰酒器，做若干衣服，又许他改造房子。又造百花楼一座，与玉堂春做卧房。随其科派，件件许了。正是：

> 酒不醉人人自醉，色不迷人人自迷。

急得家人王定手足无措，三回五次，催他回去。三官初时含糊答应，以后逼急了，反将王定痛骂。王定没奈何，只得到求玉姐劝他。玉姐素知虔婆利害，也来苦劝公子道："'人无千日好，花有几时红？'你一日无钱，他番了脸来，就不认得你。"三官此时手内还有钱钞，那里信他这话。王定暗想："心爱的人还不听他，我劝他则甚？"又想："老爷若知此事，如何了得！不如回家报与老爷知道，凭他怎么裁处，与我无干。"王定乃对三官说："我在北京无用，先回去罢！"三官正厌王定多管，巴不得他开身，说："王定，你去时，我与你十两盘费，你到家中禀老爷，只说帐未完，三叔先使我来问安。"玉姐也送五两，鸨子也送五两。王定拜别三官而去。正是：

各人自扫门前雪，莫管他家瓦上霜。

且说三官被酒色迷住，不想回家，光阴似箭，不觉一年。亡八淫妇，终日科派。莫说上头、做生、讨粉头、买丫环，连亡八的寿圹都打得到，三官手内财空。亡八一见无钱，凡事疏淡，不照常答应奉承。又住了半月，一家大小作闹起来。老鸨对玉姐说："'有钱便是本司院，无钱便是养济院。'王公子没钱了，还留在此做甚！那曾见本司院举了节妇，你却呆守那穷鬼做甚？"玉姐听说，只当耳边之风。一日三官下楼往外去了，丫头来报与鸨子。鸨子叫玉堂春下来："我问你，几时打发王三起身？"玉姐见话不投机，复身向楼上便走。鸨子随即跟上楼来，说："奴才，不理我么？"玉姐说："你们这等没天理，王公子三万两银子，俱送在我家。若不是他时，我家东也欠债，西也欠债，焉有今日这等足用？"鸨子怒发，一头撞去，高叫："三儿打娘哩！"亡八听见，不分是非，便拿了皮鞭，赶上楼来，将玉姐撑跌在楼上，举鞭乱打，打得髻偏发乱，血泪交流。

且说三官在午门外，与朋友相叙，忽然面热肉颤，心下怀疑，即辞归，径走上百花楼。看见玉姐如此模样，心如刀割，慌忙抚摩，问其缘故。玉姐睁开双眼，看见三官，强把精神挣着说："俺的家务事，与你无干！"三官说："冤家，你为我受打，还说无干？明日辞去，免得累你受苦。"玉姐说："哥哥，当初劝你回去，你却不依我。如今孤身在此，盘缠又无，三千余里，怎生去得？我如何放得心？你若不能还乡，流落在外，又不如忍气且住几日。"三官听说，闷倒在地。

玉姐近前抱住公子，说："哥哥，你今后休要下楼去，看那亡八、淫妇怎么样行来？"三官说："欲待回家，难见父母兄嫂；待不去，又受不得亡八冷言热语。我又舍不得你，待住，那亡八、淫妇只管打你。"玉姐说："哥哥，打不打你休管他，我与你是从小的儿女夫妻，你岂可一旦别了我！"看看天色又晚，房中往常时丫头秉灯上来，今日火也不与了。玉姐见三官痛伤，用手扯到床上睡了，一递一声长吁短气。三官与玉姐说："不如我去罢！再接有钱的客官，省你受气。"

玉姐说："哥哥，那亡八、淫妇，任他打我，你好歹休要起身。哥哥在时，奴命在，你真个要去，我只一死。"二人直哭到天明。起来，无人与他碗水。玉姐叫丫头："拿钟茶来与你姐夫吃。"鸨子听见，高声大骂："大胆奴才，少打。叫小三自家来取。"那丫头、小厮都不敢来。玉姐无奈，只得自己下楼，到厨下盛碗饭，泪滴滴自拿上楼去，说："哥哥，你吃饭来。"公子才要吃，又听得下边骂，待不吃，玉姐又劝。公子方才吃得一口，那淫妇在楼下说："小三，大胆奴才，那有巧媳妇做出无米粥？"三官分明听得他话，只索隐忍。正是：

囊中有物精神旺，手内无钱面目惭。

却说亡八恼恨玉姐，待要打他，倘或打伤了，难教他挣钱；待不打他，他又恋着王小三。十分逼的小三极了，他是个酒色迷了的人，一时他寻个自尽，倘或尚书老爷差人来接，那时把泥做也不干。左思右算，无计可施。鸨子说："我自有妙法，叫他离咱们去。明日是你妹子生日，如此如此，唤做'倒房计'。"亡八说："到也好。"鸨子叫丫头楼上问："姐夫吃了饭还没有？"鸨子上楼来说："休怪！俺家务事，与姐夫不相干。"又照常摆上了酒。吃酒中间,老鸨忙陪笑道:"三姐,明日是你姑娘生日,你可禀王姐夫,封上人情,送去与他。"玉姐当晚封下礼物。第二日清晨,老鸨说:"王姐夫早起来,趁凉可送人情到姑娘家去。"大小都离司院,将半里,老鸨故意吃一惊,说:"王姐夫,我忘了锁门,你回去把门锁上。"公子不知鸨子用计,回来锁门不题。

且说亡八从那小巷转过来,叫:"三姐,头上吊了簪子。"哄的玉姐回头,那亡八把头口打了两鞭,顺小巷流水出城去了。三官回院,锁了房门,忙往外赶,看不见玉姐,遇着一伙人,公子躬身便问:"列位曾见一起男女,往那里去了?"那伙人不是好人,却是短路的。见三官衣服齐整,心生一计,说:"才往芦苇西边去了。"三官说:"多谢列位。"公子往芦苇里就走。这人哄的三官往芦苇里去了,即忙走在前面等着。三官至近,跳起来喝一声,却去扯住三官,齐下手剥去衣服帽子,拿绳子捆在地上。三官手足难挣,昏昏沉沉,捱到天明,还只想了玉堂春,说:"姐姐,你不知在何处去,那知我在此受苦!"

不说公子有难,且说亡八、淫妇拐着玉姐,一日走了一百二十里地,野店安下。玉姐明知中了亡八之计,路上牵挂三官,泪不停滴。

再说三官在芦苇里,口口声声叫救命。许多乡老近前看见,把公子解了绳子,就问:"你是那里人?"三官害羞,不说是公子,也不说嫖玉堂春,浑身上下又无衣服,眼中吊泪说:"列位大叔,小人是河南人,来此小买卖,不幸遇着歹人,将一身衣服尽剥去了,盘费一文也无。"众人见公子年少,舍了几件衣服与他,又与了他一顶帽子。三官谢了众人,拾起破衣穿了,拿破帽子戴了。又不见玉姐,又没了一个钱,还进北京来,顺着房檐,低着头,从早至黑,水也没得口,三官饿的眼黄,到天晚寻宿,又没人家下他。有人说:"想你这个模样子,谁家下你?你如今可到总铺门口去,有觅人打梆子,早晚勤谨,可以度日。"

三官径至总铺门首,只见一个地方来雇人打更。三官向前叫:"大叔,我打头更。"地方便问："你姓甚么？"公子说："我是王小三。"地方说："你打二更罢！失了更，短了筹，不与你钱，还要打哩！"三官是个自在惯了的人，贪睡了，晚间把更失了。地方骂："小三，你这狗骨头，也没造化吃这自在饭，快着走。"三官自思无路，乃到孤老院里去存身。正是：

　　　　一般院子里，苦乐不相同。

　　却说那亡八、鸨子，说："咱来了一个月，想那王三必回家去了，咱们回去罢。"收拾行李，回到本司院。只有玉姐每日思想公子，寝食俱废。鸨子上楼来，苦苦劝说："我的儿，那王三已是往家去了，你还想他怎么？北京城内多少王孙公子，你只是想着王三不接客，你可知道我的性子，自讨分晓，我再不说你了。"说罢自去了。玉姐泪如雨滴，想王顺卿手内无半文钱，不知怎生去了？"你要去时，也通个信息，免使我苏三常常挂牵。不知何日再得与你相见。"

　　不说玉姐想公子，且说公子在北京院讨饭度日。北京大街上有个高手王银匠，曾在王尚书处打过酒器。公子在虔婆家打首饰物件，都用着他。一日往孤老院过，忽然看见公子，唬了一跳，上前扯住，叫："三叔！你怎么这等模样？"三官从头说了一遍，王银匠说："自古狠心亡八！三叔，你今到寒家，清茶淡饭，暂住几日，等你老爷使人来接你。"三官听说大喜，随跟至王匠家中。王匠敬他是尚书公子，尽礼管待，也住了半月有余。他媳妇见短，不见尚书家来接，只道丈夫说谎，乘着丈夫上街，便发说话："自家一窝子男女，那有闲饭养他人；好意留吃几日，各人要自达时务，终不然在此养老送终。"三官受气不过，低着头，顺着房檐往外出来，信步而行。走至关王庙，猛省关圣最灵，何不诉他？乃进庙，跪于神前，诉以亡八、鸨儿负心之事。拜祷良久，起来闲看两廊画的三国功劳。

　　却说庙门外街上，有一个小伙儿叫云："本京瓜子，一分一桶；高邮鸭蛋，半分一个。"此人是谁？是卖瓜子的金哥。金哥说道："原来是年景消疏，买卖不济。当时本司院有王三叔在时，一时照顾二百钱瓜子，转的来，我父母吃不了。自从三叔回家去了，如今谁买这物？二三日不曾发市，怎么过？我到庙里歇歇再走。"金哥进庙里来，把盘子放在供桌上，跪下磕头。三官却认得是金哥，无颜见他，双手掩面，坐于门限侧边。金哥磕了头，起来，也来门限上坐下。三官只道金哥出庙去了，放下手来，却被金哥认出，说："三叔！你怎么在这里？"

三官含羞带泪，将前事道了一遍。金哥说："三叔休哭，我请你吃些饭。"三官说："我得了饭。"金哥又问："你这两日，没见你三婶来？"三官说："久不相见了！金哥，我烦你到本司院密密的与三婶说，我如今这等穷，看他怎么说，回来复我。"金哥应允，端起盘，往外就走。三官又说："你到那里看风色，他若想我，你便题我在这里如此。若无真心疼我，你便休话，也来回我。他这人家有钱的另一样待，无钱的另一样待。"金哥说："我知道。"辞了三官，往院里来，在于楼外边立着。

说那玉姐手托香腮，将汗巾拭泪，声声只叫："王顺卿，我的哥哥！你不知在那里去了？"金哥说："呀，真个想三叔哩！"咳嗽一声，玉姐听见问："外边是谁？"金哥上楼来，说："是我。我来买瓜子与你老人家磕哩！"玉姐眼中吊泪，说："金哥，纵有羊羔美酒，吃不下，那有心绪磕瓜仁！"金哥说："三婶，你这两日怎么淡了？"玉姐不理。金哥又问："你想三叔，还想谁？你对我说，我与你接去。"玉姐说："我自三叔去后，朝朝思想，那里又有谁来？我曾记得一辈古人。"金哥说："是谁？"玉姐说："昔有个亚仙女，郑元和为他黄金使尽，去打《莲花落》。后来收心勤读诗书，一举成名。那亚仙风月场中显大名。我常怀亚仙之心，怎得三叔他像郑元和方好。"金哥听说，口中不语，心内自思："王三到也与郑元和相像了，虽不打《莲花落》，也在孤老院讨饭吃。"

金哥乃低低把三婶叫了一声，说："三叔如今在庙中安歇，叫我密密的报与你，济他些盘费，好上南京。"玉姐唬了一惊："金哥休要哄我。"金哥说："三婶，你不信，跟我到庙中看看去。"玉姐说："这里到庙中有多少远？"金哥说："这里到庙中有三里地。"玉姐说："怎么敢去？"又问："三叔还有甚话？"金哥说："只是少银子钱使用，并没甚话。"玉姐说："你去对三叔说，十五日在庙里等我。"金哥去庙里回复三官，就送三官到王匠家中："倘若他家不留你，就到我家里去。"幸得王匠回家，又留住了公子不题。

却说老鸨又问："三姐！你这两日不吃饭，还是想着王三哩！你想他，他不想你。我儿好痴，我与你寻个比王三强的，你也新鲜些。"玉姐说："娘！我心里一件事不得停当。"鸨子说："你有甚么事？"玉姐说："我当初要王三的银子，黑夜与他说话，指着城隍爷爷说誓，如今待我还了愿，就接别人。"老鸨问："几时去还愿？"玉姐道："十五日去罢。"老鸨甚喜，预先备下香烛纸马。等到十五日，天未明，就叫丫头起来："你与姐姐烧下水洗脸。"玉姐也怀心，起来梳洗，收拾私房银两，并钗钏首饰之类，叫丫头拿着纸马，径往城隍庙里去。

进的庙来，天还未明，不见三官在那里。那晓得三官却躲在东廊下相等。先已看见玉姐，咳嗽一声。玉姐就知，叫丫头烧了纸马："你先去，我两边看看十帝阎君。"玉姐叫了丫头转身，径来东廊下寻三官。三官见了玉姐，羞面通红。玉姐叫声："哥哥王顺卿，怎么这等模样？"两下抱头而哭。玉姐将所带有二百两银子东西，付与三官，叫他置办衣帽，买骡子，再到院里来："你只说是从南京才到，休负奴言。"二人含泪各别。玉姐回至家中，鸨子见了，欣喜不胜，说："我儿还了愿了？"玉姐说："我还了旧愿，发下新愿。"鸨子说："我儿，你发下甚么新愿？"玉姐说："我要再接王三，把咱一家子死的灭门绝户，天火烧了。"鸨子说："我儿这愿，忒发得重了些。"从此欢天喜地不题。

且说三官回到王匠家，将二百两东西，递与王匠。王匠大喜，随即到了市上，买了一身衲帛衣服，粉底皂靴，绒袜，瓦楞帽子①，青丝绦，真川扇，皮箱，骡马，办得齐整。把砖头瓦片，用布包裹，假充银两，放在皮箱里面。收拾打扮停当，雇了两个小厮跟随，就要起身。王匠说："三叔！略停片时，小子置一杯酒饯行。"公子说："不劳如此，多蒙厚爱，异日须来报恩。"三官遂上马而去。

妆成圈套入胡同，鸨子焉能不强从。
亏杀玉堂垂念永，固知红粉亦英雄。

却说公子辞了王匠夫妇，径至春院门首。只见几个小乐工，都在门首说话。忽然看见三官气象一新，唬了一跳，飞风报与老鸨。老鸨听说，半晌不言："这等事怎么处？向日三姐说，他是宦家公子，金银无数，我却不信，逐他出门去了。今日到带有金银，好不惶恐人也！"左思右想，老着脸走出来见了三官，说："姐夫从何而至？"一手扯住马头。公子下马唱了半个喏，就要行，说："我伙计都在船中等我。"老鸨陪笑道："姐夫好狠心也。就是寺破僧丑，也看佛面，纵然要去，你也看看玉堂春。"公子道："向日那几两银子值甚的，学生岂肯放在心上？我今皮箱内，见有五万银子，还有几船货物，伙计也有数十人。有王定看守在那里。"鸨子一发不肯放手了。公子恐怕掣脱了，将机就机，进到院门坐下。

鸨儿分付厨下忙摆酒席接风。三官茶罢，就要走，故意攞出两锭银子来，都是五两头细丝。三官检起，袖而藏之。鸨子又说："我到了姑娘家，酒也不曾吃，就问你，说你往东去了，寻不见你，寻了一个多月，俺才回家。"公子乘机便说："亏你好心，我那时也寻不见你。王定来接我，我就回家去了。我心上也欠挂着玉姐，所以急急而来。"老鸨忙叫丫头去报玉堂

---

① 瓦楞帽子：明代时，读书人戴头巾，一般商人和劳动人民则戴瓦楞帽子。

春。丫头一路笑上楼来,玉姐已知公子到了,故意说:"奴才笑甚么?"丫头说:"王姐夫又来了。"玉姐故意唬了一跳,说:"你不要哄我!"不肯下楼。老鸨慌忙自来,玉姐故意回脸往里睡。鸨子说:"我的亲儿!王姐夫来了,你不知道么?"玉姐也不语,连问了四五声,只不答应。这一时待要骂,又用着他。扯一把椅子拿过来,一直坐下,长吁了一声气。玉姐见他这模样,故意回过头起来,双膝跪在楼上,说:"妈妈!今日饶我这顿打。"老鸨忙扯起来说:"我儿!你还不知道,王姐夫又来了,拿有五万两花银,船上又有货物并伙计数十人,比前加倍。你可去见他,好心奉承。"

玉姐道:"发下新愿了,我不去接他。"鸨子道:"我儿!发愿只当取笑。"一手挽玉姐下楼来,半路就叫:"王姐夫,三姐来了。"三官见了玉姐,冷冷的作了一揖,全不温存。老鸨便叫丫头摆桌,取酒斟上一钟,深深万福,递与王姐夫:"权当老身不是。可念三姐之情,休走别家,教人笑话。"三官微微冷笑,叫声:"妈妈,还是我的不是。"老鸨殷勤劝酒,公子吃了几杯,叫声多扰,抽身就走。翠红一把扯住,叫:"玉姐,与俺姐夫陪个笑脸。"老鸨说:"王姐夫,你忒做绝了。丫头,把门顶了,休放你姐夫出去。"叫丫头把那行李抬在百花楼去。就在楼下重设酒席,笙琴细乐,又来奉承。吃了半更,老鸨说:"我先去了,让你夫妻二人叙话。"三官、玉姐正中其意,携手登楼。如同久旱逢甘雨,好似他乡遇故知。二人一晚叙话,正是:

欢娱嫌夜短,寞寂恨更长。

不觉鼓打四更,公子爬将起来,说:"姐姐!我走罢!"玉姐说:"哥哥!我本欲留你多住几日,只是留君千日,终须一别。今番作急回家,再休惹闲花野草。见了二亲,用意攻书。倘或成名,也争得这一口气。"玉姐难舍王公子,公子留恋玉堂春。玉姐说:"哥哥,你到家,只怕娶了家小不念我。"三官说:"我怕你在北京另接一人,我再来也无益了。"玉姐说:"你指着圣贤爷说了誓愿。"两人双膝跪下。公子说:"我若南京再娶家小,五黄六月[1]害病死了我。"玉姐说:"苏三再若接别人,铁锁长枷永不出世。"就将镜子拆开,各执一半,日后为记。玉姐说:"你败了三万两银子,空手而回,我将金银首饰器皿,都与你拿去罢。"三官说:"亡八、淫妇知道时,你怎打发他?"玉姐说:"你莫管我,我自有主意。"玉姐收拾完备,轻轻的开了楼门,送公子出去了。

天明,鸨儿起来,叫丫头烧下洗脸水,承下净口茶,"看你姐夫醒了时,送上楼去。问他要吃甚么,我好做去。若是还睡,休惊醒他。"丫头走上楼去,见摆设的器皿都没了,梳妆匣也出空了,撇在一边。揭开帐子,床上空了半边。跑下楼,叫:"妈妈罢了!"鸨子说:"奴才,慌甚么?惊着你姐夫。"丫头说:"还有甚么姐夫?不知那里去了。俺姐姐回脸往里睡着。"老鸨听说,大惊,看小厮、骡脚都去了,连忙走上楼来,喜得皮箱还在。打开看时,都是砖头瓦片。鸨儿便骂:"奴才!王三那里去了?我就打死你!为何金银器皿他都偷去了?"

玉姐说:"我发过新愿了,今番不是我接他来的。"鸨子说:"你两个昨晚说了一夜说话,一定晓得他去处。"亡八就去取皮鞭,玉姐拿个首帕,将头扎了,口里说:"待我寻王三还你。"忙下楼来,往外就走。鸨子、乐工恐怕走了,随后赶来。玉姐行至大街上,高声叫屈:"图财杀命!"只见地方都来了。鸨子说:"奴才,他到把我金银首饰尽情拐去,你还放刁!"亡八说:"由他,咱到家里算帐。"玉姐说:"不要说嘴,咱往那里去?那是我家?我同你到刑部堂上讲讲,恁家里是公侯宰相,朝郎驸马,你那里的金银器皿?万物要平个理。一个行院人家,至轻至贱,那有甚么大头面,戴往那里去坐席?王尚书公子在我家,费了三万银子,谁不知道?他去了,就开手;你昨日见他有了银子,又去哄到家里,图谋了他行李,不知将他

---

[1] 五黄六月:指酷热的夏天。

下落在何处？列位做个证见。"说得鸨子无言可答。亡八说："你叫王三拐去我的东西，你反来图赖我。"

玉姐舍命就骂："亡八、淫妇，你图财杀人，还要说嘴？见今皮箱都打开在你家里，银子都拿过了。那王三官不是你谋杀了是那个？"鸨子说："他那里有甚么银子？都是砖头瓦片哄人。"玉姐说："你亲口说带有五万银子，如何今日又说没有？"两下厮闹。众人晓得三官败过三万银子是真，谋命的事未必，都将好言劝解。玉姐说："列位，你既劝我不要到官，也得我骂他几句，出这口气。"众人说："凭你骂罢！"玉姐骂道："你这亡八是喂不饱的狗，鸨子是填不满的坑。不肯思量做生理，只是排局骗别人。奉承尽是天罗网，说话皆是陷人坑。只图你家长兴旺，那管他人贫不贫。八百好钱买了我，与你挣了多少银。我父叫做周彦亨，大同城里有名人。买良为贱该甚罪？兴贩人口问充军。哄诱良家子弟犹可，图财杀命罪非轻！你一家万分无天理，我且说你两三分。"

众人说："玉姐，骂得勾了。"鸨子说："让你骂许多时，如今该回去了。"玉姐说："要我回去，须立个文书执照与我。"众人说："文书如何写？"玉姐说："要写'不合买良为娼，及图财杀命'等话。"亡八那里肯写。玉姐又叫起屈来。众人说："买良为娼，也是门户常事。那人命事不的实，却难招认。我们只主张写个赎身文书与你罢！"亡八还不肯。众人说："你莫说别项，只王公子三万银子也勾买三百个粉头了。玉姐左右心不向你了，舍了他罢！"众人都到酒店里面，讨了一张绵纸，一人念，一人写，只要亡八、鸨子押花。玉姐道："若写得不公道，我就扯碎了。"众人道："还你停当。"写道："立文书本司乐户苏淮，同妻一秤金，向将钱八百文，讨大同府人周彦亨女玉堂春在家，本望接客靠老，奈女不愿为娼……"写到"不愿为娼"，玉姐说："这句就是了。须要写收过王公子财礼银三万两。"亡八道："三儿，你也拿些公道出来，这一年多费用去了，难道也算？"众人道："只写二万罢。"又写道："……有南京公子王顺卿，与女相爱，淮得过银二万两，凭众议作赎身财礼。今后听凭玉堂春嫁人，并与本户无干。立此为照。"后写"正德年月日，立文书乐户苏淮同妻一秤金"。

见人有十余人，众人先押了花。苏淮只得也押了，一秤金也画个十字。玉姐收讫。又说："列位老爹！我还有一件事，要先讲个明。"众人曰："又是甚事？"玉姐曰："那百花楼，原是王公子盖的，拨与我住。丫头原是公子买的，要叫两个来伏侍我。以后米面、柴薪、菜蔬等项，须是一一供给，不许揹勒短少，直待我嫁人方止。"众人说："这事都依着你。"玉姐辞谢先回。亡八又请众人吃过酒饭方散。正是：

周郎妙计高天下，赔了夫人又折兵。

话说公子在路，夜住晓行，不数日，来到金陵自家门首下马。王定看见，唬了一惊。上前把马扯住，进的里面。三官坐下，王定一家拜见了。三官就问："我老爷安么？"王定说："安。""大叔、二叔、姑爷、姑娘何如？"王定说："俱安。"又问："你听得老爷说我家来，他要怎么处？"王定不言，长吁一口气，只看看天。三官就知其意："你不言语，想是老爷要打死我。"王定说："三叔，老爷誓不留你，今番不要见老爷了，私去看看老奶奶和姐姐、兄嫂，讨些盘费，他方去安身罢！"公子又问："老爷这二年，与何人相厚？央他来与我说个人情。"王定说："无人敢说。只除是姑娘、姑爹，意思间稍题题，也不敢直说。"三官道："王定，你去请姑爹来，我与他讲这件事。"王定即时去请刘斋长、何上舍到来。叙礼毕，何、刘二位说："三舅，你在此，等俺两个与咱爷讲过，使人来叫你。若不依时，捎信与你，作速逃命。"

二人说罢，竟往潭府来见了王尚书。坐下，茶罢，王爷问何上舍："田庄好么？"上舍答道："好！"王爷又问刘斋长："学业何如？"答说："不敢，连日有事，不得读书。"王爷笑道："'读书过万卷，下笔如有神。'秀才将何为本？'家无读书子，官从何处来？'今后须宜勤学，不可将光阴错过。"刘斋长唯唯谢教。何上舍问："客位前这墙几时筑的？一向不见。"王爷笑曰："我年大了，无多田产，日后恐怕大的二的争竞，预先分为两分。"二人笑说："三分家事，如何只做两分？三官回来，叫他那里住？"王爷闻说，心中大恼："老夫平生两个小儿，那里又有第三个？"二人齐声叫："爷，你如何不疼三官王景隆？当初还是爷不是，托他在北京讨帐，无有一个去接寻。休说三官十六七岁，北京是花柳之所；就是久惯江湖，也迷了心。"二人双膝跪下，吊下泪来。王爷说："没下稍的狗畜生，不知死在那里了，再休题起了！"正说间，二位姑娘也到。

众人都知三官到家，只哄着王爷一人。王爷说："今日不请都来，想必有甚事情？"即叫家奴摆酒。何静庵欠身打一躬曰："你闺女昨晚作一梦，梦三官王景隆身上蓝缕，叫他姐姐救他性命。三更鼓做了这个梦，半夜搥床捣枕哭到天明，埋怨着我不接三官，今日特来问问三舅的信音。"刘心斋亦说："自三舅在京，我夫妇日夜不安，今我与姨夫凑些盘费，明日起身去接他回来。"王爷含泪道："贤婿，家中还有两个儿子，无他又待怎生？"何、刘二人往外就走。王爷向前扯住问："贤婿何故起身？"二人说："爷撒手，你家亲生子还是如此，何况我女婿也？"大小儿女放声大哭，两个哥哥一齐下跪，女婿也跪在地上，奶奶在后边吊下泪来。引得王爷心动，亦哭起来。

王定跑出来说："三叔，如今老爷在那里哭你，你好过去见老爷，不要待等恼了。"王定推着公子进前厅跪下说："爹爹！不孝儿王景隆今日回了。"那王爷两手擦了泪眼，说："那无耻畜生，不知死的往那里去了。北京城街上最多游食光棍，偶与畜生面庞厮像，假充畜生来家，哄骗我财物，可叫小厮拿送三法司问罪！"那公子往外就走。二位姐姐赶至二门首拦住，说："短命的，你待往那里去？"三官说："二位姐姐，开放条路与我逃命罢！"二位姐姐不肯撒手，推至前来双膝跪下，两个姐姐手指说："短命的！娘为你痛得肝肠碎，一家大小为你哭得眼花，那个不牵挂！"众人哭在伤情处，王爷一声喝住众人不要哭，说："我依着二位姐夫，收了这畜生，可叫我怎么处他？"众人说："消消气再处。"

王爷摇头。奶奶说："凭我打罢。"王爷说："可打多少？"众人说："任爷爷打多少。"王爷道："须依我说，不可阻我，要打一百。"大姐、二姐跪下说："爹爹严命，不敢阻当，容你儿代替罢！"大哥、二哥每人替上二十，大姐、二姐每人亦替二十。王爷说："打他二十。"大姐、二姐说："叫他姐夫也替他二十，只看他这等黄瘦，一棍打在那里？等他腌满肉肥，那时打他不迟。"王爷笑道："我儿，你也说得是。想这畜生，天理已绝，良心已丧，打他何益？我问你：'家无生活计，不怕斗量金。'我如今又不做官了，无处挣钱，作何生意以为糊口之计？要做买卖，我又无本钱与你。二位姐夫问他那银子还有多少？"何、刘便问："三舅银子还有多少？"王定抬过皮箱打开，尽是金银首饰器皿等物。王爷大怒，骂："狗畜生！你在那里偷的这东西？快写首状，休要玷辱了门庭。"

三官高叫："我爹爹息怒，听不肖儿一言。"遂将初遇玉堂春，后来被鸨儿如何哄骗尽了，如何亏了王银匠收留，又亏了金哥报信，玉堂春私将银两赠我回乡，这些首饰器皿，皆玉堂春所赠，备细述了一遍。王爷听说，骂道："无耻狗畜生！自家三万银子都花了，却要娼妇的东西，可不羞杀了人。"三官说："儿不曾强要他的，是他情愿与我的。"王爷说："这也罢了，看你姐夫面上，与你一个庄子，你自去耕地布种。"公子不言。王爷怒道："王景隆，你不言怎么说？"公子说："这事不是孩儿做的。"王爷说："这事不是你做的，你还去嫖院罢！"三官说："儿要读书。"王爷笑曰："你已放荡了，心猿意马，读甚么书？"公子说："孩儿此回笃志用心读书。"王爷说："既知读书好，缘何这等胡为？"何静庵立起身来说："三舅受了艰难苦楚，这下来改过迁善，料想要用心读书。"

王爷说："就依你众人说，送他到书房里去，叫两个小厮去伏侍他。"

即时就叫小厮送三官往书院里去。两个姐夫又来说："三舅久别,望老爷留住他,与小婿共饮则可。"王爷说："贤婿,你如此乃非教子之方,休要纵他。"二人道："老爷言之最善。"于是翁婿大家痛饮,尽醉方归。这一出父子相会,分明是:

月被云遮重露彩,花遭霜打又逢春。

却说公子进了书院,清清独坐,只见满架诗书,笔山砚海。叹道:"书呵!相别日久,且是生涩。欲待不看,焉得一举成名,却不辜负了玉姐言语;欲待读书,心猿放荡,意马难收。"公子寻思一会,拿着书来读了一会,心下只是想着玉堂春。忽然鼻闻甚气,耳闻甚声,乃问书童道:"你闻这书里甚么气?听听甚么响?"书童说:"三叔,俱没有。"公子道:"没有?呀,原来鼻闻乃是脂粉气,耳听即是筝板声。"公子一时思想起来:"玉姐当初嘱付我,是甚么话来?叫我用心读书。我如今未曾读书,心意还丢他不下,坐不安,寝不宁,茶不思,饭不想,梳洗无心,神思恍忽。"公子自思:"可怎么处他?"走出门来,只见大门上挂着一联对子:"十年受尽窗前苦,一举成名天下闻。""这是我公公作下的对联。他中举会试,官到侍郎。后来咱爹爹在此读书,官到尚书。我今在此读书,亦要攀龙附凤,以继前人之志。"又见二门上有一联对子:"不受苦中苦,难为人上人。"公子急回书房,看见《风月机关》《洞房春意》,公子自思:"乃是此二书乱了我的心。"将一火而焚之。破镜分钗,俱将收了。心中回转,发志勤学。

一日书房无火,书童往外取火。王爷正坐,叫书童。书童近前跪下。王爷便问:"三叔这一会用功不曾?"书童说:"禀老爷得知,我三叔先时通不读书,胡思乱想,体瘦如柴。这半年整日读书,晚上读至三更方才睡,五更就起,直至饭后,方才梳洗,口虽吃饭,眼不离书。"王爷道:"奴才!你好说谎,我亲自去看他。"书童叫:"三叔,老爷来了。"公子从从容容迎接父亲，王爷暗喜。观他行步安详，可以见他学问，王爷正面坐下，公子拜见。王爷曰："我限的书你看了不曾？我出的题你做了多少？"公子说："爹爹严命，限儿的书都看了，题目都做完了，但有余力旁观子史。"王爷说："拿文字来我看。"公子取出文字。王爷看他所作文课，一篇强如一篇，心中甚喜，叫："景隆，去应个儒士科举罢！"公子说："儿读了几日书，敢望中举？"王爷说："一遭中了虽多，两遭中了甚广。出去观观场，下科好中。"王爷就写书与提学察院，许公子科举。竟到八月初九日，进过头场，写出文字与父亲看。王爷喜道："这七篇，中有何难？"到二场三场俱完，王爷又看他后场，喜道："不在散举，决是魁解。"

　　话分两头。却说玉姐自上了百花楼，从不下梯。是日闷倦，叫丫头："拿棋子过来，我与你下盘棋。"丫头说："我不会下。"玉姐说："你会打双陆么？"丫头说："也不会。"玉姐将棋盘、双陆一皆撇在楼板上。丫头见玉姐眼中吊泪，即忙掇过饭来，说："姐姐，自从昨晚没用饭，你吃个点心。"玉姐拿过分为两半。右手拿一块吃，左手拿一块与公子。丫头欲接又不敢接。玉姐猛然睁眼见不是公子，将那一块点心掉在楼板上。丫头又忙掇过一碗汤来，说："饭干燥，吃些汤罢！"玉姐刚呷得一口，泪如涌泉，放下了，问："外边是甚么响？"丫头说："今日中秋佳节，人人玩月，处处笙歌，俺家翠香、翠红姐都有客哩！"玉姐听说，口虽不言，心中自思："哥哥今已去了一年了。"叫丫头拿过镜子来照了一照，猛然唬了一跳："如何瘦的我这模样？"把那镜丢在床上，长吁短叹，走至楼门前，叫丫头："拿椅子过来，我在这里坐一坐。"坐了多时，只见明月高升，谯楼鼓转，玉姐叫丫头："你可收拾香烛过来，今日八月十五日，乃是你姐夫进三场日子，我烧一炷香保佑他。"玉姐下楼来，当天井跪下，说："天地神明，今日八月十五日，我哥王景隆进了三场，愿他早占鳌头，名扬四海。"祝罢，深深拜了四拜。有诗为证：

对月烧香祷告天，何时得泄腹中冤。

王郎有日登金榜，不枉今生结好缘。

却说西楼上有个客人，乃山西平阳府洪同县人，拿有整万银子，来北京贩马。这人姓沈名洪，因闻玉堂春大名，特来相访。老鸨见他有钱，把翠香打扮当作玉姐，相交数日，沈洪方知不是，苦求一见。是夜丫头下楼取火，与玉姐烧香。小翠红忍不住多嘴，就说了："沈姐夫，你每日间想玉姐，今夜下楼，在天井内烧香，我和你悄悄地张他。"沈洪将三钱银子买嘱了丫头，悄然跟到楼下，月明中，看得仔细。等他拜罢，趋出唱喏。玉姐大惊，问："是甚么人？"答道："在下是山西沈洪，有数万本钱，在此贩马，久慕玉姐大名，未得面睹。今日得见，如拨云雾见青天。望玉姐不弃，同到西楼一会。"玉姐怒道："我与你素不相识，今当夤夜，何故自夸财势，妄生事端？"沈洪又哀告道："王三官也只是个人，我也是个人。他有钱，我亦有钱，那些儿强似我？"说罢，就上前要搂抱玉姐，被玉姐照脸啐一口，急急上楼关了门，骂丫头："好大胆，如何放这野狗进来？"

沈洪没意思自去了。玉姐思想起来，分明是小翠香、小翠红这两个奴才报他。又骂："小淫妇，小贱人，你接着得意孤老也好了，怎该来啰唣我？"骂了一顿，放声悲哭："但得我哥哥在时，那个奴才敢调戏我！"又气又苦，越想越毒。正是：

可人去后无日见，俗子来时不待招。

却说三官在南京乡试终场，闲坐无事，每日只想玉姐。南京一般也有本司院，公子再不去走。到了二十九关榜之日，公子想到三更以后，方才睡着。外边报喜的说："王景隆中了第四名。"三官梦中闻信，起来梳洗，扬鞭上马。前拥后簇，去赴鹿鸣宴。父母、兄嫂、姐夫、姐姐，喜做一团。

连日做庆贺筵席。公子谢了主考，辞了提学，坟前祭扫了，起了文书："禀父母得知，儿要早些赴京，到僻静去处安下，看书数月，好入会试。"父母明知公子本意牵挂玉堂春，中了举，只得依从。叫大哥、二哥来："景隆赴京会试，昨日祭扫，有多少人情？"大哥说："不过三百余两。"王爷道："那只勾他人情的，分外再与他一二百两拿去。"

二哥说："禀上爹爹，用不得许多银子。"王爷说："你那知道，我那同年门生，在京颇多，往返交接，非钱不行。等他手中宽裕，读书也有兴。"叫景隆收拾行装，有知心同年，约上两三位。分付家人到张先生家看了良辰。公子恨不的一时就到北京，邀了几个朋友，雇了一只船，即时拜了父母，辞别兄嫂。两个姐夫邀亲朋至十里长亭，酌酒作别。公子上的船来，手舞足蹈，莫知所之。众人不解其意，他心里只想着玉姐玉堂春。不则一日，到了济宁府，舍舟起岸，不在话下。

再说沈洪自从中秋夜见了玉姐，到如今朝思暮想，废寝忘餐，叫声："二位贤姐，只为这冤家害的我一丝两气，七颠八倒，望二位可怜我孤身在外，举眼无亲，替我劝化玉姐，叫他相会一面，虽死在九泉之下，也不敢忘了二位活命之恩。"说罢，双膝跪下。翠香、翠红说："沈姐夫，你且起来，我们也不敢和他说这话。你不见中秋夜骂的我们不耐烦。等俺妈妈来，你央浼他。"沈洪说："二位贤姐，替我请出妈妈来。"翠香姐说："你跪着我，再磕一百二十个大响头。"沈洪慌忙跪下磕头。翠香即时就去，将沈洪说的言语述与老鸨。老鸨到西楼见了沈洪，问："沈姐夫唤老身何事？"沈洪说："别无他事，只为不得玉堂春到手。你若帮衬我成就了此事，休说金银，便是杀身难报。"老鸨听说，口内不言，心中自思："我如今若许了他，倘三儿不肯，教我如何？若不许他，怎哄出他的银子？"

沈洪见老鸨踌躇不语，便看翠红。翠红丢了一个眼色，走下楼来，沈洪即跟他下去。翠红说："常言'姐爱俏，鸨爱钞'。你多拿些银子出来打动他，不愁他不用心。他是使大钱的人，若少了，他不放在眼里。"沈洪

警世通言 225

说:"要多少?"翠香说:"不要少了!就把一千两与他,方才成得此事。"也是沈洪命运该败,浑如鬼迷一般,即依着翠香,就拿一千两银子来,叫:"妈妈,财礼在此。"老鸨说:"这银子,老身权收下,你却不要性急,待老身慢慢的偎他。"沈洪拜谢说:"小子悬悬而望。"正是:

请下烟花诸葛亮,欲图风月玉堂春。

且说十三省乡试榜都到午门外张挂,王银匠邀金哥说:"王三官不知中了不曾?"两个跑在午门外南直隶榜下,看解元是《书经》,往下第四个乃王景隆。王匠说:"金哥好了,三叔已中在第四名。"金哥道:"你看看的确,怕你识不得字。"王匠说:"你说话好欺人,我读书读到《孟子》,难道这三个字也认不得?随你叫谁看。"金哥听说大喜。二人买了一本乡试录,走到本司院里去报玉堂春说:"三叔中了。"玉姐叫丫头将试录拿上楼来,展开看了,上刊"第四名王景隆",注明"应天府儒士,《礼记》"。

玉姐步出楼门,叫丫头忙排香案,拜谢天地。起来先把王匠谢了,转身又谢金哥。唬得亡八、鸨子魂不在体。商议到:"王三中了举,不久到京,白白地要了玉堂春去,可不人财两失?三儿向他孤老①,决没甚好言语,搬斗是非,教他报往日之仇,此事如何了?"鸨子说:"不若先下手为强。"亡八说:"怎么样下手?"老鸨说:"咱已收了沈官人一千两银子,如今再要了他一千,贱些价钱卖与他罢。"亡八道:"三儿不肯如何?"鸨子说:"明日杀猪宰羊,买一桌纸钱,假说东岳庙看会,烧了纸,说了誓,合家从良,再不在烟花巷里。小三若闻知从良一节,必然也要往岳庙烧香。叫沈官人先安轿子,径抬往山西去。公子那时就来,不见他的情人,心下就冷了。"亡八说:

---

① 孤老:犹言汉子,妓女称接的客人为孤老,发生不正当的男女关系的男方,也称为孤老。

"此计大妙。"即时暗暗地与沈洪商议，又要了他一千银子。

次早，丫头报与玉姐："俺家杀猪宰羊，上岳庙哩。"玉姐问："为何？"丫头道："听得妈妈说：'为王姐夫中了，恐怕他到京来报仇，今日发愿，合家从良。'"玉姐说："是真是假？"丫头说："当真哩！昨日沈姐夫都辞去了。如今再不接客了。"玉姐说："既如此，你对妈妈说，我也要去烧香。"老鸨说："三姐，你要去，快梳洗，我唤轿儿抬你。"玉姐梳妆打扮，同老鸨出的门来。正见四个人，抬着一顶空轿。老鸨便问："此轿是雇的？"这人说："正是。"老鸨说："这里到岳庙要多少雇价？"那人说："抬去抬来，要一钱银子。"老鸨说："只是五分。"那人说："这个事小，请老人家上轿。"老鸨说："不是我坐，是我女儿要坐。"玉姐上轿，那二人抬着，不往东岳庙去，径往西门去了。

走有数里，到了上高转折去处，玉姐回头，看见沈洪在后骑着个骡子。玉姐大叫一声："吆！想是亡八、鸨子盗卖我了！"玉姐大骂："你这些贼狗奴，抬我往那里去？"沈洪说："往那里去？我为你去了二千两银子，买你往山西家去。"玉姐在轿中号啕大哭，骂声不绝。那轿夫抬了飞也似走。行了一日，天色已晚。沈洪寻了一座店房，排合卺美酒，指望洞房欢乐。谁知玉姐题着便骂，触着便打。沈洪见店中人多，恐怕出丑，想道："瓮中之鳖，不怕他走了，权耐几日，到我家中，何愁不从。"于是反将好话奉承，并不去犯他。玉姐终日啼哭，自不必说。

却说公子一到北京，将行李上店，自己带两个家人，就往王银匠家，探问玉堂春消息。王匠请公子坐下："有见成酒，且吃三杯接风，慢慢告诉。"王匠就拿酒来斟上。三官不好推辞，连饮了三杯。又问："玉姐敢不知我来？"王匠叫："三叔开怀，再饮三杯！"三官说："勾了，不吃了。"王匠说："三叔久别，多饮几杯，不要太谦。"公子又饮了几杯，问："这几日曾见玉姐不曾？"王匠又叫："三叔且莫问此事，再吃三杯。"公子心疑，站起说："有甚或长或短，说个明白，休闷死我也！"王匠只是劝酒。

却说金哥在门首经过，知道公子在内，进来磕头叫喜。三官问金哥："你三婶近日何如？"金哥年幼多嘴说："卖了。"三官急问说："卖了谁？"王匠瞅了金哥一眼，金哥缩了口。公子坚执盘问，二人瞒不过，说："三婶卖了。"公子问："几时卖了？"王匠说："有一个月了。"公子听说，一头撞在尘埃，二人忙扶起来。公子问金哥："卖到那里去了？"金哥说："卖与山西客人沈洪去了。"三官说："你那三婶就怎么肯去？"金哥叙出："鸨儿假意从良，杀猪宰羊上岳庙，哄三婶同去烧香，私与沈洪约定，雇下轿子抬去，不知下落。"公子说："亡八盗卖我玉堂春，我与他算帐！"那时叫金哥跟着，带领家人，径到本司院里，进的院门，亡八眼快，跑去躲了。公子问众丫头："你家玉姐何在？"无人敢应。公子发怒，房中寻见老鸨，一把揪住，叫家人乱打。金哥劝住。

公子就走在百花楼上，看见锦帐罗帏，越加怒恼。把箱笼尽行打碎，气得痴呆了。问："丫头，你姐姐嫁那家去？可老实说，饶你打。"丫头说："去烧香，不知道就偷卖了他。"公子满眼落泪，说："冤家，不知是正妻，是偏妾？"丫头说："他家里自有老婆。"公子听说，心中大怒，恨骂亡八、淫妇不仁不义！丫头说："他今日嫁别人去了，还疼他怎的？"公子满眼流泪。

正说间，忽报朋友来访。金哥劝说："三叔休恼，三婶一时不在了，你纵然哭他，他也不知道。今有许多相公在店中相访，闻公子在院中，都要来。"公子听说，恐怕朋友笑话，即便起身回店。公子心中气闷，无心应举，意欲束装回家。朋友闻知，都来劝说："顺卿兄，功名是大事，表子是末节，那里有为表子而不去求功名之理？"公子说："列位不知，我奋志勤学，皆为玉堂春的言语激我。冤家为我受了千辛万苦，我怎肯轻舍？"众人叫："顺卿兄，你倘联捷，幸在彼地，见之何难？你若回家，忧虑成病，父母悬心，朋友笑耻，你有何益？"三官自思言之最当，倘或侥幸，得到山西，平生愿足矣，数言劝醒公子。会试日期已到，公子进了三场，果中金榜二甲第八名，刑部观政。三个月，选了真定府理刑官。即遣轿马迎请父母兄嫂。父母不来，回书说："教他做官勤慎公廉，念你年长未娶，已聘刘都堂之女，不日送至任所成亲。"公子一心只想玉堂春，全不以聘娶为喜。正是：

已将路柳为连理，翻把家鸡作野鸳。

　　且说沈洪之妻皮氏，也有几分颜色，虽然三十余岁，比二八少年，也还风骚。平昔间嫌老公粗蠢，不会风流，又出外日多，在家日少，皮氏色性太重，打熬不过。间壁有个监生，姓赵名昂，自幼惯走花柳场中，为人风月。近日丧偶，虽然是纳粟相公，家道已在消乏一边。一日，皮氏在后园看花，偶然撞见赵昂，彼此有心，都看上了。赵昂访知巷口做歇家①的王婆，在沈家走动识熟，且是利口，善于做媒说合。乃将白银二十两，贿赂王婆，央他通脚。皮氏平昔间不良的口气，已有在王婆肚里；况且今日你贪我爱，一说一上，幽期密约，一墙之隔，梯上梯下，做就了一点不明不白的事。赵昂一者贪皮氏之色，二者要骗他钱财。枕席之间，竭力奉承。皮氏心爱赵昂，但是开口，无有不从，恨不得连家当都津贴了他。不上一年，倾囊倒箧，骗得一空。初时只推事故，暂时挪借；借去后，分毫不还。
　　皮氏只愁老公回来盘问时，无言回答。一夜与赵昂商议，欲要跟赵昂逃走他方。赵昂道："我又不是赤脚汉，如何走得？便走了，也不免吃官司。只除暗地谋杀了沈洪，做个长久夫妻，岂不尽美？"皮氏点头不语。
　　却说赵昂有心打听沈洪的消息，晓得他讨了院妓玉堂春一路回来，即忙报与皮氏知道，故意将言语触恼皮氏。皮氏怨恨不绝于声，问："如今怎么样对付他说好？"赵昂道："一进门时，你便数他不是，与他寻闹，叫他领着娼根另住，那时凭你安排了。我央王婆赎得些砒霜在此，觑便放在食

---

① 歇家：旧时的一种行业。专营生意经纪、职业介绍，做保、做媒、代打官司等业务。

器内，把与他两个吃。等他双死也罢，单死也罢！"皮氏说："他好吃的是辣面。"赵昂说："辣面内正好下药。"两人圈套已定，只等沈洪入来。

不一日，沈洪到了故乡，叫仆人和玉姐暂停门外。自己先进门，与皮氏相见，满脸陪笑说："大姐休怪，我如今做了一件事。"皮氏说："你莫不是娶了个小老婆？"沈洪说："是了。"皮氏大怒，说："为妻的整年月在家守活孤孀，你却花柳快活，又带这泼淫妇回来，全无夫妻之情。你若要留这淫妇时，你自在西厅一带住下，不许来缠我；我也没福受这淫妇的拜，不要他来。"昂然说罢，啼哭起来，拍台拍凳，口里"千亡八，万淫妇"骂不绝声。沈洪劝解不得，想道："且暂时依他言语，在西厅住几日，落得受用。等他气消了时，却领玉堂春与他磕头。"沈洪只道浑家是吃醋，谁知他有了私情，又且房计空虚了，正怕老公进房，借此机会，打发他另居。正是：

> 你向东时我向西，各人有意自家知。

却说玉堂春曾与王公子设誓，今番怎肯失节于沈洪？腹中一路打稿："我若到这厌物家中，将情节哭诉他大娘子，求他做主，以全节操。慢慢的寄信与三官，教他将二千两银子来赎我去，却不好。"及到沈洪家里，闻知大娘不许相见，打发老公和他往西厅另住，不遂其计，心中又惊又苦。沈洪安排床帐在厢房，安顿了苏三。自己却去窝伴皮氏，陪吃夜饭。被皮氏三回五次催赶，沈洪说："我去西厅时，只怕大娘着恼。"皮氏说："你在此，我反恼；离了我眼睛，我便不恼。"

沈洪唱个淡喏，谢声"得罪"，出了房门，径望西厅而来。原来玉姐乘着沈洪不在，检出他铺盖撒在厅中，自己关上房门自睡了。任沈洪打门，那里肯开。却好皮氏叫小段名到西厅看老公睡也不曾。沈洪平日原与小段名有情，那时扯在铺上，草草合欢，也当春风一度。事毕，小段名自去了。

沈洪身子困倦，一觉睡去，直至天明。

却说皮氏这一夜等赵昂不来，小段名回后，老公又睡了。番来复去，一夜不曾合眼。天明早起，赶下一轴面，煮熟分作两碗。皮氏悄悄把砒霜撒在面内，却将辣汁浇上，叫小段名送去西厅："与你爹爹吃。"小段名送至西厅，叫道："爹爹！大娘欠你，送辣面与你吃。"沈洪见是两碗，就叫："我儿，送一碗与你二娘吃。"小段名便去敲门。玉姐在床上问："做甚么？"小段名说："请二娘起来吃面。"玉姐道："我不要吃。"沈洪说："想是你二娘还要睡，莫去闹他。"沈洪把两碗都吃了，须臾而尽。小段名收碗去了。沈洪一时肚疼，叫道："不好了，死也死也！"

玉姐还只认假意，看看声音渐变，开门出来看时，只见沈洪九窍流血而死。正不知甚么缘故，慌慌的高叫："救人！"只听得脚步响，皮氏早到，不等玉姐开言，就变过脸，故意问道："好好的一个人，怎么就死了？想必你这小淫妇弄死了他，要去嫁人？"玉姐说："那丫头送面来，叫我吃，我不要吃，并不曾开门。谁知他吃了，便肚疼死了。必是面里有些缘故。"皮氏说："放屁！面里若有缘故，必是你这小淫妇做下的，不然，你如何先晓得这面是吃不得的，不肯吃？你说并不曾开门，如何却在门外？这谋死情由，不是你，是谁？"说罢，假哭起"养家的天"来。家中僮仆、养娘都乱做一堆。

皮氏就将三尺白布摆头，扯了玉姐往知县处叫喊。正直王知县升堂，唤进问其缘故。皮氏说："小妇人皮氏，丈夫叫沈洪，在北京为商，用千金娶这娼妇叫做玉堂春为妾。这娼妇嫌丈夫丑陋，因吃辣面，暗将毒药放入，丈夫吃了，登时身死。望爷爷断他偿命。"王知县听罢，问："玉堂春，你怎么说？"玉姐说："爷爷，小妇人原籍北直隶大同府人氏，只因年岁荒旱，父亲把我卖在本司院苏家，卖了三年后，沈洪看见，娶我回家。皮氏嫉妒，暗将毒药藏在面中，毒死丈夫性命。反倚刁泼，展赖小妇人。"知县听玉姐说了一会，叫："皮氏，想你见那男人弃旧迎新，你怀恨在心，药死亲夫，此情理或有之。"皮氏说："爷爷！我与丈夫，从幼的夫妻，怎忍做这绝情的事。这苏氏原是不良之妇，别有个心上之人，分明是他药死，要图改嫁。望青天爷爷明镜。"

知县乃叫苏氏："你过来，我想你原系娼门，你爱那风流标致的人，想是你见丈夫丑陋，不趁你意，故此把毒药药死是实。"叫皂隶："把苏氏与我夹起来。"玉姐说："爷爷！小妇人虽在烟花巷里，跟了沈洪又不曾难为半分，怎下这般毒手？小妇人果有恶意，何不在半路谋害？既到了他家，他怎容得小妇人做手脚？这皮氏昨夜就赶出丈夫，不许他进房。今早的面，出于皮氏之手，小妇人并无干涉。"王知县见他二人各说有理。叫皂隶："暂把他二人寄监，我差人访实再审。"二人进了南牢不题。

却说皮氏差人密密传与赵昂，叫他快来打点。赵昂拿着沈家银子，与刑房吏一百两，书手八十两，掌案的先生五十两，门子五十两，两班皂隶六十两，禁子每人二十两，上下打点停当。封了一千两银子，放在坛内，当酒送与王知县。知县受了。次日清晨升堂，叫皂隶把皮氏一起提出来。不多时到了，当堂跪下。知县说："我夜来一梦，梦见沈洪说：'我是苏氏药死，与那皮氏无干。'"玉堂春正待分辨，知县大怒，说："人是苦虫，不打不招。"叫皂隶："与我拶起着实打，问他招也不招？他若不招，就活活敲死。"玉姐熬刑不过，说："愿招。"知县说："放下刑具。"皂隶递笔与玉姐画供。知县说："皮氏召保在外，玉堂春收监。"皂隶将玉姐手肘脚镣，带进南牢。禁子、牢头都得了赵上舍银子，将玉姐百般凌辱。只等上司详允之后就递罪状，结果他性命。正是：

安排缚虎擒龙计，断送愁鸾泣凤人。

且喜有个刑房吏，姓刘名志仁，为人正直无私，素知皮氏与赵昂有奸，都是王婆说合。数日前撞见王婆在生药铺内赎砒霜，说："要药老鼠。"

刘志仁就有些疑心。今日做出人命来，赵监生使着沈家不疼的银子来衙门打点，把苏氏买成死罪，天理何在？踌躇一会，"我下监去看看。"那禁子正在那里逼玉姐要灯油钱。志仁喝退众人，将温言宽慰玉姐，问其冤情。玉姐垂泪拜诉来历。志仁见四傍无人，遂将赵监生与皮氏私情及王婆赎药始末，细说一遍。分付："你且耐心守困，待后有机会，我指点你去叫冤。日逐饭食，我自供你。"玉姐再三拜谢。禁子见刘志仁做主，也不敢则声。此话阁过不题。

却说公子自到真定府为官，兴利除害，吏畏民悦。只是想念玉堂春，无刻不然。一日正在烦恼，家人来报，老奶奶家中送新奶奶来了。公子听说，接进家小。见了新人，口中不言，心内自思："容貌到也齐整，怎及得玉堂春风趣？"当时摆了合欢宴，吃下合卺杯，毕姻之际，猛然想起多娇："当初指望白头相守，谁知你嫁了沈洪，这官诰却被别人承受了。"虽然陪伴了刘氏夫人，心里还想着玉姐，因此不快。当夜中了伤寒。又想当初与玉姐别时，发下誓愿，各不嫁娶。心下疑惑，合眼就见玉姐在傍。刘夫人遣人到处祈禳，府县官都来问安，请名医切脉调治。一月之外，才得痊可。

公子在任年余，官声大著，行取到京。吏部考选天下官员，公子在部点名已毕，回到下处，焚香祷告天地，只愿山西为官，好访问玉堂春消息。须臾马上人来报："王爷点了山西巡按。"公子听说，两手加额："趁我平生之愿矣。"次日领了敕印，辞朝，连夜起马，往山西省城上任讫。即时发牌，先出巡平阳府。公子到平阳府，坐了察院，观看文卷。见苏氏玉堂春问了重刑，心内惊慌，其中必有蹊跷。随叫书吏过来："选一个能干事的，跟着我私行采访。你众人在内，不可走漏消息。"

公子时下换了素巾青衣，随跟书吏，暗暗出了察院。雇了两个骡子，往洪同县路上来。这赶脚的小伙，在路上闲问："二位客官往洪同县有甚贵干？"公子说："我来洪同县要娶个妾，不知谁会说媒？"小伙说："你又说娶小，俺县里一个财主，因娶了个小，害了性命。"公子问："怎的害了性命？"小伙说："这财主叫沈洪，妇人叫做玉堂春，他是京里娶来的。他那大老婆皮氏与那邻家赵昂私通，怕那汉子回来知道，一服毒药把沈洪药死了。这皮氏与赵昂反把玉堂春送到本县，将银买嘱官府衙门，将玉堂春屈打成招，问了死罪，送在监里。若不是亏了一个外郎，几时便死了。"公子又问："那玉堂春如今在监死了？"小伙说："不曾。"公子说："我要娶个小，你说可投着谁做媒？"

小伙说："我送你往王婆家去罢，他极会说媒。"公子说："你怎么知道他会说媒？"小伙说："赵昂与皮氏都是他做牵头。"公子说："如今下他家里罢。"小伙竟引到王婆家里，叫声："干娘！我送个客官在你家来，这客官要娶个小，你可与他说媒。"王婆说："累你，我转了钱来，谢你。"小伙自去了。公子夜间与王婆攀话。见他能言快语，是个积年的马泊六①了。到天明，又到赵监生前后门看了一遍，与沈洪家紧壁相通，可知做事方便。回来吃了早饭，还了王婆店钱。说："我不曾带得财礼，到省下回来，再作商议。"公子出的门来，雇了骡子，星夜回到省城，到晚进了察院，不题。

次早，星火发牌，按临洪同县。各官参见过，分付就要审录。王知县回县，叫刑房吏书，即将文卷审册，连夜开写停当，明日送审不题。

却说刘志仁与玉姐写了一张冤状，暗藏在身，到次日清晨，王知县坐在监门首，把应解犯人点将出来。玉姐披枷带锁，眼泪纷纷。随解子到了察院门首，伺候开门。巡捕官回风②已毕，解审牌出。公子先唤苏氏一起。玉姐口称冤枉，探怀中诉状呈上。公子抬头见玉姐这般模样，心中凄惨，叫听事官接上状来。公子看了一遍，问说："你从小嫁沈洪，可还接了几年客？"玉姐说："爷爷，我从小接着一个公子，他是南京礼部尚书三舍人。"

---

① 马泊六：替男女私情做牵引撮合的人，称为"马泊六"。
② 回风：旧时高级官员升厅的一种仪式，手下吏役向主官报告，一切已经准备妥当了，没有什么事故和情况。

公子怕他说出丑处，喝声："住了，我今只问你谋杀人命事，不消多讲。"玉姐说："爷爷，若杀人的事，只问皮氏便知。"公子叫皮氏问了一遍。玉姐又说了一遍。公子分付刘推官道："闻知你公正廉能，不肯玩法徇私，我来到任，尚未出巡，先到洪同县访得这皮氏药死亲夫，累苏氏受屈，你与我把这事情用心问断。"说罢，公子退堂。

刘推官回衙，升堂，就叫："苏氏，你谋杀亲夫，是何意故？"玉姐说："冤屈！分明是皮氏串通王婆，和赵监生合计毒死男子，县官要钱，逼勒成招。今日小妇拚死诉冤，望青天爷爷做主。"刘爷叫皂隶把皮氏采上来，问："你与赵昂奸情可真么？"皮氏抵赖没有。刘爷即时拿赵昂和王婆到来面对，用了一番刑法，都不肯招。刘爷又叫小段名："你送面与家主吃，必然知情！"喝教夹起。小段名说："爷爷，我说罢！那日的面，是俺娘亲手盛起，叫小妇人送与爹爹吃。小妇人送到西厅，爹叫新娘同吃。新娘关着门，不肯起身，回道：'不要吃。'俺爹自家吃了，即时口鼻流血死了。"刘爷又问赵昂奸情，小段名也说了。赵昂说："这是苏氏买来的硬证。"刘爷沉吟了一会，把皮氏这一起分头送监，叫一书吏过来："这起泼皮奴才，苦不肯招。我如今要用一计，用一个大柜，放在丹墀内，凿几个孔儿，你执纸笔暗藏在内，不要走漏消息。我再提来问他，不招，即把他们锁在柜左柜右，看他有甚么说话，你与我用心写来。"

刘爷分付已毕，书吏即办一大柜，放在丹墀，藏身于内。刘爷又叫皂隶，把皮氏一起提来再审。又问："招也不招？"赵昂、皮氏、王婆三人齐声哀告，说："就打死小的，那里招？"刘爷大怒，分付："你众人各自去吃饭来，把这起奴才着实拷问。把他放在丹墀里，连小段名四人锁于四处，不许他交头接耳。"皂隶把这四人锁在柜的四角，众人尽散。

却说皮氏抬起头来，四顾无人，便骂："小段名！小奴才！你如何乱讲？今日再乱讲时，到家中活敲杀你！"小段名说："不是夹得疼，我也不说。"王婆便叫："皮大姐，我也受这刑杖不过，等刘爷出来，说了罢。"赵昂说:"好娘,我那些亏着你,倘捱出官司去,我百般孝顺你,即把你做亲母。"王婆说:"我再不听你哄我。叫我圆成了,认我做亲娘,许我两石麦,还欠八升;许我一石米,都下了糠秕;段衣两套,止与我一条蓝布裙;许我好房子,不曾得住。你干的事,没天理,教我只管与你熬刑受苦。"皮氏说:"老娘,这遭出去,不敢忘你恩。捱过今日不招,便没事了。"柜里书吏把他说的话尽记了,写在纸上。

刘爷升堂,先叫打开柜子。书吏跑将出来,众人都唬软了。刘爷看了书吏所录口词,再要拷问,三人都不打自招。赵昂从头依直写得明白。各各画供已完,递至公案。刘爷看了一遍,问苏氏:"你可从幼为娼,还是良家出身?"苏氏将苏淮买良为贱,先遇王尚书公子,挥金三万,后被老鸨一秤金赶逐,将奴赚卖与沈洪为妾,一路未曾同睡,备细说了。刘推官情知王公子就是本院,提笔定罪:"皮氏凌迟处死,赵昂斩罪非轻。王婆赎药是通情,杖责段名示警。王县贪酷罢职,追赃不恕衙门。苏淮买良为贱合充军,一秤金三月立枷罪定。"刘爷做完申文,把皮氏一起俱已收监。次日亲捧招详,送解察院,公子依拟。留刘推官后堂待茶,问:"苏氏如何发放?"刘推官答言:"发还原籍,择夫另嫁。"公子屏去从人,与刘推官吐胆倾心,备述少年设誓之意:"今日烦贤府密地差人送至北京王银匠处暂居,足感足感。"刘推官领命奉行,自不必说。

却说公子行下关文[1],到北京本司院提到苏淮、一秤金依律问罪。苏淮已先故了。一秤金认得是公子,还叫王姐夫,被公子喝教重打六十,取一百斤大枷枷号。不勾半月,呜呼哀哉!正是:

万两黄金难买命,一朝红粉已成灰。

---

[1] 关文:意为各机关相互间行文查询和办理事件。

再说公子一年任满，复命还京。见朝已过，便到王匠处问信。王匠说有金哥伏侍，在顶银胡同居住。公子即往顶银胡同，见了玉姐，二人放声大哭。公子已知玉姐守节之美，玉姐已知王御史就是公子，彼此称谢。公子说："我父母娶了刘氏夫人，甚是贤德，他也知道你的事情，决不妒忌。"当夜同饮同宿，浓如胶漆。

次日，王匠、金哥都来磕头贺喜。公子谢二人昔日之恩，分付：本司院苏淮家当原是玉堂春置办的，今苏淮夫妇已绝，将遗下家财，拨与王匠、金哥二人管业，以报其德。上了个省亲本，辞朝，和玉堂春起马共回南京。到了自家门首，把门人急报老爷说："小老爷到了。"老爷听说甚喜。公子进到厅上，排了香案，拜谢天地，拜了父母兄嫂，两位姐夫、姐姐都相见了。又引玉堂春见礼已毕。玉姐进房，见了刘氏说："奶奶坐上，受我一拜。"刘氏说："姐姐怎说这话？你在先，奴在后。"玉姐说："奶奶是名门宦家之子，奴是烟花，出身微贱。"公子喜不自胜，当日正了妻妾之分，姊妹相称，一家和气。公子又叫："王定，你当先在北京三番四复规谏我，乃是正理。我今与老老爷说，将你做老管家。"以百金赏之。

后来王景隆官至都御史，妻妾俱有子，至今子孙繁盛。有诗叹云：

> 郑氏元和已著名，三官嫖院是新闻。
> 风流子弟知多少，夫贵妻荣有几人？

白娘子永镇雷峰塔

山外青山楼外楼,西湖歌舞几时休?
暖风薰得游人醉,直把杭州作汴州。

话说西湖景致,山水鲜明。晋朝咸和年间,山水大发,汹涌流入西门。忽然水内有牛一头见,浑身金色。后水退,其牛随行至北山,不知去向。哄动杭州市上之人,皆以为显化。所以建立一寺,名曰金牛寺。西门,即今之涌金门,立一座庙,号金华将军。当时有一番僧,法名浑寿罗,到此武林郡云游,玩其山景,道:"灵鹫山前小峰一座忽然不见,原来飞到此处。"当时人皆不信。僧言:"我记得灵鹫山前峰岭,唤做灵鹫岭,这山洞里有个白猿,看我呼出为验。"果然呼出白猿来。

山前有一亭,今唤做冷泉亭。又有一座孤山,生在西湖中。先曾有林和靖[①]先生在此山隐居,使人搬挑泥石,砌成一条走路,东接断桥,西接栖霞岭,因此唤作孤山路。又唐时有刺史白乐天,筑一条路,南至翠屏山,北至栖霞岭,唤做白公堤,不时被山水冲倒,不只一番,用官钱修理。后宋时苏东坡来做太守,因见有这两条路被水冲坏,就买木石,起人夫筑得坚固。六桥上朱红栏杆,堤上栽种桃柳,到春景融和,端的十分好景,堪描入画,后人因此只唤做苏公堤。又孤山路畔,起造两条石桥,分开水势,东边唤做断桥,西边唤做西宁桥。真乃:

隐隐山藏三百寺,依稀云锁二高峰。

---

① 林和靖:宋代诗人林逋的别号。

说话的,只说西湖美景,仙人古迹。俺今日且说一个俊俏后生,只因游玩西湖,遇着两个妇人,直惹得几处州城,闹动了花街柳巷。有分教才人把笔,编成一本风流话本。单说那子弟,姓甚名谁?遇着甚般样的妇人?惹出甚般样事?有诗为证:

清明时节雨纷纷,路上行人欲断魂。
借问酒家何处有,牧童遥指杏花村。

话说宋高宗南渡,绍兴年间,杭州临安府过军桥黑珠巷内,有一个宦家,姓李,名仁。见做南廊阁子库募事官[1],又与邵太尉管钱粮。家中妻子有一个兄弟许宣,排行小乙。他爹曾开生药店,自幼父母双亡,却在表叔李将仕家生药铺做主管,年方二十二岁。那生药店开在官巷口。忽一日,许宣在铺内做买卖,只见一个和尚来到门首,打个问讯,道:"贫僧是保叔塔寺内僧,前日已送馒头并卷子在宅上。今清明节近,追修祖宗,望小乙官到寺烧香,勿误。"许宣道:"小子准来。"和尚相别去了。许宣至晚归姐夫家去。原来许宣无有老小,只在姐姐家住。当晚与姐姐说:"今日保叔塔和尚来请烧筐子[2],明日要荐祖宗,走一遭了来。"

次日早起买了纸马、蜡烛、经幡、钱垛一应等项,吃了饭,换了新鞋袜衣服,把筐子、钱马使条袱子包了,径到官巷口李将仕家来。李将仕见了,问许宣何处去,许宣道:"我今日要去保叔塔烧筐子,追荐祖宗,乞叔叔容暇一日。"李将仕道:"你去便回。"

许宣离了铺中,入寿安坊,花市街,过井亭桥,往清河街后钱塘门,

---

[1] 南廊阁子库募事官:从话本中李募事的主官是邵太尉看来,这南廊阁子库,当是指的宋代的左藏南库,就是所谓"御前桩管激赏库",专门支应军需的。募事官是小吏性质的杂职。

[2] 筐子:用草编制的盛放迷信品如纸马冥锭等的包袋状的东西。

行石函桥,过放生碑,径到保叔塔寺。寻见送馒头的和尚,忏悔过疏头,烧了篦子,到佛殿上看众僧念经。吃斋罢,别了和尚,离寺迤逦闲走,过西宁桥、孤山路、四圣观,来看林和靖坟,到六一泉闲走。不期云生西北,雾锁东南,落下微微细雨,渐大起来。正是清明时节,少不得天公应时,催花雨下,那阵雨下得绵绵不绝。许宣见脚下湿,脱下了新鞋袜,走出四圣观来寻船,不见一只。正没摆布处,只见一个老儿摇着一只船过来。许宣暗喜,认时,正是张阿公。叫道:"张阿公,搭我则个。"老儿听得叫,认时,原来是许小乙。将船摇近岸来,道:"小乙官,着了雨,不知要何处上岸?"许宣道:"涌金门上岸。"

这老儿扶许宣下船,离了岸,摇近丰乐楼来。摇不上十数丈水面,只见岸上有人叫道:"公公,搭船则个。"许宣看时,是一个妇人,头戴孝头髻,乌云畔插着些素钗梳,穿一领白绢衫儿,下穿一条细麻布裙。这妇人肩下一个丫鬟,身上穿着青衣服,头上一双角髻,戴两条大红头须,插着两件首饰,手中捧着一个包儿,要搭船。那老张对小乙官道:"因风吹火,用力不多,一发搭了他去。"

许宣道:"你便叫他下来。"老儿见说,将船傍了岸边,那妇人同丫鬟下船,见了许宣,起一点朱唇,露两行碎玉,向前道一个万福。许宣慌忙起身答礼。那娘子和丫鬟舱中坐定了,娘子把秋波频转,瞧着许宣。许宣平生是个老实之人,见了此等如花似玉的美妇人,傍边又是个俊俏美女样的丫鬟,也不免动念。那妇人道:"不敢动问官人,高姓尊讳?"许宣答道:"在下姓许,名宣,排行第一。"妇人道:"宅上何处?"许宣道:"寒舍住在过军桥黑珠儿巷,生药铺内做买卖。"

那娘子问了一回,许宣寻思道:"我也问他一问。"起身道:"不敢拜问娘子高姓?潭府何处?"那妇人答道:"奴家是白三班白殿直之妹,嫁张官人,不幸亡过了,见葬在这雷岭。为因清明节近,今日带了丫鬟,往坟上祭扫了方回。不想值雨,若不是搭得官人便船,实是狼狈。"又闲讲了一回，迤逦船摇近岸。只见那妇人道："奴家一时心忙，不曾带得盘缠在身边，万望官人处借些船钱还了，并不有负。"许宣道："娘子自便，不妨，些须船钱，不必计较。"还罢船钱，那雨越不住，许宣挽了上岸。那妇人道："奴家只在箭桥双茶坊巷口，若不弃时，可到寒舍拜茶，纳还船钱。"许宣道："小事何消挂怀。天色晚了，改日拜望。"说罢，妇人共丫鬟自去。

许宣入涌金门，从人家屋檐下到三桥街，见一个生药铺，正是李将仕兄弟的店。许宣走到铺前，正见小将仕在门前。小将仕道："小乙哥，晚了那里去？"

许宣道："便是去保叔塔烧箆子，着了雨，望借一把伞则个。"将仕见说，叫道："老陈，把伞来与小乙官去。"不多时，老陈将一把雨伞撑开，道："小乙官，这伞是清湖八字桥老实舒家做的，八十四骨，紫竹柄的好伞，不曾有一些儿破，将去休坏了！仔细，仔细！"许宣道："不必分付。"接了伞，谢了将仕，出羊坝头来，到后市街巷口。只听得有人叫道："小乙官人。"许宣回头看时，只见沈公井巷口小茶坊屋檐下，立着一个妇人，认得正是搭船的白娘子。许宣道："娘子如何在此？"白娘子道："便是雨不得住，鞋儿都踏湿了。教青青回家取伞和脚下。又见晚下来，望官人搭几步则个。"

许宣和白娘子合伞到坝头，道："娘子到那里去？"白娘子道："过桥投箭桥去。"许宣道："小娘子，小人自往过军桥去，路又近了，不若娘子把伞将去，明日小人自来取。"白娘子道："却是不当，感谢官人厚意！"许宣沿人家屋檐下冒雨回来，只见姐夫家当直王安拿着钉靴雨伞来接不着，却好归来。到家内吃了饭。当夜思量那妇人，翻来覆去睡不着。梦中共日间见的一般，情意相浓。不想金鸡叫一声，却是南柯一梦。正是：

心猿意马驰千里，浪蝶狂蜂闹五更。

到得天明起来，梳洗罢，吃了饭，到铺中，心忙意乱，做些买卖也没心想。到午时后,思量道:"不说一谎,如何得这伞来还人?"当时许宣见老将仕坐在柜上,向将仕说道:"姐夫叫许宣归早些,要送人情,请暇半日。"将仕道:"去了,明日早些来!"许宣唱个喏,径来箭桥双茶坊巷口寻问白娘子家里。问了半日,没一个认得。正踌躇间,只见白娘子家丫鬟青青,从东边走来。许宣道:"姐姐,你家何处住?讨伞则个。"青青道:"官人随我来。"许宣跟定青青,走不多路,道:"只这里便是。"许宣看时,见一所楼房,门前两扇大门,中间四扇看街槅子眼,当中挂顶细密朱红帘子,四下排着十二把黑漆交椅,挂四幅名人山水古画。对门乃是秀王①府墙。那丫头转入帘子内,道:"官人请入里面坐。"许宣随步入到里面,那青青低低悄悄叫道:"娘子,许小乙官人在此。"白娘子里面应道:"请官人进里面拜茶。"许宣心下迟疑,青青三回五次催许宣进去。

许宣转到里面,只见四扇暗槅子窗,揭起青布幕,一个坐起,桌上放一盆虎须菖蒲,两边也挂四幅美人,中间挂一幅神像,桌上放一个古铜香炉花瓶。那小娘子向前深深的道一个万福,道:"夜来多蒙小乙官人应付周全,识荆之初,甚是感谢不浅!"许宣道:"些微何足挂齿。"白娘子道:"少坐拜茶。"茶罢,又道:"片时薄酒三杯,表意而已。"许宣方欲推辞,青青已自把菜蔬、果品流水排将出来。许宣道:"感谢娘子置酒,不当厚扰。"饮至数杯,许宣起身道:"今日天色将晚,路远,小子告回。"娘子道:"官人的伞,舍亲昨夜转借去了,再饮几杯,着人取来。"许宣道:"日晚,小子要回。"娘子道:"再饮一杯。"许宣道:"饮馔好了,多感,多感!"白娘子道:"既是官人要回,这伞相烦明日来取则个。"许宣只得相辞了回家。

至次日,又来店中做些买卖,又推个事故,却来白娘子家取伞。娘子见来,又备三杯相款。许宣道:"娘子还了小子的伞罢,不必多扰。"那娘

---

① 秀王:即赵昚(宋孝宗)本生父亲的封号"秀安僖王"的简称,赵昚原来是赵匡胤一系的子孙,赵构因为没有儿子,才从幼养了赵昚在宫中,后来继位的。

子道："既安排了，略饮一杯。"许宣只得坐下。那白娘子筛一杯酒，递与许宣，启樱桃口，露榴子牙，娇滴滴声音，带着满面春风，告道："小官人在上，真人面前说不得假话。奴家亡了丈夫，想必和官人有宿世姻缘，一见便蒙错爱。正是你有心，我有意。烦小乙官人寻一个媒证，与你共成百年姻眷，不枉天生一对，却不是好？"

许宣听那妇人说罢，自己寻思："真个好一段姻缘，若取得这个浑家，也不枉了。我自十分肯了，只是一件不谐，思量我日间在李将仕家做主管，夜间在姐夫家安歇，虽有些少东西，只好办身上衣服，如何得钱来娶老小？"自沉吟不答。只见白娘子道："官人何故不回言语？"许宣道："多感过爱，实不相瞒，只为身边窘迫，不敢从命。"娘子道："这个容易，我囊中自有余财，不必挂念。"便叫青青道："你去取一锭白银下来。"只见青青手扶栏杆，脚踏胡梯，取下一个包儿来，递与白娘子。娘子道："小乙官人，这东西将去使用，少欠时再来取。"亲手递与许宣。许宣接得包儿，打开看时，却是五十两雪花银子。藏于袖中，起身告回。

青青把伞来还了许宣，许宣接得相别，一径回家，把银子藏了。当夜无话。明日起来，离家到官巷口，把伞还了李将仕。许宣将些碎银子，买了一只肥好烧鹅、鲜鱼、精肉、嫩鸡、果品之类，提回家来。又买了一樽酒，分付养娘、丫鬟安排整下。那日却好姐夫李募事在家，饮馔俱已完备，来请姐夫和姐姐吃酒。

李募事却见许宣请他，到吃了一惊，道："今日做甚么子坏钞？日常不曾见酒盏儿面，今朝作怪！"三人依次坐定饮酒。酒至数杯，李募事道："尊舅，没事教你坏钞做甚么？"许宣道："多谢姐夫，切莫笑话，轻微何足挂齿。感谢姐夫、姐姐管雇多时，一客不烦二主人，许宣如今年纪长成，恐虑后无人养育，不是个处。今有一头亲事在此说起，望姐夫、姐姐与许宣主张，结果了一生终身也好。"姐夫、姐姐听得说罢，肚内暗自寻思，道："许宣日常一毛不拔，今日坏得些钱钞，便要我替他讨老小？"夫妻二人，你我相看，只不回话。吃酒了，许宣自做买卖。过了三两日，许宣寻思道："姐姐如何不说起？"

忽一日，见姐姐问道："曾向姐夫商量也不曾？"姐姐道："不曾。"许宣道："如何不曾商量？"姐姐道："这个事不比别样的事，仓卒不得，又见姐夫这几日面色心焦，我怕他烦恼，不敢问他。"许宣道："姐姐，你如何不上紧？这个有甚难处？你只怕我教姐夫出钱，故此不理。"许宣便起身到卧房中，开箱取出白娘子的银来，把与姐姐，道："不必推故，只要姐夫做主。"姐姐道："吾弟多时在叔叔家中做主管，积趱得这些私房，可知道要娶老婆！你且去，我安在此。"

却说李募事归来，姐姐道："丈夫，可知小舅要娶老婆，原来自趱得些私房，如今教我倒换些零碎使用，我们只得与他完就这亲事则个。"李募事听得说道："原来如此，得他积得些私房也好。拿来我看！"做妻的连忙将出银子，递与丈夫。李募事接在手中，番来覆去，看了上面凿的字号，大叫一声："苦！不好了，全家是死！"那妻吃了一惊，问道："丈夫，有甚么利害之事？"李募事道："数日前邵太尉库内封记锁押俱不动，又无地穴得入，平空不见了五十锭大银。见今着落临安府提捉贼人，十分紧急，没有头路得获，累害了多少人。出榜缉捕，写着字号、锭数，'有人捉获贼人、银子者，赏银五十两；知而不首，及窝藏贼人者，除正犯外，全家发边远充军。'这银子与榜上字号不差，正是邵太尉库内银子。即今捉捕十分紧急。正是火到身边，顾不得亲眷，自可去拨。明日事露，实难分说。不管他偷的、借的，宁可苦他，不要累我。只得将银子出首，免了一家之害。"老婆见说了，合口不得，目睁口呆。当时拿了这锭银子，径到临安府出首。

那大尹闻知这话，一夜不睡。次日，火速差缉捕使臣何立。何立带了伙伴，并一班眼明手快的公人，径到官巷口李家生药店提捉正贼许宣。到得柜边，发声喊，把许宣一条绳子绑缚了，一声锣，一声鼓，解上临安府来。正值韩大尹升厅，押过许宣，当厅跪下，喝声："打！"许宣道："告相公,不必用刑,不知许宣有何罪?"大尹焦躁道:"真赃正贼,有何理说!还说无罪?邵太尉府中不动封锁,不见了一号大银五十锭,见有李募事出首,一定这四十九锭也在你处。想不动封皮,不见了银子,你也是个妖人!不要打。"喝教:"拿些秽血来!"

许宣方知是这事,大叫道:"不是妖人,待我分说!"大尹道:"且住!你且说这银子从何而来?"许宣将借伞、讨伞的上项事,一一细说一遍。大尹道:"白娘子是甚么样人?见住何处?"许宣道:"凭他说,是白三班白殿直的亲妹子,如今见住箭桥边双茶坊巷口,秀王墙对黑楼子高坡儿内住。"那大尹随即便叫缉捕使臣何立押领许宣,去双茶坊巷口捉拿本妇前来。

何立等领了钩旨,一阵做公的径到双茶坊巷口秀王府墙对黑楼子前看时,门前四扇看阶,中间两扇大门,门外避藉陛,坡前却是垃圾,一条竹子横夹着。何立等见了这个模样,到都呆了!当时就叫捉了邻人,上首是做花的后大,下首是做皮匠的孙公。那孙公摆忙的吃他一惊,小肠气发,跌倒在地。众邻舍都走来,道:"这里不曾有甚么白娘子。这屋不五六年前有一个毛巡检合家时病死了,青天白日常有鬼出来买东西,无人敢在里头住。几日前,有个疯子立在门前唱喏。"

何立教众人解下横门竹竿,里面冷清清地,起一阵风,卷出一道腥气来。众人都吃了一惊,倒退几步。许宣看了,则声不得,一似呆的。做公的数中,有一个能胆大,排行第二,姓王,专好酒吃,都叫他做"好酒王二"。王二道:"都跟我来。"发声喊,一齐哄将入去,看时,板壁、坐起、桌凳都有。来到胡梯边,教王二前行,众人跟着,一齐上楼。楼上灰尘三寸厚,众人到房门前,推开房门一望,床上挂着一张帐子,箱笼都有,只见一个如花似玉穿着白的美貌娘子,坐在床上。众人看了,不敢向前。众人道:"不知娘子是神是鬼?我等奉临安大尹钩旨,唤你去与许宣执证公事。"那娘子端然不动。"好酒王二"道:"众人都不敢向前,怎的是了?你可将一坛酒来,与我吃了,做我不着,捉他去见大尹。"

警世通言 245

众人连忙叫两三个下去，提一坛酒来与王二吃。王二开了坛口，将一坛酒吃尽了，道："做我不着！"将那空坛望着帐子内打将去。不打万事皆休，才然打去，只听得一声响，却是青天里打一个霹雳，众人都惊倒了！起来看时，床上不见了那娘子，只见明晃晃一堆银子。众人向前看了，道："好了。"计数四十九锭。众人道："我们将银子去见大尹也罢。"扛了银子，都到临安府。何立将前事禀覆了大尹。大尹道："定是妖怪了。也罢，邻人无罪宁家。"差人送五十锭银子与邵太尉处，开个缘由，一一禀覆过了。许宣照"不应得为而为之事"，理重者决杖，免刺，配牢城营做工，满日疏放。

牢城营乃苏州府管下，李募事因出首许宣，心上不安，将邵太尉给赏的五十两银子，尽数付与小舅作为盘费。李将仕与书二封，一封与押司范院长[①]，一封与吉利桥下开客店的王主人。许宣痛哭一场，拜别姐夫、姐姐，带上行枷，两个防送人押着，离了杭州，到东新桥，下了航船。不一日，来到苏州。先把书去见了范院长并王主人。王主人与他官府上下使了钱，打发两个公人去苏州府，下了公文，交割了犯人，讨了回文，防送人自回。范院长、王主人保领许宣不入牢中，就在王主人门前楼上歇了。许宣心中愁闷，壁上题诗一首：

独上高楼望故乡，愁看斜日照纱窗。
平生自是真诚士，谁料相逢娇媚娘！
白白不知归甚处？青青岂识在何方？
抛离骨肉来苏地，思想家中寸断肠！

有话即长，无话即短。不觉光阴似箭，日月如梭，又在王主人家住了半年之上。忽遇九月下旬，那王主人正在门首闲立，看街上人来人往，只

[①] 院长：对于管理刑狱的吏役们的尊称。

见远远一乘轿子，傍边一个丫鬟跟着，道："借问一声：此间不是王主人家么？"王主人连忙起身，道："此间便是。你寻谁人？"丫鬟道："我寻临安府来的许小乙官人。"主人道："你等一等，我便叫了他出来。"这乘轿子便歇在门前。王主人便入去，叫道："小乙哥，有人寻你。"许宣听得，急走出来，同主人到门前看时，正是青青跟着，轿子里坐着白娘子。许宣见了，连声叫道："死冤家！自被你盗了官库银子，带累我吃了多少苦，有屈无伸，如今到此地位，又赶来做甚么？可羞死人！"那白娘子道："小乙官人，不要怪我，今番特来与你分辩这件事。我且到主人家里面与你说。"

白娘子叫青青取了包裹下轿。许宣道："你是鬼怪，不许入来。"挡住了门不放他。那白娘子与主人深深道了个万福，道："奴家不相瞒，主人在上，我怎的是鬼怪？衣裳有缝，对日有影。不幸先夫去世，教我如此被人欺负！做下的事是先夫日前所为，非干我事。如今怕你怨畅我，特地来分说明白了，我去也甘心。"主人道："且教娘子入来，坐了说。"那娘子道："我和你到里面，对主人家的妈妈说。"门前看的人自都散了。许宣入到里面，对主人家并妈妈道："我为他偷了官银子事，如此如此，因此教我吃场官司。如今又赶到此，有何理说？"白娘子道："先夫留下银子，我好意把你，我也不知怎的来的。"许宣道："如何做公的捉你之时，门前都是垃圾？就帐子里一响，不见了你？"

白娘子道："我听得人说，你为这银子捉了去，我怕你说出我来，捉我到官，妆幌子羞人不好看。我无奈何，只得走去华藏寺前姨娘家躲了，使人担垃圾堆在门前，把银子安在床上，央邻舍与我说谎。"许宣道："你却走了去，教我吃官事！"白娘子道："我将银子安在床上，只指望要好，那里晓得有许多事情？我见你配在这里，我便带了些盘缠，搭船到这里寻你。如今分说都明白了，我去也。敢是我和你前生没有夫妻之分！"那王主人道："娘子许多路来到这里，难道就去？且在此间住几日，却理会。"青青道："既是主人家再三劝解，娘子且住两日。当初也曾许嫁小乙官人。"白娘子随口便道：

"羞杀人！终不成奴家没人要？只为分别是非而来。"王主人道："既然当初许嫁小乙哥，却又回去？且留娘子在此。"打发了轿子，不在话下。

过了数日，白娘子先自奉承好了主人的妈妈，那妈妈劝主人与许宣说合，选定十一月十一日成亲，共百年谐老。光阴一瞬，早到吉日良时。白娘子取出银两，央王主人办备喜筵，二人拜堂结亲。酒席散后，共入纱厨，白娘子放出迷人声态，颠鸾倒凤，百媚千娇，喜得许宣如遇神仙，只恨相见之晚。正好欢娱，不觉金鸡三唱，东方渐白。正是：

欢娱嫌夜短，寂寞恨更长。

自此日为始，夫妻二人如鱼似水，终日在王主人家快乐昏迷缠定。

日往月来，又早半年光景。时临春气融和，花开如锦，车马往来，街坊热闹。许宣问主人家道："今日如何人人出去闲游，如此喧嚷？"主人道："今日是二月半，男子妇人，都去看卧佛。你也好去承天寺里闲走一遭。"许宣见说，道："我和妻说一声，也去看一看。"许宣上楼来，和白娘子说："今日二月半，男子、妇人都去看卧佛，我也看一看就来。有人寻说话，回说不在家，不可出来见人。"白娘子道："有甚好看，只在家中却不好？看他做甚么？"许宣道："我去闲耍一遭就回，不妨。"

许宣离了店内，有几个相识同走，到寺里看卧佛。绕廊下各处殿上观看了一遭。方出寺来，见一个先生，穿着道袍，头戴逍遥巾，腰系黄丝绦，脚着熟麻鞋，坐在寺前卖药，散施符水。许宣立定了看。那先生道："贫道是终南山道士，到处云游，散施符水，救人病患灾厄，有事的向前来。"

那先生在人丛中看见许宣头上一道黑气，必有妖怪缠他，叫道："你近来有一妖怪缠你，其害非轻。我与你二道灵符，救你性命。一道符，三更烧，一道符放在自头发内。"许宣接了符，纳头便拜，肚内道："我也八九分疑惑那妇人是妖怪，真个是实。"谢了先生，径回店中。

至晚，白娘子与青青睡着了，许宣起来道："料有三更了。"将一道符放在自头发内，正欲将一道符烧化，只见白娘子叹一口气道："小乙哥和我许多时夫妻，尚兀自不把我亲热，却信别人言语，半夜三更，烧符来压镇我！你且把符来烧看！"就夺过符来，一时烧化，全无动静。白娘子道："却如何？说我是妖怪！"许宣道："不干我事，卧佛寺前一云游先生知你是妖怪。"白娘子道："明日同你去看他一看，如何模样的先生。"

次日，白娘子清早起来，梳妆罢，戴了钗环，穿上素净衣服，分付青青看管楼上。夫妻二人来到卧佛寺前。只见一簇人团团围着那先生，在那里散符水。只见白娘子睁一双妖眼，到先生面前喝一声："你好无礼！出家人枉在我丈夫面前说我是一个妖怪，书符来捉我！"那先生回言："我行的是五雷天心正法，凡有妖怪，吃了我的符，他即变出真形来。"那白娘子道："众人在此，你且书符来我吃看。"那先生书一道符，递与白娘子；白娘子接过符来，便吞下去。众人都看，没些动静。众人道："这等一个妇人，如何说是妖怪？"众人把那先生齐骂，那先生骂得口睁眼呆，半晌无言，惶恐满面。白娘子道："众位官人在此，他捉我不得，我自小学得个戏术，且把先生试来与众人看。"只见白娘子口内喃喃的不知念些甚么，把那先生却似有人擒的一般，缩做一堆，悬空而起。众人看了，齐吃一惊。许宣呆了。娘子道："若不是众位面上，把这先生吊他一年。"白娘子喷口气，只见那先生依然放下，只恨爹娘少生两翼，飞也似走了。众人都散了。夫妻依旧回来。不在话下。日逐盘缠，都是白娘子将出来用度。正是：

夫唱妇随，朝欢暮乐。

不觉光阴似箭，又是四月初八日，释迦佛生辰。只见街市上人抬着柏亭浴佛，家家布施。许宣对王主人道："此间与杭州一般。"只见邻舍边一个小的，叫作铁头，道："小乙官人，今日承天寺里做佛会，你去看一看。"

许宣转身到里面，对白娘子说了。白娘子道："甚么好看，休去！"许宣道："去走一遭，散闷则个。"娘子道："你要去，身上衣服旧了，不好看，我打扮你去。"叫青青取新鲜时样衣服来。许宣着得不长不短，一似像体裁的，戴一顶黑漆头巾，脑后一双白玉环，穿一领青罗道袍，脚着一双皂靴，手中拿一把细巧百摺描金美人珊瑚坠上样春罗扇。打扮得上下齐整，那娘子分付一声，如莺声巧啭，道："丈夫早早回来，切勿教奴记挂！"

许宣叫了铁头相伴，径到承天寺来看佛会。人人喝采："好个官人！"只听得有人说道："昨夜周将仕典当库内，不见了四五千贯金珠细软物件，见今开单告官挨查，没捉人处。"许宣听得，不解其意，自同铁头在寺。其日烧香官人、子弟、男女人等，往往来来，十分热闹。许宣道："娘子教我早回，去罢。"转身，人丛中不见了铁头，独自个走出寺门来。只见五六个人似公人打扮，腰里挂着牌儿，数中一个看了许宣，对众人道："此人身上穿的，手中拿的，好似那话儿。"数中一个认得许宣的道："小乙官，扇子借我一看。"

许宣不知是计，将扇递与公人。那公人道："你们看这扇子扇坠，与单上开的一般！"众人喝声："拿了！"就把许宣一索子绑了，好似：数只皂雕追紫燕，一群饿虎啖羊羔。许宣道："众人休要错了，我是无罪之人。"众公人道："是不是，且去府前周将仕家分解！他店中失去五千贯金珠细软，白玉绦环，细巧百摺扇，珊瑚坠子，你还说无罪？真赃正贼，有何分说！实是大胆汉子，把我们公人作等闲看成。见今头上、身上、脚上，都是他家物件，公然出外，全无忌惮！"许宣方才呆了，半晌不则声。许宣道："原来如此！不妨，不妨，自有人偷得。"众人道："你自去苏州府厅上分说。"

次日大尹升厅，押过许宣见了。大尹审问："盗了周将仕库内金珠宝物在于何处？从实供来，免受刑法拷打。"许宣道："禀上相公做主，小人穿的衣服物件皆是妻子白娘子的，不知从何而来。望相公明镜详辨则个！"大尹喝道："你妻子今在何处？"许宣道："见在吉利桥下王主人楼上。"大尹即差缉捕使臣袁子明，押了许宣，火速捉来。差人袁子明来到王主人店中,主人吃了一惊,连忙问道:"做甚么?"许宣道:"白娘子在楼上么?"主人道:"你同铁头早去承天寺里,去不多时,白娘子对我说道:'丈夫去寺中闲耍,教我同青青照管楼上。此时不见回来,我与青青去寺前寻他去也,望乞主人替我照管。'出门去了,到晚不见回来。我只道与你去望亲戚,到今日不见回来。"众公人要王主人寻白娘子,前前后后,遍寻不见。袁子明将王主人捉了,见大尹回话。大尹道:"白娘子在何处?"王主人细细禀覆了,道:"白娘子是妖怪。"大尹一一问了,道:"且把许宣监了。"王主人使用了些钱,保出在外,伺候归结。

且说周将仕正在对门茶坊内闲坐,只见家人报道:"金珠等物都有了,在库阁头空箱子内。"周将仕听了,慌忙回家看时,果然有了。只不见了头巾、绦环、扇子并扇坠。周将仕道:"明是屈了许宣,平白地害了一个人,不好。"暗地里到与该房说了,把许宣只问个小罪名。

却说邵太尉使李募事到苏州干事,来王主人家歇。主人家把许宣来到这里,又吃官事,一一从头说了一遍。李募事寻思道:"看自家面上亲眷,如何看做落?"只得与他央人情,上下使钱。一日,大尹把许宣一一供招明白,都做在白娘子身上,只做"不合不出首妖怪"等事,杖一百,配三百六十里,押发镇江府牢城营做工。李募事道:"镇江去便不妨。我有一个结拜的叔叔,姓李,名克用,在针子桥下开生药店。我写一封书,你可去投托他。"许宣只得问姐夫借了些盘缠,拜谢了王主人并姐夫,就买酒饭与两个公人吃,收拾行李起程。王主人并姐夫送了一程,各自回去了。

且说许宣在路,饥餐渴饮,夜住晓行,不则一日,来到镇江。先寻李克用家,来到针子桥生药铺内。只见主管正在门前卖生药,老将仕从里面走出来,两个公人同许宣慌忙唱个喏道:"小人是杭州李募事家中人,有书在此。"主管接了,递与老将仕。老将仕拆开看了,道:"你便是许宣?"许宣道:"小人便是。"李克用教三人吃了饭,分付当直的同到府中,下了公文,使用了钱,保领回家,防送人讨了回文,自归苏州去了。许宣与当直一同到家中,拜谢了克用,参见了老安人。克用见李募事书,说道:"许宣原是生药店中主管。"因此留他在店中做买卖,夜间教他去五条巷卖豆腐的王公楼上歇。

克用见许宣药店中十分精细,心中欢喜。原来药铺中有两个主管,一个张主管,一个赵主管。赵主管一生老实本分,张主管一生克剥奸诈,倚着自老了,欺侮后辈。见又添了许宣,心中不悦,恐怕退了他,反生奸计,要嫉妒他。忽一日,李克用来店中闲看,问:"新来的做买卖如何?"张主管听了,心中道:"中我机谋了!"应道:"好便好了,只有一件……"克用道:"有甚么一件?"老张道:"他大主买卖肯做,小主儿就打发去了,因此人说他不好。我几次劝他,不肯依我。"老员外说:"这个容易,我自分付他便了,不怕他不依。"赵主管在傍听得此言,私对张主管说道:"我们都要和气,许宣新来,我和你照管他才是。有不是,宁可当面讲,如何背后去说他?他得知了,只道我们嫉妒。"老张道:"你们后生家,晓得甚么!"

天已晚了,各回下处。赵主管来许宣下处,道:"张主管在员外面前嫉妒你,你如今要愈加用心,大主、小主儿买卖,一般样做。"许宣道:"多承指教!我和你去闲酌一杯。"二人同到店中,左右坐下。酒保将要饭果碟摆下,二人吃了几杯。赵主管说:"老员外最性直,受不得触。你便依随他生性,耐心做买卖。"许宣道:"多谢老兄厚爱,谢之不尽!"又饮了两杯,天色晚了。赵主管道:"晚了路黑难行,改日再会。"许宣还了酒钱,各自散了。

许宣觉道有杯酒醉了,恐怕冲撞了人,从屋檐下回去。正走之间,只见一家楼上推开窗,将熨斗播灰下来,都倾在许宣头上。立住脚,便骂道:"谁家泼男女不生眼睛,好没道理!"只见一个妇人慌忙走下来,道:"官人休要骂,是奴家不是,一时失误了,休怪!"许宣半醉,抬头一看,两眼相观,正是白娘子。许宣怒从心上起,恶向胆边生,无明火焰腾腾高起三千丈,掩纳不住,便骂道:"你这贼贱妖精!连累得我好苦,吃了两场官

事!"恨小非君子,无毒不丈夫。正是:

踏破铁鞋无觅处,得来全不费工夫。

许宣道:"你如今又到这里,却不是妖怪?"赶将入去,把白娘子一把拿住,道:"你要官休,私休?"白娘子陪着笑面,道:"丈夫,一夜夫妻百夜恩,和你说来事长。你听我说,当初这衣服都是我先夫留下的,我与你恩爱深重,教你穿在身上。恩将仇报,反成吴越①。"许宣道:"那日我回来寻你,如何不见了?主人都说你同青青来寺前看我,因何又在此间?"白娘子道:"我到寺前,听得说你被捉了去,教青青打听不着,只道你脱身走了。怕来捉我,教青青连忙讨了一只船,到建康府娘舅家去。昨日才到这里。我也道连累你两场官事,还有何面目见你!你怪我也无用了,情意相投,做了夫妻,如今好端端,难道走开了?我与你情似泰山,恩同东海,誓同生死。可看日常夫妻之面,取我到下处,和你百年谐老,却不是好!"

许宣被白娘子一骗,回嗔作喜,沉吟了半晌,被色迷了心胆,留连之意,不回下处,就在白娘子楼上歇了。次日,来上河五条巷王公楼家,对王公说:"我的妻子同丫鬟从苏州来到这里。"——说了,道:"我如今搬回来一处过活。"王公道:"此乃好事,如何用说。"当日把白娘子同青青搬来王公楼上。次日,点茶请邻舍。第三日,邻舍又与许宣接风,酒筵散了,邻舍各自回去,不在话下。第四日,许宣早起梳洗已罢,对白娘子说:"我去拜谢东西邻舍,去做买卖去也。你同青青只在楼上照管,切勿出门!"分付已了,自到店中做买卖,早去晚回。

不觉光阴迅速,日月如梭,又过一月。忽一日,许宣与白娘子商量,

---

① 吴越:春秋时代,吴国和越国是两个积有仇怨的国家,互相攻伐,后来就用吴越两个字来形容积怨不和的人们。

去见主人李员外妈妈家眷。白娘子道:"你在他家做主管,去参见了他,也好日常走动。"到次日,雇了轿子,径进里面,请白娘子上了轿,叫王公挑了盒儿,丫鬟青青跟随,一齐来到李员外家。下了轿子,进到里面,请员外出来。李克用连忙来见,白娘子深深道个万福,拜了两拜,妈妈也拜了两拜,内眷都参见了。原来李克用年纪虽然高大,却专一好色,见了白娘子有倾国之姿,正是:

> 三魂不附体,七魄在他身。

那员外目不转睛看白娘子。当时安排酒饭管待,妈妈对员外道:"好个伶俐的娘子!十分容貌,温柔和气,本分老成。"员外道:"便是,杭州娘子生得俊俏。"酒饮罢了,白娘子相谢自回。李克用心中思想:"如何得这妇人共宿一宵?"眉头一簇,计上心来,道:"六月十三是我寿诞之日,不要慌,教这妇人着我一个道儿。"

不觉乌飞兔走,才过端午,又是六月初间。那员外道:"妈妈,十三日是我寿诞,可做一个筵席,请亲眷朋友闲耍一日,也是一生的快乐。"当日亲眷、邻友、主管人等,都下了请帖。次日,家家户户都送烛、面、手帕物件来。十三日都来赴筵,吃了一日。次日,是女眷们来贺寿,也有廿来个。且说白娘子也来,十分打扮,上着青织金衫儿,下穿大红纱裙,戴一头百巧珠翠金银首饰。带了青青,都到里面,拜了生日,参见了老安人。东阁下排着筵席。原来李克用是吃虱子留后腿的人,因见白娘子容貌,设此一计,大排筵席。各各传杯弄盏,酒至半酣,却起身脱衣净手。李员外原来预先分付腹心养娘道:"若是白娘子登东,他要进去,你可另引他到后面僻净房内去。"李员外设计已定,先自躲在后面。正是:

> 不劳钻穴逾墙事,稳做偷香窃玉人。

只见白娘子真个要去净手,养娘便引他到后面一间僻净房内去,养娘自回。那员外心中淫乱,捉身不住,不敢便走进去,却在门缝里张。不张万事皆休,则一张,那员外大吃一惊,回身便走,来到后边,望后倒了。不知一命如何,先觉四肢不举!那员外眼中不见如花似玉体态,只见房中蟠着一条吊桶来粗大白蛇,两眼一似灯盏,放出金光来。惊得半死,回身便走,一绊一跤。众养娘扶起看时,面青口白。主管慌忙用安魂定魄丹服了,方才醒来。老安人与众人都来看了,道:"你为何大惊小怪做甚么?"李员外不说其事,说道:"我今日起得早了,连日又辛苦了些,头风病发晕倒了。"扶去房里睡了。众亲眷再入席,饮了几杯,酒筵散罢,众人作谢回家。

　　白娘子回到家中思想,恐怕明日李员外在铺中对许宣说出本相来。便生一条计,一头脱衣服,一头叹气。许宣道:"今日出去吃酒,因何回来叹气?"白娘子道:"丈夫,说不得,李员外原来假做生日,其心不善。因见我起身登东,他躲在里面,欲要奸骗我,扯裙扯裤来调戏我。欲待叫起来,众人都在那里,怕妆幌子。被我一推倒地,他怕羞没意思,假说晕倒了。这惶恐那里出气!"许宣道:"既不曾奸骗你,他是我主人家,出于无奈,只得忍了这遭,休去便了。"白娘子道:"你不与我做主,还要做人?"许宣道:"先前多承姐夫写书教我投奔他家,亏他不阻,收留在家做主管,如今教我怎的好?"白娘子道:"男子汉,我被他这般欺负,你还去他家做主管?"许宣道:"你教我何处去安身?做何生理?"

　　白娘子道:"做人家主管也是下贱之事,不如自开一个生药铺。"许宣道:"亏你说,只是那讨本钱?"白娘子道:"你放心,这个容易。我明日把些银子,你先去赁了间房子,却又说话。"且说今是古,古是今,各处有这等出热的,间壁有一个人,姓蒋,名和,一生出热好事。次日,许宣问白娘子讨了些银子,教蒋和去镇江渡口马头上,赁了一间房子,买下一付生药厨柜,陆续收买生药。十月前后,俱已完备,选日开张药店,不去做主管。那李员外也自知惶恐,不去叫他。

许宣自开店来，不匡买卖一日兴一日，普得厚利。正在门前卖生药，只见一个和尚将着一个募缘簿子，道："小僧是金山寺和尚，如今七月初七日，是英烈龙王生日，伏望官人到寺烧香，布施些香钱。"许宣道："不必写名，我有一块好降香，舍与你拿去烧罢。"即便开柜取出，递与和尚。和尚接了，道："是日望官人来烧香。"打一个问讯去了。白娘子看见，道："你这杀才，把这一块好香与那贼秃去换酒肉吃！"许宣道："我一片诚心舍与他，花费了也是他的罪过。"

　　不觉又是七月初七日，许宣正开得店，只见街上闹热，人来人往。帮闲的蒋和道："小乙官，前日布施了香，今日何不去寺内闲走一遭？"许宣道："我收拾了，略待略待，和你同去。"蒋和道："小人当得相伴。"许宣连忙收拾了，进去对白娘子道："我去金山寺烧香，你可照管家里则个。"白娘子道："无事不登三宝殿，去做甚么？"许宣道："一者不曾认得金山寺，要去看一看；二者前日布施了，要去烧香。"白娘子道："你既要去，我也挡你不得，只要依我三件事。"许宣道："那三件？"白娘子道："一件，不要去方丈内去；二件，不要与和尚说话；三件，去了就回。来得迟，我便来寻你也。"许宣道："这个何妨，都依得。"

　　当时换了新鲜衣服鞋袜，袖了香盒，同蒋和径到江边，搭了船，投金山寺来。先到龙王堂烧了香，绕寺闲走了一遍，同众人信步来到方丈门前。许宣猛省道："妻子分付我休要进方丈内去。"立住了脚不进去。蒋和道："不妨事。他自在家中，回去只说不曾去便了。"说罢，走入去看了一回，便出来。且说方丈当中座上，坐着一个有德行的和尚，眉清目秀，圆顶方袍，看了模样，的是真僧。一见许宣走过，便叫侍者："快叫那后生进来。"侍者看了一回，人千人万，乱滚滚的，又不记得他，回说："不知他走那边去了？"和尚见说，持了禅杖，自出方丈来，前后寻不见。复身出寺来看，只见众人都在那里等风浪静了落船。那风浪越大了，道："去不得。"正看之间，只见江心里一只船，飞也似来得快。

许宣对蒋和道:"这般大风浪,过不得渡,那只船如何到来得快?"正说之间,船已将近。看时,一个穿白的妇人,一个穿青的女子来到岸边。仔细一认,正是白娘子和青青两个。许宣这一惊非小。白娘子来到岸边,叫道:"你如何不归?快来上船!"许宣却欲上船,只听得有人在背后喝道:"业畜!在此做甚么?"许宣回头看时,人说道:"法海禅师来了!"禅师道:"业畜,敢再来无礼,残害生灵!老僧为你特来。"白娘子见了和尚,摇开船,和青青把船一翻,两个都翻下水底去了。许宣回身看着和尚便拜:"告尊师,救弟子一条草命!"禅师道:"你如何遇着这妇人?"许宣把前项事情从头说了一遍。禅师听罢,道:"这妇人正是妖怪,汝可速回杭州去。如再来缠汝,可到湖南净慈寺里来寻我。有诗四句:本是妖精变妇人,西湖岸上卖娇声。汝因不识遭他计,有难湖南见老僧。"

　　许宣拜谢了法海禅师,同蒋和下了渡船,过了江,上岸归家。白娘子同青青都不见了,方才信是妖精。到晚来,教蒋和相伴过夜。心中昏闷,一夜不睡。次日早起,叫蒋和看看家里,却来到针子桥李克用家,把前项事情告诉了一遍。李克用道:"我生日之时,他登东,我撞将去,不期见了这妖怪,惊得我死去。我又不敢与你说这话。既然如此,你且搬来我这里住着,别作道理。"许宣作谢了李员外,依旧搬到他家。不觉住过两月有余。

　　忽一日,立在门前,只见地方总甲分付排门人等,俱要香花灯烛,迎接朝廷恩赦。原来是宋高宗策立孝宗,降赦通行天下,只除人命大事,其余小事,尽行赦放回家。许宣遇赦,欢喜不胜,吟诗一首,诗云:

　　　　感谢吾皇降赦文,网开三面许更新。
　　　　死时不作他邦鬼,生日还为旧土人。
　　　　不幸逢妖愁更甚,何期遇宥罪除根?
　　　　归家满把香焚起,拜谢乾坤再造恩。

许宣吟诗已毕，央李员外衙门上下打点，使用了钱，见了大尹，给引还乡。拜谢东邻西舍，李员外、妈妈、合家大小、二位主管，俱拜别了。央帮闲的蒋和买了些土物，带回杭州。来到家中，见了姐夫、姐姐，拜了四拜。

　　李募事见了许宣，焦躁道："你好生欺负人，我两遭写书教你投托人，你在李员外家娶了老小，不直得寄封书来教我知道，直恁的无仁无义！"许宣说："我不曾娶妻小。"姐夫道："见今两日前，有一个妇人，带着一个丫鬟，道是你的妻子。说你七月初七日去金山寺烧香，不见回来，那里不寻到。直到如今，打听得你回杭州，同丫鬟先到这里，等你两日了。"教人叫出那妇人和丫鬟，见了许宣。许宣看见，果是白娘子、青青。许宣见了，目睁口呆，吃了一惊。不在姐夫、姐姐面前说这话本，只得任他埋怨了一场。李募事教许宣共白娘子去一间房内去安身。

　　许宣见晚了，怕这白娘子，心中慌了，不敢向前，朝着白娘子跪在地下，道："不知你是何神何鬼？可饶我的性命！"白娘子道："小乙哥，是何道理？我和你许多时夫妻，又不曾亏负你，如何说这等没力气的话？"许宣道："自从和你相识之后，带累我吃了两场官司。我到镇江府，你又来寻我。前日金山寺烧香，归得迟了，你和青青又直赶来，见了禅师，便跳下江里去。我只道你死了，不想你又先到此。望乞可怜见，饶我则个！"

　　白娘子圆睁怪眼，道："小乙官，我也只是为好，谁想到成怨本！我与你平生夫妇，共枕同衾，许多恩爱。如今却信别人闲言语，教我夫妻不睦。我如今实对你说，若听我言语，喜喜欢欢，万事皆休。若生外心，教你满城皆为血水，人人手攀洪浪，脚踏浑波，皆死于非命。"惊得许宣战战兢兢，半晌无言可答，不敢走近前去。青青劝道："官人，娘子爱你杭州人生得好，又喜你恩情深重。听我说，与娘子和睦了，休要疑虑。"许宣吃两个缠不过，叫道："却是苦耶！"

　　只见姐姐在天井里乘凉，听得叫苦，连忙来到房前，只道他两个儿厮闹，拖了许宣出来。白娘子关上房门自睡。许宣把前因后事，一一对姐姐告诉了一遍。却好姐夫乘凉归房，姐姐道："他两口儿厮闹了，如今不知睡了也未，你且去张一张了来。"李募事走到房前看时，里头黑了，半亮不亮，将舌头咕破纸窗，不张万事皆休，一张时，见一条吊桶来大的蟒蛇，睡在床上，伸头在天窗内乘凉，鳞甲内放出白光来，照得房内如同白日。吃了一惊，回身便走。来到房中，不说其事。道："睡了，不见则声。"许宣躲在姐姐房中，不敢出头，姐夫也不问他。

过了一夜，次日，李募事叫许宣出去，到僻静处，问道："你妻子从何娶来？实实的对我说，不要瞒我！自昨夜亲眼看见他是一条大白蛇，我怕你姐姐害怕，不说出来。"许宣把从头事，一一对姐夫说了一遍。李募事道："既是这等，白马庙前一个呼蛇戴先生，如法捉得蛇。我同你去接他。"二人取路来到白马庙前，只见戴先生正立在门口。二人道："先生拜揖。"先生道："有何见谕？"许宣道："家中有一条大蟒蛇，相烦一捉则个！"先生道："宅上何处？"许宣道："过军将桥黑珠儿巷内李募事家便是。"取出一两银子道："先生收了银子，待捉得蛇，另又相谢。"先生收了道："二位先回，小子便来。"

李募事与许宣自回，那先生装了一瓶雄黄药水，一直来到黑珠儿巷内，问李募事家。人指道："前面那楼子内便是。"先生来到门前，揭起帘子，咳嗽一声，并无一个人出来。敲了半晌门，只见一个小娘子出来问道："寻谁家？"先生道："此是李募事家么？"小娘子道："便是。"先生道："说宅上有一条大蛇，却才二位官人来请小子捉蛇。"小娘子道："我家那有大蛇？你差了。"先生道："官人先与我一两银子，说捉了蛇后，有重谢。"白娘子道："没有，休信他们哄你。"先生道："如何作耍？"白娘子三回五次发落不去，焦躁起来，道："你真个会捉蛇？只怕你捉他不得！"戴先生道："我祖宗七八代呼蛇捉蛇，量道一条蛇有何难捉！"娘子道："你说捉得，只怕你见了要走！"先生道："不走，不走！如走，罚一锭白银。"娘子道："随我来。"到天井内，那娘子转个弯，走进去了。那先生手中提着

瓶儿,立在空地上。不多时,只见刮起一阵冷风,风过处,只见一条吊桶来大的蟒蛇,连射将来,正是:

> 人无害虎心,虎有伤人意。

且说那戴先生吃了一惊,望后便倒,雄黄罐儿也打破了。那条大蛇张开血红大口,露出雪白齿,来咬先生。先生慌忙爬起来,只恨爹娘少生两脚,一口气跑过桥来,正撞着李募事与许宣。许宣道:"如何?"那先生道:"好教二位得知。"把前项事从头说了一遍。取出那一两银子,付还李募事道:"若不生这双脚,连性命都没了。二位自去照顾别人。"急急的去了。许宣道:"姐夫,如今怎么处?"李募事道:"眼见实是妖怪了,如今赤山埠前张成家欠我一千贯钱。你去那里静处讨一间房儿住下。那怪物不见了你,自然去了。"

许宣无计可奈,只得应承。同姐夫到家时,静悄悄的,没些动静。李募事写了书帖,和票子做一封,教许宣往赤山埠去。只见白娘子叫许宣到房中,道:"你好大胆,又叫甚么捉蛇的来!你若和我好意,佛眼相看;若不好时,带累一城百姓受苦,都死于非命!"

许宣听得,心寒胆战,不敢则声。将了票子,闷闷不已。来到赤山埠前,寻着了张成,随即袖中取票时,不见了。只叫得苦,慌忙转步,一路寻回来时,那里见!正闷之间,来到净慈寺前。忽地里想起那金山寺长老法海禅师曾分付来:"倘若那妖怪再来杭州缠你,可来净慈寺内来寻我。"如今不寻,更待何时!急入寺中,问监寺道:"动问和尚,法海禅师曾来上刹也未?"那和尚道:"不曾到来。"许宣听得说不在,越闷。折身便回来长桥堍下,自言自语道:"时衰鬼弄人,我要性命何用?"看着一湖清水,却待要跳!正是:

阎王判你三更到，定不容人到四更。

　　许宣正欲跳水，只听得背后有人叫道："男子汉何故轻生！死了一万口，只当五千双，有事何不问我？"许宣回头看时，正是法海禅师，背驮衣钵，手提禅杖，原来真个才到。也是不该命尽，再迟一碗饭时，性命也休了。许宣见了禅师，纳头便拜，道："救弟子一命则个！"禅师道："这业畜在何处？"许宣把上项事一一诉了，道："如今又直到这里，求尊师救度一命。"禅师于袖中取出一个钵盂，递与许宣，道："你若到家，不可教妇人得知，悄悄地将此物劈头一罩，切勿手轻，紧紧的按住，不可心慌。你便回去。"

　　且说许宣，拜谢了禅师回家。只见白娘子正坐在那里，口内喃喃的骂道："不知甚人挑拨我丈夫和我做冤家，打听出来，和他理会！"正是有心等了没心的，许宣张得他眼慢，背后悄悄的望白娘子头上一罩，用尽平生气力纳住，不见了女子之形，随着钵盂慢慢的按下，不敢手松，紧紧的按住。只听得钵盂内道："和你数载夫妻，好没一些儿人情！略放一放！"许宣正没了结处，报道："有一个和尚，说道：'要收妖怪。'"许宣听得，连忙教李募事请禅师进来。来到里面，许宣道："救弟子则个！"不知禅师口里念的甚么，念毕，轻轻的揭起钵盂，只见白娘子缩做七八寸长，如傀儡人像，双眸紧闭，做一堆儿伏在地下。禅师喝道："是何业畜妖怪，怎敢缠人？可说备细！"白娘子答道："禅师，我是一条大蟒蛇，因为风雨大作，来到西湖上安身，同青青一处。不想遇着许宣，春心荡漾，按纳不住，一时冒犯天条，却不曾杀生害命，望禅师慈悲则个！"禅师又问："青青是何怪？"白娘子道："青青是西湖内第三桥下潭内千年成气的青鱼，一时遇着，拖他为伴。他不曾得一日欢娱，并望禅师怜悯！"禅师道："念你千年修炼，免你一死，可现本相！"白娘子不肯。

　　禅师勃然大怒，口中念念有词，大喝道："揭谛何在？快与我擒青鱼怪来，和白蛇现形，听吾发落！"须臾，庭前起一阵狂风，风过处，只闻得豁刺一声响,半空中坠下一个青鱼,有一丈多长,向地拨刺的连跳几跳,缩做尺余长一个小青鱼。看那白娘子时,也复了原形,变了三尺长一条白蛇,兀自昂头看着许宣。禅师将二物置于钵盂之内,扯下褊衫一幅,封了钵盂口,拿到雷峰寺前,将钵盂放在地下,令人搬砖运石,砌成一塔。后来许宣化缘,砌成了七层宝塔。千年万载,白蛇和青鱼不能出世。

且说禅师押镇了,留偈四句:

西湖水干,江潮不起;雷峰塔倒,白蛇出世。

法海禅师言偈毕,又题诗八句,以劝后人:

奉劝世人休爱色,爱色之人被色迷。
心正自然邪不扰,身端怎有恶来欺。
但看许宣因爱色,带累官司惹是非。
不是老僧来救护,白蛇吞了不留些。

法海禅师吟罢,各人自散。惟有许宣情愿出家,礼拜禅师为师,就雷峰塔披剃为僧。修行数年,一夕坐化去了。众僧买龛烧化,造一座骨塔,千年不朽。临去世时,亦有诗八句,留以警世,诗曰:

祖师度我出红尘,铁树开花始见春。
化化轮回重化化,生生转变再生生。
欲知有色还无色,须识无形却有形。
色即是空空即色,空空色色要分明。

宿香亭张浩遇莺莺

闲向书斋阅古今，生非草木岂无情。
佳人才子多奇遇，难比张生遇李莺。

话说西洛有一才子，姓张，名浩，字巨源，自儿曹时清秀异众。既长，才摛蜀锦，貌莹寒冰，容止可观，言词简当。承祖父之遗业，家藏镪数万，以财豪称于乡里。贵族中有慕其门第者，欲结婚姻；虽媒妁日至，浩正色拒之。人谓浩曰："君今冠矣，男子二十而冠，何不求良家令德女子配君？其理安在？"浩曰："大凡百岁姻缘，必要十分美满。某虽非才子，实慕佳人。不遇出世娇姿，宁可终身鳏处。且俟功名到手之日，此愿或可遂耳！"缘此至弱冠之年，犹未纳室。

浩性喜厚自奉养，所居连檐重阁，洞户相通，华丽雄壮，与王侯之家相等。浩犹以为隘窄，又于所居之北，创置一园。中有：

风亭月榭，杏坞桃溪；云楼上倚晴空，水阁下临清沘。横塘曲岸，露偃月虹桥；朱槛雕栏，叠生云怪石。烂熳奇花艳蕊，深沉竹洞花房。飞异域佳禽，植上林珍果。绿荷密锁寻芳路，翠柳低笼斗草场。

浩暇日，多与亲朋宴息其间。西都①风俗，每至春时，园圃无大小，

---

① 西都：宋代时，洛阳被称为河南府，又称西京。西都就是指的洛阳。汴梁在洛阳以东，汴梁又称东京。而在唐朝时，长安在洛阳以西，因而长安为西京，洛阳为东都，后又称东京。

皆修莳花木，洒扫亭轩，纵游人玩赏，以此递相夸逞，士庶为常。浩间巷有名儒廖山甫者，学行俱高，可为师范，与浩情爱至密。浩喜园馆新成，花木茂盛，一日，邀山甫闲步其中，行至宿香亭共坐。时当仲春，桃李正芳，牡丹花放，嫩白妖红，环绕亭砌。浩谓山甫曰："淑景明媚，非诗酒莫称韶光。今日幸无俗事，先饮数杯，然后各赋一诗，咏尽前景物。虽园圃消疏，不足以当君之盛作，若得一诗，可以永为壮观。"山甫曰："愿听指挥。"浩喜，即呼小童，具饮器、笔砚于前。酒三行，方欲索题，忽遥见亭下花间，有流莺惊飞而起。山甫曰："莺语堪听，何故惊飞？"浩曰："此无他，料必有游人偷折花耳。邀先生一往观之。"遂下宿香亭，径入花阴，蹑足潜身，寻踪而去。过太湖石畔，芍药栏边，见一垂鬟女子，年方十五，携一小青衣，倚栏而立。但见：

新月笼眉，春桃拂脸，意态幽花未艳，肌肤嫩玉生光。莲步一折，着弓弓扣绣鞋儿；螺髻双垂，插短短紫金钗子。似向东君夸艳态，倚栏笑对牡丹丛！

浩一见之，神魂飘荡，不能自持。又恐女子惊避，引山甫退立花阴下，端详久之，真出世色也。告山甫曰："尘世无此佳人，想必上方花月之妖！"山甫曰："花月之妖，岂敢昼见？天下不乏美妇人，但无缘者自不遇耳。"浩曰："浩阅人多矣，未尝见此殊丽。使浩得配之，足快平生。兄有何计，使我早遂佳期，则成我之恩，与生我等矣！"山甫曰："以君之门第才学，欲结婚姻，易如反掌，何须如此劳神！"浩曰："君言未当，若不遇其人，宁可终身不娶。今既遇之，即顷刻亦难捱也。媒妁通问，必须岁月，将无已在枯鱼之肆①乎！"山甫曰："但患不谐，苟得谐，何患晚也。请询

---

① 枯鱼之肆：典出《庄子》。比喻无法挽救的绝境。

其踪迹，然后图之。"

浩此时情不自禁，遂整巾正衣，向前而揖。女子敛袂答礼。浩启女子曰："贵族谁家？何因至此？"女子笑曰："妾乃君家东邻也。今日长幼赴亲族家会，惟妾不行。闻君家牡丹盛开，故与青衣潜启隙户至此。"浩闻此语，乃知李氏之女莺莺也，与浩童稚时曾共扶栏之戏。再告女子曰："敝园荒芜，不足寓目，幸有小馆，欲备肴酒，尽主人接邻里之欢，如何？"女曰："妾之此来，本欲见君。若欲开樽，决不敢领。愿无及乱，略诉此情。"浩拱手鞠躬而言曰："愿闻所谕！"女曰："妾自幼年慕君清德，缘家有严亲，礼法所拘，无因与君聚会。今君犹未娶，妾亦垂髫，若不以丑陋见疏，为通媒妁，使妾异日奉箕帚之末，立祭祀之列，奉侍翁姑，和睦亲族，成两姓之好，无七出之玷，此妾之素心也。不知君心还肯从否？"

浩闻此言，喜出望外，告女曰："若得与丽人偕老，平生之乐事足矣。但未知缘分何如耳？"女曰："两心既坚，缘分自定。君果见许，愿求一物为定，使妾藏之异时，表今日相见之情。"浩仓卒中无物表意，遂取系腰紫罗绣带，谓女曰："取此以待定议。"女亦取拥项香罗，谓浩曰："请君作诗一篇，亲笔题于罗上，庶几他时可以取信。"浩心转喜，呼童取笔砚，指栏中未开牡丹为题，赋诗一绝于香罗之上，诗曰：

沉香亭畔露凝枝，敛艳含娇未放时。
自是名花待名手，风流学士独题诗。

女见诗大喜，取香罗在手，谓浩曰："君诗句清妙，中有深意，真才子也。此事切宜缄口，勿使人知，无忘今日之言，必遂他时之乐。父母恐回，妾且归去。"道罢，莲步却转，与青衣缓缓而去。

浩时酒兴方浓，春心淫荡，不能自遏，自言："下坡不赶，次后难逢。

争忍弃人归去？杂花影下，细草如茵，略效鸳鸯，死亦无恨！"遂奋步赶上，双手抱持。女子顾恋恩情，不忍移步绝裾而去，正欲启口致辞，含羞告免。忽自后有人言曰："相见已非正礼，此事决然不可！若能用我一言，可以永谐百岁。"浩舍女回视，乃山甫也。女子已去。山甫曰："但凡读书，盖欲知礼别嫌。今君诵孔圣之书，何故习小人之态？若使女子去迟，父母先回，必询究其所往，则女祸延及于君。岂可恋一时之乐，损终身之德？请君三思，恐成后悔。"浩不得已，怏怏复回宿香亭上，与山甫尽醉散去。自此之后，浩但当歌不语，对酒无欢，月下长吁，花前偷泪。

俄而绿暗红稀，春光将暮。浩一日独步闲斋，反覆思念，一段离愁，方恨无人可诉。忽有老尼惠寂自外而来，乃浩家香火院之尼也。浩礼毕，问曰："吾师何来？"寂曰："专来传达书信。"浩问："何人致意于我？"寂移坐促席谓浩曰："君东邻李家女子莺莺，再三申意。"浩大惊，告寂曰："宁有是事，吾师勿言！"寂曰："此事何必自隐？听寂拜闻：李氏为寂门徒二十余年，其家长幼相信。今日因往李氏诵经，知其女莺莺染病，寂遂劝令勤服汤药。莺屏去侍妾，私告寂曰：'此病岂药所能愈耶！'寂再三询其仔细，莺遂说及园中与君相见之事，又出罗巾上诗，向寂言：'此即君所作也。'令我致意于君，幸勿相忘，以图后会。盖莺与寂所言也，君何用隐讳耶？"浩曰："事实有之，非敢自隐。但虑传扬遐迩，取笑里闾。今日吾师既知，使浩如何而可？"寂曰："早来既知此事，遂与莺父母说及莺亲事，答云：'女儿尚幼，未能干家。'观其意在二三年后，方始议亲。更看君缘分如何？"言罢，起身谓浩曰："小庵事冗，不及款话，如日后欲寄音信，但请垂谕！"遂相别去。

自此香闺密意，书幌幽怀，皆托寂私传。光阴迅速，倏忽之间，已经一载。节过清明，桃李飘零，牡丹半折。浩倚栏凝视，睹物思人，情绪转添。久之，自思去岁此时，相逢花畔，今岁花又重开，玉人难见。沉吟半响，不若折花数枝，托惠寂寄莺莺同赏。遂召寂至，告曰："今折得花数枝，烦吾师持往李氏，但云吾师所献。若见莺莺，作浩起居：去岁花开时，相见于西栏畔；今花又开，人犹间阻。相忆之心，言不可尽。愿似叶如花，年年长得相见。"寂曰："此事易为，君可少待。"遂持花去。逾时复来，浩迎问："如何？"寂于袖中取彩笺小束，告浩曰："莺莺寄君，切勿外启！"寂乃辞去。浩启封视之，曰：

妾莺莺拜启：相别经年，无日不怀思忆。前令乳母以亲事白于父母，坚意不可。事须后图，不可仓卒。愿君无忘妾，妾必不负君！姻若不成，誓不他适。其他心事，询寂可知。昨夜宴花前，众皆欢笑，独妾悲伤。偶成小词，略诉心事。君读之，可以见妾之意。读毕毁之，切勿外泄！词曰：

红疏绿密时暄，还是困人天。相思极处，凝睛月下，洒泪花前。誓约已知俱有愿，奈目前两处悬悬！鸾凤未偶，清宵最苦，月甚先圆。

浩览毕，敛眉长叹，曰："好事多磨，信非虚也！"展放案上，反覆把玩，不忍释手。感刻寸心，泪下如雨。又恐家人见疑，询其所因，遂伏案掩面，偷声潜泣。良久，举首起视，见日影下窗，暝色已至。浩思适来书中言"心事询寂可知"，今抱愁独坐，不若询访惠寂，究其仔细，庶几少解情怀。遂徐步出门，路过李氏之家。时夜色已阑，门户皆闭，浩至此，想像莺莺，心怀爱慕，步不能移，指李氏之门曰："非插翅步云，安能入此？"方徘徊未进，忽见旁有隙户半开，左右寂无一人。浩大喜曰："天赐此便，成我佳期。远托惠寂，不如潜入其中，探问莺莺消息。"浩为情爱所重，不顾礼法，蹑足而入。既到中堂，匿身回廊之下。左右顾盼，但见：

闲庭悄悄,深院沉沉。静中闻风响丁当,暗里见流萤聚散。更筹渐急,窗中风弄残灯;夜色已阑,阶下月移花影。香闺想在屏山后,远似巫阳千万重。

浩至此,茫然不知所往。独立久之,心中顿省。自思设若败露,为之奈何?不惟身受苦楚,抑且玷辱祖宗,此事当款曲图之。不期隙户已闭,返转回廊,方欲寻路复归,忽闻室中有低低而唱者。浩思深院净夜,何人独歌?遂隐住侧身,静听所唱之词,乃《行香子》词:

雨后风微,绿暗红稀燕巢成。蝶绕残枝,杨花点点,永日迟迟,动离怀,牵别恨,鹧鸪啼。辜负佳期,虚度芳时。为甚褪尽罗衣?宿香亭下,红芍栏西。当时情,今日恨,有谁知!

但觉如雏莺啭翠柳阴中,彩凤鸣碧梧枝上。想是清夜无人,调韵转美。浩审词察意,若非莺莺,谁知宿香亭之约?但得一见其面,死亦无悔。方欲以指击窗,询问仔细,忽有人叱浩曰:"良士非媒不聘,女子无故不婚。今女按板于窗中,小子逾墙到厅下,皆非善行,玷辱人伦。执诣有司,永作淫奔之戒。"

浩大惊退步,失脚堕于砌下,久之方醒。开目视之,乃伏案昼寝于书窗之下,时日将晡矣。浩曰:"异哉梦也!何显然如是?莫非有相见之期,故先垂吉兆告我?"方心绪扰扰未定,惠寂复来,浩讯其意。寂曰:"适来只奉小柬而去,有一事偶忘告君。莺莺传语,他家所居房后,乃君家之东墙也,高无数尺。其家初夏二十日,亲族中有婚姻事,是夕举家皆往,莺托病不行。令君至期,于墙下相待,欲逾墙与君相见,君切记之。"惠寂且去,浩欣喜之心,言不能尽。

屈指数日,已至所约之期。浩遂张帷幄,具饮馔,器用玩好之物,皆列于宿香亭中。日既晚,悉逐僮仆出外,惟留一小鬟。反闭园门,倚梯近墙,屏立以待。未久,夕阳消柳外,暝色暗花间,斗柄指南,夜传初鼓。浩曰:"惠寂之言岂非谑我乎?……"语犹未绝,粉面新妆,半出短墙之上,浩举目仰视,乃莺莺也。急升梯扶臂而下,携手偕行,至宿香亭上。明烛并坐,细视莺莺,欣喜转盛。告莺曰:"不谓丽人果肯来此!"莺曰:"妾之此身,异时欲作闺门之事,今日宁肯诳语!"浩曰:"肯饮少酒,共庆今宵佳会可乎?"莺曰:"难禁酒力,恐来朝获罪于父母。"浩曰:"酒既不饮,略歇如何?"莺笑倚浩怀,娇羞不语。浩遂与解带脱衣,入鸳帏共寝。但见:

宝炬摇红,麝衼吐翠。金缕绣屏深掩,绀纱斗帐低垂。并连鸳枕,如双双比目同波;共展香衾,似对对春蚕作茧。向人尤殢春情事,一搦纤腰怯未禁。

须臾,香汗流酥,相偎微喘,虽楚王梦神女,刘阮入桃源,相得之欢,皆不能比。少顷,莺告浩曰:"夜色已阑,妾且归去。"浩亦不敢相留,遂各整衣而起。浩告莺曰:"后会未期,切宜保爱!"莺曰:"去岁偶然相遇,犹作新诗相赠,今夕得侍枕席,何故无一言见惠?岂非猥贱之躯,不足当君佳句?"浩笑谢莺曰:"岂有此理!"谨赋一绝:

华胥佳梦徒闻说,解佩江皋浪得声。
一夕东轩多少事,韩生虚负窃香名。

莺得诗,谓浩曰:"妾之此身,今已为君所有,幸终始成之。"遂携手下亭,转柳穿花,至墙下,浩扶策莺升梯而去。

自此之后,虽音耗时通,而会遇无便。经数日,忽惠寂来告曰:"莺莺致意，其父守官河朔，来日挈家登程，愿君莫忘旧好。候回日，当议秦晋之礼[①]！"惠寂辞去。浩神悲意惨，度日如年，抱恨怀愁，俄经二载。一日，浩季父召浩语曰："吾闻不孝以无嗣为大，今汝将及当立之年，犹未纳室，虽未至绝嗣，而内政亦不可缺。此中有孙氏者，累世仕宦，家业富盛，其女年已及笄，幼奉家训，习知妇道。我欲与汝主婚，结亲孙氏。今若失之，后无令族。"浩素畏季父赋性刚暴，不敢抗拒，又不敢明言李氏之事，遂通媒妁，与孙氏议姻。

择日将成，而莺莺之父任满方归。浩不能忘旧情，乃遣惠寂密告莺曰："浩非负心，实被季父所逼，复与孙氏结亲，负心违愿，痛彻心髓！"莺谓寂曰："我知其叔父所为，我必能自成其事。"寂曰："善为之！"遂去。莺启父母曰："儿有过恶，玷辱家门，愿先启一言，然后请死！"父母惊骇，询问："我儿何自苦如此？"莺曰："妾自幼岁慕西邻张浩才名，曾以此身私许偕老。曾令乳母白父母欲与浩议姻，当日尊严不蒙允许。今闻浩与孙氏结婚，弃妾此身，将归何地？然女行已失，不可复嫁他人，此愿若违，含笑自绝！"

父母惊谓莺曰："我止有一女，所恨未能选择佳婿。若早知，可以商议。今浩既已结婚，为之奈何？"莺曰："父母许以儿归浩，则妾自能措置。"父曰："但愿亲成，一切不问。"莺曰："果如是，容妾诉于官府。"遂取纸作状，更服旧妆，径至河南府讼庭之下。龙图阁待制陈公方据案治事，见一女子执状向前。公停笔问曰："何事？"

莺莺敛身跪告曰："妾诚诳妄，上渎高明，有状上呈。"公令左右取状展视云：

告状妾李氏：切闻语云："女非媒不嫁。"此虽至论，亦有未然，何也？昔文君心喜司马，贾午志慕韩寿，此二女皆有私奔之名，而不受无媒

[①] 秦晋之礼：春秋时期，秦晋两国王室世代通婚，后来遂把结婚称为"结秦晋之好"。

270 三言二拍精选集

之谤。盖所归得人，青史标其令德，注在篇章，使后人断其所为，免委身于庸俗。妾于前岁慕西邻张浩才名，已私许之偕老。言约已定，誓不变更。今张浩忽背前约，使妾呼天叩地，无所告投！切闻律设大法，礼顺人情。若非判府龙图明断，孤寡终身何恃！为此冒耻渎尊，幸望台慈，特赐予决！谨状。

陈公读毕，谓莺莺曰："汝言私约已定，有何为据？"莺取怀中香罗并花笺上二诗，皆浩笔也。陈公命追浩至公庭，责浩与李氏既已约婚，安可再婚孙氏？浩仓卒但以叔父所逼为辞，实非本心。再讯莺曰："尔意如何？"莺曰："张浩才名，实为佳婿。使妾得之，当克勤妇道。实龙图主盟之大德。"陈公曰："天生才子佳人，不当使之孤另，我今曲与汝等成之。"遂于状尾判云：

花下相逢，已有终身之约；中道而止，竟乖偕老之心。在人情既出至诚，论律文亦有所禁。宜从先约，可断后婚。

判毕，谓浩曰："吾今判合与李氏为婚。"二人大喜，拜谢相公恩德，遂成夫妇，偕老百年。后生二子，俱擢高科。有诗为证：

当年崔氏赖张生，今日张生仗李莺。

同是风流千古话，西厢不及宿香亭。

杜十娘怒沉百宝箱

扫荡残胡立帝畿，龙翔凤舞势崔嵬。
左环沧海天一带，右拥太行山万围。
戈戟九边雄绝塞，衣冠万国仰垂衣。
太平人乐华胥世，永永金瓯共日辉。

这首诗，单夸我朝燕京建都之盛。说起燕都的形势，北倚雄关，南压区夏，真乃金城天府，万年不拔之基。当先洪武爷扫荡胡尘，定鼎金陵，是为南京。到永乐爷从北平起兵靖难，迁于燕都，是为北京。只因这一迁，把个苦寒地面，变作花锦世界。自永乐爷九传至于万历爷，此乃我朝第十一代的天子。这位天子，聪明神武，德福兼全，十岁登基，在位四十八年，削平了三处寇乱。那三处？日本关白[1]平秀吉[2]，西夏哱承恩[3]，播州杨应龙[4]。平秀吉侵犯朝鲜，哱承恩、杨应龙是土官谋叛，先后削平。远夷莫不畏服，争来朝贡。真个是：

一人有庆民安乐，四海无虞国太平。

话中单表万历二十年间，日本国关白作乱，侵犯朝鲜[5]。朝鲜国王上表

---

[1] 关白：日本最高级的大臣，相当于宰相的地位，掌握军政大权。
[2] 平秀吉：即丰臣秀吉。是日本战国时代著名军事家和政治家，与织田信长、德川家康并称为战国三英杰。
[3] 哱承恩：出身于鞑靼族的一支，在宁夏参与叛乱，后被杀。
[4] 杨应龙：明代贵州播州世袭土司，1599年起兵造反。次年战败自尽身亡。
[5] 此事指万历朝鲜战争。

告急，天朝发兵泛海往救。有户部官奏准：目今兵兴之际，粮饷未充，暂开纳粟入监之例。原来纳粟入监的，有几般便宜：好读书，好科举，好中，结未来又有个小小前程结果。以此宦家公子，富室子弟，到不愿做秀才，都去援例做太学生。自开了这例，两京太学生，各添至千人之外。内中有一人，姓李，名甲，字干先，浙江绍兴府人氏。父亲李布政所生三儿，惟甲居长。自幼读书在庠，未得登科，援例入于北雍。因在京坐监，与同乡柳遇春监生同游教坊司院内，与一个名姬相遇，那名姬姓杜，名媺，排行第十，院中都称为杜十娘，生得：

浑身雅艳，遍体娇香。两弯眉画远山青，一对眼明秋水润。脸如莲萼，分明卓氏文君；唇似樱桃，何减白家樊素①。可怜一片无瑕玉，误落风尘花柳中。

那杜十娘自十三岁破瓜②，今一十九岁，七年之内，不知历过了多少公子王孙，一个个情迷意荡，破家荡产而不惜。院中传出四句口号来，道是：

坐中若有杜十娘，斗筲之量饮千觞。
院中若识杜老媺，千家粉面都如鬼。

却说李公子，风流年少，未逢美色，自遇了杜十娘，喜出望外，把花柳情怀，一担儿挑在他身上。那公子俊俏庞儿，温存性儿，又是撒漫的手儿，帮衬的勤儿，与十娘一双两好，情投意合。十娘因见鸨儿贪财无义，久有从良之志。又见李公子忠厚志诚，甚有心向他。奈李公子惧怕老爷，

---

① 白家樊素：樊素，唐朝著名诗人白居易家的歌妓，与小蛮齐名。
② 破瓜：指女子初次有了性经验。

不敢应承。虽则如此，两下情好愈密，朝欢暮乐，终日相守，如夫妇一般；海誓山盟，各无他志。真个恩深似海恩无底，义重如山义更高。

再说杜妈妈女儿被李公子占住，别的富家巨室，闻名上门，求一见而不可得。初时李公子撒漫用钱，大差大使，妈妈胁肩谄笑，奉承不暇。日往月来，不觉一年有余，李公子囊箧渐渐空虚，手不应心，妈妈也就怠慢了。老布政在家闻知儿子嫖院，几遍写字来唤他回去。他迷恋十娘颜色，终日延挨。后来闻知老爷在家发怒，越不敢回。

古人云："以利相交者，利尽而疏。"那杜十娘与李公子真情相好，见他手头愈短，心头愈热。妈妈也几遍教女儿打发李甲出院，见女儿不统口，又几遍将言语触突李公子，要激怒他起身。公子性本温克，词气愈和。妈妈没奈何，日逐只将十娘叱骂道："我们行户人家，吃客穿客，前门送旧，后门迎新；门庭闹如火，钱帛堆成垛。自从那李甲在此，混帐一年有余，莫说新客，连旧主顾都断了，分明接了个钟馗老，连小鬼也没得上门。弄得老娘一家人家，有气无烟，成什么模样！"杜十娘被骂，耐性不住，便回答道："那李公子不是空手上门的，也曾费过大钱来。"妈妈道："彼一时，此一时，你只教他今日费些小钱儿，把与老娘办些柴米，养你两口也好。别人家养的女儿便是摇钱树，千生万活；偏我家晦气，养了个退财白虎，开了大门，七件事般般都在老身心上。到替你这小贱人白白养着穷汉，教我衣食从何处来？你对那穷汉说：有本事出几两银子与我，到得你跟了他去，我别讨个丫头过活却不好？"十娘道："妈妈，这话是真是假？"

妈妈晓得李甲囊无一钱，衣衫都典尽了，料他没处设法，便应道："老娘从不说谎，当真哩。"十娘道："娘，你要他许多银子？"妈妈道："若是别人，千把银子也讨了，可怜那穷汉出不起，只要他三百两，我自去讨一个粉头代替。只一件，须是三日内交付与我，左手交银，右手交人。若三日没有银时，老身也不管三七二十一，公子不公子，一顿孤拐，打那光棍出去，那时莫怪老身！"

十娘道："公子虽在客边乏钞，谅三百金还措办得来。只是三日忒近，限他十日便好。"妈妈想道："这穷汉一双赤手，便限他一百日，他那里来银子？没有银子，便铁皮包脸，料也无颜上门。那时重整家风，媺儿也没得话讲。"答应道："看你面，便宽到十日。第十日没有银子，不干老娘之事。"十娘道："若十日内无银，料他也无颜再见了。只怕有了三百两银子，妈妈又翻悔起来。"妈妈道："老身年五十一岁了，又奉十斋，怎敢说谎？不信时与你拍掌为定。若翻悔时，做猪做狗。"

从来海水斗难量，可笑虔婆意不良。

料定穷儒囊底竭，故将财礼难娇娘。

是夜，十娘与公子在枕边，议及终身之事。公子道："我非无此心。但教坊落籍，其费甚多，非千金不可。我囊空如洗，如之奈何！"十娘道："妾已与妈妈议定只要三百金，但须十日内措办。郎君游资虽罄，然都中岂无亲友可以借贷？倘得如数，妾身遂为君之所有，省受这虔婆之气。"公子道："亲友中为我留恋行院，都不相顾。明日只做束装起身，各家告辞，就开口假贷路费，凑聚将来，或可满得此数。"起身梳洗，别了十娘出门。十娘道："用心作速，专听佳音。"公子道："不须分付。"

公子出了院门，来到三亲四友处，假说起身告别，众人到也欢喜。后来叙到路费欠缺，意欲借贷。常言道："说着钱，便无缘。"亲友们就不招架。他们也见得是，道李公子是风流浪子，迷恋烟花，年许不归，父亲都为他气坏在家。他今日抖然要回，未知真假。倘或说骗盘缠到手，又去还脂粉钱，父亲知道，将好意翻成恶意，始终只是一怪，不如辞了干净。便回道："目今正值空乏，不能相济，惭愧！惭愧！"人人如此，个个皆然，并没有个慷慨丈夫，肯统口许他一十、二十两。李公子一连奔走了三日，分毫无获，又不敢回决十娘，权且含糊答应。

到第四日又没想头，就羞回院中。平日间有了杜家，连下处也没有了，今日就无处投宿，只得往同乡柳监生寓所借歇。柳遇春见公子愁容可掬，问其来历。公子将杜十娘愿嫁之情，备细说了。遇春摇首道："未必，未必。那杜媺曲中第一名姬，要从良时，怕没有十斛明珠，千金聘礼。那鸨儿如何只要三百两？想鸨儿怪你无钱使用，白白占住他的女儿，设计打发你出门。那妇人与你相处已久，又碍却面皮，不好明言。明知你手内空虚，故意将三百两卖个人情，限你十日。若十日没有，你也不好上门；便上门时，他会说你笑你，落得一场亵渎，自然安身不牢。此乃烟花逐客之计。足下三思，休被其惑。据弟愚意，不如早早开交为上。"

公子听说，半晌无言，心中疑惑不定。遇春又道："足下莫要错了主意。你若真个还乡，不多几两盘费，还有人搭救。若是要三百两时，莫说十日，就是十个月也难。如今的世情，那肯顾缓急二字。那烟花也算定你没处告债，故意设法难你。"公子道："仁兄所见良是。"口里虽如此说，心中割舍不下。依旧又往外边东央西告，只是夜里不进院门了。公子在柳监生寓中，一连住了三日，共是六日了。

杜十娘连日不见公子进院，十分着紧，就教小厮四儿街上去寻。四儿寻到大街，恰好遇见公子。四儿叫道："李姐夫，娘在家里望你。"公子自觉无颜，回复道："今日不得功夫，明日来罢。"四儿奉了十娘之命，一把扯住，死也不放，道："娘叫咱寻你，是必同去走一遭。"李公子心上也牵挂着姊子，没奈何，只得随四儿进院。见了十娘，嘿嘿无言。十娘问道："所谋之事如何？"公子眼中流下泪来。十娘道："莫非人情淡薄，不能足三百之数么？"公子含泪而言，道出二句："不信上山擒虎易，果然开口告人难。一连奔走六日，并无铢两，一双空手，羞见芳卿，故此这几日不敢进院。今日承命呼唤，忍耻而来，非某不用心，实是世情如此。"十娘道："此言休使虔婆知道。郎君今夜且住，妾别有商议。"

十娘自备酒肴，与公子欢饮。睡至半夜，十娘对公子道："郎君果不能办一钱耶？妾终身之事，当如何也？"公子只是流涕，不能答一语。渐渐五更天晓，十娘道："妾所卧絮褥内藏有碎银一百五十两，此妾私蓄，郎君可持去。三百金，妾任其半，郎君亦谋其半，庶易为力。限只四日，万勿迟误。"

十娘起身将褥付公子，公子惊喜过望，唤童儿持褥而去。径到柳遇春寓中，又把夜来之情与遇春说了。将褥拆开看时，絮中都裹着零碎银子，取出兑时果是一百五十两。遇春大惊道："此妇真有心人也。既系真情，不可相负。吾当代为足下谋之。"公子道："倘得玉成，决不有负。"当下柳遇春留李公子在寓，自出头各处去借贷。两日之内，凑足一百五十两交付公子道："吾代为足下告债，非为足下，实怜杜十娘之情也。"

李甲拿了三百两银子，喜从天降，笑逐颜开，欣欣然来见十娘，刚是第九日，还不足十日。十娘问道："前日分毫难借，今日如何就有一百五十两？"公子将柳监生事情，又述了一遍。十娘以手加额道："使吾二人得遂其愿者，柳君之力也。"两个欢天喜地，又在院中过了一晚。次日，十娘早起，对李甲道："此银一交，便当随郎君去矣。舟车之类，合当预备。妾昨日于姊妹中借得白银二十两，郎君可收下为行资也。"公子正愁路费无出，但不敢开口，得银甚喜。说犹未了，鸨儿恰来敲门叫道："孃儿，今日是第十日了。"

公子闻叫，启户相延道："承妈妈厚意，正欲相请。"便将银三百两放在桌上。鸨儿不料公子有银，嘿然变色，似有悔意，十娘道："儿在妈妈家中八年，所致金帛，不下数千金矣。今日从良美事，又妈妈亲口所订，三百金不欠分毫，又不曾过期。倘若妈妈失信不许，郎君持银去，儿即刻自尽。恐那时人财两失，悔之无及也。"鸨儿无词以对，腹内筹画了半晌，只得取天平兑准了银子，说道："事已如此，料留你不住了。只是你要去时，即今就去。平时穿戴衣饰之类，毫厘休想。"说罢，将公子和十娘推出房门，讨锁来就落了锁。此时九月天气，十娘才下床，尚未梳洗，随身旧衣，就拜了妈妈两拜。李公子也作了一揖。一夫一妇，离了虔婆大门。

鲤鱼脱却金钩去，摆尾摇头再不来。

公子教十娘且住片时：“我去唤个小轿抬你，权往柳荣卿寓所去，再作道理。”十娘道：“院中诸姊妹平昔相厚，理宜话别。况前日又承他借贷路费，不可不一谢也。”乃同公子到各姊妹处谢别，姊妹中惟谢月朗、徐素素与杜家相近，尤与十娘亲厚。十娘先到谢月朗家，月朗见十娘秃髻旧衫，惊问其故，十娘备述来因。又引李甲相见，十娘指月朗道：“前日路资，是此位姐姐所贷，郎君可致谢。”李甲连连作揖。月朗便教十娘梳洗，一面去请徐素素来家相会。

十娘梳洗已毕，谢、徐二美人各出所有，翠钿金钏，瑶簪宝珥，锦袖花裙，鸾带绣履，把杜十娘装扮得焕然一新，备酒作庆贺筵席。月朗让卧房与李甲、杜媺二人过宿。次日，又大排筵席，遍请院中姊妹。凡十娘相厚者，无不毕集。都与他夫妇把盏称喜。吹弹歌舞，各逞其长，务要尽欢，直饮至夜分。十娘向众姊妹一一称谢。众姊妹道：“十姊为风流领袖，今从郎君去，我等相见无日。何日长行，姊妹们尚当奉送。”月朗道：“候有定期，小妹当来相报。但阿姊千里间关，同郎君远去，囊箧萧条，曾无约束，此乃吾等之事。当相与共谋之，勿令姊有穷途之虑也。”众姊妹各唯唯而散。

是晚，公子和十娘仍宿谢家。至五鼓，十娘对公子道：“吾等此去，何处安身？郎君亦曾计议有定着否？”公子道：“老父盛怒之下，若知娶妓而归，必然加以不堪，反致相累。展转寻思，尚未有万全之策。”十娘道：“父子天性，岂能终绝。既然仓卒难犯，不若与郎君于苏杭胜地，权作浮居。郎君先回，求亲友于尊大人面前劝解和顺，然后携妾于归，彼此安妥。”公子道：“此言甚当。”

次日，二人起身辞了谢月朗，暂往柳监生寓中，整顿行装。杜十娘见了柳遇春，倒身下拜，谢其周全之德："异日我夫妇必当重报。"遇春慌忙答礼道："十娘钟情所欢，不以贫窭易心，此乃女中豪杰。仆因风吹火，谅区区何足挂齿！"三人又饮了一日酒。次早，择了出行吉日，雇倩轿马停当。十娘又遣童儿寄信，别谢月朗。临行之际，只见肩舆纷纷而至，乃谢月朗与徐素素拉众姊妹来送行。月朗道："十姊从郎君千里间关，囊中消索，吾等甚不能忘情。今合具薄赆，十姊可检收，或长途空乏，亦可少助。"说罢，命从人挈一描金文具至前，封锁甚固，正不知什么东西在里面。十娘也不开看，也不推辞，但殷勤作谢而已。须臾，舆马齐集，仆夫催促起身。柳监生三杯别酒，和众美人送出崇文门外，各各垂泪而别。正是：

他日重逢难预必，此时分手最堪怜。

再说李公子同杜十娘行至潞河，舍陆从舟，却好有瓜洲差使船转回之便，讲定船钱，包了舱口。比及下船时，李公子囊中并无分文余剩。你道杜十娘把二十两银子与公子，如何就没了？公子在院中嫖得衣衫蓝缕，银子到手，未免在解库中取赎几件穿着，又制办了铺盖，剩来只勾轿马之费。公子正当愁闷，十娘道："郎君勿忧，众姊妹合赠，必有所济。"乃取钥开箱。公子在傍自觉惭愧，也不敢窥觑箱中虚实。只见十娘在箱里取出一个红绢袋来，掷于桌上道："郎君可开看之。"公子提在手中，觉得沉重，启而观之，皆是白银，计数整五十两。

十娘仍将箱子下锁，亦不言箱中更有何物。但对公子道："承众姊妹高情，不惟途路不乏，即他日浮寓吴越间，亦可稍佐吾夫妻山水之费矣。"公子且惊且喜道："若不遇恩卿，我李甲流落他乡，死无葬身之地矣！此情此德，白头不敢忘也。"自此每谈及往事，公子必感激流涕。十娘亦曲意抚慰，一路无话。

不一日，行至瓜洲，大船停泊岸口。公子别雇了民船，安放行李。约明日侵晨，剪江而渡。其时仲冬中旬，月明如水，公子和十娘坐于舟首。公子道："自出都门，困守一舱之中，四顾有人，未得畅语。今日独据一舟，更无避忌。且已离塞北，初近江南，宜开怀畅饮，以舒向来抑郁之气，恩卿以为何如？"十娘道："妾久疏谈笑，亦有此心，郎君言及，足见同志耳。"公子乃携酒具于船首，与十娘铺毡并坐，传杯交盏，饮至半酣，公子执卮对十娘道："恩卿妙音，六院推首。某相遇之初，每闻绝调，辄不禁神魂之飞动。心事多违，彼此郁郁，鸾鸣凤奏，久矣不闻。今清江明月，深夜无人，肯为我一歌否？"十娘兴亦勃发，遂开喉顿嗓，取扇按拍，呜呜咽咽，歌出元人施君美《拜月亭》①杂剧上"状元执盏与婵娟"一曲，名《小桃红》。真个：

声飞霄汉云皆驻，响入深泉鱼出游。

却说他舟有一少年，姓孙，名富，字善赉，徽州新安人氏。家资巨万，积祖扬州种盐。年方二十，也是南雍中朋友。生性风流，惯向青楼买笑，红粉追欢；若嘲风弄月，到是个轻薄的头儿。事有偶然，其夜亦泊舟瓜洲渡口，独酌无聊。急听得歌声嘹亮，凤吟鸾吹，不足喻其美。起立船头，伫听半晌，方知声出邻舟。正欲相访，音响倏已寂然。乃遣仆者潜窥踪迹，访于舟人。但晓得是李相公雇的船，并不知歌者来历。孙富想道："此歌者必非良家，怎生得他一见？"展转寻思，通宵不寐。挨至五更，忽闻江风大作。及晓，彤云密布，狂雪飞舞。怎见得，有诗为证：

---

① 《拜月亭》：南戏戏文之一，又名《幽闺记》。这里误称为杂剧。

千山云树灭，万径人踪绝。

扁舟蓑笠翁，独钓寒江雪。

因这风雪阻渡，舟不得开。孙富命艄公移船，泊于李家舟之傍。孙富貂帽狐裘，推窗假作看雪。值十娘梳洗方毕，纤纤玉手，揭起舟傍短帘，自泼盂中残水，粉容微露，却被孙富窥见了，果是国色天香。魂摇心荡，迎眸注目，等候再见一面，杳不可得。沉思久之，乃倚窗高吟高学士[①]《梅花诗》二句，道：

雪满山中高士卧，月明林下美人来。

李甲听得邻舟吟诗，舒头出舱，看是何人。只因这一看，正中了孙富之计。孙富吟诗，正要引李公子出头，他好乘机攀话。当下慌忙举手，就问："老兄尊姓何讳？"李公子叙了姓名乡贯，少不得也问那孙富，孙富也叙过了。又叙了些太学中的闲话，渐渐亲熟。孙富便道："风雪阻舟，乃天遣与尊兄相会，实小弟之幸也。舟次无聊，欲同尊兄上岸，就酒肆中一酌，少领清诲，万望不拒。"公子道："萍水相逢，何当厚扰？"孙富道："说那里话！'四海之内，皆兄弟也。'"喝教艄公打跳，童儿张伞，迎接公子过船，就于船头作揖。然后让公子先行，自己随后，各各登跳上涯。行不数步，就有个酒楼，二人上楼，拣一副洁净座头，靠窗而坐。酒保列上酒肴。孙富举杯相劝，二人赏雪饮酒。先说些斯文中套话，渐渐引入花柳之事。二人都是过来之人，志同道合，说得入港，一发成相知了。

孙富屏去左右，低低问道："昨夜尊舟清歌者，何人也？"李甲正要卖弄在行，遂实说道："此乃北京名姬杜十娘也。"孙富道："既系曲中姊

[①] 高学士：明代诗人高启。

妹，何以归兄？"公子遂将初遇杜十娘，如何相好，后来如何要嫁，如何借银讨他，始末根由，备细述了一遍。孙富道："兄携丽人而归，固是快事，但不知尊府中能相容否？"公子道："贱室不足虑。所虑者，老父性严，尚费踌躇耳！"孙富将机就机，便问道："既是尊大人未必相容，兄所携丽人，何处安顿？亦曾通知丽人，共作计较否？"公子攒眉而答道："此事曾与小妾议之。"孙富欣然问道："尊宠必有妙策。"公子道："他意欲侨居苏杭，流连山水。使小弟先回，求亲友宛转于家君之前。俟家君回嗔作喜，然后图归，高明以为何如？"

孙富沉吟半晌，故作愀然之色，道："小弟乍会之间，交浅言深，诚恐见怪。"公子道："正赖高明指教，何必谦逊？"孙富道："尊大人位居方面，必严帷薄之嫌，平时既怪兄游非礼之地，今日岂容兄娶不节之人？况且贤亲贵友，谁不迎合尊大人之意者？兄枉去求他，必然相拒。就有个不识时务的进言于尊大人之前，见尊大人意思不允，他就转口了。兄进不能和睦家庭，退无词以回复尊宠。即使留连山水，亦非长久之计。万一资斧困竭，岂不进退两难！"公子自知手中只有五十金，此时费去大半，说到资斧困竭，进退两难，不觉点头道是。

孙富又道："小弟还有句心腹之谈，兄肯俯听否？"公子道："承兄过爱，更求尽言。"孙富道："疏不间亲，还是莫说罢。"公子道："但说何妨。"孙富道："自古道妇人水性无常，况烟花之辈，少真多假。他既系六院名姝，相识定满天下。或者南边原有旧约，借兄之力，挈带而来，以为他适之地。"公子道："这个恐未必然。"孙富道："即不然，江南子弟，最工轻薄，兄留丽人独居，难保无逾墙钻穴之事。若挈之同归，愈增尊大人之怒。为兄之计，未有善策。况父子天伦，必不可绝。若为妾而触父，因妓而弃家，海内必以兄为浮浪不经之人。异日妻不以为夫，弟不以为兄，同袍不以为友，兄何以立于天地之间？兄今日不可不熟思也！"

公子闻言，茫然自失，移席问计："据高明之见，何以教我？"孙富道："仆有一计，于兄甚便。只恐兄溺枕席之爱，未必能行，使仆空费词说耳！"公子道："兄诚有良策，使弟再睹家园之乐，乃弟之恩人也。又何惮而不言耶？"孙富道："兄飘零岁余，严亲怀怒，闺阁离心，设身以处兄之地，诚寝食不安之时也。然尊大人所以怒兄者，不过为迷花恋柳，挥金如土，异日必为弃家荡产之人，不堪承继家业耳。兄今日空手而归，正触其怒。兄倘能割衽席之爱，见机而作，仆愿以千金相赠。兄得千金以报尊大人，只说在京授馆，并不曾浪费分毫，尊大人必然相信。从此家庭和睦，当无间言。须臾之间，转祸为福，兄请三思。仆非贪丽人之色，实为兄效忠于万一也。"

李甲原是没主意的人，本心惧怕老子，被孙富一席话，说透胸中之疑，起身作揖道："闻兄大教，顿开茅塞。但小妾千里相从，义难顿绝，容归与商之。得其心肯，当奉复耳。"孙富道："说话之间，宜放婉曲。彼既忠心为兄，必不忍使兄父子分离，定然玉成兄还乡之事矣。"二人饮了一回酒，风停雪止，天色已晚。孙富教家僮算还了酒钱，与公子携手下船。正是：

逢人且说三分话，未可全抛一片心。

却说杜十娘在舟中，摆设酒果，欲与公子小酌，竟日未回，挑灯以待。公子下船，十娘起迎，见公子颜色匆匆，似有不乐之意，乃满斟热酒劝之。公子摇首不饮，一言不发，竟自床上睡了。十娘心中不悦，乃收拾杯盘，为公子解衣就枕。问道："今日有何见闻，而怀抱郁郁如此？"公子叹息而已，终不启口。问了三四次，公子已睡去了。十娘委决不下，坐于床头而不能寐。到夜半，公子醒来，又叹一口气。十娘道："郎君有何难言之事，频频叹息？"

公子拥被而起，欲言不语者几次，扑簌簌掉下泪来。十娘抱持公子于怀间,软言抚慰道:"妾与郎君情好,已及二载,千辛万苦,历尽艰难,得有今日。然相从数千里,未曾哀戚。今将渡江,方图百年欢笑,如何反起悲伤,必有其故。夫妇之间,死生相共,有事尽可商量,万勿讳也。"

公子再四被逼不过,只得含泪而言道:"仆天涯穷困,蒙恩卿不弃,委曲相从,诚乃莫大之德也。但反覆思之,老父位居方面,拘于礼法,况素性方严,恐添嗔怒,必加黜逐。你我流荡,将何底止?夫妇之欢难保,父子之伦又绝。日间蒙新安孙友邀饮,为我筹及此事,寸心如割。"

十娘大惊道:"郎君意将如何?"公子道:"仆事内之人,当局而迷。孙友为我画一计颇善,但恐恩卿不从耳!"十娘道:"孙友者何人?计如果善,何不可从?"公子道:"孙友名富,新安盐商,少年风流之士也。夜间闻子清歌,因而问及。仆告以来历,并谈及难归之故,渠意欲以千金聘汝。我得千金,可藉口以见吾父母;而恩卿亦得所天。但情不能舍,是以悲泣。"说罢,泪如雨下。十娘放开两手,冷笑一声道:"为郎君画此计者,此人乃大英雄也。郎君千金之资,既得恢复;而妾归他姓,又不致为行李之累。发乎情,止乎礼,诚两便之策也。那千金在那里?"

公子收泪道:"未得恩卿之诺,金尚留彼处,未曾过手。"十娘道:"明早快快应承了他,不可挫过机会。但千金重事,须得兑足交付郎君之手,妾始过舟,勿为贾竖子所欺。"时已四鼓,十娘即起身挑灯梳洗道:"今日之妆,乃迎新送旧,非比寻常。"于是脂粉香泽,用意修饰,花钿绣袄,极其华艳,香风拂拂,光采照人。装束方完,天色已晓。孙富差家童到船头候信。十娘微窥公子,欣欣似有喜色,乃催公子快去回话,及早兑足银子。公子亲到孙富船中,回复依允。孙富道:"兑银易事,须得丽人妆台为信。"

公子又回复了十娘,十娘即指描金文具道:"可便抬去。"孙富喜甚,即将白银一千两,送到公子船中。十娘亲自检看,足色足数,分毫无爽,乃手把船舷,以手招孙富。孙富一见,魂不附体。十娘启朱唇,开皓齿道:

"方才箱子可暂发来，内有李郎路引一纸，可检还之也。"孙富视十娘已为瓮中之鳖，即命家童送那描金文具，安放船头之上。十娘取钥开锁，内皆抽替小箱。

十娘叫公子抽第一层来看，只见翠羽明珰，瑶簪宝珥，充牣于中，约值数百金。十娘遽投之江中。李甲与孙富及两船之人，无不惊诧。又命公子再抽一箱，乃玉箫金管。又抽一箱，尽古玉紫金玩器，约值数千金。十娘尽投之于大江中。岸上之人，观者如堵。齐声道："可惜！可惜！"正不知什么缘故。最后又抽一箱，箱中复有一匣。开匣视之，夜明之珠，约有盈把。其他祖母绿、猫儿眼，诸般异宝，目所未睹，莫能定其价之多少。众人齐声喝采，喧声如雷。十娘又欲投之于江。李甲不觉大悔，抱持十娘恸哭，那孙富也来劝解。

十娘推开公子在一边，向孙富骂道："我与李郎备尝艰苦，不是容易到此。汝以奸淫之意，巧为谗说，一旦破人姻缘，断人恩爱，乃我之仇人。我死而有知，必当诉之神明，尚妄想枕席之欢乎！"又对李甲道："妾风尘数年，私有所积，本为终身之计。自遇郎君，山盟海誓，白首不渝。前出都之际，假托众姊妹相赠，箱中韫藏百宝，不下万金。将润色郎君之装，归见父母，或怜妾有心，收佐中馈，得终委托，生死无憾。谁知郎君相信不深，惑于浮议，中道见弃，负妾一片真心。今日当众目之前，开箱出视，使郎君知区区千金，未为难事。妾椟中有玉，恨郎眼内无珠。命之不辰，风尘困瘁，甫得脱离，又遭弃捐。今众人各有耳目，共作证明，妾不负郎君，郎君自负妾耳！"

于是众人聚观者，无不流涕，都唾骂李公子负心薄幸。公子又羞又苦，且悔且泣，方欲向十娘谢罪，十娘抱持宝匣，向江心一跳。众人急呼捞救，但见云暗江心，波涛滚滚，杳无踪影。可惜一个如花似玉的名姬，一旦葬于江鱼之腹。

三魂渺渺归水府，七魄悠悠入冥途。

当时旁观之人，皆咬牙切齿，争欲拳殴李甲和那孙富。慌得李孙二人，手足无措，急叫开船，分途遁去。李甲在舟中，看了千金，转忆十娘，终日愧悔，郁成狂疾，终身不痊。孙富自那日受惊，得病卧床月余，终日见杜十娘在傍诟骂，奄奄而逝。人以为江中之报也。

却说柳遇春在京坐监完满，束装回乡，停舟瓜步。偶临江净脸，失坠铜盆于水，觅渔人打捞。及至捞起，乃是个小匣儿。遇春启匣观看，内皆明珠异宝，无价之珍。遇春厚赏渔人，留于床头把玩。是夜梦见江中一女子，凌波而来，视之，乃杜十娘也。近前万福，诉以李郎薄幸之事。又道："向承君家慷慨，以一百五十金相助，本意息肩之后，徐图报答，不意事无终始。然每怀盛情，悒悒未忘。早间曾以小匣托渔人奉致，聊表寸心，从此不复相见矣。"言讫，猛然惊醒，方知十娘已死，叹息累日。

后人评论此事，以为孙富谋夺美色，轻掷千金，固非良士。李甲不识杜十娘一片苦心，碌碌蠢才，无足道者。独谓十娘千古女侠，岂不能觅一佳侣，共跨秦楼之凤？乃错认李公子，明珠美玉，投于盲人，以致恩变为仇，万种恩情，化为流水，深可惜也！有诗叹云：

不会风流莫妄谈，单单情字费人参。

若将情字能参透，唤作风流也不惭。

醒世恒言

〔明〕冯梦龙 著

作者自叙

六经国史而外,凡著述皆小说也。而尚理或病于艰深,修词或伤于藻绘,则不足以触里耳而振恒心。此《醒世恒言》四十种,所以继《明言》《通言》而刻也。

明者,取其可以导愚也;通者,取其可以适俗也;恒则习之而不厌,传之而可久。三刻殊名,其义一耳。

夫人居恒动作言语不甚相悬,一旦弄酒,则叫号踯躅,视堑如沟,度城如槛。何则?酒浊其神也。然而斟酌有时,虽毕吏部、刘太常未有时时如滥泥者。岂非醒者恒而醉者暂乎?繇此推之,惕孺为醒,下石为醉;却嘑[①]为醒,食嗟为醉;剖玉为醒,题石为醉。又推之,忠孝为醒,而悖逆为醉;节俭为醒,而淫荡为醉;耳和目章、口顺心贞为醒,而即聋从昧、与顽用嚚为醉。

人之恒心,亦可思已。从恒者吉,背恒者凶。心恒心,言恒言,行恒行。入夫妇而不惊,质天地而无怍。下之巫医可作,而上之善人、君子、圣人亦可见。恒之时义大矣哉!

自昔浊乱之世,谓之天醉。天不自醉人醉之,则天不自醒人醒之。以醒天之权与人,而以醒人之权与言。言恒而人恒,人恒而天亦得其恒。万世太平之福,其可量乎!则兹刻者,虽与《康衢》《击壤》之歌并传不朽可矣。

崇儒之代,不废二教,亦谓导愚适俗,或有藉焉。以二教为儒之辅可也,以《明言》《通言》《恒言》为六经国史之辅,不亦可乎?若夫淫

---

① 嘑:音 hū,意为叫喊。

谈亵语，取快一时，贻秽百世，夫先自醉也，而又以狂药饮之，吾不知视此"三言"者得失何如也？

天启丁卯中秋陇西可一居士题于白下之栖霞山房

卖油郎独占花魁

年少争夸风月,场中波浪偏多。有钱无貌意难和,有貌无钱不可。就是有钱有貌,还须着意揣摩。知情识趣俏哥哥,此道谁人赛我。

这首词名为《西江月》,是风月机关中撮要之论。常言道:"妓爱俏,妈爱钞。"所以子弟行中,有了潘安般貌,邓通般钱,自然上和下睦,做得烟花寨内的大王,鸳鸯会上的主盟。然虽如此,还有个两字经儿,叫做帮衬。帮者,如鞋之有帮;衬者,如衣之有衬。但凡做小娘①的,有一分所长,得人衬贴,就当十分。若有短处,曲意替他遮护,更兼低声下气,送暖偷寒,逢其所喜,避其所讳,以情度情,岂有不爱之理。这叫做帮衬。风月场中,只有会帮衬的最讨便宜,无貌而有貌,无钱而有钱。假如郑元和在卑田院②做了乞儿,此时囊箧俱空,容颜非旧,李亚仙于雪天遇之,便动了一个恻隐之心,将绣襦包裹,美食供养,与他做了夫妻。这岂是爱他之钱,恋他之貌?只为郑元和识趣知情,善于帮衬,所以亚仙心中舍他不得。你只看亚仙病中想马板肠汤吃,郑元和就把个五花马杀了,取肠煮汤奉之。只这一节上,亚仙如何不念其情?后来郑元和中了状元,李亚仙封为汧国夫人。《莲花落》打出万年策,卑田院只做了白玉堂。一床锦被遮盖,风月场中反为美谈。这是:

---

① 小娘:此处指妓女。
② 卑田院:又名悲田院,由公家出钱,寺庙主办,收容无依靠的老年人的处所,后来成了乞丐收容所。

运退黄金失色，时来铁也生光。

话说大宋自太祖开基，太宗嗣位，历传真、仁、英、神、哲，共是七代帝王，都则偃武修文，民安国泰。到了徽宗道君皇帝，信任蔡京、高俅、杨戬、朱勔①之徒，大兴苑囿，专务游乐，不以朝政为事。以致万民嗟怨，金虏乘之而起，把花锦般一个世界，弄得七零八落。直至二帝蒙尘，高宗泥马渡江②，偏安一隅，天下分为南北，方得休息。其中数十年，百姓受了多少苦楚。正是：

甲马丛中立命，刀枪队里为家。
杀戮如同戏耍，抢夺便是生涯。

内中单表一人，乃汴梁城外安乐村居住，姓莘，名善，浑家阮氏。夫妻两口，开个六陈铺儿③。虽则粜米为生，一应麦豆茶酒油盐杂货，无所不备，家道颇颇得过。年过四旬，止生一女，小名叫做瑶琴。自小生得清秀，更且资性聪明。七岁上，送在村学中读书，日诵千言。十岁时，便能吟诗作赋。曾有《闺情》一绝，为人传诵。诗云：

朱帘寂寂下金钩，香鸭沉沉冷画楼。
移枕怕惊鸳并宿，挑灯偏惜蕊双头。

---

① 此四人均为北宋时的著名奸臣。
② 高宗泥马渡江：高宗指赵构，宋徽宗（赵佶）的第七子，封康王。靖康之难后，金人灭北宋，把徽宗、钦宗掳去，赵构因不在开封而幸免。后，金人追赶赵构，相传他骑了一匹马渡过长江。过江之后，才发现所骑的是一匹泥马。
③ 六陈铺儿：米、大麦、小麦、大豆、小豆、芝麻六种粮食可以久藏，叫作"六陈"；粮食铺也叫作"六陈铺儿"。

到十二岁,琴、棋、书、画,无所不通。若题起女工一事,飞针走线,出人意表。此乃天生伶俐,非教习之所能也。莘善因为自家无子,要寻个养女婿,来家靠老。只因女儿灵巧多能,难乎其配。所以求亲者颇多,都不曾许。不幸遇了金虏猖獗,把汴梁城围困,四方勤王之师虽多,宰相主了和议,不许厮杀。以致虏势愈甚。打破了京城,劫迁了二帝。那时城外百姓,一个个亡魂丧胆,携老扶幼,弃家逃命。

却说莘善领着浑家阮氏,和十二岁的女儿,同一般逃难的,背着包裹,结队而走。忙忙如丧家之犬,急急如漏网之鱼。担渴担饥担劳苦,此行谁是家乡;叫天叫地叫祖宗,惟愿不逢鞑虏。正是:

宁为太平犬,莫作乱离人!

正行之间,谁想鞑子到不曾遇见,却逢着一阵败残的官兵。他看见许多逃难的百姓,多背得有包裹,假意呐喊道:"鞑子来了!"沿路放起一把火来。此时天色将晚,吓得众百姓落荒乱窜,你我不相顾。他就乘机抢掠,若不肯与他,就杀害了。这是乱中生乱,苦上加苦。却说莘氏瑶琴,被乱军冲突,跌了一交,爬起来,不见了爹娘。不敢叫唤,躲在道傍古墓之中,过了一夜。到天明,出外看时,但见满目风沙,死尸横路。昨日同时避难之人,都不知所往。瑶琴思念父母,痛哭不已。欲待寻访,又不认得路径。只得望南而行。哭一步,捱一步。约莫走了二里之程,心上又苦,腹中又饥。望见土房一所,想必其中有人,欲待求乞些汤饮。及至向前,却是破败的空屋,人口俱逃难去了。瑶琴坐于土墙之下,哀哀而哭。

自古道:无巧不成话。恰好有一人从墙下而过,那人姓卜,名乔,正是莘善的近邻。平昔是个游手游食,不守本分,惯吃白食,用白钱的主儿,人都称他是卜大郎。也是被官军冲散了同伙,今日独自而行。听得啼哭之声,慌忙来看。瑶琴自小相认,今日患难之际,举目无亲,见了近邻,分明见了亲人一般，即忙收泪，起身相见。问道："卜大叔，可曾见我爹妈么？"卜乔心中暗想："昨日被官军抢去包裹，正没盘缠。天生这碗衣饭送来与我，正是奇货可居。"便扯个谎，道："你爹和妈寻你不见，好生痛苦。如今前面去了。分付我道：'倘或见我女儿，千万带了他来，送还了我。'许我厚谢。"瑶琴虽是聪明，正当无可奈何之际，君子可欺以其方①，遂全然不疑，随着卜乔便走，正是：

情知不是伴，事急且相随。

卜乔将随身带的干粮，把些与他吃了，分付道："你爹妈连夜走的。若路上不能相遇，直要过江到建康府，方可相会。一路上同行，我权把你当女儿，你权叫我做爹。不然，只道我收留迷失子女，不当稳便。"瑶琴依允。从此陆路同步，水路同舟，爹女相称。到了建康府，路上又闻得金兀术四太子，引兵渡江。眼见得建康不得宁息。又闻得康王即位，已在杭州驻跸，改名临安。遂趁船到润州。

过了苏常嘉湖直到临安地面，暂且饭店中居住。也亏卜乔，自汴京至临安，三千余里，带那莘瑶琴下来。身边藏下些散碎银两，都用尽了，连身上外盖衣服，脱下准大店钱，止剩得莘瑶琴一件活货，欲行出脱。访得西湖上烟花王九妈家要讨养女，遂引九妈到店中，看货还钱。九妈见瑶琴生得标致，讲了财礼五十两。卜乔兑足了银子，将瑶琴送到王家。原来卜乔有智，在王九妈前只说："瑶琴是我亲生之女，不幸到你门户人家②，须是款款的教训，他自然从顺，不要性急。"在瑶琴面前又只说："九妈是我

---

① 君子可欺以其方：君子这类人很正直，不懂人家的坏心眼；坏人就可以利用这一点去欺骗他们。
② 门户人家：妓院。

至亲,权时把你寄顿他家。待我从容访知你爹妈下落,再来领你。"以此,瑶琴欣然而去。正是:

可怜绝世聪明女,堕落烟花罗网中。

王九妈新讨了瑶琴,将他浑身衣服,换个新鲜,藏于曲楼深处,终日好茶好饭,去将息他,好言好语,去温暖他。瑶琴既来之,则安之。住了几日,不见卜乔回信。思量爹妈,噙着两行珠泪,问九妈道:"卜大叔怎不来看我?"九妈道:"那个卜大叔?"瑶琴道:"便是引我到你家的那个卜大郎。"九妈道:"他说是你的亲爹。"瑶琴道:"他姓卜,我姓莘。"遂把汴梁逃难,失散了爹妈,中途遇见了卜乔,引到临安,并卜乔哄他的说话,细述一遍。九妈道:"原来恁地,你是个孤身女儿,无脚蟹[1]。我索性与你说明罢:那姓卜的把你卖在我家,得银五十两去了。我们是门户人家,靠着粉头过活。家中虽有三四个养女,并没个出色的。爱你生得齐整,把做个亲女儿相待。待你长成之时,包你穿好吃好,一生受用。"瑶琴听说,方知被卜乔所骗,放声大哭。九妈劝解,良久方止。自此九妈将瑶琴改做王美,一家都称为美娘,教他吹弹歌舞,无不尽善。长成一十四岁,娇艳非常。临安城中,这些富豪公子,慕其容貌,都备着厚礼求见。也有爱清标的,闻得他写作俱高,求诗求字的,日不离门。弄出天大的名声出来,不叫他美娘,叫他做花魁娘子。西湖上子弟编出一只《挂枝儿》[2],单道那花魁娘子的好处:

小娘中,谁似得王美儿的标致,又会写,又会画,又会做

---

[1] 无脚蟹:螃蟹没有脚就走不成,比喻无依靠的人。
[2]《挂枝儿》:民间歌曲名,内容多半是讲男女爱情的。

诗，吹弹歌舞都余事。常把西湖比西子，就是西子比他也还不如。那个有福的汤着他身儿，也情愿一个死。

只因王美有了个盛名，十四岁上，就有人来讲梳弄。一来王美不肯，二来王九妈把女儿做金子看成，见他心中不允，分明奉了一道圣旨，并不敢违拗。又过了一年，王美年方十五。原来门户中梳弄，也有个规矩。十三岁太早，谓之试花，皆因鸨儿爱财，不顾痛苦；那子弟也只博个虚名，不得十分畅快取乐。十四岁谓之开花，此时天癸已至，男施女受，也算当时了。到十五谓之摘花，在平常人家，还算年小，惟有门户人家，以为过时。王美此时未曾梳弄，西湖上子弟又编出一只《挂枝儿》来：

王美儿，似木瓜，空好看，十五岁，还不曾与人汤一汤。有名无实成何干，便不是石女，也是二行子的娘。若还有个好好的，羞羞也，如何熬得这些时痒！

王九妈听得这些风声，怕坏了门面，来劝女儿接客。王美执意不肯，说道："要我会客时，除非见了亲生爹妈。他肯做主时，方才使得！"王九妈心里又恼他，又不舍得难为他，捱了好些时。偶然有个金二员外，大富之家，情愿出三百两银子，梳弄美娘。九妈得了这主大财，心生一计，与金二员外商议，若要他成就，除非如此如此。金二员外意会了。其日八月十五日，只说请王美湖上看潮。请至舟中，三四个帮闲，俱是会中之人，猜拳行令，做好做歉，将美娘灌得烂醉如泥。扶到王九妈家楼中，卧于床上，不省人事。此时天气和暖，又没几层衣服，妈儿亲手伏侍，剥得他赤条条，任凭金二员外行事。金二员外那话儿，又非兼人之具。轻轻的撑开两股，用些涎沫，送将进去。比及美娘梦中觉痛，醒将转来，已被金二员外耍得勾了。欲待挣扎，争奈手足俱软，繇他轻薄了一回。直待绿暗红飞，

醒世恒言 295

方始雨收云散。正是：

　　雨中花蕊方开罢，镜里娥眉不似前。

　　五鼓时，美娘酒醒，已知鸨儿用计，破了身子。自怜红颜命薄，遭此强横，起来解手，穿了衣服，自在床边一个斑竹榻上，朝着里壁睡了，暗暗垂泪。金二员外来亲近他时，被他劈头劈脸，抓有几个血痕。金二员外好生没趣。捱得天明，对妈儿说声："我去也！"妈儿要留他时，已自出门去了。从来梳弄的子弟，早起时，妈儿进房贺喜，行户中都来称贺，还要吃几日喜酒。那子弟多则住一二月，最少也住半月二十日，只有金二员外侵早出门，是从来未有之事。王九妈连叫诧异，披衣起身上楼，只见美娘卧于榻上，满眼流泪。九妈要哄他上行，连声招许多不是。美娘只不开口。九妈只得下楼去了。美娘哭了一日，茶饭不沾。从此托病，不肯下楼，连客也不肯会面了。

　　九妈心下焦燥，欲待把他凌虐，又恐他烈性不从，反冷了他的心肠。欲待縻他，本是要他赚钱。若不接客时，就养到一百岁也没用。踌躇数日，无计可施。忽然想起，有个结义妹子，叫做刘四妈，时常往来。他能言快语，与美娘甚说得着。何不接取他来，下个说词。若得他回心转意，大大的烧个利市①。当下叫保儿去请刘四妈到前楼坐下，诉以衷情。刘四妈道："老身是个女随何，雌陆贾②，说得罗汉思情，嫦娥想嫁。这件事都在老身身上。"九妈道："若得如此，做姐的情愿与你磕头。你多吃杯茶去，免得说话时口干。"刘四妈道："老身天生这副海口，便说到明日，还不干哩。"刘四妈吃了几杯茶，转到后楼，只见楼门紧闭。

---

① 烧个利市：商店开张，烧纸敬神，叫作烧利市，做头一笔生意叫作发利市。
② 随何、陆贾：两人都是秦末汉初有名的说客、辩士。

刘四妈轻轻的叩了一下,叫声:"侄女!"美娘听得是四妈声音,便来开门。两下相见了。四妈靠桌朝下而坐,美娘傍坐相陪。四妈看他桌上铺着一幅细绢,才画得个美人的脸儿,还未曾着色。四妈称赞道:"画得好!真是巧手!九阿姐不知怎生样造化,偏生遇着你这一个伶俐女儿。又好人物,又好技艺,就是堆上几千两黄金,满临安走遍,可寻出个对儿么?"美娘道:"休得见笑,今日甚风吹得姨娘到来?"刘四妈道:"老身时常要来看你,只为家务在身,不得空闲。闻得你恭喜梳弄了,今日偷空而来,特特与九阿姐叫喜。"美儿听得提起梳弄二字,满脸通红,低着头不来答应。刘四妈知他害羞,便把椅儿掇上一步,将美娘的手儿牵着,叫声:"我儿!做小娘的,不是个软壳鸡蛋,怎的这般嫩得紧?似你恁地怕羞,如何赚得大主银子?"美娘道:"我要银子做甚?"四妈道:"我儿,你便不要银子,做娘的看得你长大成人,难道不要出本?自古道:靠山吃山,靠水吃水。九阿姐家有几个粉头,那一个赶得上你的脚跟来?一园瓜,只看得你是个瓜种。九阿姐待你也不比其他,你是聪明伶俐的人,也须识些轻重。闻得你自梳弄之后,一个客也不肯相接,是甚么意儿?都像你的意时,一家人口,似蚕一般,那个把桑叶喂他?做娘的抬举你一分,你也要与他争口气儿,莫要反讨众丫头们批点。"美娘道:"繇他批点,怕怎地!"刘四妈道:"阿呀!批点是个小事,你可晓得门户中的行径么?"美娘道:"行径便怎的?"

刘四妈道:"我们门户人家,吃着女儿,穿着女儿,用着女儿,侥幸讨得一个像样的,分明是大户人家置了一所良田美产。年纪幼小时,巴不得风吹大。到得梳弄过后,便是田产成熟,日日指望花利到手受用。前门迎新,后门送旧,张郎送米,李郎送柴,往来热闹,才是个出名的姊妹行家。"美娘道:"羞答答,我不做这样事!"刘四妈掩着口,格的笑了一声,道:"不做这样事,可是繇得你的?一家之中,有妈妈做主,做小娘的若不依他教训,动不动一顿皮鞭,打得你不生不死。那时不怕你不走他的路儿。九阿姐一向不难为你,只可惜你聪明标致,从小娇养的,要惜你的廉耻,存你的体面。方才告诉我许多话,说你不识好歹,放着鹅毛不知轻,顶着磨子不知重,心下好生不悦。教老身来劝你。你若执意不从,惹他性起,一时翻过脸来,骂一顿,打一顿,你待走上天去!凡事只怕个起头。若打破了头时,朝一顿,暮一顿,那时熬这些痛苦不过,只得接客。却不把千金声价弄得低微了。还要被姊妹中笑话。依我说,吊桶已自落在他井里,挣不起了。不如千欢万喜,倒在娘的怀里,落得自己快活。"

美娘道:"奴是好人家儿女,误落风尘。倘得姨娘主张从良,胜造九级浮图。若要我倚门献笑,送旧迎新,宁甘一死,决不情愿。"刘四妈道:"我儿,从良是个有志气的事,怎么说道不该!只是从良也有几等不同。"美娘道:"从良有甚不同之处?"

刘四妈道:"有个真从良,有个假从良;有个苦从良,有个乐从良;有个趁好的从良,有个没奈何的从良;有个了从良,有个不了的从良。我儿耐心听我分说。如何叫做真从良?大凡才子必须佳人,佳人必须才子,方成佳配。然而好事多磨,往往求之不得。幸然两下相逢,你贪我爱,割舍不下,一个愿讨,一个愿嫁,好像捉对的蚕蛾,死也不放。这个谓之真从良。怎么叫做假从良?有等子弟爱着小娘,小娘却不爱那子弟。本心不愿嫁他,只把个嫁字儿哄他心热,撒漫银钱。比及成交,却又推故不就。又有一等痴心的子弟,晓得小娘心肠不对他,偏要娶他回去。拚着一主大钱,动了妈儿的火,不怕小娘不肯。勉强进门,心中不顺,故意不守家规,小则撒泼放肆,大则公然偷汉。人家容留不得,多则一年,少则半载,依旧放他出来,为娼接客。把从良二字,只当个赚钱的题目。这个谓之假从良。如何叫做苦从良?一般样子弟爱小娘,小娘不爱那子弟,却被他以势凌之。妈儿惧祸,已自许了。做小娘的,身不繇主,含泪而行。一入侯门,如海之深,家法又严,抬头不得。半妾半婢,忍死度日。这个谓之苦从良。如何叫做乐从良?做小娘的,正当择人之际,偶然相交个子弟,见他情性温和，家道富足，又且大娘子乐善，无男无女，指望他日过门，与他生育，就有主母之分。以此嫁他，图个日前安逸，日后出身。这个谓之乐从良。如何叫做趁好的从良？做小娘的，风花雪月，受用已勾，趁这盛名之下，求之者众，任我拣择个十分满意的嫁他，急流勇退，及早回头，不致受人怠慢。这个谓之趁好的从良。如何叫做没奈何的从良？做小娘的，原无从良之意，或因官司逼迫，或因强横欺瞒，又或因债负太多，将来赔偿不起，别口气，不论好歹，得嫁便嫁，买静求安，藏身之法，这谓之没奈何的从良。如何叫做了从良？小娘半老之际，风波历尽，刚好遇个老成的孤老，两下志同道合，收绳卷索，白头到老。这个谓之了从良。如何叫做不了的从良？一般你贪我爱，火热的跟他，却是一时之兴，没有个长算。或者尊长不容，或者大娘妒忌，闹了几场，发回妈家，追取原价。又有个家道凋零，养他不活，苦守不过，依旧出来赶趁。这谓之不了的从良。"

美娘道："如今奴家要从良，还是怎地好？"刘四妈道："我儿，老身教你个万全之策。"美娘道："若蒙教导，死不忘恩！"刘四妈道："从良一事，入门为净。况且你身子已被人捉弄过了，就是今夜嫁人，叫不得个黄花女儿。千错万错，不该落于此地，这就是你命中所招了。做娘的费了一片心机，若不帮他几年，趁过千把银子，怎肯放你出门？还有一件，你便要从良，也须拣个好主儿。这些臭嘴臭脸的，难道就跟他不成？你如今一个客也不接，晓得那个该从，那个不该从？假如你执意不肯接客，做娘的没奈何，寻个肯出钱的主儿，卖你去做妾，这也叫做从良。那主儿或是年老的，或是貌丑的，或是一字不识的村牛，你却不肮脏了一世！比着把你料在水里，还有扑通的一声响，讨得傍人叫一声可惜。依着老身愚见，还是俯从人愿，凭着做娘的接客。似你恁般才貌，等闲的料也不敢相扳。无非是王孙公子，贵客豪门，也不辱莫了你。一来风花雪月，趁着年少受用；二来作成妈儿起个家事；三来使自己也积趱些私房，免得日后求人。过了十年五载，遇个知心着意的，说得来，话得着，那时老身与你做媒，好模好样的嫁去，做娘的也放得你下了。可不两得其便？"

美娘听说，微笑而不言。刘四妈已知美娘心中活动了，便道："老身句句是好话。你依着老身的话时，后来还要感激我哩。"说罢，起身。王九妈伏于楼门之外，一句句都听得的。美娘送刘四妈出房门，劈面撞着了九妈，满面羞惭，缩身进去。王九妈随着刘四妈，再到前楼坐下。刘四妈道："侄女十分执意，被老身右说左说，一块硬铁看看溶做热汁。你如今快快寻个覆帐①的主儿，他必然肯就。那时做妹子的再来贺喜。"王九妈连连称谢。是日备饭相待，尽醉而别。后来西湖上子弟们又有只《挂枝儿》，单说那刘四妈说词一节：

刘四妈，你的嘴舌儿好不利害！便是女随何，雌陆贾，不信有这大才！说着长，道着短，全没些破败。就是醉梦中，被你说得醒；就是聪明的，被你说得呆。好个烈性的姑姑，也被你说得他心地改。

再说王美娘才听了刘四妈一席话儿，思之有理。以后有客求见，欣然相接。覆帐之后，宾客如市，捱三顶五，不得空闲，声价愈重。每一晚白银十两，兀自你争我夺。王九妈赚了若干钱钞，欢喜无限。美娘也留心要拣个知心着意的，急切难得。正是：

易求无价宝，难得有情郎。

话分两头。却说临安城清波门外，有个开油店的朱十老，三年前过继一个小厮，也是汴京逃难来的，姓秦名重。母亲早丧，父亲秦良，十三岁

---

① 覆帐：青楼女子接待的第二个客人，叫作覆帐。

上将他卖了，自己在上天竺去做香火。朱十老因年老无嗣，又新死了妈妈，把秦重做亲子看成，改名朱重，在店中学做卖油生意。初时父子坐店甚好，后因十老得了腰痛的病，十眠九坐，劳碌不得，另招个伙计，叫做邢权，在店相帮。光阴似箭，不觉四年有余。朱重长成一十七岁，生得一表人才，虽然已冠，尚未娶妻。那朱十老家有个侍女，叫做兰花，年已二十之外，存心看上了朱小官人，几遍的倒下钩子去勾搭他。谁知朱重是个老实人，又且兰花龌龊丑陋，朱重也看不上眼，以此落花有意，流水无情。那兰花见勾搭朱小官人不上，别寻主顾，就去勾搭那伙计邢权。邢权是望四之人，没有老婆，一拍就上。两个暗地偷情，不止一次。反怪朱小官人碍眼，思量寻事赶他出门。

　　邢权与兰花两个，里应外合，使心设计。兰花便在朱十老面前假意撇清说："小官人几番调戏，好不老实！"朱十老平时与兰花也有一手，未免有拈酸之意。邢权又将店中卖下的银子藏过，在朱十老面前说道："朱小官在外赌博，不长进，柜里银子几次短少，都是他偷去了。"初次朱十老还不信，接连几次，朱十老年老糊涂，没有主意，就唤朱重过来，责骂了一场。朱重是个聪明的孩子，已知邢权与兰花的计较，欲待分辨，惹起是非不小，万一老者不听，枉做恶人。心生一计，对朱十老说道："店中生意淡薄，不消得二人。如今让邢主管坐店，孩儿情愿挑担子出去卖油。卖得多少，每日纳还，可不是两重生意？"朱十老心下也有许可之意，又被邢权说道："他不是要挑担出去，几年上偷银子做私房，身边积趱有余了，又怪你不与他定亲，心下怨怅，不愿在此相帮，要讨个出场，自去娶老婆，做人家去。"朱十老叹口气道："我把他做亲儿看成，他却如此歹意，皇天不祐！罢，罢，不是自身骨血，到底粘连不上，繇他去罢！"遂将三两银子，把与朱重，打发出门，寒夏衣服和被窝都教他拿去。这也是朱十老好处。朱重料他不肯收留，拜了四拜，大哭而别。正是：

孝己杀身因谤语，申生丧命为谗言。

亲生儿子犹如此，何怪螟蛉受枉冤。

原来秦良上天竺做香火，不曾对儿子说知。朱重出了朱十老之门，在众安桥下赁了一间小小房儿，放下被窝等件，买巨锁儿锁了门，便往长街短巷，访求父亲。连走几日，全没消息，没奈何，只得放下。在朱十老家四年，赤心忠良，并无一毫私蓄，只有临行时打发这三两银子，不勾本钱，做什么生意好？左思右量，只有油行买卖是熟间。这些油坊多曾与他识熟，还去挑个卖油担子，是个稳足的道路。当下置办了油担家火，剩下的银两，都交付与油坊取油。那油坊里认得朱小官是个老实好人，况且小小年纪，当初坐店，今朝挑担上街，都因邢伙计挑拨他出来，心中甚是不平，有心扶持他，只拣窨清的上好净油与他，签子上又明让他些。朱重得了这些便宜，自己转卖与人，也放些宽，所以他的油比别人分外容易出脱。每日尽有些利息，又且俭吃俭用，积下东西来，置办些日用家业，及身上衣服之类，并无妄废。心中只有一件事未了，牵挂着父亲，思想："向来叫做朱重，谁知我是姓秦！倘或父亲来寻访之时，也没有个因由。"遂复姓为秦。

说话的，假如上一等人，有前程的，要复本姓，或具札子奏过朝廷，或关白礼部、太学、国学等衙门，将册籍改正，众所共知。一个卖油的，复姓之时，谁人晓得？他有个道理，把盛油的桶儿，一面大大写个秦字，一面写汴梁二字，将油桶做个标识，使人一览而知。以此临安市上，晓得他本姓，都呼他为秦卖油。时值二月天气，不暖不寒，秦重闻知昭庆寺僧人，要起个九昼夜功德，用油必多，遂挑了油担来寺中卖油。那些和尚们也闻知秦卖油之名，他的油比别人又好又贱，单单作成他。所以一连这九日，秦重只在昭庆寺走动。正是：

刻薄不赚钱，忠厚不折本。

这一日是第九日了。秦重在寺出脱了油，挑了空担出寺。其日天气晴明，游人如蚁。秦重绕河而行，遥望十景塘桃红柳绿，湖内画船箫鼓，往来游玩，观之不足，玩之有余。走了一回，身子困倦，转到昭庆寺右边，望个宽处，将担子放下，坐在一块石上歇脚。近侧有个人家，面湖而住，金漆篱门，里面朱栏内，一丛细竹。未知堂室何如，先见门庭清整。只见里面三四个戴巾的从内而出，一个女娘后面相送。到了门首，两下把手一拱，说声"请了"，那女娘竟进去了。秦重定睛观之，此女容颜娇丽，体态轻盈，目所未睹，准准的呆了半晌，身子都酥麻了。

他原是个老实小官，不知有烟花行径，心中疑惑，正不知是什么人家。方正疑思之际，只见门内又走出个中年的妈妈，同着一个垂发的丫头，倚门闲看。那妈妈一眼瞧着油担，便道："阿呀！方才我家无油，正好有油担子在这里，何不与他买些？"那丫鬟同那妈妈出来，走到油担子边，叫声："卖油的！"秦重方才听见，回言道："没有油了！妈妈要用油时，明日送来。"那丫鬟也认得几个字，看见油桶上写个秦字，就对妈妈道："卖油的姓秦。"妈妈也听得人闲讲，有个秦卖油，做生意甚是忠厚。遂分付秦重道："我家每日要油用，你肯挑来时，与你做个主顾。"秦重道："承妈妈作成，不敢有误。"那妈妈与丫鬟进去了。秦重心中想道："这妈妈不知是那女娘的什么人？我每日到他家卖油，莫说赚他利息，图个饱看那女娘一回，也是前生福分。"正欲挑担起身，只见两个轿夫，抬着一顶青绢幔的轿子，后边跟着两个小厮，飞也似跑来。到了其家门首，歇下轿子，那小厮走进里面去了。秦重道："却又作怪。着他接什么人？"少顷之间，只见两个丫鬟，一个捧着猩红的毡包，一个拿着湘妃竹攒花的拜匣，都交付与轿夫，放在轿座之下。那两个小厮手中，一个抱着琴囊，一个捧着几个手卷，腕上挂碧玉箫一枝，跟着起初的女娘出来。女娘上了轿，轿夫抬起望旧路而去。丫鬟小厮，俱随轿步行。秦重又得亲炙一番，心中愈加疑惑，挑了油担子，洋洋的去。

不过几步,只见临河有一个酒馆。秦重每常不吃酒,今日见了这女娘,心下又欢喜,又气闷,将担子放下,走进酒馆,拣个小座头坐下。酒保问道:"客人还是请客,还是独酌?"秦重道:"有上好的酒,拿来独饮三杯。时新果子一两碟,不用荤菜。"酒保斟酒时,秦重问道:"那边金漆篱门内是什么人家?"酒保道:"这是齐衙内的花园,如今王九妈住下。"秦重道:"方才看见有个小娘子上轿,是什么人?"酒保道:"这是有名的粉头,叫做王美娘,人都称为花魁娘子。他原是汴京人,流落在此。吹弹歌舞,琴棋书画,件件皆精。来往的都是大头儿,要十两放光才宿一夜哩!可知小可的也近他不得。当初住在涌金门外,因楼房狭窄,齐舍人与他相厚,半载之前,把这花园借与他住。"秦重听得说是汴京人,触了个乡里之念,心中更有一倍光景。吃了数杯,还了酒钱,挑了担子,一路走,一路的肚中打稿道:"世间有这样美貌的女子,落于娼家,岂不可惜!"又自家暗笑道:"若不落于娼家,我卖油的怎生得见!"又想一回,越发痴起来了,道:"人生一世,草生一秋。若得这等美人搂抱了睡一夜,死也甘心。"又想一回道:"呸!我终日挑这油担子,不过日进分文,怎么想这等非分之事!正是癞蛤蟆在阴沟里想着天鹅肉吃,如何到口!"又想一回道:"他相交的,都是公子王孙。我卖油的,纵有了银子,料他也不肯接我。"又想一回道:"我闻得做老鸨的,专要钱钞。就是个乞儿,有了银子,他也就肯接了,何况我做生意的,青青白白之人。若有了银子,怕他不接!只是那里来这几两银子?"一路上胡思乱想,自言自语。你道天地间有这等痴人,一个小经纪的,本钱只有三两,却要把十两银子去嫖那名妓,可不是个春梦!自古道:有志者事竟成。被他千思万想,想出一个计策来。他道:"从明日为始,逐日将本钱扣出,余下的积趱上去。一日积得一分,一年也有三两六钱之数。只消三年,这事便成了。若一日积得二分,只消得年半。若再多得些,一年也差不多了。"想来想去,不觉走到家里,开锁进门。只因一路上想着许多闲事,回来看了自家的睡铺,惨然无欢,连夜饭也不要吃，便上了床。这一夜翻来覆去，牵挂着美人，那里睡得着。正是：

只因月貌花容，引起心猿意马。

捱到天明，爬起来，就装了油担，煮早饭吃了，匆匆挑了油担子，一径走到王九妈家去。进了门，却不敢直入，舒着头，往里面张望。王九妈恰才起床，还蓬着头，正分付保儿买饭菜。秦重认得声音，叫声："王妈妈！"九妈往外一张，见是秦卖油，笑道："好忠厚人！果然不失信。"便叫他挑担进来，称了一瓶，约有五斤多重，公道还钱，秦重并不争论。王九妈甚是欢喜，道："这瓶油，只勾我家两日用。但隔一日，你便送来，我不往别处去买油。"秦重应诺，挑担而出。只恨不曾遇见花魁娘子。"且喜扳下主顾，少不得一次不见，二次见；二次不见，三次见。只是一件，特为王九妈一家挑这许多路来，不是做生意的勾当。这昭庆寺是顺路，今日寺中虽然不做功德，难道寻常不用油的？我且挑担去问他。若扳得各房头做个主顾，只消走钱塘门这一路，那一担油尽勾出脱了。"秦重挑担到寺内问时，原来各房和尚也正想着秦卖油，来得正好，多少不等，各各买他的油。秦重与各房约定，也是间一日便送油来用。这一日是个双日，自此日为始，但是单日，秦重别街道上做买卖；但是双日，就走钱塘门这一路。一出钱塘门，先到王九妈家里，以卖油为名，去看花魁娘子。有一日会见，也有一日不会见。不见时费了一场思想，便见时也只添了一层思想。正是：

天长地久有时尽，此恨此情无尽期。

再说秦重到了王九妈家多次，家中大大小小，没一个不认得是秦卖油。时光迅速，不觉一年有余。日大日小，只拣足色细丝，或积三分，或积二分，再少也积下一分。凑得几钱，又打做大块包。日积月累，有了一大包银子，零星凑集，连自己也不识多少。其日是单日，又值大雨，秦重不出去做买卖，积了这一大包银子，心中也自喜欢。"趁今日空闲，我把他上一上天平，见个数目。"打个油伞，走到对门倾银铺里，借天平兑银。那银匠好不轻薄，想着："卖油的多少银子，要架天平？只把个五两头等子与他，还怕用不着头纽哩！"秦重把银子包解开，都是散碎银两，大凡成锭的见少，散碎的就见多。银匠是小辈，眼孔极浅，见了许多银子，别是一番面目，想道："人不可貌相，海水不可斗量。"慌忙架起天平，搬出若大若小许多法马。秦重尽包而兑，一厘不多，一厘不少，刚刚一十六两之数，上秤便是一斤。秦重心下想道："除去了三两本钱，余下的做一夜花柳之费，还是有余。"又想道："这样散碎银子，怎好出手？拿出来也被人看低了！见成倾银店中方便，何不倾成锭儿，还觉冠冕。"当下兑足十两，倾成一个足色大锭，再把一两八钱，倾成水丝一小锭。剩下四两二钱之数，拈一小块，还了火钱，又将几钱银子，置下镶鞋净袜，新褶了一顶万字头巾。回到家中，把衣服浆洗得干干净净，买几根安息香，薰了又薰。拣个晴明好日，侵早打扮起来。正是：

虽非富贵豪华客，也是风流好后生。

秦重打扮得齐齐整整，取银两藏于袖中，把房门锁了，一径望王九妈家而来，那一时好不高兴。及至到了门首，愧心复萌，想道："时常挑了担子在他家卖油，今日忽地去做嫖客，如何开口？"正在踌躇之际，只听得呀的一声门响，王九妈走将出来。见了秦重，便道："秦小官今日怎的不做生意，打扮得恁般齐楚，往那里去贵干？"事到其间，秦重只得老着脸，上前作揖，妈妈也不免还礼。秦重道："小可并无别事，专来拜望妈妈。"那鸨儿是老积年，见貌辨色，见秦重恁般装束，又说拜望，"一定是看上了我家那个丫头，要嫖一夜，或是会一个房。虽然不是个大势主菩萨，搭在篮里便是菜，捉在篮里便是蟹，赚他钱把银子买葱菜，也是好的。"便满脸堆下笑来，道："秦小官拜望老身，必有好处。"秦重道："小可有句不识进退的言语，只是不好启齿。"王九妈道："但说何妨，且请到里面客坐里细讲。"

秦重为卖油虽曾到王家准百次，这客坐里交椅，还不曾与他屁股做个相识，今日是个会面之始。王九妈到了客坐，不免分宾而坐，向着内里唤茶。少顷，丫鬟托出茶来，看时却是秦卖油，正不知什么缘故，妈妈恁般相待，格格低了头只是笑。王九妈看见，喝道："有甚好笑！对客全没些规矩！"丫鬟止住笑，收了茶杯自去。王九妈方才开言问道："秦小官有甚话，要对老身说？"秦重道："没有别话。要在妈妈宅上请一位姐姐吃杯酒儿。"九妈道："难道吃寡酒？一定要嫖了。你是个老实人，几时动这风流之兴？"秦重道："小可的积诚，也非止一日。"九妈道："我家这几个姐姐，都是你认得的，不知你中意那一位？"秦重道："别个都不要，单单要与花魁娘子相处一宵。"九妈只道取笑他，就变了脸道："你出言无度，莫非奚落老娘么？"秦重道："小可是个老实人，岂有虚情。"九妈道："粪桶也有两个耳朵，你岂不晓得我家美儿的身价！倒了你卖油的灶，还不勾半夜歇钱哩！不如将就拣一个适兴罢。"

秦重把颈一缩，舌头一伸，道："恁的好卖弄！不敢动问，你家花魁娘子一夜歇钱要几千两？"九妈见他说要话，却又回嗔作喜，带笑而言道："那要许多？只要得十两敲丝，其他东道杂费，不在其内。"秦重道："原来如此，不为大事。"袖中摸出这秃秃里一大锭放光细丝银子，递与鸨儿道："这一锭十两重，足色足数，请妈妈收着。"又摸出一小锭来，也递与鸨儿，又道："这一小锭，重有二两，相烦备个东道。望妈妈成就小可这件好事，生死不忘，日后再有孝顺。"九妈见了这锭大银，已自不忍释手，又恐怕他一时高兴，日后没了本钱，心中懊悔，也要尽他一句才好。便道："这十两银子，你做经纪的人，积趱不易，还要三思而行。"秦重道："小可主意已

醒世恒言 307

定,不要你老人家费心。"

九妈把这两锭银子收于袖中,道:"是便是了,还有许多烦难哩!"秦重道:"妈妈是一家之主,有甚烦难?"九妈道:"我家美儿,往来的都是王孙公子,富室豪家,真个是'谈笑有鸿儒,往来无白丁'。他岂不认得你是做经纪的秦小官,如何肯接你?"秦重道:"但凭妈妈怎的委曲宛转,成全其事,大恩不敢有忘!"九妈见他十分坚心,眉头一皱,计上心来,扯开笑口道:"老身已替你排下计策,只看你缘法如何。做得成,不要喜;做不成,不要怪。美儿昨日在李学士家陪酒,还未曾回。今日是黄衙内约下游湖。明日是张山人一班清客,邀他做诗社。后日是韩尚书的公子,数日前送下东道在这里。你且到大后日来看。还有句话,这几日你且不要来我家卖油,预先留下个体面。又有句话,你穿着一身的布衣布裳,不像个上等嫖客。再来时,换件绸缎衣服,教这些丫鬟们认不出你是秦小官,老娘也好与你装谎。"秦重道:"小可——理会得。"说罢,作别出门。

且歇这三日生理,不去卖油,到典铺里买了一件见成半新半旧的绸衣,穿在身上,到街坊闲走,演习斯文模样。正是:

未识花院行藏,先习孔门规矩。

丢过那三日不题。到第四日,起个清早,便到王九妈家去。去得太早,门还未开,意欲转一转再来。这番装扮希奇,不敢到昭庆寺去,恐怕和尚们批点,且到十景塘散步。良久又踅转来,王九妈家门已开了。那门前却安顿得有轿马,门内有许多仆从,在那里闲坐。秦重虽然老实,心下倒也乖巧,且不进门,悄悄的招那马夫问道:"这轿马是谁家的?"马夫道:"韩府里来接公子的。"秦重已知韩公子夜来留宿,此时还未曾别。重复转身,到一个饭店之中,吃了些见成茶饭,又坐了一回,方才到王家探信。只见门前轿马已自去了。进得门时,王九妈迎着,便道:"老身得罪,今日又不得工夫了。恰才韩公子拉去东庄赏早梅，他是个长嫖，老身不好违拗。闻得说，来日还要到灵隐寺，访个棋师赌棋哩！齐衙内又来约过两三次了，这是我家房主，又是辞不得的。他来时，或三日五日的住了去，连老身也定不得个日子。秦小官，你真个要嫖，只索耐心再等几日。不然，前日的尊赐，分毫不动，要便奉还。"秦重道："只怕妈妈不作成。若还迟，终无失，就是一万年，小可也情愿等着。"九妈道："恁地时，老身便好张主。"

秦重作别，方欲起身，九妈又道："秦小官人，老身还有句话。你下次若来讨信，不要早了，约莫申牌时分，有客没客，老身把个实信与你。倒是越晏些越好，这是老身的妙用，你休错怪。"秦重连声道："不敢，不敢！"这一日秦重不曾做买卖。次日，整理油担，挑往别处去生理，不走钱塘门一路。每日生意做完，傍晚时分就打扮齐整，到王九妈家探信。只是不得工夫，又空走了一月有余。

那一日是十二月十五，大雪方霁，西风过后，积雪成冰，好不寒冷，却喜地下干燥。秦重做了大半日买卖，如前妆扮，又去探信。王九妈笑容可掬，迎着道："今日你造化，已是九分九厘了。"秦重道："这一厘是欠着什么？"九妈道："这一厘么？正主儿还不在家。"秦重道："可回来么？"九妈道："今日是俞太尉家赏雪，筵席就备在湖船之内。俞太尉是七十岁的老人家，风月之事，已是没分，原说过黄昏送来。你且到新人房里，吃杯烫风酒，慢慢的等他。"秦重道："烦妈妈引路。"王九妈引着秦重，弯弯曲曲，走过许多房头，到一个所在，不是楼房，却是个平屋三间，甚是高爽。左一间是丫鬟的空房，一般有床榻桌椅之类，却是备官铺的；右一间是花魁娘子卧室，锁着在那里，两旁又有耳房。中间客坐，上面挂一幅名人山水，香几上博山古铜炉，烧着龙涎香饼，两旁书桌，摆设些古玩，壁上贴许多诗稿。秦重愧非文人，不敢细看。心下想道："外房如此整齐，内室铺陈，必然华丽，今夜尽我受用。十两一夜，也不为多！"九妈让秦小官坐于客位，自己主位相陪。

少顷之间，丫鬟掌灯过来，抬下一张八仙桌儿，六碗时新果子，一架攒盒，佳肴美酝，未曾到口，香气扑人。九妈执盏相劝："今日众小女都有客，老身只得自陪，请开怀畅饮几杯。"秦重酒量本不高，况兼正事在心，只吃半杯。吃了一会，便推不饮。九妈道："秦小官想饿了，且用些饭再吃酒。"丫鬟捧着雪花白米饭，一吃一添，放于秦重面前，就是一盏杂和汤。鸨儿量高，不用饭，以酒相陪。秦重吃了一碗，就放箸。九妈道："夜长哩，再请些。"秦重又添了半碗。丫鬟提个行灯来，说："浴汤热了，请客官洗浴。"

秦重原是洗过澡来的，不敢推托，只得又到浴堂，肥皂香汤，洗了一遍，重复穿衣入坐。九妈命撤去肴盒，用暖锅下酒。此时黄昏已绝，昭庆寺里的钟都撞过了，美娘尚未回来。正是：

玉人何处贪欢耍，等得情郎望眼穿！

常言道：等人心急。秦重不见表子回家，好生气闷。却被鸨儿夹七夹八，说些风话劝酒，不觉又过了一更天气。只听得外面热闹闹的，却是花魁娘子回家。

丫鬟先来报了，九妈连忙起身出迎，秦重也离坐而立。只见美娘吃得大醉，侍女扶将进来，到于门首，醉眼朦胧，看见房中灯烛辉煌，杯盘狼藉，立住脚问道："谁在这里吃酒？"九娘道："我儿，便是我向日与你说的那秦小官人。他心中慕你，多时的送过礼来。因你不得工夫，担阁他一月有余。你今日幸而得空，做娘的留他在此伴你。"美娘道："临安郡中，并不闻说起有什么秦小官人！我不去接他。"转身便走。九妈双手托开，即忙拦住道："他是个至诚好人，娘不误你。"美娘只得转身，才跨进房门，抬头一看那人，有些面善，一时醉了，急切叫不出来，便道："娘，这个人我认得他的，不是有名称的子弟。接了他，被人笑话。"九妈道："我儿，这是涌金门内开段铺的秦小官人。当初我们住在涌金门时，想你也曾会过，故此面善。你莫识认错了。做娘的见他来意志诚，一时许了他，不好失信。你看做娘的面上，胡乱留他一晚。做娘的晓得不是了，明日却与你陪礼。"一头说，一头推着美娘的肩头向前。美娘拗妈妈不过，只得进房相见。正是：

千般难出虔婆口，万般难脱虔婆手。
饶君纵有万千般，不如跟着虔婆走。

这些言语，秦重一句句都听得，佯为不闻。美娘万福过了，坐于侧首。仔细看着秦重，好生疑惑，心里甚是不悦，嘿嘿无言。唤丫鬟将热酒来，斟着大钟。鸨儿只道他敬客，却自家一饮而尽。九妈道："我儿醉了，少吃些么！"美儿那里依他，答应道："我不醉！"一连吃上十来杯。这是酒后之酒，醉中之醉，自觉立脚不住。唤丫鬟开了卧房，点上银缸，也不卸头，也不解带，蹾脱了绣鞋，和衣上床，倒身而卧。鸨儿见女儿如此做作，甚不过意，对秦重道："小女平日惯了，他专会使性。今日他心中不知为什么有些不自在，却不干你事，休得见怪！"

秦重道："小可岂敢！"鸨儿又劝了秦重几杯酒，秦重再三告止。鸨儿送入卧房，向耳傍分付道："那人醉了，放温存些。"又叫道："我儿起来，脱了衣服，好好的睡。"美娘已在梦中，全不答应，鸨儿只得去了。丫鬟收拾了杯盘之类，抹了桌子，叫声："秦小官人，安置罢。"秦重道："有热茶要一壶。"丫鬟泡了一壶浓茶，送进房里，带转房门，自去耳房中安歇。秦重看美娘时，面对里床，睡得正熟，把锦被压于身下。秦重想酒醉之人，必然怕冷，又不敢惊醒他。忽见阑干上又放着一床大红纻丝的锦被。轻轻的取下，盖在美娘身上。把银灯挑得亮亮的，取了这壶热茶，脱鞋上

醒世恒言 311

床,捱在美娘身边,左手抱着茶壶在怀,右手搭在美娘身上,眼也不敢闭一闭。正是:

未曾握雨携云,也算偎香倚玉。

却说美娘睡到半夜,醒将转来,自觉酒力不胜,胸中似有满溢之状。爬起来,坐在被窝中,垂着头,只管打干哕。秦重慌忙也坐起来,知他要吐,放下茶壶,用手抚摩其背。良久,美娘喉间忍不住了,说时迟,那时快,美娘放开喉咙便吐。秦重怕污了被窝,把自己的道袍袖子张开,罩在他嘴上。美娘不知所以,尽情一呕,呕毕,还闭着眼,讨茶漱口。秦重下床,将道袍轻轻脱下,放在地平之上。摸茶壶还是暖的。斟上一瓯香喷喷的浓茶,递与美娘。美娘连吃了二碗,胸中虽然略觉豪燥,身子兀自倦怠,仍旧倒下,向里睡去了。秦重脱下道袍,将吐下一袖的腌臜,重重裹着,放于床侧,依然上床,拥抱似初。

美娘那一觉直睡到天明方醒,覆身转来,见傍边睡着一人,问道:"你是那个?"秦重答道:"小可姓秦。"美娘想起夜来之事,恍恍惚惚,不甚记得真了,便道:"我夜来好醉!"秦重道:"也不甚醉。"又问:"可曾吐么?"秦重道:"不曾。"美娘道:"这样还好。"又想一想道:"我记得曾吐过的,又记得曾吃过茶来,难道做梦不成?"秦重方才说道:"是曾吐来。小可见小娘子多了杯酒,也防着要吐,把茶壶暖在怀里。小娘子果然吐后讨茶,小可斟上,蒙小娘子不弃,饮了两瓯。"美娘大惊道:"脏巴巴的,吐在那里?"秦重道:"恐怕小娘子污了被褥,是小可把袖子盛了。"美娘道:"如今在那里?"秦重道:"连衣服裹着,藏过在那里。"美娘道:"可惜坏了你一件衣服。"秦重道:"这是小可的衣服,有幸得沾小娘子的余沥。"美娘听说,心下想道:"有这般识趣的人!"心里已有四五分欢喜了。

此时天色大明,美娘起身,下床小解。看着秦重,猛然想起是秦卖油,遂问道:"你实对我说,是什么样人?为何昨夜在此?"秦重道:"承花魁娘子下问,小子怎敢妄言。小可实是常来宅上卖油的秦重。"遂将初次看见送客,又看见上轿,心下想慕之极,及积趱嫖钱之事,备细述了一遍。"夜来得亲近小娘子一夜,三生有幸,心满意足。"美娘听说,愈加可怜,道:"我昨夜酒醉,不曾招接得你。你干折了多少银子,莫不懊悔?"秦重道:"小娘子天上神仙,小可惟恐伏侍不周,但不见责,已为万幸,况敢有非意之望!"美娘道:"你做经纪的人,积下些银两,何不留下养家?此地不是你来往的。"秦重道:"小可单只一身,并无妻小。"美娘顿了一顿,便道:"你今日去了,他日还来么?"秦重道:"只这昨宵相亲一夜,已慰生平,岂敢又作痴想!"美娘想道:"难得这好人,又忠厚,又老实,又且知情识趣,隐恶扬善,千百中难遇此一人。可惜是市井之辈,若是衣冠子弟,情愿委身事之。"正在沉吟之际,丫鬟捧洗脸水进来,又是两碗姜汤。秦重洗了脸,因夜来未曾脱帻,不用梳头,呷了几口姜汤,便要别去。美娘道:"少住不妨,还有话说。"秦重道:"小可仰慕花魁娘子,在傍多站一刻,也是好的。但为人岂不自揣!夜来在此,实是大胆,惟恐他人知道,有玷芳名。还是早些去了安稳。"美娘点了一点头,打发丫鬟出房,忙忙的开了减妆,取出二十两银子,送与秦重道:"昨夜难为了你,这银两权奉为资本,莫对人说。"

秦重那里肯受。美娘道:"我的银子,来路容易。这些须酬你一宵之情,休得固逊。若本钱缺少,异日还有助你之处。那件污秽的衣服,我叫丫鬟湔洗干净了还你罢。"秦重道:"粗衣不烦小娘子费心。小可自会湔洗。只是领赐不当。"美娘道:"说那里话!"将银子挜在秦重袖内,推他转身。秦重料难推却,只得受了,深深作揖,卷了脱下这件龌龊道袍,走出房门。打从鸨儿房前经过,鸨儿看见,叫声"妈妈!秦小官去了!"王九妈正在净桶上解手,口中叫道:"秦小官,如何去得恁早?"秦重道:"有些贱事,改日特来称谢!"

不说秦重去了,且说美娘与秦重虽然没点相干,见他一片诚心,去后好不过意。这一日因害酒,辞了客在家将息,千个万个孤老都不想,倒把秦重整整的想了一日。有《挂枝儿》为证:

>俏冤家,须不是串花家的子弟,你是个做经纪本分人儿,那匡你会温存,能软款,知心知意。料你不是个使性的,料你不是个薄情的。几番待放下思量也,又不觉思量起。

话分两头,再说邢权在朱十老家,与兰花情热,见朱十老病废在床,全无顾忌。十老发作了几场。两个商量出一条计策来,俟夜静更深,将店中资本席卷,双双的桃之夭夭,不知去向。次日天明,十老方知。央及邻里,出了个失单,寻访数日,并无动静。深悔当日不合为邢权所惑,逐了朱重。如今日久见人心,闻说朱重赁居众安桥下,挑担卖油,不如仍旧收拾他回来,老死有靠。只怕他记恨在心,教邻舍好生劝他回家,但记好,莫记恶。秦重一闻此言,即日收拾了家伙,搬回十老家里。相见之间,痛哭了一场。十老将所存囊橐,尽数交付秦重。秦重自家又有二十余两本钱,重整店面,坐柜卖油。因在朱家,仍称朱重,不用秦字。

不上一月,十老病重,医治不痊,呜呼哀哉!朱重捶胸大恸,如亲父一般,殡殓成服,七七做了些好事。朱家祖坟在清波门外,朱重举丧安葬,事事成礼,邻里皆称其厚德。事定之后,仍先开店。原来这油铺是个老店,从来生意原好,却被邢权刻剥存私,将主顾弄断了多少。今见朱小官在店,谁家不来作成?所以生理比前越盛。

朱重单身独自,急切要寻个老成帮手。有个惯做中人的,叫做金中,忽一日引着一个五十余岁的人来。原来那人正是莘善,在汴梁城外安乐村居住。因那年避乱南奔,被官兵冲散了女儿瑶琴,夫妻两口,凄凄惶惶,东逃西窜,胡乱的过了几年。今日闻临安兴旺,南渡人民,大半安插在彼。

诚恐女儿流落此地，特来寻访，又没消息。身边盘缠用尽，欠了饭钱，被饭店中终日赶逐，无可奈何。偶然听见金中说起朱家油铺，要寻个卖油帮手。自己曾开过六陈铺子，卖油之事，都则在行。况朱小官原是汴京人，又是乡里，故此央金中引荐到来。朱重问了备细，乡人见乡人，不觉感伤。"既然没处投奔，你老夫妻两口，只住在我身边，只当个乡亲相处，慢慢的访着令爱消息，再作区处。"当下取两贯钱把与莘善，去还了饭钱，连浑家阮氏也领将来，与朱重相见了。收拾一间空房，安顿他老夫妇在内。两口儿也尽心竭力，内外相帮，朱重甚是欢喜。光阴似箭，不觉一年有余。多有人见朱小官年长未娶，家道又好，做人又志诚，情愿白白把女儿送他为妻。朱重因见了花魁娘子，十分容貌，等闲的不看在眼，立心要访求个出色的女子，方才肯成亲。以此日复一日，担阁下去。正是：

曾观沧海难为水，除却巫山不是云。

再说王美娘在九妈家，盛名之下，朝欢暮乐，真个口厌肥甘，身嫌锦绣。然虽如此，每遇不如意之处，或是子弟们任情使性，吃醋挑槽，或自己病中醉后，半夜三更，没人疼热，就想起秦小官人的好处来，只恨无缘再会。也是他桃花运尽，合当变更，一年之后，生出一段事端来。

却说临安城中，有个吴八公子，父亲吴岳，见为福州太守。这吴八公子，打从父亲任上回来，广有金银，平昔间也喜赌钱吃酒，三瓦两舍走动。闻得花魁娘子之名，未曾识面，屡屡遣人来约，欲要嫖他。王美娘闻他气质不好，不愿相接，托故推辞，非止一次。那吴八公子也曾和着闲汉们亲到王九妈家几番，都不曾会。

其时清明节届，家家扫墓，处处踏青。美娘因连日游春困倦，且是积下许多诗画之债，未曾完得，分付家中："一应客来，都与我辞去！"闭了房门，焚起一炉好香，摆设文房四宝，方欲举笔，只听得外面沸腾，却是吴八公子，领着十余个狠仆，来接美娘游湖。因见鸨儿每次回他，在中堂行凶，打家打伙，直闹到美娘房前，只见房门锁闭。原来妓家有个回客法儿，小娘躲在房内，却把房门反锁，支吾客人，只推不在。那老实的就被他哄过了，吴公子是惯家，这些套子，怎地瞒得？分付家人扭断了锁，把房门一脚踢开。美娘躲身不迭，被公子看见，不由分说，教两个家人，左右牵手，从房内直拖出房外来，口中兀自乱嚷乱骂。王九妈欲待上前陪礼解劝，看见势头不好，只得闪过。家中大小，躲得没半个影儿。

　　吴家狠仆牵着美娘，出了王家大门，不管他弓鞋窄小，望街上飞跑。八公子在后，扬扬得意。直到西湖口，将美娘扠下了湖船，方才放手。美娘十二岁到王家，锦绣中养成，珍宝般供养，何曾受恁般凌贱。下了船，对着船头，掩面大哭。吴八公子见了，放下面皮，气忿忿的像关云长单刀赴会，一把交椅，朝外而坐，狠仆侍立于傍。一面分付开船，一面数一数二的发作一个不住："小贱人，小娼根！不受人抬举！再哭时，就讨打了！"美娘那里怕他，哭之不已。船至湖心亭，吴八公子分付摆盒在亭子内，自己先上去了，却分付家人："叫那小贱人来陪酒！"

　　美娘抱住了栏杆，那里肯去，只是嚎哭。吴八公子也觉没兴，自己吃了几杯淡酒，收拾下船，自来扯美娘。美娘双脚乱跳，哭声愈高。八公子大怒，教狠仆拔去簪珥。美娘蓬着头，跑到船头上，就要投水，被家童们扶住。公子道："你撒赖便怕你不成！就是死了，也只费得我几两银子，不为大事。只是送你一条性命，也是罪过。你住了啼哭时，我就放你回去，不难为你。"美娘听说放他回去，真个住了哭。八公子分付移船到清波门外僻静之处，将美娘绣鞋脱下，去其裹脚，露出一对金莲，如两条玉笋相似。教狠仆扶他上岸，骂道："小贱人！你有本事，自走回家，我却没人相送。"说罢，一篙子撑开，再向湖中而去。正是：

　　　　焚琴煮鹤从来有，惜玉怜香几个知！

美娘赤了脚，寸步难行，思想："自己才貌两全，只为落于风尘，受此轻贱。平昔枉自结识许多王孙贵客，急切用他不着，受了这般凌辱。就是回去，如何做人？到不如一死为高。只是死得没些名目，枉自享个盛名，到此地位，看着村庄妇人，也胜我十二分。这都是刘四妈这个花嘴，哄我落坑堕堑，致有今日！自古红颜薄命，亦未必如我之甚！"越思越苦，放声大哭。

事有偶然，却好朱重那日到清波门外朱十老的坟上，祭扫过了，打发祭物下船，自己步回，从此经过。闻得哭声，上前看时，虽然蓬头垢面，那玉貌花容，从来无两，如何不认得！吃了一惊，道："花魁娘子，如何这般模样？"美娘哀哭之际，听得声音厮熟，止啼而看，原来正是知情识趣的秦小官！美娘当此之际，如见亲人，不觉倾心吐胆，告诉他一番。朱重心中十分疼痛，亦为之流泪。袖中带得有白绫汗巾一条，约有五尺多长，取出劈半扯开，奉与美娘裹脚，亲手与他拭泪。又与他挽起青丝，再三把好言宽解。等待美娘哭定，忙去唤个暖轿，请美娘坐了，自己步送，直到王九妈家。九妈不得女儿消息，在四处打探，慌迫之际，见秦小官送女儿回来，分明送一颗夜明珠还他，如何不喜！况且鸨儿一向不见秦重挑油上门，多曾听得人说，他承受了朱家的店业，手头活动，体面又比前不同，自然刮目相待。又见女儿这等模样，问其缘故，已知女儿吃了大苦，全亏了秦小官，深深拜谢，设酒相待。日已向晚，秦重略饮数杯，起身作别。美娘如何肯放，道："我一向有心于你，恨不得你见面。今日定然不放你空去！"鸨儿也来扳留。秦重喜出望外。是夜，美娘吹弹歌舞，曲尽生平之技，奉承秦重。秦重如做了一个游仙好梦，喜得魄荡魂消，手舞足蹈。夜深酒阑，二人相挽就寝。云雨之事，其美满更不必言。

一个是足力后生，一个是惯情女子。这边说，三年怀想，费几多役梦劳魂；那边说，一载相思，喜侥幸粘皮贴肉。一个谢前番帮衬，合今番恩上加恩；一个谢今夜总成，比前夜爱中添爱。红粉妓倾翻粉盒，罗帕留痕；

卖油郎打泼油瓶，被窝沾湿。可笑村儿干折本，做成小子弄风流。

云雨已罢，美娘道："我有句心腹之言与你说，你休得推托。"秦重道："小娘子若用得着小可时，就赴汤蹈火，亦所不辞，岂有推托之理？"美娘道："我要嫁你！"秦重笑道："小娘子就嫁一万个，也还数不到小可头上，休得取笑，枉自折了小可的食料。"美娘道："这话实是真心，怎说取笑二字！我自十四岁被妈妈灌醉，梳弄过了，此时便要从良，只为未曾相处得人，不辨好歹，恐误了终身大事。以后相处的虽多，都是豪华之辈，酒色之徒，但知买笑追欢的乐意，那有怜香惜玉的真心。看来看去，只有你是个志诚君子，况闻你尚未娶亲，若不嫌我烟花贱质，情愿举案齐眉，白头奉侍。你若不允之时，我就将三尺白罗，死于君前，表白我一片诚心，也强如昨日死于村郎之手，没名没目，惹人笑话。"

说罢，呜呜的哭将起来。秦重道："小娘子休得悲伤。小可承小娘子错爱，将天就地，求之不得，岂敢推托？只是小娘子千金声价，小可家贫力薄，如何摆布，也是力不从心了。"美娘道："这却不妨。不瞒你说，我只为从良一事，预先积趱些东西，寄顿在外，赎身之费，一毫不费你心力。"秦重道："就是小娘子自己赎身，平昔住惯了高堂大厦，享用了锦衣玉食，在小可家，如何过活？"美娘道："布衣蔬食，死而无怨！"秦重道："小娘子虽然，只怕妈妈不从！"美娘道："我自有道理。"如此如此，这般这般，两个直说到天明。

原来黄翰林的衙内，韩尚书的公子，齐太尉的舍人，这几个相知的人家，美娘都寄顿得有箱笼。美娘只推要用，陆续取到密地，约下秦重，教他收置在家。然后一乘轿子，抬到刘四妈家，诉以从良之事。刘四妈道："此事老身前日原说过的。只是年纪还早，又不知你要从那一个？"美娘道："姨娘，你莫管是甚人，少不得依着姨娘的言语，是个真从良，乐从良，了从良；不是那不真、不假、不了、不绝的勾当。只要姨娘肯开口时，不愁妈妈不允。做侄女的别没孝顺，只有十两金子，奉与姨娘，胡乱打些钗子。是必在妈妈前做个方便，事成之时，媒礼在外。"刘四妈看见这金子，笑得眼儿没缝，便道："自家儿女，又是美事，如何要你的东西！这金子权时领下，只当与你收藏，此事都在老身身上。只是你的娘，把你当个摇钱之树，等闲也不轻放你出去，怕不要千把银子！那主儿可是肯出手的么？也得老身见他一见，与他讲道方好。"美娘道："姨娘莫管闲事，只当你侄女自家赎身便了。"刘四妈道："妈妈可晓得你到我家来？"美娘道："不晓得。"四妈道："你且在我家便饭，待老身先到你家，与妈妈讲，讲得通时，然后来报你。"

刘四妈雇乘轿子，抬到王九妈家，九妈相迎入内。刘四妈问起吴八公子之事，九妈告诉了一遍。四妈道："我们行户人家，到是养成个半低不高的丫头，尽可赚钱，又且安稳。不论什么客就接了，倒是日日不空的。侄女只为声名大了，好似一块鲞鱼落地，马蚁儿都要钻他。虽然热闹，却也不得自在。说便许多一夜，也只是个虚名。那些王孙公子来一遍，动不动有几个帮闲，连宵达旦，好不费事。跟随的人又不少，个个要奉承得他到，有些不到之处，口里就出粗哩啀罗啀的骂人，还要弄损你家伙，又不好告诉得他家主，受了若干闷气。况且山人墨客，诗社棋社，少不得一月之内，又有几时官身。这些富贵子弟，你争我夺，依了张家，违了李家，一边喜，少不得一边怪了。就是吴八公子这一个风波，吓杀人的，万一失差，却不连本送了？官宦人家，和他打官司不成，只索忍气吞声。今日还亏着你家时运高，太平没事，一个霹雳空中过去了。倘然山高水低，悔之无及。妹子闻得吴八公子不怀好意，还要和你家索闹。侄女的性气又不好，不肯奉承人，第一是这件，乃是个惹祸之本。"九妈道："便是这件，老身好不担忧。就是这八公子，也是有名有称的人，又不是下贱之人，这丫头抵死不肯接他，惹出这场寡气。当初他年纪小时，还听人教训。如今有了个虚名，被这些富贵子弟夸他奖他，惯了他性情，骄了他气质，动不动自作自主。逢着客来，他要接便接。他若不情愿时，便是九牛也休想牵得他转！"刘

醒世恒言　319

四妈道："做小娘的略有些身分，都则如此。"王九妈道："我如今与你商议，倘若有个肯出钱的，不如卖了他去，到得干净。省得终身担着鬼胎过日。"刘四妈道："此言甚妙！卖了他一个，就讨得五六个。若凑巧撞得着相应的，十来个也讨得的。这等便宜事，如何不做！"

王九妈道："老身也曾算计过来。那些有势有力的不肯出钱，专要讨人便宜。及至肯出几两银子的，女儿又嫌好道歉，做张做智的不肯。若有好主儿，妹子做媒，作成则个。倘若这丫头不肯时节，还求你撺掇。这丫头做娘的话也不听，只你说得他信，话得他转。"刘四妈呵呵大笑道："做妹子的此来，正为与侄女做媒。你要许多银子便肯放他出门？"九妈道："妹子，你是明理的人。我们这行户中，只有贱买，那有贱卖？况且美儿数年盛名满临安，谁不知他是花魁娘子！难道三百四百，就容他走动？少不得要他千金。"刘四妈道："待妹子去讲，若肯出这个数目，做妹子的便来多口。若合不着时，就不来了。"临行时，又故意问道："侄女今日在那里？"王九妈道："不要说起，自从那日吃了吴八公子的亏，怕他还来淘气，终日里抬个轿子，各宅去分诉。前日在齐太尉家，昨日在黄翰林家，今日又不知在那家去了！"刘四妈道："有了你老人家做主，按定了坐盘星①，也不容侄女不肯。万一不肯时，做妹子自会劝他。只是寻得主顾来，你却莫要捉班做势。"九妈道："一言既出，并无他说！"九妈送至门首。刘四妈叫声咭噪，上轿去了。这才是：

    数黑论黄雌陆贾，说长话短女随何。

    若还都像虔婆口，尺水能兴万丈波。

---

① 坐盘星：秤上的第一颗星，位置为秤锤和秤盘成平衡状态时秤锤的悬点，因用以比喻对一切事情的主意、标准的意思。

刘四妈回到家中，与美娘说道："我对你妈妈如此说，这般讲，你妈妈已自肯了。只要银子见面，这事立地便成！"美娘道："银子已曾办下，明日姨娘千万到我家来，玉成其事。不要冷了场，改日又费讲。"四妈道："既然约定，老身自然到宅。"美娘别了刘四妈，回家一字不题。次日午牌时分，刘四妈果然来了。王九妈问道："所事如何？"四妈道："十有八九，只不曾与侄女说过。"

四妈来到美娘房中，两下相叫了，讲了一回说话。四妈道："你的主儿到了不曾？那话儿在那里？"美娘指着床头道："在这几只皮箱里。"美娘把五六只皮箱一时都开了，五十两一封，搬出十三四封来，又把些金珠宝玉算价，足勾千金之数。把个刘四妈惊得眼中出火，口内流涎，想道："小小年纪，这等有肚肠！不知如何设处，积下许多东西？我家这几个粉头，一般接客，赶得着他那里！不要说不会生发，就是有几文钱在荷包里，闲时买瓜子嗑，买糖儿吃，两条脚布破了，还要做妈的与他买布哩！偏生九阿姐造化，讨得着，年时赚了若干钱钞，临出门还有这一主大财，又是取诸宫中，不劳余力。"这是心中暗想之语，却不曾说出来。

美娘见刘四妈沉吟，只道他作难索谢，慌忙又取出四匹潞绸，两股宝钗，一对凤头玉簪，放在桌上，道："这几件东西，奉与姨娘为伐柯之敬。"刘四妈欢天喜地对王九妈说道："侄女情愿自家赎身，一般身价，并不短少分毫，比着孤老赎身更好。省得闲汉们从中说合，费酒费浆，还要加一加二的谢他！"

王九妈听得说女儿皮箱内有许多东西，到有个怫然之色。你道却是为何？世间只有鸨儿的狠，做小娘的设法些东西，都送到他手里，才是快活。也有做些私房在箱笼内，鸨儿晓得些风声，专等女儿出门，撅开锁钥，翻箱倒笼取个罄空。只为美娘盛名之下，相交都是大头儿，替做娘的挣得钱钞，又且性格有些古怪，等闲不敢触犯。故此卧房里面，鸨儿的脚也不搠进去，谁知他如此有钱！

醒世恒言　321

刘四妈见九妈颜色不善，便猜着了，连忙道："九阿姐，你休得三心两意。这些东西，就是侄女自家积下的，也不是你本分之钱。他若肯花费时，也花费了；或是他不长进，把来津贴了得意的孤老，你也那里知道！这还是他做家的好处。况且小娘自己手中没有钱钞，临到从良之际，难道赤身赶他出门？少不得头上脚下都要收拾得光鲜，等他好去别人家做人。如今他自家拿得出这些东西，料然一丝一线不费你的心。这一主银子，是你完完全全鳖在腰胯里的。他就赎身出去，怕不是你女儿！倘然他挣得好时，时朝月节，怕他不来孝顺你？就是嫁了人时，他又没有亲爹亲娘，你也还去做得着他的外婆，受用处正有哩！"只这一套话，说得王九妈心中爽然，当下应允。刘四妈就去搬出银子，一封封兑过，交付与九妈，又把这些金珠宝玉，逐件指物作价，对九妈说道："这都是做妹子的故意估下他些价钱，若换与人，还便宜得几十两银子。"王九妈虽同是个鸨儿，到是个老实头儿，凭刘四妈说话，无有不纳。

　　刘四妈见王九妈收了这主东西，便叫亡八写了婚书，交付与美儿。美儿道："趁姨娘在此，奴家就拜别了爹妈出门，借姨娘家住一两日，择吉从良，未知姨娘允否？"刘四妈得了美娘许多谢礼，生怕九妈翻悔，巴不得美娘出了他门，完成一事，说道："正该如此！"当下美娘收拾了房中自己的梳台、拜匣、皮箱、铺盖之类，但是鸨儿家中之物，一毫不动。收拾已完，随着四妈出房，拜别了假爹假妈，和那姨娘行中，都相叫了。王九妈一般哭了几声。美娘唤人挑了行李，欣然上轿，同刘四妈到刘家去。四妈出一间幽静的好房，顿下美娘行李。众小娘都来与美娘叫喜。是晚，朱重差莘善到刘四妈家讨信，已知美娘赎身出来。择了吉日，笙箫鼓乐娶亲。刘四妈就做大媒送亲，朱重与花魁娘子花烛洞房，欢喜无限！正是：

　　　　虽然旧事风流，不减新婚佳趣。

次日，莘善老夫妇请新人相见，各各相认，吃了一惊。问起根由，至亲三口，抱头而哭。朱重方才认得是丈人、丈母，请他上坐，夫妻二人，重新拜见。亲邻闻知，无不骇然。是日，整备筵席，庆贺两重之喜，饮酒尽欢而散。三朝之后，美娘教丈夫备下几副厚礼，分送旧相知各宅，以酬其寄顿箱笼之恩，并报他从良信息，此是美娘有始有终处。王九妈、刘四妈家，各有礼物相送，无不感激。满月之后，美娘将箱笼打开，内中都是黄白之资，吴绫、蜀锦，何止百计，共有三千余金，都将匙钥交付丈夫，慢慢的买房置产，整顿家当。油铺生理，都是丈人莘公管理。不上一年，把家业挣得花锦般相似，驱奴使婢，甚有气象。

朱重感谢天地神明保佑之德，发心于各寺庙喜舍合殿香烛一套，供琉璃灯油三个月，斋戒沐浴，亲往拈香礼拜。先从昭庆寺起，其他灵隐、法相、净慈、天竺等寺，以次而行。就中单说天竺寺，是观音大士的香火，有上天竺、中天竺、下天竺，三处香火俱盛，却是山路，不通舟楫。朱重叫从人挑了一担香烛，三担清油，自己乘轿而往。先到上天竺来，寺僧迎接上殿。老香火秦公点烛添香。此时朱重居移气，养移体，仪容魁岸，非复幼时面目，秦公那里认得他是儿子。只因油桶上有个大大的秦字，又有汴梁二字，心中甚以为奇。也是天然凑巧，刚刚到上天竺，偏用着这两只油桶。

朱重拈香已毕，秦公托出茶盘，主僧奉茶。秦公问道："不敢动问施主，这油桶上为何有此三字？"朱重听得问声，带着汴梁人的土音，忙问道："老香火，你问他怎么？莫非也是汴梁人么？"秦公道："正是。"朱重道："你姓甚名谁？为何在此出家？共有几年了？"秦公把自己姓名、乡里，细细告诉："某年上避兵来此，因无活计，将十三岁的儿子秦重，过继与朱家，如今有八年之远。一向为年老多病，不曾下山问得信息。"朱重一把抱住，放声大哭道："孩儿便是秦重！向在朱家挑油买卖，正为要访求父亲下落，故此于油桶上，写'汴梁秦'三字，做个标识。谁知此地相逢，真乃天与其便!"众僧见他父子别了八年,今朝重会,各各称奇。朱重这一日,就歇在上天竺,与父亲同宿,各叙情节。次日,取出中天竺、下天竺两个疏头①换过,内中朱重,仍改做秦重,复了本姓。两处烧香礼拜已毕,转到上天竺,要请父亲回家,安乐供养。

秦公出家已久,吃素持斋,不愿随儿子回家。秦重道:"父亲别了八年,孩儿有缺侍奉。况孩儿新娶媳妇,也得他拜见公公方是。"秦公只得依允。秦重将轿子让父亲乘坐,自己步行,直到家中。秦重取出一套新衣,与父亲换了,中堂设坐,同妻莘氏双双参拜。亲家莘公、亲母阮氏,齐来见礼。此日大排筵席,秦公不肯开荤,素酒素食。次日,邻里敛财称贺,一则新婚,二则新娘子家眷团圆,三则父子重逢,四则秦小官归宗复姓,共是四重大喜,一连又吃了几日喜酒。秦公不愿家居,思想上天竺故处清净出家。秦重不敢违亲之志,将银二百两,于上天竺另造净室一所,送父亲到彼居住。其日用供给,按月送去。每十日亲往候问一次,每一季同莘氏往候一次。那秦公活到八十余,端坐而化,遗命葬于本山。此是后话。

却说秦重和莘氏,夫妻偕老,生下两个孩儿,俱读书成名。至今风月中市语,凡夸人善于帮衬,都叫做"秦小官",又叫"卖油郎"。有诗为证:

> 春来处处百花新,蜂蝶纷纷竞采春。
> 堪爱豪家多子弟,风流不及卖油人。

---

① 疏头:和尚、道士祈祷诵经之前,向神前焚化的祷词。

乔太守乱点鸳鸯谱

　　自古姻缘天定，不由人力谋求。有缘千里也相投，对面无缘不偶。仙境桃花出水①，宫中红叶传沟②。三生簿上注风流，何用冰人开口。

　　这首《西江月》词，大抵说人的婚姻，乃前生注定，非人力可以勉强。今日听在下说一桩意外姻缘的故事，唤做"乔太守乱点鸳鸯谱"。这故事出在那个朝代？何处地方？那故事出在大宋景祐年间，杭州府有一人姓刘，名秉义，是个医家出身。妈妈谈氏，生得一对儿女。儿子唤做刘璞，年当弱冠，一表非俗，已聘下孙寡妇的女儿珠姨为妻。那刘璞自幼攻书，学业已就。到十六岁上，刘秉义欲令他弃了书本，习学医业。刘璞立志大就，不肯改业，不在话下。女儿小名慧娘，年方一十五岁，已受了邻近开生药铺裴九老家之聘。那慧娘生得姿容艳丽，意态妖娆，非常标致。怎见得？但见：

　　蛾眉带秀，凤眼含情，腰如弱柳迎风，面似娇花拂水。体态轻盈，汉家飞燕同称；性格风流，吴国西施并美。蕊宫仙子谪人间，月殿嫦娥临下界。

---

① 仙境桃花出水：传说，东汉人刘晨、阮肇入天台山采药，迷路不得返，遇见桃源里两个仙女，留他们在那里住了半年。
② 宫中红叶传沟：《唐宋传奇集》中有则故事记载有一个宫女在红叶上题诗。红叶从御沟中流出，被一个士人拾得，也题了一首诗在叶上，流送入宫。后来，两人成了夫妇。

醒世恒言　325

不题慧娘貌美。且说刘公见儿子长大，同妈妈商议，要与他完姻。方待教媒人到孙家去说，恰好裴九老也教媒人来说，要娶慧娘。刘公对媒人道："多多上覆裴亲家，小女年纪尚幼，一些妆奁未备。须再过几时，待小儿完姻过了，方及小女之事。目下断然不能从命！"媒人得了言语，回覆裴家。那裴九老因是老年得子，爱惜如珍宝一般，恨不能风吹得大，早些儿与他毕了姻事，生男育女。今日见刘公推托，好生不喜。又央媒人到刘家说道："令爱今年一十五岁，也不算做小了。到我家来时，即如女儿一般看待，决不难为。就是妆奁厚薄，但凭亲家，并不计论。万望亲家曲允则个。"刘公立意先要与儿子完姻，然后嫁女，媒人往返了几次，终是不允。裴九老无奈，只得忍耐。当时若是刘公允了，却不省好些事体，止因执意不从，到后生出一段新闻，传说至今。正是：

只因一着错，满盘俱是空。

却说刘公回脱了裴家，央媒人张六嫂到孙家去说儿子的姻事。元来孙寡妇母家姓胡，嫁的丈夫孙恒，原是旧家子弟。自十六岁做亲，十七岁就生下一个女儿，唤名珠姨。才隔一岁，又生个儿子，取名孙润，小字玉郎。两个儿女，方在襁褓中，孙恒就亡过了。亏孙寡妇有些节气，同着养娘，守这两个儿女，不肯改嫁，因此人都唤他是孙寡妇。光阴迅速，两个儿女，渐渐长成。珠姨便许了刘家，玉郎从小聘定善丹青徐雅的女儿文哥为妇。那珠姨、玉郎都生得一般美貌，就如良玉碾成，白粉团就一般。加添资性聪明，男善读书，女工针指。还有一件，不但才貌双美，且又孝悌兼全。闲话休题。

且说张六嫂到孙家传达刘公之意，要择吉日娶小娘子过门。孙寡妇母子相依，满意欲要再停几时，因想男婚女嫁，乃是大事，只得应承。对张六嫂道："上覆亲翁亲母，我家是孤儿寡妇，没甚大妆奁嫁送，不过随常粗布衣裳，凡事不要见责。"张六嫂覆了刘公。刘公备了八盒羹果礼物并吉期送到孙家。孙寡妇受了吉期，忙忙的制办出嫁东西。看看日子已近，母子不忍相离，终日啼啼哭哭。谁想刘璞因冒风之后，出汗虚了，变为寒症，人事不省，十分危笃。吃的药就如泼在石上，一毫没用。求神问卜，俱说无救。吓得刘公夫妻魂魄都丧，守在床边，吞声对泣。

刘公与妈妈商议道："孩儿病势恁样沉重，料必做亲不得。不如且回了孙家，等待病痊，再择日罢。"刘妈妈道："老官儿，你许多年纪了，这样事难道还不晓得？大凡病人势凶，得喜事一冲就好了。未曾说起的还要去相求，如今现成事体，怎么反要回他？"刘公道："我看孩儿病体，凶多吉少。若娶来家冲得好时，此是万千之喜，不必讲了；倘或不好，可不害了人家子女有个晚嫁的名头？"刘妈妈道："老官，你但顾了别人，却不顾自己。你我费了许多心机，定得一房媳妇。谁知孩儿命薄，临做亲却又患病起来。今若回了孙家，孩儿无事，不消说起。万一有些山高水低①，有甚把臂，那原聘还了一半，也算是他们忠厚了。却不是人财两失？"刘公道："依你便怎样？"刘妈妈道："依着我，分付了张六嫂，不要题起孩儿有病，竟娶来家，就如养媳妇一般。若孩儿病好，另择吉结亲。倘然不起，媳妇转嫁时，我家原聘并各项使费，少不得班足了，放他出门，却不是个万全之策？"刘公耳朵原是棉花做的②，就依着老婆，忙去叮嘱张六嫂不要泄漏。

自古道，若要不知，除非莫为。刘公便瞒着孙家，那知他紧间壁的邻家姓李，名荣，曾在人家管过解库，人都叫做李都管。为人极是刁钻，专一打听人家的细事，喜谈乐道。因他做主管时，得了些不义之财，手中有钱，所居与刘家基址相连，意欲强买刘公房子，刘公不肯，为此两下面和

————————

① 山高水低：原比喻发生意外，此处指人去世。
② 耳朵原是棉花做的：形容耳根子软，容易听人家的话，自己拿不定主意。

意不和，巴不能刘家有些事故，幸灾乐祸。晓得刘璞有病危急，满心欢喜，连忙去报知孙家。孙寡妇听见女婿病凶，恐防误了女儿，即使养娘去叫张六嫂来问。张六嫂欲待不说，恐怕刘璞有变，孙寡妇后来埋怨；欲要说了，又怕刘家见怪。事在两难，欲言又止。孙寡妇见他半吞半吐，越发盘问得急了。张六嫂隐瞒不过，乃说："偶然伤风，原不是十分大病，将息到做亲时，料必也好了。"孙寡妇道："闻得他病势十分沉重，你怎说得这般轻易？这事不是当耍的。我受了千辛万苦，守得这两个儿女成人，如珍宝一般！你若含糊赚了我女儿时，少不得和你性命相博，那时不要见怪。"又道："你去到刘家说，若果然病重，何不待好了，另择日子。总是儿女年纪尚小，何必恁般忙迫？问明白了，快来回报一声。"张六嫂领了言语，方欲出门，孙寡妇又叫转道："我晓得你决无实话回我的，我令养娘同你去走遭，便知端的！"张六嫂见说教养娘同去，心中着忙道："不消得，好歹不误大娘之事。"孙寡妇那里肯听，教了养娘些言语，跟张六嫂同去。

　　张六嫂攦脱不得，只得同到刘家。恰好刘公走出门来。张六嫂欺养娘不认得，便道："小娘子少待，等我问句话来。"急走上前，拉刘公到一边，将孙寡妇适来言语细说。又道："他因放心不下，特教养娘同来讨个实信，却怎的回答？"刘公听见养娘来看，手足无措，埋怨道："你怎不阻挡住了？却与他同来！"张六嫂道："再三拦阻，如何肯听！教我也没奈何。如今且留他进去坐了，你们再去从长计较回他，不要连累我后日受气。"说还未毕，养娘已走过来。张六嫂就道："此间便是刘老爹。"养娘深深道个万福。刘公还了礼道："小娘子请里面坐。"一齐进了大门，到客坐内。刘公道："六嫂，你陪小娘子坐着，待我教老荆出来。"张六嫂道："老爹自便。"刘公急急走到里面，一五一十，学于妈妈。又说："如今养娘在外，怎地回他？倘要进来探看孩儿，却又如何掩饰？不如改了日子罢！"妈妈道："你真是个死货！他受了我家的聘，便是我家的人了，怕他怎的？不要着忙，自有道理。"便教女儿慧娘："你去将新房中收拾整齐，留孙家妇女吃点心。"慧娘答应自去。

刘妈妈即走向外边，与养娘相见毕，问道："小娘子下顾，不知亲母有甚话说？"养娘道："俺大娘闻得大官人有恙，放心不下，特教男女来问候。二来上覆老爹大娘：若大官人病体初痊，恐未可做亲，不如再停几时，等大官人身子健旺，另拣日罢。"刘妈妈道："多承亲母过念，大官人虽是身子有些不快，却是偶然伤风，原非大病。若要另择日子，这断不能勾的。我们小人家的买卖，千难万难，方才支持得停当。如错过了，却不又费一番手脚。况且有病的人，正要得喜事来冲，他病也易好。常见人家要省事时，还借这病来见喜，何况我家吉期定已多日，亲戚都下了帖儿请吃喜筵，如今忽地换了日子，他们不道你家不肯，必认做我们讨媳妇不起。传说开去，却不被人笑耻，坏了我家名头。烦小娘子回去上覆亲母，不必担忧，我家干系大哩！"

养娘道："大娘话虽说得是。请问大官人睡在何处？待男女候问一声，好家去回报大娘，也教他放心！"刘妈妈道："适来服了发汗的药，正熟睡在那里，我与小娘子代言罢。事体总在刚才所言了，更无别说。"张六嫂道："我原说偶然伤风，不是大病。你们大娘，不肯相信，又要你来。如今方见老身不是说谎的了。"养娘道："既如此，告辞罢。"便要起身。刘妈妈道："那有此理！说话忙了，茶也还没有吃，如何便去？"即邀到里边，又道："我房里腌腌臜臜，到在新房里坐罢。"引入房中，养娘举目看时，摆设得十分齐整。刘妈妈又道："你看我家诸事齐备，如何肯又改日子？就是做了亲，大官人到还要留在我房中歇宿，等身子全愈了，然后同房哩！"养娘见他整备得停当，信以为实。当下刘妈妈教丫鬟将出点心茶来摆上，又教慧娘也来相陪。养娘心中想道："我家珠姨是极标致的了，不想这女娘也恁般出色！"吃了茶，作别出门。临行，刘妈妈又再三嘱付张六嫂："是必来覆我一声！"

养娘同着张六嫂回到家中，将上项事说与主母。孙寡妇听了，心中到

醒世恒言　329

没了主意，想道："欲待允了，恐怕女婿真个病重，变出些不好来，害了女儿。将欲不允，又恐女婿果是小病已愈，误了吉期。"疑惑不定，乃对张六嫂道："六嫂，待我酌量定了，明早来取回信罢。"张六嫂道："正是，大娘从容计较计较，老身明早来也。"说罢自去。

且说孙寡妇与儿子玉郎商议："这事怎生计较？"玉郎道："看起来还是病重，故不要养娘相见。如今必要回他另择日子，他家也没奈何，只得罢休。但是空费他这番东西，见得我家没有情义，倘后来病好相见之间，觉道没趣。若依了他们时，又恐果然有变，那时进退两难，懊悔却便迟了。依着孩儿，有个两全之策在此，不知母亲可听？"孙寡妇道："你且说是甚两全之策。"玉郎道："明早教张六嫂去说，日子便依着他家，妆奁一毫不带。见喜过了，到第三朝就要接回，等待病好，连妆奁送去。是恁样，纵有变故，也不受他们笼络，这却不是两全其美？"孙寡妇道："你真是个孩子家见识！他们一时假意应承娶去，过了三朝，不肯放回，却怎么处？"玉郎道："如此怎好？"孙寡妇又想了一想道："除非明日教张六嫂依此去说，临期教姐姐闪过一边，把你假扮了送去。皮箱内原带一副道袍鞋袜，预防到三朝，容你回来，不消说起。倘若不容，且住在那里，看个下落。倘有三长两短，你取出道袍穿了，竟自走回，那个扯得你住！"玉郎道："别事便可，这事却使不得！后来被人晓得，教孩儿怎生做人？"

孙寡妇见儿子推却，心中大怒道："纵别人晓得，不过是耍笑之事，有甚大害！"玉郎平昔孝顺，见母亲发怒，连忙道："待孩儿去便了。只不会梳头，却怎么好？"孙寡妇道："我教养娘伏侍你去便了。"计较已定，次早张六嫂来讨回音，孙寡妇与他说如此如此，恁般恁般。"若依得，便娶过去。依不得，便另择日罢！"张六嫂覆了刘家，一一如命。你道他为何就肯了？只因刘璞病势愈重，恐防不妥，单要哄媳妇到了家里，便是买卖了。故此将错就错，更不争长竞短。那知孙寡妇已先参透机关，将个假货送来，刘妈妈反做了：

周郎妙计高天下，赔了夫人又折兵。

话休烦絮。到了吉期，孙寡妇把玉郎妆扮起来，果然与女儿无二，连自己也认不出真假。又教习些女人礼数。诸色好了，只有两件难以遮掩，恐怕露出事来。那两件？第一件是足与女子不同。那女子的尖尖趫趫，凤头一对，露在湘裙之下，莲步轻移，如花枝招飐一般。玉郎是个男子汉，一只脚比女子的有三四只大，虽然把扫地长裙遮了，教他缓行细步，终是有些蹊跷。这也还在下边，无人来揭起裙儿观看，还隐藏得过。第二件是耳上的环儿。此乃女子平常时所戴，爱轻巧的，也少不得戴对丁香儿，那极贫小户人家，没有金的银的，就是铜锡的，也要买对儿戴着。今日玉郎扮做新人，满头珠翠，若耳上没有环儿，可成模样么？他左耳还有个环眼，乃是幼时恐防难养穿过的，那右耳却没眼儿，怎生戴得？孙寡妇左思右想，想出一个计策来。你道是甚计策？他教养娘讨个小小膏药，贴在右耳。若问时，只说环眼生着疖疮，戴不得环子，露出左耳上眼儿掩饰。打点停当，将珠姨藏过一间房里，专候迎亲人来。

到了黄昏时候，只听得鼓乐喧天，迎亲轿子已到门首。张六嫂先入来，看见新人打扮得如天神一般，好不欢喜。眼前不见玉郎，问道："小官人怎地不见？"孙寡妇道："今日忽然身子有些不健，睡在那里，起来不得。"那婆子不知就里，不来再问。孙寡妇将酒饭犒赏了来人，宾相念起诗赋，请新人上轿。玉郎兜上方巾，向母亲作别。孙寡妇一路假哭，送出门来。上了轿子，教养娘跟着，随身只有一只皮箱，更无一毫妆奁。孙寡妇又叮嘱张六嫂道："与你说过，三朝就要送回的，不要失信！"张六嫂连声答应道："这个自然！"

不题孙寡妇。且说迎亲的，一路笙箫聒耳，灯烛辉煌，到了刘家门首。宾相进来说道："新人将已出轿，没新郎迎接，难道教他独自拜堂不成？"刘公道："这却怎好？不要拜罢！"刘妈妈道："我有道理，教女儿

醒世恒言　331

陪拜便了。"即令慧娘出来相迎。宾相念了阑门诗赋①,请新人出了轿子,养娘和张六嫂两边扶着。慧娘相迎,进了中堂,先拜了天地,次及公姑亲戚。双双却是两个女人同拜,随从人没一个不掩口而笑。都相见过了,然后姑嫂对拜。刘妈妈道:"如今到房中去与孩儿冲喜。"乐人吹打,引新人进房,来至卧床边,刘妈妈揭起帐子,叫道:"我的儿,今日娶你媳妇来家冲喜,你须挣扎精神则个。"连叫三四次,并不则声。刘公将灯照时,只见头儿歪在半边,昏迷去了。原来刘璞病得身子虚弱,被鼓乐一震,故此昏迷。当下老夫妻手忙脚乱,掐住人中,即教取过热汤,灌了几口,出了一身冷汗,方才苏醒。

刘妈妈教刘公看着儿子,自己引新人进新房中去。揭起方巾,打一看时,美丽如画,亲戚无不喝采。只有刘妈妈心中反觉苦楚,他想:"媳妇恁般美貌,与儿子正是一对儿。若得双双奉侍老夫妻的暮年,也不枉一生辛苦。谁想他没福,临做亲却染此大病,十分中到有九分不妙。倘有一差两误,媳妇少不得归于别姓,岂不目前空喜!"

不题刘妈妈心中之事。且说玉郎也举目看时,许多亲戚中,只有姑娘生得风流标致,想道:"好个女子,我孙润可惜已定了妻子。若早知此女恁般出色,一定要求他为妇。"这里玉郎方在赞羡,谁知慧娘心中也想道:"一向张六嫂说他标致,我还未信,不想话不虚传。只可惜哥哥没福受用,今夜教他孤眠独宿。若我丈夫像得他这样美貌,便称我的生平了,只怕不能勾哩!"不题二人彼此欣羡。

刘妈妈请众亲戚赴过花烛筵席,各自分头歇息。宾相乐人,俱已打发去了。张六嫂没有睡处,也自归家。玉郎在房,养娘与他卸了首饰,秉烛而坐,不敢便寝。刘妈妈与刘公商议道:"媳妇初到,如何教他独宿?可教

---

① 念了阑门诗赋:古时结婚的一种仪式,新娘刚到男家大门时,男家摆上香案,宾相带着新郎行礼,口里念着吉利的诗句,然后再请新娘进门。

332 三言二拍精选集

女儿去陪伴。"刘公道："只怕不稳便，鏉他自睡罢。"刘妈妈不听，对慧娘道："你今夜陪伴嫂嫂在新房中去睡，省得他怕冷静。"慧娘正爱着嫂嫂，见说教他相伴，恰中其意。刘妈妈引慧娘到新房中道："娘子，只因你官人有些小恙，不能同房，特令小女来陪你同睡。"玉郎恐露出马脚，回道："奴家自来最怕生人，到不消罢。"刘妈妈道："呀！你们姑嫂年纪相仿，即如姊妹一般，正好相处，怕怎的！你若嫌不稳时，各自盖着条被儿，便不妨了。"对慧娘道："你去收拾了被窝过来。"慧娘答应而去。

　　玉郎此时，又惊又喜。喜的是心中正爱着姑娘标致，不想天与其便，刘妈妈令来陪卧，这事便有几分了。惊的是恐他不允，一时叫喊起来，反坏了自己之事。又想道："此番挫过，后会难逢。看这姑娘年纪已在当时，情窦料也开了，须用计缓缓撩拨热了，不怕不上我钓！"心下正想，慧娘教丫鬟拿了被儿同进房来，放在床上。刘妈妈起身，同丫鬟自去。慧娘将房门闭上，走到玉郎身边，笑容可掬，乃道："嫂嫂，适来见你一些东西不吃，莫不饿了？"玉郎道："到还未饿。"慧娘又道："嫂嫂，今后要甚东西，可对奴家说知，自去拿来，不要害羞不说。"

　　玉郎见他意儿殷勤，心下暗喜，答道："多谢姑娘美情。"慧娘见灯上结着一个大大花儿，笑道："嫂嫂，好个灯花儿，正对着嫂嫂，可知喜也！"玉郎也笑道："姑娘休得取笑，还是姑娘的喜信。"慧娘道："嫂嫂话儿到会耍人。"两个闲话一回。慧娘道："嫂嫂，夜深了，请睡罢。"玉郎道："姑娘先请。"慧娘道："嫂嫂是客，奴家是主，怎敢僭先？"玉郎道："这个房中还是姑娘是客。"慧娘笑道："怎样占先了。"便解衣先睡。养娘见两下取笑，觉道玉郎不怀好意，低低说道："官人，你须要斟酌，此事不是当耍的。倘大娘知了，连我也不好。"玉郎道："不消嘱付，我自晓得！你自去睡。"养娘便去旁边打个铺儿睡下。

　　玉郎起身携着灯儿，走到床边，揭起帐子照看，只见慧娘卷着被儿，睡在里床，见玉郎将灯来照，笑嘻嘻的道："嫂嫂，睡罢了，照怎的？"玉

醒世恒言　333

郎也笑道："我看姑娘睡在那一头，方好来睡。"把灯放在床前一只小桌儿上，解衣入帐，对慧娘道："姑娘，我与你一头睡了，好讲话耍子。"慧娘道："如此最好！"玉郎钻下被里，卸了上身衣服，下体小衣却穿着，问道："姑娘，今年青春了？"慧娘道："一十五岁。"又问："姑娘许的是那一家？"慧娘怕羞，不肯回言。玉郎把头捱到他枕上，附耳道："我与你一般是女儿家，何必害羞。"慧娘方才答道："是开生药铺的裴家。"又问道："可见说佳期还在何日？"慧娘低低道："近日曾教媒人再三来说，爹道奴家年纪尚小，回他们再缓几时哩。"玉郎笑道："回了他家，你心下可不气恼么？"慧娘伸手把玉郎的头推下枕来，道："你不是个好人！哄了我的话，便来耍人。我若气恼时，你今夜心里还不知怎地恼着哩！"

玉郎依旧又捱到枕上道："你且说我有甚恼？"慧娘道："今夜做亲没有个对儿，怎地不恼？"玉郎道："如今有姑娘在此，便是个对儿了，又有甚恼？"慧娘笑道："怎样说，你是我的娘子了。"玉郎道："我年纪长似你，丈夫还是我。"慧娘道："我今夜替哥哥拜堂，就是哥哥一般，还该是我。"玉郎道："大家不要争，只做个女夫妻罢！"两个说风话耍子，愈加亲热。玉郎料想没事，乃道："既做了夫妻，如何不合被儿睡？"口中便说，两手即掀开他的被儿，捱过身来，伸手便去摸他身上，腻滑如酥，下体却也穿着小衣。慧娘此时已被玉郎调动春心，忘其所以，任玉郎摩弄，全然不拒。玉郎摸到胸前时，一对小乳，丰隆突起，温软如绵，乳头却像鸡头肉一般，甚是可爱。慧娘也把手来将玉郎浑身一摸，道："嫂嫂好个软滑身子！"摸他乳时，刚刚只有两个小小乳头。心中想道："嫂嫂长似我，怎么乳儿到小？"

玉郎摩弄了一回，便双手搂抱过来，嘴对嘴将舌尖度向慧娘口中。慧娘只认做姑嫂戏耍，也将双手抱住，着实咂吮，咂得慧娘遍体酥麻。便道："嫂嫂，如今不像女夫妻，竟是真夫妻一般了。"玉郎见他情动，便道："有心顽了，何不把小衣一发去了，亲亲热热睡一回也好。"慧娘道："羞人答答，脱了不好。"玉郎道："纵是取笑，有甚么羞？"便解开他的小衣裩下。

伸手去摸他不便处，慧娘双手即来遮掩，道："嫂嫂休得罗唣！"玉郎捧过面来亲个嘴，道："何妨！你也摸我的便了。"

慧娘真个也去解了他的裤来摸时，只见一条玉茎，铁硬的挺着！吃了一惊，缩手不迭。乃道："你是何人，却假装着嫂嫂来此？"玉郎道："我便是你的丈夫了，又问怎的？"一头即便腾身上去，将手启他双股。慧娘双手推开半边，道："你若不说真话，我便叫喊起来，教你了不得。"玉郎着了急，连忙道："娘子不消性急，待我说便了。我是你嫂嫂的兄弟玉郎。闻得你哥哥病势沉重，未知怎地，我母亲不舍得姐姐出门，又恐误了你家吉期。故把我假妆嫁来，等你哥哥病好，然后送姐姐过门。不想天付良缘，到与娘子成了夫妇。此情只许你我晓得，不可泄漏！"说罢，又翻上身来。慧娘初时只道是真女人，尚然心爱，如今却是个男子，岂不欢喜？况且已被玉郎先引得神魂飘荡，又惊又喜，半推半就道："原来你们恁样欺心！"玉郎那有心情回答，双手紧紧抱住，即便恣意风流。正是：

> 一个是青年男子，初尝滋味；一个是黄花女儿，乍得甜头。一个说今宵花烛，到成就了你我姻缘；一个说此夜衾裯，便试发了夫妻恩爱。一个说，前生有分，不须月老冰人；一个道，异日休忘，说尽山盟海誓。各燥自家脾胃，管甚么姐姐哥哥；且图眼下欢娱，全不想有夫有妇。双双蝴蝶花间舞，两两鸳鸯水上游。

云雨已毕，紧紧偎抱而睡。

且说养娘恐怕玉郎弄出事来，卧在旁边铺上，眼也不合。听着他们初时还说话笑耍，次后只听得床棱摇曳，气喘吁吁，已知二人成了那事，暗暗叫苦。到次早起来，慧娘自向母亲房中梳洗。养娘替玉郎梳妆，低低说道："官人，你昨夜恁般说了，却又口不应心，做下那事！倘被他们晓得，却怎处？"玉郎道："又不是我去寻他，他自送上门来，教我怎生推却！"

醒世恒言　335

养娘道："你须拿住主意便好。"玉郎道："你想恁样花一般的美人，同床而卧，便是铁石人也打熬不住，叫我如何忍耐得过！你若不泄漏时，更有何人晓得？"妆扮已毕，来刘妈妈房里相见。刘妈妈道："儿，环子也忘戴了。"养娘道："不是忘了，因右耳上环眼生了疳疮，戴不得，还贴着膏药哩。"刘妈妈道："原来如此。"玉郎依旧来至房中坐下，亲戚女眷都来相见，张六嫂也到，慧娘梳裹罢，也到房中，彼此相视而笑。

是日刘公请内外亲戚吃庆喜筵席，大吹大擂，直饮到晚，各自辞别回家。慧娘依旧来伴玉郎，这一夜颠鸾倒凤，海誓山盟，比昨倍加恩爱。看看过了三朝，二人行坐不离。到是养娘捏着两把汗，催玉郎道："如今已过三朝，可对刘大娘说，回去罢！"玉郎与慧娘正火一般热，那想回去，假意道："我怎好启齿说要回去，须是母亲叫张六嫂来说便好。"养娘道："也说得是。"即便回家。

却说孙寡妇虽将儿子假妆嫁去，心中却怀着鬼胎，急切不见张六嫂来回覆。眼巴巴望到第四日，养娘回家，连忙来问。养娘将女婿病凶，姑娘陪拜，夜间同睡相好之事，细细说知。孙寡妇跌足叫苦道："这事必然做出来也！你快去寻张六嫂来。"养娘去不多时，同张六嫂来家。孙寡妇道："六嫂前日讲定的三朝便送回来，今已过了，劳你去说，快些送我女儿回来！"张六嫂得了言语，同养娘来至刘家。恰好刘妈妈在玉郎房中闲话，张六嫂将孙家要接新人的话说知。玉郎、慧娘不忍割舍，到暗暗道："但愿不允便好。"谁想刘妈妈真个说道："六嫂，你媒也做老了，难道恁样事还不晓得？从来可有三朝媳妇便归去的理么？前日他不肯嫁来，这也没奈何。今既到我家，便是我家的人了，还像得他意？我千难万难，娶得个媳妇，到三朝便要回去，说也不当人子。既如此不舍得，何不当初莫许人家？他也有儿子，少不得也要娶媳妇，看三朝可肯放回家去？闻得亲母是个知礼之人，亏他怎样说了出来？"一番言语，说得张六嫂哑口无言，不敢回覆孙家。那养娘恐怕有人闯进房里，冲破二人之事，到紧紧守着房门，也不敢回家。

且说刘璞自从结亲这夜,惊出那身冷汗来,渐渐痊可。晓得妻子已娶来家,人物十分标致,心中欢喜,这病愈觉好得快了。过了数日,挣扎起来,半眠半坐,日渐健旺,即能梳裹,要到房中来看浑家。刘妈妈恐他初愈,不耐行动,叫丫鬟扶着,自己也随在后,慢腾腾的走到新房门口。养娘正坐在门槛之上,丫鬟道:"让大官人进去。"养娘立起身来,高声叫道:"大官人进来了!"玉郎正搂着慧娘调笑,听得有人进来,连忙走开。刘璞掀开门帘跨进房来。慧娘道:"哥哥,且喜梳洗了。只怕还不宜劳动。"刘璞道:"不打紧!我也暂时走走,就去睡的。"便向玉郎作揖。玉郎背转身,道了个万福。刘妈妈道:"我的儿,你且慢作揖么!"又见玉郎背立,便道:"娘子,这便是你官人。如今病好了,特来见你,怎么到背转身子?"走向前,扯近儿子身边,道:"我的儿,与你恰好正是个对儿。"

刘璞见妻子美貌非常,甚是快乐。真个是人逢喜事精神爽,那病平去了几分。刘妈妈道:"儿去睡了罢,不要难为身子。"原叫丫鬟扶着,慧娘也同进去。玉郎见刘璞虽然是个病容,却也人材齐整,暗想道:"姐姐得配此人,也不辱抹了。"又想道:"如今姐夫病好,倘然要来同卧,这事便要决撒,快些回去罢。"到晚上对慧娘道:"你哥哥病已好了,我须住身不得。你可撺掇母亲送我回家,换姐姐过来,这事便隐过了。若再住时,事必败露!"慧娘道:"你要归家,也是易事。我的终身,却怎么处?"玉郎道:"此事我已千思万想,但你已许人,我已聘妇,没甚计策挽回,如之奈何?"慧娘道:"君若无计娶我,誓以魂魄相随,决然无颜更事他人!"说罢,呜呜咽咽哭将起来。玉郎与他拭了眼泪道:"你且勿烦恼,容我再想。"自此两相留恋,把回家之事到阁起一边。一日午饭已过,养娘向后边去了,二人将房门闭上,商议那事,长算短算,没个计策,心下苦楚,彼此相抱暗泣。

且说刘妈妈自从媳妇到家之后,女儿终日行坐不离,刚到晚,便闭上房门去睡,直至日上三竿,方才起身,刘妈妈好生不乐。初时认做姑嫂相爱,不在其意。已后日日如此,心中老大疑惑。也还道是后生家贪眠懒惰,几遍要说，因想媳妇初来，尚未与儿子同床，还是个娇客，只得耐住。那日也是合当有事。偶在新房前走过，忽听得里边有哭泣之声。向壁缝中张时，只见媳妇共女儿互相搂抱，低低而哭。刘妈妈见如此做作，料道这事有些蹊跷。欲待发作，又想儿子才好，若知得，必然气恼，权且耐住。便掀门帘进来，门却闭着。叫道："快些开门！"

二人听见是妈妈声音，拭干眼泪，忙来开门。刘妈妈走将进去，便道："为甚青天白日，把门闭上，在内搂抱啼哭？"二人被问，惊得满面通红，无言对答。刘妈妈见二人无言，一发是了，气得手足麻木，一手扯着慧娘道："做得好事！且进来和你说话。"扯到后边一间空屋中来。丫鬟看见，不知为甚，闪在一边。刘妈妈扯进了屋里，将门闩上，丫鬟伏在门上张时，见妈妈寻了一根木棒，骂道："贱人！快快实说，便饶你打骂。若一句含糊，打下你这下半截来！"慧娘初时抵赖。妈妈道："贱人！我且问你：他来得几时，有甚恩爱割舍不得，闭着房门，搂抱啼哭？"慧娘对答不来。妈妈拿起棒子要打，心中却又不舍得。

慧娘料是隐瞒不过，想道："事已至此，索性说个明白，求爹妈辞了裴家，配与玉郎。若不允时，拼个自尽便了！"乃道："前日孙家晓得哥哥有病，恐误了女儿，要看下落，叫爹妈另自择日。因爹妈执意不从，故把儿子玉郎假妆嫁来。不想母亲叫孩儿陪伴，遂成了夫妇。恩深义重，誓必图百年偕老。今见哥哥病好，玉郎恐怕事露，要回去换姐姐过来。孩儿思想，一女无嫁二夫之理，叫玉郎寻门路娶我为妻。因无良策，又不忍分离，故此啼哭。不想被母亲看见。只此便是实话。"刘妈妈听罢，怒气填胸，把棒撇在一边，双足乱跳，骂道："原来这老乞婆恁般欺心，将男作女哄我！怪道三朝便要接回。如今害了我女儿，须与他干休不得！拼这老性命结果这小杀才罢！"开了门，便赶出来。慧娘见母亲去打玉郎，心中着忙，不顾羞耻，上前扯住。被妈妈将手一推，跌在地上，爬起时，妈妈已赶向外边去了。慧娘随后也赶将来，丫鬟亦跟在后边。

且说玉郎见刘妈妈扯去慧娘，情知事露，正在房中着急。只见养娘进来道："官人，不好了！弄出事来也！适在后边来，听得空屋中乱闹。张看时，见刘大娘拿大棒子拷打姑娘，逼问这事哩！"玉郎听说打着慧娘，心如刀割，眼中落下泪来，没了主意。养娘道："今若不走，少顷便祸到了！"玉郎即忙除下簪钗，挽起一个角儿，皮箱内开出道袍鞋袜穿起，走出房来，将门带上，离了刘家，带跌奔回家里。正是：

拆破玉笼飞彩凤，顿开金锁走蛟龙。

孙寡妇见儿子回来，恁般慌急，又惊又喜，便道："如何这般模样？"养娘将上项事说知。孙寡妇埋怨道："我教你去，不过权宜之计，如何却做出这般没天理事体！你若三朝便回，隐恶扬善，也不见得事败。可恨张六嫂这老虔婆，自从那日去了，竟不来覆我。养娘，你也不回家走遭，教我日夜担愁！今日弄出事来，害这姑娘，却怎么处？要你不肖子何用！"玉郎被母亲嗔责，惊愧无地。养娘道："小官人也自要回的，怎奈刘大娘不肯。我因恐他们做出事来，日日守着房门，不敢回家。今日暂走到后边，便被刘大娘撞破。幸喜得急奔回来，还不曾吃亏。如今且教小官人躲过两日，他家没甚话说，便是万千之喜了。"孙寡妇真个教玉郎闪过，等候他家消息。

且说刘妈妈赶到新房门口，见门闭着，见道玉郎还在里面，在外骂道："天杀的贼贱才！你把老娘当做什么样人，敢来弄空头，坏我的女儿！今日与你性命相博，方见老娘手段。快些走出来！若不开时，我就打进来了！"正骂时，慧娘已到，便去扯母亲进去。刘妈妈骂道："贱人，亏你羞也不羞，还来劝我！"尽力一摔，不想用力猛了，将门靠开，母子两个都跌进去，搅做一团。刘妈妈骂道："好天杀的贼贱才，到放老娘这一交！"即忙爬起寻时，那里见个影儿。那婆子寻不见玉郎，乃道："天杀的好见识！走得好！你便走上天去，少不得也要拿下来！"对着慧娘道："如今做下这等丑事，倘被裴家晓得，却怎地做人？"慧娘哭道："是孩儿一时不是，做差这事。但求母亲怜念孩儿，劝爹爹怎生回了裴家，嫁着玉郎，犹可挽回前失。倘若不允，有死而已！"说罢，哭倒在地。刘妈妈道："你说得好自在话儿！他家下财纳聘，定着媳妇，今日平白地要休这亲事，谁个肯么？倘然问因甚事故要休这亲，教你爹怎生对答！难道说我女儿自寻了一个汉子不成？"

慧娘被母亲说得满面羞惭，将袖掩着痛哭。刘妈妈终是禽犊之爱，见女儿恁般啼哭，却又恐哭伤了身子，便道："我的儿，这也不干你事，都是那老虔婆设这没天理的诡计，将那杀才乔妆嫁来。我一时不知，教你陪伴，落了他圈套。如今总是无人知得，把来阁过一边，全你的体面，这才是个长策。若说要休了裴家，嫁那杀才，这是断然不能！"慧娘见母亲不允，愈加啼哭，刘妈妈又怜又恼，到没了主意。

正闹间，刘公正在人家看病回来，打房门口经过，听得房中啼哭，乃是女儿的声音，又听得妈妈话响，正不知为着甚的，心中疑惑，忍耐不住，揭开门帘，问道："你们为甚恁般模样？"刘妈妈将前项事一一细说，气得刘公半晌说不出话来。想了一想，到把妈妈埋怨道："都是你这老乞婆害了女儿！起初儿子病重时，我原要另择日子，你便说长道短，生出许多话来，执意要那一日。次后孙家教养娘来说，我也罢了，又是你弄嘴弄舌，哄着他家。及至娶来家中，我说待他自睡罢，你又偏生推女儿伴他。如今伴得好么！"刘妈妈因玉郎走了，又不舍得女儿难为，一肚子气，正没发脱，见老公倒前倒后，数说埋怨，急得暴躁如雷，骂道："老亡八！依你说起来，我的孩儿应该与这杀才骗的！"一头撞个满怀。

刘公也在气恼之时，揪过来便打。慧娘便来解劝。三人搅做一团，滚做一块，分拆不开。丫鬟着了忙，奔到房中报与刘璞道："大官人，不好了！大爷大娘在新房中相打哩！"刘璞在榻上爬起来，走至新房，向前分解。老夫妻见儿子来劝，因惜他病体初愈，恐劳碌了他，方才罢手。犹兀自老亡八老乞婆相骂。刘璞把父亲劝出外边，乃问："妹子为甚在这房中厮闹？

娘子怎又不见？"慧娘被问，心下惶愧，掩面而哭，不敢则声。刘璞焦躁道："且说为着甚的？"刘婆方把那事细说，将刘璞气得面如土色。停了半晌，方道："家丑不可外扬，倘若传到外边，被人耻笑。事已至此，且再作区处。"刘妈妈方才住口，走出房来。慧娘挣住不行，刘妈妈一手扯着便走，取巨锁将门锁上。来至房里，慧娘自觉无颜，坐在一个壁角边哭泣。正是：

饶君掬尽湘江水，难洗今朝满面羞。

且说李都管听得刘家喧嚷，伏在壁上打听，虽然晓得些风声，却不知其细底。次早，刘家丫鬟走出门前，李都管招到家中问他。那丫鬟初时不肯说，李都管取出四五十钱来与他道："你若说了，送这钱与你买东西吃。"丫鬟见了铜钱，心中动火，接过来藏在身边，便从头至尾，尽与李都管说知。李都管暗喜道："我把这丑事报与裴家，撺掇来闹吵一场，他定无颜在此居住，这房子可不归于我了？"忙忙的走至裴家，一五一十报知，又添些言语，激恼裴九老。

那九老夫妻因前日娶亲不允，心中正恼着刘公。今日听见媳妇做下丑事，如何不气！一径赶到刘家，唤出刘公来发话道："当初我央媒来说要娶亲时，千推万阻，道女儿年纪尚小，不肯应承，护在家中，私养汉子。若早依了我，也不见得做出事来。我是清清白白的人家，决不要这样败坏门风的好东西。快还了我昔年聘礼，另自去对亲，不要误我孩儿的大事。"将刘公嚷得面上一回红，一回白。想道："我家昨夜之事，他如何今早便晓得了？这也怪异！"又不好承认，只得赖道："亲家，这是那里说起，造恁般言语污辱我家？倘被外人听得，只道真有这事，你我体面何在！"

裴九老便骂道："打脊贱才！真个是老亡八。女儿现做着恁般丑事，那个不晓得了？亏你还长着鸟嘴，在我面前遮掩。"赶近前把手向刘公脸上一揿道："老亡八！羞也不羞！待我送个鬼脸儿与你戴了见人。"刘公被他

醒世恒言 341

羞辱不过，骂道："老杀才，今日为甚赶上门来欺我？"便一头撞去，把裴九老撞倒在地，两下相打起来。里边刘妈妈与刘璞听得外面嚷喧，出来看时，却是裴九老与刘公厮打，急向前拆开。裴九老指着骂道："老亡八打得好！我与你到府里去说话。"一路骂出门去了。刘璞便问父亲："裴九因甚清早来厮闹？"刘公把他言语学了一遍。刘璞道："他家如何便晓得了？此甚可怪。"又道："如今事已彰扬，却怎么处？"

刘公又想起裴九老恁般耻辱，心中转恼，顿足道："都是孙家老乞婆，害我家坏了门风，受这样恶气！若不告他，怎出得这气？"刘璞劝解不住。刘公央人写了状词，望着府前奔来，正值乔太守早堂放告。这乔太守虽则关西人，又正直，又聪明，怜才爱民，断狱如神，府中都称为乔青天。

却说刘公刚到府前，劈面又遇着裴九老。九老见刘公手执状词，认做告他，便骂道："老亡八，纵女做了丑事，到要告我。我同你去见太爷。"上前一把扭住，两下又打将起来。两张状词，都打失了。二人结做一团，直至堂上。乔太守看见，喝教各跪一边，问道："你二人叫甚名字？为何结扭相打？"二人一齐乱嚷。乔太守道："不许搀越！那老儿先上来说。"裴九老跪上去诉道："小人叫做裴九，有个儿子裴政，从幼聘下刘秉义的女儿慧娘为妻，今年巳十五岁了。小人因是老年爱子，要早与他完姻。几次央媒去说，要娶媳妇，那刘秉义只推女儿年纪尚小，勒揞不许。谁想他纵女卖奸，恋着孙润，暗招在家，要图赖亲事。今早到他家理说，反把小人殴辱。情极了，来爷爷台下投生，他又赶来扭打。求爷爷作主，救小人则个！"

乔太守听了，道："且下去！"唤刘秉义上去问道："你怎么说？"刘公道："小人有一子一女。儿子刘璞，聘孙寡妇女儿珠姨为妇，女儿便许裴九的儿子。向日裴九要娶时，一来女儿尚幼，未曾整备妆奁；二来正与儿子完姻，故此不允。不想儿子临婚时，忽地患起病来。不敢教与媳妇同房，令女儿陪伴嫂子。那知孙寡妇欺心，藏过女儿，却将儿子孙润假妆过来，到强奸了小人女儿。正要告官，这裴九却得知了，登门打骂。小人气忿不过，与他争嚷，实不是图赖他的婚姻。"乔太守见说男扮为女，甚以为奇，乃道："男扮女妆，自然有异，难道你认他不出？"刘公道："婚嫁乃是常事，那曾有男子假扮之理，却去辨他真假？况孙润面貌，美如女子，小人夫妻见了，已是万分欢喜，有甚疑惑？"乔太守道："孙家既以女许你为媳，因甚却又把儿子假妆？其中必有缘故。"又道："孙润还在你家么？"刘公道："已逃回去了。"乔太守即差人去拿孙寡妇母子三人，又差人去唤刘璞、慧娘兄妹俱来听审。不多时，都已拿到。

乔太守举目看时，玉郎姊弟，果然一般美貌，面庞无二。刘璞却也人物俊秀，慧娘艳丽非常。暗暗欣羡道："好两对青年儿女！"心中便有成全之意。乃问孙寡妇："因甚将男作女，哄骗刘家，害他女儿？"孙寡妇乃将女婿病重，刘秉义不肯更改吉期，恐怕误了女儿终身，故把儿子妆去冲喜，三朝便回，是一时权宜之策。不想刘秉义却教女儿陪卧，做出这事。乔太守道："元来如此！"问刘公道："当初你儿子既是病重，自然该另换吉期。你执意不肯，却主何意？假若此时依了孙家，那见得女儿有此丑事？这都是你自起衅端，连累女儿。"刘公道："小人一时不合听了妻子说话，如今悔之无及！"乔太守道："胡说！你是一家之主，却听妇人言语。"又唤玉郎、慧娘上去说："孙润，你以男假女，已是不该。却又奸骗处女，当得何罪？"玉郎叩头道："小人虽然有罪，但非设意谋求，乃是刘亲母自遣其女陪伴小人。"

乔太守道："他因不知你是男子，故令他来陪伴，乃是美意，你怎不推却？"玉郎道："小人也曾苦辞，怎奈坚执不从。"乔太守道："论起法来，本该打一顿板子才是。姑念你年纪幼小，又系两家父母酿成，权且饶恕。"玉郎叩头泣谢。乔太守又问慧娘："你事已做错，不必说起。如今还是要归裴氏？要归孙润？实说上来。"慧娘哭道："贱妾无媒苟合，节行已亏，岂可更事他人？况与孙润恩义已深，誓不再嫁。若爷爷必欲判离，贱妾即当自尽，决无颜苟活，贻笑他人。"说罢，放声大哭。乔太守见他情词真恳，甚是怜惜，且喝过一边。唤裴九老分付道："慧娘本该断归你家，但

醒世恒言 343

已失身孙润,节行已亏。你若娶回去,反伤门风,被人耻笑。他又蒙二夫之名,各不相安。今判与孙润为妻,全其体面。令孙润还你昔年聘礼,你儿子另自聘妇罢!"裴九老道:"媳妇已为丑事,小人自然不要。但孙润破坏我家婚姻,今原归于他,反周全了奸夫、淫妇,小人怎得甘心!情愿一毫原聘不要,求老爷断媳妇另嫁别人,小人这口气也还消得一半。"乔太守道:"你既已不愿娶他,何苦又作此冤家!"

刘公亦禀道:"爷爷,孙润已有妻子,小人女儿岂可与他为妾?"乔太守初时只道孙润尚无妻子,故此斡旋。见刘公说已有妻,乃道:"这却怎么处?"对孙润道:"你既有妻子,一发不该害人闺女了!如今置此女于何地?"玉郎不敢答应。

乔太守又道:"你妻子是何等人家?可曾过门么?"孙润道:"小人妻子是徐雅女儿,尚未过门。"乔太守道:"这等易处了。"叫道:"裴九,孙润原有妻未娶,如今他既得了你媳妇,我将他妻子断偿你的儿子,消你之忿!"裴九老道:"老爷明断,小人怎敢违逆?但恐徐雅不肯。"乔太守道:"我作了主,谁敢不肯!你快回家引儿子过来,我差人去唤徐雅带女儿来,当堂匹配。"裴九老忙即归家,将儿子裴政领到府中。徐雅同女儿也唤到了。乔太守看时,两家男女却也相貌端正,是个对儿。乃对徐雅道:"孙润因诱了刘秉义女儿,今已判为夫妇。我今作主,将你女儿配与裴九儿子裴政。限即日三家俱便婚配回报,如有不伏者,定行重治。"徐雅见太守作主,怎敢不依,俱各甘伏。乔太守援笔判道:

弟代姊嫁,姑伴嫂眠。爱女爱子,情在理中。一雌一雄,变出意外。移干柴近烈火,无怪其燃;以美玉配明珠,适获其偶。孙氏子因姊而得妇,搂处子不用逾墙;刘氏女因嫂而得夫,怀吉士初非衒玉[①]。相悦为婚,礼以义

[①] 怀吉士初非衒玉:《诗经·野有死麕》篇有云:"有女怀春,吉士诱之。"就是说,女的想结婚,男的去和她恋爱的意思。衒玉,卖弄、自夸的意思。

起。所厚者薄，事可权宜。使徐雅别婿裴九之儿，许裴政改娶孙郎之配。夺人妇人亦夺其妇，两家恩怨，总息风波；独乐乐不若与人乐，三对夫妻，各谐鱼水。人虽兑换，十六两原只一斤；亲是交门，五百年决非错配。以爱及爱，伊父母自作冰人；非亲是亲，我官府权为月老。已经明断，各赴良期。

乔太守写毕，教押司当堂朗诵与众人听了。众人无不心服，各各叩头称谢。

乔太守在库上支取喜红六段，教三对夫妻披挂起来，唤三起乐人，三顶花花轿儿，抬了三位新人。新郎及父母，各自随轿而出。此事闹动了杭州府，都说好个行方便的太守，人人诵德，个个称贤。自此各家完亲之后，都无说话。

李都管本欲唆孙寡妇、裴九老两家与刘秉义讲嘴，鹬蚌相持，自己渔人得利。不期太守善于处分，反作成了孙玉郎一段良姻，街坊上当做一件美事传说，不以为丑，他心中甚是不乐。未及一年，乔太守又取刘璞、孙润，都做了秀才，起送科举。李都管自知愧惭，安身不牢，反躲避乡居。后来刘璞、孙润同榜登科，俱任京职，仕途有名，扶持裴政亦得了官职，一门亲眷，富贵非常。刘璞官直至龙图阁学士，连李都管家宅反归并于刘氏。刁钻小人，亦何益哉！后人有诗，单道李都管为人不善，以为后戒。诗云：

为人忠厚为根本，何苦刁钻欲害人！
不见古人卜居者，千金只为买乡邻。

又有一诗，单夸乔太守此事断得甚好：

鸳鸯错配本前缘，全赖风流太守贤。
锦被一床遮尽丑，乔公不枉叫青天。

闹樊楼[1]多情周胜仙

> 太平时节日偏长,处处笙歌入醉乡。
> 闻说鸾舆且临幸,大家拭目待君王。

这四句诗乃咏御驾临幸之事。从来天子建都之处,人杰地灵,自然名山胜水,凑着赏心乐事。如唐朝便有个曲江池,宋朝便有个金明池,都有四时美景。倾城士女王孙,佳人才子,往来游玩。天子也不时驾临,与民同乐。

如今且说那大宋徽宗朝年东京金明池边,有座酒楼,唤作樊楼。这酒楼有个开酒肆的范大郎,兄弟范二郎,未曾有妻室。时值春末夏初,金明池游人赏玩作乐。那范二郎因去游赏,见佳人才子如蚁。行到了茶坊里来,看见一个女孩儿,方年二九,生得花容月貌。这范二郎立地多时,细看那女子,生得:

> 色色易迷难拆,隐深闺,藏柳陌。足步金莲,腰肢一捻,嫩脸映桃红,香肌晕玉白。娇姿恨惹狂童,情态愁牵艳客。芙蓉帐里作鸾凰,云雨此时何处觅?原来情色都不由你。

那女子在茶坊里,四目相视,俱各有情。这女孩儿心里暗暗地喜欢,自思量道:"若是我嫁得一个似这般子弟,可知好哩!今日当面挫过,再来那里去讨?"正思量道:"如何着个道理和他说话?问他曾娶妻也不曾?"

---

[1] 樊楼:亦作丰乐楼,北宋东京(开封)有名的一座大酒楼。

那跟来女使和奶子,都不知许多事。你道好巧!只听得外面水桶响。女孩儿眉头一纵,计上心来,便叫:"卖水的,倾一盏甜蜜蜜的糖水来。"那人倾一盏糖水在铜盂儿里,递与那女子。那女子接得在手,才上口一呷,便把那个铜盂儿望空打一丢,便叫:"好好!你却来暗算我!你道我是兀谁?"那范二听得道:"我且听那女子说。"那女孩儿道:"我是曹门里周大郎的女儿,我的小名叫作胜仙小娘子,年一十八岁,不曾吃人暗算。你今却来算我!我是不曾嫁的女孩儿。"

这范二自思量道:"这言语跷蹊,分明是说与我听。"这卖水的道:"告小娘子!小人怎敢暗算!"女孩儿道:"如何不是暗算我?盏子里有条草。"卖水的道:"也不为利害。"女孩儿道:"你待算我喉咙。却恨我爹爹不在家里,我爹若在家,与你打官司。"奶子在傍边道:"却也叵耐这厮!"茶博士见里面闹吵,走入来道:"卖水的,你去把那水好好挑出来。"对面范二郎道:"他既过幸与我,如何我不过幸?"随即也叫:"卖水的,倾一盏甜蜜蜜糖水来。"卖水的便倾一盏糖水在手,递与范二郎。

二郎接着盏子,吃一口水,也把盏子望空一丢,大叫起来道:"好好!你这个人真个要暗算人!你道我是兀谁?我哥哥是樊楼开酒店的,唤作范大郎,我便唤作范二郎,年登一十九岁,未曾吃人暗算。我射得好弩,打得好弹,兼我不曾娶浑家。"卖水的道:"你不是风!是甚意思,说与我知道?指望我与你作媒?你便告到官司,我是卖水,怎敢暗算人!"范二郎道:"你如何不暗算?我的盂儿里,也有一根草叶。"女孩儿听得,心里好欢喜。茶博士入来,推那卖水的出去。女孩儿起身来道:"俺们回去休。"看着那卖水的道:"你敢随我去?"这子弟思量道:"这话分明是教我随他去。"只因这一去,惹出一场没头脑官司。正是:

言可省时休便说,步宜留处莫胡行。

女孩儿约莫去得远了，范二郎也出茶坊，远远地望着女孩儿去。只见那女子转步，那范二郎好喜欢，直到女子住处。女孩儿入门去，又推起帘子出来望。范二郎心中越喜欢。女孩儿自入去了，范二郎在门前一似失心风的人，盘旋走来走去，直到晚方才归家。且说女孩儿自那日归家，点心也不吃，饭也不吃，觉得身体不快。做娘的慌问迎儿道："小娘子不曾吃甚生冷？"迎儿道："告妈妈，不曾吃甚。"娘见女儿几日只在床上不起，走到床边问道："我儿害甚的病？"女孩儿道："我觉有些浑身痛，头疼，有一两声咳嗽。"周妈妈欲请医人来看女儿，争奈员外出去未归，又无男子汉在家，不敢去请。迎儿道："隔一家有个王婆，何不请来看小娘子？他唤作王百会，与人收生，作针线，作媒人，又会与人看脉，知人病轻重。邻里家有些些事都浼他。"

周妈妈便令迎儿去请得王婆来。见了妈妈，妈妈说女儿从金明池走了一遍，回来就病倒的因由。王婆道："妈妈不须说得，待老媳妇与小娘子看脉自知。"周妈妈道："好好！"迎儿引将王婆进女儿房里。小娘子正睡哩，开眼叫声："少礼。"王婆道："稳便！老媳妇与小娘子看脉则个。"小娘子伸出手臂来，教王婆看了脉。道："娘子害的是头疼浑身痛，觉得恹恹地恶心。"小娘子道："是也。"王婆道："是否？"小娘子道："又有两声咳嗽。"王婆不听得万事皆休，听了道："这病蹊蹺！如何出去走了一遭回来，却便害这般病？"王婆看着迎儿、奶子道："你们且出去，我自问小娘子则个。"迎儿和奶子自出去。王婆对着女孩儿道："老媳妇却理会得这病。"女孩儿道："婆婆，你如何理会得？"

王婆道："你的病唤作心病。"女孩儿道："如何是心病？"王婆道："小娘子，莫不见了甚么人，欢喜了，却害出这病来？是也不是？"女孩儿低着头叫没。王婆道："小娘子实对我说，我与你做个道理，救了你性命。"那女孩儿听得说话投机，便说出上件事来："那子弟唤作范二郎。"王婆听了道："莫不是樊楼开酒店的范二郎？"那女孩儿道："便是。"王婆道:"小娘子休要烦恼。别人时老身便不认得,若说范二郎,老身认得他的哥哥、嫂嫂,不可得的好人。范二郎好个伶俐子弟,他哥哥见教我与他说亲。小娘子,我教你嫁范二郎,你要也不要?"

女孩儿笑道:"可知好哩!只怕我妈妈不肯。"王婆道:"小娘子放心,老身自有个道理,不须烦恼。"女孩儿道:"若得恁地时,重谢婆婆。"王婆出房来,叫妈妈道:"老媳妇知得小娘子病了。"妈妈道:"我儿害甚么病?"王婆道:"要老身说,且告三杯酒,吃了却说。"妈妈道:"迎儿,安排酒来请王婆。"妈妈一头请他吃酒,一头问婆婆:"我女儿害甚么病?"王婆把小娘子说的话,一一说了一遍。妈妈道:"如今却是如何?"王婆道:"只得把小娘子嫁与范二郎。若还不肯嫁与他,这小娘子病难医。"妈妈道:"我大郎不在家,须使不得。"王婆道:"告妈妈,不若与小娘子下了定,等大郎归后,却作亲。且眼下救小娘子性命。"妈妈允了道:"好好!怎地作个道理?"王婆道:"老媳妇就去说,回来便有消息。"

王婆离了周妈妈家,取路径到樊楼来。见范大郎正在柜身里坐,王婆叫声万福。大郎还了礼,道:"王婆婆,你来得正好!我却待使人来请你。"王婆道:"不知大郎唤老媳妇作甚么?"大郎道:"二郎前日出去归来,晚饭也不吃,道:'身体不快。'我问他那里去来,他道:'我去看金明池。'直至今日不起,害在床上,饮食不进。我待来请你看脉。"范大娘子出来与王婆相见了,大娘子道:"请婆婆看叔叔则个。"王婆道:"大郎,大娘子,不要入来,老身自问二郎这病是甚的样起。"范大郎道:"好好!婆婆自去看,我不陪了。"王婆走到二郎房里,见二郎睡在床上。叫声:"二郎,老媳妇在这里。"范二郎闪开眼道:"王婆婆,多时不见,我性命休也!"王婆道:"害甚病便休?"二郎道:"觉头疼恶心,有一两声咳嗽。"王婆笑将起来。二郎道:"我有病,你却笑我!"

王婆道:"我不笑别的,我得知你的病了。不害别病,你害曹门里周大郎女儿,是也不是?"二郎被王婆道着了,跳起来道:"你如何得知?"

醒世恒言 349

王婆道:"他家教我来说亲事。"范二郎不听得说,万事皆休;听得说,好喜欢!正是:

人逢喜信精神爽,话合心机意趣投。

当下同王婆厮赶着出来,见哥哥、嫂嫂。哥哥见兄弟出来,道:"你害病却便出来?"二郎道:"告哥哥,无事了也。"哥嫂好快活。王婆对范大郎道:"曹门里周大郎家,特使我来说二郎亲事。"大郎欢喜。话休烦絮,两下说成了,下了定礼,都无别事。范二郎闲时不着家,从下了定,便不出门,与哥哥照管店里。

且说那女孩儿闲时不作针线,从下了定,也肯做活。两个心安意乐,只等周大郎归来做亲。三月间下定,直等到十一月间,等得周大郎归,少不得邻里亲戚洗尘,不在话下。到次日,周妈妈与周大郎说知上件事。周大郎道:"定了未?"妈妈道:"定了也。"周大郎听说,双眼圆睁,看着妈妈骂道:"打脊老贱人!得谁言语,擅便说亲!他高杀也只是个开酒店的。我女儿怕没大户人家对亲,却许着他。你倒了志气,干出这等事,也不怕人笑话!"正恁的骂妈妈,只见迎儿叫:"妈妈,且进来救小娘子!"妈妈道:"作甚?"迎儿道:"小娘子在屏风后,不知怎地气倒在地。"慌得妈妈一步一跌,走向前来,看那女孩儿,倒在地下:

未知性命如何,先见四肢不举。

从来四肢百病,惟气最重。原来女孩儿在屏风后听得作爷的骂娘,不肯教他嫁范二郎,一口气塞上来,气倒在地。妈妈慌忙来救,被周大郎捽住,不得他救。骂道:"打脊贼娘!辱门败户的小贱人,死便教他死,救他则甚?"迎儿见妈妈被周大郎捽住,自去向前,却被大郎一个漏风掌打在一壁厢。即时气倒妈妈，迎儿向前救得妈妈苏醒，妈妈大哭起来。邻舍听得周妈妈哭，都走来看。张嫂、鲍嫂、毛嫂、刁嫂，挤上一屋子。原来周大郎平昔为人不近道理，这妈妈甚是和气，邻舍都喜他。周大郎看见多人，便道："家间私事，不必相劝！"邻舍见如此说，都归去了。妈妈看女儿时，四肢冰冷，妈妈抱着女儿哭。本是不死，因没人救，却死了。周妈妈骂周大郎："你直恁地毒害！想必你不舍得三五千贯房奁，故意把我女儿坏了性命！"周大郎听得，大怒道："你道我不舍得三五千贯房奁，这等奚落我！"周大郎走将出去。

周妈妈如何不烦恼？一个观音也似女儿，又伶俐，又好针线，诸般都好，如何教他不烦恼！离不得周大郎买具棺木，八个人抬来，周妈妈见棺材进门，哭得好苦！周大郎看着妈妈道："你道我割舍不得三五千贯房奁，你那女儿房里，但有的细软，都搬在棺材里。"只就当时，叫仵作人等入了殓，即时使人吩咐管坟园张一郎、兄弟二郎："你两个便与我砌坑子。"吩咐了毕，话休絮烦。功德水陆也不做，停留也不停留，只就来日便出丧。周妈妈教留几日，那里拗得过来。早出了丧，埋葬已了，各人自归。可怜三尺无情土，盖却多情年少人。

话分两头。且说当日一个后生的，年三十余岁，姓朱，名真，是个暗行人。日常惯与仵作的做帮手，也会与人打坑子。那女孩儿入殓及砌坑，都用着他。这日葬了女儿回来，对着娘道："一天好事投奔我，我来日就富贵了。"娘道："我儿有甚好事？"那后生道："好笑，今日曹门里周大郎女儿死了，夫妻两个争竞道：'女孩儿是爷气死了。'斗别气，约莫有三五千贯房奁，都安在棺材里。有恁的富贵，如何不去取之？"那作娘的道："这个事却不是耍的事。又不是八棒十三的罪过[①]，又兼你爷有样子。二十年前时，你爷去掘一家坟园，揭开棺材盖，尸首觑着你爷笑起来。你爷吃了那

[①] 八棒十三的罪过：指最轻的刑罚，宋代杖刑中最轻的一等。

一惊,归来过得四五日,你爷便死了。孩儿切不可去,不是耍的事!"朱真道:"娘,你不得劝我。"去床底下拖出一件物事来,把与娘看。娘道:"休把出去罢!原先你爷曾把出去,使得一番便休了。"朱真道:"各人命运不同。我今年算了几次命,都说我该发财,你不要阻当我。"

你道拖出的是甚物事?原来是一个皮袋,里面盛着些挑刀斧头,一个皮灯盏,和那盛油的罐儿,又有一领蓑衣。娘都看了,道:"这蓑衣要他做甚?"朱真道:"半夜使得着。"当日是十一月中旬,却恨雪下得大。那厮将蓑衣穿起,却又带一片,是十来条竹皮编成的一行,带在蓑衣后面。原来雪里有脚迹,走一步,后面竹片扒得平,不见脚迹。当晚约莫也是二更左侧,吩咐娘道:"我回来时,敲门响,你便开门。"虽则京城热闹,城外空阔去处,依然冷静。况且二更时分,雪又下得大,兀谁出来。

朱真离了家,回身看后面时,没有脚迹。迤逦到周大郎坟边,到萧墙矮处,把脚跨过去。你道好巧,原来管坟的养只狗子。那狗子见个生人跳过墙来,从草窠里爬出来便叫。朱真日间备下一个油糕,里面藏了些药在内,见狗子来叫,便将油糕丢将去。那狗子见丢甚物过来,闻一闻,见香便吃了,只叫得一声,狗子倒了。朱真却走近坟边。那看坟的张二郎叫道:"哥哥,狗子叫得一声,便不叫了,却不作怪!莫不有甚做不是的在这里?起去看一看。"哥哥道:"那做不是的来偷我甚么?"兄弟道:"却才狗子大叫一声便不叫了,莫不有贼?你不起去,我自起去看一看。"那兄弟爬起来,披了衣服,执着枪在手里,出门来看。朱真听得有人声,悄悄地把蓑衣解下,捉脚步走到一株杨柳树边。那树好大,遮得正好。却把斗笠掩着身子和腰,蹲在地下,蓑衣也放在一边。望见里面开门,张二走出门外,好冷,叫声道:"畜生,做甚么叫?"那张二是睡梦里起来,被雪雹风吹,吃一惊,连忙把门关了,走入房去。叫:"哥哥,真个没人。"连忙脱了衣服,把被匹头兜了道:"哥哥,好冷!"哥哥道:"我说没人。"

约莫也是三更前后,两个说了半晌,不听得则声了。朱真道:"不将辛苦意，难近世间财。"抬起身来，再把斗笠戴了，着了蓑衣，捉脚步到坟边，把刀拨开雪地。俱是日间安排下脚手，下刀挑开石板下去，到侧边端正了，除下头上斗笠，脱了蓑衣在一壁厢，去皮袋里取两个长钉，插在砖缝里，放上一个皮灯盏，竹筒里取出火种吹着了，油罐儿取油，点起那灯，把刀挑开命钉，把那盖天板丢在一壁，叫："小娘子莫怪，暂借你些个富贵，却与你做功德。"道罢，去女孩儿头上便除头面，有许多金珠首饰，尽皆取下了。只有女孩儿身上衣服，却难脱。那厮好会，去腰间解下手巾，去那女孩儿膊项上阁起，一头系在自脖项上，将那女孩儿衣服脱得赤条条地，小衣也不着。那厮可霎叵耐处，见那女孩儿白净身体，那厮淫心顿起，按捺不住，奸了女孩儿。你道好怪！只见女孩儿睁开眼，双手把朱真抱住。怎地出豁？正是：

　　　　曾观前定录，万事不由人。

　　原来那女儿一心牵挂着范二郎，见爷的骂娘，斗别气死了。死不多日，今番得了阳和之气，一灵儿又醒将转来。朱真吃了一惊，见那女孩儿叫声："哥哥，你是兀谁？"朱真那厮好急智，便道："姐姐，我特来救你！"女孩儿抬起身来，便理会得了。一来见身上衣服脱在一壁，二来见斧头刀仗在身边，如何不理会得。朱真欲待要杀了，却又舍不得。那女孩儿道："哥哥，你救我去见樊楼酒店范二郎，重重相谢你。"朱真心中自思，别人兀自坏钱取浑家，不能得恁的一个好女儿。救将归去，却是兀谁得知。朱真道："且不要慌，我带你家去，教你见范二郎则个。"女孩儿道："若见得范二郎，我便随你去。"

　　当下朱真把些衣服与女孩儿着了，收拾了金银珠翠物事，衣服包了，把灯吹灭，倾那油入那油罐儿里，收了行头，揭起斗笠，送那女子上来。朱真也爬上来，把石头来盖得没缝，又捧些雪铺上。却教女孩儿上脊背来，把蓑衣着了，一手挽着皮袋，一手挽着金珠物事，把斗笠戴了，迤逦取路，到自家门前。把手去门上敲了两三下，那娘的知是儿子回来，放开了门。朱真进家中，娘的吃一惊道："我儿，如何尸首都驮回来？"朱真道："娘不要高声。"放下物件行头，将女孩儿入到自己卧房里面。朱真提起一把明晃晃的刀来，觑着女孩儿道："我有一件事和你商量。你若依得我时，我便将你去见范二郎。你若依不得我时，你见我这刀么？砍你作两段。"女孩儿慌道："告哥哥，不知教我依甚的事？"朱真道："第一，教你在房里不要则声；第二，不要出房门。依得我时，两三日内，说与范二郎。若不依我，杀了你！"女孩儿道："依得！依得！"朱真吩咐罢，出房去与娘说了一遍。

话休絮烦。夜间离不得伴那厮睡。一日两日，不得女孩儿出房门。那女孩儿道："你曾见范二郎么？"朱真道："见来！范二郎为你害在家里，等病好了，却来取你。"自十一月二十日头，至次年正月十五日，当日晚，朱真对着娘道："我每年只听得鳌山[①]好看，不曾去看，今日去看则个。到五更前后便归。"朱真吩咐了，自入城去看灯。

你道好巧！约莫也是更尽前后，朱真的老娘在家，只听得叫："有火！"急开门看时，是隔四五家酒店里火起，慌杀娘的，急走入来收拾。女孩儿听得，自思道："这里不走，更待何时！"走出门首，叫婆婆来收拾。娘的不知是计，入房收拾。女孩儿从热闹里便走，却不认得路。见走过的人，问道："曹门里在那里？"人指道："前面便是。"迤逦入了门，又问人："樊楼酒店在那里？"人说道："只在前面。"女孩儿好慌。若还前面遇见朱真，也没许多话。女孩儿迤逦走到樊楼酒店，见酒博士在门前招呼。女孩儿深深地道个万福，酒博士还了喏，道："小娘子没甚事？"女孩儿道："这里莫是樊楼？"酒博士道："这里便是。"

---

① 鳌山：宋代，京城里在过年节的时候，把千百种彩灯，堆叠成山，形同巨鳌，供人观赏。

女孩儿道："借问则个，范二郎在那里么？"酒博士思量道："你看二郎！直引得光景上门。"酒博士道："在酒店里的便是。"女孩儿移身直到柜边，叫道："二郎万福！"范二郎不听得都休，听得叫，慌忙走下柜来，近前看时，吃了一惊。连声叫："灭！灭！"女孩儿道："二哥，我是人，你道是鬼？"范二郎如何肯信。一头叫："灭！灭！"一只手扶着凳子。却恨凳子上有许多汤桶儿，慌忙用手提起一支汤桶儿来，觑着女子脸上丢将过去。你道好巧！去那女孩儿太阳上打着，大叫一声，匹然倒地。慌杀酒保，连忙走来看时，只见女孩儿倒在地下。性命如何？正是：

小园昨夜东风恶，吹折江梅就地横。

酒博士看那女孩儿时，血浸着死了。范二郎口里兀自叫："灭！灭！"范大郎见外头闹吵，急走出来看了，只听得兄弟叫："灭！灭！"大郎问兄弟："如何作此事？"良久定醒。问："做甚打死他？"二郎道："哥哥，他是鬼！曹门里贩海[①]周大郎的女儿。"大郎道："他若是鬼，须没血出。如何计结？"去酒店门前哄动有二三十人看，即时地方便入来捉范二郎。范大郎对众人道："他是曹门里周大郎的女儿，十一月已自死了。我兄弟只道他是鬼，不想是人，打杀了他。我如今也不知他是人是鬼。你们要捉我兄弟去，容我请他爷来看尸则个！"众人道："既是恁地，你快去请他来。"范大郎急急奔到曹门里周大郎门前，见个奶子问道："你是兀谁？"范大郎道："樊楼酒店范大郎在这里，有些急事，说声则个。"奶子即时入去请。不多时，周大郎出来，相见罢，范大郎说了上件事，道："敢烦认尸则个，生死不忘。"周大郎也不肯信。范大郎闲时不是说谎的人，周大郎同范大郎

[①] 贩海：作海外生意，贩卖海外货物的。北宋初，设"榷署"于开封，管理海外贸易的事，准许商人出海外贩物，做这种生意的商人叫作"贩海"。

到酒店前,看见也呆了,道:"我女儿已死了,如何得再活?有这等事!"那地方不容范大郎分说,当夜将一行人拘锁,到次早解入南衙开封府。

包大尹看了解状,也理会不下。权将范二郎送狱司监候。一面相尸,一面下文书行使臣房审实。作公的一面差人去坟上掘起看时,只有空棺材。问管坟的张一、张二,说道:"十一月间,雪下时,夜间听得狗子叫。次早开门看,只见狗子死在雪里,更不知别项因依。"把文书呈大尹。大尹焦躁,限三日要捉上件贼人。展个两三限,并无下落。好似:

金瓶落井全无信,铁枪磨针尚少功。

且说范二郎在狱司间想:"此事好怪!若说是人,他已死过了,见有入殓的仵作及坟墓在彼可证。若说是鬼,打时有血,死后有尸,棺材又是空的。"展转寻思,委决不下。又想道:"可惜好个花枝般的女儿!若是鬼,倒也罢了。若不是鬼,可不枉害了他性命!"夜里翻来覆去,想一会,疑一会,转睡不着。直想到茶坊里初会时光景,便道:"我那日好不着迷哩!四目相视,急切不能上手。不论是鬼不是鬼,我且慢慢里商量,直恁性急,坏了他性命,好不罪过!如今陷于缧绁,这事又不得明白,如何是了?悔之无及!"转悔转想,转想转悔。捱了两个更次,不觉睡去。梦见女子胜仙,浓妆而至。范二郎大惊道:"小娘子原来不死。"小娘子道:"打得偏些,虽然闷倒,不曾伤命。奴两遍死去,都只为官人。今日知道官人在此,特特相寻,与官人了其心愿。休得见拒,亦是冥数当然。"

范二郎忘其所以,就和他云雨起来,枕席之间,欢情无限。事毕,珍重而别。醒来方知是梦,越添了许多想悔。次夜亦复如此。到第三夜又来,比前愈加眷恋。临去告诉道:"奴寿阳未绝,今被五道将军①收用。奴一心

---

① 五道将军:迷信传说中的东岳的属神,古人认为他是掌管人的生死的神。

只忆着官人，泣诉其情，蒙五道将军可怜，给假三日。如今限期满了，若再迟延，必遭呵斥。奴从此与官人永别。官人之事，奴已拜求五道将军。但耐心，一月之后，必然无事。"范二郎自觉伤感，啼哭起来。醒了，记起梦中之言，似信不信。

刚刚一月三十个日头，只见狱卒奉大尹钧旨，取出范二郎赴狱司勘问。原来开封府有一个常卖董贵，当日绾着一个篮儿，出城门外去。只见一个婆子在门前叫常卖，把着一件物事递与董贵。是甚的？是一朵珠子结成的栀子花。那一夜朱真归家，失下这朵珠花，婆婆私下捡得在手，不理会得直几钱，要卖一两贯钱作私房。董贵道："要几钱？"婆子道："胡乱。"董贵道："还你两贯。"婆子道："好。"董贵还了钱，径将来使臣房里，见了观察，说道怎地。即时观察把这朵栀子花径来曹门里，教周大郎、周妈妈看，认得是女儿临死带去的。即时差人捉婆子。婆子说："儿子朱真不在。"

当时搜捉朱真不见，却在桑家瓦里看耍，被作公的捉了，解上开封府。包大尹送狱司勘问上件事情，朱真抵赖不得，一一招伏。当案薛孔目初拟朱真劫坟当斩，范二郎免死，刺配牢城营。未曾呈案，其夜梦见一神，如五道将军之状，怒责薛孔目道："范二郎有何罪过，拟他刺配！快与他出脱了！"薛孔目醒来，大惊。改拟范二郎打鬼，与人命不同，事属怪异，宜径行释放。包大尹看了，都依拟。范二郎欢天喜地回家。后来娶妻，不忘周胜仙之情，岁时到五道将军庙中烧纸祭奠。有诗为证：

情郎情女等情痴，只为情奇事亦奇。
若把无情有情比，无情翻似得便宜。

十五贯戏言成巧祸

聪明伶俐自天生，懵懂痴呆未必真。
嫉妒每因眉睫浅，戈矛时起笑谈深。
九曲黄河心较险，十重铁甲面堪憎。
时因酒色亡家国，几见诗书误好人！

这首诗，单表为人难处。只因世路窄狭，人心叵测。大道既远，人情万端。熙熙攘攘，都为利来；蚩蚩蠢蠢，皆纳祸去。持身保家，万千反覆。所以古人云：颦有为颦，笑有为笑。颦笑之间，最宜谨慎。这回书，单说一个官人，只因酒后一时戏笑之言，遂至杀身破家，陷了几条性命。且先引下一个故事来，权做个德胜头回。

却说故宋朝中，有一个少年举子，姓魏，名鹏举，字冲霄，年方一十八岁，娶得一个如花似玉的浑家。未及一月，只因春榜动，选场开，魏生别了妻子，收拾行囊，上京取应。临别时，浑家分付丈夫："得官不得官，蚤蚤回来，休抛闪了恩爱夫妻！"魏生答道："功名二字，是俺本领前程，不索贤卿忧虑。"别后登程到京，果然一举成名，除授一甲第二名榜眼及第，在京甚是华艳动人。少不得修了一封家书，差人接取家眷入京。书上先叙了寒温及得官的事，后却写下一行，道是："我在京中早晚无人照管，已讨了一个小老婆，专候夫人到京，同享荣华。"

家人收拾书程，一径到家，见了夫人，称说贺喜，因取家书呈上。夫人拆开看了，见是如此如此，这般这般，便对家人道："官人直恁负恩！甫能得官，便娶了二夫人。"家人便道："小人在京，并没见有此事，想是官人戏谑之言。夫人到京，便知端的，休得忧虑。"夫人道："恁地说，我也罢了！"却因人舟未便，一面收拾起身，一面寻觅便人，先寄封平安家书到京中去。那寄书人到了京中，寻问新科魏榜眼寓所，下了家书，管待酒饭自回，不题。

却说魏生接书拆开来看了，并无一句闲言闲语，只说道："你在京中娶了一个小老婆，我在家中也嫁了一个小老公，早晚同赴京师也！"魏生见了，也只道是夫人取笑的说话，全不在意。未及收好，外面报说："有个同年相访！"京邸寓中，不比在家宽转，那人又是相厚的同年，又晓得魏生并无家眷在内，直到里面坐下，叙了些寒温。魏生起身去解手，那同年偶翻桌上书帖，看见了这封家书，写得好笑，故意朗诵起来，魏生措手不及，通红了脸，说道："这是没理的事！因是小弟戏谑了他，他便取笑写来的。"那同年呵呵大笑道："这节事却是取笑不得的！"别了就去。

那人也是一个少年，喜谈乐道，把这封家书一节，顷刻间遍传京邸。也有一班妒忌魏生少年登高科的，将这桩事只当做风闻言事的一个小小新闻，奏上一本，说这魏生年少不检，不宜居清要之职，降处外任。魏生懊恨无及。后来毕竟做官蹭蹬不起，把锦片也似一段美前程，等闲放过去了。这便是一句戏言，撒漫了一个美官。

今日再说一个官人，也只为酒后一时戏言，断送了堂堂七尺之躯，连累两三个人，枉屈害了性命。却是为着甚的？有诗为证：

世路崎岖实可哀，傍人笑口等闲开。
白云本是无心物，又被狂风引出来。

却说南宋时，建都临安，繁华富贵，不减那汴京故国。去那城中箭桥左侧，有个官人姓刘，名贵，字君荐。祖上原是有根基的人家，到得君荐手中，却是时乖运蹇。先前读书，后来看看不济，却去改业做生意，便是半路上出家的一般。买卖行中，一发不是本等伎俩，又把本钱消折去了。

渐渐大房改换小房，赁得两三间房子，与同浑家王氏，年少齐眉。后因没有子嗣，娶下一个小娘子，姓陈，是陈卖糕的女儿，家中都呼为二姐。这也是先前不十分穷薄的时做下的勾当。至亲三口，并无闲杂人在家。那刘君荐，极是为人和气，乡里见爱，都称他刘官人。"你是一时运限不好，如此落莫，再过几时，定须有个亨通的日子！"说便是这般说，那得有些些好处？只是在家纳闷，无可奈何！

却说一日闲坐家中，只见丈人家里的老王，年近七旬，走来对刘官人说道："家间老员外生日，特令老汉接取官人娘子，去走一遭。"刘官人便道："便是我日逐愁闷过日子，连那泰山①的寿诞，也都忘了。"便同浑家王氏，收拾随身衣服，打叠个包儿，交与老王背了，分付二姐："看守家中，今日晚了，不能转回，明晚须索来家。"说了就去。离城二十余里，到了丈人王员外家，叙了寒温。当日坐间客众，丈人女婿，不好十分叙述许多穷相。到得客散，留在客房里宿歇。直到天明，丈人却来与女婿攀话，说道："姐夫，你须不是这般算计，坐吃山空，立吃地陷。咽喉深似海，日月快如梭。你须计较一个常便！我女儿嫁了你，一生也指望丰衣足食，不成只是这等就罢了。"

刘官人叹了一口气道："是！泰山在上，道不得个上山擒虎易，开口告人难。如今的时势，再有谁似泰山这般怜念我的。只索守困，若去求人，便是劳而无功。"丈人便道："这也难怪你说。老汉却是看你们不过，今日赍助你些少本钱，胡乱去开个柴米店，赚得些利息来过日子，却不好么？"刘官人道："感蒙泰山恩顾，可知是好。"当下吃了午饭，丈人取出十五贯钱来，付与刘官人道："姐夫，且将这些钱去，收拾起店面，开张有日，我便再应付你十贯。你妻子且留在此过几日，待有了开店日子，老汉亲送女儿到你家，就来与你作贺，意下如何？"刘官人谢了又谢，驮了钱一径

---

① 泰山：指岳丈。

出门。

到得城中，天色却早晚了，却撞着个相识，顺路在他家门首经过。"那人也要做经纪的人，就与他商量一会，可知是好。"便去敲那人门时，里面有人应喏，出来相揖，便问："老兄下顾，有何见教？"刘官人一一说知就里。那人便道："小弟闲在家中，老兄用得着时，便来相帮。"刘官人道："如此甚好！"当下说了些生意的勾当。那人便留刘官人在家，现成杯盘，吃了三杯两盏。刘官人酒量不济，便觉有些朦胧起来，抽身作别，便道："今日相扰，明早就烦老兄过寒家，计议生理。"那人又送刘官人至路口，作别回家，不在话下。若是说话的同年生，并肩长，拦腰抱住，把臂拖回，也不见得受这般灾悔！却教刘官人死得不如：

《五代史》李存孝，《汉书》中彭越①。

却说刘官人驮了钱，一步一步捱到家中。敲门已是点灯时分，小娘子二姐独自在家，没一些事做，守得天黑，闭了门，在灯下打瞌睡，刘官人打门，他那里便听见。敲了半响，方才知觉，答应一声："来了！"起身开了门。刘官人进去，到了房中，二姐替刘官人接了钱，放在桌上，便问："官人何处那移这项钱来，却是甚用？"那刘官人一来有了几分酒，二来怪他开得门迟了，且戏言吓他一吓，便道："说出来，又恐你见怪；不说时，又须通你得知。只是我一时无奈，没计可施，只得把你典与一个客人，又因舍不得你，只典得十五贯钱。若是我有些好处，加利赎你回来；若是照前这般不顺溜，只索罢了！"

那小娘子听了，欲待不信，又见十五贯钱堆在面前；欲待信来，他平

---

① 李存孝、彭越：李存孝，五代时李克用的义子，屡立战功，后因谗害，被车裂而死。彭越，汉朝的功臣，封为梁王，后被刘邦杀掉，并诛三族。

白与我没半句言语，大娘子又过得好，怎么便下得这等狠心辣手！疑狐不决。只得再问道："虽然如此，也须通知我爹娘一声。"刘官人道："若是通知你爹娘，此事断然不成。你明日且到了人家，我慢慢央人与你爹娘说通，他也须怪我不得。"小娘子又问："官人今日在何处吃酒来？"刘官人道："便是把你典与人，写了文书，吃他的酒才来的。"小娘子又问："大姐姐如何不来？"刘官人道："他因不忍见你分离，待得你明日出了门才来。这也是我没计奈何，一言为定。"说罢，暗地忍不住笑。不脱衣裳，睡在床上，不觉睡去了。那小娘子好生摆脱不下："不知他卖我与甚色样人家？我须先去爹娘家里说知。就是他明日有人来要我，寻到我家，也须有个下落。"沉吟了一会，却把这十五贯钱，一垛儿堆在刘官人脚后边。趁他酒醉，轻轻的收拾了随身衣服，款款的开了门出去，拽上了门。却去左边一个相熟的邻舍，叫做朱三老儿家里，与朱三妈宿了一夜，说道："丈夫今日无端卖我，我须先去与爹娘说知。烦你明日对他说一声，既有了主顾，可同我丈夫到爹娘家中来，讨个分晓，也须有个下落。"那邻舍道："小娘子说得有理，你只顾自去，我便与刘官人说知就理。"过了一宵，小娘子作别去了，不题。正是：

鳌鱼脱却金钩去，摆尾摇头再不回。

放下一头。却说这里刘官人一觉直至三更方醒，见桌上灯犹未灭，小娘子不在身边。只道他还在厨下收拾家火，便唤二姐讨茶吃。叫了一回，没人答应，却待挣扎起来，酒尚未醒，不觉又睡了去。不想却有一个做不是的，日间赌输了钱，没处出豁，夜间出来掏摸些东西。却好到刘官人门首，因是小娘子出去了，门儿拽上不关，那贼略推一推，豁地开了。捏手捏脚，直到房中，并无一人知觉。到得床前，灯火尚明。周围看时，并无一物可取。摸到床上，见一人朝着里床睡去，脚后却有一堆青钱，便去取了几贯。不想惊觉了刘官人，起来喝道："你须不近道理！我从丈人家借办得几贯钱来，养身活命，不争你偷了我的去，却是怎的计结！"那人也不回话，照面一拳，刘官人侧身躲过，便起身与这人相持。那人见刘官人手脚活动，便拔步出房。刘官人不舍，抢出门来，一径赶到厨房里。恰待声张邻舍起来捉贼，那人急了，正好没出豁，却见明晃晃一把劈柴斧头，正在手边，也是人急计生，被他绰起一斧，正中刘官人面门，扑地倒了，又复一斧，斫倒一边。眼见得刘官人不活了，呜呼哀哉，伏惟尚飨！那人便道："一不做，二不休，却是你来赶我，不是我来寻你。"索性翻身入房，取了十五贯钱，扯条单被，包裹得停当，拽扎得爽利，出门，拽上了门就走。不题。

次早邻舍起来，见刘官人家门也不开，并无人声息，叫道："刘官人，失晓了。"里面没人答应。捱将进去，只见门也不关。直到里面，见刘官人劈死在地。"他家大娘子两日前已自往娘家去了，小娘子如何不见？"免不得声张起来。却有昨夜小娘子借宿的邻家朱三老儿说道："小娘子昨夜黄昏时，到我家宿歇，说道刘官人无端卖了他，他一径先到爹娘家里去了。教我对刘官人说，既有了主顾，可同到他爹娘家中，也讨得个分晓。今一面着人去追他转来，便有下落。一面着人去报他大娘子到来，再作区处。"众人都道："说得是！"先着人去到王老员外家报了凶信。老员外与女儿大哭起来，对那人道："昨日好端端出门，老汉赠他十五贯钱，教他将来作本，如何便恁的被人杀了？"那去的人道："好教老员外、大娘子得知，昨日刘官人归时，已自昏黑，吃得半酣，我们都不晓得他有钱没钱，归迟归早。只是今早刘官人家门儿半开，众人推将进去，只见刘官人杀死在地，十五贯钱一文也不见，小娘子也不见踪迹。声张起来，却有左邻朱三老儿出来，说道：'他家小娘子昨夜黄昏时分，借宿他家。小娘子说道：刘官人无端把他典与人了，小娘子要对爹娘说一声。住了一宵，今日径自去了。'如今众人计议，一面来报大娘子与老员外，一面着人去追小娘子。若是半路里追不着的时节，直到他爹娘家中，好歹追他转来，问个明白。老员外与大娘子，须索去走一遭，与刘官人执命。"老员外与大娘子急急收拾起身，管待来人酒饭，三步做一步，赶入城中。不题。

却说那小娘子清早出了邻舍人家，挨上路去，行不上一二里，早是脚疼走不动，坐在路旁。却见一个后生，头带万字头巾，身穿直缝宽衫，背上驮了一个搭膊，里面却是铜钱，脚下丝鞋净袜，一直走上前来。到了小娘子面前，看了一看，虽然没有十二分颜色，却也明眉皓齿，莲脸生春，秋波送媚，好生动人。正是：

野花偏艳目，村酒醉人多。

那后生放下搭膊，向前深深作揖："小娘子独行无伴，却是往那里去的？"小娘子还了万福，道："是奴家要往爹娘家去，因走不上，权歇在此。"因问："哥哥是何处来？今要往何方去？"那后生叉手不离方寸："小人是村里人，因往城中卖了丝帐，讨得些钱，要往褚家堂那边去的。"小娘子道："告哥哥则个，奴家爹娘也在褚家堂左侧。若得哥哥带挈奴家，同走一程，可知是好。"那后生道："有何不可！既如此说，小人情愿伏侍小娘子前去。"两个厮赶着，一路正行，行不到二三里田地，只见后面两个人脚不点地赶上前来，赶得汗流气喘，衣襟敞开。连叫："前面小娘子慢走！我却有话说知。"小娘子与那后生看见赶得蹊跷，都立住了脚。后边两个赶到跟前，见了小娘子与那后生，不容分说，一家扯了一个，说道："你们干得好事！却走往那里去？"

小娘子吃了一惊，举眼看时，却是两家邻舍，一个就是小娘子昨夜借宿的主人。小娘子便道："昨夜也须告过公公得知，丈夫无端卖我，我自去对爹娘说知。今日赶来，却有何说？"朱三老道："我不管闲帐，只是你家里有杀人公事，你须回去对理。"小娘子道："丈夫卖我，昨日钱已驮在家中，有甚杀人公事？我只是不去。"朱三老道："好自在性儿，你若真个不去，叫起地方有杀人贼在此，烦为一捉。不然，须要连累我们，你这里地方也不得清净。"那个后生见不是话头，便对小娘子道："既如此说，小娘子只索回去，小人自家去休！"那两个赶来的邻舍，齐叫起来说道："若是没有你在此便罢，既然你与小娘子同行同止，你须也去不得！"那后生道："却也作怪，我自半路遇见小娘子，偶然伴他行一程路儿，却有甚皂丝麻线，要勒掯我回去？"朱三老道："他家有了杀人公事，不争放你去了，却打没对头官司！"当下不容小娘子和那后生做主。看的人渐渐立满，都道："后生你去不得！你日间不作亏心事，半夜敲门不吃惊。便去何妨！"那赶来的邻舍道："你若不去，便是心虚；我们却和你罢休不得！"四个人只得厮挽着一路转来。

到得刘官人门首，好一场热闹！小娘子入去看时，只见刘官人斧劈倒在地死了，床上十五贯钱分文也不见。开了口合不得，伸了舌缩不上去。那后生也慌了，便道："我恁的晦气！没来由和那小娘子同走一程，却做了干连人。"众人都和哄着。正在那里分豁不开，只见王老员外和女儿一步一撷走回家来，见了女婿身尸，哭了一场，便对小娘子道："你却如何杀了丈夫，劫了十五贯钱，逃走出去？今日天理昭然，有何理说！"小娘子道："十五贯钱委是有的。只是丈夫昨晚回来，说是无计奈何，将奴家典与他人，典得十五贯身价在此，说过今日便要奴家到他家去。奴家因不知他典与甚色样人家，先去与爹娘说知，故此趁他睡了，将这十五贯钱一垛儿堆在他脚后边，拽上门，到朱三老家住了一宵，今早自去爹娘家里说知。临去之时，也曾央朱三老对我丈夫说，既然有了主顾，可同到我爹娘家里来交割。却不知因甚杀死在此？"

那大娘子道："可又来！我的父亲昨日明明把十五贯钱与他驮来作本，养赡妻小，他岂有哄你说是典来身价之理？这是你两日因独自在家，勾搭上了人；又见家中好生不济，无心守耐；又见了十五贯钱，一时见财起意，杀死丈夫，劫了钱。又使见识，往邻舍家借宿一夜，却与汉子通同计较，一处逃走。现今你跟着一个男子同走，却有何理说，抵赖得过！"众人齐声道："大娘子之言，甚是有理。"又对那后生道："后生，你却如何与小娘子谋杀亲夫？却暗暗约定在僻静处等候，一同去逃奔他方，却是如何计结？"那人道："小人自姓崔，名宁，与那小娘子无半面之识。小人昨晚入城，卖得几贯丝钱在这里，因路上遇见小娘子，小人偶然问起往那里去的，却独自一个行走。小娘子说起是与小人同路，以此作伴同行，却不知前后因依。"众人那里肯听他分说，搜索他搭膊中，恰好是十五贯钱，一文也不多，一文也不少。众人齐发起喊来道："是天网恢恢，疏而不漏。你却与小娘子杀了人，拐了钱财，盗了妇女，同往他乡，却连累我地方邻里打没头官司！"

当下大娘子结扭了小娘子，王老员外结扭了崔宁，四邻舍都是证见，一哄都入临安府中来。那府尹听得有杀人公事，即便升厅。便叫一干人犯，逐一从头说来。先是王老员外上去，告说："相公在上，小人是本府村庄人氏，年近六旬，只生一女，先年嫁与本府城中刘贵为妻。后因无子，取了陈氏为妾，呼为二姐。一向三口在家过活，并无片言。只因前日是老汉生日，差人接取女儿、女婿到家，住了一夜。次日，因见女婿家中全无活计，养赡不起，把十五贯钱与女婿作本，开店养身。却有二姐在家看守。到得昨夜，女婿到家时分，不知因甚缘故，将女婿斧劈死了！二姐却与一个后生，名唤崔宁，一同逃走，被人追捉到来。望相公可怜见老汉的女婿，身死不明；奸夫淫妇，赃证现在，伏乞相公明断！"

府尹听得如此如此，便叫陈氏上来："你却如何通同奸夫，杀死了亲夫，劫了钱，与人一同逃走，是何理说？"二姐告道："小妇人嫁与刘贵，虽是个小老婆，却也得他看承得好，大娘子又贤慧，却如何肯起这片歹心？只是昨晚丈夫回来，吃得半酣，驮了十五贯钱进门。小妇人问他来历，丈夫说道：为因养赡不周，将小妇人典与他人，典得十五贯身价在此。又不通我爹娘得知，明日就要小妇人到他家去。小妇人慌了，连夜出门，走到邻舍家里，借宿一宵。今早一径先往爹娘家去，教他对丈夫说，既然卖我有了主顾，可到我爹娘家里来交割。才走得到半路，却见昨夜借宿的邻家赶来，捉住小妇人回来，却不知丈夫杀死的根由。"那府尹喝道："胡说！这十五贯钱分明是他丈人与女婿的，你却说是典你的身价，眼见的没巴臂的说话了。况且妇人家如何黑夜行走？定是脱身之计。这桩事须不是你一个妇人家做的，一定有奸夫帮你谋财害命，你却从实说来。"

那小娘子正待分说，只见几家邻舍一齐跪上去告道："相公的言语，委是青天。他家小娘子昨夜果然借宿在左邻第二家的，今早他自去了。小的们见他丈夫杀死，一面着人去赶，赶到半路，却见小娘子和那一个后生同走，苦死不肯回来。小的们勉强捉他转来，却又一面着人去接他大娘子与他丈人，到时，说昨日有十五贯钱付与女婿做生理的。今者女婿已死，这钱不知从何而去。再三问那小娘子时，说道：他出门时，将这钱一堆儿堆在床上。却去搜那后生身边，十五贯钱分文不少。却不是小娘子与那后生通同作奸？赃证分明，却如何赖得过？"

府尹听他们言言有理，就唤那后生上来道："帝辇之下，怎容你这等胡行？你却如何谋了他小老婆，劫了十五贯钱，杀死了亲夫？今日同往何处？从实招来！"那后生道："小人姓崔，名宁，是乡村人氏。昨日往城中卖了丝，卖得这十五贯钱。今早偶然路上撞着这小娘子，并不知他姓甚名谁，那里晓得他家杀人公事？"府尹大怒，喝道："胡说！世间不信有这等巧事！他家失去了十五贯钱，你却卖的丝恰好也是十五贯钱，这分明是支吾的说话了。况且他妻莫爱，他马莫骑，你既与那妇人没甚首尾，却如何与他同行共宿？你这等顽皮赖骨，不打如何肯招？"当下众人将那崔宁与小娘子，死去活来拷打一顿。那边王老员外与女儿并一干邻佑人等，口口声声，咬他二人。

府尹也巴不得了结这段公案。拷讯一回，可怜崔宁和小娘子受刑不过，只得屈招了，说是一时见财起意，杀死亲夫，劫了十五贯钱，同奸夫逃走是实。左邻右舍都指画了十字，将两人大枷枷了，送入死囚牢里。将这十五贯钱给还原主，也只好奉与衙门中人做使用，也还不勾哩。府尹叠成文案，奏过朝廷，部覆申详，倒下圣旨，说："崔宁不合奸骗人妻，谋财害命，依律处斩。陈氏不合通同奸夫，杀死亲夫，大逆不道，凌迟示众。"当下读了招状，大牢内取出二人来，当厅判一个斩字，一个剐字，押赴市曹，行刑示众。两人浑身是口，也难分说。正是：

哑子谩尝黄蘖味，难将苦口对人言。

看官听说，这段公事，果然是小娘子与那崔宁谋财害命的时节，他两人须连夜逃走他方，怎的又去邻舍人家借宿一宵？明早又走到爹娘家去，却被人捉住了？这段冤枉，仔细可以推详出来。谁想问官糊涂，只图了事，不想捶楚之下，何求不得。冥冥之中，积了阴骘，远在儿孙近在身。他两个冤魂，也须放你不过。所以做官的，切不可率意断狱，任情用刑，也要求个公平明允。道不得个死者不可复生，断者不可复续，可胜叹哉！

闲话休题。却说那刘大娘子到得家中，设个灵位，守孝过日。父亲王老员外劝他转身，大娘子说道："不要说起三年之久，也须到小祥之后。"父亲应允自去。光阴迅速，大娘子在家巴巴结结，将近一年。父亲见他守不过，便叫家里老王去接他来，说："叫大娘子收拾回家，与刘官人做了周年，转了身去罢！"大娘子没计奈何，细思："父言亦是有理。"收拾了包裹，与老王背了，与邻舍家作别，暂去再来。一路出城，正值秋天，一阵乌风猛雨，只得落路，往一所林子去躲，不想走错了路。正是：

猪羊走屠宰之家，一脚脚来寻死路。

走入林子里去,只听他林子背后,大喝一声:"我乃静山大王在此!行人住脚,须把买路钱与我。"大娘子和那老王吃那一惊不小,只见跳出一个人来:头带乾红凹面巾,身穿一领旧战袍,腰间红绢搭膊裹肚,脚下蹬一双乌皮皂靴,手执一把朴刀,舞刀前来。那老王该死,便道:"你这剪径的毛团!我须是认得你,做这老性命着与你兑了罢!"一头撞去,被他闪过空。老人家用力猛了,扑地便倒。那人大怒道:"这牛子好生无礼!"连搠一两刀,血流在地,眼见得老王养不大了。那刘大娘子见他凶猛,料道脱身不得,心生一计,叫做脱空计。拍手叫道:"杀得好!"那人便住了手睁圆怪眼,喝道:"这是你甚么人?"那大娘子虚心假气的答道:"奴家不幸丧了丈夫,却被媒人哄诱,嫁了这个老儿,只会吃饭。今日却得大王杀了,也替奴家除了一害!"那人见大娘子如此小心,又生得有几分颜色,便问道:"你肯跟我做个压寨夫人么?"大娘子寻思,无计可施,便道:"情愿伏侍大王。"那人回嗔作喜,收拾了刀杖,将老王尸首搌入涧中。领了刘大娘子到一所庄院前来,甚是委曲。只见大王向那地上,拾些土块,抛向屋上去,里面便有人出来开门。到得草堂之上,分付杀羊备酒,与刘大娘子成亲。两口儿且是说得着。正是:

明知不是伴,事急且相随。

不想那大王自得了刘大娘子之后,不上半年,连起了几主大财,家间也丰富了。大娘子甚是有识见,早晚用好言语劝他:"自古道:瓦罐不离井上破,将军难免阵中亡。你我两人下半世也勾吃用了,只管做这没天理的勾当,终须不是个好结果!却不道是梁园虽好,不是久恋之家。不若改行从善,做个小小经纪,也得过养身活命。"那大王早晚被他劝转,果然回心转意,把这门道路撇了。却去城市间赁下一处房屋,开了一个杂货店。遇闲暇的日子,也时常去寺院中,念佛持斋。

忽一日在家闲坐，对那大娘子道："我虽是个剪径的出身，却也晓得冤各有头，债各有主。每日间只是吓骗人东西，将来过日子。后来得有了你，一向买卖顺溜。今已改行从善，闲来追思既往，止曾枉杀了两个人，又冤陷了两个人，时常挂念，思欲做些功德，超度他们，一向未曾对你说知。"大娘子便道："如何是枉杀了两个人？"那大王道："一个是你的丈夫，前日在林子里的时节，他来撞我，我却杀了他。他须是个老人家，与我往日无仇，如今又谋了他老婆，他死也是不肯甘心的。"大娘子道："不怃地时，我却那得与你厮守？这也是往事，休题了！"又问："杀那一个，又是甚人？"那大王道："说起来这个人，一发天理上放不过去，且又带累了两个人，无辜偿命。是一年前，也是赌输了，身边并无一文，夜间便去掏摸些东西。不想到一家门首，见他门也不闩，推进去时，里面并无一人。摸到门里，只见一人醉倒在床，脚后却有一堆铜钱，便去摸他几贯。正待要走，却惊醒了。那人起来说道：这是我丈人家与我做本钱的，不争你偷去了，一家人口都是饿死。起身抢出房门，正待声张起来。是我一时见他不是话头，却好一把劈柴斧头在我脚边，这叫做人急计生，绰起斧来，喝一声道：不是我，便是你。两斧劈倒。却去房中将十五贯钱，尽数取了。后来打听得他，却连累了他家小老婆，与那一个后生，唤做崔宁，说他两人谋财害命，双双受了国家刑法。我虽是做了一世强人，只有这两桩人命，是天理人心打不过去的！早晚还要超度他，也是该的。"

那大娘子听说，暗暗地叫苦："原来我的丈夫也吃这厮杀了，又连累我家二姐与那个后生无辜被戮。思量起来，是我不合当初执证他两人偿命。料他两人阴司中，也须放我不过。"当下权且欢天喜地，并无他说。明日捉个空，便一径到临安府前，叫起屈来。那时换了一个新任府尹，才得半月。正值升厅，左右捉将那叫屈的妇人进来。刘大娘子到于阶下，放声大哭。哭罢，将那大王前后所为：怎的杀了我丈夫刘贵，问官不肯推详，含糊了事，却将二姐与那崔宁，朦胧偿命。后来又怎的杀了老王，奸骗了奴家。今日天理昭然，一一是他亲口招承。伏乞相公高抬明镜，昭雪前冤！说罢又哭。

府尹见他情词可悯，即着人去捉那静山大王到来，用刑拷讯，与大娘子口词一些不差。即时问成死罪，奏过官里。待六十日限满，倒下圣旨来："勘得静山大王谋财害命，连累无辜。准律：杀一家非死罪三人者，斩加等，决不待时。原问官断狱失情，削职为民。崔宁与陈氏枉死可怜，有司访其家，谅行优恤。王氏既系强徒威逼成亲，又能伸雪夫冤，着将贼人家产，一半没入官，一半给与王氏养赡终身。"

刘大娘子当日往法场上，看决了静山大王，又取其头去祭献亡夫，并小娘子及崔宁，大哭一场。将这一半家私，舍入尼姑庵中，自己朝夕看经念佛，追荐亡魂，尽老百年而终。有诗为证：

善恶无分总丧躯，只因戏语酿殃危。
劝君出话须诚实，口舌从来是祸基。

一文钱小隙造奇冤

> 世上何人会此言，休将名利挂心田。
> 等闲倒尽十分酒，遇兴高歌一百篇。
> 物外烟霞为伴侣，壶中日月任婵娟。
> 他时功满归何处？直驾云车入洞天。

这八句诗，乃回道人所作。那道人是谁？姓吕，名岩，号洞宾，岳州河东人氏。大唐咸通中应进士举，游长安酒肆，遇正阳子锺离先生，点破了黄粱梦，知宦途不足恋，遂求度世之术。锺离先生恐他立志未坚，十遍试过，知其可度。欲授以黄白秘方，使之点石成金，济世利物，然后三千功满，八百行圆。洞宾问道："所点之金，后来还有变异否？"锺离先生答道："直待三千年后，还归本质。"洞宾愀然不乐道："虽然遂我一时之愿，可惜误了三千年后遇金之人，弟子不愿受此方也！"锺离先生呵呵大笑道："汝有此好心，三千八百尽在于此。吾向蒙苦竹真君分付道：'汝游人间，若遇两口的，便是你的弟子。'遍游天下，从没见有两口之人。今汝姓吕，即其人也。"遂传以分合阴阳之妙。

洞宾修炼丹成，发誓必须度尽天下众生，方可上升。从此混迹尘途，自称为回道人。回字也是二口，暗藏着吕字。尝游长沙，手持小小磁罐乞钱，向市上大言："我有长生不死之方，有人肯施钱满罐，便以方授之。"市人不信，争以钱投罐，罐终不满，众皆骇然。忽有一僧人推一车子钱从市东来，戏对道人说："我这车子钱共有千贯，你罐里能容之否？"道人笑道："连车子也推得进，何况钱乎？"那僧不以为然，想着："这罐子有多少大嘴，能容得车儿？明明是说谎！"道人见其沉吟，便道："只怕你不肯布施，若道个肯字，不愁这车子不进我罐儿里去。"此时众人聚观者极多，一个个肉眼凡夫，谁人肯信，都去撺掇那僧人。

那僧人也道必无此事，便道："看你本事，我有何不肯？"道人便将罐子侧着，将罐口向着车儿，尚离三步之远，对僧人道："你敢道三声'肯'么？"僧人连叫三声："肯！肯！肯！"每叫一声肯，那车子便近一步。到第三个"肯"字，那车儿却像罐内有人扯拽一般，一溜子滚入罐内去了。众人一个眼花，不见了车儿，发声喊，齐道："奇怪！奇怪！"都来张那罐口，只见里面黑洞洞地。那僧人就有不悦之意，问道："你那道人是神仙，还是幻术？"道人口占八句道：

　　　　非神亦非仙，非术亦非幻。
　　　　天地有终穷，桑田经几变。
　　　　此身非吾有，财又何足恋。
　　　　苟不从吾游，骑鲸腾汗漫。

那僧人疑心是个妖术，欲同众人执之送官。道人道："你莫非懊悔，不舍得这车子钱财么？我今还你就是。"遂索纸笔，写一道符投入罐内。喝声："出！出！"众人千百只眼睛，看着罐口，并无动静。道人说道："这罐子贪财，不肯送将出来，待贫道自去讨来还你。"说声未了，耸身望罐口一跳，如落在万丈深潭，影儿也不见了。那僧人连呼："道人出来！道人快出来！"罐里并不则声。僧人大怒，提起罐儿，向地下一掷，其罐打得粉碎，也不见道人，也不见车儿，连先前众人布施的散钱并无一个，正不知那里去了？只见有字纸一幅，取来看时，题得有诗四句道：

　　　　寻真要识真，见真浑未悟。
　　　　一笑再相逢，驱车东平路。

醒世恒言　373

众人正在传观，只见字迹渐灭，须臾之间，连这幅白纸也不见了。众人才信是神仙，一哄而散。只有那僧人失脱了一车子钱财，意气沮丧，忽想着诗中"一笑再相逢，驱车东平路"之语，汲汲回归，行到东平路上，认得自家车儿，车上钱物宛然，分毫不动。那道人立于车旁，举手笑道："相待久矣！钱车可自收之。"又叹道："出家之人，尚且惜钱如此，更有何人不爱钱者？普天下无一人可度，可怜哉！可痛哉！"言讫腾云而去。那僧人惊呆了半晌，去看那车轮上，每边各有一口字，二口成吕，乃知吕洞宾也。懊悔无及！正是：

天上神仙容易遇，世间难得舍财人。

方才说吕洞宾的故事，因为那僧人舍不得这一车子钱，把个活神仙当面挫过。有人论：这一车子钱，岂是小事，也怪那僧人不得；世上还有一文钱也舍不得的。依在下看来，舍得一车子钱，就从那舍得一文钱这一念推广上去；舍不得一文钱，就从那舍不得一车子钱这一念算计入来。不要把钱多钱少，看做两样。如今听在下说这一文钱小小的故事。列位看官们，各宜警醒，惩忿窒欲①，且休望超凡入道，也是保身保家的正理。诗云：

不争闲气不贪钱，舍得钱时结得缘。
除却钱财烦恼少，无烦无恼即神仙。

话说江西饶州府浮梁县，有景德镇，是个马头去处。镇上百姓，都以烧造磁器为业，四方商贾，都来载往苏杭各处贩卖，尽有利息。就中单表

① 惩忿窒欲：出自《周易·损卦》，意为克制愤怒，杜塞情欲。

374 三言二拍精选集

一人，叫做丘乙大，是窑户家一个做手。浑家杨氏，善能描画。乙大做就磁胚，就是浑家描画花草人物，两口俱不吃空。住在一个冷巷里，尽可度日有余。那杨氏年三十六岁，貌颇不丑，也肯与人活动[①]。只为老公利害，只好背地里偶一为之，却不敢明当做事。所生一子，名唤丘长儿，年十四岁，资性愚鲁，尚未会做活，只在家中走跳。

忽一日杨氏患肚疼，思想椒汤吃，把一文钱教长儿到市上买椒。长儿拿了一文钱，才走出门，刚刚遇着东间壁一般做磁胚刘三旺的儿子，叫做再旺，也走出门来。那再旺年十三岁，比长儿到乖巧，平日喜的是撅钱耍子。怎的样撅钱？也有八个六个，撅出或字或背，一色的谓之浑成。也有七个五个，撅去一背一字间花儿去的，谓之背间。再旺和长儿闲常有钱时，多曾在巷口一个空阶头上耍过来。这一日巷中相遇，同走到当初耍钱去处，再旺又要和长儿耍子。长儿道："我今日没有钱在身边。"再旺道："你往那里去？"长儿道："娘肚疼，叫我买椒泡汤吃。"再旺道："你买椒，一定有钱。"长儿道："只有得一文钱。"再旺道："一文钱也好耍，我也把一文与你赌个背字，两背的便都赢去，两字便输，一字一背不算。"长儿道："这文钱是要买椒的，倘或输与你了，把什么去买？"再旺道："不妨事，你若赢了是造化；若输了时，我借与你，下次还我就是。"

长儿一时不老成，就把这文钱撅在地上。再旺在兜里也摸出一个钱丢下地来。长儿的钱是个背，再旺的是个字。这撅钱也有先后常规，该是背的先撅。长儿捡起两文钱，摊在第二手指上，把大拇指掐住，曲一曲腰，叫声："背！"撅将下去，果然两背，长儿赢了。收起一文，留一文在地。再旺又在兜肚里摸出一文钱来，连地下这文钱拣起，一般样摊在第二手指上，把大拇指掐住，曲一曲腰，叫一声："背！"撅将下去，却是两个字，又是再旺输了。长儿把两个钱都收起，和自己这一文钱，共是三个。长儿

[①] 与人活动：这里指和人发生不正当的男女关系。

赢得顺流，动了赌兴，问再旺道："还有钱么？"再旺道："钱尽有，只怕你没造化赢得。"当下伸手在兜肚里摸出十来个净钱，捻在手里，啧啧夸道："好钱！好钱！"问长儿："还敢撅么？"又丢下一文来。长儿又撅了两背，第四次再旺撅，又是两字。

一连撅了十来次，都是长儿赢了，共得了十二文。分明是掘藏一般，喜得长儿笑容满面，拿了钱便走。再旺那肯放他，上前拦住，道："你赢了我许多钱，走那里去？"长儿道："娘肚疼，等椒汤吃，我去去，闲时再来。"再旺道："我还有钱在腰里，你赢得时，都送你。"长儿只是要去，再旺发起喉急来，便道："你若不肯撅时，还了我的钱便罢。你把一文钱来骗了我许多钱，如何就去？"长儿道："我是撅得有采，须不是白夺你的。"再旺索性把兜肚里钱，尽数取出，约莫有二三十文，做一垛儿堆在地下道："待我输尽了这些钱，便放你走。"

长儿是个小厮家，眼孔浅，见了这钱，不觉贪心又起；况且再旺抵死缠住，只得又撅。谁知风无常顺，兵无常胜。这番采头又轮到再旺了。照前撅了一二十次，虽则中间互有胜负，却是再旺赢得多。到结末来，这十二文钱，依旧被他复去，长儿刚刚原剩得一文钱。自古道：赌以气胜。初番长儿撅赢了一两文，胆就壮了，偶然有些采头，就连赢数次。到第二番又撅时，不是他心中所愿，况且着了个贪心，手下就有些矜持。到一连撅输了几文，去一个舍不得一个，又添了个吝字，气便索然。怎当再旺一股愤气，又且稍粗胆壮，自然赢了。大凡人富的好过，贫的好过，只有先富后贫的，最是难过。据长儿一文钱起手时，赢得一二文也是勾了，一连得了十二文钱，一拳头捻不住，就似白手成家，何等欢喜！把这钱不看做倘来之物，就认作自己东西，重复输去，好不气闷，痴心还想再像初次赢将转来。"就是输了，他原许下借我的，有何不可？"这一交，合该长儿撅了，忍不住按定心坎，再复一撅，又是二字，心里着忙，就去抢那钱，手去迟些，先被再旺抢到手中，都装入兜肚里去了。长儿道："我只有这文钱,要买椒的,你原说过赢时借我,怎的都收去了?"

再旺怪长儿先前赢了他十二文钱就要走,今番正好出气。君子报仇,直待三年;小人报仇,只在眼前。怎么还肯把这文钱借他?把长儿双手挡开,故意的一跳一舞,跑入巷去了。急得长儿且哭且叫,也回身进巷扯住再旺要钱,两个扭做一堆厮打。正是:

孙庞斗智谁为胜,楚汉争锋那个强?

却说杨氏专等椒来泡汤吃,望了多时,不见长儿回来。觉得肚疼定了,走出门来张看,只见长儿和再旺扭住厮打,骂道:"小杀才!教你买椒不买,到在此寻闹,还不撒开。"两个小厮听得骂,都放了手。再旺就闪在一边。杨氏问长儿:"买的椒在那里?"长儿含着眼泪回道:"那买椒的一文钱,被再旺夺去了。"再旺道:"他与我撅钱,输与我的。"杨氏只该骂自己儿子,不该撅钱,不该怪别人。况且一文钱,所值几何,即输了去,只索罢休。单因杨氏一时不明,惹出一场大祸,展转的害了多少人的性命。正是:

事不三思终有悔,人能百忍自无忧。

杨氏因等候长儿不来,一肚子恶气,正没出豁,听说赢了他儿子的一文钱,便骂道:"天杀的野贼种!要钱时,何不教你娘趁汉,却来骗我家小厮撅钱!"口里一头骂,一头便扯再旺来打。恰正抓住了兜肚,凿下两个栗暴。那小厮打急了,把身子负命一挣,却挣断了兜肚带子,落下地来。索郎一声响,兜肚子里面的钱,撒做一地。杨氏道:"只还我那一文便了。"长儿得了娘的口气,就势抢了一把钱,奔进自屋里去。再旺就叫起屈来。杨氏赶进屋里,喝教长儿还了他钱。长儿被娘逼不过,把钱对着街上一撒。再旺一头哭，一头骂，一头检钱。检起时，少了六七文钱，情知是长儿藏下，拦着门只顾骂。杨氏道："也不见这天杀的野贼种，恁地撒泼！"把大门关上，走进去了。再旺敲了一回门，又骂了一回，哭到自屋里去。母亲孙大娘正在灶下烧火，问其缘故。再旺哭诉道："长儿抢了我的钱，他的娘不说他不是，到骂我天杀的野贼种，要钱时何不教你娘趁汉。"孙大娘不听时，万事全休，一听了这句不入耳的言语，不觉怒从心上起，恶向胆边生。

原来孙大娘最痛儿子，极是护短，又兼性暴，能言快语，是个揽事的女都头。若相骂起来，一连骂十来日，也不口干，有名叫做"绰板婆"。他与丘家只隔得三四个间壁居住，也晓得杨氏平日有些不三不四的毛病，只为从无口面，不好发挥出来。一闻再旺之语，太阳里爆出火来，立在街头，骂道："狗泼妇！狗淫妇！自己瞒着老公趁汉子，我不管你罢了，到来谤别人。老娘人便看不像，却替老公争气。前门不进师姑，后门不进和尚，拳头上立得人起，臂膊上走得马过。不像你那狗淫妇，人硬货不硬，表壮里不壮，作成老公带了绿帽儿，羞也不羞？还亏你老着脸在街坊上骂人。便臊贱时，也不是恁般做作！我家小厮年幼，连头带脑，也还不勾与你补空，你休得缠他！臊发时还去寻那旧汉子，是多寻几遭，多养了几个野贼种，大起来好做贼！"一声泼妇，一声淫妇，骂一个路绝人稀。杨氏怕老公，不敢揽事，又没处出气，只得骂长儿道："都是你那小天杀的，不学好，引这长舌妇开口！"提起木柴，把长儿劈头就打，打得长儿头破血淋，豪淘大哭。

丘乙大正从窑上回来，听得孙大娘叫骂，侧耳多时，一句句都听在肚里，想道："是那家婆娘不秀气，替老公妆幌子，惹得绰板婆叫骂。"及至回家，见长儿啼哭，问起缘繇，到是自家家里招揽的是非。丘乙大是个硬汉，怕人耻笑，声也不喷，气忿忿地坐下。远远的听得骂声不绝，直到黄昏后，方才住口。丘乙大吃了几碗酒，等到夜深人静，叫老婆来盘问道：

"你这贱人瞒着我做的好事！趁的许多汉子，姓甚名谁？好好招将出来，我自去寻他说话。"那婆娘原是怕老公的，听得这句话，分明似半空中响一个霹雳，战兢兢还敢开口？丘乙大道："泼贱妇！你有本事偷汉子，如何没本事说出来？若要不知，除非莫为。瞒得老公，瞒不得邻里，今日教我如何做人？你快快说来，也得我心下明白。"杨氏道："没有这事，教我说谁来？"丘乙大道："真个没有？"杨氏道："没有。"丘乙大道："既是没有时，他们如何说你？你如何凭他说，不则一声？显是心虚口软，应他不得。若是真个没有，是他们诈说你时，你今夜吊死在他门上，方表你清白，也出脱了我的丑名。明日我好与他讲话。"

那婆娘怎肯走动，流下泪来，被丘乙大三两个巴掌，揪出大门，把一条麻索丢与他，叫道："快死！快死！不死便是恋汉子了。"说罢，关上门儿进来。长儿要来开门，被乙大一顿栗暴，打得哭了一场，睡去了。乙大有了几分酒意，也自睡去。单撇杨氏在门外好苦，上天无路，入地无门。千不是，万不是，只是自家不是，除却死，别无良策。自悲自怨了多时，恐怕天明，慌慌张张的取了麻索，去认那刘三旺的门首。也是将死之人，失魂颠智，刘家本在东间壁第三家，却错走到西边去。走过了五六家，到了第七家，见门面与刘家相像，忙忙的把几块乱砖衬脚，搭上麻索于檐下，系颈自尽。可怜伶俐妇人，只为一文钱斗气，丧了性命。正是：

地下新添恶死鬼，人间不见画花人。

却说西邻第七家，是个打铁的匠人门首。这匠人浑名叫做白铁，每夜四更便起来打铁。偶然开了大门撒溺，忽然一阵冷风，吹得毛骨竦然，定睛看时，吃了一惊。不是傀儡场中鲍老，竟像秋千架上佳人。檐下挂着一件物事，不知是那里来的，好不怕人！犹恐是眼花，转身进屋，点个亮来

醒世恒言 379

一照,原来是新缢的妇人,咽喉气断,眼见得救不活了。欲待不去照管他,到天明被做公的看见,却不是一场飞来横祸,辨不清的官司。思量一计:"将他移在别处,与我便无干了。"耽着惊恐,上前去解这麻索。那白铁本来有些蛮力,轻轻的便取下挂来,背出正街,心慌意急,不暇致详,向一家门里撇下。头也不回,竟自归家,兀自连打几个寒噤,铁也不敢打了,复上床去睡卧。不在话下。

且说丘乙大黑蚤起来开门,打听老婆消息,走到刘三旺门前,并无动静,直走到巷口,也没些踪影,又回来坐地寻思:"莫不是这贱妇逃走他方去了?"又想:"他出门稀少,又是黑暗里,如何行动?"又想道:"他若不死时,麻索必然还在。"再到门前去看时,地下不见麻绳。"定是死在刘家门首,被他知觉,藏过了尸首,与我白赖。"又想:"刘三旺昨晚不回,只有那绰板婆和那小厮在家,那有力量搬运?"又想道:"虫蚁也有几只脚儿,岂有人无帮助?且等他开门出来,看他什么光景,见貌辨色,可知就里。"等到刘家开门,再旺出来,把钱去市心里买馍馍点心,并不见有一些惊慌之意。丘乙大心中委决不下。又到街前街后闲荡,打探一回,并无影响。回来看见长儿还睡在床上打齁,不觉怒起,掀开被,向腿上四五下,打得这小厮睡梦里直跳起来。丘乙大道:"娘也被刘家逼死了,你不去讨命,还只管睡!"这句话,分明丘乙大教长儿去惹事,看风色。

长儿听说娘死了,便哭起来,忙忙的穿了衣服,带着哭,一径直赶到刘三旺门首,大骂道:"狗娼根!狗淫妇!还我娘来。"那绰板婆孙大娘见长儿骂上门,如何耐得,急赶出来,骂道:"千人射的野贼种,敢上门欺负老娘么?"便揪着长儿头发,却待要打,见丘乙大过来,就放了手。这小厮满街乱跳乱舞,带哭带骂讨娘。丘乙大已耐不住,也骂起来。那绰板婆怎肯相让,旁边钻出个再旺来相帮,两下干骂一场,邻里劝开。丘乙大教长儿看守家里,自己去街上央人写了状词,赶到浮梁县告刘三旺和妻孙氏人命事情。大尹准了状词，差人拘拿原被告和邻里干证，到官审问。

原来绰板婆孙氏平昔口嘴不好，极是要冲撞人，邻里都不欢喜。因此说话中间，未免偏向丘乙大几分，把相骂的事情，增添得重大了，隐隐的将这人命，射实在绰板婆身上。这大尹见众人说话相同，信以为实。错认刘三旺将尸藏匿在家，希图脱罪。差人搜检，连地也翻了转来，只是搜寻不出，故此难以定罪。且不用刑，将绰板婆拘禁，差人押刘三旺寻访杨氏下落，丘乙大讨保在外。这场官司好难结哩！有分教：

绰板婆消停口舌，磁器匠担误生涯。

这事且阁过不题。再说白铁将那尸首，却撇在一个开酒店的人家门首。那店主人王公，年纪六十余岁，有个妈妈，靠着卖酒过日。是夜睡至五更，只听得叩门之声，醒时又不听得。刚刚合眼，却又闻砰砰声叩响。心中惊异，披衣而起，即唤小二起来，开门观看。只见街头上，不横不直，挡着这件物事。王公还道是个醉汉，对小二道："你仔细看一看，还是远方人，是近处人？若是左近邻里，可叩他家起来，扶了去。"小二依言，俯身下去认看，因背了星光，看不仔细。见颈边拖着麻绳，却认做是条马鞭，便道："不是近边人，想是个马夫。"王公道："你怎么晓得他是个马夫？"小二道："见他身边有根马鞭，故此知得。"王公道："既不是近处人，由他罢！"小二欺心，要拿他的鞭子，伸手去拾时，却拿不起，只道压了身底下，尽力一扯，那尸首直竖起来，把小二吓了一跳，叫道："阿呀！"连忙放手，那尸扑的倒下去了。连王公也吃一惊，问道："这怎么说？"小二道："只道是根鞭儿，要拿他的，不想却是缢死的人，颈下扣的绳子。"

王公听说，慌了手脚，欲待叫破地方，又怕这没头官司惹在身上；不报地方，这事洗身不清。便与小二商议，小二道："不打紧！只教他离了我这里，就没事了。"王公道："说得有理，还是拿到那里去好？"小二道："撇他在河里罢！"当下二人动手，直抬到河下。远远望见岸上有人打着灯笼走来，恐怕被他撞见，不管三七二十一，撇在河边，奔回家去了，不在话下。

且说岸上打灯笼来的是谁？那人乃是本镇一个大户，叫做朱常，为人奸诡百出，变诈多端，是个好打官司的主儿。因与隔县一个姓赵的人家争田，这一蚤要到田头去割稻，同着十来个家人，拿了许多扁挑、索子、镰刀，正来下船。那提灯的在前，走下岸来，只见一人横倒在河边，也认做是个醉汉，便道："这该死的，贪这样脓血！若再一个翻身，却不滚在河里，送了性命？"内中一个家人，叫做卜才，是朱常手下第一出尖的帮手，他只道醉汉身边有些钱钞，就蹲倒身，伸手去摸他腰下，却冰一般冷，吓得缩手不迭，便道："元来死的了！"朱常听说是死人，心下顿生不良之念。忙叫："不要嚷，把灯来照看，是老的？是少的？"

众人在灯下仔细打一认，却是个缢死的妇人。朱常道："你们把他颈里绳子快解掉了，扛下艄里去藏好。"众人道："老爹！这妇人正不知是甚人谋死的，我们如何却到去招揽是非？"朱常道："你莫管，我自有用处。"众人只得依他，解去麻绳，叫起看船的扛上船，藏在艄里，将平基盖好。朱常道："卜才，你回去，媳妇子叫五六个来。"卜才道："这二三十亩稻，勾什么砍，要这许多人去做甚？"朱常道："你只管叫来，我自有用处。"卜才不知是甚意见，即便提灯回去。不一时叫到，坐了一船，解缆开船，两人荡桨，离了镇上。众人问道："老爹载这东西去，有甚用处？"朱常道："如今去割稻，赵家定来拦阻，少不得有一场相打，到告状结杀。如今天赐这东西与我，岂不省了打官司！还有许多妙处。"众人道："老爹怎见省了打官司？又有何妙处？"朱常道："有了这尸首时，只消如此如此，这般这般，却不省了打官司，你们也有些财采。他若不见机，弄到当官，定然我们占个上风，可不好么？"众人都喜道："果然妙计！小人们怎省得？"正是：

算定机谋夸自己，安排圈套害他人。

这些人都是愚野村夫，晓得什么利害？听见家主说得都有财采，竟像瓮中取鳖，手到拿来的事，乐极了，巴不得赵家的人，这时便到船边来厮闹便好。银子既有得到手，官司又可以赢得，心急，发狠荡起桨来。这船恰像生了七八个翅膀一般，顷刻就飞到了。此时天色渐明，朱常教把船歇在空阔无人居住之处，离田头尚有一箭之路。众人都上了岸，寻出一条一股连一股断的烂草绳，将船缆在一颗草根上，只留一个人坐在船上看守，众男女都下田砟稻。朱常远远的立在岸上打探消耗，元来这地方叫做鲤鱼桥，离景德镇止有十里多远，再过去里许，又唤做太白村，乃南直隶徽州府婺源县所管。因是两省交界之处，人民错壤而居。与朱常争田这人名唤赵完，也是个大富之家，原是浮梁县人户，却住在婺源县地方，两县俱置得有田产。那争的田，止得三十余亩，乃赵完族兄赵宁的。先把来抵借了朱常银子，却又卖与赵完，恐怕出丑，就揽来佃种，两边影射了三四年。不想近日身死，故此两家相争。这稻子还是赵宁所种。

说话的，这田在赵完屋脚跟头，如何不先砟了，却留与朱常来割？看官有所不知，那赵完也是个强横之徒，看得自己大了，道这田是明中正契买族兄的，又在他的左近；朱常又是隔省人户，料必不敢来砟稻，所以放心托胆。那知朱常又是个专在虎头上做窠，要吃不怕死的魍魉，竟来放对。正在田中砟稻，蚤有人报知赵完。赵完道："这厮真是吃了大虫的心，豹子的胆，敢来我这里撩拨！想是来送死么！"儿子赵寿道："爹！自古道：来者不惧，惧者不来。也莫轻觑了他！"赵完问报人道："他们共有多少人在此?"答道:"十来个男子,六七个妇人。"赵完道:"既如此,也教妇人去。男对男,女对女,都拿回来,敲断他的孤拐子,连船都拔他上岸,那时方见我的手段。"即便唤起二十多人,十来个妇人,一个个粗脚大手,裸臂揎拳,如疾风骤雨而来。赵完父子随后来看。

且说众人远远的望着田中,便喊道:"偷稻的贼不要走!"朱常家人、媳妇,看见赵家有人来了,连忙住手,望河边便跑。到得岸旁,朱常连叫快脱衣服。众人一齐卸下,堆做一处,叫一个妇人看守,复身转来,叫道:"你来!你来!若打输与你,不为好汉!"赵完家有个雇工人,叫做田牛儿,自恃有些气力,抢先飞奔向前。朱家人见他势头来得勇猛,两边一闪,让他冲将过来,才让他冲进时,男子、妇人,一裹转来围住。田牛儿叫声:"来的好!"提起升箩般拳头,拣着个精壮村夫面上,一拳打去,只指望先打倒了一个硬的,其余便如摧枯拉朽了。谁知那人却也来得,拳到面上时,将头略偏一偏,这拳便打个空,刚落下来,就顺手牵羊,把拳留住。田牛儿摔脱不得,急起左拳来打,手尚未起,又被一人接住,两边扯开。田牛儿便施展不得。朱家人也不打他,推的推,扯的扯,到像八抬八绰一般,脚不点地,竟拿上船。那烂草绳系在草根上,有甚筋骨,初踏上船就断了。艄上人已预先将篙拦住,众人将田牛儿纳在舱中乱打。赵家后边的人,见田牛儿捉上船去,蜂拥赶上船抢人。朱常妇女都四散走开,放他上去。说时迟,那时快,拦篙的人一等赵家男子、妇人上齐船时,急掉转篙,望岸上用力一点,那船如箭一般,向河心中直荡开去。人众船轻,三四幌便翻将转来。两家男女四十多人,尽皆落水。这些妇人各自挣扎上岸,男子就在水中相打,纵横搅乱,激得水溅起来,恰如骤雨相似。把岸上看的人眼都耀花了,只叫莫打,有话上岸来说。

正打之间,卜才就人乱中,把那缢死妇人尸首,直揪过去,便喊起来道:"地方救护,赵家打死我家人了!"朱常同那六七个妇人,在岸边接应,一齐喊叫,其声震天动地。赵家的妇人,正绞挤湿衣,听得打死了人,带水而逃。水里的人，一个个吓得胆战心惊，正不知是那个打死的，巴不能攞脱逃走，被朱家人乘势追打，吃了老大的亏。挣上了岸，落荒逃奔。此时只恨父母少生了两只脚儿。朱家人欲要追赶，朱常止住道："如今不是相打的事了，且把尸首收拾起来，抬放他家屋里了再处。"众人把尸首拖到岸上，卜才认做妻子，假意啼啼哭哭。

朱常又教捞起船上篙桨之类，寄顿佃户人家。又对看的人道："列位地方邻里，都是亲眼看见，活打死的，须不是诬陷赵完，倘到官司时，少不得要相烦做个证见，但求实说罢了。"这几句是朱常引人来兜揽处和的话。此时内中若有个有力量的出来担当，不教朱常把尸首抬去赵家，说和这事，也不见得后来害许多人的性命。只因赵完父子，平日是个难说话的，恐怕说而不听，反是一场没趣。况又不晓得朱常心中是甚样个意儿，故此并无一人招揽。朱常见无人招架，教众人穿起衣服，把尸首用芦席卷了，将绳索络好，四个扛着，望赵完家来。看的人随后跟来，观看两家怎地结局。正是：

铜盆撞了铁扫帚，恶人自有恶人磨。

且说赵完父子随后走来，远望着自家人追赶朱家的人，心中欢喜。渐渐至近，只见妇女、家人，浑身似水，都像落汤鸡一般，四散奔走。赵完惊讶道："我家人多，如何反被他们打下水去？"急那步上前。众人看见，乱喊道："阿爹不好了！快回去罢。"赵寿道："你们怎地恁般没用？都被打得这模样！"众人道："打是小事，只是他家死了人，却怎处？"赵完听见死了个人，吓得就酥了半边，两只脚就像钉了，半步也行不动。赵寿与田牛儿，两边挟着胳膊而行，扶至家中坐下，半响方才开言，问道："如何就打死了人？"众人把相打翻船的事，细说一遍。又道："我们也没有打妇人，不知怎地死了？想是淹死的。"赵完心中没了主意，只叫："这事怎好？"那时合

醒世恒言 385

家老幼,都丛在一堆,人人心中惊慌。正说之间,人进来报:"朱家把尸首抬来了。"赵完又吃这一吓,恰像打坐的禅和子,急得身色一毫不动。

自古道:物极则反,人急计生。赵寿忽地转起一念,便道:"爹莫慌!我自有对付他的计较在此。"便对众人道:"你们都向外边闪过,让他们进来之后,听我鸣锣为号,留几个紧守门口,其余都赶进来拿人,莫教走了一个。解到官司,见许多人白日抢劫,这人命自然从轻。"众人得了言语,一齐转身。赵完恐又打坏了人,分付:"只要拿人,不许打人!"众人应允,一阵风出去。赵寿只留了一个心腹义孙赵一郎道:"你且在此。"又把妇女妻小打发进去,分付:"不要出来!"赵完对儿子道:"虽然告他白日打抢,总是人命为重,只怕抵当不过。"赵寿走到耳根前,低低道:"如今只消如此这般。"赵完听了大喜,不觉身子就健旺起来,乃道:"事不宜迟,快些停当!"

赵寿先把各处门户闭好,然后寻了一把斧头,一个棒槌,两扇板门,都已完备,方教赵一郎到厨下叫出一个老儿来。那老儿名唤丁文,约有六十多岁,原是赵完的表兄,因有了个懒黄病,吃得做不得,却又无男无女,捱在赵完家烧火,博口饭吃。当下那老儿不知头脑,走近前问道:"兄弟有甚话?"赵完还未答应,赵寿闪过来,提起棒槌,看正太阳,便是一下。那老儿只叫得声:"阿呀!"翻身跌倒。赵寿赶上,又复一下,登时了帐。当下赵寿动手时,以为无人看见,不想田牛儿的娘田婆,就住在赵完宅后,听见打死了人,恐是儿子打的,心中着急,要寻来问个仔细,从后边走出,正撞着赵寿行凶。吓得蹲倒在地,便立不起身。口中念声:"阿弥陀佛!青天白日,怎做这事!"赵完听得,回头看了一看,把眼向儿子一颠,赵寿会意,急赶近前,照顶门一棒槌打倒,脑浆鲜血一齐喷出。还怕不死,又向肋上三四脚,眼见得不能勾活了。只因这一文钱上起,又送了两条性命。正是:

　　　　　耐心终有益，任意定生灾。

　　且说赵一郎起初唤丁老儿时，不道赵寿怀此恶念，蓦见他行凶，惊得只缩到一壁角边去。丁老儿刚刚完事，接脚又撞个田婆来凑成一对，他恐怕这第三棒椎轮到头上，心下着忙，欲待要走，这脚上却像被千百斤石头压住，那里移得动分毫。正在慌张，只见赵完叫道："一郎快来帮一帮！"赵一郎听见叫他相帮，方才放下肚肠，挣扎得动，向前帮赵寿拖这两个尸首，放在遮堂背后，寻两扇板门压好，将遮堂都起浮了窠臼。又分付赵一郎道："你切不可泄漏，待事平了，把家私分一股与你受用。"赵一郎道："小人靠阿爹洪福过日的，怎敢泄漏？"刚刚停当，外面人声鼎沸，朱家人已到了。赵完三人退入侧边一间屋里，掩上门儿张看。

　　且说朱常引家人、媳妇，扛着尸首赶到赵家，一路打将进去。直到堂中，见四面门户紧闭，并无一个人影。朱常教："把尸首居中停下，打到里边去，拿赵完这老亡八出来，锁在死尸脚上！"众人一齐动手，乒乒乓乓将遮堂乱打，那遮堂已是离了窠臼，不消几下，一扇扇都倒下去，尸首上又压上一层。众人只顾向前，那知下面有物。赵寿见打下遮堂，把锣筛起。外边人听见，发声喊，抢将入来。朱常听得筛锣，只道有人来抢尸首，急掣身出来，众人已至堂中，两下你揪我扯，搅做一团，滚做一块。

　　里边赵完三人大喊："田牛儿！你母亲都被打死了，不要放走了人！"田牛儿听见，急奔来问："我母亲如何却在这里？"赵完道："他刚同丁老官走来问我，遮堂打下，压死在内。我急走得快，方逃得性命。若迟一步儿，这时也不知怎地了！"田牛儿与赵一郎将遮堂搬开，露出两个尸首。田牛儿看娘时，头已打开，脑浆鲜血满地，放声大哭。朱常听见，只道还是假的，急抽身一望，果然有两个尸首，着了忙，往外就跑。这些家人、媳妇，见家主走了，各要攞脱逃走，一路揪扭打将出来。那知门口有人把住，一个也走不脱，都被拿住。赵完只叫："莫打坏了人！"故此朱常等不十分吃亏。赵寿取出链子绳索，男子、妇女锁做一堂。田牛儿痛哭了一回，心中忿怒，跳起身道："我把朱常这狗忘八，照依母亲打死罢了！"赵完拦住道："不可！不可！如今自有官法究治了，你打死他做甚？"教众人扯过一边。此时已哄动远近村坊，地方邻里，无有不到赵家观看。赵完留到后边，备起酒席款待，要众人具个白昼劫杀公呈。那些人都是赵完的亲戚佃户、雇工人等，谁敢不依。

　　赵完连夜装起四五只大船，载了地邻干证人等，把两只将朱常一家人锁缚在舱里。行了一夜，方到婺源县中。候大尹蚤衙升堂，地方人等先将呈子具上。这大尹展开，观看一过，问了备细，即差人押着地方并尸亲赵完、田牛儿、卜才前去，将三个尸首盛殓了，吊来相验。朱常一家人，都发在铺里羁候。那时朱常家中，自有佃户报知，儿子朱太星夜赶来看觑，自不必说。有句俗语道得好：官无三日急。那尸棺便吊到了，这大尹如何就有工夫去相验？隔了半个多月，方才出牌，着地方备办登场法物，铺中取出朱常一干人，都到尸场上。仵作人逐一看报道："丁文太阳有伤，周围二寸有余，骨头粉碎。田婆脑门打开，脑髓漏尽，右肋骨踢折三根。二人实系打死。卜才妻子颈下有缢死绳痕，遍身别无伤损，此系缢死是实。"

　　大尹见报，心中骇异道："据这呈子上，称说船翻落水身死，如何却是缢死的？"朱常就禀道："爷爷！众耳众目所见，如何却是缢死的？这明明仵作人得了赵完银子，妄报老爷！"大尹恐怕赵完将别个尸首颠换了，便唤卜才："你去认这尸首，正是你妻子的么？"卜才上前一认，回复道："正是小人妻子！"大尹道："是昨日登时死的？"卜才道："是。"大尹问了详细，自走下来，把三个尸首逐一亲验，仵作人所报不差，暗称奇怪！分付把棺木盖上封好，带到县里来审。

　　大尹在轿上，一路思想，心下明白。回县坐下，发众犯都跪在仪门外，单唤朱常上去，道："朱常，你不但打死赵家二命，连这妇人，也是你谋死的。须从实招来。"朱常道："这是家人卜才的妻子余氏，实被赵完打下水死的，地方上人，都是见的，如何反是小人谋死？爷爷若不信，只问卜才便见明白。"大尹喝道："胡说！这卜才乃你一路之人，我岂不晓得！敢在我面前支吾！夹起来。"

众皂隶一齐答应上前，把朱常鞋袜去了，套上夹棍，便喊起来。那朱常本是富足之人，虽然好打官司，从不曾受此痛苦，只得一一吐实："这尸首是浮梁江口不知何人撇下的。"大尹录了口词，叫跪在丹墀下。又唤卜才进来，问道："死的妇人果是你妻子么？"卜才道："正是小人妻子。"大尹道："既是你妻子，如何把他谋死了，诈害赵完？"卜才道："爷爷！昨日赵完打下水身死，地方上人都看见的。"大尹把气拍在桌上一连七八拍，大喝道："你这该死的奴才！这是谁家的妇人，你冒认做妻子，诈害别人！你家主已招称，是你把他谋死。还敢巧辩，快夹起来！"卜才见大尹像道士打灵牌一般，把气拍一片声乱拍乱喊，将魂魄都惊落了。又听见家主已招，只得禀道："这都是家主教小人认作妻子，并不干小人之事。"大尹道："你一一从实细说。"卜才将下船遇见尸首，定计诈赵完前后事细说一过，与朱常无二。

大尹已知是实，又问道："这妇人虽不是你谋死，也不该冒认为妻，诈害平人。那丁文、田婆却是你与家主打死的，这须没得说。"卜才道："爷爷！其实不曾打死，就夹死小人，也不招的。"大尹也教跪在丹墀。又唤赵完并地方来问，都执朱常扛尸到家，乘势打死。大尹因朱常造谋诈害赵完事实，连这人命也疑心是真，又把朱常夹起来。朱常熬刑不起，只得屈招。大尹将朱常、卜才各打四十，拟成斩罪，下在死囚牢里。其余十人，各打二十板，三个充军，七个徒罪，亦各下监。六个妇人，都是杖罪，发回原籍。其田断归赵完，代赵宁还原借朱常银两。又行文关会浮梁县，查究妇人尸首来历。

那朱常初念，只要把那尸首做个媒儿，赵完怕打人命官司，必定央人兜收私处，这三十多亩田，不消说起归他，还要扎诈一注大钱，故此用这一片心机。谁知激变赵寿做出没天理事来对付，反中了他计。当下来到牢里，不胜懊悔，想道："这番若不遇这尸首，也不见得到这地位！"正是：

蚤知更有强中手，却悔当初枉用心。

朱常料道此处定难翻案，叫儿子分付道："我想三个尸棺，必是钉稀板薄，交了春气，自然腐烂。你今先去会了该房，捺住关会文书。回去教妇人们莫要泄漏这缢死尸首消息。一面向本省上司去告准，捱至来年四五月间，然后催关去审，那时烂没了缢死绳痕，好与他白赖。一事虚了，事事皆虚，不愁这死罪不脱！"朱太依了父亲，前去行事，不在话下。

却说景德镇卖酒王公家小二因相帮撇了尸首，指望王公些东西，过了两三日，却不见说起。小二在口内野唱，王公也不在其意。又过了几日，小二不见动静，心中焦躁，忍耐不住，当面明明说道："阿公，前夜那话儿，亏我把去出脱了还好；若没我时，到天明地方报知官司，差人出来相验，饶你硬挣，不使酒钱，也使茶钱。就拌上十来担涎吐，只怕还不得干净哩！如今省了你许多钱钞，怎么竟不说起谢我？"大凡小人度量极窄，眼孔最浅，偶然替人做件事儿，微幸得效，便道是天大功劳，就来挟制那人，责他厚报；稍不遂意，便把这事翻局来害，往往人家用错了人，反受其累。譬如小二不过一时用得些气力，便想要王公的银子。那王公若是个知事的，不拘多寡与他些也就罢了；谁知王公又是舍不得一文钱的悭吝老儿，说着要他的钱，恰像割他身上的肉，就面红颈赤起来了。

当下王公见小二要他银子，便发怒道："你这人忒没理！吃黑饭，护漆柱[①]。吃了我家的饭，得了我的工钱，便是这些小事，略走得几步，如何就要我钱？"小二见他发怒，也就嚷道："嗏呀！就不把我，也是小事，何消得喉急？用得我着，方吃得你的饭，赚得你的钱，须不是白把我用的。还有一句话，得了你工钱，只做得生活，原不曾说替你拽死尸的。"王婆便走过来道："你这蛮子，真个急懒！自古道：茄子也让三分老。怎么一个老人家，全没些尊卑，一般样与他争嚷。"小二道："阿婆！我出了力，不把银子与我，反发喉急，怎不要嚷？"王公道："什么是我谋死的，要诈我钱！"小二道："虽不是你谋死，便是擅自移尸，也须有个罪名。"王公道："你到去首了我来。"小二道："要我首也不难，只怕你当不起这大门户。"王公赶上前道："你去首，我不怕。"望外劈颈就揪。那小二不曾提防，捉脚不定，翻筋斗直跌出门外，磕碎了脑后，鲜血直淌。小二跌毒了，骂道："老忘八！亏了我，反打我！"就地下拾起一块砖来，望王公掷去。谁知数合当然，这砖不歪不斜，恰恰正中王公太阳，一交跌倒，再不则声。

王婆急上前扶时，只见口开眼定，气绝身亡。跌脚叫苦，便哭起天来。只因这一文钱上，又送一条性命。总为惜财丧命，方知财命相连。小二见王公死了，爬起来就跑。王婆喊叫邻里赶上拿转，锁在王公脚上。问王婆因甚事起，王婆一头哭，一头将前情说出，又道："烦列位与老身作主则个！"众人道："这厮元来恁地可恶！先教他吃些痛苦，然后解官。"三四个邻佑走上前，一顿拳头脚尖，打得半死，方才住手。教王婆关闭门户，同到县中告状。此时纷纷传说，远近人都来观看。

且说丘乙大正访问妻子尸首不着，官司难结，心思气闷。这一日闻得小二打王公的根由，想道："这妇女尸首，莫不就是我妻子么？"急走来问，见王婆锁门要去告状。丘乙大上前问了详细，计算日子，正是他妻子出门这夜，便道："怪道我家妻子尸首，当朝就不见踪影，原来却是你们撇

[①] 吃黑饭，护漆柱：黑饭、漆柱，都是黑色的，比喻不明白道理，黑心眼。

掉了。如今有了实据，绰板婆却白赖不过了，我同你们见官去！"当下一干人牵了小二，直到县里。

次早大尹升堂，解将进去。地方将前后事细禀，大尹又唤王婆问了备细。小二料道情真难脱，不待用刑，从实招承。打了三十，问成死罪，下在狱中。丘乙大禀说妻子被刘三旺谋死，正是此日，这尸首一定是他撇下的。证见已确，要求审结。此时婺源县知会文书未到，大尹因没有尸首，终无实据，原发落出去寻觅。再说小二，初时已被邻里打伤，那顿板子，又十分利害。到了狱中，没有使用，又遭一顿拳脚，三日之间，血崩身死。为这一文钱起，又送一条性命。

只因贪白镪，番自丧黄泉。

且说丘乙大从县中回家，正打白铁门首经过，只听得里边叫天叫地的啼哭。原来白铁自那夜担着惊恐，出脱这尸首，冒了风寒，回家上得床，就发起寒热，病了十来日，方才断命，所以老婆啼哭。眼见为这一文钱，又送一条性命。正是：

化为阴府惊心鬼，失却阳间打铁人。

丘乙大闻知白铁已死，叹口气说："恁般一个好汉，有得几日，却又了帐，可见世人真是没根的！"走到家里，单单止有这个小厮，鬼一般缩在半边，要口热水，也不能勾。看了那样光景，方懊悔前日逼勒老婆，做了这件拙事。如今又弄得不尴不尬，心下烦恼，连生意也不去做，终日东寻西觅，并无尸首下落。看看捱过残年，又蚤五月中旬。那时朱常儿子朱太已在按院告准状词，批在浮梁县审问，行文到婺源县关提人犯尸棺。起初朱太还不上紧，到了五月间，料得尸首已是腐烂，大大送个东道与婺源县该房，起文关解。那赵完父子因婺源县已经问结，自道没事，毫无畏惧，抱卷赴理。两县解子领了一干人犯，三具尸棺，直至浮梁县当堂投递。大尹将人犯羁禁，尸棺发置官坛候检，打发婺源回文，自不必说。

不则一日，大尹吊出众犯，前去相验。那朱太合衙门通买嘱了，要胜赵完。大尹到尸场上坐下，赵完将浮梁县案卷呈上。大尹看了，对朱常道："你借尸扎诈，打死二命，事已问结，如何又告？"朱常禀道："爷爷！赵完打余氏落水身死，众目共见；却买嘱了地邻仵作，妄报是缢死的。那丁文、田婆，自己情慌，谋害抵饰，硬诬小人打死。且不要论别件，但据小人主仆俱被拿住，赵家是何等势力，却容小人打死二命？况死的俱是七十多岁，难道恁地不知利害，只拣垂死之人来打？爷爷推详这上，就见明白。"大尹道："既如此，当时怎就招承？"朱常道："那赵完衙门情熟，用极刑拷逼，若不屈招，性命已不到今日了。"赵完也禀道："朱常当日倚仗假尸，逢着的便打，合家躲避。那丁文、田婆年老，奔走不及，故此遭了毒手。假尸缢死绳痕，是婺源县太爷亲验过的，岂是仵作妄报！如今日久腐烂，巧言诳骗爷爷，希图漏网反陷。但求细看招卷，曲直立见。"大尹道："这也难凭你说。"即教开棺检验。

天下有这等作怪的事？只道尸首经了许多时，已腐烂尽了，谁知都一毫不变，宛然如生。那杨氏颈下这条绳痕，转觉显明，倒教仵作人没做理会。你道为何？他已得了朱常钱财，若尸首烂坏了，好从中作弊，要出脱朱常，反坐赵完。如今伤痕见在，若虚报了，恐大尹还要亲验。实报了，如何得朱常银子？正在踌躇，大尹蚤已瞧破，就走下来亲验。那仵作人被大尹监定，不敢隐匿，一一实报。朱常在傍暗暗叫苦。大尹将所报伤处，将卷对看，分毫不差，对朱常道："你所犯已实，怎么又往上司诳告？"朱常又苦苦分诉。大尹怒道："还要强辨！夹起来！快说这缢死妇人是那里来的？"朱常受刑不过，只得招出："本日蚤起，在某处河沿边遇见，不知是何人撇下。"那大尹极有记性，忽地想起："去年丘乙大告称，不见了妻子尸首；后来卖酒王婆告小二打死王公，也称是日抬尸首撇在河沿上起衅。至今尸首没有下落，莫不就是这个么？"暗记在心。当下将朱常、卜才都责三十，照旧死罪下狱，其余家人减徒召保。赵完等发落宁家，不题。

且说大尹回到县中，吊出丘乙大状词，并王小二那宗案卷查对，果然日子相同，撇尸地处一般，更无疑惑。即着原差，唤到丘乙大、刘三旺干证人等，监中吊出绰板婆孙氏，齐到尸场认看。此时正是五月天道，监中瘟疫大作，那孙氏刚刚病好，还行走不动，刘三旺与再旺扶挟而行。到了尸场上，仵作揭开棺盖，那丘乙大认得老婆尸首，放声号恸，连连叫道："正是小人妻子！"干证地邻也道："正是杨氏！"大尹细细鞫问致死情繇，丘乙大咬定："刘三旺夫妻登门打骂，受辱不过，以致缢死。"刘三旺、孙氏，又苦苦折辩。地邻俱称是孙氏起衅，与刘三旺无干。大尹喝教将孙氏拶起。那孙氏是新病好的人，身子虚弱，又行走这番，劳碌过度，又费唇费舌折辩，渐渐神色改变。经着拶子，疼痛难忍，一口气收不来，翻身跌倒，呜呼哀哉！只因这一文钱上起，又送一条性命。正是：

地狱又添长舌鬼，相骂今无绰板声。

大尹看见，即令放拶。刘三旺向前叫喊，喊破喉咙，也唤不转。再旺在旁哀哀啼哭，十分凄惨。大尹心中不忍，向丘乙大道："你妻子与孙氏角口而死，原非刘三旺拳手相交。今孙氏亦亡，足以抵偿。今后两家和好，尸首各自领归埋葬，不许再告，违者定行重治。"众人叩首依命，各领尸首埋葬。不在话下。

再说朱常、卜才下到狱中，想起枉费许多银两，反受一场刑杖，心中气恼，染起病来，却又沾着瘟气，二病夹攻，不勾数日，双双而死。只因这一文钱上起，又送两条性命。未诈他人，先损自己。

说话的，我且问你：朱常生心害人，尚然得个丧身亡家之报；那赵完父子活活打死无辜二人，又诬陷了两条性命，他却漏网安享，可见天理原有报不到之处。看官，你可晓得，古老有几句言语么？是那几句？古语道："善有善报，恶有恶报。不是不报，时辰未到。"那天公算子，一个个记得明白。古往今来，曾放过那个？这赵完父子漏网受用，一来他的顽福未尽；二来时候不到；三来小子只有一张口，没有两副舌，说了那边，便难顾这边，少不得逐节儿还你个报应。

闲话休题。且说赵完父子，又胜了朱常，回到家中，亲戚邻里，齐来作贺，吃了好几日酒。又过数日，闻得朱常、卜才俱已死了，一发喜之不胜。田牛儿念着母亲暴露，领归埋葬不题。时光迅速，不觉又过年余。原来赵完年纪虽老，还爱风月，身边有个偏房，名唤爱大儿。那爱大儿生得四五分颜色，乔乔画画，正在得趣之时。那老儿虽然风骚，到底老人家，只好虚应故事，怎能勾满其所欲？看见义孙赵一郎，身材雄壮，人物乖巧，尚无妻室，到有心看上了。常常走到厨房下，捱肩擦背，调嘴弄舌。你想世上能有几个坐怀不乱的鲁男子，妇人家反去勾搭，他可有不肯之理。两下眉来眼去，不则一日，成就了那事。彼此俱在少年，犹如一对饿虎，那有个饱期，捉空就闪到赵一郎房中偷一手儿。那赵一郎又有些本领，弄得这婆娘体酥骨软，魄散魂销，恨不时刻并做一块。

约莫串了半年有余，一日，爱大儿对赵一郎说道："我与你虽然快活了这几多时，终是碍人耳目，心忙意急，不能勾十分尽兴。不如悄地逃往远处，做个长久夫妻。"赵一郎道："小娘子若真肯跟我，就在此可以做得夫妻，何必远去。"爱大儿道："你便是我心上人了，有甚假意？只是怎地在此就做得夫妻？"赵一郎道："向年丁老官与田婆，都是老爹与大官人自己打死，诈赖朱家的。当时教我相帮他扛抬，曾许事完之日，分一分家私与我。那个棒槌，还是我藏好。一向多承小娘子相爱，故不说起。你今既有此心，我与老爹说，先要了那一分家私，寻个所在住下；然后再央人说，要你为配，不怕他不肯。他若舍不得，那时你悄地径自走了出来，他可敢道个不字么？设或不达时务，便报与田牛儿，同去告官，教他性命也自难保。"爱大儿闻言，不胜欢喜，道："事不宜迟，作速理会！"说罢，闪出房去。

次日，赵一郎探赵完独自个在堂中闲坐，上前说道："向日老爹许过事平之后，分一股家私与我。如今朱家了帐已久，要求老爹分一股儿，自去营运。"赵完答道："我晓得了。"再过一日，赵一郎转入后边，遇着爱大儿，递个信儿道："方才与老爹说了，娘子留心察听，看可像肯的。"爱大儿点头会意，各自开去不题。

且说赵完叫赵寿到一个厢房中去，将门掩上，低低把赵一郎说话，学与儿子，又道："我一时含糊应了他，如今还是怎地计较？"赵寿道："我原是哄他的甜话，怎么真个就做这指望？"老儿道："当初不合许出了，今若不与他些，这点念头，如何肯息？"赵寿沉吟了一回，又生起歹念，乃道："若引惯了他，做了个月月红，倒是无了无休的诈端。想起这事，止有他一个晓得，不如一发除了根，永无挂虑！"那老儿若是个有仁心的，劝儿子休了这念，胡乱与他些小东西，或者免得后来之祸，也未可知。千不合，万不合，却说道："我也有这念头，但没个计策。"赵寿道："有甚难处，明日去买些砒礵，下在酒中，到晚灌他一醉，怕道不就完事。外边人都晓得平日将他厚待的，决不疑惑！"赵完欢喜，以为得计。他父子商议，只道神鬼不知，那晓得却被爱大儿瞧见，料然必说此事，悄悄走来覆在壁上窥听。虽则听着几句，不当明白，恐怕出来撞着，急闪入去。欲要报与赵一郎，因听得不甚真切，不好轻事重报。心生一计，到晚间，把那老儿多劝上几杯酒，吃得醉熏熏，到了床上，爱大儿反抱定了那老儿撒娇撒痴，淫声浪语。这老儿迷魂了，乘着酒兴，未免做些没正经事体。方在酣美之时，爱大儿道："有句话儿要说，恐气坏了你，不好开口。若不说，又气不过。"

这老儿正顽得气喘呼呼，借那句话头，就停住了，说道："是那个冲撞了你？如此着恼！"爱大儿道："叵耐一郎这厮，今早把风话撩拨我，我要扯他来见你，倒说：'老爹和大官人性命都还在我手里，料道也不敢难为我.'不知有甚缘故,说这般满话。倘在外人面前,也如此说,必疑我家做甚不公不法勾当,可不坏了名声?那样没上下的人,怎生设个计策摆布死了,也省了后患。"那老儿道:"元来这厮恁般无礼!不打紧,明晚就见功效。"爱大儿道:"明晚怎地就见功效?"那老儿也是合当命尽,将要药死的话,一五一十说出。那婆娘得了实言,次早闪来报知赵一郎。赵一郎闻言,吃那惊不小,想道:"这样反面无情的狠人!倒要害我性命,如何饶得他过?"摸了棒槌,锁上房门,急来寻着田牛儿,把前事说与。田牛儿怒气冲天,便要赶去厮闹。赵一郎止住道:"若先嚷破了,反被他做了准备。不如竟到官司,与他理论。"田牛儿道:"也说得是。还到那一县去?"赵一郎道:"当初先在婺源县告起,这大尹还在,原到他县里去。"

那太白村离县止有四十余里,二人拽开脚步,直跑至县中。正好大尹早堂未退,二人一齐喊叫。大尹唤入,当厅跪下,却没有状词,只是口诉。先是田牛儿哭禀一番,次后赵一郎将赵寿打死丁文、田婆,诬陷朱常、卜才情繇细诉,将行凶棒槌呈上。大尹看时,血痕虽干,鲜明如昨。乃道:"既有此情,当时为何不首?"赵一郎道:"是时因念主仆情分,不忍出首。如今恐小人泄漏,昨日父子计议,要在今晚将毒药鸩害小人,故不得不来投生。"大尹道:"他父子私议,怎地你就晓得?"赵一郎急遽间,不觉吐出实话,说道:"亏主人偏房爱大儿报知,方才晓得。"大尹道:"你主人偏房,如何肯来报信?想必与你有奸么?"赵一郎被道破心事,脸色俱变,强词抵赖。大尹道:"事已显然,不必强辨。"即差人押二人去拿赵完父子,并爱大儿前来赴审。到得太白村,天已昏黑,田牛儿留回家歇宿,不题。

且说赵寿早起就去买下砒礵,却不见了赵一郎,问家中上下,都不知道。父子虽然有些疑惑,那个虑到爱大儿泄漏。次日清晨,差人已至,一索捆翻,拿到县中。赵完见爱大儿也拿了,还错认做赵一郎调戏他不从,因此牵连在内。直至赵一郎说出,报他谋害情由,方知向来有奸,懊悔失言。两下辨论一番,不肯招承。怎当严刑锻炼,疼痛难熬,只得一一细招。

大尹因害了四命，情理可恨，赵完父子，各打六十，依律处斩。赵一郎奸骗主妾，背恩反噬；爱大儿通同奸夫，谋害亲夫，各责四十，杂犯死罪，齐下狱中。田牛儿释放回家。一面备文申报上司，具疏题请。

不一日，刑部奉旨，倒下号札，四人俱依拟秋后处决。只因这一文钱上，又断送了四条性命。虽然是冤各有头，债各有主，若不因那一文钱争闹，杨氏如何得死？没有杨氏的死尸，朱常这诈害一事，也就做不成了。总为这一文钱起，共害了十三条性命。这段话叫做《一文钱小隙造奇冤》。奉劝世人，舍财忍气为上。有诗为证：

相争只为一文钱，小隙谁知奇祸连！
劝汝舍财兼忍气，一生无事得安然。

初刻拍案惊奇

〔明〕凌濛初 著

作者自叙

语有之:"少所见,多所怪。"今之人,但知耳目之外,牛鬼蛇神之为奇。而不知耳目之内,日用起居,其为谲诡幻怪非可以常理测者固多也。昔华人至异域,异域咤以牛粪金;随诘华之异者,则曰:"有虫蠕蠕,而吐为彩缋锦绮,衣被天下。"彼舌挢而不信,乃华人未之或奇也。则所谓必向耳目之外,索谲诡幻怪以为奇,赘矣。

宋元时,有小说家一种,多采闾巷新事为宫闱承应谈资。语多俚近,意存劝讽;虽非博雅之派,要亦小道可观。近世承平日久,民佚志淫。一二轻薄恶少,初学拈笔,便思污蔑世界,广摭诬造。非荒诞不足信,则褻秽不忍闻。得罪名教,种业来生,莫此为甚!而且纸为之贵,无翼飞,不胫走。有识者为世道忧之,以功令厉禁,宜其然也。

独龙子犹氏所辑《喻世》等诸言,颇存雅道,时著良规,一破今时陋习。而宋元旧种,亦被搜括殆尽。肆中人见其行世颇捷,意余当别有秘本,图出而衡之。不知一二遗者,皆其沟中之断芜。略不足陈已。因取古今来杂碎事可新听睹、佐谈谐者,演而畅之,得若干卷。其事之真与饰,名之实与赝,各参半。文不足征,意殊有属。凡耳目前怪怪奇奇,当亦无所不有,总以言之者无罪,闻之者足以为戒,则可谓云尔已矣。若谓此非今小史家所奇,则是舍吐丝蚕而问粪金牛,吾恶乎从罔象索之?

即空观主人题于浮樽

转运汉遇巧洞庭红　波斯胡指破鼍龙壳

　　日日深杯酒满，朝朝小圃花开。自歌自舞自开怀，且喜无拘无碍。青史几番春梦，红尘多少奇才。不须计较与安排，领取而今见在。

　　这首词乃宋朱希真所作，词寄《西江月》。单道着人生功名富贵，总有天数，不如图一个见前快活。试看往古来今，一部十七史[①]中，多少英雄豪杰，该富的不得富，该贵的不得贵。能文的倚马千言，用不着时，几张纸盖不完酱瓿。能武的穿杨百步，用不着时，几竿箭煮不熟饭锅。极至那痴呆懵董生来的有福分的，随他文学低浅，也会发科发甲，随他武艺庸常，也会大请大受。真所谓时也，运也，命也。俗语有两句道得好："命若穷，掘得黄金化作铜；命若富，拾着白纸变成布。"总来只听掌命司颠之倒之。所以吴彦高[②]又有词云：

　　　　造化小儿无定据，翻来覆去，倒横直竖，眼见都如许。

　　僧晦庵亦有词云：

---

① 十七史：一般指《史记》《汉书》《后汉书》《三国志》《晋书》《宋书》《南齐书》《梁书》《陈书》《魏书》《北齐书》《周书》《隋书》《南史》《北史》《新唐书》《新五代史》这十七部史书。
② 吴彦高：即吴激。宋、金之交的书画家，字彦高，自号东山散人，建州（今福建建瓯）人。北宋宰相吴栻之子，书画家米芾之婿，善诗文书画，所作词风格清婉，多家园故国之思，与蔡松年齐名，时称"吴蔡体"。

谁不愿黄金屋？谁不愿千钟粟？算五行不是这般题目。枉使心机闲计较，儿孙自有儿孙福。

苏东坡亦有词云：

蜗角虚名，蝇头微利，算来着甚干忙？事皆前定，谁弱又谁强？

这几位名人说来说去，都是一个意思。总不如古语云："万事分已定，浮生空自忙。"说话的，依你说来，不须能文善武，懒惰的也只消天掉下前程；不须经商立业，败坏的也只消天挣与家缘。却不把人间向上的心都冷了？看官有所不知，假如人家出了懒惰的人，也就是命中该贱；出了败坏的人，也就是命中该穷，此是常理。却又自有转眼贫富出人意外，把眼前事分毫算不得准的哩。

且听说一人，乃宋朝汴京人氏，姓金，双名维厚，乃是经纪行中人。少不得朝晨起早，晚夕眠迟，睡醒来，千思想，万算计，拣有便宜的才做。后来家事挣得从容了，他便思想一个久远方法：手头用来用去的，只是那散碎银子，若是上两块头好银，便存着不动。约得百两，便熔成一大锭，把一综红线结成一条，系在锭腰，放在枕边。夜来摩弄一番，方才睡下。积了一生，整整熔成八锭，以后也就随来随去，再积不成百两，他也罢了。

金老生有四子。一日，是他七十寿旦，四子置酒上寿。金老见了四子跻跻跄跄，心中喜欢。便对四子说道："我靠皇天覆庇，虽则劳碌一生，家事尽可度日。况我平日留心，有熔成八大锭银子永不动用的，在我枕边，见将绒线做对儿结着：今将拣个好日子分与尔等，每人一对，做个镇家之宝。"四子喜谢，尽欢而散。

是夜金老带些酒意，点灯上床，醉眼模糊，望去八个大锭，白晃晃排在枕边。摸了几摸,哈哈地笑了一声,睡下去了。睡未安稳,只听得床前有人行走脚步响,心疑有贼。又细听着,恰象欲前不前相让一般。床前灯火微明,揭帐一看,只见八个大汉身穿白衣,腰系红带,曲躬而前,曰:"某等兄弟,天数派定,宜在君家听令。今蒙我翁过爱,抬举成人,不烦役使,珍重多年,冥数将满。待翁归天后,再觅去向。今闻我翁目下将以我等分役诸郎君。我等与诸郎君辈原无前缘,故此先来告别,往某县某村王姓某者投托。后缘未尽,还可一面。"语毕,回身便走。

　　金老不知何事,吃了一惊。翻身下床,不及穿鞋,赤脚赶去。远远见八人出了房门。金老赶得性急,绊了房槛,扑的跌倒。飒然惊醒,乃是南柯一梦。急起挑灯明亮,点照枕边,已不见了八个大锭。细思梦中所言,句句是实。叹了一口气,哽咽了一会,道:"不信我苦积一世,却没分与儿子每受用,倒是别人家的。明明说有地方姓名,且慢慢跟寻下落则个。"一夜不睡。次早起来,与儿子每说知。儿子中也有惊骇的,也有疑惑的。惊骇的道:"不该是我们手里东西,眼见得作怪。"疑惑的道:"老人家欢喜中说话,失许了我们,回想转来,一时间就不割舍得分散了,造此鬼话,也不见得。"

　　金老见儿子每疑信不等,急急要验个实话。遂访至某县某村,果有王姓某者。叩门进去,只见堂前灯烛荧煌,三牲福物,正在那里献神。金老便开口问道:"宅上有何事如此?"家人报知,请主人出来。主人王老见金老,揖坐了,问其来因。金老道:"老汉有一疑事,特造上宅来问消息。今见上宅正在此献神,必有所谓,敢乞明示。"王老道:"老拙偶因寒荆小恙买卜,先生道移床即好。昨寒荆病中,恍惚见八个白衣大汉,腰系红束,对寒荆道:'我等本在金家,今在彼缘尽,来投身宅上。'言毕,俱钻入床下。寒荆惊出了一身冷汗,身体爽快了。及至移床,灰尘中得银八大锭,多用红绒系腰,不知是那里来的。此皆神天福佑,故此买福物酬谢。今我丈来问,莫非晓得些来历么?"

初刻拍案惊奇　403

金老跌跌脚道："此老汉一生所积，因前日也做了一梦，就不见了。梦中也道出老丈姓名居址的确，故得访寻到此。可见天数已定，老汉也无怨处，但只求取出一看，也完了老汉心事。"王老道："容易。"笑嘻嘻地走进去，叫安童四人，托出四个盘来。每盘两锭，多是红绒系束，正是金家之物。金老看了，眼睁睁无计所奈，不觉扑簌簌吊下泪来。抚摩一番道："老汉直如此命薄，消受不得！"王老虽然叫安童仍旧拿了进去，心里见金老如此，老大不忍。另取三两零银封了，送与金老作别。金老道："自家的东西尚无福，何须尊惠！"再三谦让，必不肯受。

王老强纳在金老袖中，金老欲待摸出还了，一时摸个不着，面儿通红。又被王老央不过，只得作揖别了。直至家中，对儿子每一一把前事说了，大家叹息了一回。因言王老好处，临行送银三两。满袖摸遍，并不见有，只说路中掉了。却元来金老推逊时，王老往袖里乱塞，落在着外面的一层袖中。袖有断线处，在王老家摸时，已在脱线处落出门槛边了。客去扫门，仍旧是王老拾得。可见一饮一啄，莫非前定。不该是他的东西，不要说八百两，就是三两也得不去。该是他的东西，不要说八百两，就是三两也推不出。原有的倒无了，原无的倒有了，并不由人计较。

而今说一个人，在实地上行，步步不着，极贫极苦的，却在渺渺茫茫做梦不到的去处，得了一主没头没脑的钱财，变成巨富。从来稀有，亘古新闻。有诗为证，诗曰：

> 分内功名匣里财，不关聪慧不关呆。
> 果然命是财官格，海外犹能送宝来。

话说国朝成化年间，苏州府长州县阊门外有一人，姓文名实，字若虚。生来心思慧巧，做着便能，学着便会。琴棋书画，吹弹歌舞，件件粗通。幼年间，曾有人相他有巨万之富。他亦自恃才能，不十分去营求生产，坐吃山空，将祖上遗下千金家事，看看消下来。以后晓得家业有限，看见别人经商图利的，时常获利几倍，便也思量做些生意，却又百做百不着。

一日，见人说北京扇子好卖，他便合了一个伙计，置办扇子起来。上等金面精巧的，先将礼物求了名人诗画，免不得是沈石出、文衡山、祝枝山拓了几笔，便值上两数银子。中等的，自有一样乔人，一只手学写了这几家字画，也就哄得人过，将假当真的买了，他自家也兀自做得来的。下等的无金无字画，将就卖几十钱，也有对合利钱，是看得见的。拣个日子装了箱儿，到了北京。岂知北京那年，自交夏来，日日淋雨不晴，并无一毫暑气，发市甚迟。交秋早凉，虽不见及时，幸喜天色却晴，有妆晃子弟要买把苏做的扇子，袖中笼着摇摆。来买时，开箱一看，只叫得苦。元来北京历渗却在七八月，更加日前雨湿之气，斗着扇上胶墨之性，弄做了个"合而言之"，揭不开了。用力揭开，东粘一层，西缺一片，但是有字有画值价钱者，一毫无用。剩下等没字白扇，是不坏的，能值几何？将就卖了做盘费回家，本钱一空，频年做事，大概如此。不但自己折本，但是搭他做伴，连伙计也弄坏了。故此人起他一个混名，叫做"倒运汉"。

不数年，把个家事干圆洁净了，连妻子也不曾娶得。终日间靠着些东涂西抹，东挨西撞，也济不得甚事。但只是嘴头子诌得来，会说会笑，朋友家喜欢他有趣，游耍去处少他不得；也只好趁口，不是做家的。况且他是大模大样过来的，帮闲行里，又不十分入得队。有怜他的，要荐他坐馆教学，又有诚实人家嫌他是个杂板令，高不凑，低不就。打从帮闲的、处馆的两项人见了他，也就做鬼脸，把"倒运"两字笑他，不在话下。

一日，有几个走海泛货的邻近，做头的无非是张大、李二、赵甲、钱乙一班人，共四十余人，合了伙将行。他晓得了，自家思忖道："一身落魄，生计皆无。便附了他们航海，看看海外风光，也不枉人生一世。况且他们定是不却我的，省得在家忧柴忧米的，也是快活。"正计较间，恰好张大踱将来。元来这个张大名唤张乘运,专一做海外生意,眼里认得奇珍异宝,又且秉性爽慨,肯扶持好人,所以乡里起他一个混名,叫张识货。文若虚见了,便把此意一一与他说了。张大道:"好,好。我们在海船里头不耐烦寂寞,若得兄去,在船中说说笑笑,有甚难过的日子?我们众兄弟料想多是喜欢的。只是一件,我们多有货物将去,兄并无所有,觉得空了一番往返,也可惜了。待我们大家计较,多少凑些出来助你,将就置些东西去也好。"文若虚便道:"谢厚情,只怕没人如兄肯周全小弟。"张大道:"且说说看。"一竟自去了。

恰遇一个瞽目先生敲着"报君知"走将来,文若虚伸手顺袋里摸了一个钱,扯他一卦问问财气看。先生道:"此卦非凡,有百十分财气,不是小可。"文若虚自想道:"我只要搭去海外耍耍,混过日子罢了,那里是我做得着的生意?要甚么赍助?就赍助得来,能有多少?便直恁地财爻动?这先生也是混帐。"只见张大气忿忿走来,说道:"说着钱,便无缘。这些人好笑,说道你去,无不喜欢。说到助银,没一个则声。今我同两个好的弟兄,拼凑得一两银子在此,也办不成甚货,凭你买些果子,船里吃罢。口食之类,是在我们身上。"若虚称谢不尽,接了银子。张大先行,道:"快些收拾,就要开船了。"若虚道:"我没甚收拾,随后就来。"手中拿了银子,看了又笑,笑了又看,道:"置得甚货么?"信步走去,只见满街上筐篮内盛着卖的:

> 红如喷火,巨若悬星。皮未靰,尚有余酸;霜未降,不可多得。元殊苏井诸家树,亦非李氏千头奴。较广似曰难况,比福亦云具体。

乃是太湖中有一洞庭山,地暖土肥,与闽广无异,所以广橘福橘,播名天下。洞庭有一样橘树绝与他相似,颜色正同,香气亦同。止是初出时,味略少酸，后来熟了，却也甜美。比福橘之价十分之一，名曰"洞庭红"。若虚看见了，便思想道："我一两银子买得百斤有余，在船可以解渴，又可分送一二，答众人助我之意。"买成，装上竹篓，雇一闲的，并行李挑了下船。众人都拍手笑道："文先生宝货来也！"文若虚羞惭无地，只得吞声上船，再也不敢提起买橘的事。

开得船来，渐渐出了海日，只见银涛卷雪，雪浪翻银。湍转则日月似惊，浪动则星河如覆。三五日间，随风漂去，也不觉过了多少路程。忽至一个地方，舟中望去，人烟凑聚，城郭巍峨，晓得是到了甚么国都了。舟人把船撑入藏风避浪的小港内，钉了桩橛，下了铁锚，缆好了。船中人多上岸。打一看，元来是来过的所在，名曰吉零国。元来这边中国货物拿到那边，一倍就有三倍价。换了那边货物，带到中国也是如此。一往一回，却不便有八九倍利息，所以人都拚死走这条路。众人多是做过交易的，各有熟识经纪、歇家、通事人等，各自上岸找寻发货去了，只留文若虚在船中看船。路径不熟，也无走处。

正闷坐间，猛可想起道："我那一篓红橘，自从到船中，不曾开看，莫不人气蒸烂了？趁着众人不在，看看则个。"叫那水手在舱板底下翻将起来，打开了篓看时，面上多是好好的。放心不下，索性搬将出来，都摆在甲板上面。也是合该发迹，时来福凑。摆得满船红焰焰的，远远望来，就是万点火光，一天星斗。岸上走的人，都拢将来问道："是甚么好东西呵？"文若虚只不答应。看见中间有个把一点头的，拣了出来，掐破就吃。岸上看的一发多了，惊笑道："元来是吃得的！"就中有个好事的，便来问价："多少一个？"文若虚不省得他们说话，船上人却晓得，就扯个谎哄他，竖起一个指头，说："要一钱一颗。"那问的人揭开长衣，露出那兜罗锦红裹肚来，一手摸出银钱一个来，道："买一个尝尝。"

文若虚接了银钱，手中等等看，约有两把重。心下想道："不知这些银子，要买多少，也不见秤秤，且先把一个与他看样。"拣个大些的，红得可爱的,递一个上去。只见那个人接上手,颠了一颠道:"好东西呵!"扑的就劈开来,香气扑鼻。连旁边闻着的许多人,大家喝一声采。那买的不知好歹,看见船上吃法,也学他去了皮,却不分囊,一块塞在口里,甘水满咽喉,连核都不吐,吞下去了。哈哈大笑道:"妙哉!妙哉!"又伸手到裹肚里,摸出十个银钱来,说:"我要买十个进奉去。"文若虚喜出望外,拣十个与他去了。那看的人见那人如此买去了,也有买一个的,也有买两个、三个的,都是一般银钱。买了的,都千欢万喜去了。

元来彼国以银为钱,上有文采。有等龙凤文的,最贵重,其次人物,又次禽兽,又次树木,最下通用的,是水草;却都是银铸的,分两不异。适才买橘的,都是一样水草纹的,他道是把下等钱买了好东西去了,所以欢喜。也只是要小便宜肚肠,与中国人一样。须臾之间,三停里卖了二停。有的不带钱在身边的,老大懊悔,急忙取了钱转来。文若虚已此剩不多了,拿一个班道:"而今要留着自家用,不卖了。"其人情愿再增一个钱,四个钱买了二颗。口中哓哓说:"悔气!来得迟了。"旁边人见他增了价,就埋怨道:"我每还要买个,如何把价钱增长了他的?"买的人道:"你不听得他方才说,兀自不卖了?"

正在议论间,只见首先买十个的那一个人,骑了一匹青骢马,飞也似奔到船边,下了马,分开人丛,对船上大喝道:"不要零卖!不要零卖!是有的俺多要买。俺家头目要买去进克汗哩。"看的人听见这话,便远远走开,站住了看。文若虚是伶俐的人,看见来势,已瞧科在眼里,晓得是个好主顾了。连忙把篓里尽数倾出来,止剩五十余颗。数了一数,又拿起班来说道:"适间讲过要留着自用,不得卖了。今肯加些价钱,再让几颗去罢。适间已卖出两个钱一颗了。"其人在马背上拖下一大囊,摸出钱来,另是一样树木纹的,说道:"如此钱一个罢了。"

文若虚道:"不情愿,只照前样罢了。"那人笑了一笑,又把手去摸出一个龙凤纹的来道:"这样的一个如何?"文若虚又道:"不情愿,只要前样的。"那人又笑道:"此钱一个抵百个,料也没得与你,只是与你耍。你不要俺这一个,却要那等的,是个傻子!你那东西,肯都与俺了,俺再加你一个那等的,也不打紧。"文若虚数了一数,有五十二颗,准准的要了他一百五十六个水草银钱。那人连竹篓都要了,又丢了一个钱,把篓拴在马上,笑吟吟地一鞭去了。看的人见没得卖了,一哄而散。

文若虚见人散了,到舱里把一个钱秤一秤,有八钱七分多重。秤过数个都是一般。总数一数,共有一千个差不多。把两个赏了船家,其余收拾在包里了。笑一声道:"那盲子好灵卦也!"欢喜不尽,只等同船人来对他说笑则个。

说话的,你说错了!那国里银子这样不值钱,如此做买卖,那久惯漂洋的带去多是绫罗缎匹,何不多卖了些银钱回来,一发百倍了?看官有所不知:那国里见了绫罗等物,都是以货交兑。我这里人也只是要他货物,才有利钱,若是卖他银钱时,他都把龙凤、人物的来交易,作了好价钱,分两也只得如此,反不便宜。如今是买吃口东西,他只认做把低钱交易,我却只管分两,所以得利了。说话的,你又说错了!依你说来,那航海的,何不只买吃口东西,只换他低钱,岂不有利?用着重本钱,置他货物怎地?看官,又不是这话。也是此人偶然有此横财,带去着了手。若是有心第二遭再带去,三五日不遇巧,等得希烂。那文若虚运未通时卖扇子就是榜样。扇子还是放得起的,尚且如此,何况果品?是这样执一论不得的。

闲话休题。且说众人领了经纪主人到船发货,文若虚把上头事说了一遍。众人都惊喜道:"造化!造化!我们同来,到是你没本钱的先得了手也!"张大便拍手道:"人都道他倒运,而今想是运转了!"便对文若虚道:"你这些银钱此间置货,作价不多。除是转发在伙伴中,回他几百两中国货物,上去打换些土产珍奇,带转去有大利钱,也强如虚藏此银钱在身边,无个用处。"文若虚道:"我是倒运的,将本求财,从无一遭不连本送的。今承诸公挈带,做此无本钱生意,偶然侥幸一番,真是天大造化了,如何还要生利钱,妄想甚么?万一如前再做折了,难道再有洞庭红这样好卖不成?"众人多道:"我们用得着的是银子,有的是货物。彼此通融,大家有利,有何不可?"文若虚道:"一年吃蛇咬,三年怕草索。说到货物,我就没胆气了。只是守了这些银钱回去罢。"众人齐拍手道:"放着几倍利钱不取,可惜!可惜!"随同众人一齐上去,到了店家交货明白,彼此兑换。约有半月光景,文若虚眼中看过了若干好东好西,他已自志得意满,不放在心上。

众人事体完了,一齐上船,烧了神福,吃了酒,开洋。行了数日,忽然间天变起来。但见:

> 乌云蔽日,黑浪掀天。蛇龙戏舞起长空,鱼鳖惊惶潜水底。艨艟泛泛,只如栖不定的数点寒鸦;岛屿浮浮,便似没不煞的几双水鹘。舟中是方扬的米簸,舷外是正熟的饭锅。总因风伯太无情,以致篙师多失色。

那船上人见风起了,扯起半帆,不问东西南北,随风势漂去。隐隐望见一岛,便带住篷脚,只看着岛边使来。看看渐近,恰是一个无人的空岛。但见:

> 树木参天,草莱遍地。荒凉径界,无非些兔迹狐踪;坦迤土壤,料不是龙潭虎窟。混茫内,未识应归何国辖;开辟来,不知曾否有人登。

船上人把船后抛了铁锚,将桩橛泥犁上岸去钉停当了,对舱里道:"且安心坐一坐,候风势则个。"那文若虚身边有了银子,恨不得插翅飞到家里,巴不得行路,却如此守风呆坐,心里焦燥。对众人道:"我且上岸去岛上望望则个。"众人道:"一个荒岛,有何好看?"文若虚道:"总是闲着,何碍?"众人都被风颠得头晕,个个是呵欠连天,不肯同去。文若虚便自一个抖擞精神,跳上岸来,只因此一去,有分交:十年败壳精灵显,一介穷神富贵来。若是说话的同年生,并时长,有个未卜先知的法儿,便双脚走不动,也挂个拐儿随他同去一番,也不枉的。

却说文若虚见众人不去,偏要发个狠,扳藤附葛,直走到岛上绝顶。那岛也苦不甚高,不费甚大力,只是荒草蔓延,无好路径。到得上边,打一看时,四望漫漫,身如一叶,不觉凄然吊下泪来。心里道:"想我如此聪明,一生命蹇。家业消亡,剩得只身,直到海外。虽然侥幸有得千来个银钱在囊中,知他命里是我的不是我的?今在绝岛中间,未到实地,性命也还是与海龙王合着的哩!"正在感怆,只见望去远远草丛中一物突高。移步往前一看,却是床大一个败龟壳。大惊道:"不信天下有如此大龟!世上人那里曾看见?说也不信的。我自到海外一番,不曾置得一件海外物事,今我带了此物去,也是一件希罕的东西,与人看看,省得空口说着,道是苏州人会调谎。又且一件,锯将开来,一盖一板,各置四足,便是两张床,却不奇怪!"遂脱下两只裹脚接了,穿在龟壳中间,打个扣儿,拖了便走。

走至船边,船上人见他这等模样,都笑道:"文先生那里又跎了纤来?"文若虚道:"好教列位得知,这就是我海外的货了。"众人抬头一看,却便似一张无柱有底的硬床。吃惊道:"好大龟壳!你拖来何干?"文若虚道:"也是罕见的,带了他去。"众人笑道:"好货不置一件,要此何用?"有的道:"也有用处。有甚么天大的疑心事,灼他一卦,只没有这样大龟药。"又有的道:"医家要煎龟膏,拿去打碎了煎起来,也当得几百个小龟壳。"文若虚道:"不要管有用没用,只是希罕,又不费本钱,便带了回去。"

当时叫个船上水手,一抬抬下舱来。初时山下空阔,还只如此,舱中看来，一发大了。若不是海船，也着不得这样狼犺东西。众人大家笑了一回，说道："到家时有人问，只说文先生做了偌大的乌龟买卖来了。"文若虚道："不要笑，我好歹有一个用处，决不是弃物。"随他众人取笑，文若虚只是得意。取些水来内外洗一洗净，抹干了，却把自己钱包行李都塞在龟壳里面，两头把绳一绊，却当了一个大皮箱子。自笑道："兀的不眼前就有用处了？"众人都笑将起来，道："好算计！好算计！文先生到底是个聪明人。"

当夜无词。次日风息了，开船一走。不数日，又到了一个去处，却是福建地方了。才住定了船，就有一伙惯伺候接海客的小经纪牙人，攒将拢来，你说张家好，我说李家好，拉的拉，扯的扯，嚷个不住。船上众人拣一个一向熟识的跟了去，其余的也就住了。

众人到了一个波斯胡大店中坐定。里面主人见说海客到了，连忙先发银子，唤厨户包办酒席几十桌。分付停当，然后踱将出来。这主人是个波斯国里人，姓个古怪姓，是玛瑙的"玛"字，叫名玛宝哈，专一与海客兑换珍宝货物，不知有多少万数本钱。众人走海过的，都是熟主熟客，只有文若虚不曾认得。抬眼看时，元来波斯胡住得在中华久了，衣服言动都与中华不大分别。只是剃眉剪须，深目高鼻，有些古怪。出来见了众人，行宾主礼，坐定了。两杯茶罢，站起身来，请到一个大厅上。只见酒筵多完备了，且是摆得济楚。元来旧规，海船一到，主人家先折过这一番款待，然后发货讲价的。主人家手执着一副法浪菊花盘盏，拱一拱手道："请列位货单一看，好定坐席。"

看官，你道这是何意？元来波斯胡以利为重，只看货单上有奇珍异宝值得上万者，就送在先席。余者看货轻重，挨次坐去，不论年纪，不论尊卑，一向做下的规矩。船上众人，货物贵的贱的，多的少的，你知我知，各自心照，差不多领了酒杯，各自坐了。单单剩得文若虚一个，呆呆站在那里。主人道："这位老客长不曾会面，想是新出海外的，置货不多了。"

众人大家说道："这是我们好朋友，到海外耍去的。身边有银子，却不曾肯置货。今日没奈何，只得屈他在末席坐了。"文若虚满面羞惭，坐了末位。主人坐在横头。饮酒中间，这一个说道我有猫儿眼多少，那一个说我有祖母绿多少，你夸我逞。

文若虚一发默默无言，自心里也微微有些懊悔道："我前日该听他们劝，置些货物来的是。今枉有几百银子在囊中，说不得一句说话。"又自叹了口气道："我原是一些本钱没有的，今已大幸，不可不知足。"自思自忖，无心发兴吃酒。众人却猜掌行令，吃得狼藉。主人是个积年，看出文若虚不快活的意思来，不好说破，虚劝了他几杯酒。众人都起身道："酒勾了，天晚了，趁早上船去，明日发货罢。"别了主人去了。

主人撤了酒席，收拾睡了。明日起个清早，先走到海岸船边来拜这伙客人。主人登舟，一眼瞅去，那舱里狼狼犺犺这件东西，早先看见了。吃了一惊道："这是那一位客人的宝货？昨日席上并不曾说起，莫不是不要卖的？"众人都笑指道："此敝友文兄的宝货。"中有一人衬道："又是滞货。"主人看了文若虚一看，满面挣得通红，带了怒色，埋怨众人道："我与诸公相处多年，如何恁地作弄我？教我得罪于新客，把一个末座屈了他，是何道理！"一把扯住文若虚，对众客道："且慢发货，容我上岸谢过罪着。"众人不知其故。有几个与文若虚相知些的，又有几个喜事的，觉得有些古怪，共十余人赶了上来，重到店中，看是如何。只见主人拉了文若虚，把交椅整一整，不管众人好歹，纳他头一位坐下了，道："适间得罪得罪，且请坐一坐。"文若虚也心中镬铎，忖道："不信此物是宝贝，这等造化不成？"

主人走了进去，须臾出来，又拱众人到先前吃酒去处，又早摆下几桌酒，为首一桌，比先更齐整。把盏向文若虚一揖，就对众人道："此公正该坐头一席。你每枉自一船货，也还赶他不来。先前失敬失敬。"众人看见，又好笑，又好怪，半信不信的一带儿坐下了。酒过三杯，主人就开口道：

"敢问客长，适间此宝可肯卖否？"文若虚是个乖人，趁口答应道："只要有好价钱，为甚不卖？"那主人听得肯卖，不觉喜从天降，笑逐颜开，起身道："果然肯卖，但凭分付价钱，不敢吝惜。"

文若虚其实不知值多少，讨少了，怕不在行；讨多了，怕吃笑。忖了一忖，面红耳热，颠倒讨不出价钱来。张大便与文若虚丢个眼色，将手放在椅子背上，竖着三个指头，再把第二个指空中一撇，道："索性讨他这些。"文若虚摇头，竖一指道："这些我还讨不出口在这里。"却被主人看见道："果是多少价钱？"张大捣一个鬼道："依文先生手势，敢象要一万哩！"主人呵呵大笑道："这是不要卖，哄我而已。此等宝物，岂止此价钱！"众人见说，大家目睁口呆，都立起了身来，扯文若虚去商议道："造化！造化！想是值得多哩。我们实实不知如何定价，文先生不如开个大口，凭他还罢。"

文若虚终是碍口说羞，待说又止。众人道："不要老气！"主人又催道："实说说何妨？"文若虚只得讨了五万两。主人还摇头道："罪过，罪过。没有此话。"扯着张大私问他道："老客长们海外往来，不是一番了。人都叫你张识货，岂有不知此物就里的？必是无心卖他，奚落小肆罢了。"张大道："实不瞒你说，这个是我的好朋友，同了海外玩耍的，故此不曾置货。适间此物，乃是避风海岛，偶然得来，不是出价置办的，故此不识得价钱。若果有这五万与他，勾他富贵一生，他也心满意足了。"主人道："如此说，要你做个大大保人，当有重谢，万万不可翻悔！"遂叫店小二拿出文房四宝来，主人家将一张供单绵料纸折了一折，拿笔递与张大道："有烦老客长做主，写个合同文书，好成交易。"张大指着同来一人道："此位客人褚中颖，写得好。"把纸笔让与他。褚客磨得墨浓，展好纸，提起笔来写道：

立合同议单张乘运等，今有苏州客人文实，海外带来大龟壳一个，投至波斯玛宝哈店，愿出银五万两买成。议定立契之后，一家交货，一家交银，各无翻悔。有翻悔者，罚契上加一。合同为照。

一样两纸，后边写了年月日，下写张乘运为头，一连把在坐客人十来个写去。褚中颖因自己执笔，写了落末。年月前边，空行中间，将两纸凑着，写了骑缝一行，两边各半乃是"合同议约"四字。下写"客人文实主人玛宝哈"，各押了花押。单上有名，从后头写起，写到张乘运道："我们押字钱重些，这买卖才弄得成。"主人笑道："不敢轻，不敢轻。"

写毕，主人进内，先将银一箱抬出来道："我先交明白了用钱，还有说话。"众人攒将拢来。主人开箱，却是五十两一包，共总二十包，整整一千两。双手交与张乘运道："凭老客长收明，分与众位罢。"众人初然吃酒写合同，大家擤哄鸟乱，心下还有些不信的意思，如今见他拿出精晃晃白银来做用钱，方知是实。文若虚恰象梦里醉里，话都说不出来。呆呆地看。张大扯他一把道："这用钱如何分散，也要文兄主张。"文若虚方说一句道："且完了正事慢处。"

只见主人笑嘻嘻的对文若虚说道："有一事要与客长商议：价银现在里面阁儿上，都是向来兑过的，一毫不少，只消请客长一两位进去，将一包过一过目，兑一兑为准，其余多不消兑得。却又一说，此银数不少，搬动也不是一时功夫，况且文客官是个单身，如何好将下船去？又要泛海回还，有许多不便处。"文若虚想了一想道："见教得极是。而今却待怎样？"主人道："依着愚见，文客官目下回去未得。小弟此间有一个缎匹铺，有本三千两在内。其前后大小厅屋楼房，共百余间，也是个大所在。价值二千两，离此半里之地。愚见就把本店货物及房屋文契，作了五千两，尽行交与文客官，就留文客官在此住下了，做此生意。其银也做几遭搬了过去，不知不觉。日后文客官要回去，这里可以托心腹伙计看守，便可轻身往来。不然小店支出不难，文客官收贮却难也。愚意如此。"说了一遍，说得文若虚与张大跌足道："果然是客纲客纪，句句有理。"

文若虚道："我家里原无家小，况且家业已尽了，就带了许多银子回去，没处安顿。依了此说，我就在这里，立起个家缘来，有何不可？此番造化，一缘一会，都是上天作成的，只索随缘做去。便是货物房产价钱，未必有五千，总是落得的。"便对主人说："适间所言，诚是万全之算，小弟无不从命。"

主人便领文若虚进去阁上看，又叫张、褚二人："一同去看看。其余列位不必了，请略坐一坐。"他四人进去。众人不进去的，个个伸头缩颈，你三我四说道："有此异事！有此造化！早知这样，懊悔岛边泊船时节也不去走走，或者还有宝贝，也不见得。"有的道："这是天大的福气，撞将来的，如何强得？"正欣羡间，文若虚已同张、褚二客出来了。众人都问："进去如何了？"张大道："里边高阁，是个土库，放银两的所在，都是桶子盛着。适间进去看了，十个大桶，每桶四千，又五个小匣，每个一千，共是四万五千。已将文兄的封皮记号封好了，只等交了货，就是文兄的。"主人出来道："房屋文书、缎匹帐目，俱已在此，凑足五万之数了。且到船上取货去。"一拥都到海船。

文若虚于路对众人说："船上人多，切勿明言！小弟自有厚报。"众人也只怕船上人知道，要分了用钱去，各各心照。文若虚到了船上，先向龟壳中把自己包裹被囊取出了。手摸一摸壳，口里暗道："侥幸！侥幸！"主人便叫店内后生二人来抬此壳，分付道："好生抬进去，不要放在外边。"船上人见抬了此壳去，便道："这个滞货也脱手了，不知卖了多少？"文若虚只不做声，一手提了包裹，往岸上就走。这起初同上来的几个，又赶到岸上，将龟壳从头到尾细看了一遍，又向壳内张了一张，捞了一捞，面面相觑道："好处在那里？"

主人仍拉了这十来个一同上去。到店里，说道："而今且同文客官看了房屋铺面来。"众人与主人一同走到一处，正是闹市中间，一所好大房子。门前正中是个铺子，旁有一弄，走进转个弯，是两扇大石板门，门内大天井，上面一所大厅，厅上有一匾，题曰"来琛堂"。堂旁有两楹侧屋，屋内三面有橱，橱内都是绫罗各色缎匹。以后内房，楼房甚多。文若虚暗道："得此为住居，王侯之家不过如此矣。况又有缎铺营生，利息无尽，便做了这里客人罢了，还思想家里做甚？"就对主人道："好却好，只是小弟是个孤身，毕竟还要寻几房使唤的人才住得。"主人道："这个不难，都在小店身上。"

文若虚满心欢喜，同众人走归本店来。主人讨茶来吃了，说道："文客官今晚不消船里去，就在铺中住下了。使唤的人铺中现有，逐渐再讨便是。"众客人多道："交易事已成，不必说了。只是我们毕竟有些疑心，此壳有何好处，值价如此？还要主人见教一个明白。"文若虚道："正是，正是。"主人笑道："诸公枉了海上走了多遭，这些也不识得！列位岂不闻说龙有九子乎？内有一种是鼍龙，其皮可以幔鼓，声闻百里，所以谓之鼍鼓。鼍龙万岁，到底蜕下此壳成龙。此壳有二十四肋，按天上二十四气，每肋中间节内有大珠一颗。若是肋未完全时节，成不得龙，蜕不得壳。也有生捉得他来，只好将皮幔鼓，其肋中也未有东西。直待二十四肋完全，节节珠满，然后蜕了此壳变龙而去。故此是天然蜕下，气候俱到，肋节俱完的，与生擒活捉、寿数未满的不同，所以有如此之大。这个东西，我们肚中虽晓得，知他几时蜕下？又在何处地方守得他着？壳不值钱，其珠皆有夜光，乃无价宝也！今天幸遇巧，得之无心耳。"

众人听罢，似信不信。只见主人走将进去了一会，笑嘻嘻的走出来，袖中取出一西洋布的包来，说道："请诸公看看。"解开来，只见一团绵裹着寸许大一颗夜明珠，光彩夺目。讨个黑漆的盘，放在暗处，其珠滚一个不定，闪闪烁烁，约有尺余亮处。众人看了，惊得目睁口呆，伸了舌头收不进来。主人回身转来，对众客逐个致谢道："多蒙列位作成了。只这一颗，拿到咱国中，就值方才的价钱了；其余多是尊惠。"众人个个心惊，却是说过的话又不好翻悔得。主人见众人有些变色，收了珠子，急急走到里边，又叫抬出一个缎箱来。除了文若虚，每人送与缎子二端，说道:"烦劳了列位,做两件道袍穿穿,也见小肆中薄意。"袖中摸出细珠十数串,每送一串道:"轻鲜,轻鲜,备归途一茶罢了。"文若虚处另是粗些的珠子四串,缎子八匹,道是:"权且做几件衣服。"文若虚同众人欢喜作谢了。

主人就同众人送了文若虚到缎铺中,叫铺里伙计后生们都来相见,说道:"今番是此位主人了。"主人自别了去,道:"再到小店中去去来。"只见须臾间数十个脚夫扛了好些杠来,把先前文若虚封记的十桶五匣都发来了。文若虚搬在一个深密谨慎的卧房里头去处,出来对众人道:"多承列位挈带,有此一套意外富贵,感谢不尽。"走进去把自家包裹内所卖洞庭红的银钱倒将出来,每人送他十个,止有张大与先前出银助他的两三个,分外又是十个,道:"聊表谢意。"

此时文若虚把这些银钱看得不在眼里了。众人却是快活,称谢不尽。文若虚又拿出几十个来,对张大说道:"有烦老兄将此分与船上同行的人,每位一个,聊当一茶。小弟住在此间,有了头绪,慢慢到本乡来。此时不得同行,就此为别了。"张大道:"还有一千两用钱,未曾分得,却是如何?须得文兄分开,方没得说。"文若虚道:"这倒忘了。"就与众人商议,将一百两散与船上众人,余九百两照现在人数,另外添出两股,派了股数,各得一股。张大为头的,褚中颖执笔的,多分一股。众人千欢万喜,没有说话。

内中一人道:"只是便宜了这回回,文先生还该起个风,要他些不敷才是。"文若虚道:"不要不知足,看我一个倒运汉,做着便折本的,造化到来,平空地有此一主财爻。可见人生分定,不必强求。我们若非这主人识货,也只当得废物罢了。还亏他指点晓得,如何还好昧心争论?"众人都道:"文先生说得是。存心忠厚,所以该有此富贵。"大家千恩万谢,各各赍了所得东西,自到船上发货。

从此,文若虚做了闽中一个富商,就在那里取了妻小,立起家业。数

年之间,才到苏州走一遭,会会旧相识,依旧去了。至今子孙繁衍,家道殷富不绝。正是:

　　　　运退黄金失色,时来顽铁生辉。
　　　　莫与痴人说梦,思量海外寻龟。

刘东山夸技顺城门　十八兄奇踪村酒肆

弱为强所制，不在形巨细。

蝍蛆带是甘，何曾有长喙？

话说天地间，有一物必有一制，夸不得高，恃不得强。这首诗所言"蝍蛆"是甚么？就是那赤足蜈蚣，俗名"百脚"，又名百足之虫。这"带"又是甚么？是那大蛇。其形似带一般，故此得名。岭南多大蛇，长数十丈，专要害人。那边地方里居民，家家蓄养蜈蚣，有长尺余者，多放在枕畔或枕中。若有蛇至，蜈蚣便喷喷作声。放他出来，他鞠起腰来，首尾着力，一跳有一丈来高，便搭住在大蛇七寸内，用那铁钩也似一对钳来钳住了，吸他精血，至死方休。这数十丈长、斗来大的东西，反缠死在尺把长、指头大的东西手里，所以古语道"蝍蛆甘带"，盖谓此也。

汉武帝延和三年①，西胡月支国②献猛兽一头，形如五六十日新生的小狗，不过比狸猫般大，拖一个黄尾儿。那国使抱在手里，进门来献。武帝见他生得猥琐，笑道："此小物何谓猛兽？"使者对曰："夫威加于百禽者，不必计其大小。是以神麟为巨象之王，凤凰为大鹏之宗，亦不在巨细也。"武帝不信，乃对使者说："试叫他发声来朕听。"使者乃将手一指，此兽舐唇摇首一会，猛发一声，便如平地上起一个霹雳，两目闪烁，放出两道电光来。武帝登时颠出亢金椅子，急掩两耳，颤一个不住。侍立左右及羽林

---

① 延和三年：即公元前90年，征和为汉武帝年号。
② 月支国：即月氏国，西汉时期，曾败于匈奴，后定居妫水（今中亚地区的阿姆河）两岸，建立了大月氏国，位于大宛（今大致位于费尔干纳盆地）的西南方向。这里指小月支，居住在祁连山一带。

摆立仗下军士，手中所拿的东西悉皆震落。武帝不悦，即传旨意，教把此兽付上林苑①中，待群虎食之。上林苑令遵旨。只见拿到虎圈边放下，群虎一见，皆缩做一堆，双膝跪倒。上林苑令奏闻，武帝愈怒，要杀此兽。明日连使者与猛兽皆不见了。猛悍到了虎豹，却乃怕此小物。所以人之膂力强弱、智术长短，没个限数。正是：

强中更有强中手，莫向人前夸大口。

唐时有一个举子，不记姓名地方。他生得膂力过人，武艺出众。一生豪侠好义，真正路见不平，拔刀相助。他进京会试，不带仆从，恃着一身本事，鞴着一匹好马，腰束弓箭短剑，一鞭独行。一路收拾些雉兔野味，到店肆中宿歇，便安排下酒。一日在山东路上，马跑得快了，赶过了宿头。至一村庄，天已昏黑，自度不可前进。只见一家人家开门在那里，灯光射将出来。举子下了马，一手牵着，挨近看时，只见进了门，便是一大空地，空地上有三四块太湖石叠着。正中有三间正房，有两间厢房，一老婆子坐在中间绩麻。听见庭中马足之声，起身来问。

举子高声道："妈妈，小生是失路借宿的。"那老婆子道："官人，不方便，老身做不得主。"听他言词中间，带些凄惨。举子有些疑心，便问道"妈妈，你家男人多在那里去了？如何独自一个在这里？"老婆子道："老身是个老寡妇，夫亡多年，只有一子，在外做商人去了。"举子道："可有媳妇？"老婆子蹙着眉头道："是有一个媳妇，赛得过男子，尽挣得家住。只是一身大气力，雄悍异常。且是气性粗急，一句差池，经不得一指头，擦着便倒。老身虚心冷气，看他眉头眼后，常是不中意，受他凌辱的。所以官人借宿，老身不敢做主。"说罢，泪如雨下。举子听得，不觉双眉倒

---

① 上林苑：汉代皇家宫苑，苑内放养禽兽，以供皇帝狩猎，故址在今陕西省西安市西。

竖,两眼圆睁道:"天下有如此不平之事!恶妇何在?我为尔除之。"遂把马拴在庭中太湖石上了,拔出剑来。

老婆子道:"官人不要太岁头上动土,我媳妇不是好惹的。他不习女工针指,每日午饭已毕,便空身走去山里寻几个獐鹿兽兔还家,腌腊起来,卖与客人,得几贯钱。常是一二更天气才得回来。日逐用度,只靠着他这些,所以老身不敢逆他。"举子按下剑入了鞘,道:"我生平专一欺硬怕软,替人出力。谅一个妇女,到得那里?既是妈妈靠他度日,我饶他性命不杀他,只痛打他一顿,教训他一番,使他改过性子便了。"老婆子道:"他将次回来了,只劝官人莫惹事的好。"举子气忿忿地等着。

只见门外一大黑影,一个人走将进来,将肩上叉口也似一件东西往庭中一摔,叫道:"老嬷,快拿火来,收拾行货。"老婆子战兢兢地道:"是甚好物事呵?"把灯一照,吃了一惊,乃是一只死了的斑斓猛虎。说时迟,那时快,那举子的马在火光里,看见了死虎,惊跳不住起来。那人看见,便道:"此马何来?"举子暗里看时,却是一个黑长妇人。见他模样,又背了个死虎来,忖道:"也是个有本事的。"心里先有几分惧他。忙走去带开了马,缚住了,走向前道:"小生是失路的举子,赶过宿头,幸到宝庄,见门尚未阖,斗胆求借一宿。"那妇人笑道:"老嬷好不晓事!既是个贵人,如何更深时候,叫他在露天立着?"指着死虎道:"贱婢今日山中,遇此泼花团,争持多时,才得了当。归得迟些个,有失主人之礼,贵人勿罪。"

举子见他语言爽恺,礼度周全,暗想道:"也不是不可化诲的。"连应道:"不敢,不敢。"妇人走进堂,提一把椅来,对举子道:"该请进堂里坐,只是妇姑两人,都是女流,男女不可相混,屈在廊下一坐罢。"又拨张桌来,放在面前,点个灯来安下。然后下庭中来,双手提了死虎,到厨下去了。须臾之间,烫了一壶热酒,托出一个大盘来,内有热腾腾的一盘虎肉,一盘鹿脯,又有些腌腊雉兔之类五六碟,道:"贵人休嫌轻亵则个。"举子见他殷勤,接了自斟自饮。须臾间酒尽肴完,举子拱手道:"多谢厚款。"那妇人道:"惶愧。"便将了盘来收拾桌上碗盏。

举子乘间便说道:"看娘子如此英雄,举止恁地贤明,怎么尊卑分上觉得欠些个?"那妇人将盘一捌,且不收拾,怒目道:"适间老死魅曾对贵人说些甚谎么?"举子忙道:"这是不曾,只是看见娘子称呼词色之间,甚觉轻倨,不象个婆媳妇道理。及见娘子待客周全,才能出众,又不象个不近道理的,故此好言相问一声。"那妇人见说,一把扯了举子的衣袂,一只手移着灯,走到太湖石边来道:"正好告诉一番。"举子一时间挣扎不脱,暗道:"等他说得没理时,算计打他一顿。"

只见那妇人倚着太湖石,就在石上拍拍手道:"前日有一事,如此如此,这般这般,是我不是,是他不是?"道罢,便把一个食指向石上一划道:"这是一件了。"划了一划,只见那石皮乱爆起来,已自抠去了一寸有余深。连连数了三件,划了三划,那太湖石便似锥子凿成一个"川"字,斜看来又是"三"字,足足皆有寸余,就象镌刻的一般。那举子惊得浑身汗出,满面通红,连声道:"都是娘子的是。"把一片要与他分个皂白的雄心,好象一桶雪水当头一淋,气也不敢抖了。

妇人说罢,擎出一张匡床来与举子自睡,又替他喂好了马。却走进去与老婆子关了门,息了火睡了。举子一夜无眠,叹道:"天下有这等大力的人!早是不曾与他交手,不然,性命休矣。"巴到天明,鞴了马,作谢了,再不说一句别的话,悄然去了。自后收拾了好些威风,再也不去惹闲事管,也只是怕逢着哝嗻似他的吃了亏。今日说一个恃本事说大话的,吃了好些惊恐,惹出一场话柄来。正是:

虎为百兽尊,百兽伏不动。
若逢狮子吼,虎又全没用。

话说国朝嘉靖年间，北直隶①河间府交河县一人姓刘名钦，叫做刘东山，在北京巡捕衙门里当一个缉捕军校的头。此人有一身好本事，弓马熟娴，发矢再无空落，人号他连珠箭。随你异常狠盗，逢着他便如瓮中捉鳖，手到拿来。因此也积攒得有些家事。年三十余，觉得心里不耐烦做此道路，告脱了，在本县去别寻生理。

一日，冬底残年，赶着驴马十余头到京师转卖，约卖得一百多两银子。交易完了，至顺城门（即宣武门）雇骡归家。在骡马主人店中，遇见一个邻舍张二郎入京来，同在店买饭吃。二郎问道："东山何往？"东山把前事说了一遍，道："而今在此雇骡，今日宿了，明日走路。"二郎道："近日路上好生难行，良乡、郑州一带，盗贼出没，白日劫人。老兄带了偌多银子，没个做伴，独来独往，只怕着了道儿，须放仔细些！"东山听罢，不觉须眉开动，唇齿奋扬。把两只手捏了拳头，做一个开弓的手势，哈哈大笑道："二十年间，张弓追讨，矢无虚发，不曾撞个对手。今番收场买卖，定不到得折本。"店中满座听见他高声大喊，尽回头来看。也有问他姓名的，道："久仰，久仰。"二郎自觉有些失言，作别出店去了。

东山睡到五更头，爬起来，梳洗结束。将银子紧缚裹肚内，扎在腰间，肩上挂一张弓，衣外跨一把刀，两膝下藏矢二十簇。拣一个高大的健骡，腾地骑上，一鞭前走。走了三四十里，来到良乡，只见后头有一人奔马赶来，遇着东山的骡，便按辔少驻。东山举目觑他，却是一个二十岁左右的美少年，且是打扮得好。但见：

黄衫毡笠，短剑长弓。箭房中新矢二十余枝，马额上红缨一

---

① 北直隶：明代将直接隶属京师的地区称为直隶。明代建国时定都南京，明成祖以后建都北京，故有南直隶与北直隶之称。北直隶辖如今京、津地区，河北大部及河南、山东一小部分地区。

大簇。裹腹闹装灿烂,是个白面郎君;恨人紧辔喷嘶,好匹高头骏骑!

东山正在顾盼之际,那少年遥叫道:"我们一起走路则个。"就向东山拱手道:"造次行途,愿问高姓大名。"东山答道:"小可姓刘名钦,别号东山,人只叫我是刘东山。"少年道:"久仰先辈大名,如雷贯耳,小人有幸相遇。今先辈欲何往?"东山道:"小可要回本籍交河县去。"少年道:"恰好,恰好。小人家住临淄,也是旧族子弟,幼年颇曾读书,只因性好弓马,把书本丢了。三年前带了些资本往京贸易,颇得些利息。今欲归家婚娶,正好与先辈作伴同路行去,放胆壮些。直到河间府城,然后分路。有幸,有幸。"东山一路看他腰间沉重,语言温谨,相貌俊逸,身材小巧,谅道不是歹人。且路上有伴,不至寂寞,心上也欢喜,道:"当得相陪。"是夜一同下了旅店,同一处饮食歇宿,如兄若弟,甚是相得。

明日,并辔出涿州。少年在马上问道:"久闻先辈最善捕贼,一生捕得多少?也曾撞着好汉否?"东山正要夸逞自家手段,这一问揉着痒处,且量他年小可欺,便侈口道:"小可生平两只手一张弓,拿尽绿林中人,也不记其数,并无一个对手。这些鼠辈,何足道哉!而今中年心懒,故弃此道路。倘若前途撞着,便中拿个把儿你看手段!"少年但微微冷笑道:"元来如此。"就马上伸手过来,说道:"借肩上宝弓一看。"东山在骡上递将过来,少年左手把住,右手轻轻一拽就满,连放连拽,就如一条软绢带。东山大惊失色,也借少年的弓过来看。看那少年的弓,约有二十斤重,东山用尽平生之力,面红耳赤,不要说扯满,只求如初八夜头的月,再不能勾。东山惶恐无地,吐舌道:"使得好硬弓也!"便向少年道:"老弟神力,何至于此!非某所敢望也。"少年道:"小人之力,何足称神?先辈弓自太软耳。"东山赞叹再三,少年极意谦谨。晚上又同宿了。

至明日又同行,日西时过雄县。少年拍一拍马,那马腾云也似,前面去了。东山望去，不见了少年。他是贼窠中弄老了的，见此行止，如何不慌？私自道："天教我这番倒了架也！倘是个不良人，这样神力，如何敌得？势无生理。"心上正如十五个吊桶打水，七上八落的。没奈何，迤迤行去。行得一二铺，遥望见少年在百步外，正弓挟矢，扯个满月，向东山道："久闻足下手中无敌，今日请先听箭风。"言未罢，飕的一声，东山左右耳根但闻肃肃如小鸟前后飞过，只不伤着东山。又将一箭引满，正对东山之面，大笑道："东山晓事人，腰间骡马钱快送我罢，休得动手。"

东山料是敌他不过，先自慌了手脚，只得跳下鞍来，解了腰间所系银袋，双手捧着，膝行至少年马前，叩头道："银钱谨奉好汉将去，只求饶命！"少年马上伸手提了银包，大喝道："要你性命做甚？快走！快走！你老子有事在此，不得同儿子前行了。"拨转马头，向北一道烟跑，但见一路黄尘滚滚，霎时不见踪影。

东山呆了半晌，捶胸跌足起来道："银钱失去也罢，叫我如何做人？一生好汉名头，到今日弄坏，真是张天师吃鬼迷①了。可恨！可恨！"垂头丧气，有一步没一步的，空手归交河。到了家里，与妻子说知其事，大家懊恼一番。夫妻两个商量，收拾些本钱，在村郊开个酒铺，卖酒营生，再不去张弓挟矢了。又怕有人知道，坏了名头，也不敢向人说着这事，只索罢了。过了三年，一日，正值寒冬天道，有词为证：

  霜瓦鸳鸯，风帘翡翠，今年早是寒少。矮钉明窗，侧开朱户，断莫乱教人到。重阴未解，云共雪商量不了。青帐垂毡要密，红幕放围宜小。

---

① 张天师吃鬼迷：意谓捉鬼的反而被鬼捉弄了。张天师指东汉时的张道陵，他是"五斗米道"的创始人，后被尊为"天师"。传说他最善治鬼，李膺《蜀记》云："张道陵病疟，于丘社中，得咒鬼术书，遂解使鬼法。"

调寄《天香》。

却说冬日间，东山夫妻正在店中卖酒，只见门前来了一伙骑马的客人，共是十一个。个个骑的是自鞴的高头骏马，鞍辔鲜明。身上俱紧束短衣，腰带弓矢刀剑。次第下了马，走入肆中来，解了鞍辔。刘东山接着，替他赶马归槽。后生自去剉草煮豆，不在话下。内中只有一个未冠的人，年纪可有十五六岁，身长八尺，独不下马，对众道："弟十八自向对门住休。"众人都答应一声道："咱们在此少住，便来伏侍。"只见其人自走对门去了。十人自来吃酒，主人安排些鸡、豚、牛、羊肉来做下酒。须臾之间，狼飧虎咽，算来吃勾有六七十斤的肉，倾尽了六七坛的酒，又教主人将酒肴送过对门楼上，与那未冠的人吃。

众人吃完了店中东西，还叫未畅，遂开皮囊，取出鹿蹄、野雉、烧兔等物，笑道："这是我们的东道，可叫主人来同酌。"东山推逊一回，才来坐下。把眼去逐个瞧了一瞧，瞧到北面左手那一人，毡笠儿垂下，遮着脸不甚分明。猛见他抬起头来，东山仔细一看，吓得魂不附体，只叫得苦。你道那人是谁？正是在雄县劫了骡马钱去的那一个同行少年。东山暗想道："这番却是死也！我些些生计，怎禁得他要起？况且前日一人尚不敢敌，今人多如此，想必个个是一般英雄，如何是了？"心中忒忒的跳，真如小鹿儿撞，面向酒杯，不敢则一声。众人多起身与主人劝酒。坐定一会，只见北面左手坐的那一个少年把头上毡笠一掀，呼主人道："东山别来无恙么？往昔承挈同行周旋，至今想念。"东山面如土色，不觉双膝跪下道："望好汉恕罪！"

少年跳离席间，也跪下去，扶起来挽了他手道："快莫要作此状！快莫要作此状！羞死人。昔年俺们众兄弟在顺城门店中，闻卿自夸手段天下无敌。众人不平，却教小弟在途间作此一番轻薄事，与卿作耍，取笑一回。然负卿之约，不到得河间。魂梦之间，还记得与卿并辔任丘道上。感卿好情，今当还卿十倍。"言毕，即向囊中取出千金，放在案上，向东山道：

"聊当别来一敬,快请收进。"东山如醉如梦,呆了一晌,怕又是取笑,一时不敢应承。那少年见他迟疑,拍手道:"大丈夫岂有欺人的事?东山也是个好汉,直如此胆气虚怯!难道我们弟兄直到得真个取你的银子不成?快收了去。"

刘东山见他说话说得慷慨,料不是假,方才如醉初醒,如梦方觉,不敢推辞。走进去与妻子说了,就叫他出来同收拾了进去。安顿已了,两人商议道:"如此豪杰,如此恩德,不可轻慢。我们再须杀牲开酒,索性留他们过宿顽耍几日则个。"东山出来称谢,就把此意与少年说了,少年又与众人说了。大家道:"即是这位弟兄故人,有何不可?只是还要去请问十八兄一声。"便一齐走过对门,与未冠的那一个说话。东山也随了去看,这些人见了那个未冠的,甚是恭谨。那未冠的待他众人甚是庄重。众人把主人要留他们过宿顽耍的话了,未冠的说道:"好,好,不妨。只是酒醉饭饱,不要贪睡,负了主人殷勤之心。少有动静,俺腰间两刀有血吃了。"众人齐声道:"弟兄们理会得。"东山一发莫测其意。

众人重到肆中,开怀再饮,又携酒到对门楼上。众人不敢陪,只是十八兄自饮。算来他一个吃的酒肉,比得店中五个人。十八兄吃阑,自探囊中取出一个纯银笊篱来,煽起炭火做煎饼自啖。连啖了百余个,收拾了,大踏步出门去,不知所向。直到天色将晚,方才回来,重到对门住下,竟不到刘东山家来。众人自在东山家吃耍。走去对门相见,十八兄也不甚与他们言笑,大是倨傲。

东山疑心不已,背地扯了那同行少年问他道:"你们这个十八兄,是何等人?"少年不答应,反去与众人说了,各各大笑起来。不说来历,但高声吟诗曰:

> 杨柳桃花相间出,不知若个是春风?

吟毕，又大笑。住了三日，俱各作别了，结束上马。未冠的在前，其余众人在后，一拥而去。东山到底不明白，却是骤得了千来两银子，手头从容，又怕生出别事来，搬在城内，另做营运去了。后来见人说起此事，有识得的道："详他两句语意，是个'李'字；况且又称十八兄，想必未冠的那人姓李，是个为头的了。看他对众的说话，他恐防有人暗算，故在对门，两处住了，好相照察。亦且不与十人作伴同食，有个尊卑的意思。夜间独出，想又去做甚么勾当来，却也没处查他的确。"

那刘东山一生英雄，遇此一番，过后再不敢说一句武艺上头的话，弃弓折箭，只是守着本分营生度日，后来善终。可见人生一世，再不可自恃高强。那自恃的，只是不曾逢着狠主子哩。有诗单说这刘东山道：

生平得尽弓矢力，直到下场逢大敌。
人世休夸手段高，霸王也有悲歌日。

又有诗说这少年道：

英雄从古轻一掷，盗亦有道真堪述。
笑取千金偿百金，途中竟是好相识。

卫朝奉狠心盘贵产　陈秀才巧计赚原房

　　人生碌碌饮贪泉，不畏官司不顾天。
　　何必广斋多忏悔？让人一着最为先。

　　这一首诗，单说世上人贪心起处，便是十万个金刚也降不住；明明的刑宪陈设在前，也顾不的。子列子①有云："不见人，徒见金。"盖谓当这点念头一发，精神命脉，多注在这一件事上，那管你行得也行不得？

　　话说杭州府有一贾秀才，名实，家私巨万，心灵机巧，豪侠好义，专好结识那一班有义气的朋友。若是朋友中有那未娶妻的，家贫乏聘，他便捐资助其完配；有那负债还不起的，他便替人赔偿。又且路见不平，专要与那瞒心昧己的人作对。假若有人恃强，他便出奇计以胜之。种种快事，未可枚举。如今且说他一节助友赎产的话。

　　钱塘有个姓李的人，虽习儒业，尚未游庠。家极贫窭，事亲至孝。与贾秀才相契，贾秀才时常周济他。一日，贾秀才邀李生饮酒。李生到来，心下怏怏不乐。贾秀才疑惑，饮了数巡，忍耐不住，开口问道："李兄有何心事，对酒不欢？何不使小弟相闻？或能分忧万一，未可知也。"李生叹口气道："小弟有些心事，别个面前也不好说，我兄垂问，敢不实言！小弟先前曾有小房一所，在西湖口昭庆寺左侧，约值三百余金。为因负了寺僧慧空银五十两，积上三年，本利共该百金。那和尚却是好利的先锋，趋势的元帅，终日索债。小弟手足无措，只得将房子准与他，要他找足三百金之价。那和尚知小弟别无他路，故意不要房子，只

---

① 子列子：即列子，名列御寇，生活在战国时期，郑国人，思想家，著有《列子》一书。

顾索银。小弟只得短价将房准了，凭众处分，找得三十两银子。才交得过，和尚就搬进去住了。小弟自同老母搬往城中，赁房居住。今因主家租钱连年不楚，他家日来催小弟出屋，老母忧愁成病，以此烦恼。"贾秀才道："元来如此。李兄何不早说？敢问所负彼家租价几何？"李生道："每年四金，今共欠他三年租价。"贾秀才道："此事一发不难。今夜且尽欢，明早自有区处。"当日酒散相别。

次日，贾秀才起个清早，往库房中取天平，兑勾了一百四十二两之数，着一个仆人跟了，径投李生处来。李生方才起身，梳洗不迭，忙叫老娘煮茶。没柴没火的，弄了一早起，煮不出一个茶。贾秀才会了他每的意，忙叫仆人请李生出来，讲一句话就行。李生出来道："贾兄有何见教，俯赐宠临？"贾秀才叫仆人将过一个小手盒，取出两包银子来，对李生道："此包中银十二两，可偿此处主人。此包中银一百三十两，兄可将去与慧空长老赎取原屋居住，省受主家之累，且免令堂之忧，并兄栖身亦有定所，此小弟之愿也。"李生道："我兄说那里话！小弟不才，一母不能自赡，贫困当自受之。屡承周给，已出望外，复为弟无家可依，乃累仁兄费此重资，赎取原屋，即使弟居之，亦不安稳。荷兄高谊，敢领租价一十二金；赎屋之资，断不敢从命。"贾秀才道："我兄差矣！我两人交契，专以义气为重，何乃以财利介意？兄但收之，以复故业，不必再却。"说罢，将银放在桌上，竟自出门去了。李生慌忙出来，叫道："贾兄转来，容小弟作谢。"贾秀才不顾，竟自去了。李生心下想道："天下难得这样义友，我若不受他的，他心决反不快。且将去取赎了房子，若有得志之日，必厚报之！"当下将了银子，与母亲商议了，前去赎屋。

到了昭庆寺左侧旧房门首，进来问道："慧空长老在么？"长老听得，只道是什么施主到来，慌忙出来迎接。却见是李生，把这足恭身分，多放做冷淡的腔子，半吞半吐的施了礼请坐，也不讨茶。李生却将那赎房的说话说了。慧空便有些变色道："当初卖屋时，不曾说过后来要取赎。就是要赎，原价虽只是一百三十两，如今我们又增造许多披屋，装折许多材料，值得多了。今官人须是补出这些帐来，任凭取赎了去。"这是慧空分明晓得李生拿不出银子，故意勒掯他。实是何曾添造什么房子？又道是"人穷志窄"，李生听了这句话，便认为真。心下想道："难道还又去要贾兄找足银子取赎不成？我原不愿受他银子赎屋，今落得借这个名头，只说和尚索价太重，不容取赎，还了贾兄银子，心下也到安稳。"即便辞了和尚，走到贾秀才家里来，备细述了和尚言语。贾秀才大怒道："叵耐这秃厮恁般可恶！僧家四大俱空，反要瞒心昧己，图人财利。当初如此卖，今只如此赎，缘何平白地要增价银？钱财虽小，情理难容！撞在小生手里，待作个计较处置他，不怕他不容我赎！"当时留李生吃了饭，别去了。

贾秀才带了两个家僮，径走到昭庆寺左侧来，见慧空家门儿开着，踅将进去。问着个小和尚，说道："师父陪客吃了几杯早酒，在楼上打盹。"贾秀才叫两个家僮住在下边。信步走到胡梯边，悄悄蓦将上去。只听得鼾齁之声，举目一看，看见慧空脱下衣帽熟睡。楼上四面有窗，多关着。贾秀才走到后窗缝里一张，见对楼一个年少妇人坐着做针指，看光景是一个大户人家。贾秀才低头一想道："计在此了。"便走过前面来，将慧空那僧衣僧帽穿着了，悄悄地开了后窗，嘻着脸与那对楼的妇人百般调戏，直惹得那妇人焦燥，跑下楼去。贾秀才也仍复脱下衣帽，放在旧处，悄悄下楼，自回去了。

且说慧空正睡之际，只听得下边乒乓之声，一直打将进来。十来个汉子，一片声骂道："贼秃驴，敢如此无状！公然楼窗对着我家内楼，不知回避，我们一向不说，今日反大胆把俺家主母调戏！送到官司，打得他逼直，我们只不许他住在这里罢了！"慌得那慧空手足无措。霎时间，众人赶上楼来，将家火什物打得雪片，将慧空浑身衣服扯得粉碎。慧空道："小僧何尝敢向宅上看一看？"众人不由分说，夹嘴夹面只是打，骂道："贼秃！你只搬去便罢，不然时，见一遭打一遭。莫想在此处站一站脚！"将慧空乱叉出门外去。慧空晓得那人家是郝上户家，不敢分说，一溜烟进寺去了。

贾秀才探知此信，知是中计，暗暗好笑。过了两日，走去约了李生，说与他这些缘故，连李生也笑个不住。贾秀才即便将了一百三十两银子，同了李生，寻见了慧空，说要赎屋。慧空起头见李生一身，言不惊人，貌不动人，另是一般说话。今见贾秀才是个富户，带了家僮到来，况刚被郝家打慌了的，自思："留这所在，料然住不安稳，不合与郝家内楼相对，必时常来寻我不是。由他赎了去，省了些是非罢。"便一口应承。兑了原银一百三十两，还了原契，房子付与李生自去管理。那慧空要讨别人便宜，谁知反吃别人弄了。此便是贪心太过之报。后来贾生中了，直做到内阁学士。李生亦得登第做官。两人相契，至死不变。正是：

量大福也大，机深祸亦深。
慧空空昧己，贾实实仁心！

这却还不是正话。如今且说一段故事，乃在金陵建都之地，鱼龙变化之乡。那金陵城傍着石山筑起，故名石头城。城从水门而进，有那秦淮十里楼台之盛。那湖是昔年秦始皇开掘的，故名秦淮湖。水通着扬子江，早晚两潮，那大江中百般物件，每每随潮势流将进来。湖里有画舫名妓，笙歌嘹亮，仕女喧哗。两岸柳荫夹道，隔湖画阁争辉。花栏竹架，常凭韵客联吟；绣户珠帘，时露娇娥半面。酒馆十三四处，茶坊十六八家。端的是繁华盛地，富贵名邦。

说话的，只说那秦淮风景，没些来历。看官有所不知，在下就中单表近代一个有名的富郎陈秀才，名珩，在秦淮湖口居住。娶妻马氏，极是贤德，治家勤俭。陈秀才有两个所：一所庄房，一所住居，都在秦淮湖口。

庄房却在对湖。那陈秀才专好结客，又喜风月，逐日呼朋引类，或往青楼嫖妓，或落游船饮酒。帮闲的不离左右，筵席上必有红裙。清唱的时供新调，修痒的百样腾挪。送花的日逐荐鲜，司厨的多方献异。又道是："利之所在，无所不趋。"为因那陈秀才是个撒漫的都总管，所以那些众人多把做一场好买卖，齐来趋奉他。若是无钱悭吝的人，休想见着他每的影。那时南京城里没一个不晓得陈秀才的。陈秀才又吟得诗，作得赋，做人又极温存帮衬，合行院中姊妹，也没一个不喜欢陈秀才的。好不受用！好不快乐！果然是朝朝寒食，夜夜元宵。

光阴如隙驹[1]，陈秀才风花雪月了七八年，将家私弄得干净快了。马氏每每苦劝，只是旧性不改，今日三，明日四，虽不比日前的松快容易，手头也还捌凑得来。又花费了半年把，如今却有些急迫了。马氏倒也看得透，道："索性等他败完了，倒有个住场。"所以再不去劝他。陈秀才燥惯了脾胃，一时那里变得转？却是没银子使用，众人撺掇他写一纸文契，往那三山街开解铺的徽州卫朝奉处借银三百两。那朝奉又是一个爱财的魔君，终是陈秀才的名头还大，卫朝奉不怕他还不起，遂将三百银子借与，三分起息。陈秀才自将银子依旧去花费，不题。

却说那卫朝奉平素是个极刻剥之人。初到南京时，只是一个小小解铺，他却有百般的昧心取利之法。假如别人将东西去解时，他却把那九六七银子，充作纹银，又将小小的等子称出，还要欠几分兑头。后来赎时，却把大大的天平兑将进去，又要你找足兑头，又要你补勾成色，少一丝时，他则不发货。又或有将金银珠宝首饰来解的，他看得金子有十分成数，便一模二样，暗地里打造来换了；粗珠换了细珠，好宝换了低石。如此行事，不能细述。那陈秀才这三百两债务，卫朝奉有心要盘他这所庄房，等闲再不叫人来讨。巴巴的盘到了三年，本利却好一个对合了，卫朝奉便

---

[1] 隙驹：形容光阴过得极快，犹如骏马在缝隙前飞驰而过。

着人到陈家来索债。陈秀才那时已弄得瓮尽杯干，只得收了心，在家读书，见说卫家索债，心里没做理会处。只得三回五次回说："不在家，待归时来讨。"又道是，怕见的是怪，难躲的是债。是这般回了几次，他家也自然不信了。卫朝奉逐日着人来催逼，陈秀才则不出头。卫朝奉只是着人上门坐守，甚至以浊语相加，陈秀才忍气吞声。正是：

平昔有钱神也怕，到得无钱鬼亦欺。
早知今日来忍辱，却悔当初大燥脾。

陈秀才吃搅不过，没极奈何，只得出来与那原中说道："卫家那主银子，本利共该六百两，我如今一时间委实无所措置，隔湖这一所庄房，约值千余金之价，我意欲将来准与卫家，等卫朝奉找足我千金之数罢了。列位与我周全此事，自当相谢。"众人料道无银得还，只得应允了，去对卫朝奉说知。卫朝奉道："我已曾在他家庄里看过。这所庄子怎便值得这一千银子？也亏他开这张大口。就是只准那六百两，我也还道过分了些，你们众位怎说这样话？"原中道："朝奉，这座庄居，六百银子也不能勾得他。乘他此时窘迫之际，胡乱找他百把银子，准了他的庄，极是便宜。倘若有一个出钱主儿买了去，要这样美产就不能勾了。"

卫朝奉听说，紫胀了面皮道："当初是你每众人总承我这样好主顾，放债、放债，本利丝毫不曾见面，反又要我拿出银子来。我又不等屋住，要这所破落房子做甚么？若只是这六百两时，便认亏些准了；不然时，只将银子还我。"就叫伴当每随了原中去说。众人一齐到陈家来，细述了一遍，气得那陈秀才目睁口呆。却待要发话，实是自己做差了事，又没对付处银子，如何好与他争执？只得赔个笑面道："若是千金不值时，便找勾了八百金也罢。当初创造时，实费了一千二三百金之数，今也论不得了。再烦列位去通小生的鄙意则个。"众人道："难，难，难。方才

初刻拍案惊奇　435

我们只说得百把银子，卫朝奉兀自变了脸道：'我又不等屋住！若要找时，只是还我银子。'这般口气，相公却说个'八百两'三字，一万世也不成！"

陈秀才又道："财产重事，岂能一说便决？卫朝奉见头次索价太多，故作难色，今又减了二百之数，难道还有不愿之理？"众人吃央不过，只得又来对卫朝奉说了。卫朝奉也不答应，迸起了面皮，竟走进去。唤了四五个伴当出来，对众人道："朝奉叫我每陈家去讨银子，准房之事，不要说起了。"众人觉得没趣，只得又同了伴当到陈家来。众人也不回话，那几个伴当一片声道："朝奉叫我们来坐在这里，等兑还了银子方去。"陈秀才听说，满面羞惭，敢怒而不敢言。只得对众人道："可为我婉款了他家伴当回去，容我再作道理。"众人做歉做好，劝了他们回去，众人也各自散了。

陈秀才一肚皮的鸟气，没处出豁，走将进来，捶台拍凳，短叹长吁。马氏看了他这些光景，心下已自明白。故意道："官人何不去花街柳陌，楚馆秦楼，畅饮酣酒，通宵遣兴？却在此处咨嗟愁闷，也觉得少些风月了。"陈秀才道："娘子直恁地消遣小生。当初只为不听你的好言，忒看得钱财容易，致今日受那徽狗这般呕气。欲将那对湖庄房准与他，要他找我二百银子，叵耐他抵死不肯，只顾索债。又着数个伴当住在吾家坐守，亏得众人解劝了去，明早一定又来。难道我这所庄房止值得六百银子不成？如今却又没奈何了。"马氏道："你当初撒漫时节，只道家中是那无底之仓，长流之水，上千的费用了去，谁知到得今日，要别人找这一二百银子却如此烦难。既是他不肯时，只索准与他罢了，闷做甚？若象三年前时，再有几个庄子也准去了，何在乎这一个！"

陈秀才被马氏数落一顿，默默无言。当夜心中不快，吃了些晚饭，洗了脚手睡了。又道是欢娱嫌夜短，寂寞恨更长。陈秀才有这一件事在心上，翻来覆去，巴不到天明。及至五更鸡唱，身子困倦，朦胧思睡。

只听得家僮三五次进来说道："卫家来讨银子一早起了。"陈秀才忍耐不住，一骨碌扒将起来，请拢了众原中，写了一纸卖契：将某处庄卖到某处银六百两。将出来交与众人。众人不比昨日，欣然接了去，回复卫朝奉。陈秀才虽然气愤不过，却免了门头不清净，也只索罢了。那卫朝奉也不是不要庄房，也不是真要银子，见陈秀才十分窘迫，只是逼债，不怕那庄子不上他的手。如今陈秀才果然吃逼不过，只得将庄房准了。卫朝奉称心满意，已无话说。

　　却说那陈秀才自那准庄之后，心下好不懊恨，终日眉头不展，废寝忘餐。时常咬牙切齿道："我若得志，必当报之！"马氏见他如此，说道："不怨自己，反恨他人！别个有了银子，自然千方百计要寻出便益来，谁象你将了别人的银子用得落得，不知曾干了一节什么正经事务，平白地将这样美产贱送了！难道是别人央及你的不成？"陈秀才道："事到如今，我岂不知自悔？但作过在前，悔之无及耳。"马氏道："说得好听，怕口里不象心里，'自悔'两字，也是极难的。又道是：'败子若收心，犹如鬼变人。'这时节手头不足，只好缩了头坐在家里怨恨；有了一百二百银子，又好去风流撒漫起来。"

　　陈秀才叹口气道："娘子兀自不知我的心事！人非草木，岂得无知！我当初实是不知稼穑，被人鼓舞，朝歌暮乐，耗了家私。今已历尽凄凉，受人冷淡，还想着'风月'两字，真丧心之人了！"马氏道："恁地说来，也还有些志气。我道你不到乌江心不死①，今已到了乌江，这心原也该死了。我且问你，假若有了银子，你却待做些甚么？"陈秀才道："若有银子，必先恢复了这庄居，羞辱那徽狗一番，出一口气。其外或开个铺子，或置些田地，随缘度日，以待成名，我之愿也。若得千金之资，也就勾

---

① 不到乌江心不死：乌江在今安徽省和县东北，楚汉相争时项羽战败后至乌江自刎。这里借用此典，语含讥刺，意思是不把家业弄得精光就不甘心。

了。却那里得这银子来？只好望梅止渴，画饼充饥。"说罢往桌上一拍，叹一口气。马氏微微的笑道："若果然依得这一段话时，想这千金有甚难处之事？"

陈秀才见说得有些来历，连忙问道："银子在那里？还是去与人挪借？还是去与朋友们结会①？不然银子从何处来？"马氏又笑道："若挪借时，又是一个卫朝奉了。世情看冷暖，人面逐高低。见你这般时势，那个朋友肯出银子与你结会？还是求着自家屋里，或者有些活路，也不可知。"陈秀才道："自家屋里求着兀谁的是？莫非娘子有甚扶助小生之处？望乞娘子提掇指点小生一条路头，真莫大之恩也！"马氏道："你平时那一班同欢同赏、知音识趣的朋友，怎没一个来瞅睬你一瞅睬？元来今日原只好对着我说什么提掇也不提掇。我女流之辈，也没甚提掇你处。只要与你说一说过。"陈秀才道："娘子有甚说话？任凭措置。"马氏道："你如今当真收心务实了么？"陈秀才道："娘子，怎生说这话？我陈珩若再向花柳丛中看脚时，永远前程不吉，死于非命！"马氏道："既恁地说时，我便赎这庄子还你。"说罢，取了钥匙直开到厢房里一条黑弄中，指着一个皮匣，对陈秀才道："这些东西，你可将去赎庄；余下的，可原还我。"

陈秀才喜自天来，却还有些半信不信，揭开看时，只见雪白的摆着银子，约有千余金之物。陈秀才看了，不觉掉下泪来。马氏道："官人为何悲伤？"陈秀才道："陈某不肖，将家私荡尽，赖我贤妻熬清守淡，积攒下偌多财物，使小生恢复故业，实是枉为男子，无地可自容矣！"马氏道："官人既能改过自新，便是家门有幸。明日可便去赎取庄房，不必迟延了。"陈秀才当日欢喜无限，过了一夜。次日，着人请过旧日这几个原中去对卫朝奉说，要兑还六百银子，赎取庄房。

---

① 结会：又称请会、搭会、做会，旧时为解急难的一种筹资办法，入会者各出一股资金，交由邀会者使用，日后再依次偿还。

卫朝奉却是得了便宜的，如何肯便与他赎？推说道："当初准与我时，多是些败落房子，荒芜地基。我如今添造房屋，修理得锦锦簇簇，周回花木，栽植得整整齐齐。却便原是这六百银子赎了去，他倒安稳！若要赎时，如今当真要找足一千银子，便赎了去。"众人将此话回复了陈秀才。陈秀才道："既是恁地，必须等我亲看一看，果然添造修理，估值几何，然后量找便了。"便同众人到庄里来，问说："朝奉在么？"只见一个养娘说道："朝奉却才解铺里去了。我家内眷在里面，官人们没事不进去罢。"众人道："我们略在外边踏看一看不妨。"养娘放众人进去看了一遭，却见原只是这些旧屋，不过补得几块地板，筑得一两处漏点，修得三四根折栏杆，多是有数，看得见的，何曾添个甚么？

陈秀才回来，对众人道："庄居一无所增，如何却要我找银子？当初我将这庄子抵债，要他找得二百银子，他乘我手中窘迫，贪图产业，百般勒掯，上了他手，今日又要反找！将猫儿食拌猫儿饭，天理何在？我陈某当初软弱，今日不到得与他作弄。众人可将这六百银子交与他，教他出屋还我。只这等，他已得了三百两利钱了。"众人本自不敢去对卫朝奉说，却见陈秀才搬出好些银子，已自酥了半边，把那旧日的奉承腔子重整起来，都应道："相公说的是，待小人们去说。"众人将了银子去交与卫朝奉。卫朝奉只说少，不肯收；却是说众人不过，只得权且收了，却只不说出屋日期。众人道他收了银子，大头已定，取了一纸收票来，回复了陈秀才，俱各散讫。

过了几日，陈秀才又着人去催促出房。卫朝奉却道："必要找勾了修理改造的银子便去，不然时，决不搬出。"催了几次，只是如此推托。陈秀才愤恨之极，道："这厮恁般恃强！若与他经官动府，虽是理上说我不过，未必处得畅快。慢慢地寻个计较处置他，不怕你不搬出去。当初呕了他的气，未曾泄得，他今日又来欺负人，此恨如何消得！"那时正是十月中旬天气，月明如昼，陈秀才偶然走出湖房上来步月，闲行了半响。又道是无巧不成话，只见秦淮湖里上流头，黑洞洞退将一件物事来。陈秀才注目一看，吃了一惊。元来一个死尸，却是那扬子江中流入来的。那尸却好流近湖房边来，陈秀才正为着卫朝奉一事踌躇，默然自语道："有计了！有计了！"便唤了家僮陈禄到来。

那陈禄是陈秀才极得用的人，为人忠直，陈秀才每事必与他商议。当时对他说道："我受那卫家狗奴的气，无处出豁，他又不肯出屋还我，怎得个计较摆布他便好？"陈禄道："便是官人也是富贵过来的人，又不是小家子，如何受这些狗蛮的气！我们看不过，常想与他性命相搏，替官人泄恨。"陈秀才道："我而今有计在此，你须依着我，如此如此而行，自有重赏。"陈禄不胜之喜，道："好计！好计！"唯唯从命，依计而行。当夜各自散了。

次日，陈禄穿了一身宽敞衣服，央了平日与主人家往来得好的陆三官做了媒人，引他望对湖去投靠卫朝奉。卫朝奉见他人物整齐，说话伶俐，收纳了，拨一间房与他歇落。叫他穿房入户使用，且是勤谨得用。过了月余，忽一日，卫朝奉早起寻陈禄叫他买柴，却见房门开着，看时不见在里面。到各处寻了一会，则不见他。又着人四处找寻，多回说不见。卫朝奉也不曾费了什么本钱在他身上，也不甚要紧。正要寻原媒来问他，只见陈秀才家三五个仆人到卫家说道："我家一月前，逃走了一个人，叫做陈禄，闻得陆三官领来投靠你家。快叫他出来随我们去，不要藏匿过了。我家主见告着状哩！"卫朝奉道："便是一月前一个人投靠我，也不晓得是你家的人。不知何故，前夜忽然逃去了，委实没这人在我家。"

众人道："岂有又逃的理？分明是你藏匿过了，哄骗我们。既不在时，除非等我们搜一搜看。"卫朝奉托大道："便由你们搜，搜不出时，吃我几个面光。"众人一拥入来，除了老鼠穴中不搜过。卫朝奉正待发作，只见众人发声喊道："在这里了！"卫朝奉不知是甚事头，近前来看，元来在土松处翻出一条死人腿。卫朝奉惊得目睁口呆，众人一片声道："已定是卫朝奉将我家这人杀害了，埋这腿在这里。去请我家相公到来，商量去出首。"

一个人慌忙去请了陈秀才到来。陈秀才大发雷霆，嚷道："人命关天，怎便将我家人杀害了？不去府里出首，更待何时！"叫众人提了人腿便走。卫朝奉扢搭搭地抖着，拦住了道："我的爷，委实我不曾谋害人命。"陈秀才道："放屁！这个人腿那里来的？你只到官分辨去！"那富的人，怕的是见官，况是人命？只得求告道："且慢慢商量，如今凭陈相公怎地处分，饶我到官罢！怎吃得这个没头官司？"陈秀才道："当初图我产业，不肯找我银子的是你！今日占住房子，要我找价的也是你！恁般强横，今日又将我家人收留了，谋死了他！正好公报私仇，却饶不得！"卫朝奉道："我的爷，是我不是。情愿出屋还相公。"陈秀才道："你如何谎说添造房屋？你如今只将我这三百两利钱出来还我，修理庄居，写一纸伏辨与我，我们便净了口，将这只脚烧化了，此事便泯然无迹。不然时今日天清日白，在你家里搜出人腿来，众目昭彰，一传出去，不到得轻放过了你。"

卫朝奉冤屈无伸，却只要没事，只得写了伏辨，递与陈秀才。又逼他兑还三百银子，催他出屋。卫朝奉没奈何，连夜搬往三山街解铺中去。这里自将腿藏过了。陈秀才那一口气，方才消得。你道卫家那人腿是那里的？元来陈秀才十月半步月之夜，偶见这死尸退来，却叫家僮陈禄取下一条腿。次日只做陈禄去投靠卫家，却将那只腿悄地带入。乘他每不见，却将腿去埋在空外停当，依旧走了回家。这里只做去寻陈禄，将那人腿搜出，定要告官，他便慌张，没做理会处，只得出了屋去。又要他白送还这三百银子利钱，此陈秀才之妙计也。

陈秀才自此恢复了庄，便将余财十分作家，竟成富室。后亦举孝廉，不仕而终。陈禄走在外京多时，方才重到陈家来。卫朝奉有时撞着，情知中计，却是房契已还，当日一时急促中事，又没个把柄，无可申辨处。又毕竟不知人腿来历，到底怀着鬼胎，只得忍着罢了。这便是"陈秀才巧计赚原房"的话。有诗为证：

　　　　撒漫虽然会破家，欺贪克剥也难夸！
　　　　试看横事无端至，只为生平种毒赊。

钱多处白丁横带　　运退时刺史当艄

菀枯本是无常数，何必当风使尽帆？
东海扬尘犹有日，白衣苍狗[①]刹那间。

话说人生荣华富贵，眼前的多是空花，不可认为实相。如今人一有了时势，便自道是"万年不拔之基"，旁边看的人也是一样见识。岂知转眼之间，灰飞烟灭，泰山化作冰山，极是不难的事。俗语两句说得好："宁可无了有，不可有了无。"专为贫贱之人，一朝变泰，得了富贵，苦尽甜来滋味深长。若是富贵之人，一朝失势，落魄起来，这叫做"树倒猢狲散"，光景着实难堪了。却是富贵的人只据目前时势，横着胆，昧着心，任情做去，那里管后来有下梢没下梢！

曾有一个笑话，道是一个老翁，有三子，临死时分付道："你们倘有所愿，实对我说。我死后求之上帝。"一子道："我愿官高一品。"一子道："我愿田连万顷。"末一子道："我无所愿，愿换大眼睛一对。"老翁大骇道："要此何干？"其子道："等我撑开了大眼，看他们富的富，贵的贵。"此虽是一个笑话，正合着古人云：常将冷眼观螃蟹，看你横行得几时？虽然如此，然那等熏天赫地富贵人，除非是遇了朝廷诛戮，或是生下子孙不肖，方是败落散场，再没有一个身子上，先前做了贵人，以后流为下贱，现世现报，做人笑柄的。看官，而今且听小子先说一个好笑的，做个"入话"。

唐朝僖宗皇帝即位，改元乾符。是时阉官骄横，有个少马坊使内官田

[①] 白衣苍狗：又作白云苍狗，比喻世事莫测。

令孜，是上为晋王①时有宠，及即帝位，使知枢密院，遂擢为中尉。上时年十四，专事游戏，政事一委令孜，呼为"阿父"，迁除官职，不复关白。其时，京师有一流棍，名叫李光，专一阿谀逢迎，谄事令孜。令孜甚是喜欢信用，荐为左军使；忽一日，奏授朔方节度使。岂知其人命薄，没福消受，敕下之日，暴病卒死。遗有一子，名唤德权，年方二十余岁。令孜老大不忍，心里要抬举他，不论好歹，署了他一个剧职。

时黄巢破长安，中和元年②陈敬瑄在成都遣兵来迎僖皇。令孜遂劝僖皇幸蜀，令孜扈驾，就便叫了李德权同去。僖皇行在住于成都，令孜与敬瑄相交结，盗专国柄，人皆畏威。德权在两人左右，远近仰奉，凡奸豪求名求利者，多贿赂德权，替他两处打关节。数年之间，聚贿千万，累官至金紫光禄大夫、检校右仆射，一时熏灼无比。

后来僖皇薨逝，昭皇即位，大顺二年③四月，西川节度使王建屡表请杀令孜、敬瑄。朝廷惧怕二人，不敢轻许，建使人告敬瑄作乱、令孜通凤翔书，不等朝廷旨意，竟执二人杀之。草奏云：

开柙出虎，孔宣父不责他人；
当路斩蛇，孙叔敖盖非利己。
专杀不行于阃外，先机恐失于彀中。

于时追捕二人余党甚急。德权脱身遁于复州，平日枉有金银财货，万万千千，一毫却带不得，只走得空身，盘缠了几日。衣服多当来吃了，单衫百结，乞食通途。可怜昔日荣华，一旦付之春梦！

---

① 上为晋王：上，皇上，指唐僖宗。唐僖宗登基前，曾被封为晋王。
② 中和元年：指公元881年。中和为唐僖宗的年号。
③ 大顺二年：指公元891年。大顺为唐昭宗的第二个年号。正史记载，王建杀田令孜、陈敬瑄在唐昭宗景福二年（893），原文疑为写错。

却说天无绝人之路。复州有个后槽健儿，叫做李安。当日李光未际时，与他相熟。偶在道上行走，忽见一人褴褛丐食。仔细一看，认得是李光之子德权。心里恻然，邀他到家里，问他道："我闻得你父子在长安富贵，后来破败，今日何得在此？"德权将官司追捕田、陈余党，脱身亡命，到此困穷的话，说了一遍。李安道："我与汝父有交，你便权在舍下住几时，怕有人认得，你可改个名，只认做我的侄儿，便可无事。"德权依言，改名彦思，就认他这看马的做叔叔，不出街上乞化了。

未及半年，李安得病将死，彦思见后槽有官给的工食，遂叫李安投状，道："身已病废，乞将侄彦思继充后槽。"不数日，李安果死，彦思遂得补充健儿，为牧守圉人，不须忧愁衣食，自道是十分侥幸。岂知渐渐有人晓得他曾做仆射过的，此时朝政紊乱，法纪废弛，也无人追究他的踪迹。但只是起他个混名，叫他做"看马李仆射"。走将出来时，众人便指手点脚，当一场笑话。看官，你道"仆射"是何等样大官？"后槽"是何等样贱役？如今一人身上先做了仆射，收场结果做得个看马的，岂不可笑？却又一件，那些人依附内相，原是冰山，一朝失势，破败死亡，此是常理。留得残生看马，还是便宜的事，不足为怪。

如今再说当日同时有一个官员，虽是得官不正，侥幸来的，却是自己所挣。谁知天不帮衬，有官无禄。并不曾犯着一个对头，并不曾做着一件事体，都是命里所招，下梢头弄得没出豁，比此更为可笑。诗曰：

富贵荣华何足论？从来世事等浮云。
登场傀儡休相吓，请看当觞郭使君！

这本话文，就是唐僖宗朝江陵有一个人，叫做郭七郎。父亲在日，做江湘大商，七郎长随着船上去走的。父亲死过，是他当家了，真个是家资巨万，产业广延，有鸦飞不过的田宅，贼扛不动的金银山，乃楚城富民之

初刻拍案惊奇 445

首。江、淮、河朔的贾客，多是领他重本，贸易往来。却是这些富人惟有一项，不平心是他本等：大等秤进，小等秤出。自家的，歹争做好；别人的，好争做歹。这些领他本钱的贾客，没有一个不受尽他累的。各各吞声忍气，只得受他。你道为何？只为本钱是他的，那江湖上走的人，拚得陪些辛苦在里头，随你尽着欺心算帐，还只是仗他资本营运，毕竟有些便宜处。若一下冲撞了他，收拾了本钱去，就没蛇得弄了。故此随你克剥，只是行得去的。本钱越弄越大，所以富的人只管富了。

那时有一个极大商客，先前领了他几万银子，到京都做生意，去了几年，久无音信。直到乾符初年，郭七郎在家想着这主本钱没着落，他是大商，料无所失。可惜没个人往京去一讨。又想一想道："闻得京都繁华去处，花柳之乡，不若借此事由，往彼一游。一来可以索债，二来买笑追欢，三来觑个方便，觅个前程，也是终身受用。"算计已定。七郎有一个老母、一弟一妹在家，奴婢下人无数。只是未曾娶得妻子，当时分付弟妹承奉母亲，着一个都管看家，余人各守职业做生理。自己却带几个惯走长路会事的家人在身边，一面到京都来。

七郎从小在江湖边生长，贾客船上往来，自己也会撑得篙，摇得橹，手脚快便，把些饥餐渴饮之路，不在心上，不则一日到了。元来那个大商，姓张名全，混名张多宝，在京都开几处解典库，又有几所缣缎铺，专一放官吏债，打大头脑的。至于居间说事，卖官鬻爵，只要他一口担当，事无不成。也有叫他做"张多保"的，只为凡事都是他保得过，所以如此称呼。满京人无不认得他的。郭七郎到京，一问便着。他见七郎到了，是个江湘债主，起初进京时节，多亏他的几万本钱做桩，才做得开，成得这个大气概。一见了欢然相接，叙了寒温，便摆起酒来。把轿去教坊里，请了几个有名的行院前来陪侍，宾主尽欢。酒散后，就留一个绝顶的妓者，叫做王赛儿，相伴了七郎，在一个书房里宿了。富人待富人，那房舍精致，帷帐华侈，自不必说。

次日起来，张多保不待七郎开口，把从前连本连利一算，约该有十来万了，就如数搬将出来，一手交兑。口里道："只因京都多事，脱身不得，亦且挈了重资，江湖上难走，又不可轻易托人，所以迟了几年。今得七郎自身到此，交明了此一宗，实为两便。"七郎见他如此爽利，心下喜欢，便道："在下初入京师，未有下处。虽承还清本利，却未有安顿之所，有烦兄长替在下寻个寓舍何如？"张多保道："舍下空房尽多，闲时还要招客，何况兄长通家，怎到别处作寓？只须在舍下安歇。待要启行时，在下周置动身，管取安心无虑。"

七郎大喜，就在张家间壁一所大客房住了。当日取出十两银子送与王赛儿，做昨日缠头之费。夜间七郎摆还席，就央他陪酒。张多保不肯要他破钞，自己也取十两银子来送，叫还了七郎银子。七郎那里肯！推来推去，大家都不肯收进去，只便宜了这王赛儿，落得两家都收了，两人方才快活。是夜宾主两个，与同王赛儿行令作乐饮酒，愈加熟分有趣，吃得酩酊而散。

王赛儿本是个有名的上厅行首，又见七郎有的是银子，放出十分擒拿的手段来。七郎一连两宵，已此着了迷魂汤，自此同行同坐，时刻不离左右，竟不放赛儿到家里去了。赛儿又时常接了家里的妹妹，轮递来陪酒插趣。七郎赏赐无算，那鸨儿又有做生日、打差买物事、替还债许多科分出来。七郎挥金如土，并无吝惜。才是行径如此，便有帮闲钻懒一班儿人，出来诱他去跳槽。大凡富家浪子心性最是不常，搭着便生根的，见了一处，就热一处。王赛儿之外，又有陈娇、黎玉、张小小、郑翩翩，几处往来，都一般的撒漫使钱。那伙闲汉，又领了好些王孙贵戚好赌博的，牵来局赌。做圈做套，赢少输多，不知骗去了多少银子。

七郎虽是风流快活，终久是当家立计好利的人，起初见还的利钱都在里头，所以放松了些手。过了三数年，觉道用得多了，捉捉后手看，已用过了一半有多了。心里猛然想着家里头，要回家，来与张多保商量。张多

初刻拍案惊奇　447

保道:"此时正是濮人王仙芝①作乱,劫掠郡县,道路梗塞。你带了偌多银两,待往那里去?恐到不得家里,不如且在此盘桓几时,等路上平静好走,再去未迟。"

七郎只得又住了几日。偶然一个闲汉叫做包走空包大,说起朝廷用兵紧急,缺少钱粮,纳了些银子,就有官做;官职大小,只看银子多少。说得郭七郎动了火,问道:"假如纳他数百万钱,可得何官?"包大道:"如今朝廷昏浊,正正经经纳钱,就是得官,也只有数,不能勾十分大的。若把这数百万钱拿去,私下买嘱了主爵的官人,好歹也有个刺史做。"七郎吃一惊道:"刺史也是钱买得的?"包大道:"而今的世界,有甚么正经?有了钱,百事可做,岂不闻崔烈②五百万买了个司徒么?而今空名大将军告身,只换得一醉;刺史也不难的。只要通得关节,我包你做得来便是。"

正说时,恰好张多保走出来,七郎一团高兴,告诉了适才的说话。张多保道:"事体是做得来的,在下手中也弄过几个了。只是这件事,在下不撺掇得兄长做。"七郎道:"为何?"多保道:"而今的官有好些难做。他们做得兴头的,多是有根基,有脚力,亲戚满朝,党羽四布,方能勾根深蒂固。有得钱赚,越做越高。随你去剥削小民,贪污无耻,只要有使用,有人情,便是万年无事的。兄长不过是白身人,便弄上一个显官,须无四壁倚仗,到彼地方,未必行得去。就是行得去时,朝里如今专一讨人便宜,晓得你是钱换来的,略略等你到任一两个月,有了些光景,便道勾你了,一下子就涂抹着,岂不枉费了这些钱?若是官好做时,在下也做多时了。"

七郎道:"不是这等说,小弟家里有的是钱,没的是官。况且身边现有钱财,总是不便带得到家,何不于此处用了些?博得个腰金衣紫,也是

---

① 王仙芝:唐末农民起义领袖,濮州(治所在今山东省鄄城县北)人。
② 崔烈:东汉汉灵帝执政时,曾公开拍卖官爵,崔烈以五百万钱得为司徒。司徒是当时最高的官职,为"三公"(司徒、司空、司马)之一。

人生一世，草生一秋。就是不赚得钱时，小弟家里原不希罕这钱的；就是不做得兴时，也只是做过了一番官了。登时住了手，那荣耀是落得的。小弟见识已定，兄长不要扫兴。"多保道："既然长兄主意要如此，在下当得效力。"

当时就与包大两个商议去打关节，那个包大走跳路数极熟，张多保又是个有身家、干大事惯的人，有什么弄不来的事？原来唐时使用的是钱，千钱为"缗"，就用银子准时，也只是以钱算帐。当时一缗钱，就是今日的一两银子，宋时却叫做一贯了。张多保同包大将了五千缗，悄悄送到主爵的官人家里。那个主爵的官人，是内官田令孜的收纳户，百灵百验。又道是"无巧不成话"，其时有个粤西横州刺史郭翰，方得除授，患病身故，告身还在铨曹①。

主爵的受了郭七郎五千缗，就把籍贯改注，即将郭翰告身转付与了郭七郎。从此改名，做了郭翰。张多保与包大接得横州刺史告身，千欢万喜，来见七郎称贺。七郎此时头轻脚重，连身子都麻木起来。包大又去唤了一部梨园子弟。张多保置酒张筵，是日就换了冠带。那一班闲汉，晓得七郎得了个刺史，没一个不来贺喜撮空。大吹大擂，吃了一日的酒。又道是："苍蝇集秽，蝼蚁集膻，鹁鸽子旺边飞。"七郎在京都，一向撒漫有名，一旦得了刺史之职，就有许多人来投靠他做使令的，少不得官不威、牙爪威。做都管，做大叔，走头站，打驿吏，欺估客，诈乡民，总是这一干人了。

郭七郎身子如在云雾里一般，急思衣锦荣归，择日起身，张多保又设酒饯行。起初这些往来的闲汉、妹妹，多来送行。七郎此时眼孔已大，各各赍发些赏赐，气色骄傲，旁若无人。那些人让他是个见任刺史，胁肩谄笑，随他怠慢。只消略略眼梢带去，口角惹着，就算是十分殷勤好意了。

---

① 铨曹：负责量才授官的衙署。唐代吏部设有三铨（尚书铨、中铨、东铨）分任选官授职事宜。这里所指就是吏部。

初刻拍案惊奇　449

如此撺哄了几日，行装打迭已备，齐齐整整起行，好不风骚！一路上想道："我家里资产既饶，又在大郡做了刺史，这个富贵，不知到那里才住？"心下喜欢，不觉日逐卖弄出来。那些原跟去京都家人，又在新投的家人面前夸说着家里许多富厚之处，那新投的一发喜欢，道是投得着好主了，前路去耀武扬威，自不必说。无船上马，有路登舟，看看到得江陵境上来。七郎看时吃了一惊。但见：

人烟稀少，闾井荒凉。满前败宇颓垣，一望断桥枯树。乌焦木柱，无非放火烧残；赭白粉墙，尽是杀人染就。尸骸没主，乌鸦与蝼蚁相争；鸡犬无依，鹰隼与豺狼共饱。任是石人须下泪，总教铁汉也伤心。

元来江陵渚宫一带地方，多被王仙芝作寇残灭，里闾人物，百无一存。若不是水道明白，险些认不出路径来。七郎看见了这个光景，心头已自劈劈地跳个不住。到了自家岸边，抬头一看，只叫得苦。原来都弄做了瓦砾之场，偌大的房屋，一间也不见了。母亲、弟妹、家人等，俱不知一个去向。慌慌张张，走头无路，着人四处找寻。找寻了三四日，撞着旧时邻人，问了详细，方知地方被盗兵抄乱，弟被盗杀，妹被抢去，不知存亡。止剩得老母与一两个丫头，寄居在古庙旁边两间茅屋之内，家人俱各逃窜，囊橐尽已荡空。老母无以为生，与两个丫头替人缝针补线，得钱度日。

七郎闻言，不胜痛伤，急急领了从人，奔至老母处来。母子一见，抱头大哭。老母道："岂知你去后，家里遭此大难！弟妹俱亡，生计都无了！"七郎哭罢，拭泪道："而今事已到此，痛伤无益。亏得儿子已得了官，还有富贵荣华日子在后面，母亲且请宽心。"母亲道："儿得了何官？"七郎道："官也不小，是横州刺史。"母亲道："如何能勾得此显爵？"七郎道："当今内相当权，广有私路，可以得官。儿子向张客取债，他本利俱还，钱财尽多在身边，所以将钱数百万，勾干得此官。而今衣锦荣归，省看家里，随即星夜到任去。"

七郎叫众人取冠带过来，穿着了，请母亲坐好，拜了四拜。又叫身边随从旧人及京中新投的人，俱各磕头，称"太夫人"。母亲见此光景，虽然有些喜欢，却叹口气道："你在外边荣华，怎知家丁尽散，分文也无了？若不营勾这官，多带些钱归来用度也好。"七郎道："母亲诚然女人家识见，做了官，怕少钱财？而今那个做官的家里，不是千万百万，连地皮多卷了归家的？今家业既无，只索撇下此间，前往赴任，做得一年两年，重撑门户，改换规模，有何难处？儿子行囊中还剩有二三千缗，尽勾使用，母亲不必忧虑。"母亲方才转忧为喜，笑逐颜开道："亏得儿子峥嵘有日，奋发有时，真时谢天谢地！若不是你归来，我性命只在目下了。而今何时可以动身？"七郎道："儿子原想此一归来，娶个好媳妇，同享荣华。而今看这个光景，等不得做这个事了。且待上了任再做商量。今日先请母亲上船安息。此处既无根绊，明日换过大船，就做好日开了罢。早到得任一日，也是好的。"

当夜，请母亲先搬在来船中了，茅舍中破锅破灶破碗破罐，尽多撇下。又分付当直的雇了一只往西粤长行的官船，次日搬过了行李，下了舱口停当。烧了利市神福，吹打开船。此时老母与七郎俱各精神荣畅，志气轩昂。七郎不曾受苦，是一路兴头过来的，虽是对着母亲，觉得满盈得意，还不十分怪异；那老母是历过苦难的，真是地下超升在天上，不知身子几多大了。一路行去，过了长沙，入湘江，次永州。州北江漂有个佛寺，名唤兜率禅院。舟人打点泊船在此过夜，看见岸边有大楠树一株，围合数抱，遂将船缆结在树上，结得牢牢的，又钉好了桩橛。七郎同老母进寺随喜，从人撑起伞盖跟后。

寺僧见是官员，出来迎接送茶。私问来历，从人答道："是现任西粤横州刺史。"寺僧见说是见任官，愈加恭敬，陪侍指引，各处游玩。那老

初刻拍案惊奇 451

母但看见佛菩萨像,只是磕头礼拜,谢他覆庇。天色晚了,俱各回船安息。黄昏左右,只听得树梢呼呼的风响。须臾之间,天昏地黑,风雨大作。但见:

封姨逞势,巽二施威。空中如万马奔腾,树杪似千军拥沓。浪涛澎湃,分明战鼓齐鸣;圩岸倾颓,恍惚轰雷骤震。山中猛虎喘,水底老龙惊。尽知巨树可维舟,谁道大风能拔木!

众人听见风势甚大,心下惊惶。那艄公心里道是江风虽猛,亏得船系在极大的树上,生根得牢,万无一失。睡梦之中,忽听得天崩地裂价一声响亮,元来那株楠树年深日久,根行之处,把这些帮岸都拱得松了。又且长江巨浪,日夜淘洗,岸如何得牢?那树又大了,本等招风,怎当这一只狼犺的船,尽做力生根在这树上?风打得船猛,船牵得树重,树趁着风威,底下根在浮石中,绊不住了,豁喇一声,竟倒在船上来,把只船打得粉碎。船轻树重,怎载得起?只见水乱滚进来,船已沉了。船中碎板,片片而浮,睡的婢仆,尽没于水。

说时迟,那时快,艄公慌了手脚,喊将起来。郭七郎梦中惊醒,他从小原晓得些船上的事,与同艄公竭力死拖住船缆,才把个船头凑在岸上,搁得住,急在舱中水里,扶得个母亲,揿到得岸上来,逃了性命。其后艄人等,舱中什物行李,被几个大浪泼来,船底俱散,尽漂没了。其时,深夜昏黑,山门紧闭,没处叫唤,只得披着湿衣,三人搥胸跌脚价叫苦。

守到天明,山门开了,急急走进寺中,问着昨日的主僧。主僧出来,看见他慌张之势,问道:"莫非遇了盗么?"七郎把树倒舟沉之话说了一遍。寺僧忙走出看,只见岸边一只破船,沉在水里,岸上大楠树倒来压在其上,吃了一惊,急叫寺中火工道者人等,一同艄公,到破板舱中,遍寻东西。俱被大浪打去,没讨一些处。连那张刺史的告身,都没有了。寺僧权请进一间静室，安住老母，商量到零陵州州牧①处陈告情由，等所在官司替他动了江中遭风失水的文书，还可赴任。计议已定，有烦寺僧一往。寺僧与州里人情厮熟，果然叫人去报了。谁知：

浓霜偏打无根草，祸来只奔福轻人。

那老母原是兵戈扰攘中，看见杀儿掠女，惊坏了再苏的，怎当夜来这一惊可又不小，亦且婢仆俱亡，生资都尽，心中转转苦楚，面如蜡查，饮食不进，只是哀哀啼哭，卧倒在床，起身不得了。七郎愈加慌张，只得劝母亲道："留得青山在，不怕没柴烧。虽是遭此大祸，儿子官职还在，只要到得任所便好了。"老母带看哭道："儿，你娘心胆俱碎，眼见得无那活的人了，还说这太平的话则甚？就是你做得官，娘看不着了！"七郎一点痴心，还指望等娘好起来，就地方起个文书前往横州到任，有个好日子在后头。谁想老母受惊太深，一病不起。过不多两日，呜呼哀哉，伏惟尚飨。七郎痛哭一场，无计可施。又与僧家商量，只得自往零陵州哀告州牧。州牧几日前曾见这张失事的报单过，晓得是真情。毕竟官官相护，道他是隔省上司，不好推得干净身子。一面差人替他殡葬了母亲，又重重赏助他盘缠，以礼送了他出门。七郎亏得州牧周全，幸喜葬事已毕，却是丁了母忧，去到任不得了。

寺僧看见他无了根蒂，渐渐怠慢，不肯相留。要回故乡，已此无家可归。没奈何就寄住在永州一个船埠经纪人的家里，原是他父亲在时走客认得的。却是囊橐俱无，止有州牧所助的盘缠，日吃日减，用不得几时，看看没有了。那些做经纪的人，有甚情谊？日逐有些怨咨起来，未免茶迟饭

---

① 零陵州州牧：零陵州即永州，唐代曾一度改永州为零陵郡。州牧是刺史的代称，因汉代称刺史为州牧，唐代只有都城或陪都的地方长官称牧。

晏，箸长碗短。七郎觉得了，发话道："我也是一郡之主，当是一路诸侯。今虽丁忧，后来还有日子，如何恁般轻薄？"店主人道："说不得一郡两郡，皇帝失了势，也要忍些饥饿，吃些粗粝，何况于你是未任的官？就是官了，我每又不是什么横州百姓，怎么该供养你？我们的人家不做不活，须是吃自在食不起的。"七郎被他说了几句，无言可答，眼泪汪汪，只得含着羞耐了。

再过两日，店主人寻事吵闹，一发看不得了。七郎道："主人家，我这里须是异乡，并无一人亲识可归，一向叨扰府上，情知不当，却也是没奈何了。你有甚么觅衣食的道路，指引我一个儿？"店主人道："你这样人，种火又长，拄门又短，郎不郎秀不秀的，若要觅衣食，须把个'官'字儿阁起，照着常人，佣工做活，方可度日。你却如何去得？"七郎见说到佣工做活，气忿忿地道："我也是方面官员，怎便到此地位？"思想："零陵州州牧前日相待甚厚，不免再将此苦情告诉他一番，定然有个处法。难道白白饿死一个刺史在他地方了不成？"写了个帖，又无一个人跟随，自家袖了，葳葳蕤蕤，走到州里衙门上来递。那衙门中人见他如此行径，必然是打抽丰，没廉耻的，连帖也不肯收他的。直到再三央及，把上项事一一分诉，又说到替他殡葬厚礼赙行之事，这却衙门中都有晓得的，方才肯接了进去，呈与州牧。

州牧看了，便有好些不快活起来道："这人这样不达时务的！前日吾见他在本州失事，又看上司体面，极意周全他去了，他如何又在此缠扰？或者连前日之事，未必是真，多是神棍假装出来骗钱的未可知。纵使是真，必是个无耻的人，还有许多无厌足处。吾本等好意，却叫得'引鬼上门'，我而今不便追究，只不理他罢了。"分付门上不受他帖，只说概不见客，把原帖还了。七郎受了这一场冷淡，却又想回下处不得。住在衙门上守他出来时，当街叫喊。州牧坐在轿上问道："是何人叫喊？"七郎口里高声答道："是横州刺史郭翰。"州牧道："有何凭据？"七郎道："原有告身，被大风飘舟，失在江里了。"州牧道："既无凭据，知你是真是假？就是真的，赏发已过，如何只管在此缠扰？必是光棍①，姑饶打，快走！"左右虞候看见本官发怒，乱棒打来，只得闪了身子开来，一句话也不说得，有气无力的，仍旧走回下处闷坐。

店主人早已打听他在州里的光景，故意问道："适才见州里相公，相待如何？"七郎羞惭满面，只叹口气，不敢则声。店主人道："我教你把'官'字儿阁起，你却不听我，直要受人怠慢。而今时势，就是个空名宰相，也当不出钱来了。除是靠着自家气力，方挣得饭吃。你不要痴了！"七郎道："你叫我做甚勾当好？"店主人道："你自想，身上有甚本事？"七郎道："我别无本事，止是少小随着父亲，涉历江湖，那些船上风水，当艄拿舵之事，尽晓得些。"店主人喜道："这个却好了，我这里埠头上来往船只多，尽有缺少执艄的。我荐你去几时，好歹觅几贯钱来，饿你不死了。"

七郎没奈何，只得依从。从此只在往来船只上，替他执艄度日。去了几时，也就觅了几贯工钱回到店家来。永州市上人，认得了他，晓得他前项事的，就传他一个名，叫他做"当艄郭使君"。但是要寻他当艄的船，便指名来问郭使君。永州市上编成他一只歌儿道：

问使君，你缘何不到横州郡？元来是天作对，不作你假斯文，把家缘结果在风一阵。舵牙当执板，绳缆是拖绅。这是荣耀的下梢头也！还是把着舵儿稳。

——词名《挂枝儿》

在船上混了两年，虽然挨得服满，身边无了告身，去补不得官。若要

---

① 光棍：此处是对流氓无赖的称谓。

京里再打关节时，还须照前得这几千缗使用，却从何处讨？眼见得这话休题了，只得安心塌地，靠着船上营生。又道是"居移气，养移体"，当初做刺史，便像个官员；而今在船上多年，状貌气质，也就是些篙工水手之类，一般无二。可笑个一郡刺史，如此收场。可见人生荣华富贵，眼前算不得帐的。上复世间人，不要十分势利。听我四句口号：

  富不必骄，贫不必怨。

  要看到头，眼前不算。

二刻拍案惊奇

〔明〕凌濛初 著

作者自叙

尝记《博物志》云："汉刘褒画《云汉图》，见者觉热；又画《北风图》，见者觉寒。"窃疑画本非真，何缘至是？然犹曰人之见为之也。甚而僧繇点睛，雷电破壁；吴道玄画殿内五龙，大雨辄生烟雾。是将执画为真，则既不可，若云赝也，不已胜于真者乎？然则操觚之家，亦若是焉则已矣。

今小说之行世者，无虑百种，然而失真之病，起于好奇。知奇之为奇，而不知无奇之所以为奇。舍目前可纪之事，而驰骛于不论不议之乡，如画家之不图犬马而图鬼魅者，曰："吾以骇听而止耳。"

夫刘越石清啸吹笳，尚能使群胡流涕，解围而去，今举物态人情，恣其点染，而不能使人欲歌欲泣于其间。此其奇与非奇，固不待智者而后知之也。则为之解曰："文自《南华》《冲虚》，已多寓言；下至非有先生、凭虚公子，安所得其真者而寻之？"不知此以文胜，非以事胜也。至演义一家，幻易而真难，固不可相衡而论矣。即如《西游》一记，怪诞不经，读者皆知其谬，然据其所载，师弟四人，各一性情，各一动止，试摘取其一言一事，遂使暗中摸索，亦知其出自何人，则正以幻中有真，乃为传神阿堵。而已有不如《水浒》之讥。岂非真不真之关，固奇不奇之大较也哉！

即空观主人者，其人奇，其文奇，其遇亦奇。因取其抑塞磊落之才，出绪余以为传奇，又降而为演义，此《拍案惊奇》之所以两刻也。其所捃摭，大都真切可据。间及神天鬼怪，故如史迁纪事，摹写逼真，而龙之踞腹，蛇之当道，鬼神之理，远而非无，不妨点缀域外之观，以破俗儒之隅见耳。若夫妖艳风流一种，集中亦所必存。唯污蔑世界之谈，则戛戛乎其务去。鹿门子常怪宋广平之为人，意其铁心石肠，而为《梅花赋》，则清便艳发，得南朝徐庾体。由此观之，凡托于椎陋以眩世，殆有不足信者夫。

主人之言固曰："使世有能得吾说者，以为忠臣孝子无难；而不能者，不至为宣淫而已矣。"此则作者之苦心，又出于平平奇奇之外者也。

时劂剞①告成，而主人薄游未返，肆中急欲行世，征言于余。余未知搦管，毋乃"刻画无盐，唐突西子"哉！亦曰"簸之扬之，糠秕在前"云尔。

壬申冬日睡乡居士题并书

---

① 劂剞：音 jī jué，意为刻镂的刀具。

小引

丁卯之秋事，附肤落毛，失诸正鹄，迟回白门。偶戏取古今所闻一二奇局可纪者，演而成说，聊舒胸中磊块。非曰行之可远，姑以游戏为快意耳。同侪过从者索阅一篇竟，必拍案曰："奇哉所闻乎！"为书贾所侦，因以梓传请。遂为钞撮成编，得四十种。支言俚说，不足供酱瓿；而翼飞胫走，较撚髭呕血、笔冢研穿者，售不售反霄壤隔也。

嗟乎，文讵①有定价乎？贾人一试之而效，谋再试之。余笑谓："一之已甚。"顾逸事新语可佐谈资者，乃先是所罗而未及付之于墨，其为柏梁余材、武昌剩竹，颇亦不少。意不能恝，聊复缀为四十则。其间说鬼说梦，亦真亦诞，然意存劝戒，不为风雅罪人，后先一指也。竺乾氏以此等亦为绮语障，作如是观，虽现稗官身为说法，恐维摩居士知贡举，又不免驳放耳。

崇祯壬申冬日即空观主人题于玉光斋中

---

① 讵：音 jù，岂，表示反问。

同窗友认假作真　女秀才移花接木

万里桥边薛校书[①]，枇杷窗下闭门居。

扫眉才子知多少，管领春风总不如。

这四句诗，乃唐人赠蜀中妓女薛涛之作。这个薛涛乃是女中才子，南康王韦皋[②]做西川节度使时，曾表奏他做军中校书，故人多称为薛校书。所往来的是高千里、元微之、杜牧之[③]一班儿名流。又将浣花溪水造成小笺，名曰"薛涛笺"。词人墨客得了此笺，犹如拱璧。真正名重一时，芳流百世。

国朝洪武年间，有广东广州府人田洙，字孟沂，随父田百禄到成都赴教官之任。那孟沂生得风流标致，又兼才学过人，书画琴棋之类，无不通晓。学中诸生日与嬉游，爱同骨肉。过了一年，百禄要遣他回家。孟沂的母亲心里舍不得他去，又且寒官冷署，盘费难处。百禄与学中几个秀才商量，要在地方上寻一个馆与儿子坐坐，一来可以早晚读书，二来得些馆资，可为归计。这些秀才巴不得留住他，访得附郭一个大姓张氏要请一馆宾，众人遂将孟沂力荐于张氏。张氏送了馆约，约定明年正月元宵后到馆。至期，学中许多有名的少年朋友，一同送孟沂到张家来，连百禄也自送去。

[①] 薛校书：指薛涛，字洪度，唐长安人，幼随父入蜀，后沦为乐妓，能诗，晚年居成都。校书，即校书郎，秘书一类的官员，传薛涛曾任此职，后遂作妓女的雅称。
[②] 韦皋：唐京兆万年（今西安市）人，官剑南、西川节度使，有功名，封南康郡王。
[③] 高千里、元微之、杜牧之：高骈，字千里，曾官西川节度使，有文名。元稹，字微之，诗人。杜牧，字牧之，诗人。

张家主人曾为运使,家道饶裕,见是老广文带了许多时髦到家,甚为喜欢。开筵相待,酒罢各散,孟沂就在馆中宿歇。

到了二月花朝日,孟沂要归省父母。主人送他节仪二两,孟沂袋在袖子里了,步行回去。偶然一个去处,望见桃花盛开,一路走去看,境甚幽僻。孟沂心里喜欢,伫立少顷,观玩景致。忽见桃林中一个美人,掩映花下。孟沂晓得是良人家,不敢顾盼,径自走过。未免带些卖俏身子,拖下袖来,袖中之银,不觉落地。美人看见,便叫随侍的丫鬟拾将起来,送还孟沂。孟沂笑受,致谢而别。

明日,孟沂有意打那边经过,只见美人与丫鬟仍立在门首。孟沂望着门前走去,丫鬟指道:"昨日遗金的郎君来了。"美人略略敛身避入门内。孟沂见了丫鬟叙述道:"昨日多蒙娘子美情,拾还遗金,今日特来造谢。"美人听得,叫丫鬟请入内厅相见。孟沂喜出望处,急整衣冠,望门内而进。美人早已迎着至厅上,相见礼毕,美人先开口道:"郎君莫非是张运使宅上西宾么?"孟沂道:"然也。昨日因馆中回家,道经于此,偶遗少物,得遇夫人盛情,命尊姬拾还,实为感激。"美人道:"张氏一家亲戚,彼西宾即我西宾。还金小事,何足为谢?"孟沂道:"欲问夫人高门姓氏,与敝东何亲?"美人道:"寒家姓平,成都旧族也。妾乃文孝坊薛氏女,嫁与平氏子康,不幸早卒,妾独孀居于此。与郎君贤东乃乡邻姻娅,郎君即是通家了。"

孟沂见说是孀居,不敢久留。两杯茶罢,起身告退。美人道:"郎君便在寒舍过了晚去。若贤东晓得郎君在此,妾不能久留款待,觉得没趣了。"即分付快办酒馔。不多时,设着两席,与孟沂相对而坐。坐中殷勤劝酬,笑语之间,美人多带些谑浪话头。孟沂认道是张氏至戚,虽然心里技痒难熬,还拘拘束束,不敢十分放肆。美人道:"闻得郎君倜傥俊才,何乃作儒生酸态?妾虽不敏,颇解吟咏。今遇知音,不敢爱丑,当与郎君赏鉴文墨,唱和词章。郎君不以为鄙,妾之幸也。"遂教丫鬟取出唐贤遗墨与孟沂看。

孟沂从头细阅,多是唐人真迹手翰诗词,惟元稹、杜牧、高骈的最多,墨迹如新。孟沂爱玩,不忍释手,道:"此希世之宝也。夫人情钟此类,真是千古韵人了。"美人谦谢。两个谈话有味,不觉夜已二鼓。孟沂辞酒不饮,美人延入寝室,自荐枕席道:"妾独处已久,今见郎君高雅,不能无情,愿得奉陪。"孟沂道:"不敢请耳,固所愿也。"两个解衣就枕,鱼水欢情,极其缱绻。枕边切切叮咛道:"慎勿轻言,若贤东知道,彼此名节丧尽了。"

次日,将一个卧狮玉镇纸赠与孟沂,送至门外道:"无事就来走走,勿学薄幸人!"孟沂道:"这个何劳分付?"孟沂到馆,哄主人道:"老母想念,必要小生归家宿歇,小生不敢违命留此,从今早来馆中,晚归家里便了。"主人信了说话,道:"任从尊便。"自此,孟沂在张家,只推家里去宿,家里又说在馆中宿,竟夜夜到美人处宿了。整有半年,并没一个人知道。

孟沂与美人赏花玩月,酌酒吟诗,曲尽人间之乐。两人每每你唱我和,做成联句,如《落花二十四韵》《月夜五十韵》,斗巧争妍,真成敌手。诗句太多,恐看官每厌听,不能尽述。只将他两人《四时回文诗》表白一遍。美人诗道:

花朵几枝柔傍砌,柳丝千缕细摇风。
霞明半岭西斜日,月上孤村一树松。(《春》)
凉回翠簟冰人冷,齿沁清泉夏月寒。
香篆袅风清缕缕,纸窗明月白团团。(《夏》)
芦雪覆汀秋水白,柳风凋树晚山苍。
孤帏客梦惊空馆,独雁征书寄远乡。(《秋》)
天冻雨寒朝闭户,雪飞风冷夜关城。

> 鲜红炭火围炉暖，浅碧茶瓯注茗清。（《冬》）

这个诗怎么叫得回文？因是顺读完了，倒读转去，皆可通得。最难得这样浑成，非是高手不能，美人一挥而就。孟沂也和他四首道：

> 芳树吐花红过雨，入帘飞絮白惊风。
> 黄添晓色青舒柳，粉落晴香雪覆松。（《春》）
> 瓜浮瓮水凉消暑，藕叠盘冰翠嚼寒。
> 斜石近阶穿笋密，小池舒叶出荷团。（《夏》）
> 残石绚红霜叶出，薄烟寒树晚林苍。
> 鸾书寄恨羞封泪，蝶梦惊愁怕念乡。（《秋》）
> 风卷雪篷寒罢钓，月辉霜柝冷敲城。
> 浓香酒泛霞杯满，淡影梅横纸帐清。（《冬》）

孟沂和罢，美人甚喜。真是才子佳人，情味相投，乐不可言。却是好物不坚牢，自有散场时节。

一日，张运使偶过学中，对老广文田百禄说道："令郎每夜归家，不胜奔走之劳。何不仍留寒舍住宿，岂不为便？"百禄道："自开馆后，一向只在公家。止因老妻前日有疾，曾留得数日，这几时并不曾来家宿歇，怎么如此说？"张运使晓得内中必有跷蹊，恐碍着孟沂，不敢尽言而别。是晚，孟沂告归，张运使不说破他，只叫馆仆尾着他去。到得半路，忽然不见。馆仆赶去追寻，竟无下落。回来对家主说了，运使道："他少年放逸，必然花柳人家去了。"馆仆道："这条路上，何曾有什么伎馆？"运使道："你还到他衙中问问看。"馆仆道："天色晚了，怕关了城门，出来不得。"运使道："就在田家宿了，明日早辰来回我不妨。"

到了天明，馆仆回话，说是不曾回衙。运使道："这等，那里去了？"

正疑怪间，孟沂恰到。运使问道："先生昨宵宿于何处？"孟沂道："家间。"运使道："岂有此理！学生昨日叫人跟随先生回去，因半路上不见了先生，小仆直到学中去问，先生不曾到宅，怎如此说？"孟沂道："半路上遇到一个朋友处讲话，直到天黑回家，故此盛仆来时问不着。"馆仆道："小人昨夜宿在相公家了，方才回来的。田老爹见说了，甚是惊慌，要自来寻问。相公如何还说着在家的话？"孟沂支吾不来，颜色尽变。运使道："先生若有别故，当以实说。"

孟沂晓得遮掩不过，只得把遇着平家薛氏的话说了一遍，道："此乃令亲相留，非小生敢作此无行之事。"运使道："我家何尝有亲戚在此地方？况亲戚中也无平姓者，必是鬼祟。今后先生自爱，不可去了。"孟沂口里应承，心里那里信他？傍晚又到美人家里去，备对美人说形迹已露之意。美人道："我已先知道了。郎君不必怨悔，亦是冥数尽了。"遂与孟沂痛饮，极尽欢情。到了天明，哭对孟沂道："从此永别矣！"将出洒墨玉笔管一枝，送与孟沂道："此唐物也。郎君慎藏在身，以为记念。"挥泪而别。

那边张运使料先生晚间必去，叫人看着，果不在馆。运使道："先生这事必要做出来，这是我们做主人的干系，不可不对他父亲说知。"遂步至学中，把孟沂之事备细说与百禄知道。百禄大怒，遂叫了学中一个门子，同着张家馆仆，到馆中唤孟沂回来。孟沂方别了美人，回到张家，想念道："他说永别之言，只是怕风声败露，我便耐守几时再去走动，或者还可相会。"正踌躇间，父命已至，只得跟着回去。百禄一见，喝道："你书到不读，夜夜在那里游荡？"

孟沂看见张运使一同在家了，便无言可对。百禄见他不说，就拿起一条柱杖劈头打去，道："还不实告！"孟沂无奈，只得把相遇之事，及录成联句一本与所送镇纸、笔管两物，多将出来，道："如此佳人，不容不动心，不必罪儿了。"百禄取来逐件一看，看那玉色是几百年出土之物，管上有篆刻"渤海高氏清玩[1]"六个字。又揭开诗来,从头细阅,不觉心服。对张运使道:"物既稀奇,诗又俊逸,岂寻常之怪!我每可同了不肖子,亲到那地方去查一查踪迹看。"遂三人同出城来,将近桃林,孟沂道:"此间是了。"进前一看,孟沂惊道:"怎生屋宇俱无了?"

百禄与运使齐抬头一看,只见水碧山青,桃株茂盛。荆棘之中,有冢累然。张运使点头道:"是了,是了。此地相传是唐妓薛涛之墓。后人因郑谷[2]诗有'小桃花绕薛涛坟'之句,所以种桃百株,为春时游赏之所。贤郎所遇,必是薛涛也。"百禄道:"怎见得?"张运使道:"他说所嫁是平氏子康,分明是平康巷[3]了。又说文孝坊,城中并无此坊,'文孝'乃是'教'字,分明是教坊了。平康巷教坊乃是唐时妓女所居,今云薛氏,不是薛涛是谁?且笔上有高氏字,乃是西川节度使高骈,骈在蜀时,涛最蒙宠待,二物是其所赐无疑。涛死已久,其精灵犹如此。此事不必穷究了。"百禄晓得运使之言甚确,恐怕儿子还要着迷,打发他回归广东。后来孟沂中了进士,常对人说,便将二玉物为证。虽然想念,再不相遇了,至今传有"田洙遇薛涛"故事。

小子为何说这一段鬼话?只因蜀中女子从来号称多才,如文君、昭君,多是蜀中所生,皆有文才。所以薛涛一个妓女,生前诗名不减当时词客,死后犹且诗兴勃然,这也是山川的秀气。唐人诗有云:

锦江腻滑蛾眉秀,幻出文君与薛涛。

---

[1] 渤海高氏清玩:渤海,指渤海国,历史上曾在东北乌苏里江流域一带建国,最盛时辖境有五京、十五府、六十二州,上京龙泉府遗址在今黑龙江省宁安市东京城。高氏,指高骈,祖籍渤海,故云。清玩,可供文人赏玩的东西。
[2] 郑谷:字守愚,晚唐诗人。
[3] 平康巷:又名平康坊,唐代都城长安的里坊名,为妓女聚居之所。后世亦称妓女为"平康女子"。

诚为千古佳话。至于黄崇嘏[①]女扮为男，做了相府掾属，今世传有《女状元》本，也是蜀中故事。可见蜀女多才，自古为然。至今两川风俗，女人自小从师上学，与男人一般读书。还有考试进庠做青衿弟子。若在别处，岂非大段奇事？而今说着一家子的事，委曲奇咤，最是好听。

从来女子守闺房，几见裙钗入学堂？
文武习成男子业，婚姻也只自商量。

话说四川成都府绵竹县，有一个武官，姓闻名确，乃是卫中世袭指挥。因中过武举两榜，累官至参将，就镇守彼处地方。家中富厚，赋性豪奢。夫人已故，房中有一班姬妾，多会吹弹歌舞。有一子，也是妾生，未满三周。有一个女儿，年十七岁，名曰蜚娥，丰姿绝世，却是将门将种，自小习得一身武艺，最善骑射，直能百步穿杨。模样虽是娉婷，志气赛过男子。他起初因见父亲是个武出身，受那外人指目，只说是个武弁人家，必须得个子弟在黉门中出入，方能结交斯文士夫，不受人的欺侮。争奈兄弟尚小，等他长大不得，所以一向妆做男子，到学堂读书。外边走动，只是个少年学生。到了家中内房，方还女扮。如此数年，果然学得满腹文章，博通经史。这也是蜀中做惯的事。遇着提学到来，他就报了名，改为胜杰，说是胜过豪杰男人之意，表字俊卿，一般的入了队去考童生。一考就进了学，做了秀才。他男扮久了，人多认他做闻参将的小舍人，一进了学，多来贺喜。

府县迎送到家，参将也只是将错就错，一面欢喜开宴。盖是武官人

[①] 黄崇嘏：五代十国时，四川临邛的才女，擅文词，曾女扮男装，被蜀相周庠录为相府掾属。明代徐渭据此故事演为《女状元》杂剧，黄梅戏《女驸马》（唱词第一句为"为救李郎离家园……"）里的主要情节，也是根据这位才女的故事改编。

家,秀才乃极难得的,从此参将与官府往来,添了个帮手,有好些气色。为此,内外大小却象忘记他是女儿一般的,凡事尽是他支持过去。他同学朋友,一个叫做魏造,字撰之;一个叫做杜亿,字子中。两人多是出群才学,英锐少年,与闻俊卿意气相投,学业相长。况且年纪差不多:魏撰之年十九岁,长闻俊卿两岁;杜子中与闻俊卿同年,又是闻俊卿月生大些。三人就像一家兄弟一般,极是过得好,相约了同在学中一个斋舍里读书。两个无心,只认做一伴的好朋友。

闻俊卿却有意要在两个里头拣一个嫁他。两个人比起来,又觉得杜子中同年所生,凡事仿佛些,模样也是他标致些,更为中意,比魏撰之分外说的投机。杜子中见俊卿意思又好,丰姿又妙,常对他道:"我与兄两人可惜多做了男子,我若为女,必当嫁兄;兄若为女,我必当娶兄。"魏撰之听得,便取笑道:"而今世界盛行男色,久已颠倒阴阳,那见得两男便嫁娶不得?"闻俊卿正色道:"我辈俱是孔门子弟,以文艺相知,彼此爱重,岂不有趣?若想着淫昵,便把面目放在何处?我辈堂堂男子,谁肯把身子做顽童乎?魏兄该罚东道便好。"魏撰之道:"适才听得子中爱慕俊卿,恨不身为女子,故尔取笑。若俊卿不爱此道,子中也就变不及身子了。"杜子中道:"我原是两下的说话,今只说得一半,把我说得失便宜了。"魏撰之道:"三人之中,谁叫你独小些,自然该吃亏些。"大家笑了一回。

俊卿归家来,脱了男服,还是个女人。自家想道:"我久与男人做伴,已是不宜,岂可他日舍此同学之人,另寻配偶不成?毕竟止在二人之内了。虽然杜生更觉可喜,魏兄也自不凡,不知后来还是那个结果好,姻缘还在那个身上?"心中委决不下。他家中一个小楼,可以四望。一个高兴,趁步登楼。见一只乌鸦在楼窗前飞过,却去住在百来步外一株高树上,对着楼窗呀呀的叫。俊卿认得这株树,乃是学中斋前之树,心里道:"叵耐这业畜叫得不好听,我结果他去。"跑下来自己卧房中,取了弓箭,跑上楼来。那乌鸦还在那里狠叫,俊卿道:"我借这业畜卜我一件心事则个。"扯开弓,搭上箭，口里轻轻道："不要误我！"飕的一声，箭到处，那边乌鸦坠地。这边望去看见，情知中箭了。急急下楼来，仍旧改了男妆，要到学中看那枝箭下落。

且说杜子中在斋前闲步，听得鸦鸣正急，忽然扑的一响，掉下地来。走去看时，鸦头上中了一箭，贯睛而死。子中拔了箭出来道："谁有此神手？恰恰贯着他头脑。"仔细看那箭干上，有两行细字道："矢不虚发，发必应弦。"子中念罢，笑道："那人好夸口！"魏撰之听得跳出来，急叫道："拿与我看！"在杜子中手里接了过去。正同着看时，忽然子中家里有人来寻，子中掉着箭自去了，魏撰之细看之时，八个字下边，还有"蜚娥记"三小字，想着："蜚娥乃女人之号，难道女人中有此妙手？这也诧异。适才子中不看见这三个字，若见时必然还要称奇了。"

沉吟间，早有闻俊卿走将来，看见魏撰之捻了这枝箭立在那里，忙问道："这枝箭是兄拾了么？"撰之道："箭自何来，兄却如此盘问？"俊卿道："箭上有字的么？"撰之道："因为有字，在此念想。"俊卿道："念想些甚么？"撰之道："有'蜚娥记'三字。蜚娥必是女人，故此想着，难道有这般善射的女子不成？"俊卿搗个鬼道："不敢欺兄，蜚娥即是家姊。"撰之道："令姊有如此巧艺，曾许聘那家了？"俊卿道："未曾许人。"撰之道："模样如何？"俊卿道："与小弟有些厮象。"撰之道："这等，必是极美的了。俗语道：'未看老婆，先看阿舅。'小弟尚未有室，吾兄与小弟做个撮合山何如？"俊卿道："家下事，多是小弟作主。老父面前，只消小弟一说，无有不依。只未知家姐心下如何。"撰之道："令姊面前，也在吾兄帮衬，通家之雅，料无推拒。"俊卿道："小弟谨记在心。"撰之喜道："得兄应承，便十有八九了。谁想姻缘却在此枝箭上，小弟谨当宝此以为后验。"便把来收拾在拜匣内了。取出羊脂玉闹妆一个递与俊卿，道："以此奉令姊，权答此箭，作个信物。"俊卿收来束在腰间。撰之道："小弟作诗一首，道意于令姊何如？"俊卿道："愿闻。"撰之吟道：

闻得罗敷未有夫，支机肯许问津无？

他年得射如皋雉，珍重今朝金仆姑。

俊卿笑道："诗意最妙，只是兄貌不陋，似太谦了些。"撰之笑道："小弟虽不便似贾大夫之丑，却与令姊相并，必是不及。"俊卿含笑自去了。从此撰之胸中痴痴里想着闻俊卿有个姊姊，美貌巧艺，要得为妻。有了这个念头，并不与杜子中知道。因为箭是他拾着的，今自己把做宝贝藏着，恐怕他知因，来要了去。谁想这个箭，元有来历，俊卿学射时，便怀有择配之心。竹干上刻那二句，固是夸着发矢必中，也暗敦个应弦的哑谜。他射那乌鸦之时，明知在书斋树上，射去这枝箭，心里暗卜一卦，看他两人那个先拾得者，即为夫妻。为此急急来寻下落，不知是杜子中先拾着，后来掉在魏撰之手里。俊卿只见在魏撰之处，以为姻缘有定，故假意说是姐姐，其实多暗隐着自己的意思。魏撰之不知其故，凭他捣鬼，只道真有个姐姐罢了。

俊卿固然认了魏撰之是天缘，心里却为杜子中十分相爱，好些撇打不下。叹口气道："一马跨不得双鞍，我又违不得天意。他日别寻件事端，补还他美情罢。"明日来对魏撰之道："老父与家姊面前，小弟十分撺掇，已有允意，玉闹妆也留在家姊处了。老父的意思，要等秋试过，待兄高捷了方议此事。"魏撰之道："这个也好，只是一言既定，再无翻变才妙。"俊卿道："有小弟在，谁翻变得？"魏撰之不胜之喜。

时值秋闱，魏撰之与杜子中、闻俊卿多考在优等，起送乡试。两人来拉了俊卿同去。俊卿与父参将计较道："女孩儿家只好瞒着人，暂时做秀才耍子，若当真去乡试，一下子中了举人，后边露出真情来，就要关着奏请干系。事体弄大了，不好收场，决使不得。"推了有病不行，魏、杜两生只得撇了自去赴试。揭晓之日，两生多得中了。闻俊卿见两家报了捷，也自欢喜。打点等魏撰之迎到家时，方把求亲之话与父亲说知，图成此亲事。

不想安绵兵备道与闻参将不合，时值军政考察，在按院处开了款数，递了一个揭帖，诬他冒用国课，妄报功绩，侵克军粮，累赃巨万。按院参上一本，奉圣旨，着本处抚院提问。此报一到，闻家合门慌做了一团。也就有许多衙门人寻出事端来缠扰，还亏得闻俊卿是个出名的秀才，众人不敢十分罗唣。过不多时，兵道行个牌到府来，说是奉旨犯人，把闻参将收拾在府狱中去了。闻俊卿自把生员出名去递投诉，就求保候父亲。府间准了诉词，不肯召保。

俊卿就央了同窗新中的两个举人去见府尊，府尊说："碍上司分付，做不得情。"三人袖手无计。此时魏撰之自揣道："他家患难之际，料说不得求亲的闲话，只好不提起，且一面去会试再处。"两人临行之时，又与俊卿作别。撰之道："我们三人同心之友，我两人喜得侥幸，方恨俊卿因病蹉跎，不得同登，不想又遭此家难。而今我们匆匆进京去了，心下如割，却是事出无奈。多致意尊翁，且自安心听问，我们若少得进步，必当出力相助，来白此冤！"子中道："此间官官相护，做定了圈套陷人。闻兄只在家营救，未必有益。我两人进去，倘得好处，闻兄不若径到京来商量，与尊翁寻个出场。还是那边上流头好辨白冤枉，我辈也好相机助力。切记！切记！"撰之又私自叮嘱道："令姊之事，万万留心。不论得意不得意，此番回来必求事谐了。"俊卿道："闹妆现在，料不使兄失望便了。"三人洒泪而别。

闻俊卿自两人去后，一发没有商量可救父亲。亏得官无三日急，到有七日宽。无非凑些银子，上下分派分派，使用得停当，狱中的也不受苦，官府也不来急急要问，丢在半边，做一件未结公案了。参将与女儿计较道："这边的官司既未问理，我们正好做手脚。我意要修上一个辨本，做成一个备细揭帖，到京中诉冤。只没个能干的人去得，心下踌躇未定。"

闻俊卿道："这件事须得孩儿自去，前日魏、杜两兄临别时，也教孩儿进京去，可以相机行事。但得两兄有一人得第，也就好做靠傍了。"参将道:"虽然你是个女中丈夫,是你去毕竟停当。只是万里程途,路上恐怕不便。"俊卿道:"自古多称缇萦救父,以为美谈。他也是个女子,况且孩儿男妆已久,游庠已过,一向算在丈夫之列,有甚去不得?虽是路途遥远,孩儿弓矢可以防身,倘有甚么人盘问,凭着胸中见识也支持得过,不足为虑。只是须得个男人随去,这却不便。孩儿想得有个道理,家丁闻龙夫妻多是苗种,多善弓马,孩儿把他妻子也打扮做男人,带着他两个,连孩儿共是三人一起走,既有妇女伏侍,又有男仆跟随,可以放心一直到京了。"参将道:"既然算计得停当,事不宜迟,快打点动身便是。"俊卿依命,一面去收拾。听得街上报进士,说魏、杜两人多中了。

俊卿不胜之喜,来对父亲说道:"有他两人在京做主,此去一发不难做事。"就拣定一日,作急起身。在学中动了一个游学呈子,批个文书执照,带在身边了。路经省下来,再察听一察听上司的声口消息。你道闻小姐怎生打扮?

飘飘中帻,覆着两鬓青丝;窄窄靴鞋,套着一双玉笋。上马衣裁成短后,蛮狮带妆就偏垂。囊一张玉靶弓,想开时,舒臂扭腰多体态;插几枝雁翎箭,看放处,猿啼雕落逞高强。争美道能文善武的小郎君,怎知是女扮男妆的乔秀士?

一路来到了成都府中,闻龙先去寻下了一所幽静饭店。闻俊卿后到,歇下了行李,叫闻龙妻子取出带来的山菜几件,放在碟内,向店中取了一壶酒,斟着慢吃。

又道是无巧不成话。那坐的所在,与隔壁人家窗口相对,只隔得一个小天井。正吃之间,只见那边窗里一个女子掩着半窗,对着闻俊卿不转眼的看。及到闻俊卿抬起眼来,那边又闪了进去。遮遮掩掩,只不走开。忽地打个照面,乃是个绝色佳人。闻俊卿想道:"原来世间有这样标致的?"

看官，你道此时若是个男人，必然动了心，就想妆出些风流家数，两下做起光景来。怎当得闻俊卿自己也是个女身，那里放在心上？一面取饭来吃了，且自衙门前干事去。

到得出去了半日，傍晚转来，俊卿刚得坐下，隔壁听见这里有人声，那个女子又在窗边来看了。俊卿私下自笑道："看我做甚？岂知我与你是一般样的！"正嗟叹间，只见门外一个老姥走将进来，手中拿着一个小檎儿。见了俊卿，放下檎子，道了万福，对俊卿道："间壁景家小娘子见舍人独酌，送两件果子，与舍人当茶。"俊卿开看，乃是南充黄柑，顺庆紫梨，各十来枚。俊卿道："小生在此经过，与娘子非亲非戚，如何承此美意？"老姥道："小娘子说来，此间来万去千的人，不曾见有似舍人这等丰标的，必定是富贵家的出身。及至问人来，说是参府中小舍人。小娘子说这俗店无物可口，叫老媳妇送此二物来解渴。"

俊卿道："小娘子何等人家，却居此间壁？"老姥道："这小娘子是井研景少卿的小姐。只因父母双亡，他依着外婆家住。他家里自有万金家事，只为寻不出中意的丈夫，所以还没嫁人。外公是此间富员外，这城中极兴的客店，多是他家的房子，何止有十来处，进益甚广。只有这里幽静些，却同家小每住在间壁。他也不敢主张把外甥许人，恐怕做了对头，后来怨怅。常对景小娘子道：'凭你自家看得中意的，实对我说，我就主婚。'这个小娘子也古怪，自来会拣相人物，再不曾说那一个好。方才见了舍人，便十分称赞，敢是与舍人有些姻缘动了？"俊卿不好答应，微微笑道："小生那有此福？"老姥道："好说，好说。老媳妇且去着。"俊卿道："致意小娘子，多承佳惠，客中无可奉答，但有心感盛情。"老姥去了，俊卿自想一想，不觉失笑道："这小娘子看上了我，却不枉费春心？"吟诗一首，聊寄其意。诗云：

为念相如渴不禁，交梨邛橘出芳林。

却惭未是求凰客，寂寞囊中绿绮琴。

此日早起，老姥又来，手中将着四枚剥净的熟鸡子，做一碗盛着，同了一小壶好茶，送到俊卿面前道："舍人吃点心。"俊卿道："多谢妈妈盛情。"老姥道："这是景小娘子昨夜分付了，老身支持来的。"俊卿道："又是小娘子美情，小生如何消受？有一诗奉谢，烦妈妈与我带去。"俊卿即把昨夜之诗写在笺纸上，封好了付妈妈。诗中分明是推却之意，妈妈将去与景小姐看了，景小姐一心喜着俊卿，见他以相如自比，反认做有意于文君，后边两句，不过是谦让些说话。遂也回他一首，和其末韵。诗云：

宋玉墙东思不禁，愿为比翼止同林。
知音已有新裁句，何用重挑焦尾琴？

吟罢，也写在乌线茧纸上，教老姥送将来。俊卿看罢，笑道："元来小姐如此高才！难得，难得！"俊卿见他来缠得紧，生一个计较，对老姥道："多谢小姐美意，小生不是无情，争奈小生已聘有妻室，不敢欺心妄想。上复小姐，这段姻缘种在来世罢。"老姥道："既然舍人已有了亲事，老身去回复了小娘子，省得他牵肠挂肚，空想坏了。"老姥去得，俊卿自出门去打点衙门事体，央求宽缓日期，诸色停当，到了天晚才回得下处。是夜无词。

来日天早，这老姥又走将来，笑道："舍人小小年纪，倒会掉谎，老婆滚到身边，推着不要。昨日回了小娘子，小娘子教我问一问两位管家，多说道舍人并不曾聘娘子过。小娘子喜欢不胜，已对员外说过，少刻员外自来奉拜说亲，好歹要成事了。"俊卿听罢呆了半晌，道："这冤家帐，那里说起？只索收拾行李起来，趁早去了罢。"分付闻龙与店家会了钞，急待起身。只见店家走进来报道："主人富员外相拜闻相公。"说罢，一个七十多岁的老人家笑嘻嘻进来,堂中望见了闻俊卿,先自欢喜,问道:"这位小相公,想是闻舍人了么?"

老姥还在店内,也跟将来,说道:"正是这位。"富员外把手一拱道:"请过来相见。"闻俊卿见过了礼,整了客座坐了。富员外道:"老汉无事不敢冒叩新客。老汉有一外甥,乃是景少卿之女,未曾许着人家。舍甥立愿不肯轻配凡流,老汉不敢擅做主张,凭他意中自择。昨日对老汉说,有个闻舍人,下在本店,丰标不凡,愿执箕帚。所以要老汉自来奉拜,说此亲事。老汉今见足下,果然俊雅非常,舍甥也有几分姿容,况且粗通文墨。实是一对佳耦,足下不可错过。"

闻俊卿道:"不敢欺老丈,小生过蒙令甥谬爱,岂敢自外?一来令甥是公卿阀阅,小生是武弁门风,恐怕攀高不着;二来老父在难中,小生正要入京辨冤,此事既不曾告过,又不好为此担阁,所以应承不得。"员外道:"舍人是簪缨世胄,况又是黉宫名士,指日飞腾,岂分甚么文武门楣?若为令尊之事,慌速入京,何不把亲事议定了,待归时禀知令尊,方才完娶?既安了舍甥之心,又不误了足下之事,有何不可?"

闻俊卿无计推托,心下想道:"他家不晓得我的心病,如此相逼,却又不好十分过却,打破机关。我想魏撰之有竹箭之缘,不必说了。还有杜子中更加相厚,到不得不闪下了他。一向有个主意,要在骨肉女伴里边别寻一段姻缘,发付他去。而今既有此事,我不若权且应承,定下在这里,他日作成了杜子中,岂不为妙?那时晓得我是女身,须怪不得我说谎。万一杜子中也不成,那时也好开交了,不像而今碍手。"算计已定,就对员外说:"既承老丈与令甥如此高情,小生岂敢不受人提挈!只得留下一件信物在此为定,待小生京中回来,上门求娶就是了!"说罢,就在身边解下那个羊脂玉闹妆,双手递与员外道:"奉此与令甥表信。"富员外千欢万喜,接受在手,一同老姥去回复景小姐道:"一言已定了。"员外就叫店中办起酒来,与闻舍人饯行。

俊卿推却不得，吃得尽欢而罢相别了。起身上路，少不得风飧水宿，夜住晓行。不一日，到了京城。叫闻龙先去打听魏、杜两家新进士的下处。问着了杜子中一家，元来那魏撰之已在部给假回去了。杜子中见说闻俊卿来到，不胜之喜，忙差长班来接到下处，两人相见，寒温已毕。俊卿道："小弟专为老父之事，前日别时，承兄每分付入京图便，切切在心。后闻两兄高发，为此不辞跋涉，特来相托。不想魏撰之已归，今幸吾兄尚在京师，小弟不致失望了。"杜子中道："仁兄先将老伯被诬事款做一个揭帖，逐一辨明，刊刻起来，在朝门外逢人就送。等公论明白了，然后小弟央个相好的同年在兵部的，条陈别事，带上一段，就好在本籍去生发出脱了。"俊卿道："老父有个本稿，可以上得否？"

子中道："而今重文轻武，老伯是按院题的，若武职官出名自辨，他们不容起来，反致激怒，弄坏了事。不如小弟方才说的为妙，仁兄不要轻率。"俊卿道："感谢指教。小弟是书生之见，还求仁兄做主行事。"子中道："异姓兄弟，原是自家身上的事，何劳叮咛？"俊卿道："撰之为何回去了？"子中道："撰之原与小弟同寓了多时，他说有件心事，要归来与仁兄商量。问其何事，又不肯说。小弟说仁兄见吾二人中了，未必不进京来。他说这是不可期的，况且事体要来家里做的，必要先去，所以告假去了。正不知仁兄却又到此，可不两相左了？敢问仁兄，他果然要商量何等事？"俊卿明知为婚姻之事，却只做不知，推说道："连小弟也不晓得他为甚么，想来无非为家里的事。"子中道："小弟也想他没甚么，为何恁地等不得？"

两个说了一回，子中分付治酒接风，就叫闻家家人安顿了行李，不必另寻寓所，只在此间同寓。盖是子中先前与魏家同寓，今魏家去了，房舍尽有，可以下得闻家主仆三人。子中又分付打扫闻舍人的卧房，就移出自己的榻来，相对铺着，说晚间可以联床清话。俊卿看见，心里有些突兀起来。想道："平日与他们同学，不过是日间相与，会文会酒，并不看见我的卧起，所以不得看破。而今弄在一间房内了，须闪避不得。露出马脚来怎么处?"却又没个说话可以推掉得两处宿,只是自己放着精细,遮掩过去便了。

虽是如此说,却是天下的事是真难假,是假难真。亦且终日相处,这些细微举动,水火不便的所在,那里妆饰得许多来?闻俊卿日间虽是长安街上去送揭帖,做着男人的勾当;晚间宿歇之处,有好些破绽现出在杜子中的眼里了。杜子中是个聪明人,有甚不省得的事?晓得有些咤异,越加留心闲觑,越看越是了。这日,俊卿出去,忘锁了拜匣,子中偷揭开来一看,多是些文翰柬帖,内有一幅草稿,写着道:

成都绵竹县信女闻氏,焚香拜告关真君神前。愿保父闻确冤情早白,自身安稳还乡,竹箭之期,闹妆之约,各得如意。谨疏。

子中见了拍手道:"眼见得公案在此了。我枉为男子,被他瞒过了许多时。今不怕他飞上天去,只是后边两句解他不出,莫不许过了人家?怎么处?"心里狂荡不禁。忽见俊卿回来,子中接在房里坐了,看着俊卿只是笑。俊卿疑怪,将自己身子上下前后看了又看,问道:"小弟今日有何举动差错了,仁兄见哂之甚?"子中道:"笑你瞒得我好。"俊卿道:"小弟到此做的事,不曾瞒仁兄一些。"子中道:"瞒得多哩!俊卿自想么?"俊卿道:"委实没有。"子中道:"俊卿记得当初同斋时言语么?原说弟若为女,必当嫁兄,兄若为女,必当娶兄。可惜弟不能为女,谁知兄果然是女,却瞒了小弟,不然娶兄多时了。怎么还说不瞒?"

俊卿见说着心中病,脸上通红起来道:"谁是这般说?"子中袖中摸出这纸疏头来道:"这须是俊卿的亲笔。"俊卿一时低头无语。子中就挨过来坐在一处了,笑道:"一向只恨两雄不能相配,今却遂了人愿也。"俊卿站了起来道:"行踪为兄识破,抵赖不得了。只有一件,一向承兄过爱,慕兄之心非不有之。争奈有件缘事，已属了撰之，不能再以身事兄，望兄见谅。"子中愕然道："小弟与撰之同为俊卿窗友，论起相与意气，还觉小弟胜他一分。俊卿何得厚于撰之，薄于小弟乎？况且撰之又不在此间，现钟不打，反去炼铜，这是何说？"俊卿道："仁兄有所不知，仁兄可看疏上竹箭之期的说话么？"子中道："正是不解。"俊卿道："小弟因为与两兄同学，心中愿卜所从。那日向天暗祷，箭到处，先拾得者即为夫妇。后来这箭却在撰之处，小弟诡说是家姐所射。撰之遂一心想慕，把一个玉闹妆为定。此时小弟虽不明言，心已许下了。此天意有属，非小弟有厚薄也。"

子中大笑道："若如此说，俊卿宜为我有无疑了。"俊卿道："怎么说？"子中道："前日斋中之箭，原是小弟拾得。看见干上有两行细字，以为奇异，正在念诵，撰之听得走出来，在小弟手里接去看。此时偶然家中接小弟，就把竹箭掉在撰之处，不曾取得。何曾是撰之拾取的？若论俊卿所卜天意，一发正是小弟应占了。撰之他日可问，须混赖不得。"俊卿道："既是曾见箭上字来，可记得否？"子中道："虽然看时节仓卒无心，也还记是'矢不虚发，发必应弦'八个字，小弟须是造不出。"

俊卿见说得是真，心里已自软了。说道："果是如此，乃是天意了。只是枉了魏撰之空想了许多时，而今又赶将回去，日后知道，甚么意思？"子中道："这个说不得。从来说先下手为强，况且元该是我的。"就拥了俊卿求欢，道："相好兄弟，而今得同衾枕，天上人间，无此乐矣。"俊卿推拒不得，只得含羞走入帏帐之内，一任子中所为。有一首曲调《山坡羊》，单道其事：

　　这小秀才有些儿怪样，走到罗帏，忽现了本相。本来是个黉宫里折桂的郎君，改换了章台内司花的主将。金兰契，只觉得肉床馨香；笔砚交，果然是有笔如枪。皱眉头，忍着疼，受的是良朋针砭；趁胸怀，揉着窍，显出那知心酣畅。用一番切切偎偎来也,哎呀,分明是远方来,乐意洋洋。思量,一粜一籴,是联句的篇章;慌忙,为云为雨,还错认了龙阳。

事毕,闻小姐整容而起,叹道:"妾一生之事,付之郎君,妾愿遂矣。只是哄了魏撰之,如何回他?"忽然转了一想,将手床上一拍道:"有处法了。"杜子中倒吃了一惊,道:"这事有甚处法?"小姐道:"好教郎君得知:妾身前日行到成都,在店内安歇,主人有个甥女窥见了妾身,对他外公说了,逼要相许。是妾身想个计较,将信物权定,推说归时完娶。当时妾身意思,道魏撰之有了竹箭之约,恐怕冷淡了郎君,又见那个女子才貌双全,可为君配,故此留下这个姻缘。今妾既归君,他日回去,魏撰之问起所许之言,就把这家的说合与他成了,岂不为妙?况且当时只说是姊姊,他心里并不曾晓得是妾身自己,也不是哄他了。"

子中道:"这个最妙。足见小姐为朋友的美情,有了这个出场,就与小姐配合,与撰之也无嫌了。谁晓得途中又有这件奇事?还有一件要问:途中认不出是女容不必说了,但小姐虽然男扮,同两个男仆行走,好些不便。"小姐笑道:"谁说同来的多是男人?他两个元是一对夫妇,一男一女,打扮做一样的。所以途中好伏侍,走动不必避嫌也。"子中也笑道:"有其主必有其仆,有才思的人做来多是奇怪的事。"小姐就把景家女子所和之诗,拿出来与子中看。子中道:"世间也还有这般的女子!魏撰之得此也好意足了。"

小姐再与子中商量着父亲之事。子中道:"而今说是我丈人,一发好措词出力。我吏部有个相知,先央他把做对头的兵道调了地方,就好营为了。"小姐道:"这个最是要着,郎君在心则个。"子中果然去央求吏部。数日之间推升本上,已把兵道改升了广西地方。子中来回复小姐道:"对头改去,我今作速讨个差与你回去,救取岳丈了事。此间辨白已透,抚按轻拟上来,无不停当了。"小姐愈加感激。转增恩爱。

子中讨下差来，解饷到山东地方，就便回籍。小姐仍旧扮做男人，一同闻龙夫妻，擎弓带箭，照前妆束，骑了马，傍着子中的官轿，家人原以舍人相呼。行了几日，将过郑州，旷野之中，一枝响箭擦官轿射来。小姐晓得有歹人来了，分付轿上："你们只管前走，我在此对付。"真是忙家不会，会家不忙。扯出囊弓，扣上弦，搭上箭。只见百步之外，一骑马飞也似的跑来。小姐掣开弓，喝声道："着！"那边人不防备的，早中了一箭，倒撞下马，在地下挣扎。小姐疾鞭着坐马赶上前轿，高声道："贼人已了当了，放心前去。"一路的人多称赞小舍人好箭，个个忌惮。子中轿里得意，自不必说。自此完了公事，平平稳稳到了家中。父亲闻参将已因兵道升去，保候在外了。

小姐进见，备说了京中事体及杜子中营为，调去了兵道之事。参将感激不胜，说道："如此大恩，何以为报？"小姐又把被他识破，已将身子嫁他，共他同归的事也说了，参将也自喜欢道："这也是郎才女貌，配得不枉了。你快改了妆，趁他今日荣归吉日，我送你过门去罢！"小姐道："妆还不好改得，且等会过了魏撰之着。"参将道："正要对你说，魏撰之自京中回来，不知为何只管叫人来打听，说我有个女儿，他要求聘。我只说他晓得些风声，是来说你了，及到问时，又说是同窗舍人许他的，仍不知你的事。我不好回得，只是含糊说等你回家。你而今要会他怎的？"小姐道："其中有许多委曲，一时说不及，父亲日后自明。"

正说话间，魏撰之来相拜。元来魏撰之正为前日婚姻事，在心中放不下，故此就回。不想问着闻舍人，又已往京，叫人探听舍人有个姐姐的说话，一发言三语四，不得明白。有的说："参将只有两个舍人，一大一小，并无女儿。"又有的说："参将有个女儿，就是那个舍人。"弄得魏撰之满肚疑心，胡猜乱想。见说闻舍人回来了，所以亟亟来拜，要问明白。闻小姐照旧时家数接了进来。寒温已毕，撰之急问道："仁兄，令姊之说如何？小弟特为此赶回来的。"小姐说："包管兄有一位好夫人便了。"撰之道："小弟叫人宅上打听，其言不一，何也？"小姐道："兄不必疑，玉闹妆已在一个人处，待小弟再略调停，准备迎娶便了。"撰之道："依兄这等说，不象是令姐了？"小姐道："杜子中尽知端的，兄去问他就明白。"撰之道："兄何不就明说了，又要小弟去问？"小姐道："中多委曲，小弟不好说得，非子中不能详言。"说得魏撰之愈加疑心。他正要去拜杜子中，就急忙起身来到杜子中家里，不及说别样说话，忙问闻俊卿所言之事。

　　杜子中把京中同寓，识破了他是女身，已成夫妇的始末根由说了一遍。魏撰之惊得木呆道："前日也有人如此说，我却不信，谁晓得闻俊卿果是女身！这分明是我的姻缘，平白错过了。"子中道："怎见得是兄的？"撰之述当初拾箭时节，就把玉闹妆为定的说话。子中道："箭本小弟所拾，原系他向天暗卜的，只是小弟当时不知其故，不曾与兄取得此箭在手，今仍归小弟，原是天意。兄前日只认是他令姐，原未尝属意他自身。这个不必追悔，兄只管闹妆之约不脱空罢了。"撰之道："符已去矣，怎么还说不脱空？难道当真还有个令姐？"

　　子中又把闻小姐途中所遇景家之事说了一遍，道："其女才貌非常，那日一时难推，就把兄的闹妆权定在彼。而今想起来，这就有个定数在里边了，岂不是兄的姻缘么？"撰之道："怪不得闻俊卿道自己不好说，元来有许多委曲。只是一件：虽是闻俊卿已定下在彼，他家又不曾晓得明白，小弟难以自媒，何由得成？"子中道："小弟与闻氏虽已成夫妇，还未曾见过岳翁。打点就是今日迎娶，少不得还借重一个媒妁，而今就烦兄与小弟做一做。小弟成礼之后，代相恭敬，也只在小弟身上撮合就是了。"撰之大笑道："当得，当得。只可笑小弟一向在睡梦中，又被兄占了头筹，而今不使小弟脱空，也还算是好了。既是这等，小弟先到闻宅去道意，兄可随后就来。"

　　魏撰之讨大衣服来换了，竟抬到闻家。此时闻小姐已改了女妆，不出来了，闻参将自己出来接着。魏撰之述了杜子中之言，闻参将道："小女娇痴慕学，得承高贤不弃，今幸结此良缘，兼葭倚玉，惶恐，惶恐。"闻参将已见女儿说过，是件整备。门上报说："杜爷来迎亲了。"鼓乐喧天，杜子中穿了大红衣服，抬将进门。真是少年郎君，人人称羡。走到堂中，站了位次，拜见了闻参将，请出小姐来，又一同行礼，谢了魏撰之，启轿而行。迎至家里，拜告天地，见了祠堂。杜子中与闻小姐正是新亲旧朋友，喜喜欢欢，一桩事完了。

只是魏撰之有些眼热，心里道："一样的同窗朋友，偏是他两个成双。平时杜子中分外相爱，常恨不将男作女，好做夫妻。谁知今日竟遂其志，也是一段奇话。只所许我的事，未知果是如何？"次日，就到子中家里贺喜，随问其事。子中道："昨晚弟妇就和小弟计较，今日专为此要同到成都去。弟妇誓欲以此报兄，全其口信，必得佳音方回来。"撰之道："多感，多感。一样的同窗，也该记念着我的冷静。但未知其人果是如何？"子中走进去，取出景小姐前日和韵之诗与撰之看了。撰之道："果得此女，小弟便可以不妒兄矣！"子中道："弟妇赞之不容口，大略不负所举。"撰之道："这件事做成，真愈出愈奇了。小弟在家颙望。"俱大笑而别。杜子中把这些说话与闻小姐说了，闻小姐道："他盼望久了的，也怪他不得。只索作急成都去，周全了这事。"

小姐仍旧带了闻龙夫妻跟随，同杜子中到成都来。认着前日饭店，歇在里头了。杜子中叫闻龙拿了帖径去拜富员外，员外见说是新进士来拜，不知是甚么缘故，吃了一惊，慌忙迎接进去。坐下了，道："不知为何大人贵足赐蹿贱地？"子中道："学生在此经过，闻知有位景小姐，是老丈令甥，才貌出众。有一敝友也叨过甲第了，欲求为夫人，故此特来奉访。"员外道："老汉有个甥女，他自要择配，前日看上了一个进京的闻舍人，已纳下聘物，大人见教迟了。"子中道："那闻舍人也是敝友，学生已知他另有所就，不来娶令甥了，所以敢来作伐。"员外道："闻舍人也是读书君子，既已留下信物，两心相许，怎误得人家儿女？舍甥女也毕竟要等他的回信。"子中将出前日景小姐的诗笺来道:"老丈试看此纸,不是令甥写与闻舍人的么?因为闻舍人无意来娶了,故把与学生做执照,来为敝友求令甥。即此是闻舍人的回信了。"

员外接过来看,认得是甥女之笔,沉吟道:"前日闻舍人也曾说道聘过了,不信其言,逼他应承的。元来当真有这话,老汉且与甥女商量一商量,来回复大人。"员外别了,进去了一会,出来道:"适间甥女见说,甚是不快。他也说得是:就是闻舍人负了心,是必等他亲身见一面,还了他玉闹妆,以为诀别,方可别议姻亲。"子中笑道:"不敢欺老丈说,那玉闹妆也即是敝友魏撰之的聘物,非是闻舍人的。闻舍人因为自己已有姻亲,不好回得,乃为敝友转定下了。是当日埋伏机关,非今日无因至前也。"员外道:"大人虽如此说,甥女岂肯心伏?必是闻舍人自来说明,方好处分。"子中道:"闻舍人不能复来,有拙荆在此,可以进去一会令甥,等他与令甥说这些备细,令甥必当见信。"

员外道:"有尊夫人在此,正好与舍甥面会一会,有言可以尽吐,省得传递消息。最妙,最妙!"就叫前日老姥来接取杜夫人,老姥一见闻小姐举止形容有些面善,只是改妆过了,一时想不出。一路想着,只管迟疑。接到间壁,里边景小姐出来相接,各叫了万福。闻小姐对景小姐道:"认得闻舍人否?"景小姐见模样厮象,还只道或是舍人的姊妹,答道:"夫人与闻舍人何亲?"闻小姐道:"小姐怎等识人,难道这样眼钝?前日到此,过蒙见爱的舍人,即妾身是也。"

景小姐吃了一惊,仔细一认,果然一毫不差。连老姥也在旁拍手道:"是呀,是呀。我方才道面庞熟得紧,那知就是前日的舍人。"景小姐道:"请问夫人前日为何这般打扮?"闻小姐道:"老父有难,进京辨冤,故乔妆作男,以便行路。所以前日过蒙见爱。再三不肯应承者,正为此也。后来见难推却,又不敢实说真情,所以代友人纳聘,以待后来说明。今纳聘之人已登黄甲,年纪也与小姐相当,故此愚夫妇特来奉求,与小姐了此一段姻亲，报答前日厚情耳。"景小姐见说，半晌做声不得。老姥在旁道："多谢夫人美意。只是那位老爷姓甚名谁，夫人如何也叫他是友人？"闻小姐道："幼年时节曾共学堂，后来同在庠中，与我家相公三人年貌多相似，是异姓骨肉。知他未有亲事，所以前日就有心替他结下了。这人姓魏，好一表人物，就是我相公同年，也不辱没了小姐。小姐一去，也就做夫人了。"

　　景小姐听了这一篇说话，晓得是少年进士，有甚么不喜欢？叫老姥陪住了闻小姐，背地去把这些说话备细告诉员外。员外见说许个进士，岂有不撺掇之理？真个是一让一个肯，回复了闻小姐，转说与杜子中，一言已定。富员外设起酒来谢媒，外边款待杜子中，内里景小姐作主，款待杜夫人。两个小姐，说得甚是投机，尽欢而散。约定了回来，先教魏撰之纳币，拣个吉日迎娶回家。花烛之夕，见了模样，如获天人。因说起闻小姐闹妆纳聘之事，撰之道："那聘物元是我的。"景小姐问："如何却在他手里？"魏撰之又把先时竹箭题字，杜子中拾得掉在他手里，认做另有个姐姐，故把玉闹妆为聘的根由说了一遍。齐笑道："彼此凤缘，颠颠倒倒，皆非偶然也。"

　　明日，魏撰之取出竹箭来与景小姐看，景小姐道："如今只该还他了。"撰之就提笔写一柬与子中夫妻道："既归玉环，返卿竹箭。两段姻缘，各从其便。一笑，一笑。"写罢，将竹箭封了，一同送去。杜子中收了，与闻小姐拆开来看，方见八字之下，又有"蚩娥记"三字。问道："'蚩娥'怎么解？"闻小姐道："此妾闺中之名也。"子中道："魏撰之错认了令姊，就是此二字了。若小生当时曾见此二字，这箭如何肯便与他！"闻小姐道："他若没有这箭起这些因头，那里又绊得景家这头亲事来？"两人又笑了一回，也题了一柬戏他道："环为旧物，箭亦归宗。两俱错认，各不落空。一笑，一笑。"从此两家往来，如同亲兄弟姊妹一般。

　　两个甲科合力与闻参将辨白前事，世间情面那里有不让缙绅的？逐件赃罪得以开释，只处得他革任回卫。闻参将也不以为意了。后边魏、杜两人俱为显官。闻、景二小姐各生子女又结了婚姻，世交不绝。这是蜀多才女，有如此奇奇怪怪的妙话。卓文君成都当垆，黄崇嘏相府掌记，又平平了。诗曰：

世上夸称女丈夫，不闻巾帼竟为儒。
朝廷若也开科取，未必无人待价沽。

田舍翁时时经理　牧童儿夜夜尊荣

　　　　扰扰劳生，待足何时足？据见定，随家丰俭，便堪龟缩。得意浓时休进步，须防世事多翻覆。枉教人白了少年头，空碌碌。

　　此词乃是宋朝诗僧晦庵所作《满江红》前阕，说人生富贵荣华，常防翻覆，不足凭恃。劳生扰扰，巴前算后，每怀不足之心，空白了头没用处，不如随缘过日的好。只看宋时嘉祐[①]年间，有一个宣议郎万延之，乃是钱塘南新[②]人，曾中乙科出仕。性素刚直，做了两三处地方州县官，不能屈曲，中年拂衣而归。徙居余杭，见水乡陂泽，可以耕种作田的，因为低洼，有水即没，其价甚贱，万氏费不多些本钱，买了无数。也是人家该兴，连年亢旱，是处低田大熟，岁收租米万石有余。

　　万宣议喜欢，每对人道："吾以万为姓，今岁收万石，也勾了我了。"自此营建第宅，置买田园，扳结婚姻。有人来献勤作媒，第三个公子说合驸马都尉王晋卿[③]家孙女为室，约费用二万缗钱，才结得这头亲事。儿子因是驸马孙婿，得补三班借职。一时富贵熏人，诈民无算。他家有一个瓦盆，是希世的宝物。乃是初选官时，在都下为铜禁甚严，将十个钱市上买这瓦盆来盥洗。其时天气凝寒，注汤沃面过了，将残汤倾去，还有倾不了的，多少留些在盆内。过了一夜，凝结成冰，看来竟是桃花一枝。人来见了，多以为奇，说与宣议，宣议看见道："冰结拢来，原是花的。偶象桃

[①] 嘉祐：宋仁宗赵祯年号，1056—1063。
[②] 钱塘南新：钱塘，今杭州市。南新，旧县名，今属浙江省杭州市。
[③] 驸马都尉王晋卿：驸马都尉，皇帝女婿的代称，简称"驸马"。王晋卿，名诜，是宋英宗的女婿，画家。

花,不是奇事。"不以为意。明日又复剩些残水在内,过了一会看时,另结一枝开头牡丹,花朵丰满,枝叶繁茂,人工做不来的。报知宣议来看,道:"今日又换了一样,难道也是偶然?"

宣议方才有些惊异道:"这也奇了,且待我再试一试。"亲自把瓦盆拭净,另洒些水在里头。次日再看,一发结得奇异了,乃是一带寒林,水村竹屋,断鸿翘鹭,远近烟峦,宛如图画。宣议大骇,晓得是件奇宝,唤将银匠来,把白金镶了外层,将锦绮做了包袱,什袭珍藏。但遇凝寒之日,先期约客,张筵置酒,赏那盆中之景。是一番另结一样,再没一次相同的。虽是名家画手,见了远愧不及,前后色样甚多,不能悉纪。只有一遭最奇异的,乃是上皇登极,恩典下颁,致仕官皆得迁授一级,宣议郎加迁宣德郎。敕下之日,正遇着他的生辰,亲戚朋友来贺喜的,满坐堂中。

是日天气大寒,酒席中放下此盆,洒水在内,须臾凝结成象。却是一块山石上坐着一个老人,左边一龟,右边一鹤,俨然是一幅"寿星图"。满堂饮酒的无不喜跃赞叹。内中有知今识古的士人议论道:"此是瓦器,无非凡火烧成,不是甚么天地精华五行间气结就的。有此异样,理不可晓,诚然是件罕物!"又有小人辈胁肩谄笑,掇臀捧屁,称道:"分明万寿无疆之兆,不是天下大福人,也不能勾有此异宝。"当下尽欢而散。

此时万氏又富又贵,又与皇亲国戚联姻,豪华无比,势焰非常。尽道是用不尽的金银,享不完的福禄了。谁知过眼云烟,容易消歇。宣德郎万延之死后,第三儿子补三班的也死了。驸马家里见女婿既死,来接他郡主回去,说道万家家资多是都尉府中带来的,伙着二三十男妇,内外一抢,席卷而去。万家两个大儿子只好眼睁睁看他使势行凶,不敢相争,内财一空。所有低洼田千顷,每遭大水淹没,反要赔粮,巴不得推与人了倒干净,凭人占去。家事尽消,两子寄食亲友,流落而终。此宝盆被驸马家取去,后来归了蔡京太师。

识者道:"此盆结冰成花,应着万氏之富,犹如冰花一般,原非坚久之象，乃是不祥之兆。"然也是事后如此猜度。当他盛时，那个肯是这样想，敢是这样说？直待后边看来，真个是如同一番春梦。所以古人寓言，做着《邯郸梦记》《樱桃梦记》[①]，尽是说那富贵繁华，直同梦境。却是一个人做得一个梦了却一生，不如庄子所说那牧童做梦，日里是本相，夜里做王公，如此一世，更为奇特。听小子敷演来看：

人世原同一梦，梦中何异醒中？
若果夜间富贵，只算半世贫穷。

话说春秋时鲁国曹州有座南华山，是宋国商丘小蒙城庄子休流寓来此，隐居著书得道成仙之处。后人称庄子为南华老仙，所著书就名为《南华经》，皆因此起。彼时山畔有一田舍翁，姓莫名广，专以耕种为业。家有肥田数十亩，耕牛数头，工作农夫数人。茆檐草屋，衣食丰足，算做山边一个土财主。他并无子嗣，与庄家老姥夫妻两个早夜算计思量，无非只是耕田锄地、养牛牧猪之事。有几句诗单道田舍翁的行径：

田舍老翁性夷逸，僻向小山结幽室。生意不满百亩田，力耕水耨艰为食。春晚喧喧布谷鸣，春云霭霭檐溜滴。呼童载犁躬负锄，手牵黄犊头戴笠。一耕不自己，再耕还自力。三耕且插苗，看看秀而硕。夏耘勤勤秋复来，禾黍如云堪刈铚。担筥负囊纷敛归，仓盈囷满居无隙。教妻囊酒赛田神，烹羊宰豚享亲戚。击鼓咚咚乐未央，忽看玉兔东方白。

[①]《邯郸梦记》《樱桃梦记》：《邯郸梦记》是明汤显祖创作的戏剧，其底本出自唐代沈既济所撰唐传奇《枕中记》篇。《樱桃梦记》是明陈与郊创作的戏剧，其底本出自《樱桃青衣》。

那个莫翁勤心苦眠,牛畜渐多。庄农不足,要寻一个童儿专管牧养。其时本庄有一个小厮儿,祖家姓言。因是父母双亡,寄养在人家,就叫名寄儿。生来愚蠢,不识一字,也没本事做别件生理,只好出力做工度活。一日在山边拔草,忽见一个双丫髻的道人走过,把他来端相了一回,道:"好个童儿!尽有道骨,可惜痴性颇重,苦障未除。肯跟我出家么?"寄儿道:"跟了你,怎受得清淡过?"道人道:"不跟我,怎受得烦恼过?也罢,我有个法儿,教你夜夜快活,你可要学么?"寄儿道:"夜里快活,也是好的,怎不要学?师父可指教我。"

道人道:"你识字么?"寄儿道:"一字也不识。"道人道:"不识也罢。我有一句真言,只有五个字,既不识字,口传心授,也容易记得。"遂叫他将耳朵来:"说与你听,你牢记着!"是那五个字?乃是"婆珊婆演底"。道人道:"临睡时,将此句念上百遍,管你有好处。"寄儿谨记在心。道人道:"你只依着我,后会有期。"捻着渔鼓简板,口唱道情,飘然而去。是夜寄儿果依其言,整整念了一百遍,然后睡下。才睡得着,就入梦境。正是:

人生劳扰多辛苦,已逊山间枕石眠。
况是梦中游乐地,何妨一觉睡千年!

看官牢记话头,这回书,一段说梦,一段说真,不要认错了。却说寄儿睡去,梦见身为儒生,粗知文义,正在街上斯文气象,摇来摆去。忽然见个人来说道:"华胥国[①]王黄榜招贤,何不去求取功名,图个出身?"寄儿听见,急取官名寄华,恍恍惚惚,不知涂抹了些甚么东西,叫做万言长策,将去献与国王。国王发与那掌文衡的看阅,寄华使用了些衰蹄金作为

---

① 华胥国:《列子·黄帝》载,黄帝曾梦游华胥氏之国,其国无帅长,其民无嗜欲。

贽礼。掌文衡的大悦，说这个文字乃惊天动地之才，古今罕有。加上批点，呈与国王。国王授为著作郎，主天下文章之事。旗帜鼓乐，高头骏马，送入衙门到任。寄华此时身子如在云里雾里，好不风骚！正是：

电光石火梦中身，白马红缨衫色新。
我贵我荣君莫羡，做官何必读书人？

寄华跳得下马，一个虚跌，惊将醒来。擦擦眼，看一看，仍睡在草铺里面，叫道："吓，吓！作他娘的怪！我一字也不识的，却梦见献甚么策，得做了官，管甚么天下文章。你道是真梦么？且看他怎生应验？"嗤嗤的还定着性想那光景。只见平日往来的邻里沙三走将来叫寄儿道："寄哥，前村莫老官家寻人牧牛，你何不投与他家了？省得短趁，闲了一日便待嚼本。"寄儿道："投在他家，可知好哩，只是没人引我去。"沙三道："我昨日已与他家说过你了，今日我与你同去，只要写下文券就成了。"寄儿道："多谢美情指点则个。"两个说说话话，一同投到莫家来。莫翁问其来意，沙三把寄儿勤谨过人，愿投门下牧养说了一遍。

莫翁看寄儿模样老实，气力粗夯，也自欢喜，情愿雇佣，叫他写下文券。寄儿道："我须不识字，写不得。"沙三道："我写了，你画个押罢。"沙三曾在村学中读过两年书，尽写得几个字，便写了一张"情愿受雇，专管牧畜"的文书。虽有几个不成的字儿，意会得去也便是了。后来年月之下要画个押字，沙三画了，寄儿拿了一管笔，不知左画是右画是，自想了暗笑道："不知昨夜怎的献了万言长策来！"捻着笔千斤来重，沙三把定了手，才画得一个十字。莫翁当下发了一季工食，着他在山边草房中住宿，专管牧养。

寄儿领了钥匙，与沙三同到草房中。寄儿谢了沙三些常例媒钱。是夜就在草房中宿歇，依着道人念过五字真言百遍，倒翻身便睡。看官，你道从来只是说书的续上前因，那有做梦的接着前事？而今煞是古怪，寄儿一觉睡去，仍旧是昨夜言寄华的身分，顶冠束带，新到著作郎衙门升堂理事。只见跄跄跻跻，一群儒生将着文卷，多来请教。寄华一一批答，好的歹的，圈的抹的，发将下去，纷纷争看。众人也有服的，也有不服的，喧哗闹嚷起来。寄华发出规条，吩咐多要遵绳束，如不伏者，定加鞭笞。众儒方弭耳拱听，不敢放肆，俱各从容雅步，逡巡而退。

是日，同衙门官摆着公会筵席，特贺到任。美酒嘉肴，珍羞百味，歌的歌，舞的舞，大家尽欢。直吃到斗转参横，才得席散，回转衙门里来。那边就寝，这边方醒，想着明明白白记得的，不觉失笑道："好怪么！那里说起？又接着昨日的梦，身做高官，管着一班士子，看甚么文字，我晓得文字中吃的不中吃的？落得吃了些酒席，倒是快活。"起来抖抖衣服，看见褴褛，叹道："不知昨夜的袍带，多在那里去了？"将破布袄穿着停当，走下得床来。只见一个庄家老苍头，奉着主人莫翁之命，特来交盘牛畜与他。一群牛共有七八只，寄儿逐只看相，用手去牵他鼻子。那些牛不曾认得寄儿，是个面生的，有几只驯扰不动，有几只奔突起来。

老苍头将一条皮鞭付与寄儿。寄儿赶去，将那奔突的牛两三鞭打去。那些牛不敢违拗，顺顺被寄儿牵来一处拴着，寄儿慢慢喂放。老苍头道："你新到我主翁家来，我们该请你吃三杯。昨日已约下沙三哥了，这早晚他敢就来。"说未毕，沙三提了一壶酒、一个篮，篮里一碗肉、一碗芋头、一碟豆走将来。老苍头道："正等沙三哥来商量吃三杯，你早已办下了，我补你分罢。"寄儿道："甚么道理要你们破钞？我又没得回答处，我也出个分在内罢了。"老苍头道："甚么大事值得这个商量？我们尽个意思儿罢。"三人席地而坐，吃将起来。寄儿想道："我昨夜梦里的筵席，好不齐整。今却受用得这些东西，岂不天地悬绝！"却是怕人笑他，也不敢把梦中事告诉与人。正是：

　　　　　对人说梦，说听皆痴。

　　　　　如鱼饮水，冷暖自知。

　　寄儿酒量原浅，不十分吃得，多饮了一杯，有些醺意，两人别去。寄儿就在草地上一眠，身子又到华胥国中去。国王传下令旨，访得著作郎能统率多士，绳束严整，特赐锦衣冠带一袭，黄盖一顶，导从鼓吹一部。出入鸣驺，前呼后拥，好不兴头。忽见四下火起，忽然惊觉，身子在地上眠着，东方大明，日轮红焰焰钻将出来了。起来吃些点心，就骑着牛，四下里放草。那日色在身上晒得热不过，走来莫翁面前告诉。莫翁道："我这里原有蓑笠一副，是牧养的人一向穿的；又有短笛一管，也是牧童的本等。今拿出来交付与你，你好好去看养，若瘦了牛畜，要与你说话的。"牧童道："再与我把伞遮遮身便好。若只是笠儿，只遮得头，身子须晒不过。"莫翁道："那里有得伞？池内有的是大荷叶，你日日摘将来遮身不得？"

　　寄儿唯唯，受了蓑笠、短笛，果在池内摘张大荷叶擎着，骑牛前去。牛背上自想道："我在华胥国里是个贵人，今要一把日照也不能勾了，却叫我擎着荷叶遮身。"猛然想道："这就是梦里的黄盖了，蓑与笠就是锦袍官帽了。"横了笛，吹了两声，笑道："这可不是一部鼓吹么？我而今想来，只是睡的快活。"有诗为证：

　　　　草铺横野六七里，笛弄晚风三四声。

　　　　归来饱饭黄昏后，不脱蓑笠卧月明。

　　自此之后，但是睡去，就在华胥国去受用富贵，醒来只在山坡去处做牧童。无日不如此，无梦不如此。不必逐日逐夜，件件细述，但只拣有些光景的，才把来做话头。

　　一日梦中，国王有个公主要招赘驸马，有人启奏："著作郎言寄华才貌出众，文彩过人，允称此选。"国王准奏，就着传旨："钦取著作郎为驸马都尉，尚范阳公主。"迎入驸马府中成亲，灯烛辉煌，仪文璀璨，好不富贵！有《贺新郎》词为证：

瑞气笼清晓。卷珠帘、次第笙歌，一时齐奏。无限神仙离蓬岛，凤驾鸾车初到。见拥个、仙娥窈窕。玉佩叮当风缥缈，娇姿一似垂杨袅。天上有，世间少。

那范阳公主生得面长耳大，曼声善啸，规行矩步，颇会周旋。寄华身为王婿，日夕公主之前对案而食，比前受用更加贵盛。

明日睡醒，主人莫翁来唤，因为家中有一匹拽磨的牝驴儿，一并交与他牵去喂养。寄儿牵了暗笑道："我夜间配了公主，怎生显赫！却今日来弄这个买卖，伴这个众生。"跨在背上，打点也似骑牛的骑了到山边去，谁知骑上了背，那驴儿只是团团而走，并不前进，盖因是平日拽的磨盘走惯了。寄儿没奈何，只得跳下来，打着两鞭，牵着前走。从此又添了牲口，恐怕走失，饮食无暇。只得备着干粮，随着四处放牧。莫翁又时时来稽查，不敢怠慢一些儿。辛苦一日，只图得晚间好睡。

是夜又梦见在驸马府里，正同着公主欢乐，有邻邦玄菟、乐浪二国前来相犯。华胥国王传旨：命驸马都尉言寄华讨议退兵之策。言寄华聚着旧日著作衙门一干文士到来，也不讲求如何备御，也不商量如何格斗，只高谈"正心诚意，强邻必然自服"。诸生中也有情愿对敌的，多退着不用。只有两生献策：他一个到玄菟，一个到乐浪，舍身往质，以图讲和。言寄华大喜，重发金帛，遣两生前往。两生屈己听命，饱其所欲，果那两国不来。言寄华夸张功绩，奏上国王。国王大悦，叙录军功，封言寄华为黑甜乡侯，加以九锡。身居百僚之上，富贵已极。有诗为证：

当时魏绛①主和戎，岂是全将金币供？

厥后宋人偏得意，一班道学自雍容。

言寄华受了封侯锡命，绿帗衮冕，鸾辂乘马，彤弓卢矢，左建朱钺，右建金戚，手执圭瓒，道路辉煌。自朝归第，有一个书生叩马上言，道："日中必昃，月满必亏。明公功名到此，已无可加。急流勇退，此其时矣。直待福过灾生，只恐悔之无及！"言寄华此时志得意满，那里听他？笑道："我命中生得好，自然富贵逼人，有福消受，何须过虑，只管目前享用勾了。寒酸见识，晓得什么？"大笑坠车，吃了一惊，醒将起来，点一点牛数，只叫得苦，内中不见了二只。山前山后，到处寻访踪迹。元来一只被虎咬伤，死在坡前；一只在河中吃水，浪涌将来，没在河里。

寄儿看见，急得乱跳道："梦中甚么两国来侵，谁知倒了我两头牲口！"急去报与莫翁，莫翁听见大怒道："此乃你的典守，人多说你只是贪睡，眼见得坑了我头口！"取过匾担来要打，寄儿负极，辨道："虎来时，牛尚不敢敌，况我敢与他争夺救得转来的？那水中是牛常住之所，波浪涌来，一时不测，也不是我力挡得住的。"

莫翁虽见他辨得也有理，却是做家心重的人，那里舍得两头牛死？吽吽不息，定要打匾担十下。寄儿哀告讨饶，才饶得一下，打到九下住了手。寄儿泪汪汪的走到草房中，摸摸臀上痛处道："甚么九锡九锡，到打了九下屁股！"想道："梦中书生劝我歇手，难道教我不要看牛不成？从来说梦是反的，梦福得祸，梦笑得哭。我自念了此咒，夜夜做富贵的梦，所以日里到吃亏。我如今不念他了，看待怎的！"

谁知这样作怪，此咒不念，恐怖就来。是夜梦境，范阳公主疽发于背，偃蹇不起，寄华尽心调治未痊。国中二三新进小臣，逆料公主必危，

---

① 魏绛：晋国大夫，曾力主与戎族和好，被晋悼公采纳。

寄华势焰将败，撼拾前过，纠弹一本，说他御敌无策、冒滥居功、欺君误国许多事件。国王览奏大怒，将言寄华削去封爵，不许他重登著作堂，锁去大窖边听罪，公主另选良才别降。令旨已下，随有两个力士，将银铛锁了言寄华到那大粪窖边墩着。

寄华看那粪秽狼藉，臭不堪闻，叹道："我只道到底富贵，岂知有此恶境乎？书生之言，今日验矣！"不觉号啕恸哭起来。这边噙泪而醒，啐了两声道："作你娘的怪，这番做这样的恶梦！"看视牲口，那匹驴子蹇卧地下，打也打不起来。看他背项之间，乃是绳损处烂了老大一片疙瘩。寄儿慌了道："前番倒失了两头牛，打得苦恼。今这众生又病害起来，万一死了，又是我的罪过。"忙去打些水来，替他澡洗腐肉，再去拔些新鲜好草来喂他。拿着锲刀，望山前地上下手斫时，有一科草甚韧，刀斫不断。寄儿性起，连根一拔，拔出泥来。泥松之处，露出石板，那草根还缠缠绕绕绊在石板缝内。

寄儿将锲刀撬将开来，板底下是个周围石砌就的大窖，里头多是金银。寄儿看见，慌了手脚，擦擦眼道："难道白日里又做梦么？"定睛一看，草木树石，天光云影，眼前历历可数。料道非梦，便把锲刀草藋一撩道："还干那营生么？"取起五十多两一大锭在手，权把石板盖上，仍将泥草遮覆，竟望莫翁家里来见莫翁。未敢竟说出来，先对莫翁道："寄儿蒙公公相托，一向看牛不差。近来时运不济，前日失了两牛，今蹇驴又生病，寄儿看管不来。今有大银一锭，纳与公公，凭公公除了原发工银，余者给还寄儿为度日之用，放了寄儿，另着人放牧罢。"莫翁看见是锭大银，吃惊道："我田家人苦积勤攒了一世，只有些零星碎银，自不见这样大锭，你却从何处得来？莫非你合着外人做那不公不法的歹事？你快说个明白，若说得来历不明，我须把你送出官府，究问下落。"寄儿道："好教公公得知，这东西多哩。我只拿得他一件来看样。"莫翁骇道："在那里？"寄儿道："在山边一个所在，我因斫草掘着的，今石板盖着哩。"

莫翁情知是藏物，急叫他不要声张，悄悄同寄儿到那所在来。寄儿指与莫翁，揭开石板来看，果是一窖金银，不计其数。莫翁喜得打跌，拊着寄儿背道："我的儿，偌多金银东西，我与你两人一生受用不尽！今番不要看牛了，只在我庄上吃些安乐茶饭，掌管帐目。这些牛只，另自雇人看管罢。"两人商量，把个草荐来，里外用乱草补塞，中间藏着窖中物事。莫翁前走，寄儿驼了后随，运到家中放好，仍旧又用前法去取。不则一遭，把石窖来运空了。莫翁到家，欢喜无量，另叫一个苍头去收拾牛只，是夜就留寄儿在家中宿歇。

寄儿的床铺，多换齐整了。寄儿想道："昨夜梦中吃苦，谁想粪窖正应着发财，今日反得好处。果然，梦是反的，我要那梦中富贵则甚？那五字真言，不要念他了。"其夜睡去，梦见国王将言寄华家产抄没，发在养济院中度日。只见前日的扣马书生高歌将来道：

落叶辞柯，人生几何！六战国而漫流人血，三神山而杳隔鲸波。任夸百斛明珠，虚延遐算；若有一卮芳酒，且共高歌。

寄华闻歌，认得此人，邀住他道："前日承先生之教，不能依从。今日至于此地，先生有何高见可以救我？"那书生不慌不忙，说出四句来道：

颠颠倒倒，何时局了？
遇着漆园，还汝分晓。

说罢，书生飘然而去。寄华扯住不放，拔他袍袖一摔，闪得一跌，即时惊醒。张目道："还好，还好。一发没出息，弄到养济院里去了。"

须臾，莫翁走出堂中。元来莫翁因得了金银，晚间对老姥说道："此皆寄儿的造化掘着的，功不可忘。我与你没有儿女，家事无传。今平空地得来许多金银,虽道好没取得他的。不如认他做个儿子,把家事付与他,做了一家一计,等他养老了我们,这也是我们知恩报恩处。"老姥道:"说得有理。我们眼前没个传家的人,别处平白地寻将来,要承当家事,我们也气不甘。今这个寄儿,他见有着许多金银付在我家,就认他做了儿子,传我家事,也还是他多似我们的,不叫得过分。"商量已定,莫翁就走出来,把这意思说与寄儿。

寄儿道:"这个折杀小人,怎么敢当!"莫翁道:"若不如此,这些东西,我也何名享受你的?我们两老口议了一夜,主意已定,不可推辞。"寄儿没得说,当下纳头拜了四拜,又进去把老姥也拜了。自此改姓名为莫继,在莫家庄上做了干儿子。

本是驴前厮养,今为舍内螟蛉。
何缘分外亲热?只看黄金满籝。

却是此番之后,晚间睡去,就做那险恶之梦。不是被火烧水没,便是被盗劫官刑。初时心里道:"梦虽不妙,日里落得好处,不象前番做快活梦时日里受辛苦。"以为得意。后来到得夜夜如此,每每惊魇不醒,才有些慌张。认旧念取那五字真言,却不甚灵了。你道何故?只因财利迷心,身家念重,时时防贼发火起,自然梦魂颠倒。怎如得做牧童时无忧无虑,饱食安眠,夜夜梦里逍遥,享那王公之乐?莫继要寻前番梦境,再不能勾,心里鹘突,如醉如痴,生出病来。

莫翁见他如此,要寻个医人来医治他,只见门前有一个双丫髻的道人走将来,口称善治人间恍惚之症。莫翁接到厅上,教莫继出来相见。元来正是昔日传与真言的那个道人,见了莫继道:"你梦还未醒么?"莫继道:"师父,你前者教我真言,我不曾忘了。只是前日念了,夜夜受用。后来因夜里好处多,应着日里歹处,一程儿不敢念,便再没快活的梦了。而今就念煞也无用了，不知何故。"

道人道："我这五字真言，乃是主夜神咒。《华严经》云：'善财童子参善知识，至阎浮提摩竭提国迦毗罗城，见主夜神名曰婆珊婆演底。神言：我得菩萨破一切生痴暗法，光明解脱。'所以持念百遍，能生欢喜之梦。前见汝苦恼不过，故使汝梦中快活。汝今日间要享富厚，晚间宜受恐怖，此乃一定之理。人世有好必有歉，有荣华必有销歇，汝前日梦中岂不见过了么？"

莫继言下大悟，倒身下拜道："师父，弟子而今晓得世上没有十全的事，要那富贵无干，总来与我前日封侯拜将一般，不如跟的师父出家去罢！"道人道："吾乃南华老仙漆园中高足弟子。老仙道汝有道骨，特遣我来度汝的。汝既见了境头，宜早早回首。"莫继遂是长是短述与莫翁、莫姥。两人见是真仙来度他，不好相留。况他身子去了，遗下了无数金银，两人尽好受用，有何不可？只得听他自行。

莫继随也披头发，挽做两丫髻，跟着道人云游去了。后来不知所终，想必成仙了道去了。看官不信，只看《南华真经》有此一段因果。话本说彻，权作散场。有诗为证：

  总因一片婆心，日向痴人说梦。
  此中打破关头，棒喝何须拈弄？

两错认莫大姐私奔　　再成交杨二郎正本

李代桃僵，羊易牛死。

世上冤情，最不易理。

话说宋时南安府大庾县①有个吏典黄节，娶妻李四娘。四娘为人心性风月，好结识个把风流子弟，私下往来。向与黄节生下一子，已是三岁了，不肯收心，只是贪淫。一日黄节因有公事，住在衙门中了十来日。四娘与一个不知姓名的奸夫说通了，带了这三岁儿子一同逃去。出城门不多路，那儿子见眼前光景生疏，啼哭不止。四娘好生不便，竟把儿子丢弃在草中，自同奸夫去了。

大庾县中有个手力人李三，到乡间行公事，才出城门，只听得草地里有小儿啼哭之声，急往前一看，见是一个小儿眠在草里，擂天倒地价哭。李三看了心中好生不忍，又不见一个人来睬他，不知父母在那里去了。李三走去抱扶着他，那小儿半日不见了人，心中虚怯，哭得不耐烦，今见个人来偎傍，虽是面生些，也倒忍住了哭，任凭他抱了起来。元来这李三不曾有儿女，看见欢喜。也是合当有事，道是天赐与他小儿，一径的抱了回家。家人见孩子生得清秀，尽多快活，养在家里，认做是自家的了。

这边黄节衙门中出来，回到家里，只见房闱寂静，妻子多不见了。骇问邻舍，多道是："押司出去不多日，娘子即抱着小哥不知那里去了，关得门户寂悄悄的。我们只道到那里亲眷家去，不晓得备细。"黄节情知妻四娘

---

① 南安府大庾县：南安府，即今包括江西省章水、上犹江流域在内的广大地区。大庾县即今天的江西省大余县。

有些毛病的,着了忙,各处亲眷家问,并无下落。黄节只得写下了招子,各处访寻,情愿出十贯钱做报信的谢礼。

一日,偶然出城数里,恰恰经过李三门首。那李三正抱着这拾来的儿子,在那里与他作耍。黄节仔细一看,认得是自家的儿子,喝问李三道:"这是我的儿子,你却如何抱在此间!我家娘子那里去了?"李三道:"这儿子吾自在草地上拾来的,那晓得甚么娘子?"黄节道:"我妻子失去,遍贴招示,谁不知道!今儿子既在你处,必然是你作奸犯科,诱藏了我娘子,有甚么得解说?"李三道:"我自是拾得的,那知这些事?"

黄节扭住李三,叫起屈来,惊动地方邻里,多走将拢来。黄节告诉其事,众人道:"李三元不曾有儿子,抱来时节实是有些来历不明,却不知是押司的。"黄节道:"儿子在他处了,还有我娘子不见,是他一同拐了来的。"众人道:"这个我们不知道。"李三发急道:"我那见甚么娘子?那日草地上,只见得这个孩子在那里哭,我抱了回家。今既是押司的,我认了悔气,还你罢了,怎的还要赖我甚么娘子?"黄节道:"放你娘的屁!是我赖你?我现有招贴在外的,你这个奸徒,我当官与你说话!"对众人道:"有烦列位与我带一带,带到县里来。事关着拐骗良家子女,是你地方邻里的干系,不要走了人!"李三道:"我没甚欺心事,随你去见官,自有明白,一世也不走。"

黄节随同了众人押了李三,抱了儿子,一直到县里来。黄节写了纸状词,把上项事一一禀告县官。县官审问李三。李三只说路遇孩子抱了归来是实,并不知别项情由。县官道:"胡说!他家不见了两个人,一个在你家了,这一个又在那里?这样奸诈,不打不招。"遂把李三上起刑法来,打得一佛出世,二佛生天,只不肯招。那县里有与黄节的一般吏典二十多个,多护着吏典行里体面,一齐来跪禀县官,求他严行根究。县官又把李三重加敲打,李三当不过,只得屈招道:"因为家中无子,见黄节妻抱了儿子在那里,把来杀了,盗了他儿子回来,今被捉获,情愿就死。"

县官又问:"尸首今在何处?"李三道:"恐怕人看见,抛在江中了。"

县官录了口词，取了供状，问成罪名，下在死囚牢中了，分付当案孔目做成招状，只等写完文卷，就行解府定夺。孔目又为着黄节把李三狱情做得没些漏洞，其时乃是绍兴十九年八月二十九日。文卷已完，狱中取出李三解府，系是杀人重犯，上了镣肘，戴了木枷，跪在庭下，专听点名起解。忽然阴云四合，空中雷电交加，李三身上枷杻尽行脱落。霹雳一声，掌案孔目震死在堂上，二十多个吏典头上吏巾，皆被雷风掣去。

县官惊得浑身打颤，须臾性定，叫把孔目身尸验看，背上有朱红写的"李三狱冤"四个篆字。县官便叫李三问时，李三兀自痴痴地立着，一似失了魂的，听得呼叫，然后答应出来。县官问道："你身上枷杻，适才怎么样解了的？"李三道："小人眼前昏黑，犹如梦里一般，更不知一些甚么，不晓得身上枷杻怎地脱了。"县官明知此事有冤，遂问李三道："你前日孩子果是怎生的？"李三道："实实不知谁人遗下，在草地上啼哭，小人不忍，抱了回家。至于黄节夫妻之事，小人并不知道，是受刑不过屈招的。"

县官此时又惊又悔道："今日看起来，果然与你无干。"当时遂把李三释放，叫黄节与同差人别行寻缉李四娘下落。后来毕竟在别处地方寻获，方知天下事专在疑似之间冤枉了人。这个李三若非雷神显灵，险些儿没辨白处了。

而今说着国朝一个人也为妻子随人走了，冤屈一个邻舍往来的，几乎累死，后来却得明白，与大庾这件事有些仿佛。待小子慢慢说来，便知端的。

佳期误泄桑中约，好事讹牵月下绳。
只解推原平日状，岂知局外有翻更？

话说北直张家湾有个居民，姓徐名德，本身在城上做长班。有妻莫大姐，生得大有容色，且是兴高好酒，醉后就要趁着风势撩拨男子汉，说话勾搭。邻舍有个杨二郎，也是风月场中人，年少风流，闲荡游耍过日，没甚根基。与莫大姐终日调情,你贪我爱,弄上了手,外边人无不知道。虽是莫大姐平日也还有个把梯己人往来,总不如与杨二郎过得恩爱。况且徐德在衙门里走动,常有个月期程不在家里,杨二郎一发便当,竟象夫妻一般过日。

后来徐德挣得家事从容了,衙门中寻了替身,不消得日日出去,每有时节歇息在家里,渐渐把杨二郎与莫大姐光景看了些出来。细访邻里街坊,也多有三三两两说话。徐德一日对莫大姐道:"咱辛辛苦苦了半世,挣得有碗饭吃了,也要装些体面,不要被外人笑话便好。"莫大姐道:"有甚笑话?"徐德道:"钟不扣不鸣,鼓不打不响,欲人不知,莫若不为。你做的事,外边那一个不说?你瞒咱则甚?咱叫你今后仔细些罢了。"

莫大姐被丈夫道着海底眼,虽然撒娇撒痴,说了几句支吾门面说话,却自想平日忒做得渗濑,晓得瞒不过了,不好十分强辨得。暗地忖道:"我与杨二郎交好,情同夫妻,时刻也闲不得的。今被丈夫知道,必然防备得紧,怎得象意?不如私下与他商量,卷了些家财,同他逃了去他州外府,自由自在的快活,岂不是好!"藏在心中。

一日看见徐德出去,便约了杨二郎密商此事。杨二郎道:"我此间又没甚牵带,大姐肯同我去,要走就走。只是到外边去,须要有些本钱,才好养得口活。"莫大姐道:"我把家里细软尽数卷了去,怕不也过几时?等住定身子,慢慢生发做活就是。"杨二郎道:"这个就好了。一面收拾起来,得便再商量走道儿罢了。"莫大姐道:"说与你了,待我看着机会,拣个日子,悄悄约你走路。你不要走漏了消息。"杨二郎道:"知道。"两个趁空处又做了一点点事,千分万付而去。

徐德归来几日,看见莫大姐神思撩乱,心不在焉光景,又访知杨二郎仍来走动,恨着道:"等我一时撞着了,怕不斫他做两段!"莫大姐听见,私下教人递信与杨二郎,目下切不要到门前来露影。自此杨二郎不敢到徐家左近来。莫大姐切切在心,只思量和他那里去了便好,已此心不在徐家,只碍着丈夫一个是眼中钉了。大凡女人心一野,自然七颠八倒,如痴如呆，有头没脑，说着东边，认着西边，没情没绪的。况且杨二郎又不得来，茶里饭里多是他，想也想痴了。因是闷得不耐烦，问了丈夫，同了邻舍两三个妇女们约了要到岳庙里烧一炷香。

此时徐德晓得这婆娘不长进，不该放他出去才是。却是北人直性，心里道："这几时拘系得紧了，看他恍恍惚惚，莫不生出病来。便等他外边去散散。"北方风俗，女人出去，只是自行，男子自有勾当，不大肯跟随走的。当下莫大姐自同一伙女伴带了纸马酒盒，抬着轿，飘飘逸逸的出门去了。只因此一去，有分交：

闺中侠女，竟留烟月之场；枕上情人，险作囹圄之鬼。直待海清终见底，方令盆覆得还光。

且说齐化门①外有一个倬峭的子弟，姓郁名盛。生性淫荡，立心刁钻，专一不守本分，勾搭良家妇女，又喜讨人便宜，做那昧心短行的事。他与莫大姐是姑舅之亲，一向往来，两下多有些意思，只是不曾得便，未上得手。郁盛心里道是一桩欠事，时常记念的。一日在自己门前闲立，只见几乘女轿抬过，他窥头探脑去看那轿里抬的女眷，恰好轿帘隙处，认得是徐家的莫大姐。看了轿上挂着纸钱，晓得是岳庙进香，又有闲的挑着盒担，乃是女眷们游耍吃酒的。想道："我若厮赶着他们去，闲荡一番，不过插得些寡趣，落得个眼饱，没有实味。况有别人家女眷在里头，便插趣也有好些不便，不若我整治些酒馔在此等莫大姐转来。我是亲眷人家，邀他进来，打个中火，没人说得。亦且莫大姐尽是贪杯高兴，十分有情的，必不推拒。那时趁着酒兴营勾他，不怕他不成这事。好计，好计！"即时奔往闹热胡同，只拣可口的鱼肉荤肴、榛松细果，买了偌

---

① 齐化门：元大都东侧的城门之一，明代起改称朝阳门。

多，撮弄得齐齐整整。正是：

安排扑鼻芳香饵，专等鲸鲵来上钩。

却说莫大姐同了一班女伴到庙里烧过了香，各处去游耍，挑了酒盒，野地上随着好坐处，即便摆着吃酒。女眷们多不十分大饮，无非吃下三数杯，晓得莫大姐量好，多来劝他。莫大姐并不推辞，拿起杯来就吃就干，把带来的酒吃得罄尽，已有了七八分酒意。天色将晚，然后收拾家火上轿抬回。回至郁家门前，郁盛瞧见，忙至莫大姐轿前施礼道："此是小人家下，大姐途中口渴了，可进里面告奉一茶。"莫大姐醉眼朦胧，见了郁盛是表亲，又是平日调得情惯的，忙叫住轿，走出轿来与郁盛万福道："元来哥哥住在这里。"郁盛笑容满面道："请大姐里面坐一坐去。"

莫大姐带着酒意，跄跄跟跟的跟了进门。别家女轿晓得徐家轿子有亲眷留住，各自先去了，徐家的轿夫住在门口等候。莫大姐进得门来，郁盛邀至一间房中，只见酒果肴馔，摆得满桌。莫大姐道："甚么道理要哥哥这们价费心？"郁盛道："难得大姐在此经过，一杯淡酒，聊表寸心而已。"郁盛是有意的，特地不令一个人来伏侍，只是一身陪着，自己斟酒，极尽殷勤相劝。正是：

茶为花博士，酒是色媒人。

莫大姐本是已有酒的，更加郁盛慢橹摇船捉醉鱼，腼腆着面庞央求不过，又吃了许多。酒力发作，乜斜了双眼，淫兴勃然，倒来丢眼色，说风话。郁盛挨在身边同坐了，将着一杯酒你呷半口，我呷半口。又噙了一口勾着脖子度将过去，莫大姐接来咽下去了，就把舌头伸过口来，郁盛咂了一回。彼此春心荡漾，偎抱到床中，褪下小衣，弄将起来。

一个醉后掀腾，一个醒中摩弄。醉的如迷花之梦蝶，醒的似采蕊之狂蜂。醉的一味兴浓，担承愈勇；醒的半兼趣胜，玩视偏真。此贪彼爱不同情，你醉我醒皆妙境。

两人战到间深之处，莫大姐不胜乐畅，口里哼哼的道："我二哥，亲亲的肉，我一心待你，只要同你一处去快活了罢！我家天杀的不知趣，又来拘管人，怎如得二哥这等亲热有趣？"说罢，将腰下乱颠乱耸，紧紧抱住郁盛不放，口里只叫"二哥亲亲"。元来莫大姐醉得极了，但知快活异常，神思昏迷，忘其所以，真个醉里醒时言，又道是酒道真性，平时心上恋恋的是杨二郎，恍恍惚惚，竟把郁盛错认。干事的是郁盛，说的话多是对杨二郎的话。

郁盛原晓得杨二郎与他相厚的，明明是醉里认差了。郁盛道："叵耐这浪淫妇，你只记得心上人，我且将计就计，．他说话，看他说甚么来？"就接口道："我怎生得同你一处去快活？"莫大姐道："我前日与你说的，收拾了些家私，和你别处去过活，一向不得空便。今秋分之日，那天杀的进城上去，有那衙门里勾当，我与你趁那晚走了罢。"郁盛道："走不脱却怎么？"莫大姐道："你端正下船儿，一搬下船，连夜摇了去。等他城上出来知得，已此赶不着了。"郁盛道："夜晚间把甚么为暗号？"莫大姐道："你只在门外拍拍手掌，我里头自接应你。我打点停当好几时了，你不要错过。"口里糊糊涂涂，又说好些，总不过肉麻说话，郁盛只拣那几句要紧的，记得明明白白在心。

须臾云收雨散，莫大姐整一整头髻，头眩眼花的走下床来。郁盛先此已把酒饭与轿夫吃过了，叫他来打着轿，挽扶着莫大姐上轿去了。郁盛回来，道是占了采头，心中欢喜，却又得了他心腹里的话，笑道："诧异，诧异，那知他要与杨二郎逃走，尽把相约的事对我说了。又认我做了杨二郎，你道好笑？我如今将错就错，雇下了船，到那晚剪他这绺，落得载他娘在别处受用几时，有何不可？"郁盛是个不学好的人，正挠着他的痒处，以为得计。一面料理船只，只等到期行事，不在话下。

且说莫大姐归家，次日病了一日酒，昨日到郁家之事，犹如梦里，多不十分记得，只依稀影响，认做已约定杨二郎日子过了，收拾停当，只待起身。岂知杨二郎处虽曾说过两番，晓得有这个意思，反不曾精细叮咛得，不做整备的。到了秋分这夜，夜已二鼓，莫大姐在家里等候消息。只听得外边拍手响，莫大姐心照，也拍拍手开门出去。黑影中见一个人在那里拍手，心里道是杨二郎了。急回身进去，将衣囊箱笼，逐件递出，那人一件件接了，安顿在船中。莫大姐恐怕有人瞧见，不敢用火，将房中灯打灭了，虚锁了房门，黑里走出。那人扶了上船，如飞把船开了。船中两个多是低声细语，况是慌张之际，莫大姐只认是杨二郎，急切辨不出来。

莫大姐失张失志，历碌了一日，下得船才心安。倦将起来，不及做甚么事，说得一两句话，那人又不十分回答。莫大姐放倒头，和衣就睡着了去。比及天明，已在潞河，离家有百十里了。撑开眼来看那舱里同坐的人，不是杨二郎，却正是齐化门外的郁盛。莫大姐吃了一惊道："如何却是你？"郁盛笑道："那日大姐在岳庙归来途中，到家下小酌，承大姐不弃，赐与欢会。是大姐亲口约下我的，如何倒吃惊起来？"莫大姐呆了一回，仔细一想，才省起前日在他家吃酒，酒中淫媾之事，后来想是错认，把真话告诉了出来。醒来记差，只说是约下杨二郎了，岂知错约了他？今事已至此，说不得了，只得随他去。只是怎生发付杨二郎呵？因问道："而今随着哥哥到那里去才好？"郁盛道："临清是个大马头去处，我有个主人在那里，我与你那边去住了，寻生意做。我两个一窝儿作伴，岂不快活？"莫大姐道："我衣囊里尽有些本钱，哥哥要营运时，足可生发度日的。"郁盛道："这个最好。"从此莫大姐竟同郁盛到临清去了。

话分两头。且说徐德衙门公事已毕，回到家里，家里悄没一人，箱笼什物皆已搬空。徐德骂道："这歪刺姑一定跟得奸夫走了！"问一问邻舍，邻舍道:"小娘子一个夜里不知去向。第二日我们看见门是锁的了,不晓得里面虚实。你老人家自想着,无过是平日有往来的人约的去。"徐德道:"有甚么难见处?料只在杨二郎家里。"邻舍道:"这猜得着,我们也是这般说。"徐德道:"小人平日家丑须瞒列位不得。今日做出事来,眼见得是杨二郎的缘故。这事少不得要经官,有烦两位做一做见证。而今小人先到杨家去问一问下落,与他闹一场则个。"邻舍道:"这事情那一个不知道的?到官时,我们自然讲出公道来。"徐德道:"有劳,有劳。"当下一忿之气,奔到杨二郎家里。

恰好杨二郎走出来,徐德一把扭住道:"你把我家媳妇子拐在那里去藏过了?"杨二郎虽不曾做这事,却是曾有这话关着心的,骤然闻得,老大吃惊,口里嚷道:"我那知这事,却来赚我!"徐德道:"街坊上那一个不晓得你营勾了我媳妇子?你还要赖哩!我与你见官去,还我人来!"杨二郎道:"不知你家嫂子几时不见了,我好耽耽在家里,却来问我要人,就见官,我不相干!"徐德那听他分说,只是拖住了交付与地方,一同送到城上兵马司来。徐德衙门情熟,为他的多,兵马司先把杨二郎下在铺里。

次日,徐德就将奸拐事情,在巡城察院衙门告将下来,批与兵马司严究。兵马审问杨二郎,杨二郎初时只推无干。徐德拉同地方,众口证他有奸,兵马喝叫加上刑法。杨二郎熬不过,只得招出平日通奸往来是实。兵马道:"奸情既真,自然是你拐藏了。"杨二郎道:"只是平日有奸,逃去一事,委实与小的无涉。"兵马又唤地方与徐德问道:"他妻子莫氏还有别个奸夫么?"徐德道:"并无别人,只有杨二郎奸稳是真。"地方也说道:"邻里中也只晓杨二郎是奸夫,别一个不见说起。"兵马喝杨二郎道:"这等还要强辨!你实说拐来藏在那里?"杨二郎道:"其实不在小的处,小的知他在那里?"

兵马大怒,喝叫重重夹起,必要他说。杨二郎只得又招道:"曾与小的商量要一同逃去,这说话是有的。小的不曾应承,故此未约得定,而今

二刻拍案惊奇 507

却不知怎的不见了。"兵马道："既然曾商量同逃，而今走了，自然知情。他无非私下藏过，只图混赖一时，背地里却去奸宿。我如今收在监中，三日五日一比，看你藏得到底不成！"遂把杨二郎监下，隔几日就带出鞫问一番。杨二郎只是一般说话，招不出人来。徐德又时时来催禀，不过做杨二郎屁股不着，打得些屈棒，毫无头绪。杨二郎正是俗语所云：

从前作事，没兴齐来。
乌狗吃食，白狗当灾。

杨二郎当不过屈打，也将霹诬枉禁事情在上司告下来，提到别衙门去问。却是徐德家里实实没了人，奸情又招是真的。不好出脱得他。有矜疑他的，教他出了招贴，许下赏钱，募人缉访。然是十个人内倒有九个说杨二郎藏过了是真的，那个说一声其中有冤枉？此亦是杨二郎淫人妻女应受的果报。正是：

女色从来是祸胎，奸淫谁不惹非灾？
虽然逃去浑无涉，亦岂无端受枉来？

且不说这边杨二郎受累，累年不决的事。再表郁盛自那日载了莫大姐到了临清地方，赁间闲房住下，两人行其淫乐，混过了几时。莫大姐终久有这杨二郎在心里，身子虽现随着郁盛，毕竟是勉强的，终日价没心没想，哀声叹气。郁盛起初绸缪，相处了两个月，看看两下里各有些嫌憎，不自在起来。郁盛自想道："我目下用他的，带来的东西须有尽时，我又不会做生意，日后怎生结果？况且是别人的妻小，留在身边，到底怕露将出来，不是长便。我也要到自家里去的，那里守得定在这里？我不如寻个主儿卖了他。他模样尽好，到也还值得百十两银子。我得他这些身价与他身边带来的许多东西,也尽勾受用了。"打听得临清渡口驿前乐户魏妈妈家里养许多粉头,是个兴头的鸨儿,要的是女人。寻个人去与他说了。魏妈只做访亲来相探望,看过了人物,还出了八十两价钱,交兑明白,只要抬人去。

郁盛哄着莫大姐道:"这魏妈妈是我家外亲,极是好情分。你我在此异乡,图得与他做个相识,往来也不寂寞。魏妈妈前日来望过了你,你今日也去还拜他一拜才是。"莫大姐女眷心性,巴不得寻个头脑外边去走走的。见说了,即便梳妆起来。郁盛就去雇了一乘轿,把莫大姐竟抬到魏妈家里。莫大姐看见魏妈妈笑嘻嘻相头相脚,只是上下看觑,大剌剌的不十分接待。又见许多粉头在面前,心里道:"甚么外亲?看来是个行院人家了。"吃了一杯茶,告别起身。魏妈妈笑道:"你还要到那里去?"莫大姐道:"家去。"魏妈妈道:"还有甚么家里?你已是此间人了。"莫大姐吃一惊道:"这怎么说?"魏妈妈道:"你家郁官儿得了我八十两银子,把你卖与我家了。"

莫大姐道:"那有此话!我身子是自家的,谁卖得我!"魏妈妈道:"甚么自家不自家?银子已拿得去了,我那管你!"莫大姐道:"等我去和那天杀的说个明白!"魏妈妈道:"此时他跑自家的道儿,敢走过七八里路了,你那里寻他去?我这里好道路,你安心住下了罢,不要讨我杀威棒儿吃!"莫大姐情知被郁盛所赚,叫起撞天屈来,大哭了一场。魏妈妈喝住只说要打,众粉头做好做歉的来劝住。莫大姐原是立不得贞节牌坊的,到此地位,落了圈套,没计奈何,只得和光同尘,随着做娼妓罢了。此亦是莫大姐做妇女不学好应受的果报。正是:

妇女何当有异图?贪淫只欲闪亲夫。

今朝更被他人闪,天报昭昭不可诬。

莫大姐自从落娼之后,心里常自想道:"我只图与杨二郎逃出来快活,谁道醉后错记,却被郁盛天杀的赚来,卖我在此。而今不知杨二郎怎地在那里，我家里不见了人，又不知怎样光景？"时常切切于心。有时接着相投的孤老，也略把这些前因说说，只好感伤流泪，那里有人管他这些唠叨？光阴如箭，不觉已是四五个年头。一日，有一个客人来嫖宿饮酒，见了莫大姐，目不停瞬，只管上下瞧觑。莫大姐也觉有些面染，两下疑惑。莫大姐开口问道："客官贵处？"那客人道："小子姓幸名逢，住居在张家湾。"莫大姐见说"张家湾"三字，不觉潸然泪下，道："既在张家湾，可晓得长班徐德家里么？"幸客惊道："徐德是我邻人，他家里失去了嫂子几年。适见小娘子面庞有些厮象，莫不正是徐嫂子么？"

莫大姐道："奴正是徐家媳妇，被人拐来坑陷在此。方才见客人面庞，奴家道有些认得，岂知却是日前邻舍幸官儿。"元来幸逢也是风月中人，向时看见莫大姐有些话头，也曾咽着干唾的，故此一见就认得。幸客道："小娘子你在此不打紧，却害得一个人好苦。"莫大姐道："是那个？"幸客道："你家告了杨二郎，累了几年官司，打也不知打了多少，至今还在监里，未得明白。"莫大姐见说，好不伤心，轻轻对幸客道："日里不好尽言，晚上留在此间，有句说话奉告。"

幸客是晚就与莫大姐同宿了。莫大姐悄悄告诉他，说委实与杨二郎有交，被郁盛冒充了杨二郎拐来卖在这里，从头至尾一一说了。又与他道："客人可看平日邻舍面上，到家说知此事，一来救了奴家出去；二来说清了杨二郎，也是阴功；三来吃了郁盛这厮这样大亏，等得见了天日，咬也咬他几口！"幸客道："我去说，我去说。杨二郎、徐长班多是我一块土上人，况且贴得有赏单。今我得实，怎不去报？郁盛这厮有名刁钻，天理不容，也该败了。"莫大姐道："须得密些才好。若漏了风，怕这家又把我藏过了。"幸客道："只你知我知，而今见人再不要提起。我一到彼就出首便是。"两人商约已定。幸客竟自回转张家湾来见徐德道："你家嫂子已有下落，我亲眼见了。"徐德道："见在那里？"幸逢道："我替你同到官面前，还你的明白。"徐德遂同了幸逢齐到兵马司来。幸逢当官递上一纸首状，状云：

首状人幸逢，系张家湾民，为举首略卖事。本湾徐德，失妻莫氏，告官未获。今逢目见本妇身在临清乐户魏鸨家，倚门卖奸。本妇称系市棍郁盛略卖在彼是的，贩良为娼，理合举首。所首是实。

兵马即将首状判准在案。一面申文察院，一面密差兵番擎获郁盛到官刑鞫。郁盛抵赖不过，供吐前情明白。当下收在监中，俟莫氏到时，质证定罪。随即奉察院批发明文，押了原首人幸逢与本夫徐德，行关到临清州，眼同认拘莫氏及买良为娼乐户魏鸨，到司审问，原差守提，临清州里即忙添差公人，一同行拘。一干人到魏家，好似瓮中捉鳖，手到拿来。临情州点齐了，发了批回，押解到兵马司来。杨二郎彼时还在监中，得知这事，连忙写了诉状，称是"与己无干，今日幸见天日"等情投递。兵马司准了，等候一同发落。

其时人犯齐到听审，兵马先唤莫大姐问他。莫大姐将郁盛如何骗他到临清，如何哄他卖娼家，一一说了备细。又唤魏鸨儿问道："你如何买了良人之妇？"魏妈妈道："小妇人是个乐户，靠那取讨娼妓为生。郁盛称说自己妻子愿卖，小妇人见了是本夫做主的，与他讨了，岂知他是拐来的？"徐德走上来道："当时妻子失去，还带了家里许多箱笼资财去。今人既被获，还望追出赃私，给还小人。"莫大姐道："郁盛哄我到魏家，我只走得一身去，就卖绝在那里。一应所有，多被郁盛得了，与魏家无干。"兵马拍桌道："那郁盛这样可恶！既拐了人去奸宿了，又卖了他身子，又没了他资财，有这等没天理的！"喝叫重打。郁盛辨道："卖他在娼家，是小人不是，甘认其罪。至于逃去，是他自跟了小人走的，非干小人拐他。"兵马问莫大姐道："你当时为何跟了他走？不实说出来，讨拶！"

莫大姐只得把与杨二郎有奸、认错了郁盛的事，一一招了。兵马笑道："怪道你丈夫徐德告着杨二郎。杨二郎虽然屈坐了监几年，徐德不为全诬。莫氏虽然认错,郁盛乘机盗拐,岂得推故?"喝教把郁盛打了四十大板,问略贩良人军罪,押追带去赃物给还徐德。莫氏身价八十两,追出入官。魏妈买良,系不知情,问个不应罪名,出过身价,有几年卖奸得利,不必偿还。杨二郎先有奸情,后虽无干,也问杖赎,释放宁家。幸逢首事得实,量行给赏。判断已明,将莫大姐发与原夫徐德收领。徐德道:"小人妻子背了小人逃出了几年,又落在娼家了,小人还要这滥淫妇做甚么!情愿当官休了,等他别嫁个人罢。"兵马道:"这个由你。且保领出去,自寻人嫁了他,再与你立案罢了。"一干人众各到家里。

杨二郎自思:"别人拐去了,却冤了我坐了几年监,更待干罢?"告诉邻里,要与徐德厮闹。徐德也有些心怯,过不去,转央邻里和解。邻里商量调停这事,议道:"总是徐德不与莫大姐完聚了。现在寻人别嫁,何不让与杨二郎娶了,消释两家冤仇?"与徐德说了。徐德也道负累了他,便依议也罢。

杨二郎闻知,一发正中下怀,笑道:"若肯如此,便多坐了几时,我也永不提起了。"邻里把此意三面约同,当官禀明。

兵马备知杨二郎顶缸坐监,有些屈在里头,依地方处分,准徐德立了婚书让与杨二郎为妻,莫大姐称心象意,得嫁了旧时相识。因为吃过了这些时苦,也自收心学好,不似前时惹骚招祸,竟与杨二郎到了底。这莫非是杨二郎的前缘?然也为他吃苦不少了,不为美事。后人当以此为鉴。有诗为证:

> 枉坐囹圄已数年,而今方得保婵娟。
> 何如自守家常饭,不害官司不损钱?